Jacob und Jillian Armacost betreiben in New York die füh-
rende Galerie für Glaskunst. Doch die geschäftliche Zukunft
ist seit einem Fehlkauf Jacobs ungewiss, und auch ihre Ehe
steht vor dem Zerbrechen. Während Jillian in Italien ihren
großen Coup zur Rettung der Firma landet, wird der dreißig
Jahre ältere Frauenheld Jacob gemeinsam mit einer exzentri-
schen Kundin in Mexiko entführt.
Jillian und Jacob Armacost haben ihre Schicksale dem Glas
anvertraut. Durchsichtig, aber unerreichbar, warm und lebendig, aber auch kalt und unbewegt ist diese Welt aus Glas. Sie
bedeutet viel Geld für den, der erkennt, was er sieht.

Ernst-Wilhelm Händler, 1953 geboren, lebt in Regensburg
und München. Er ist Autor der Romane ›Welt aus Glas‹, ›Die
Frau des Schriftstellers‹, ›Wenn wir sterben‹, ›Sturm‹, ›Fall‹ und
›Kongreß‹ sowie des Erzählungsbandes ›Stadt mit Häusern‹.
Für seine von der Kritik hochgelobten Romane erhielt Händler
den Erik-Reger-Preis, den Preis der SWR-Bestenliste, den Kul-
turpreis der Stadt Regensburg und den Hans-Erich-Nossak-
Preis.

Unsere Adresse im Internet: www.fischerverlage.de

Ernst-Wilhelm Händler

Welt aus Glas

Roman

Fischer Taschenbuch Verlag

Veröffentlicht im Fischer Taschenbuch Verlag,
einem Unternehmen der S. Fischer Verlag GmbH,
Frankfurt am Main, Juni 2011

Lizenzausgabe mit freundlicher Genehmigung
der Frankfurter Verlagsanstalt
© Frankfurter Verlagsanstalt GmbH, Frankfurt am Main 2009
Satz: Fotosatz Reinhard Amann, Aichstetten
Druck und Bindung: CPI Clausen & Bosse, Leck
Printed in Germany
ISBN 978-3-596-19003-4

No man is an island entire of itself; every man is a piece of the continent, a part of the main.

John Donne, Devotions Upon Emergent Occasions

INHALT

Welt aus Glas

Auf der Flucht

»Good bye Tijuana!«

Jacob Armacost schrie in den Fahrtwind.

Sie mußten schnellstens die Grenze erreichen!

Chuy war unmittelbar hinter ihnen. Er würde Madeline nichts tun. Aber er würde Jacob umbringen.

Fieberhaft kalkulierte Jacob: Zum Grenzübergang San Ysidro brauchte man gewöhnlich zehn Minuten, zum Grenzübergang Otay fast eine halbe Stunde. Bei San Ysidro wartete man mit dem Wagen um diese Tageszeit etwa zwei bis drei Stunden, bei Otay eine Stunde. Sie mußten mit ihrem Jeep die Taxispur nehmen und bis zur Grenze vorfahren, nur dann hatten sie eine Chance. Den Wagen würden sie einfach stehenlassen und an der Fußgängerschlange vorbei zur Immigration rennen.

Chuy trug seine Polizeiuniform. Auf mexikanischem Boden half ihnen niemand gegen einen mexikanischen Polizisten. An der Grenze zu den U.S.A. mußte Chuy begründen, warum er Jacob und Madeline verhaften wollte. Was Jacob getan hatte, konnte ihn das Leben kosten. Aber es war kein Vergehen. Sollten Chuy und seine Begleiter in Zivil vor den Augen der Immigration officers gegen Jacob und Madeline Gewalt anwenden, würde Jacob den amerikanischen Beamten seinen Ausweis hinwerfen. Dann mußten sie Meldung machen.

Chuy hatte das Blaulicht, nicht jedoch die Sirene des Polizeifahrzeugs eingeschaltet. Es war seine Privatfehde. Er fürchtete wohl, mit Blaulicht und Sirene würden ihm andere Polizeifahrzeuge zu Hilfe kommen. Seine Kollegen würden zwar gut verstehen, warum er Jacob an den Kragen wollte. Doch die Sache war wirklich nicht gerichtsfest, er konnte keine Zeugen gebrauchen. Weil die Sirene stumm blieb, machte der Mittagsverkehr auf dem Paseo de los Heroes Chuy nur sehr verspätet Platz.

Alle drei Spuren vor ihnen waren blockiert, Jacob wechselte auf die Standspur. Er überholte einige Fahrzeuge, danach drängte er sich wieder in die mittlere Fahrspur. Chuy konnte ihnen nicht folgen, er hing hinter einem Truck fest, der an der nächsten Kreuzung rechts abbiegen wollte.

Bei diesem Manöver kam sich Jacob sehr cool vor.

Er nahm mehrere hastige Schlucke aus der Wasserflasche, die er immer mit sich führte.

Weniger cool war allerdings: Sie waren in der falschen Richtung unterwegs. Man brauchte nur vor dem Hotel in den Paseo de los Heroes links einzubiegen, man mußte immer geradeaus fahren, dann war man schon nach wenigen Kilometern bei San Ysidro. Aus einem unerfindlichen Grund staute sich der Verkehr heute in dieser Richtung, Jacob war nichts anderes übriggeblieben, als auf dem Platz vor dem Hotel die Statue des Cuauhtémoc zu umrunden und den Paseo de los Heroes in der Gegenrichtung zu nehmen. Die Spanier hatten dem Aztekenhäuptling die Füße verbrannt, trotzdem hatte er nicht verraten, wo das Gold versteckt war. Den Azteken hatte das nichts genützt.

Jacob wußte nicht, wie er den Paseo de los Heroes umfahren sollte, um nach San Ysidro zu kommen. Also nicht nach San Ysidro, sondern nach Otay. Dieser Grenzübergang lag unmittelbar neben dem Flughafen. Sie mußten sich immer nur geradeaus halten, dann kam nach Jacobs Erinnerung eine große Kreuzung, eine Brücke führte über das Flußbett des Rio Tijuana und eine Straße den Berg hoch zum Flughafen. Ab in die U.S.A.!

Durch den jaulenden Motorenlärm des Jeeps rief Jacob

Madeline zu, sie solle den Stadtplan von Tijuana aufschlagen, der auf der Mittelkonsole lag. Sie reagierte nicht, er war gezwungen, sie anzuschreien. In ihrer Aufregung hielt sie den Plan verkehrt herum. Darauf mußte er sie erst hinweisen, das ging ebenfalls nur laut. Als sie den Plan drehte, stieß sie mit der linken Hand gegen den Rückspiegel und verstellte ihn.

Jacob konnte nicht mehr sehen, wie dicht Chuy hinter ihnen war. Während er den Spiegel justierte, erblickte er sich kurz selbst darin. Sein Gesicht war gerötet von der Sonne und der Anstrengung, seine mittellangen kräftigen blonden Haare wehten im Wind, alle Fenster waren offen. Er sah gar nicht aus wie jemand, der verfolgt wurde und um sein Leben fürchten mußte. Um seinen Mund spielte sogar die Andeutung eines Lächelns.

Bis auf zwei oder drei oberflächliche Querfalten in der Stirn hatte er überhaupt keine weiteren Falten. Seine Augenbrauen waren dunkler als seine Haare, so daß man auf den Gedanken kommen konnte, er habe seine Haare heller gefärbt. Er hatte keine grauen Haare. Das galt freilich nur so lange, wie er sich rasierte. Auf der Oberlippe und am Kinn waren die braunen von grauen Haaren durchsetzt. Früher hatte er sich nur alle zwei oder drei Tage rasiert, jetzt ließ er keinen Tag aus.

Sein schwarzes T-shirt war schweißnaß. Seine Lederjacke hätte er besser ausgezogen, dazu hatte er keine Gelegenheit gehabt. Er ging immer mit der kurzen schwarzen Lederjacke aus, in den Taschen sein Geld, seine Papiere und sein Telefon. Er haßte es, wenn er sich etwas in die Hosentaschen stecken mußte.

Als Chuy vor dem Hotel auf sie zugelaufen war und die Pistole aus dem Halfter zog, hatte Jacob keine Angst gehabt.

Er stieß Madeline auf den Beifahrersitz, knallte die Tür zu, lief zur anderen Seite, ließ sich in den Sitz fallen und fuhr los, ehe er die Fahrertür schloß.

Jacob wäre lieber allein gewesen. Madeline behinderte ihn. Sie war jedoch auch ein Schutz: Chuy konnte ihm erst gefährlich werden, nachdem er sie beide auseinandersortiert hatte.

Seit einiger Zeit träumte er, er gehe durch geschlossene Türen und Mauern hindurch. In New York hatte er das Haus in der Spring Street mit der Galerie verlassen, indem er durch die Wand vom Schlafzimmer in das Treppenhaus gelangt und durch die gesicherte Eingangstür auf die Straße getreten war. Dann hatte er Madeline abgeholt, ihre Wohnung hatte er ebenfalls durch die geschlossene Tür betreten. Wenn er jetzt nicht aufpaßte, würde er bald nicht nur in seinen Träumen ein Geist sein. Das war nicht mehr der Paseo de los Heroes, das war eine Ausfallstraße nach Nordosten.

Sie mußten schon lange über die Kreuzung hinweg sein, an der man zum Flughafen abbog. Jacob hatte keine Schilder gesehen, die riesigen Trucks auf allen Spuren hatten ihm die Sicht versperrt. Chuy war dicht hinter ihnen und versuchte, sie zu überholen. Er wollte sich vor sie setzen, abbremsen und ihnen den Weg verstellen. Die Scheiben des Polizeifahrzeugs waren nur wenig getönt, Jacob konnte das Gesicht seines Verfolgers deutlich sehen. Er wirkte ziemlich entschlossen.

Jacob fuhr ganz nah auf den Truck vor ihm auf, so daß Chuy sich nicht vor ihnen hineindrängen konnte.

Chuy ließ sich zurückfallen. Als er neben Jacob war, ließ der sich ebenfalls zurückfallen. Dann beschleunigte er. Chuy hielt sich neben ihnen.

Der Verkehr verlangsamte sich, und Jacob bremste plötzlich stark. Der Truck hinter ihnen kam bedrohlich nahe, nicht ohne ohrenbetäubend zu hupen. Chuy bremste gleichfalls. Als Jacob nur noch im Schrittempo fuhr, tat Chuy, womit Jacob gerechnet hatte. Chuy beschleunigte kurz, überholte sie und stellte sich vor ihnen quer.

Im gleißenden Sonnenlicht war das Blaulicht kaum sichtbar, nach wie vor hatte Chuy die Sirene nicht eingeschaltet. Die lokale Polizei in Tijuana fuhr Chevrolet Suburbans, der Wagen war nicht lang genug, um beide Spuren vollständig zu blockieren.

Sowohl Jacob als auch Madeline waren angeschnallt. Jacob gab Gas und hielt auf die Schnauze des Chevy zu.

Der Aufprall war lauter, die Erschütterung weniger stark, als er gedacht hatte. Das Glas der Scheinwerfer zersplitterte, die Windschutzscheibe des Jeeps blieb ebenso wie die des Suburban unbeschädigt. Durch den Aufprall wurde das Polizeifahrzeug so weit zur Seite geschoben, daß sie vorbeikonnten. Jacob drückte das Gaspedal durch und stieg probehalber auf die Bremse, der Wagen gehorchte ihm.

Weiter vorn schaltete eine Ampel gerade auf Grün um. Es gab keine Abbieger, Jacob überholte alle Fahrzeuge auf der rechten Spur. Nach der Ampel war der Verkehr geringer, mit hoher Geschwindigkeit konnte er auf der Ausfallstraße weiterfahren.

Im Rückspiegel war Chuy nicht zu erblicken! Sie mußten umkehren, um die Grenze zu erreichen. Die nächste Kreuzung, bei der die Ampel auf Gelb stand, bot die Gelegenheit dazu. Mit quietschenden Reifen machte Jacob einen U-turn und fuhr in die Stadt zurück. Jetzt tauchte auch Chuy auf, der sie natürlich sah, aber an der Ampel aufgehalten wurde. Die Windschutzscheibe des Jeeps war doch beschädigt. Von der rechten unteren Ecke nahm ein Sprung seinen Aus-

gang, der sich langsam quer über die gesamte Fläche voran-
arbeitete. Jacob hoffte, daß die Scheibe halten und nicht
blind werden oder zersplittern würde.

Er nutzte die Atempause, um Madeline zu beruhigen.
Gleich seien sie an der Grenze. Zweifellos wäre sie in diesem
Augenblick alles lieber gewesen als eine Mittdreißigerin, in
Scheidung lebend und mit ihm zusammen auf der Flucht vor
einem wildgewordenen Polizisten, in einem Land, in dem
man auf nichts hoffen durfte. Sie sah jetzt sogar jünger aus,
wie sich ihre Augen weiteten und in Tränen schwammen,
ohne allerdings überzulaufen und das schwarze Makeup in
Mitleidenschaft zu ziehen. Was hatte sie mit der Sache zu
tun – wo hatte Jacob sie da hineingezogen! In ihrem Gesicht
hielten sich der Schrecken und das Beleidigtsein darüber,
daß man sie derart in Schrecken versetzte, die Waage. Sonst
lagen ihre über die Schulter reichenden langen blonden
Haare an ihrem Kopf an und unterstrichen ihre breiten
Backenknochen. Jetzt bauschte der Fahrtwind die Haare
auf, und ihre zur Flachheit neigenden Gesichtszüge bekamen auf einmal Charakter.

Seit Jacobs Ausflügen mit Pilar an die Grenze zwischen San
Diego und Tijuana zog Madeline keinen BH mehr an. An
dem kurzen geschlitzten Rock und dem knapp sitzenden
Oberteil, beides in einem kleinteiligen pinkfarbenen Paisley-
Muster, leistete der Fahrtwind in schöner Abwechslung Ent-
blößungs- und Verhüllungsdienste. Irgendwie machte die
Situation Madeline schlanker. Darauf hätte Jacob gern verzichtet, er war nicht wegen ihrer Figur oder wegen ihrer cha-
raktervollen Gesichtszüge mit ihr nach Tijuana gekommen.
Der Stau vor ihnen riß ihn aus seinen unzeitgemäßen Betrachtungen. In jedem Fall mußten sie die nächste Ausfahrt
nehmen. Auf einer Anhöhe rechts vor ihnen breitete ein rie-

siger weißer Christus seine Arme über die Fabriken und Highways unter ihm aus.

Sie gelangten auf eine Straße, die parallel zu der Einfallstraße verlief. Die dunkelblaue Halbkugel, auf der die Christus-Statue stand, war die Kuppel einer Kapelle.

Chuy war nicht im Rückspiegel zu sehen, weil er sie bereits überholt hatte. Scharf zog er von links nach rechts herüber, um sie dazu zu zwingen, langsamer zu fahren. Jacob riß das Steuer rechts herum und bog ab. Ein Taxi wich ihnen geistesgegenwärtig aus. Sie hörten, wie das Polizeifahrzeug quietschend bremste, während sie die steile Straße bergan rasten.

Der Sprung in der Scheibe des Jeeps war genau in der Mitte von Jacobs Gesichtsfeld angekommen.

Sie mußten es schaffen!

Jacob hielt sich immer links, aber alle Straßen bogen sich nach rechts. Anstatt der Grenze näher zu kommen, entfernten sie sich davon. Gezwungenermaßen umrundeten sie den Ortsteil auf der Anhöhe und langten schließlich bei dem großen weißen Christus an.

Chuy war nicht hinter ihnen.

In einem Reflex fuhr Jacob auf den Parkplatz vor der Kapelle mit der Christus-Statue. Doch der Gedanke, in der Kirche Unterschlupf zu suchen, war unsinnig. Kein Priester würde ihnen angesichts der uniformierten Gewalt Schutz bieten. Jacob dachte daran, ein Taxi zu rufen und sich damit zur Grenze bringen zu lassen. Aber Chuy hatte wahrscheinlich Zugriff auf den Taxifunk, wenn sie Pech hatten, war er selbst der Taxifahrer.

Mit durchdrehenden Rädern wendete Jacob auf dem Parkplatz. Die Engel auf dem Zaun sowie auf der Aussichtsterrasse über Tijuana bewachten nicht etwa das Anwesen.

Der Außenwelt den Rücken mit den spitzen Flügeln zukehrend, waren ihre Blicke ausnahmslos auf den großen weißen Christus gerichtet. Mit der rechten Hand führten sie eine Posaune zum Mund, mit der linken hielten sie eine Kugel hoch. Sie kümmerten sich nicht um die Einwohner der Stadt, sie verherrlichten den Gottessohn. Die Engel waren Klone, einer sah aus wie der andere.

In den Türmen und dem Schiff der Hauptkirche über der Kapelle mit der Christus-Statue leuchteten bunte Glasfenster. Jacob schüttelte sich. Das große Glasfenster in der überdachten Galerie neben der Hauptkirche stellte bestimmt die Himmelfahrt Mariens dar. Jacob ließ den Motor aufheulen.

Sie rasten die steile Straße zurück, die sie gekommen waren, bogen stadteinwärts ab und hatten den beschädigten Suburban wieder im Rückspiegel. Chuy kannte sich aus, er hatte am Ausgang des Ortsteils gewartet, in der Gewißheit, sie nicht zu verpassen.

Er setzte sich unmittelbar hinter sie. Aber er machte keinerlei Anstalten, sie zu überholen oder zu bedrängen.

Durch die Verfolgungsjagd erschöpft und um das Risiko eines Unfalls zu vermindern, fuhr Jacob jetzt etwas langsamer. Chuy tat es ihm gleich. Er konnte ruhig abwarten, bis sich eine Verkehrssituation ergab, die auch ohne sein Zutun verhinderte, daß Jacob weiterfahren konnte.

Jacob überlegte, ob er nicht versuchen sollte, Madeline zu überreden, sich ans Steuer zu setzen. Er mußte einen Zwischenspurt einlegen, mehrere Trucks zwischen sich und Chuy bringen und an einer Stelle halten, an der Chuy den Fahrerwechsel nicht mitbekam. Je später er ihn bemerkte, desto besser für Jacob. An einer unübersichtlichen Stelle würde er aussteigen und sich zu Fuß in Sicherheit bringen.

Madeline würde ihren Kopf hinhalten. Das wäre dann genau die Art und Weise, mit der er sich üblicherweise in seinem Leben aus der Affäre zog.

Er warf einen prüfenden Blick zu Madeline hinüber. Sie hatte die Haare mit Hilfe einer Spange zu einem Knoten geformt und am Hinterkopf befestigt. Der Fahrtwind zauste nur noch die über die Schultern herabhängenden Haare. Sie bewegte den Mund, sie legte die Stirn in Falten und gestikulierte verzweifelt mit den Händen, aber kein Ton kam über ihre Lippen. Sie sprach entweder mit dem Schicksal oder mit ihrem Mann. Jacob fand, das war in ihrem Fall ziemlich dasselbe. Sie schilderte, wie sie in diese mißliche Lage gekommen war, daß sie das alles nicht beabsichtigt hatte, und sie bat ihren Mann oder das Schicksal, sie aus der Gefahr zu erretten. Ihr Mann konnte ihr nicht helfen, auch das Schicksal erhörte sie nicht. Natürlich war sie unfähig, auch nur ein paar Yards am Steuer des Jeeps zurückzulegen. Der Riß in der Scheibe hatte inzwischen Gesellschaft bekommen. Am unteren Rand war das Glas an mehreren Stellen gesprungen. Die neuen Risse pflanzten sich schneller fort.

Mit Sicherheit waren es nur noch wenige Kilometer bis zur Grenze. Jacob mußte vor einer Kreuzung halten. Eine Grünphase würde nicht genügen, um die Kreuzung zu überqueren. Im Rückspiegel sah Jacob, wie die Türen von Chuys Suburban aufgingen.

Jacob blieb nur noch eins, über den Bürgersteig zu fahren. Der war jedoch von den Schülerinnen einer ganzen Schule blockiert: keine jünger als zwölf, keine älter als sechzehn, trugen sie alle dieselben kurzen grauen Faltenröcke, dieselben weißen Blusen und dunkelblaue Pullover mit V-Ausschnitt oder Jacken. Manche hatten weiße Strumpfhosen an, manche weiße Kniestrümpfe, manche weiße Söckchen zu schwarzen Schuhen. Nicht ein einziges der Mädchen war blond.

Die Türen des Suburban standen offen, Chuy und seine Männer überlegten, ob sie die Verfolgung zu Fuß oder mit dem Wagen fortsetzen sollten.

Jacob drückte anhaltend auf die Hupe, bevor er das Lenkrad einschlug. Er fuhr viel langsamer über die Bordsteinkante, als es ihre Lage geboten sein ließ.

Als der Jeep auf sie zukam, gerieten die Mädchen keineswegs in Panik. Sie beeilten sich nicht einmal auszuweichen. Einige Mädchen lächelten Jacob sogar zu, während sie ihm Platz machten. Das veranlaßte ihn, ein zweites Mal energisch zu hupen und sich mit dem aus dem Fenster gestreckten linken Arm zu bedanken, nachdem er den Bürgersteig überwunden hatte. Nicht ohne Befriedigung stellte er fest, daß mehrere Mädchen zurückwinkten. Es waren die allerjüngsten, die älteren beachteten ihn nicht.

Jacobs Sicht wurde immer schlechter. Ein zusammenhängendes Netz von Sprüngen durchzog jetzt die Windschutzscheibe des Jeeps. Bald würde er gar nichts mehr sehen.

Die breite Straße wurde immer schmaler. Sie mündete schließlich in eine Straße mit nur einer Fahrspur in jeder Richtung. Jacob konnte nicht schneller fahren und nicht überholen. Chuy hatte keine Mühe, Anschluß zu halten.

Im Rückspiegel sah Jacob, daß Chuy und seine beiden Männer Masken aufgezogen hatten. Die mexikanische Polizei führte Razzien nur maskiert durch. Jacob erschrak nicht wenig. Die schwarzen Masken, die nur die Augen und die Nasenlöcher frei ließen, waren ein schlechtes Zeichen.

Das Ende der Verfolgungsjagd drohte schließlich in Form eines Kamerateams.

Auf der ansteigenden Straße parkte unübersehbar ein Konvoi von Vans. Mehrere Kameras waren aufgestellt, die alle La Mona fixierten. Das ungeliebte Wahrzeichen von Tijuana war die etwa sechzig Fuß hohe weiße Figur einer nackten Frau mit wehenden langen Haaren, die den rechten Arm nach oben streckte. Ein, wie nicht nur Jacob fand, verrückter Künstler hatte die Figur inmitten eines Wohngebiets errichtet, in dem sich heruntergekommene Häuser mit Hütten aus Holz und Wellblech abwechselten. Die Figur war aus mit einer Kunststoffschicht überzogenen Baustahlmatten geformt. In ihrem Inneren beherbergte sie begehbare Räume, den größten in der Gegend des Beckens, die Mexikaner liebten üppige Figuren. Zwischen den Brüsten tat sich in der weißen Haut eine dunkle Öffnung auf. Jemand winkte aus der Öffnung, eine der Kameras war auf die Öffnung gerichtet.

Dammit.

Die Wagenkolonne des Filmteams blockierte die Straße. Auf der Gegenfahrbahn kam ihnen eine ununterbrochene Reihe von Fahrzeugen entgegen.

Jacob mußte anhalten.

Es gab keine Fluchtmöglichkeiten mehr, auch nicht zu Fuß. Der Abhang rechts von der Straße fiel steil ab, links begrenzte eine geschlossene Gebäudereihe die Straße.

Jacob verfolgte im Rückspiegel, wie sich die Türen des Polizeifahrzeugs gemächlich öffneten und die Insassen langsam ausstiegen.

Chuy hatte eine Maschinenpistole umhängen, seine beiden Männer ebenso.

Die Maschinenpistolen waren ein ganz schlechtes Zeichen.

Jacob hatte nackte Angst.

Eine Flora im Dunkeln

Jillian Armacost war sich sicher gewesen: Der Anruf der Unbekannten, die ihr eine große Sammlung von Martinuzzi-Gläsern in Mailand anbot, bedeutete die Rettung. Sofort hatte sie sich ins Flugzeug gesetzt.

Vasen in Amphorenform säumten den Eingang zu der Höhle: zuerst die Anfora pulegosa Vittoriale in Grün und Braun, eine ausladende Vase mit fünf rippenförmigen Henkeln übereinander auf jeder Seite. Dann eine fast zwanzig Zoll hohe schmale grüne Amphore mit weit vom Hals weggezogenen Henkeln, die am Korpus schlangenförmig ausliefen, eine eiförmige Amphore mit kurzen runden Henkeln am Hals und eine Vase, deren Korpus mit dem der Vittoriale identisch war und die zwei kleine rippenförmige Henkel sowie quadratische Applikationen hatte. Jillian wußte, die Vittoriale wurde so genannt, weil sich in der Stanza della Zambracca im Vittoriale, der Villa des Dichters Gabriele d'Annunzio am Gardasee, ein gleichartiges Exemplar befand. Napoleone Martinuzzi hatte diese Vasen Ende der zwanziger und Anfang der dreißiger Jahre für Venini entworfen. Sie bestanden aus Vetro pulegoso, einer schaumartigen Glaspaste mit zahlreichen unregelmäßigen kleinen Luftbläschen. An den Mündungen der Amphoren, an den Henkeln und am Sockel waren im Glas hauchdünne Goldfolien aufgelöst, die Oberfläche irisierte.

Die Besitzerin der Sammlung ging voran, Jillian folgte ihr mit vorsichtigen Schritten.

Cindi Prescott gab an einer High school in Brooklyn Computerkurse. Ihre Großmutter war Italienerin gewesen. Von der Schwester der Großmutter hatte sie eine große Wohnung in dem Ende der zwanziger Jahre erbauten Eckhaus am Corso Buenos Aires im Zentrum Mailands geerbt. Die kinderlose Großtante stammte aus Mailand, hatte nach Turin geheiratet und war nach dem Tod ihres Mannes wieder nach Mailand gezogen.

Die Wohnung und sämtliche Einrichtungsgegenstände der Tante waren bereits verkauft. Bis vor wenigen Tagen hatte Cindi Prescott keine Kenntnis von der Existenz der Glassammlung gehabt. Erst der Pächter des Ladenlokals im Haus, er war im Alter der Tante, machte sie darauf aufmerksam, daß zu der Wohnung der Tante auch ein Raum gehörte, der unter dem eigentlichen Keller lag. Die Erbin hatte die Tante nicht öfter als drei- oder viermal gesehen. Mit dem Erlös aus dem Verkauf der Wohnung und des Glasschatzes konnte die Lehrerin ihr Lehrerinnendasein beenden.

In der Mitte eines am Boden und an den Wänden mit einem beigefarbenen Mosaik verkleideten Kellerraums führte eine schmale steile Treppe zu dem Raum darunter. Als Jillian in den Rahmen aus sehr alten grünen Kacheln gestiegen war, der die Bodenöffnung mit der Treppe umgab, hatte sie das Gefühl gehabt, in eine andere Zeit einzutauchen.

Die Höhle schien aus Stein herausgehauen, man lief auf Felsboden. Am Eingang standen Wachskerzen in Wandvertiefungen, der Hauptraum wurde durch mannshohe Kerzenleuchter erhellt. Wenn die Höhle eine Dekoration war, dann eine sehr gelungene.

Vor einer auf dem Boden liegenden Kirchenkanzel sah sie weitere Pulegosi in Dunkelgrün und Schwarz mit schlangenförmigen Griffen, blaue Pulegosi mit runden und glatten Henkeln und eine prächtige hohe Vase in Pokalform mit abwechselnd gestreckten und sich ringelnden goldgesprenkelten Schlangen. Um einen mit rotem Samt überzogenen geschnitzten Sessel standen zahlreiche Vasen aus Vetro velato, das war mattes Glas, mit einer dünnen Schicht durchsichtigen glänzenden Glases überfangen, und aus Pasta vitrea, das war mattes, nicht überfangenes Glas. Das flackernde Kerzenlicht fiel auf rote Vasen, auf schwarze Vasen mit rotgeränderten Mündungen und Sockeln sowie roten Henkeln und auf Vasen in Grau- und Blautönen mit Blättern als Applikationen. Noch nie zuvor hatte Jillian Armacost eine größere und schönere Sammlung von Martinuzzi-Gläsern gesehen.

»Wie war Ihr Flug?«

Angesichts der überwältigenden Sammlung war Jillian nicht nach Konversation.

»Nopgrade. Aber ich habe die ganze Zeit geschlafen.«

Jillian ging in die Knie, um nach einer kleinen Vase aus transparentem amethystfarbenem Glas zu greifen. Die Vase hatte Amphorenform, rechts und links vom Hals waren auf dem Korpus jeweils zwei weitere Glasröhren aufgesetzt, zusammen mit dem Hals streckten sie sich nach oben wie die Finger einer Hand. Alle Mündungen und der Sockel waren mit Kristallglas verziert. Sie hütete sich, die Vase an einer der Mündungen zu fassen. Den Korpus mit der rechten Hand umfangend, die linke unter dem Sockel, drehte sie sich zum nächststehenden Kerzenleuchter hin. Es gab kein Durchlicht. Sie erhob sich und hielt das Glas unmittelbar vor den Kerzenständer. Gleichgültig schluckte es das Licht. Unter jeder Beleuchtung verriet es gleich viel oder gleich wenig von sich selbst.

Cindi Prescott nahm an, Jillian habe eine Abendmaschine genommen. Aber sie war mit einer Morgenmaschine gekommen.

Sie stellte die Vase auf den Boden zurück.

»Auf jeden Fall bin ich ausgeruht für das hier.«

Jillian Armacost war immer abends ausgeruht, denn sie schlief am Vormittag und ging erst nach Sonnenuntergang aus dem Haus. Dafür hatte sie Gründe.

Ihre schulterlangen glatten, nur an den Spitzen leicht gewellten Haare waren blondiert und gesträhnt, ihre dunkelgrünen Augen wirkten unter der Kerzenbeleuchtung fast braun. Sie hatte gerade und schmale, aber trotzdem kräftige Augenbrauen. Das ärmellose graue Baumwollkleid, es endete über den Knien, gab den Blick auf eine sehr helle Haut frei, die in seltsamem Gegensatz zu der trainierten Figur stand. Sie war siebenundzwanzig, aber sie sah aus wie siebzehn. Wie alle Kunden, die ihr zum ersten Mal begegneten, war auch die Erbin der Martinuzzi-Sammlung überrascht, daß Jillian Armacost, die wichtigste Glasgaleristin der Welt, so jung war.

Ein Krater bildete das Zentrum der Höhle. Die Kraterwülste waren kniehoch, der Krater war mit Sand aufgefüllt.

Jillian stockte der Atem.

Aus dem Inneren des Kraters ragten vier mindestens acht Fuß hohe Piante grasse aus grünem Vetro pulegoso – *Pianta grassa* war die italienische Bezeichnung für *Sukkulente* – in die Höhe.

Jillian war nicht groß, ihre einfachen schwarzen Lederstiefel hatten flache Absätze. Aber sie hätte sich nicht träumen lassen, daß sie einmal vor einer Pianta grassa stehen würde, zu der sie hochblicken mußte.

Die Stämme und Äste der Pflanzen waren aus kelchartigen Teilen zusammengesetzt, aufgereiht auf nicht sichtbaren Gerüsten aus Eisenstangen. Sie standen auf Steinen nachgebildeten Holzsockeln, die wiederum in Gipsuntersätzen verankert waren. Jillian kannte derart große Piante grasse nur von Abbildungen. Wenn sie sich richtig erinnerte, waren genau diese vier Ausnahmeobjekte bei der Quadriennale d'Arte in Rom 1931 ausgestellt worden, sie galten als verschollen. Die großen Piante grasse waren äußerst unhandlich, zum Transport mußten sie mühsam in ihre Einzelteile zerlegt werden. Mit Sicherheit handelte es sich hier nicht um Fälschungen, denn das Wissen war verlorengegangen, wie man Vetro pulegoso mit der für die Stücke von Martinuzzi so charakteristischen Patina herstellte.

Die Pflanzen hatten auf Jillian gewartet.

Diejenige mit den spitzen feuerroten Knospen streckte ihr freundlich die beiden größeren der drei aus dem Bodenteil herauswachsenden Äste entgegen, nur der kleinere zeigte in eine andere Richtung. Die Pflanze mit den herabhängenden kugelförmigen blauen Knospen richtete sich stolz auf, als sie Jillian sah, und stellte ihre langen gezackten Blätter auf. Diejenige mit der großen gelben Knospe beugte sich teilnahmsvoll zu ihr herunter, die breiten, in den Stamm eingehängten Blätter wandten sich ihr zu, wie um sie zu berühren. Nur die Pflanze mit dem dicksten Stamm, die auch nicht knospte, nahm keine Notiz von ihr.

Um die vier großen Pflanzen waren zahlreiche kleinere gruppiert, der aufgeschüttete Krater glich einem Wüstengarten. Jillian hatte fast alle der kleineren Modelle schon einmal gesehen, aber niemals in solcher Zusammenballung: ein kerzenförmiger grüner Kaktus in einem grünen Topf, eine sich in spitzen länglichen Blättern fächerartig entfaltende blaue Pflanze in einem runden gerippten blauen Topf, eine wie ein Unterwassergewächs aussehende Pianta grassa in einem glockenförmigen weißen Topf, ein aus drei Elementen bestehender hoher schwarzer Kaktus in einem durchsichtigen Gefäß mit schwarzem Rand und einer Blüte aus durchsichtigem Glas, eine blaue Pflanze mit drei sich öffnenden Kelchen in einem kugelförmigen blauen Gefäß sowie kleinere rote, blaue und grüne Blätterpflanzen in konischen Gefäßen der gleichen Farbe, immer golden irisierend.

»Wie wollen Sie das Geld?«

Jillian fuhr mit dem Zeigefinger der rechten Hand über eins der Blätter der Pflanze mit der gelben Knospe. Das Blatt war genauso staubig, wie man es erwarten konnte.

»Ein Scheck, eine Überweisung, Cash, eine kleine Überweisung und einen großen Teil Cash oder umgekehrt? – In Dollar, in Euro, in Schweizer Franken?«

Cindi Prescott mochte zwischen dreißig und vierzig Jahre alt sein, ihre kurzen schwarzen Haare, die die Ohren frei ließen, waren über den Augenbrauen gerade abgeschnitten, sie hatte sich nicht geschminkt. Mit Interesse nahm Jillian die Schweißflecken zur Kenntnis, die sich auf dem pinkfarbenen Tenniskleid zwischen den Brüsten, um den Nabel und über den Hinterbacken abzeichneten. In der Höhle war es nicht heiß.

»Sie wollen alles kaufen?«

»Sie wollen doch alles verkaufen. Wenn Sie Cash möchten, wird das zwei große Kelly Bags oder drei große Birkin Bags voller Geld geben.«

Cindi Prescott hatte Jillians Galerie im Internet gefunden. Es lag nahe, auch mit Galeristen aus Mailand zu verhandeln, Maurizio Cocchi und Franco Deboni, der Autor des Standardwerks über Venini, hatten ebenfalls Websites. Der Verkauf einer solchen Sammlung war Vertrauenssache, die Erbin hatte sich lieber an eine New Yorker Galerie gewandt. Daran tat sie gut, die italienischen Galeristen verfügten nicht über die finanziellen Mittel, die Sammlung als Ganzes anzukaufen, sie konnten sie höchstens weitervermitteln.

Es gab immer die Möglichkeit, die Sammlung en bloc in ein Auktionshaus einzuliefern. Cindi Prescott konnte in Turin Semenzato, in London oder New York Christie's oder Sotheby's beauftragen. Eine Auktion mit solchen herausragenden Stücken wäre eine Sensation und ein ungeheurer Prestigegewinn für das betraute Auktionshaus. Christie's oder Sotheby's würden eine Garantiesumme bieten. Der Katalog würde die Besitzerin unsterblich machen. Aber gehörte ihr die Sammlung wirklich? Wenn Zweifel an ihrer Eigentümerschaft bestanden: Auktionen hatten den Nachteil, daß sämtliche Summen, die flossen, offengelegt wurden.

Mit ihrer Digitalkamera fotografierte Jillian die Stücke so, wie sie arrangiert waren, und machte sich anschließend einige Notizen. Sie schrieb auf der umgestürzten Kirchenkanzel.

Die Art, in der Jillian vom Geld sprach, hatte Cindi Prescott sichtlich angst gemacht. Mit hilflos herabhängenden Armen drückte sie sich in eine Vertiefung der Höhlenwand. Als Jillian sich zum Gehen bereit machte, trat sie so nah an Cindi Prescott heran, daß diese nicht nach rechts und nicht nach links ausweichen konnte.

Sie fragte Cindi Prescott, ob sie wisse, welchem Zweck die Höhle früher gedient habe. Die schüttelte den Kopf. Der Geschäftsinhaber hatte ihr lediglich erzählt, daß hier Zusammenkünfte stattgefunden hatten, zu denen immer auch Leute aus Turin gekommen waren. In Italien und besonders in Turin gab es eine Tradition von Satanskulten. Die Höhle konnte gut einer entsprechenden Gesellschaft als Veranstaltungsort gedient haben.

»Es sieht so aus«, Jillian wies auf den Krater, »als hätte man hier einen Höllenschlund zugeschüttet.«

Jillian fühlte sich wohl neben dem Höllenschlund. Sie kündigte an, innerhalb von vierundzwanzig Stunden ein Angebot für die Sammlung zu machen.

Während Cindi Prescott Jillian zum Ausgang der Höhle begleitete, drehte sie sich mehrmals nach dem Krater um. Es kam Jillian so vor, als müsse sie sich beherrschen, um nicht plötzlich loszulaufen, weg von dem Krater. Es war gut, daß sie Angst hatte. Sie würde die Sammlung nicht in eine Auktion geben oder anderen Galeristen anbieten.

Jillian Armacost mußte bis zum Ende des Jahres drei Millionen Dollar verdienen. Mit dem Kauf und dem Weiterverkauf der Sammlung würde sie einen gewaltigen Schritt zur Erreichung ihres Ziels tun.

Als sie sich verabschiedet hatte und auf die nächtliche Straße trat, sagte sie laut: »Hey, I'm one happy gal!«

Die Falle Tijuana

Wenn auf die Todesangst das Ereignis folgt, dem sie gilt, stellt sich danach eine ungeheure Gelassenheit ein. Aber Jacob und Madeline waren nicht tot. Gefesselt mit Polizeihandschellen und Klebeband, lagen sie zwischen getrockneten Blutlachen auf dem Boden eines von einem Schußwechsel verwüsteten Raums. Die Nachmittagssonne schien ihnen grell ins Gesicht.

Um Chuy keinen Vorwand zu geben, auf ihn zu schießen, war Jacob mit erhobenen Händen aus dem Jeep ausgestiegen. Madeline hatte sich ein Beispiel an ihm genommen. Chuy berührte seine Maschinenpistole nicht, seine beiden Männer richteten die ihren auf Jacob und Madeline. Ohne jeglichen Widerstand ließen sie sich die Handschellen anlegen und in den Suburban verfrachten. Chuy und ein Komplize nahmen sie in die Mitte, der andere Helfer setzte sich auf die Ladefläche.

Jacob hielt es für geraten, Chuy gar nicht erst anzusprechen.

Mit den Händen in Handschellen schob Madeline ihr Oberteil hoch und zog ihren Rock herunter. Sie versuchte auch, sich die Haare zu richten. An einer roten Ampel fragte sie Chuy höflich, sie sprach spanisch, was denn bitte gegen sie vorliege und was er weiter mit ihnen vorhabe. Der neben Madeline sitzende Maskierte gab ihr ansatzlos eine Ohrfeige. Sie schrie laut auf, der Mann holte aus und gab ihr eine zweite Ohrfeige. Madeline wimmerte, der Mann holte nochmals aus, sie zuckte zusammen, seufzte aber nur noch unterdrückt. Der Mann zog seine Hand zurück.

Sie hatten vor einem aus unverputzten Ziegelsteinen gemauerten Haus gehalten, dessen turmartige Strukturen im

Obergeschoß es von fern wie eine kleine Kirche aussehen ließen. Sämtliche Fensterscheiben hinter den floralen Vergitterungen der Rundbogenfenster fehlten, in den Rahmen steckten nur noch Glassplitter.

Sie nahmen nicht die Eingangstür. Über die Garage und einen Innenhof, der einem Acker glich, betraten sie das Haus von hinten. Eine umgestülpte Sofagruppe mit zerrissenen Polstern versperrte ihnen den Weg. Die Theke der Einbauküche war mit leeren Bierflaschen vollgestellt.

Im Treppenhaus hing ein mehrstöckiger Lüster aus Schmiedeeisen. Angeschaltet beleuchtete er ein riesiges Wandgemälde. Auch im Dunkeln konnte man eine Kirche in einer einsamen Landschaft erkennen.

Die Wände waren innen gleichfalls nicht verputzt, der Boden und die Treppenstufen mit einer Art Cotto gefliest. Als Jacob im Treppenhaus kurz strauchelte, hielt er sich am Rand einer Aussparung in der Mauer fest. Die hellroten Ziegel unterhalb der Aussparung waren mit dunkelroten Flecken besprenkelt.

Vor ein paar Monaten hatte Jacob auf YouTube ein Video gesehen, das festhielt, wie das Militär ein Haus in Tijuana belagerte, in dem sich Mitglieder des Drogenkartells Arellano Félix verbarrikadiert hatten. Die Schießerei dauerte sehr lange. Der Kommentar informierte, daß alle im Haus befindlichen Personen, etwa ein halbes Dutzend, getötet worden waren.

Wenn Chuy die Absicht gehabt hätte, ihn und Madeline oder nur ihn zu erschießen, dann hätte er das im Innenhof oder in dem Parterreraum getan. Sie sollten hier nur zwischengelagert werden.

Chuys Komplizen brachten sie in einen Raum mit Blutfontänen an den Wänden. Das mußte das Zentrum des Widerstands gewesen sein. Hinter den verbeulten Eisenrahmen der Rundfenster hatten sich seitlich zusammenschiebbare Jalousien befunden, von ihnen waren nur noch kurze zerfranste Teile übrig. Die gewölbeartige Decke über ihnen zeigte Dutzende von Einschüssen.

Ungeduldig blickten die beiden Männer auf ihre Uhren. Offensichtlich hatten sie an diesem Tag noch etwas anderes vor, als Gringos in Angst und Schrecken zu versetzen. Während sie auf Chuy warteten, nahmen sie ihre Masken ab.

Schließlich zog der jüngere der beiden seine Pistole aus dem Halfter. Er kniete sich neben Madeline hin, stocherte mit dem Lauf der Pistole in ihrem Ausschnitt herum und zog ihn so weit herunter, daß er die Brustwarzen sehen konnte. Sie regten ihn nicht besonders auf. Sein Betätigungsfeld weiter nach unten verlagernd, hob er mit dem Pistolenlauf ihren Rock hoch, um ihr interessiert zwischen die Beine zu blicken. Madeline, die mit Verspätung begriffen hatte, daß es sich bei den Flecken an der Wand und auf dem Boden um Blut handelte, hatte seither jegliche lautliche Äußerung unterlassen. Den Pistolenlauf zwischen den Beinen, begann sie, wieder leise zu wimmern.

Jacobs Gesichtsausdruck entsprach wohl nicht dem, was der ältere der beiden von einem Gentleman in seiner Lage erwartete. Er trat Jacob in die Hüfte und fragte ihn in schwer verständlichem Englisch, warum er lache. Jacob gab zurück, er habe nicht gelacht. Der Mexikaner trat ihm noch einmal in die Hüfte. Jacob beteuerte, er werde nicht mehr lachen.

Während der jüngere den Pistolenlauf zwischen Madelines zusammengepreßten Beinen nach oben gleiten ließ, fragte er unbestimmt in die Runde, ob sie verheiratet seien. Sein

Englisch war nicht besser als das seines Kollegen. Madeline blieb stumm, Jacob ließ sich klar und deutlich vernehmen, sie seien verheiratet, aber nicht miteinander. Zwischen den beiden Mexikanern entspann sich eine Diskussion.

Jacob konnte etwas Spanisch lesen, und er sprach ein paar Brocken Spanisch. Aber wenn Mexikaner unter sich sprachen, verstand er kein Wort. Sie redeten unglaublich schnell und verschluckten die Konsonanten.

Nach den Tritten in die Hüfte hatte Jacob sich vor Schmerzen gekrümmt, dabei war sein Telefon aus der Jackentasche gefallen. Als der ältere Mexikaner es sah, beschimpfte er Jacob, weil er ihm nicht gesagt hatte, daß er ein Telefon dabeihatte, und er trat ihm erneut in die Hüfte. Man hatte Jacob nicht gefragt.

Der Mexikaner durchsuchte Jacob und nahm auch sein Portemonnaie und seinen Reisepaß an sich, als Chuy den Raum betrat.

Chuy war in den Vierzigern, aber er sah deutlich älter aus. Das lag an den tiefen Falten auf der Stirn, unter den Augen und am Kinn. Allerdings hatte er kein einziges graues Haar, und es gab keine Anzeichen, daß seine Haare gefärbt waren. Seine Hautfarbe war eher dunkel, trotzdem hatte sein Gesicht nichts von einem Indio, es war das eines Spaniers. Seine Ohren waren außergewöhnlich groß. Der obere Teil des linken Ohrs fehlte, der Rand war gezackt, als wäre das Ohr oben abgerissen oder abgebissen worden. Die regelmäßigen weißen Zähne standen in starkem Kontrast zu der knollenförmigen Nase. Sein Körper hätte der eines Indios sein können, er war klein und hatte einen breiten Brustkorb. Sein großer Kopf und sein rechteckiges Gesicht ließen ihn größer scheinen, als er war.

Beim Sprechen bewegten sich immer seine Ohren mit. Das

wirkte keineswegs lächerlich, vielmehr unterstrich es, was er sagte. Das Ohr, dessen oberer Teil abgerissen war, bedeutete keine Schwäche, sondern eine Drohung.

In der ersten Aufwallung seines Zorns hätte Chuy ihn tatsächlich umbringen können. Aber dann hatte er es sich anders überlegt. Jacob glaubte, Chuy wollte jetzt aus der Sache zwischen ihnen beiden ein Geschäft auf eigene Rechnung machen.

Kidnapping war eine boomende Branche in Mexiko, die Zuwachsraten lagen weit über denjenigen beim Drogenhandel und beim Menschenschmuggel. Die Mexikaner waren auch Vorreiter beim Virtual kidnapping. Wie aus dem Call center wurden Reihen von Telefonnummern abtelefoniert. Eltern mit schulpflichtigen Kindern erhielten einen Anruf, ihr Sohn oder ihre Tochter befinde sich in der Hand von Kidnappern. Vom Tonband wurde die Stimme eines verängstigten Mädchens oder Jungen eingespielt, die weinend um Hilfe bat. Die Eltern wurden angewiesen, binnen zwei Stunden Geld oder Wertsachen an einer bestimmten Stelle zu deponieren, sonst würden sie ihr Kind nicht wiedersehen. Das Kind saß jedoch aufmerksam oder unaufmerksam in der Schule oder befand sich auf dem Schulweg. Immer wieder lieferten verängstigte Eltern Geldbeträge und Wertsachen ab, ohne sich vorher zu erkundigen, ob ihr Kind überhaupt entführt worden war.

Das hier war kein Virtual kidnapping. Chuy kannte Madelines Vermögensverhältnisse, oder besser, diejenigen von Madelines Mann. Er wußte, bei Madeline war etwas zu holen. Bei Jacob war nichts zu holen. Aber das konnte er noch nicht wissen.

Chuy mußte auch bekannt sein, daß Madeline in Scheidung lebte. Jacob hoffte, daß Chuy diese Information seinen Komplizen vorenthielt. So, wie sich die beiden gaben, würden sie sich nur schwer vorstellen können, daß ein Ehemann Lösegeld für seine Ehefrau zahlte, von der er sich gerade scheiden ließ. Sie würden ihn und Madeline auf der Stelle erschießen.

Jacob war nicht minder unwohl, wenn er an die Erfolgsaussichten der Lösegeldforderung für seine Person dachte. Es war unmöglich, die Gläser in der Galerie schnell zu Geld zu machen. Aber in einer Notsituation konnte man zumindest versuchen, sie zu beleihen. Was würde Jillian tun, wenn man von ihr Lösegeld verlangen würde?

Mem'ries
Light the corners of my mind
Misty water-colored memories
Of the way we were ...

Das konnte doch nicht sein. Madeline sang.

Jacob drehte sich auf die Seite, die Bewegung tat seiner Hüfte nicht gut.

Madeline lag auf dem Rücken. Sie hatte die aneinandergefesselten Hände bis auf Brusthöhe angezogen. Zwar hielt sie sie nicht von sich weg, trotzdem wirkte es so, als würde sie in ein Mikrofon singen.

Ihr Vortrag war begleitet von einem künstlich dramatischen Ausdruck. Jacob wunderte sich, wie sie es fertigbringen konnte, den angesichts der Situation angebrachten natürlichen dramatischen Ausdruck zu überspielen.

Mem'ries
May be beautiful and yet
What's too painful to remember
We simply choose to forget
So it's the laughter
We will remember
Whenever we remember…
The way we were…

Sie wollte vergessen. Doch es war noch nicht vorüber. Es hatte ja noch nicht einmal richtig angefangen.

Jacob glaubte nicht, daß sich das *we* in dem Lied auf sie und ihn bezog.

In dieser Situation einen kitschigen Popsong zu singen bedeutete, sehr weit weg von der Realität zu sein. Wenn man eine zwar nicht ganz schlanke, aber doch sehr gepflegte Blondine war, dann lag die Erklärung nahe, daß es einigermaßen viel Geld war, welches diese Realitätsferne verursacht hatte. Chuy mußte zu dem Schluß kommen, daß Madeline beziehungsweise ihr Mann Geld genug hatten und zahlen würden.

Jillian hatte kein Geld. Für ihn, Jacob, würde niemand zahlen. Er war auf Madeline und ihren Mann angewiesen. Vorausgesetzt, das war eine Entführung.

Madeline sang zwar nicht wie Barbra Streisand, aber nahezu fehlerlos. Chuy und seine Helfer waren verstummt. Es war ihr tatsächlich gelungen, sich so etwas wie Respekt zu verschaffen, sofern dies unter den Umständen überhaupt möglich war. Sie, die vorher so rettungslos aufgelöst gewesen war, hatte plötzlich eine Art Stärke gezeigt. Sie hatte eindeutig ihre Position verbessert.

Als er seinen Blick auf die Wand gegenüber richtete, glaubte Jacob für einen Augenblick, dort seine vom Körper abgetrennte rechte Hand zu sehen, die in frischen Blutspuren herumwischte.

Wie um nachzuprüfen, ob sich seine Hand noch an seinem Arm befand, führte er sie in sein Gesichtsfeld. Da seine Hände aneinandergefesselt waren, brachte er sie in die gleiche Position wie vorher Madeline. Vor Verblüffung und Schrecken stand ihm der Mund offen. Chuy und seine Männer dachten, er wolle jetzt ebenfalls anfangen zu singen, und lachten verächtlich.

Shopping in Milano

Am nächsten Tag schlief Jillian unruhig, sie wachte schon am frühen Nachmittag auf. Sie hatte in einem Hotel unmittelbar an der Stazione Centrale Quartier bezogen. Es zeichnete sich vor allem durch seine niedrigen Decken aus, die Lobby wirkte wie das absurd große Wohnzimmer einer Etagenwohnung. Die Zimmerwände waren mit einem orangefarbenen Stoff bespannt, die Vorhänge ließen sich elektrisch öffnen und schließen. Tastete man im Dunkeln nach dem Lichtschalter neben dem Bett, geriet man unweigerlich auf den Schalter, der die Hausdame alarmierte. Von den drei Aufzügen war ständig mindestens einer außer Betrieb, Jillian hatte ein Zimmer im siebzehnten Stock, zu Stoßzeiten mußte sie jeweils minutenlang auf den Lift warten. Im Hotel waren viele Amerikaner und Japaner, aber wenige Italiener.

Die Nacht nach der Besichtigung der Sammlung hatte Jillian vor ihrem Notebook verbracht. Sie konnte die Sammlung nur vom möglichen Erlös her kalkulieren. Für die bildende Kunst gab es *artprice.com*, dort konnte man die Auktionsergebnisse aller versteigerten Werke aufrufen. Für die dekorative Kunst existierte nichts Vergleichbares, die Preisstruktur war bei weitem nicht so transparent wie bei der bildenden Kunst. Cindi Prescott konnte mit dem Internet umgehen, wenn sie sich bemühte, fand sie einzelne Preise, aus denen sie auf den Preisbereich schließen konnte, in dem sich die Objekte aus ihrem Besitz bewegten.

Die Vasen und Schalen sowie die kleinen Pflanzen ergaben zusammen eine Summe von zwei Millionen Dollar. Für die großen Piante grasse existierten keine Vorgaben, es gab keine Präzedenzfälle. Noch nie waren vergleichbare Objekte auf den Markt gekommen, und noch nie hatte ein Sammler für ein Martinuzzi-Glas einen Preis gezahlt, der auch nur halb so hoch war wie der, den Jillian für jede der großen Piante grasse ansetzte: eine halbe Million Dollar.

Jillian würde zwei Millionen bieten. Höher würde sie nur gehen, wenn sie genügend Sicherheit auf der Verkäuferseite hatte. Mit einer entsprechenden Kaufzusage konnte sie sich auch vorstellen, die ganze Sammlung für zweieinhalb Millionen zu erwerben. Jeder Preis darüber war zu hoch.

Es machte keinen Sinn, die Sammlung auseinanderzureißen. Wer über die Möglichkeit verfügte, diese einzigartige Sammlung zu erwerben, würde auch bereit sein, einen Bonus für die Vollständigkeit zu zahlen. Drei Kunden kamen in Frage: Tom Benford, ein New Yorker Rechtsanwalt, Douglas Robinson, ein junger Erbe aus Miami, und Jonathan Bova, der Chief Financial Officer einer Firma in Los Angeles, die Fernsehfilme produzierte.

Sofort nach dem Aufwachen versuchte Jillian, die drei telefonisch zu erreichen. Sie kam nicht über die Sekretärinnen hinaus, die ihr jedoch alle einen Rückruf zusicherten.

Sie rief auch Cindi Prescott an und erklärte ihr, die Schätzung der Gläser dauere länger, als sie gedacht habe, sie werde sich in den nächsten Tagen melden. Der Erbin lag daran, das Geld unter der Hand zu bekommen. Was den Verkauf nicht erleichterte und den Spielraum für Jillian erweiterte: Cindi Prescott würde, wenn es zur Abschlußverhandlung kam, Jillians Preis akzeptieren.

Auf jeden Fall war es sinnvoll, sie erst einmal hinzuhalten. Jillian brauchte zusätzliche Sicherheit. Sie mußte mit den möglichen Käufern gesprochen haben, bevor sie ihr Angebot machte.

In New York besuchte Jillian niemals die Geschäfte auf der

Fifth Avenue oder der Madison. Sie befürchtete, wenn Kundinnen oder Kunden sie dort sähen, würden sie annehmen, daß sie mit ihrer Galerie zu gut verdiente, daß ihre Preise überteuert waren.

Der Mainachmittag war wolkenverhangen, aber trocken. Jillian nahm ein Taxi und ließ sich zur Via Monte Napoleone fahren.

Sie brauchte eine Zeitlang, ehe sie begriff, in welcher Farbe die Inneneinrichtung des Prada store gehalten war. Kaum hatte Jillian das Geschäft betreten, war sofort eine ganz in Schwarz gekleidete Verkäuferin auf sie zugekommen. Jillian hatte abgewinkt, sie wollte sich nur umsehen. Sie überlegte, war es Grün, war es Grau, war es Blau, um dann zu dem logischen Schluß Türkis zu kommen. Im Erdgeschoß wurden die Schuhe und Taschen in jeweils zwei übereinanderliegenden waagrechten Aussparungen der Kulissenwände ausgestellt. Die indirekte Beleuchtung über den Taschen und Schuhen war heller als die Deckenbeleuchtung. Die Schuhe probierte man auf violetten Sofas an, die aussahen, als habe man zwei langgestreckte glatte Quader aneinandergestellt. Im ersten Stock hingen die Kleider in mannshohen Aussparungen der Kulissenwände.

Jillian las regelmäßig *Harper's Bazaar* und die amerikanische *Vogue*. Die ausgestellten Teile wirkten zugleich vertraut und völlig unbekannt.

Der Überschuß an Raum in den Kulissenwänden machte die Taschen und die Schuhe größer, Jillian fühlte sich bombardiert. Aber sobald sie ihren Blick nicht mehr auf die Gegenstände richtete, schienen sich diese unendlich weit zu entfernen. Selbst die Teile in den in der Mitte der Räume aufgestellten Vitrinen wichen vor ihr zurück.

Das Geschäft von Dolce & Gabbana in der Via della Spiga

war kein Geschäft, es sollte nichts verkauft werden. Die Kleidungsstücke hingen zwischen verspiegelten Raumteilern, historistischen, von Goldverzierungen strotzenden und mit grellen Stoffen oder mit Raubtierfellimitaten überzogenen hohen Sesseln, zwischen alten Amphoren, in denen Kakteen wuchsen und um die herum Palmen gepflanzt waren, und riesigen alten Spiegeln, die einfach an der Wand lehnten. Hier waren Fotografien aus verschiedenen Zeitschriften aneinander- und übereinandergelegt und Wirklichkeit geworden. Es ging nicht um Glamour, hier wurde das Nicht-Zusammenpassen angebetet, der formale Fehler. Natürlich gab es in dem Geschäft keine Fehler, und schon gar keine formalen. Die ausgestellten Teile mußten mit der Dekoration konkurrieren, es gelang ihnen. Jillian strich mit der Hand über die Rückenlehne eines Raubtiersessels. Die auf den Holzteilen viel zu dick aufgebrachte Goldfarbe hatte überall Risse und blätterte ab. Der Gedanke, daß es gar nicht möglich war, in einem Geschäft Glamour zu vermitteln. Die Überlegung, daß jeder Versuch, irgendeine Form der Vertrautheit zwischen den Teilen und den Kunden und den Kunden und den Teilen herzustellen, fehlschlagen mußte.

Sie versuchte, einen Weg zu nehmen, auf dem sie sich möglichst nicht in den Spiegeln sah. Tauchte sie in einem Spiegel auf, ging sie zurück, bis sie sich nicht mehr erblickte, und schlug eine andere Richtung ein. Nach mehreren Anläufen gelang es ihr, das gesamte Geschäft zu durchmessen, ohne sich selbst zu sehen.

Anders als nach dem Besuch im Prada store konnte sie sich nach dem Verlassen dieses Geschäfts an ein Teil erinnern, das sie gesehen hatte, an eine leuchtendrote Pelzjacke. Davor hatte ihr derart gegraut, daß sie sich abwenden mußte.

Aber sie konnte das Bild der roten Pelzjacke in den gold-umrahmten Spiegeln nicht unterdrücken.

Jillian gelangte zur Via Manzoni. Von dieser bog sie wieder in die Via Monte Napoleone ein und ging zum Gucci store. Seit Tom Ford Gucci verlassen hatte, interessierte Gucci sie nicht mehr. Sie konnte sich nicht dazu durchringen, das Geschäft zu betreten.

Um acht Uhr war sie im Nobu, dem japanischen Restaurant im Armani Megastore auf der Via Manzoni, mit Niccola Carofiglio verabredet, einem Galeristen aus Mailand, dem sie in der Vergangenheit Gallé-Gläser verkauft und von dem sie Venini-Gläser gekauft hatte. Sie traf ihn jedesmal, wenn sie sich in Italien aufhielt.

Die Mode, die Accessoires, die Möbel und die Bücher im Armani Megastore waren alle in das gleiche warme graue Licht getaucht, das schon den Gedanken an eine grelle Farbe zur Skurrilität werden ließ. Das Verhältnis von Ausstellungsstücken zu ungenutztem Raum war noch extremer als bei Prada. Aber hier profitierten die Teile als Teile nicht. In manchen Bereichen hatte Jillian das Gefühl, die Teile sollten gar nicht sich selbst präsentieren, vielmehr hatten sie lediglich die Funktion von Überschriften. Hier wurde die Pause, die Leere ausgestellt. Das Wirkliche wurde zum Phantom, das Erscheinen und das Verschwinden begegneten sich zwischen den Teilen, die Phantasie konnte sich entfalten. So, wie es der Designer wollte.

Lange blieb Jillian vor einer Kombination stehen, einer gerade geschnittenen weiten schwarzen Hose mit Bügelfalten und einer kurzen weißen Jacke mit langen Ärmeln und breiten Revers. Die weiße Jacke war schwarz gemustert, die schwarze Hose entlang der Bügelfalten weiß gemustert. Schwarz und Weiß waren keine Farben, wenn es Farben waren, dann nicht solche des Lebens. Jillian trug niemals weite Hosen. Es schien ihr völlig unvorstellbar, daß jemand, der diese Kombination anhatte, seinem Gegenüber nicht beständig in die Augen blickte, nicht versuchen würde, es an den Händen oder im Gesicht zu berühren, um sich Lebensenergie zuzuführen.

In so ausgesuchte Restaurants wie das Nobu ließ Jillian sich in New York nur von Kunden einladen. Das Nobu in Mailand erstreckte sich über zwei Etagen, Jillian hatte im ersten Stock reservieren lassen. Die Tische mit den bequemen Sitzbänken an den Wänden wurden nur für größere Gruppen vergeben. Da sie zu zweit waren, hatten sie einen Tisch in der Mitte zugewiesen bekommen.

Der verglaste untere Teil der Sushi-Bar war gelblich beleuchtet, die Deckenfluter waren ebenfalls gelb. Die raumhohen Schiebeeinheiten aus cremefarbenem Papier vor der Fensterverglasung ließen die abendliche Stadt lediglich ahnen. Die rötlichen Sesselpolster auf den Stühlen, Sitzbänken und Barhockern zogen das gelbe Licht magisch an. Das Licht irritierte Jillian derart, daß sie ihre Sonnenbrille aufsetzte.

Sie nahm Platz. Es war acht Uhr, Carofiglio war noch nie pünktlich gewesen. Sie bestellte einen grünen Tee.

Die anderen Gäste des Restaurants sahen nicht so aus, als hätten sie die Geschäfte auf der Via Monte Napoleone und der Via della Spiga nur besichtigt.

Carofiglio stand an der Bar, an einen Hocker gelehnt. Er trug ein schwarzes Jackett über einem einfachen weißen T-shirt, im Gegensatz zu den anderen Italienern hatte er es in seine Blue jeans gesteckt. Das Jackett verbarg, wie muskulös er tatsächlich war. Er hatte ein sehr regelmäßiges Gesicht, der Haaransatz bildete eine vollkommene Parallele zu den Augenbrauen, zum Mund und zu dem ebenfalls geraden Kinn. Sein dichtes schwarzes Haar ließ er nicht über die Ohren wachsen, auch ohne Scheitel wirkte es geordnet. Sie nahm die Sonnenbrille ab. Aber erst als sie eine entsprechende Geste machte, kam er an ihren Tisch.

»Come stai?«

Jillian verstand Italienisch. In Italien sprachen ihre Geschäftspartner italienisch mit ihr, sie antwortete in ihrer Muttersprache.

»I always feel terrific in the presence of a handsome man! – And this is not a fib!«

Es war geschwindelt. Genauso alt wie Jillian und homosexuell, war Carofiglio der offizielle Freund von Giuseppe Buonavolontà, einem sehr bekannten Galeristen aus Rom. Alle wußten, das Kapital für das Geschäft Carofiglios kam von Buonavolontà. Keiner wußte, daß Jillian mit Frauen schlief. Daß der einzige Mann, mit dem sie je geschlafen hatte, ihr Ehemann war. Jacob war genau doppelt so alt wie sie. Buonavolontà hatte etwa das Alter von Jacob.

Carofiglio hatte eine für einen Italiener betont unaufgeregte Stimme. Nichts in seinen Bewegungen, nichts darin, wie er sich kleidete, wie er sich gab, wies im geringsten auf seine Homosexualität hin.

Manchmal überlegte Jillian, es müsse vielleicht doch interessant sein, mit einem anderen Mann zu schlafen, um den Unterschied zu sehen. Sie hatte keine Angst, den Mann nachher nicht wieder loszuwerden. Im Gegenteil. Sie amüsierte sich bei der Vorstellung, einen in sie verliebten Mann dazu zu bringen, seine Lage neu zu durchdenken.

Während sie Höflichkeiten austauschten, gestand Jillian sich ein, Carofiglio war der einzige Mann außer Jacob, mit dem ins Bett zu gehen sie sich vorstellen konnte. Er sah gut aus, das war eine Vorbedingung. Jacob sah ebenfalls gut aus. Sie schlief auch nicht mit häßlichen Frauen. Was Carofiglio für sie anziehend machte, war das Gefühl, er hielt von der Welt ähnlichen Abstand wie sie selbst.

»Wie geht es Giuseppe?«

Jillian hatte Buonavolontà das letzte Mal vor drei Jahren gesehen.

Das Restaurant war klimatisiert, trotzdem hatten andere Männer ihre Jacken ausgezogen. Carofiglio machte keine Anstalten, dasselbe zu tun. Im Gegenteil, er schob die Schultern vor, als wäre ihm kalt.

»Giuseppe hat einem Banker in Tokio mehrere Gallé-Gläser verkauft. Der Banker hat ihn in den Celux Club im Louis Vuitton Omotesando Building mitgenommen.

»Die Mitgliedsgebühr beträgt zweitausend Dollar, auch wenn man nur einmal hineingeht. In dem Club kann man Produkte von Louis Vuitton kaufen, die noch nicht auf dem Markt sind, und limitierte Editionen von anderen Marken. Der Banker hat die Eintrittsgebühr für Giuseppe bezahlt. Während einer Lunch party mit einem Sake-Meister ist Giuseppe ohnmächtig geworden. Er lag drei Tage in Tokio im Krankenhaus. Die Ärzte fanden nichts, sein Herz war in Ordnung, der Blutdruck allerdings zu hoch. Die Ärzte rieten ihm, nicht mehr zu rauchen und abzunehmen.

»Er ißt jetzt kein Fleisch mehr, nur noch Fisch und Pasta, kein Dolce, nur noch Früchte, er trinkt jede Menge Wasser. Wenn er überhaupt Alkohol trinkt, dann Rotwein. Ab und zu genehmigt er sich allerdings eine Tafel Schokolade, aber nur Fondente.«

Vor ihrem geistigen Auge ließ Jillian alle Kunden paradieren, die dieselbe Anti-Entzündungs-Diät einhielten.

»Er nimmt Multivitaminpräparate, Kalzium und ein paar Baby-Aspirin ...«
Carofiglio lächelte.
»Du weißt, wir haben ein Weingut in der Toskana, in der Nähe von Greve. Wir bewirtschaften es nicht selbst, die Weinberge sind an ein anderes Weingut verpachtet. Hinter dem Haus hat er ein Labyrinth angelegt. Genauer gesagt: den mit Steinen gezeichneten Grundriß eines Labyrinths.
»Er wandert stundenlang im Labyrinth. Nach welchem System, erklärt er mir nicht. Ich glaube, er legt alle im Labyrinth möglichen Wege zurück. Erst ganz am Schluß erreicht er den Mittelkreis.«
»Gehst du auch ins Labyrinth?«
Carofiglio schüttelte den Kopf.
»Wenn Giuseppe im Labyrinth ist, lese ich Zeitung. Neben dem Labyrinth, auf einer Bank im Schatten eines Baums.«
»Hat er im Labyrinth sein Telefon dabei?«
Die Italiener trennten sich nie von ihrem Telefon.
»Er gibt es mir, ich nehme die Anrufe entgegen. – Wenn es dringend ist, nimmt er den kürzesten Weg aus dem Labyrinth heraus. – Nie würde er über die Steine springen.«
In Jillians Vorstellung überlagerte sich das Bild, wie Buona-volontà unter einem wolkenlosen Himmel in seinem Labyrinth um dessen Mittelpunkt kreiste, mit demjenigen Jacobs, der in einer mexikanischen Wüste unter einer glühenden Sonne eine schnurgrade Spur zog.
»Was machst du in Europa?«
Den linken Arm auf das Rückenpolster des Stuhls abgestützt, bewegte Jillian den ganzen Körper hin und her.
»Ich bin an der größten Martinuzzi-Sammlung dran, die du je gesehen hast!«
Sie fuhr sich mit beiden Händen die Hüften entlang.

»In der Sammlung gibt es außerdem vier riesige Piante grasse. Für die Quadriennale von Rom 1931 angefertigt.« Jillian hatte sich das Venini-Buch von Deboni besorgt, in dem die 1931 in Rom gezeigten Exemplare abgebildet waren. Bei den Piante grasse in der Höhle handelte es sich tatsächlich um die verschollenen Exemplare.

Carofiglio atmete durch den geöffneten Mund aus, es machte *whoosh*. Er schloß den Mund und atmete tief und hörbar durch die Nase ein, er hielt den Atem eine Zeitlang an, öffnete den Mund wieder und atmete noch lauter als vorher aus. Jillian fiel auf, daß er dabei die Spitze seiner Zunge von hinten gegen die Zähne oder gegen den Kiefer preßte. Die Prozedur wiederholte er ein halbes dutzendmal.

»Eine Entspannungsübung, die ich von Giuseppe gelernt habe. Er macht das immer, wenn er aufgeregt ist oder sich gestreßt fühlt.«

Carofiglio erkundigte sich, wem die Sammlung gehöre. Jillian spielte mit offenen Karten. Sie antwortete, einer Amerikanerin aus Brooklyn. Cindi Prescott hatte keine Kontakte hier, wenn sie doch von sich aus Carofiglio ansprechen würde, konnte Jillian nichts dagegen tun.

»Hast du einen Sammler dafür?«

Jetzt zog Carofiglio doch seine Jacke aus. Das enge weiße T-shirt bildete jeden Muskel seines Oberkörpers ab. Als er nach seinem Becher mit dem grünen Tee griff, konnte Jillian sehen, wie er unter den Achseln schwitzte.

»Ja, ich habe einen neuen Sammler – er sammelt Keramiken von Gio Ponti, aber er hat schon so viele.«

»Hat er auch genügend Geld?«

»Er ist Rechtsanwalt und berät Berlusconi.«

»Vier Millionen Dollar. – Ich muß zweieinhalb Millionen zahlen, eine Million für mich, eine halbe Million für dich.«

Jillian hatte nicht vor, für den Deal mit Carofiglio zusammenzuarbeiten. Er war nicht dazu in der Lage, ihn zu finanzieren. Aber man wußte nie – vielleicht konnte er ihr tatsächlich hier einen Käufer für die Sammlung vermitteln. Sie sah, wie es in Carofiglio arbeitete. Um Fragen nach der Sammlung zu umgehen, die zu beantworten sie keine Lust hatte, fragte sie ihn, ob er noch male.

Carofiglios Vater war Chemiker bei der Montedison gewesen, Leiter einer Abteilung, die Pflanzenschutzmittel entwickelte. Als Kind hatte Carofiglio den Vater oft ins Friaul begleitet, wo dieser in den firmeneigenen Wäldern Versuche mit neuen Produkten überwachte. Der Vater erklärte dem Sohn die Wirkmechanismen der Pflanzenschutzmittel, aber der Sohn wollte nicht wissen, warum einzelne Organismen sich entwickelten oder nicht. Für ihn war alles eine Einheit. Die Bäume und die anderen Pflanzen des Walds, die Tiere, die ihn bevölkerten. Er beobachtete die Würmer, die Raupen, die Ameisen, die Mücken. Überall sah er Gemetzel, Krankheit und Tod. Ihn interessierten die Muster, die sich daraus ergaben. Der einzige Effekt des Unterrichts durch den Vater bestand darin, daß der Sohn tote Mäuse und tote Vögel aufsammelte und im Kühlschrank lagerte, sie eine gewisse Zeit herausnahm, sie wieder in den Kühlschrank zurücklegte und erneut herausnahm, um so die verzögerte Verwesung der Tierkadaver zu studieren.

Als Jillian ihn kennengelernt hatte, hingen die Wände seiner Wohnung voll mit seinen Bildern. Der dunkle Untergrund erinnerte an Schlamm, Asche oder geronnenes Blut. Alle Figuren hatten etwas Fliehendes, als versuchten sie eiligst, von der Bildfläche zu verschwinden. Carofiglio verwendete Pappstücke, Watte, Pflaster und medizinische Sal-

ben. Ein Bild war Jillian besonders im Gedächtnis haften-
geblieben, der Garten eines Hauses war mit sich überlappenden Heftpflastern dargestellt.

»Nein, ich mache keine Bilder mehr.«

Carofiglio sagte nie, er *male* Bilder, er sprach immer davon,
daß er Bilder *mache*.

»Ich habe nie etwas mit Farbe anfangen können. Farbe war
für mich zu real, sie ließ zuwenig Platz für Träume. Einmal
habe ich eine Tube Kadmiumgelb mit fünfundzwanzig Tuben Schwarz gemischt. Schwarz hat Tiefe. Schwarz ist wie
ein Portal, das man durchschreitet. Man sieht das, wovor
man Angst hat, man sieht das, was man liebt. Was in einem
selbst ist, offenbart sich.

»Ich hatte die Bilder in meiner Wohnung aufgehängt. Nur
Giuseppe kannte sie. Als ich meine Galerie eröffnete,
wollte ich sie dort zeigen. Ich dachte darüber nach, wie die
Kunden meine Bilder wohl finden würden. Da wurde mir
plötzlich klar, daß jeder, der meine Bilder betrachtete, zu
dem Schluß kommen mußte, das zentrale Thema meines
Lebens sei Finsternis und Verwirrung.«

Jillian mußte an Buonavolontà denken. Er war Albino und
unglaublich häßlich. Die oberste Schicht seiner Haut
wirkte durchsichtig, als wäre die Haut wegen ihrer Verletz-
lichkeit durch eine zweite geschützt. Er hatte keine Haare
auf dem Kopf, er mußte sich nicht rasieren, da wuchsen
keine Haare. Seine großen und eckigen Ohren schienen im
Gegenlicht ebenfalls durchsichtig zu sein. Riesige Wülste
über den Augen beherrschten sein Gesicht, sie gingen in
eine breite asymmetrische Nase über. Das Weiße in Buonavolontàs Augen war immer rotgeädert, die Pupillen schim-
merten dunkelrot. Seine Lippen waren aufgedunsen und
rissig, seine Zähne gesund, aber schief. Er hatte ungewöhn-

lich lange Eckzähne, die er absichtlich nicht richten ließ, ein regelmäßiges Gebiß hätte nicht zu seinem Gesicht gepaßt. Er war kräftig und nicht dick. Für einen Mann hatte er ungewöhnlich lange Fingernägel.

Buonavolontà war so häßlich, daß Jillian ihn auf eine Weise, über die sie sich selbst lieber keine Rechenschaft ablegen wollte, durchaus anziehend fand.

Sie verschränkte die Arme über dem Kopf.

»Und ist dein Leben Finsternis und Verwirrung?«

Carofiglio zuckte verächtlich mit den Schultern.

»Ich habe überlegt, ob ich nicht hellere, farbigere Bilder machen soll. Aber ich sehe immer wieder, daß Farbe auf Bildern billig und dumm aussieht. Die einzigen Farben auf Bildern, die mir gefallen, sind Erdtöne. Ich dachte daran, mehr Rot und mehr Gelb zu verwenden, Rot für Blut und Gelb für Feuer.«

Er atmete tief durch, ohne jedoch wieder seine Entspannungsübung zu machen.

»Ich habe keine Bilder mehr gemacht. Seit ich meine Galerie habe, ist mein Leben nicht mehr Finsternis und Verwirrung.«

Die Trambahnschienen in der Mitte der Via Manzoni reflektierten das Licht der Fahrzeuge, als wären in der Straße Lichtbänder verlegt. Vor dem Armani Megastore säumte eine Reihe von kugelförmig geschnittenen Buchsbäumchen den Bürgersteig. Jillian wartete, bis der Verkehr spärlicher floß, und paßte einen Moment ab, in dem weder auf ihrer Seite der Straße noch auf der anderen Fußgänger in der Nähe waren, und trat dann mit aller Kraft gegen den ihr am nächsten stehenden Topf. Die Spitzen ihrer Stiefel waren mit Eisen beschlagen. Der Topf zerbrach mit einem wie klagenden Geräusch, ehe er in sich zusammenfiel. Die Erde schien von den Wurzeln des Bäumchens regelrecht wegzustreben.

Carofiglio wollte sich in den nächsten Tagen bei ihr melden. Der Deal war eine Nummer zu groß für ihn. Jillian ärgerte sich, ihn überhaupt auf die Sammlung angesprochen zu haben.

Die Gäste, die den Armani Megastore verließen, nahmen den zerbrochenen Topf und den Baum mit dem lächerlich dünnen Stamm, der fern von der Erde lag, in die er eingepflanzt gewesen war, genausowenig zur Kenntnis wie die anderen Fußgänger auf der Straße.

Jillian hatte vorgehabt, durch die Bogen der alten Stadtmauer am Beginn der Via Manzoni hindurch zur Piazza Cavour zu gehen und dort ein Taxi zum Hotel zu nehmen. Aber die Lichtbänder in Richtung der Piazza della Scala leuchteten heller als die zur Piazza Cavour.

In der Scala fanden keine Vorstellungen statt, das Gebäude wurde umgebaut, ein Veranstaltungssaal in der Bicocca diente als Ausweichquartier. Einmal war Jillian während einer Premiere mit dem Taxi vorbeigefahren. Sowohl unter den ebenerdigen Arkaden als auch auf der Piazza davor harrten Hunderte von Neugierigen auf das Ende der Vorstellung. Früher hatten die Pferdekutschen der Besucher auf der Piazza della Scala gewartet. Der Fahrer erklärte Jillian, bei besonders gelungenen Vorstellungen oder für besonders berühmte Sänger hätten die Besucher nach der Vorstellung die Pferde von ihren Wagen abgespannt, um den Sängern ihre Reverenz zu erweisen.

Jillian war noch nie in der Scala gewesen. Sie überlegte, ob sie nicht vielleicht eine Vorstellung in der Bicocca besuchen sollte. Sie hatte ein Kleid dabei, das für die Oper geeignet war, ein einfaches kurzes, leicht ausgeschnittenes schwarzes Kleid mit dünnen Trägern.

Der taghell beleuchtete Dom war ihr immer wie ein Raumschiff erschienen, die Piazza del Duomo als Raumhafen. Die unzähligen gotischen Türme und Verzierungen waren ins Weltall gerichtete Antennen, die gotischen Fensterunterteilungen und die blinden Scheiben unbekannten Technologien geschuldet, das Eingangsportal bildete die Versorgungsschleuse. Die flachen Treppen gehörten zum Dock, die Eingänge zur Metropolitana waren die Versorgungsschächte. Die goldene Madonnina wurde angestrahlt, der Turm selbst lag im Dunkeln, der Heilige schwebte über dem Dom. Die Lampen um die Piazza del Duomo herum erinnerten an eine Flugplatzbeleuchtung.

Jillian schlenderte über den Platz. Der Palazzo Reale, dessen Fassade im achtzehnten Jahrhundert vom selben Architekten neu gestaltet worden war, der auch die Scala gebaut hatte, diente jetzt als Museum. Auf der Straße, die zum Palazzo Reale hinführte, stand ein beleuchteter Getränkewagen. Am Steuer eines roten Ferrari Spider wartete ein Junge in einem gelben Pullover mit V-Ausschnitt auf der bloßen Haut – es mußte ein Kaschmirpullover sein – auf einen Jungen in einer weinroten Baseballjacke, der sich an der Theke mehrere Getränkedosen auflud. Ein dritter Junge ging zielsicher auf Jillian zu. Er trug ein dunkelblaues Hemd, die oberen Knöpfe offen, die Ärmel umgekrempelt, über extrem engen Jeans, seine Füße steckten in spitzen hellbraunen Loafers. Als einziger der drei hatte er wirklich schwarzes Haar.

Alle drei Jungen waren deutlich jünger als Jillian, aber sie hielten sie für gleichaltrig oder vielleicht sogar für jünger als sie selbst.

Der Junge in der Baseballjacke balancierte seine Getränkedosen zum Auto, dabei blickte er Jillian unverwandt an. Der Fahrer des Ferrari setzte mit großer Geste eine dunkle schmale Sonnenbrille auf, dabei wandte er ebenfalls den Kopf in ihre Richtung. Der Junge in dem blauen Hemd streckte die Arme mit den Handflächen nach oben zur Seite, als wolle er seine Unschuld beteuern.

»Ciao, io sono Claudio. E tu?«

»So not interested.«

Wie immer, wenn sie nein sagte oder sich gegen etwas wehrte, sprach Jillian mit einer fast quäkenden Stimme.

Sie machte eine unwirsche Bewegung mit dem Kopf und wollte sich zur Seite drehen, aber in diesem Augenblick kam der Junge mit den Getränkedosen angelaufen. Er konnte die Dosen nur im Gleichgewicht halten, während er in Bewegung war, sobald er still stand, fielen alle zu Boden.

Der Junge wandte sich auf englisch an Jillian und bemühte sich, so akzentfrei wie möglich zu sprechen. Er bat Jillian, seinen Freund zu ignorieren. Die heruntergefallenen Dosen versperrten ihr den Weg. Gegen ihren eigenen Willen lächelnd, gab sie dem Jungen Gelegenheit, sich zu erklären.

»My name is Marcello. I study engineering, and I …«

Er hob seine Dosen auf, um gleich wieder mehrere zu Boden fallen zu lassen.

»I feel like a complete jerk.«

Jillian nannte ihren Vornamen.

Es gefiel Jillian, wie er auf Knien seine Dosen aufsammelte.

»Ich bin mit meinen Eltern da. Mein Vater hat hier geschäftlich zu tun. Er ist … auch Ingenieur.«

»Wir haben etwas gemeinsam!«

Der Junge balancierte gewagt mit seinen Dosen.

»Ich meine, natürlich bin ich noch nicht Ingenieur, und dein Vater ist …«

»Ich studiere ... Mathematik.«

Der Junge kam gar nicht auf den Gedanken, daß sie die Pausen in ihrer Rede machte, weil sie alles, was sie erzählte, in dem Moment erfinden mußte.

»Mathematik? – Du studierst Mathematik?«

Hilfesuchend wandte er sich zu dem Ferrari um. Der Junge, der Jillian zuerst angesprochen hatte, war eingestiegen und streckte die Beine durch das heruntergekurbelte Fenster der halb geöffneten Beifahrertür. Während der Fahrer Jillian weiter unverwandt anblickte, sah der Beifahrer gelangweilt zum Dom hoch.

Jillian sagte, sie verstehe Italienisch. Sie blickte den Jungen freundlicher an, als sie es vorgehabt hatte. Er könne ruhig italienisch sprechen, sie spreche englisch.

»Mein Freund wollte dich zu einem Rotaract dinner einladen. Morgen.«

Der Junge schlug den Blick zu den Dosen nieder, die er im Arm hielt. Da Jillian schwieg, redete er weiter.

»Ich weiß nicht, ob das wirklich meine Freunde sind ...«

Er sprach jetzt leise, als ob ihn die anderen hören könnten.

»Unsere Väter sind im Rotary. Sie wollen, daß wir auch in den Rotary gehen. Wegen der geschäftlichen Verbindungen ... Aber das sind so öde Parties, mit so öden Leuten ... Du könntest natürlich mein Schicksal erleichtern, wenn du mich begleiten würdest!«

»Ich wünschte, ich könnte ...«

In diesem Augenblick hupte der Ferrari, der Beifahrer schlug die Tür zu, der Fahrer fuhr mit quietschenden Reifen an, um nach wenigen Metern scharf abzubremsen und wieder zum Stehen zu kommen.

Jillian tat, als habe sie ihre Meinung geändert.

»Warte ... morgen?«

»Im Principe di Savoya«, antwortete der Junge begeistert, »um neun Uhr! – Ich hole dich ab!«

Als ob sie nachdenken würde, sagte Jillian, ihr Vater habe morgen ein Geschäftsessen im Boeucc, das war ein Restaurant hinter dem Dom, in dem vor allem Japaner verkehrten und in das sie nie ging. Ihre Mutter wolle mit ihr die Oper besuchen, aber sie hätten noch keine Karten. Außerdem sei ihre Mutter abends immer sehr müde.

»Mailand ist anstrengend!«

Dem Jungen fiel wieder eine Dose auf den Boden, aber er dachte nicht mehr daran, sie aufzuheben.

»Wir sind im Four Seasons.«

Das Four Seasons befand sich in einer Querstraße zwischen der Via Monte Napoleone und der Via della Spiga. Vor ihrem Treffen mit Carofiglio war Jillian daran vorbeigegangen.

»Ich habe Zimmer Nummer 337.«

Der Fahrer des Ferrari hupte ungeduldig.

»Ruf mich morgen zwischen fünf und sechs Uhr nachmittags an, dann weiß ich sicher, ob ich kann.«

Mit einem lauten *ciao* spurtete der Junge zu seinen Freunden im Ferrari hinüber.

Er hatte nicht einmal nach ihrem Nachnamen gefragt. Er würde es nicht in anderen Hotels versuchen, wenn er erfuhr, daß es im Four Seasons auf Zimmer Nummer 337 keine Jillian gab.

Eine Gruppe von marokkanischen Jungen, alle in Blue jeans und T-shirt, hatte aus der Ferne den Ferrari bewundert und verfolgt, wie Jillian mit dem Jungen in der Baseballjacke gesprochen hatte. Kaum hatte der ihr den Rücken zugedreht, lief ein Marokkaner auf Jillian zu. Sie zuckte zusammen. Der marokkanische Junge sah, daß sie erschrocken war, hob entschuldigend die linke Hand und wies mit der rechten auf die am Boden liegende volle Coladose. Jillian verstand und nickte. Der Junge hob die Dose auf, nicht ohne grazie zu sagen, und kehrte zu seiner Gruppe zurück.

Die Jungen mit dem Ferrari hatten sie einfach nur in eine Disco abschleppen wollen. Sie waren gute Freunde und spielten das Spiel mit den verteilten Rollen nicht zum ersten Mal. Die drei merkten sofort, wer von ihnen am besten mit einem Mädchen konnte, dem ließen sie dann den Vortritt. Als der Junge in der Baseballjacke gehört hatte, daß sie Amerikanerin war, hatte er sich blitzschnell eingeschaltet. Der Ferrari sprach nicht gerade dagegen, daß sie im Rotaract waren. Aber Jillian glaubte nicht an das Rotaract dinner im Principe di Savoya am nächsten Tag. Allerdings hätte sie die Ausrede des Jungen interessiert und was er anstelle des Abendessens vorgeschlagen hätte.

New York war reicher als Mailand, in New York gab es mehr und größere Geschäfte. Bei Bergdorf Goodman konnte man dieselben Dinge einkaufen wie auf der Via Monte Napoleone und der Via della Spiga. In New York bedeuteten die Dinge immer ein Statement. Natürlich konnte es sich jeweils nur eine Minderheit leisten, zu Bergdorf Goodman beziehungsweise in die Via Monte Napoleone und die Via della Spiga zu gehen. In Italien war damit keine Haltung verbunden. Es schien Jillian, als wären die Dinge in der Via Monte Napoleone und der Via della Spiga an ihrem natürlichen Platz. In diesem Sinn war Mailand reicher als New York. Die vielen unrestaurierten Fassaden und die einfachen Geschäfte und Bars in den Ausfallstraßen taten dem keinen Abbruch. Wirklicher Reichtum hatte nicht nur etwas mit Geld zu tun, sondern auch etwas mit Selbstverständlichkeit. Man trug das Teure, weil es einfach schön war.

Die drei Jungen mit dem Ferrari beschäftigten Jillian. Sie hätte mitgehen oder zumindest den Jungen in der Baseballjacke treffen sollen. Jillian war kein Opfer. In Chelsea trainierte sie regelmäßig in einer Kickbox-Schule. Sie konnte es mit großen und kräftigen Männern aufnehmen, auch mit mehreren. Sie war schnell, sie schlug und stieß gezielt zu.

Die Galleria Vittorio Emanuele II war der größte Covered walk in Europa. Als sie im neunzehnten Jahrhundert errichtet wurde, hatte die Baustelle regelmäßig Besuch von Kaisern und Königen. Die runde Glaskuppel über dem achteckigen Platz, in der sich die beiden von Glasdächern beschirmten Straßen kreuzten, war das Gegenprogramm zum spitzen und hoch aufragenden Dom, als wäre hier ein zweites Raumschiff aus einem völlig anderen Teil des Universums gelandet. Einst wie die Passagen in Paris Vorbild für die amerikanischen Malls, beherbergte die Galleria zwar noch einen Prada store und eine Verlagsbuchhandlung, die anderen Geschäfte konnten sich jedoch nicht mit denen in der Via Monte Napoleone und der Via della Spiga messen.

Jillian blickte nach oben, zu den Figuren unter der Glasüberdachung. Die Krieger und die Amazonen verschränkten die Arme vor den nackten Oberkörpern. Sie sahen keine einzelnen Menschen. Sie sahen Schlangenlinien von Menschen, Spiralen von Menschen, Ellipsen von Menschen.

Die Götter, die sich nicht zeigten, konnten es nicht ertragen, daß die Zeit gleichmäßig dahinfloß. Sie bremsten die Zeit ab und beschleunigten sie. Es schien den Göttern trivial, wenn die Menschen von Dingen begrenzt wurden. Hier, auf den breiten Straßen, die vom Rest des Universums abgetrennt waren, sollte sich den Menschen kein Gegenstand in den Weg stellen. Hier begrenzten sich die Menschen gegenseitig und selbst. Die Zeit kondensierte an den Menschen, und sie verdampfte wieder an ihnen. Nur so konnten es die Götter seit 1867 ertragen, Jillian fiel das Datum wieder ein, an dem die Galleria eröffnet worden war. Nur so konnten es die Menschen aushalten.

Polizeikontrolle

Der Himmel war nicht blau, sondern rot. Die Kühlerhaube des roten Dodge, in dem sie saßen, färbte auf alles ab. Das Licht blendete Jacob so stark, daß er ständig blinzeln mußte.

Madeline und er hatten die Nacht in dem vormals belagerten Haus verbracht. Sie mußten auf dem blanken Boden schlafen. In der Nacht kühlte es ab. Erst auf Madelines inständiges Bitten brachten ihnen die beiden Bewacher schmutzige Decken. Sie erlaubten ihnen auch, die Toilette aufzusuchen.

Am Morgen konnten sie sich kaum rühren. Sie wurden in den fensterlosen Frachtraum eines Vans verladen, aber die Fahrt dauerte nicht lange. Bald mußte der Fahrer den Wagen, dessen Motor stockte, aus dem dichten Verkehr heraus zum Straßenrand bugsieren. Jacob und Madeline hörten, wie ihre Bewacher am Motor herumhantierten und dann unter Flüchen die Motorhaube zuwarfen.

Seit sie entführt worden waren, hatten sie nichts mehr zu essen bekommen. Bei ihren Toilettenbesuchen hatten sie schal schmeckendes Leitungswasser getrunken.

In dem Haus hatte Madeline nicht gewagt, das Wort an Jacob zu richten, und er hatte kein Bedürfnis gehabt, mit ihr zu reden. Es war besser, ihre Bewacher nicht zu reizen. Auch im finsteren Laderaum des Vans blieben beide stumm.

Nach mehreren Stunden in unerträglicher Hitze ging eine Tür auf. Hinter dem Van parkte ein Dodge, an seinem Steuer der ältere Mexikaner, der jüngere besorgte das Umladen. Trotz der Hitze trug er Jacobs schwarze Lederjacke, seine rechte Hand steckte in der rechten Tasche. Er redete auf Jacob ein. Es dauerte, bis der verstand.

In der Jackentasche hatte der Mexikaner eine Pistole auf Madeline gerichtet. Jacob sollte zu dem Dodge hinübergehen, sich auf die Rückbank setzen und seine Hände möglichst so halten, daß die Handschellen nicht auffielen. Wenn er versuchte davonzulaufen, würde der Mexikaner auf Madeline schießen. Jacob wollte nicht herausfinden, ob er seine Drohung wahrmachen würde. Gehorsam tat er, wie ihm geheißen.

Der jüngere Mexikaner kam mit Madeline nach. Er setzte sich mit ihr ebenfalls auf die Rückbank, zog die Pistole aus der Tasche und drückte sie ihr in die Seite. Wenn Jacob irgend etwas unternehmen würde, um andere auf sich aufmerksam zu machen oder um zu fliehen, würde er sofort schießen. Die Motorpanne hatte seine Laune nicht gehoben.

Ein Dutzend Suburbans der lokalen Polizei formten einen Keil, der die vierspurige Fahrbahn so verengte, daß alle Fahrzeuge die Polizeikontrolle auf der äußersten rechten Spur passieren mußten. Die Polizeiwagen hatten allesamt ihr Blaulicht angeschaltet. Die Polizisten richteten ihre Maschinenpistolen auf die Fahrzeuge, sie trugen ausnahmslos Gesichtsmasken.

Als Chuys Komplizen sahen, daß sie in eine Kontrolle gerieten, ergingen sie sich in Verwünschungen. Also war nur Chuy bei der Polizei. Wenn die beiden ebenfalls bei der Polizei gewesen wären, hätten sie die Kontrolle nicht fürchten müssen, auch ohne Uniform hätten sie sich ja ausweisen und als Kollegen zu erkennen geben können.

Der ältere Mexikaner hatte einen Oberlippenbart und trug zum Autofahren eine optische Brille mit schwarzem Drahtrand. Er hatte zwar keine grauen Haare, aber Jacob schätzte ihn dennoch auf Anfang Sechzig. Er wirkte seriös, wie ein Arzt oder wie ein Rechtsanwalt. Der jüngere hätte sein Sohn sein können. Seine schwarz glänzenden Haare bedeckten die Ohren, er trug ebenfalls einen Oberlippenbart und hatte sich seit einer Woche nicht mehr rasiert.

Während sie langsam auf die Verengung zufuhren, durchwühlte der Fahrer hektisch das Handschuhfach und die Mittelkonsole, dabei schrie ihn der andere an. Das half auch nicht. Entweder hatten die beiden die Papiere vergessen, oder das Fahrzeug war gestohlen.

Vor ihnen zerrten zwei Polizisten einen Fahrer aus seinem Wagen. Er mußte die gestreckten Arme auf die Kühlerhaube legen und die Beine spreizen. Der eine Polizist untersuchte ihn am ganzen Körper, der andere verschwand im Laderaum eines Vans, in dem sich wohl ein Polizeicomputer befand.

Minutenlang mußte der Mann in seiner unbequemen und demütigenden Stellung verharren, kein weiteres Fahrzeug wurde abgefertigt. Dann kam der Polizist zurück. Auf eine Handbewegung von ihm wurden dem Mann Handschellen angelegt, und er wurde abgeführt. Der erste Polizist setzte sich in seinen Wagen und fuhr ihn vor den Keil der Polizeifahrzeuge, so daß der Verkehr fließen und die Kontrolle wiederaufgenommen werden konnte.

Der auf der Rückbank sitzende Mexikaner schloß hastig Jacobs und Madelines Handschellen auf, nahm sie ihnen ab und warf sie unter den rechten Vordersitz. Die Pistole steckte er wieder in die Jackentasche und stieß den Lauf so fest in Jacobs Seite, daß der einen Schmerzenslaut nicht unterdrücken konnte. Er warnte ihn und Madeline. Sollten sie irgend etwas tun, wodurch die Polizei Verdacht schöpfen konnte, würde er sie sofort erschießen.

Madeline begann, leise zu wimmern. Der Mexikaner beugte

sich vor, griff mit der rechten Hand nach ihrem Kinn, schüttelte grob ihren Kopf und drehte ihn so, daß sie ihm in die Augen blicken mußte. Wenn sie nicht sofort mit dem Weinen aufhöre, werde er schießen.

Aber Madeline hatte sich besser im Griff, als Jacob zu hoffen gewagt hatte. Noch bevor sie bei dem kontrollierenden Polizisten ankamen, hatte sie ihre Tränen getrocknet und mit dem Lippenstift aus ihrer Handtasche ihre Lippen nachgezogen.

In der Aufregung hatte der Fahrer versäumt, die Scheibe herunterzulassen, der Polizist mußte an die Scheibe klopfen.

Er musterte den Innenraum des Wagens. Sein Blick blieb an den Insassen auf der Rückbank haften, die sich ihm in seltsam gezwungener Haltung präsentierten.

Ratlos hielt der Polizist inne.

Der Druck des Pistolenlaufs zwischen Jacobs Rippen verstärkte sich.

Schließlich wandte sich der Polizist dem Fahrer zu. Dessen Hände lagen deutlich sichtbar auf dem Lenkrad. Ausweis und Führerschein hatte er in seiner Hosentasche. Bevor er die Papiere hervorholte, erläuterte er dem Polizisten, was er vorhatte, damit der nicht etwa meinte, er greife nach einer Waffe. Während der Polizist die Dokumente überprüfte, suchte der Fahrer wieder im Handschuhfach.

Der Polizist legte Ausweis und Führerschein zurück auf das Armaturenbrett. Mit beiden Händen stützte er sich im offenen Fenster auf die Wagentür, während er zusah, wie der Fahrer im Handschuhfach kramte.

Nach minutenlangem Suchen stellte der Fahrer seine Bemühungen mit einem Schulterzucken ein.

Der Polizist widmete sich Madeline und Jacob und dem

Mexikaner in ihrer Mitte. Er fragte, was die beiden Amerikaner hier verloren hätten.

Da stimme doch etwas nicht.

Der Mexikaner zwischen ihnen beeilte sich, ihm zu versichern, es sei alles völlig in Ordnung. Der Fahrer versuchte zu erklären, warum er die Fahrzeugpapiere nicht dabeihatte.

Während der ganzen Zeit lief der Motor des Wagens. Mit einer unwirschen Handbewegung forderte der Polizist den Fahrer auf, ihn abzustellen.

Die beiden Bewacher redeten weiter auf den Polizisten ein. Plötzlich brüllte der Polizist sie an, sofort waren sie still. Jacob verstand nur das Wort *amigo*, der neben ihm Sitzende hatte den Polizisten so genannt, und der hatte sich das entschieden verbeten.

Der Polizist trat einen Schritt zurück und rief seinem Kollegen etwas zu. Dieser ging um den Wagen herum und notierte sich die Nummer.

Während sie auf das Ergebnis der Computerabfrage warteten, machte der Mexikaner auf der Rückbank dem Fahrer Vorwürfe, offensichtlich wegen der fehlenden Fahrzeugpapiere.

Hinter seiner Gesichtsmaske beobachtete der wartende Polizist Madeline und Jacob.

Jacob war überzeugt, daß der Wagen gestohlen war. Wenn die Polizisten das bestätigt fanden, würden sie die Insassen verhaften. Wie würden die beiden Entführer reagieren? Die Straße war zwar verengt, aber auf der Spur selbst befand sich kein Hindernis. Eine Fluchtmöglichkeit bestand darin, daß der Fahrer den Motor anließ und losfuhr. Die dafür vorgesehenen Polizeifahrzeuge würden die Verfolgung aufnehmen. Die Polizisten würden wohl nicht sofort schießen, um andere Verkehrsteilnehmer nicht unnötig zu gefährden. Die beiden konnten aber auch aussteigen und versuchen davonzulaufen. Dann würde es bestimmt zu einem Schußwechsel zwischen den Entführern und der Polizei kommen. Die Polizisten trugen schußsichere Westen, er und Madeline waren schutzlos. Die Polizisten konnten ja nicht wissen, daß es sich um eine Entführung handelte. Denkbar war natürlich auch, daß die Mexikaner ihn und Madeline offen bedrohten, um auf diese Weise den Abzug zu erzwingen. Im Zweifelsfall waren immer er und Madeline die Opfer.

Der Polizist, der im Van gewesen war, rief demjenigen, der neben ihrem Wagen stand, etwas zu.

Jacob ging mit dem Kopf ganz nah an die Fensterscheibe, um besser zu sehen.

Madeline machte die Augen zu.

Beide hatten denselben Gedanken.

Aber es ertönten keine Kommandos, es wurden keine Waffen gezückt und entsichert.

Die Polizisten tauschten sich über die Entfernung hinweg aus. Es gab wohl Probleme mit der Nummer, doch das Fahrzeug war nicht als gestohlen gemeldet, sonst wäre die Situation nicht so ruhig geblieben.

Da fiel dem Mexikaner neben Jacob etwas ein. Er tippte dem Fahrer auf die Schulter und zeigte auf die Sonnenblende. Der Fahrer klappte sie herunter, und tatsächlich fanden sich dort die Fahrzeugpapiere.

Nach ausgiebigem Studium gab der Polizist die Papiere zurück. Der Fahrer ließ den Motor an, doch der Polizist machte eine verneinende Geste. Er ging zur hinteren Tür und wollte diese von außen öffnen, natürlich war sie verriegelt. Der Fahrer entriegelte die Türen.

Der Polizist schob seine schwarze Kappe in den Nacken und beugte sich zu Jacob und Madeline herunter. Langsam und deutlich sprechend, fragte er Madeline, ob wirklich alles in Ordnung sei. Madeline erklärte, es sei alles in Ordnung. Sie würden einen Ausflug machen. Die beiden Mexikaner seien Freunde.

Der Polizist war schon im Begriff, die Tür wieder zu schließen, da begann Madeline zu weinen.

Der Polizist beugte sich erneut herunter und fragte, warum sie weine.

Sie antwortete, sie sei erkältet und ihr tränten die Augen.

Jetzt blickte der Polizist Jacob prüfend an. Die Pistole in seiner Seite sollte Jacob daran erinnern, daß sie spazierenfuhren.

Der Polizist war unschlüssig.

Jacob hoffte und fürchtete zugleich, der Polizist würde möglicherweise doch alle Insassen des Fahrzeugs zum Aussteigen auffordern. Aber in diesem Augenblick rief ihm ein anderer Polizist etwas zu. Hinter der Kontrolle hatte sich mittlerweile ein Rückstau gebildet, der so weit reichte, wie man blicken konnte. Der Polizist knallte die Tür zu, der andere winkte dem Fahrer, weiterzufahren.

Der Mexikaner am Steuer gab mehrfach Gas, ehe er den Gang einlegte, um dann äußerst langsam loszufahren. Auch als sie schon einen beträchtlichen Abstand zwischen sich und die kontrollierenden Polizisten gebracht hatten, fuhr er immer noch viel langsamer, als er es sonst auf dieser Straße bei diesen Verkehrsverhältnissen getan hätte.

Jacob drehte sich noch einmal um. Das nahm ihm der Mexikaner neben ihm übel, er trat Jacob gegen das Bein und befahl, alles zu unterlassen, was die Aufmerksamkeit anderer auf sie lenken konnte.

Als man sie weitergewinkt hatte, war Jacob erleichtert gewesen, daß sich keine bedrohliche Situation ergeben hatte.
Aber vielleicht war das zugleich die letzte Chance gewesen,
den Entführern zu entkommen.

Wolkenstreifen überzogen den Himmel und verdeckten
teilweise die Sonne. Die Kühlerhaube des Dodge leuchtete
nicht mehr so stark wie zuvor. Jacob hatte das Gefühl, sie
wären durch ein Tor in eine andere Welt gelangt. Das Tor
an der Grenze zwischen den Welten war durch grelles rotes
Licht markiert. Sie entfernten sich zunehmend davon, nur
noch ein schwacher Widerschein fiel auf sie.

Sales Whiz

»Hi, Tom!«
»Hi, Jillian!«
»How are you, Tom?«
»Fine! – How are you?«
»I'm in Europe.«
»Oh! – And where are you?«

Tom Benford kam nie in die Galerie. Wenn Jillian interessante Stücke anzubieten hatte, ließ er sie sich zur Ansicht in seine Kanzlei bringen. Die dem Besucher zugewandte Seite des halbkreisförmigen Empire-Schreibtisches hatte zwei für Bücher bestimmte Fächer, die Benford ausschließlich mit Gallé-Gläsern dekoriert hatte. Eine vergoldete Umrandung bewahrte die Gegenstände auf der Schreibplatte davor, über den Rand zu rutschen und herunterzufallen. Die beiden Gallé-Lampen auf dem rechten und dem linken Rand des Schreibtisches schaltete Benford nur an, wenn er sich nach dem Ende der offiziellen Bürozeiten allein oder fast allein in der Kanzlei befand. Das Funktionslicht kam von einer grünen Kontorlampe in der Mitte. Benford saß vor seinem lebensgroßen Portrait. Rechts und links davon wechselten sich in Bücherwänden aus dem gleichen Holz wie der Schreibtisch juristische Bücher und Zeitschriften, sehr alte, in Leder gebundene historische Bücher und Gallé-Gläser ab.

Tom Benford war groß und athletisch gebaut, Jillian kannte ihn nur in dunkelgrauen zweireihigen Anzügen, der Schnitt war immer derselbe. Im Gegensatz zu allen anderen Professionals seines Alters trug er dunkle Hemden. Jillian hatte ihn noch nie mit einer hellen Krawatte gesehen.

Es war unmöglich, jemandem, der keine Beziehung zu Glas

hatte, die Erlesenheit der Stücke zu vermitteln, die Benford auf seinem Schreibtisch sowie in den Bücherwänden plaziert hatte. Die einzigen weniger wertvollen Stücke, einfache Schnittvasen, hatte er auf den Tischen vor der Sitzgruppe für die Besucher abgestellt, in einer Weise, die fast einlud, die Gläser um- oder herunterzuwerfen. In diesem Raum diente das Portrait Benfords nicht dazu, ihn mächtig zu machen, indem es ihn zweifach anwesend sein ließ, während der Besucher nur einfach anwesend sein konnte. Das Portrait half Benford lediglich zu überleben. Ein einfacher Benford, nur der Mann, wäre untergegangen zwischen den Gläsern, wie sein Portrait unterging, wenn er den Raum verließ.

Benford ließ sich von Jillian die Unterschiede zwischen New York und Mailand erklären.

»Jillian, wollen Sie mit Präsident Bush diskutieren?«

Jillian wählte immer die Demokraten. War ein Kunde Demokrat, ließ sie sich gern auf eine politische Diskussion ein, war er Republikaner, versuchte sie, eine solche zu vermeiden. In seltenen Fällen machte sie dennoch ihren Standpunkt klar, und es hatte auch keine negativen Konsequenzen. Jetzt war die Lage zu ernst, um weltanschauliche Diskussionen zu führen. Benford hatte nie über Politik gesprochen, trotzdem hätte sie darauf gewettet, daß er die Republikaner wählte.

»Ich bin Mitglied bei FreedomWorks.«

Das war eine konservative Gruppierung, gegründet von Jack Kemp, der einmal als Vizepräsident kandidiert hatte, und Dick Armey, dem früheren Führer der Republikaner im Repräsentantenhaus.

»Jillian, wir unterstützen den Plan des Präsidenten, Social Security zu überholen. Der Präsident will die Abgaben für

Social Security in private Vorsorge umleiten. Es soll erlaubt sein, zwei Drittel der Payroll taxes eigenverantwortlich zu sparen. Das sind ungefähr tausend bis dreizehnhundert Dollar pro Jahr. Der Rest der Payroll taxes geht weiter in das System. Wenn die Leute ihr Geld in Aktien anlegen, ist der Ertrag höher. Der einzelne hat eine höhere Altersversorgung. Im übrigen ist das jetzige System der Finanzierung von Social Security nicht mehr haltbar.«

Jillian wußte, FreedomWorks hatte die Bush-Kampagne im letzten Jahr unterstützt.

»Und was soll ich dabei, Tom? – Soll ich Präsident Bush und die Leute überreden, in Glas zu investieren?«

Benford lachte herzlich ins Telefon.

»Jillian, nein. Der Präsident macht eine Roadshow, um für seinen Plan zu werben. Das Weiße Haus möchte Regular folks. Leute aus dem Volk, die dem Präsidenten Fragen aus dem Leben stellen. FreedomWorks organisiert das Ganze. Am Tag vor der Sitzung gibt es eine Probe, jemand spielt Präsident Bush, und die Leute können schon einmal üben. Es hilft ihnen, die Dinge klarer zu sagen.«

Konnte Benford sich nicht vorstellen, daß sie anti-Bush war? Oder ließ er das als Möglichkeit gelten, aber verlangte von ihr, daß sie im Rahmen ihrer Geschäftsbeziehung ihre politische Überzeugung grundsätzlich hintanstellte? Bis jetzt hatte er bei ihr Gläser für immerhin fünf bis sechs Millionen Dollar gekauft.

»Wir können ihm in New York nicht nur lauter Feuerwehrleute und Rettungssanitäter vorführen. Die Leute von der *New York Times* sind auch nicht die geeigneten Gesprächspartner. Sie haben ein Small business, Sie würden sich gut neben dem Präsidenten machen. Glauben Sie mir, es wäre eine tolle Reklame für Sie!«

Jillian hätte nicht formuliert, daß sie ein Small business hatte. Sie fühlte sich alles andere als regular.

»Wie viele Angestellte haben Sie eigentlich?«

Jillian beantwortete die Frage nicht, sondern fragte ihrerseits, wie die Umfragen stünden.

»Dreiunddreißig Prozent sind für den Vorschlag des Präsidenten, neunundfünfzig dagegen.«

Benford seufzte gequält.

»Bei dem Thema Social Security vertrauen vierundvierzig Prozent den Demokraten, aber nur dreiunddreißig Prozent dem Präsidenten.«

Es gab keine professionellere Verkäuferin als Jillian. Nach dem Ende der High school hatte sie im Sales office einer Software-Firma gejobbt. Dort hatte sie sich das angeeignet, was Jacob ihr nicht beibringen wollte oder konnte.

Ihr Arbeitsplatz war nicht größer als dreißig oder vierzig Quadratfuß, auf dem Tisch vor ihr ein PC und ein Telefon, daneben gerade noch Platz genug, um den dicken Katalog des Unternehmens aufzuschlagen, dessen Produkte sie verkaufte. Die Arbeitsplätze waren mit Stellwänden voneinander abgeschottet, die gerade so hoch waren, daß keiner den anderen sah. Streckte sie die Beine aus, mußte sie den Stuhl so weit zurückschieben, daß jemand, der hinter ihr vorbeiging, Schwierigkeiten hatte, sich durchzuzwängen. Nur der Abteilungsleiter besaß ein eigenes Büro, mit Glastür und Glasfenstern, am Fenster saß seine Sekretärin, sein Schreibtisch befand sich weiter hinten im Raum, man mußte das Fenster sehr genau fixieren, um ihn zu beobachten, das traute sich niemand. Wenn die Mitarbeiter von ihren Bildschirmen aufblickten, dann nur zu der großen Tafel hinter der Kaffeetheke, auf der ihre Namen standen. Wer Händewaschen ging oder sich einen Kaffee machen wollte, trug neben seinem Namen die Abschlüsse ein, die ihm bisher gelungen waren.

Gemessen an der kurzen Zeit ihrer Tätigkeit, war Jillian in der Software-Firma durchaus erfolgreich gewesen. In der ersten Woche konnte sie fast keine Abschlüsse verzeichnen, vermutlich behielt der Boss sie nur deshalb, weil die Fluktuation in der Firma gerade sehr groß war, die leeren Arbeitsplätze wirkten sich nicht gut auf seine Beurteilung aus. Jillian entschloß sich, mit dem Salesman of the year zu flirten, das war der Verkäufer, der im vergangenen Jahr die meisten Abschlüsse getätigt hatte. Mit dem Boss hatte sie nicht geflirtet, trotzdem hatte er erlaubt, daß sie sich mehrere Nachmittage neben Syd setzte und einfach zuhörte, wie er seine Abschlüsse tätigte. Danach gelang es ihr mehrmals, unter die besten zehn Prozent der Mitarbeiter zu kommen.

Viele Verkäufer spielten den Kumpel, sie legten beim Telefonieren die Beine neben den PC auf den Tisch. Die Krawattenträger versuchten es über den Preis, stocksteif saßen sie in ihren Stühlen, und man sah ihren Gesichtern an, daß sie rechneten, wie der Kunde rechnete. Andere klemmten das Telefon zwischen die Schulter und den Kopf, um mit beiden Händen wild zu gestikulierten, sie versuchten, den Kunden für das Produkt zu begeistern und vom Preis abzulenken. Dann gab es noch die Unbeteiligten, sie räkelten sich nicht, sie fuchtelten nicht herum, sie sprachen nicht laut und nicht leise, und sie verkauften trotzdem.

Der Erfolgreichste war und blieb Syd. Er kannte sich mit den Produkten der Firma wirklich gut aus. Nie war er nervös. Er war überlegen, aber er gab sich nicht überlegen. Nie belehrte er seine Kunden. Nie argumentierte er mit dem Preis. Im Gegenteil, oft betonte er, das Produkt, das er verkaufe, sei teurer als das der Konkurrenz, aber dafür von ganz anderer Qualität. Wäre Jillian Kunde gewesen, bei allen anderen hätte sie überlegt, ob sie ihnen glauben sollte, aber Syd hätte sie unbedingt geglaubt.

»Tom, es geht um Verantwortung.«

Sie sprach so langsam und so deutlich wie damals, als sie am Telefon Programme verkauft hatte.

»Ich biete die Sammlung nur Ihnen an. – Die Sammlung ist einmalig. Ich möchte nicht, daß sie aufgeteilt wird. Ich möchte, daß sie in einer Hand bleibt.«

Jillian seufzte kalkuliert.

Die Gallé-Gläser in Benfords Büro bildeten die eine Hälfte seiner Sammlung, die andere bestand aus Gläsern von Barovier & Toso, von Venini und der Vetreria Zecchin-Martinuzzi aus den zwanziger und dreißiger Jahren. Daume verschmähte er. Er wohnte mit Blick auf den Hudson, mehrere Male hatte er Jillian auch zu sich nach Hause gebeten, bei ihrem letzten Treffen hatte er erzählt, daß er die Wohnung neben seiner dazugekauft hatte und plante, die beiden Wohnungen zu verbinden. Seine Tochter sollte in die neue Wohnung einziehen, ihr Zimmer in der alten Wohnung würde frei werden. Benford hatte Platz für die Sammlung.

»Tom, welche Piante grasse haben Sie?«

Jillian hatte die sechs Piante grasse, die Benford besaß, genau vor Augen. Sie ließ ihn die drei grünen Pflanzen aus Vetro pulegoso beschreiben, eine mit spitzen, eine mit runden Blättern, eine mit einer Frucht in der Mitte, sowie die grüne, die grünweiße und die blaurote Pflanze aus Vetro policrome.

»Wie groß ist die größte Pflanze?«

»Etwa zehn Zoll.«

Jetzt war Jillian dran. Sie gab Benford eine knappe Beschreibung jedes einzelnen Stücks. Das bedeutete einen längeren Monolog, der Benford jedoch nicht ungeduldig machte. Im Gegenteil, bei einigen Stücken fragte er nach weiteren Einzelheiten. Die großen Piante grasse sparte Jillian aus.

»Tom, verstehen Sie nun, warum ich nicht möchte, daß die Sammlung auseinandergerissen wird?«

Benford verstand, aber er fragte trotzdem nach dem Preis.

»Tom, ehe wir über den Preis reden, muß ich Ihnen noch etwas gestehen: Das ist nur die Hälfte der Sammlung. Können Sie sich vorstellen, daß es Piante grasse gibt, die größer sind als Sie?«

Noch während sie den Satz aussprach, bereute sie die Wortwahl. Sie hätte davon sprechen sollen, daß die Piante grasse mannshoch waren.

»Sehen Sie im Venini-Buch von Deboni nach. Nicht unter den Farbabbildungen. Am Anfang, im Textteil finden Sie Schwarzweißfotos von vier«, diesmal sagte sie: »mannshohen Piante grasse, die Martinuzzi für die Quadriennale von Rom im Jahr 1931 entworfen hat. Sie waren verschollen. Jetzt sind sie nicht mehr verschollen.«

»Aber das ist phantastisch!« entfuhr es Benford.

»Die Schwarzweißabbildungen geben überhaupt keinen Begriff davon, wie die Piante grasse wirken, wenn man vor ihnen steht. In einem Katalog sind immer alle Stücke gleich groß, die kleinen werden kleiner, die großen werden größer. Es ist ein unvergleichliches Gefühl, eine so große Pianta grassa zu berühren, über ein Blatt zu streichen, mit den Fingern den Stamm entlangzufahren. Man befindet sich einem Wesen gegenüber, das irgendwie gleichberechtigt ist...«

Natürlich hatte Benford begriffen, daß die vier Piante

grasse genausoviel kosten würden wie die anderen Gläser zusammen. Er nahm den Preis ohne Kommentar zur Kenntnis. Die Qualität der Stücke verbot es ihm, »zu teuer« zu sagen.

Das Wichtigste war: Er sagte auch nichts in der Art, daß das Volumen doch seine finanziellen Möglichkeiten gegenwärtig überschreite.

Jillian versprach, ihm in den nächsten Tagen Abbildungen aller Objekte zu mailen.

Sie hatte das Telefon noch nicht beiseite gelegt, als es schon wieder summte.

»Hi Jillian, this is Douglas! – How are you?«

»Fine, I'm in Europe.«

»Where in Europe?«

»In Italy.«

»Where exactly?«

»In Milan.«

Douglas Robinson war schwer zu verstehen, ein konstantes Brausen übertönte seine Stimme.

»Ich bin im Flugzeug. Hör mal, wenn du in Mailand bist – könntest du mir einen Gefallen tun?«

»Natürlich, um was geht es?«

»Weißt du, ob es in Mailand eine Müllverbrennungsanlage gibt?«

Jillian schüttelte stumm den Kopf.

»Wenn es eine gibt, könntest du hinfahren und ein paar Fotos machen?«

Plötzlich war das Gespräch unterbrochen, aber Jillian brauchte nicht lange zu warten, bis sich ihr Telefon wieder meldete.

»Das ist meine neue Branche! – Nur Surfen und Glassammeln – entschuldige, Jillian –, das halte ich nicht aus.«

Der Vater von Douglas Robinson hatte eine Firma in der Nähe von Seattle aufgebaut, die Boeing zulieferte. Der Sohn hatte die Firma verkauft und bewohnte die oberste Etage eines pinkfarbenen Art-Déco-Wolkenkratzers in Miami. Er hatte eine, wie Jillian sich gegenüber Dritten höflich ausdrückte, sehr heterogene Sammlung: französisches Glas des Art Nouveau und des Art Déco, italienisches Glas der fünfziger Jahre sowie Glaskünstler der Gegenwart, die Jillian verabscheute. Über die Jahre hinweg war er der größte Kunde Jillians gewesen. Nie konnte sie vorhersagen, ob er ein Glas nehmen würde oder nicht. In seiner Sammlung gab es offensichtliche Lücken, die ein ernsthafter Sammler schließen mußte, er dachte nicht daran. Statt dessen verbreiterte er seine Sammlung und schuf neue Lücken.

»Ich habe gerade eine kleine Müllverbrennungsanlage in der Nähe von Miami gekauft. Ich fliege nach Kalifornien, um mir eine ähnliche Anlage in Orange County anzusehen. Jillian, weißt du, wieviel Müll die fünf Bezirke von Greater Los Angeles im Jahr produzieren?«

»Nein…«

»Jillian, rate mal!«

»Ich weiß nicht…«

»Jillian, die fünf Bezirke von Los Angeles produzieren im Jahr genausoviel Müll wie der gesamte indische Subkontinent!«

Die Verbindung war wieder unterbrochen. Diesmal legte Jillian das Telefon gar nicht aus der Hand.

»Ich habe ein großartiges Team zusammengestellt! – Wir wollen die größte Müllverwertungsfirma in den U.S.A. werden!

»Im Augenblick haben wir eine Durststrecke. Pessimismus

ist wie Schwerkraft, man muß sich ständig dagegenstemmen. Wir mußten die Bank wechseln, weil sie unseren Businessplan verworfen und alle Aufwendungen, die bis jetzt angefallen sind, fälliggestellt hat.«

Jillian hörte ein Pfeifen. Sie war nicht sicher, ob das Geräusch von dem Flugzeug kam oder ob Robinson einen theatralischen Seufzer ausstieß.

»Wir wollen eine große Firma sein. In einer großen Firma muß es Regeln geben, an die sich alle halten. Wir üben jetzt schon. Ich habe mir angewöhnt, meine Angestellten schriftlich zu bewerten, meine Sekretärin, meinen Chauffeur, meinen Koch und alle anderen. Man kann keine Vorgesetzten-Untergebenen-Beziehung ohne schriftliche Beurteilung haben. Ich schreibe nieder, wo ich die Stärken und die Schwächen eines Angestellten sehe, und dann reden wir darüber.«

Douglas Robinson war ein schmächtiger junger Mann mit einem unauffälligen Gesicht und schütterem Haar. Er trug nur graue Anzüge, Einreiher, und weiße Hemden mit schreiend bunten Krawatten. Er versuchte, sich interessanter zu machen, indem er sich lange Koteletten wachsen ließ, die sehr schmal gerieten.

»Douglas, ich habe ein Weltwunder für dich.«

Jillian machte eine Pause. Wenn er grundsätzlich nicht interessiert war, hatte er jetzt die Gelegenheit zu sagen, er sei durch seine neue Firma so in Anspruch genommen, daß er keine Zeit habe, sich noch mit anderen Dingen zu beschäftigen.

»Napoleone Martinuzzi hat für die Quadriennale von Rom 1931 ...«

Jillian beschrieb Robinson die großen Piante grasse ausführlich, die anderen Stücke kursorisch.

»Douglas, ich biete die Piante grasse nur dir an. Ich werde sie so lange niemand anderem anbieten, bis du dich entschieden hast.«

Robinson ließ sich Zeit, ehe er etwas sagte.

»Du sagst, sie sind dunkelgrün. Eine hat rote, eine andere blaue und eine dritte gelbe Blüten? – Sie würden gut zum Himmel über Miami passen...«

Er schien tatsächlich über die Sammlung nachzudenken.

»Die Gewitterwolken in Miami sind nicht groß und dicht. Es ist mehr wie ein schwarzer Dunst, man kann hindurchsehen, und die Blitze kommen aus dem Weißen zwischen dem schwarzen Dunst...

»Seit ich meine neue Firma gegründet habe, bin ich so glücklich, Jillian! – Ich passe auf, wenn mir etwas gefällt, wenn ich froh bin. Ich sage mir, du bist froh, das gefällt dir, du bist glücklich, und dann bin ich noch glücklicher, dann gefällt es mir noch mehr, dann bin ich noch froher. Jeden Abend, bevor ich einschlafe, zähle ich die Augenblicke auf, in denen ich glücklich gewesen bin. Jillian, die Piante grasse müssen wunderbar sein!

»Ich bin auch viel glücklicher, seit ich allen Leuten danke, von denen ich gelernt habe. Jillian, von dir habe ich soviel über Glas gelernt. Ich bin dir unendlich dankbar! – Jillian, du weißt, ich höre auf dich. Jillian, ich weiß, wenn du sagst, daß die Piante grasse einmalig sind, dann sind sie es! – Und Jillian: Ich bin auch viel glücklicher, seit ich gelernt habe zu verzeihen. Ich hege keinen Groll mehr, gegen niemanden. Auch nicht gegen meine Ex-Frau, die mich nur wegen meines Geldes geheiratet hat und die mich verlassen hat, nachdem ich meine Firma verkauft hatte, weil das der günstigste Moment war, an mein Geld zu kommen.

»Jillian, ich will dir etwas von meiner positiven Energie abgeben! – Wir werden feiern, Jillian! – Das verspreche ich
dir, Jillian!«

Der elektrisch betriebene Vorhang war geöffnet, die Beleuchtung im Zimmer ausgeschaltet, sie blickte auf die re-
staurierte helle Stazione Centrale. Der riesige Bahnhof
wurde von der Seite und von unten angestrahlt. Die Verzierungen waren nicht geometrisch und auch nicht floral,
trotzdem wirkten sie unbestimmt organisch. Der Bahnhof
war eine riesige geduckte, gespannt lauernde Kreatur, die
nicht von dieser Erde kam.

Jillian gab immer vorher der Rezeption Bescheid, daß sie
am Tag schlief, und sie rief grundsätzlich bei der für das
Stockwerk zuständigen Hausdame an. Dann hängte sie das
Zimmertelefon aus. Während des Schlafs wurde sie nicht
gestört, niemand machte sich an der Zimmertür zu schaffen, an die Geräusche der Zimmermädchen, die in den anderen Zimmern saubermachten, war sie gewöhnt. Die
Staubsauger waren nicht übermäßig laut, dennoch schlief
sie schlecht und wachte wiederholt auf.

Ihre Klassenkameradinnen in der Elementary school hatten
alle helle Kinderzimmer gehabt: weiße Bettgestelle, weiße
Laken, weiße Nachttische, weiße Schränke, geraffte weiße
Vorhänge. Die Wände waren meist in Rosé gehalten,
manchmal auch in Himmelblau, wenn die Eltern einen
Sohn erwartet hatten oder wenn das Mädchen das Zimmer
des älteren Sohnes bezogen hatte, der schon aus dem Haus
war. Ihre Klassenkameradinnen hatten unter riesigen
weißen Federbetten geschlafen.

Jillian lag auf der in ein weißes Bettuch eingeschlagenen
Wolldecke des Hotelbetts und spürte einen Druck auf der

Brust. Es war, als ob etwas auf ihrem Brustkasten säße. Sie riß den Mund auf und winkelte die Arme an, um sich mit den Händen gegen das zu stemmen, was ihr den Atem nahm. Aber der Druck ließ nicht nach. Er verlagerte sich, einmal nach oben, dann nach unten.

Schließlich wagte sie es, die Augen zu öffnen. Auf ihr hockte ein uralter Mann mit grotesk schiefen gelben und zum großen Teil verfaulten Zähnen und mit einer spitzen Nase, die nur aus Knorpel bestand. Seine gelblich-weißlichen schulterlangen verfilzten Haare hingen ihm ins Gesicht. Aus tiefen schwarzen Augenhöhlen erwiderten in einem trüben Weiß schimmernde stecknadelkopfgroße Pupillen ihren Blick. Ihr Gesicht wurde von einem warmen Wind umfächelt, der völlig neutral roch.

Der Mann legte ihr eine Hand auf die Stirn, und in ihrem Kopf wechselten sich in rasender Folge Stadtansichten von Miami und Bilder von Müllverbrennungsanlagen ab. Dazwischen der Schreibtisch Benfords mit dem leeren Stuhl unter seinem Portrait bei jeweils verschiedener Beleuchtung, einmal brannte die rechte Gallé-Lampe, dann die linke. Als würden immer mehr Scheinwerfer darauf gerichtet, wurde das Büro Benfords heller, die Farben gaben nach oder liefen aus, auch die des Portraits, nur die ganz dunklen Farben in den Vasen leisteten noch Widerstand. Der Mann wollte ihr ihre Gedanken stehlen.

Sie drehte den Kopf zur Seite, damit sie den Mann nicht mehr sah, sie schlug mit den Armen um sich, trat mit den Füßen, es gelang ihr, den Mann abzuschütteln. Sie rollte zum Rand des Betts und ließ sich auf den Boden fallen, dabei schrie sie, so laut sie konnte, um den Mann zu vertreiben.

Der Teppichboden und die Wandbespannung hatten ihre

Schreie gedämpft. Sie stellte den Fernseher an und den Ton sehr laut. Die Nachbarn, so sie sich um diese Tageszeit auf ihren Zimmern aufhielten, sollten annehmen, es habe sich um ein Geräusch aus dem Fernseher gehandelt.

Jillian hockte sich auf den Boden und blickte auf den Bildschirm, ohne dem Programm zu folgen. Vor ihrer Abreise nach Europa hatte sie Benford zwei Gallé-Vasen in die Kanzlei gebracht, die er in seinen Bücherwänden plazierte, nicht ohne ihr zu versichern, daß das Ergebnis der probeweisen Dekoration nicht präjudiziere, ob er die Gläser nehmen werde oder nicht. Es ergab sich, daß Jillian Benford fragte, wie lange er noch seinen Beruf ausüben wolle. Jillian konnte die Frage stellen, weil die Situation nicht nahelegte, daß sie ihn für alt oder zu alt hielt. Er habe nicht die Absicht, mit seiner Arbeit aufzuhören, der Anwaltsberuf mache ihm zuviel Spaß.

Wenn Anwälte altershalber aufhörten, dann nicht deswegen, weil sie sich nicht fortbildeten oder weil ihnen nichts mehr einfalle. Er habe eine andere Theorie, die durch Gespräche mit pensionierten Kollegen bestätigt sei. Im Alter werde das Kurzzeitgedächtnis schwächer. Ein Anwalt müsse üblicherweise erst Akten lesen und dann einen Schriftsatz verfassen. Das abnehmende Kurzzeitgedächtnis führe dazu, daß er nicht mehr in der Lage sei, alles das aus seinem Aktenstudium zu behalten, was er für den Schriftsatz wissen müsse. Wenn es ihm doch gelinge, sich alles anzueignen, dann dauere das zu lange. Bei einer längeren Ausarbeitung, die unterbrochen werde, habe man im Alter wahrscheinlich Schwierigkeiten, sich am nächsten Tag überhaupt an das zu erinnern, was man am vorigen Tag geschrieben habe. Man falle aus der Zeit heraus.

»Das Produktivitätswachstum im vierten Quartal des Jahres 2004 betrug auf Jahresbasis lediglich 0,8 Prozent. Von 1973 bis 1995 stieg die Produktivität jährlich im Durchschnitt um 1,5 Prozent, in der zweiten Hälfte der neunziger Jahre um 2,5 Prozent und in den Jahren 2001 bis 2003 um 4,3 Prozent.

»Wenn die Produktivität dauerhaft nicht mehr zunimmt, ist es vorbei mit dem Goldenen Zeitalter aus hohem Wachstum, niedriger Arbeitslosigkeit und einer niedrigen Inflationsrate. Die Nachfrage nach Arbeitskräften und die Arbeitskosten steigen, das Federal Reserve System bekämpft die Inflationsgefahr durch eine Zinserhöhung, höhere Zinsen bedeuten weniger Investitionen und weniger Konsum, die Amerikaner sind als Privatpersonen hoch verschuldet.

»Die Investitionen der Ausländer in den U.S.A. nehmen gleichfalls ab. Mit den steigenden Zinsen wird es für die U.S.A. schwieriger, ihr enormes Budget- und Handelsbilanzdefizit zu finanzieren. Das Wachstum der Weltwirtschaft hängt vom Ausgabeverhalten der U.S.A. ab. Die Produktivität in den U.S.A. ist der Heilige Gral der Weltwirtschaft.«

Das war nicht Bloomberg Television, das war Jonathan Bova. Er besaß eine hohe Vase aus beigefarbenem Glas mit Einschlüssen von Goldfolie und Goldrand von Martinuzzi, eine zylinderförmige Vase aus überfangenem türkisfarbenem Glas auf einem schwarzen Sockel mit schwarzen Applikationen sowie eine gebauchte Vase aus schwarzem Glas mit schlangenförmigen Henkeln, ein sehr elegantes Stück, sowohl der Mündungsrand als auch die Griffe wiesen Einschlüsse von Goldfolie auf.

Jillian war an die unterschiedlichsten Vorspiele zum Kaufakt gewohnt.

»Jillian, letzten Juni habe ich eine Hypothek auf mein Haus aufgenommen, die dreißig Jahre läuft, nachdem ich es vorher nur kurzfristig finanziert hatte. Alle haben gesagt, jetzt ist der niedrigste Punkt erreicht, jetzt müssen die Zinsen nach oben gehen. Ich zahle 6,29 Prozent. Das Fed hat die Funds rate von einem auf 2,5 Prozent erhöht, aber die Hypothekenzinsen sind bei 5,7 Prozent!

»Die niedrigen Langfristzinsen bedeuten Angst vor der Zukunft. Eine schwächere Wirtschaft braucht weniger Kredite, sie hat eine geringere Inflation und demzufolge auch niedrigere Langfristzinsen.

»Es gibt eine Blase auf dem Häusermarkt. Im letzten Jahr sind die Hauspreise im ganzen Land um dreizehn Prozent gestiegen, in Florida um zwanzig Prozent und in Kalifornien um siebenundzwanzig Prozent. Die Leute nehmen Hypotheken auf ihre im Wert gestiegenen Häuser auf und geben das Geld aus. Wenn die Blase platzt, bricht der Konsum ein.«

Jonathan Bova wohnte in einem Haus von John Lautner, Jillian hatte ihn einmal besucht. Das Haus war eine reine Betonkonstruktion mit raumhohen Verglasungen, die tragenden und nicht tragenden Innenwände waren ebensowenig verputzt oder behandelt wie die Außenwände. Nirgendwo gab es rechte Winkel. An den Decken waren entweder die rohen Betonunterzüge sichtbar, sie bildeten Dreiecke, oder sie waren mit schmalen dunklen Holzpaneelen verkleidet, in die Downlights eingelassen waren. Die äußere Form des Hauses erinnerte an einen Raumkreuzer aus *Star Trek* oder *Star Wars*.

Gleich, ob Beton oder Holz dominierte, Lautner-Häuser hatten immer große Glasflächen. Wenn es Häuser gab, in die die Gläser nicht hineinpaßten, die Jillian verkaufte, dann waren das Lautner-Häuser. Jillian war erleichtert gewesen, kein einziges Kunstglas zu sehen.

Bova hatte Jillian in einem Salon empfangen, der eine Drop-dead view auf Los Angeles bot. Auf der Beverly Hills zugewandten Seite war der Raum ebenfalls voll verglast, Jillian erinnerte sich an einen kleinen Innenhof mit einem Bassin, in das über eine Mauer unter herabhängenden Grünpflanzen ständig Wasser nachfloß. Ein Gehweg aus unregelmäßig angeordneten Steinen führte durch das Bassin hindurch.

Der Salon war nicht nur aufgeräumt, er war leer. Keine Zeitung, kein Magazin, kein Buch lag herum, es gab keinen Fernseher, keine Stereoanlage und keinen Computer. Ein großer Kaktus in einem Becken um eine tragende Säule bildete den einzigen Ziergegenstand. Der Kaktus blühte gerade rot. Auf der Rückenlehne der riesigen Steinbank mit Polstern aus rötlichem Timberland-Leder standen eine geöffnete Weißweinflasche und ein halbvolles Glas. Es irritierte Jillian, daß der Hausherr seinem Gast nichts zu trinken anbot.

Bova zeigte ihr Fotos von Gläsern, die ihm andere Galerien anboten.

Seine Tiffany-Sammlung war wirklich bedeutend. Er kaufte nur Vasen und Objekte von Tiffany, auch Keramiken, jedoch keine Lampen. Die Martinuzzi-Sammlung paßte sehr gut zu Tiffany, weil sie die nächste Stufe in der historischen Entwicklung der Glaskunst darstellte.

Danach führte Bova sie durch das Haus. Offensichtlich benutzte er nie die Terrasse, es gab dort keine Liegen oder Sitzgelegenheiten. Auf einem Betonabsatz lag eine große Lupe mit schwarzem Rand und dunklem Holzgriff. Die

Linse der Lupe glänzte, an dem Holzgriff war kein Staub-korn zu entdecken, die Lupe lag nicht da, weil sie vergessen worden war, jemand mußte sie gerade erst benutzt haben.

Der als Eßzimmer angekündigte Raum war eher ein Bar-raum, mit einer Theke, Barhockern und einer Spirituosen-auswahl wie in einem großen Hotel. Unmittelbar vor dem Haus gepflanzte Bäume und exotische Sträucher spende-ten einem langen Glastisch mit Freischwingern, die zu den Barhockern paßten, Schatten. Der Raum schien in die Wildnis hineingebaut. Wieder bot Bova Jillian nichts zu trinken an.

Auf dem Weg zum Schlafzimmer kamen sie an einer Beton-bank vorbei, auf der ein runder Handspiegel mit einem Rahmen und einem Griff aus Kristallglas lag. Der Spiegel war genauso sauber wie die Lupe.

Noch nie hatte Jillian ein Bett aus Stein gesehen: Die Ma-tratze und die mit grauem Leder überzogenen Rückenpol-ster lagerten auf einem Natursteinsockel. An der Wand hinter dem Bett zeichneten sich die Abdrücke der Holzver-schalungen des Betons inklusive aller Astlöcher ab. Links neben dem Bett ein hüfthohes Betonbord und darüber eine Glasplatte mit drei Büchern, rechts ein Holzbord mit einer Ablagefläche aus Stein. Aus drei Scharten im Beton dar-über schillerte es türkis, dicke Verglasungen erlaubten den Blick in den Pool. Sonst enthielt der Raum keine Möbel. Ir-gendwo mußte es einen begehbaren Kleiderschrank geben. Am Fußende des Betts lagen zwei Stoffteile. Wenn Jillian sich nicht täuschte, handelte es sich um eine schwarze, fast durchsichtige Schürze und ein schwarzes Häubchen, wie es Zimmermädchen in alten Filmen trugen.

Neben der Tür zum Schlafzimmer lag eine gebundene schwarze Fliege mit Gummiband auf dem Boden.

»Jillian, du fragst dich, wo meine Gläser sind?«

Jillian fühlte sich, als sei sie in einem Film, aber sie wußte nicht, zu welchem Genre der gehörte. Sie zog es vor, nichts zu sagen.

Sie kamen in einen völlig leeren Eckraum mit einem dunklen Holzparkett und einer glatten Betondecke. Der Raum bestand eigentlich nur aus dem Zusammentreffen zweier Verglasungen, die eine bot den Blick auf Los Angeles, die andere auf den Dschungel neben dem Haus.

Bova preßte die flache Hand auf die Scheibe, hinter der sich der Dschungel befand.

»In meiner New Yorker Zeit wollte ich schön, trainiert und sophisticated sein. Ich ging ins Gym, ich habe die *New York Times* und den *New Yorker* gelesen, ich hatte eine Freundin, die in einem Loft wohnte, anorektisch war und alle drei Jahre eine Abtreibung hatte.«

Jonathan Bova war nicht groß. Zwar hatte er einen vollen Mund, aber auch etwas dicke Backen und eine ungestalte Nase. Die schwarze Brille ließ ihn nicht wie einen Manager, sondern wie einen Intellektuellen aussehen. Seine halblangen Haare waren voll, aber er hatte schon viele graue Haare, die zwar gleichmäßig verteilt waren, sich jedoch nicht mit den anderen Haaren legten, sondern herausstanden. Wenn Jillian ihn von der Seite betrachtete, hatte er ein Doppelkinn.

»Hast du die Bücher neben meinem Bett gesehen?«

Jillian nickte.

»Das sind die einzigen Bücher, die ich jemals gelesen habe. – Nicht, daß ich nicht lese. Wahrscheinlich lese ich jedes Jahr über hundert Drehbücher.«

Die Firma, für die Bova arbeitete, produzierte Fernsehfilme und Mehrteiler, jedoch keine Fernsehserien.

»Aber ich habe nichts damit zu tun, wo die Leute die Ideen für ihre Drehbücher herkriegen. Die Bücher in meinem Schlafzimmer sind *Moby Dick*, *Mason & Dixon* und *The Recognitions*.

»Bei *Moby Dick* bin ich bis zur Seite fünfzig gekommen, bei *Mason & Dixon* bis zur Seite fünfundzwanzig, *The Recognitions* habe ich nach zehn Seiten weggelegt. Vom Autor dieses Buches habe ich vorher und nachher nie etwas gehört, aber er hat einmal den National Book Award bekommen.«

Bova zog seine Hand zurück. Sie hinterließ einen deutlich sichtbaren Abdruck auf der Glasscheibe.

Er versprach Jillian, ihr jetzt seine Glassammlung zu zeigen. Vorher führte er sie noch zu dem Pool, in den sie aus dem Schlafzimmer geblickt hatte. Die Wasseroberfläche schloß genau mit dem Rand ab, die äußere Ecke des Überlaufs zeigte auf die höchsten Gebäude von Los Angeles. Kein Wind wehte, das Wasser war völlig unbewegt. Aus der Entfernung schien das Becken nur wenige Zoll tief zu sein. Erst unmittelbar neben dem Wasser konnte man die wahre Tiefe abschätzen. Kein Geländer sicherte die Terrasse. Als sie neben dem Pool stand, hatte Jillian den Impuls, loszurennen und über den Rand der Terrasse hinaus ins Nichts zu springen.

Neben dem Pool lagen Nadeln am Boden, aus durchsichtigem und aus milchweißem Glas, etwa zwei Zoll lang, auf der einen Seite spitz, auf der anderen Seite dicker. Wozu dienten die Nadeln?

Bovas Glassammlung war in einem riesigen fensterlosen Raum untergebracht, der nur einen Eingang besaß. Keine Schränke, keine Vitrinen, keine Regale, nicht einmal ein Tisch, die Gläser standen auf einem grauen Teppichboden, der an eine Kiesaufschüttung denken ließ. Mehrere schlanke Stehlampen mit Schirmen aus farblosem Glas, die alle mit der Betätigung des Schalters neben der Eingangstür angingen, leuchteten den Raum aus.

»Jonathan, ich habe ein Investment für dich. – Ich sollte es nicht sagen, Jonathan, aber ich sage es trotzdem: Es muß schnell gehen. Die Sammlung gehört mir nicht, aber ich habe die Hand darauf. Ich konnte den Besitzer nur mit großer Mühe davon abbringen, die Sammlung einem Auktionshaus zu geben. Der Besitzer braucht schnell Cash, ich habe ihm gesagt, es dauert ewig, bis alle Gläser fotografiert und beschrieben sind, bis der Katalog fertig ist. Bei Christie's oder Sotheby's würden die Preise unbezahlbar sein. Aber wie gesagt, der Besitzer braucht das Geld, er kann nicht warten. Ich muß die Anzahlung finanzieren.
»Wenn dich die Sammlung interessiert, mußt du dich schnell entscheiden.«

Mögliches Ende

Jacob wurde Zeuge seiner eigenen Autopsie.

Sein Körper lag auf einem Metalltisch. Jacob sah zu, wie der Arzt diesen mit kaltem Wasser aus einem Schlauch ohne Mundstück abspritzte und dann den Brustkorb und den Bauchraum öffnete.

Der Klingelton eines altmodischen Telefons war zu hören. Der Arzt legte seine Instrumente zwischen die Beine der Leiche und ging in die Richtung, aus der der Klingelton kam.

Jacob stellte sich neben den Tisch. Während er seinen Körper betrachtete, spielte er mit den Instrumenten.

Der Arzt blieb länger am Telefon. Jacob griff nach einer nierenförmigen Metallschüssel und einem Instrument, das aussah wie eine Art Löffel. Damit schöpfte er das Fett aus dem Bauchraum in die Metallschüssel.

Jacob war nicht dick, es gab nicht viel Fett abzuschöpfen, er war schnell damit fertig und wartete unschlüssig. Wenn er sich nicht bewegte und nicht atmete, hörte er die Stimme des Arztes. Jacob konnte kein Wort verstehen. Er konnte nicht einmal angeben, ob der Arzt englisch oder spanisch sprach.

Ganz langsam ließ Jacob das gelbe Körperfett neben den Tisch auf den Boden tropfen. Wenn der Arzt zurückkam, mußte er erst einmal saubermachen. Jacob kam sich vor wie ein trotziges Kind.

Der Arzt telefonierte nicht mehr, seine Schritte nahten. Bevor der Arzt den Raum betrat, war Jacob wieder zurück auf dem Rücksitz des roten Dodge.

Nach der Polizeikontrolle hatten Jacob und Madeline auf den Befehl des jüngeren Mexikaners hin Schlafbrillen übergestreift, wie Airlines sie bei Nachtflügen verteilten.

Zwar waren er und Madeline in dem Haus in Tijuana, in dem sie die Nacht verbracht hatten, immer wieder kurz eingenickt, aber auf dem Boden hatten sie nicht wirklich schlafen können. Madelines Kopf war im Schlaf auf dem Rücksitz unnatürlich nach hinten überstreckt, ihr Mund weit geöffnet. Es sah aus, als habe sie sich das Genick gebrochen, aber ihre Brüste hoben und senkten sich regelmäßig.

Sie waren jetzt schon mehrere Stunden unterwegs. Jacob hatte keine Ahnung, ob sie sich noch in Baja California befanden oder ob sie auf dem Weg ins Landesinnere waren. Einmal hatte Jacob das Wort Tecate aufgeschnappt, das war eine Kleinstadt südlich von Tijuana, die vor allem dadurch bekannt war, daß dort das gleichnamige Bier gebraut wurde.

Die Klimaanlage funktionierte nicht, der Fahrer hatte alle Scheiben halb geöffnet, trotz des Luftzugs war es drückend heiß. Madelines Paisley-Ensemble klebte an ihr, nahezu alle Einzelheiten ihres Körpers zeichneten sich ab, auch ihr Bauch. Den Mexikaner neben ihr interessierte das wenig, er kämpfte ebenfalls mit dem Schlaf. Ständig fiel ihm der Kopf herunter, aber er wachte jedesmal gleich wieder auf. Die Überlegung, von dieser Situation zu profitieren, stellte lediglich eine Pflichtübung dar. Jacob war viel zu müde und zu erschöpft, um irgendeine Form der Gegenwehr zu leisten.

Er stand dem Arzt auf der anderen Seite des Tisches gegenüber, der sah ihn gar nicht. Der Arzt hatte auch nicht auf das Körperfett geachtet, das Jacob auf den Boden hatte tropfen lassen. Ohne zu rutschen, hatte er es mit den Füßen verteilt, so daß es einen fast durchsichtigen Film bildete. Wiederholt hielt der Arzt inne, um auf losen Blättern Aufzeichnungen zu machen, über das, was er in Jacobs Körper fand oder nicht fand. Jacob ging auf seine Seite und blickte ihm über die Schulter, während er auf dem Tisch schrieb. Er konnte kein einziges Wort entziffern, er wußte nicht, war das Englisch oder Spanisch.

Als sich das Telefon wieder bemerkbar machte und der Arzt erneut den Raum verließ, nahm Jacob die Blätter, hielt sie in sein Körperinneres und sah zu, wie sie sich langsam mit Blut und Körperflüssigkeit vollsogen.

Bevor der Arzt zurückkam, legte er die Blätter wieder auf den Tisch. Die dunkler gefärbten, die er tiefer in seinen Körper eingetaucht hatte, zuunterst, diejenigen, die er nur kurz in seinen Körper hineingehalten hatte, darauf.

Danach nähte der Arzt seinen leblosen Körper wieder zu. Sorgfältig achtete er darauf, die Hautpartien an den Schnitten möglichst plan zusammenzuführen. Jacob nahm die abgeschnittenen Fäden an sich. Während der Arzt mit seiner Arbeit fortfuhr, knüpfte Jacob die Reste zu einem Faden zusammen.

Nachdem der Arzt seine Arbeit beendet hatte, rückte er einen uralten Schemel an das Fußende des Tisches, der Lack an den drei Beinen war abgeblättert, das Metall verrostet, der Holzsitz eingekerbt und an einer Seite abgebrochen. Zu Füßen der Leiche komplettierte er seine Notizen, dabei störte er sich nicht daran, daß die Blätter blutgetränkt waren.

Jacob ließ den Faden, den er aus den Resten gebunden hatte, durch seine Hände gleiten und überlegte, ob er ihn um ein Bein oder um einen Arm seines leblosen Körpers binden sollte. Er entschloß sich, den Faden um das linke Handgelenk zu wickeln.

Der Arzt sah zu ihm hin und durch ihn hindurch.

Wohl auf der Suche nach einer Formulierung, blickte der Arzt länger auf das Handgelenk mit dem Faden. Er schien sich zu fragen, warum er den Faden um das Handgelenk gebunden hatte.

Nachdem er seine Aufzeichnungen abgeschlossen hatte, steckte er alle Blätter, auch diejenigen, die er nicht beschriftet hatte, in einen großen Umschlag, den er mit einer Adresse in Großbuchstaben versah. Dann griff er wieder zu dem Wasserschlauch und spritzte Jacobs Körper ab.

Der Großteil des Wassers floß in eine Wanne am Fußende des Tisches. Das Wasser war jetzt nicht mehr klar wie vor der Autopsie, sondern von Blutschlieren durchzogen. Da kam Jacob eine Idee.

Er ging zu dem Regal, auf dem der Arzt seine Instrumente verwahrte. Die gebrauchten Instrumente hatte er nicht abgewaschen, es gab wohl Personal, das sie säuberte. Jacob griff nach einem Instrument, das eine Art Drahtbügel hatte. Er tauchte es in die Wanne mit dem Wasser, hielt es hoch und blies durch den Bügel. Es gelang ihm tatsächlich, Seifenblasen zu erzeugen. Er strengte sich an, tauchte das Instrument immer wieder in die Wanne und blies aus Leibeskräften, so daß der Raum bald voll von Seifenblasen war, die langsam zu der offenstehenden Tür hinschwebten.

Der Arzt verfolgte die Seifenblasen mit nachdenklichem, aber heiterem Gesichtsausdruck. Er schien sich überhaupt nicht zu fragen, wo sie herkamen.

Die Vermessung der Welt

Die Grenzen der Welt, in der die gläsernen Pflanzen existierten, waren die Grenzen ihrer Körper. Außerhalb dieser war keine Welt, mit der sie zu tun gehabt hätten. Eine gemalte Pianta grassa wäre immer Teil eines sie umgebenden Raums, würde immer in einer Welt sein, in der auch für andere und anderes Platz war, in die sich der Beobachter hineindenken konnte. Die gläsernen Pflanzen und sie, Jillian, wurden zwar von derselben Luft umfangen, aber sie konnten sich nie im selben Raum befinden, auch wenn sie jetzt unmittelbar vor der Pianta grassa mit der roten Blüte stand und ihre Blätter scheu berührte. Es konnte keinen Raum geben, in dem irgendeine Phantasie die Piante grasse und den Beschauer, die Piante grasse und Jillian nebeneinanderstellen konnte. Die gläsernen Pflanzen verkörperten eine unbedürftige, fertig gewordene, in sich ausbalancierte organische Existenz in ihrer reinsten Darstellung. Das Wissen des Beschauers um die Zerbrechlichkeit der riesigen Pflanzen umgab diese mit einer Einsamkeit, die durch kein Schicksal zu durchbrechen war.

Die gläsernen Pflanzen erzählten nicht, wie ein Gemälde, eine Zeichnung oder eine Fotografie, von einem Sein außerhalb ihrer. Sie waren Gestaltungen des Lebens, die völlig jenseits der Frage nach dem Sein oder dem Nichtsein in anderen Sphären der Existenz standen. Unmittelbar, nicht erst durch ein ihnen jenseitiges Dasein beglaubigt, unvermittelt waren sie, was sie darstellten, und ahmten nicht etwas nach, was auch in anderer Weise nachgeahmt werden konnte. Was ihnen als Eigenschaften zukam, kam ihnen ganz und gar zu.

Etwas in Jillians Seele machte es ihr unmöglich, die Welt,

die sie umgab, als Einheit zu begreifen. Etwas in ihrer Seele zwang sie, alle Bilder, die in ihre Seele fielen, unaufhörlich in Gegensatzpaare zu zerlegen. Wenn sie sich selbst in ihre derart gespaltene Welt einordnen mußte, blieb ihr nichts anderes übrig, als diese Spaltung für sich selbst fortzusetzen und sich als ein Wesen zu betrachten, dessen Natur und dessen Geist zueinander im schärfsten Gegensatz stehende Strategien verfolgten. Sie unterschied ihr Sein von ihrem Schicksal, fast zwanghaft war sie bestrebt, den Streit zwischen der festen und dauerhaften Substanz ihrer Natur und der fließenden, spielerischen Bewegung ihres Geistes sichtbar zu machen. Sie betrachtete ihre Natur als etwas Allgemeines, gegen das sie sich ständig abheben mußte. Wobei sie nicht ungeschehen machen konnte, daß dieses Allgemeine einmal ihren Kern bildete und dann wieder als Gedanke über ihr zu stehen schien.

In der Glaskunst gab es keine Portraits. Jillian ertrug keine Portraits. Nicht als Fotografien, nicht als Zeichnungen oder Gemälde, nicht als Skulpturen. Portraits waren Gebilde, die den Gegensatz von Natur und Geist hinter sich ließen. Indem sie der Seele diesen einen unvertauschbaren Körper zuordneten, dem Körper diese eine unverwechselbare Seele. Die gegensätzlichsten Einflüsse und Beweggründe konnten sich in dem Portrait widerspiegeln, allein daß sie sich unter der Beobachtung des Portraitisten trafen, machte den Portraitierten zu einem Menschen, den es in Jillians Augen nicht geben konnte. Jedes Portrait renommierte: Ich habe Natur und Geist zusammengebracht. Was Jillian von sich niemals sagen konnte.

Die gläsernen Pflanzen hatten von Natur aus keine Natur und keinen Geist, aber ihr Schöpfer hatte ihnen eine Natur und einen Geist gegeben. Ihre Natur war das Medium, das keine Natur mehr war, ihr Geist Gedanke einer Bewegung, die nie eine sein konnte. Die Piante grasse machten nicht, wie Portraits, Reklame für den Portraitierten oder für den Portraitierenden, sie vermeldeten nicht als Sensation, daß Wesenheiten, die bisher nur in lockerer Verbindung gestanden hatten, auf einmal aneinandergerückt waren und sich verbunden hatten.

Obwohl beseelt von dem Gedanken ihres Schöpfers, Gegensatz auch hier, verkörperten die gläsernen Pflanzen von vornherein *ein* Leben. Von ihrer fragilen Statik ging eine ungeheure Kraft aus, in die alle Elemente ihres Daseins hineingerissen wurden, ohne ihr mit einem Sonderdasein widerstehen zu können. Die gläsernen Pflanzen waren von der Seele ihres Schöpfers so durchdrungen, daß der Ausdruck des Durchdrungenseins eigentlich schon in die Irre führte. Es gab keine Zweiteilung, keinen Gegensatz mehr. Die Stimmung und die Leidenschaft des Schöpfers waren unmittelbar die Form und das Material seiner Geschöpfe, die Masse ihrer Körper. Natur und Geist – nur noch zwei verschiedene Worte, denen nichts mehr in der Wirklichkeit entsprach. Das höchstpersönliche, aus dem eigenen Glück und Verhängnis heraus lebende Dasein des Schöpfers war zu einem allgemeinen, jeden Betrachter hineinziehenden Schicksal verbreitet. Der Rhythmus der Ekstasen und Müdigkeiten, der Leidenschaften und Geschicke des Schöpfers griff auf den Betrachter über. Die gläsernen Piante grasse bedeuteten für Jillian eine bis dahin nie anschaulich gewordene Einheit des Lebens.

Bei einem lebendigen Wesen drückte sich das seelische Geschehen in der Art und Weise aus, wie es sich bewegte. Die Piante grasse aus Glas drückten die psychischen Impulse ihres Schöpfers aus, ohne daß sie sich noch bewegen mußten. Wenn Jillian die gläsernen Pflanzen mit wirklichen Pflanzen verglich, dann erschienen ihr die Geformtheit und die Bewegtheit der natürlichen Pflanzen in einem anderen Licht: als die nachträglich vollzogene Zerlegung eines ungeteilten, von einem einheitlichen inneren Gesetz bestimmten Lebens. In den gläsernen Pflanzen waren alle gegenseitigen Fremdheiten und Zufälligkeiten ihrer Wesenselemente aufgehoben, sie vermittelten das Gefühl einer in sich vollkommenen Existenz, die um so vollkommener dadurch war, daß eine unvorsichtige Bewegung von Jillians Hand genügte, um die Pflanze, vor der sie stand, zu zerstören oder ihr zumindest großen Schaden zuzufügen.

Vor den Piante grasse hatte Jillian eine Ahnung davon, wie es sich anfühlen mußte, daß durch sie wirklich *ein* Leben flutete. Wenn Jillian sah, wie die Beseelung durch den Schöpfer und die Natur des Materials doch eine Einheit fanden, war es für sie auf einmal nicht mehr völlig undenkbar, daß sie eines Tages dennoch einen Weg finden würde, den Gegensatz zwischen ihrer Natur und ihrem Geist zwar nicht zu versöhnen oder zu überbrücken, vielleicht aber die beiden in irgendeiner Form einander anzunähern.

Cindi Prescott sah zu, wie Jillian ihre Sammlung Stück für Stück aufnahm. Zuerst untersuchte sie die einzelnen Objekte äußerst genau auf Sprünge, Chips oder sonstige Beschädigungen. Jillian erwarb grundsätzlich keine beschädigten Objekte. Hier mußte sie allerdings im Falle des Falles eine Ausnahme machen, sortierte sie Gläser aus, trieb sie die Verkäuferin in die Arme eines Konkurrenten. Gewöhnlich bedeutete eine Beschädigung den totalen Wertverlust für das Glas, aber es gab Ausnahmen. Wenn es sich etwa um eine einmalige und sonst nie vorkommende

Version eines seltenen Glases handelte und wenn der Defekt nicht gravierend war.

Jillian vermaß die Objekte, tippte die Daten in ihr Notebook ein und fotografierte die Objekte von allen Seiten. Sie hatte die Pianta grassa ohne Knospen untersucht und wandte sich derjenigen mit der gelben Blüte zu. Mit der rechten Hand fuhr sie, ganz unten beginnend, den Stamm hoch, sie prüfte jede Erhebung und jede Vertiefung, insbesondere die Stellen, an denen die Glasteile ineinandergefügt waren, weil hier die Wahrscheinlichkeit einer Beschädigung am höchsten war.

Während Jillian den Stamm betastete, blickte sie zu Cindi Prescott hinüber, die sich langsam drehte.

Es war, als striche Jillian nicht auf dem Stamm der Pianta grassa nach oben, sondern über die Hüfte und Taille Cindis zu ihrem Oberkörper hin. Die vermeiden wollte, daß Jillians Hand ihre Brust berührte.

Jillian ging um die Pflanze herum, sie wollte die Blätter auf der anderen Seite kontrollieren. Mittlerweile kehrte Cindi ihr den Rücken zu, Jillian konnte länger zu ihr hinblicken. Sie stand völlig entspannt da. Die herunterhängenden Arme berührten jedoch ihre Hüften nicht, sondern hielten einen präzisen Abstand davon.

Jillian ließ sich Zeit mit der Inspektion der Pflanze.

Cindi stellte sich breitbeinig hin. Sie nahm die Arme zurück, führte sie über ihrem Hintern zusammen und streckte Jillian die Handflächen entgegen.

Jillian ging zur nächsten Pianta grassa. Cindi drehte sich um, sie hielt die Hände weiter nach hinten. Um ihre Mundwinkel zuckte es.

Der Pianta grassa mit den blauen Knospen und der mit den roten Knospen widmete sich Jillian weniger gründlich.

»Sie haben sich natürlich Gedanken über den Wert Ihrer Sammlung gemacht.«

Jetzt kam Cindi auf Jillian zu. Kurz vor ihr streckte sie den Arm aus und griff nach einer der Kerzen in dem Kerzenleuchter, vor dem Jillian stand. Dabei berührte sie mit beiden Brüsten Jillians Schulter.

Der Luftzug in der Höhle war stärker als beim ersten Mal, einige Kerzen in den Nischen der Höhlenwand und in den Kerzenleuchtern waren erloschen. Cindi zündete die Kerzen wieder an.

Um tiefer stehende Kerzen zu erreichen, bückte sie sich nicht, sondern ging in die Knie und machte ein Hohlkreuz. Zugleich zog sie die Schultern hoch und hob die Arme an, so daß sie den Körper nicht berührten. Bevor sie sich jeweils ruckartig aufrichtete, legte sie den Kopf in den Nacken und schloß kurz die Augen. Jillian folgte ihr nun ungeniert mit den Blicken. Ihre Bewegungen machten glauben, daß da etwas mit ihren Brüsten war. Sie bewegte sich so vorsichtig, weil ihre Brüste weh taten oder weil sie erregt war, sie achtete darauf, mit ihren Armen nicht an ihre Brüste zu kommen.

Zu ihrem zweiten Treffen hatte Jillian ein kurzes Sommerkleid angezogen, breite gelbe Streifen kreuzten sich auf weißem Grund. Obwohl schlank und trainiert, waren ihre Beine nicht sehnig, sie wirkte, als sei sie noch nicht ganz ausgewachsen. Das sehr kurze Kleid, es lag nicht an der hellen Farbe, ließ Jillian nicht sexy erscheinen.

»Die Summe, die ich Ihnen jetzt nenne, ist nicht verhandelbar.«

Jillian war daran gewöhnt, daß ihr Gegenüber sie als Teen wahrnahm. Ein Teen, der ungewöhnlich berechnend war. Es folgte ein kürzeres oder längeres Intervall, in dem das

Gegenüber ebenfalls rechnete und versuchte, diese beiden so gegensätzlichen Eindrücke miteinander in Einklang zu bringen. Die Mehrzahl kam zu dem Ergebnis, daß sie wirklich ein Teen war und das Element der Berechnung lediglich ihr Überleben sicherte, eine Minderheit hielt sie für die berechnende Geschäftsfrau, die sie tatsächlich war, und betrachtete das Teenagerhafte in ihrer Persönlichkeit als nur vorgespielt. Es war nicht gespielt, sondern gelebt, aber Teil einer unbarmherzigen, kühlen Konstruktion.

»Es gibt keinen Vertrag und keinen Schriftwechsel. Es gibt gar nichts. Nach der Übergabe haben Sie das Geld, ich habe die Gläser.«

Cindi ging zu dem mit rotem Samt überzogenen Sessel, in dem sie es sich so unbequem wie möglich machte. Sie setzte sich auf den vordersten Rand, lehnte sich zurück und schlang die Füße um die vorderen Sesselbeine.

Jillian konnte sich nicht vor die Verkäuferin der Sammlung hinstellen und von oben zu ihr sprechen. Sie ging in die Knie, hockte sich auf die Fersen und legte den Arm um die Rückenlehne, sorgfältig darauf achtend, daß sie Cindis Schultern nicht berührte.

»Zwei Millionen.«

Glas war per se ein ironisches Material. Die in der Höhle versammelten Gläser waren zum größeren Teil undurchsichtig. Die Amphoren wie die ampullenähnlichen Gefäße verkörperten eine niederziehende Schwere, denen der Bewegungsimpuls der schlangenförmigen Griffe, der Palmenblätterdekore und der Griffe in Knospenform entgegenwirkte. Die Bewegung kam unmittelbar aus der Seele des Entwerfers, sie sprach etwas in der Seele des Beschauers an, das diesen veranlaßte, Bilanz zu ziehen über den jeweiligen Stand des Kampfes zwischen den beiden Parteien. Der

Druck, der von Natur und Gesellschaft ausging, den Dinge und Verhältnisse ausübten, und die Gegenbewegung der menschlichen Freiheit. Der Entwerfer ließ sich nicht durch den Druck vergewaltigen, versuchte nicht, ihm auszuweichen, sondern bekämpfte ihn und versuchte, ihn aufzuheben. Zugleich machten die Gläser aber auch sichtbar, daß der Druck die einzige Möglichkeit für den Entwerfer war, sich zu bewähren, wirksam zu werden. Schöpfer zu werden. Ohne das Material, ohne die in dieser Epoche vorgegebenen Formen, ohne den dekorativen Zweck hätten sich die Kräfte des Entwerfers im Unendlichen verloren, wären ins Leere gefallen, wären nur sich selbst unbeschränkt gefolgt. Genau das, was die Spontaneität des Entwerfers einschränkte, sein freies Streben unterdrückte, war erst die Bedingung, unter der allein all sein Tun und Streben in eine eigene Form gelangen konnte.

In den Gläsern Martinuzzis setzten sich die herabziehende Schwerkraft und die ins All strebenden seelischen Energien gegeneinander ab, ohne Todfeinde zu sein. Zwar als Gegner in einem unversöhnlichen Kampf stehend, sich jedoch zugleich immer darüber Rechenschaft ablegend, daß sie zusammen eine Erscheinung von Einheit erzeugten, niemals vergessend oder vergessen machen wollend, daß die Spannung der von ihnen zusammengeführten ungeheuren Gegensätze sich letztendlich die Waage hielt.

In anderen Künsten strebte eine ebenso große Kraft gegen die Wucht des Schicksals an, ein leidenschaftliches, aus dem Innersten der Seele geborenes Begehren nach Glück und Freiheit, eine nicht stillbare Sehnsucht nach Erlösung. Das Glas kommentierte als Material schon den Umfang des Schicksals ebenso wie das Ausmaß des menschlichen Erlösungsbedürfnisses: Es rückte die Verhältnisse zurecht, enthob die menschliche Seele aller Versuche zur Hochstapelei, es schrieb den Gegensatz ewig, unüberwindlich, nicht korrumpierbar, nicht korrodierbar fest. Wenn in anderen Künsten eine unheilbare Schwermut zurückblieb, eine Ahnung vom Endsieg der Schwere, die Aussicht auf einen Kampf ohne Sieg, so war das Glas noch schwermütiger, noch unheilbarer, eigentlich nur zu beschreiben in einer Sprache, die die Worte *heilen* und *Heil* gar nicht kannte. Wenn in anderen Künsten Schicksal und Freiheit ein Gegensatzpaar bildeten, bei dem jeder Pol ohne den anderen zumindest denkbar war, so waren im Glas Schicksal und Freiheit derart voneinander durchdrungen, daß kein Atom des einen ohne ein Atom des anderen gedacht werden konnte. Das Glas speicherte Schicksal und Freiheit, machte sie durchsichtig oder undurchsichtig, überfing sie. Es diskreditierte jegliche affektvolle Bewegtheit, die nach physischen Bedingungen und Hemmungen nicht mehr fragte. Es mokierte sich über die Leidenschaft von Wille und Kraft. Es strebte danach, sich den gesetzmäßigen Zusammenhängen der Körper und der Dinge zu entreißen. Das, was sich befreien wollte, und das, was die Befreiung hinderte, fiel im Glas zusammen in einem Indifferenzpunkt von Kräften, der die Erscheinung in dem Augenblick paralysierte, in dem sich die entscheidenden Lebensmächte gegenseitig aufhoben.

Andere Künste kannten den Sieg über die oder die Unterwerfung unter die irdischen Bedürftigkeiten. Manchmal auf fast titanische Weise vollkommen, sammelten die Siege jegliche Kraft und Bestrebung des Daseins ein, während die Niederlagen Opfer, Spielball und Altar dieser Bestrebungen waren. Aber selbst die Siege zeigten eine furchtbare Unerlöstheit. Es blieb eine Sehnsucht zurück, deren Erfüllung nicht in jene Daseinseinheit zwischen der niederziehenden

Schwere und dem ins All Emporstrebenden eingeschlossen war. Die Sieger, das waren nur noch die Darstellungen derjenigen, die die letzten Seiten eines Buches oder die letzte oder vorletzte Szene eines Films oder einer Fernsehserie erlebten. Die Sieger blickten auf ein irdisch Mögliches, wenn auch nie Wirkliches, eine Vollendung, die nicht von Gott kam und in ihrer Gerichtetheit nicht von ihm kommen konnte, sondern eine ihres eigenen gegebenen Seins war. Ein Gott hätte den Pfeil der Menschen zu sich selbst zurückgebogen und die Menschen mit dieser unerfüllbaren Sehnsucht nach sich selbst auf dem Umweg über das Unendliche allein gelassen. Es gab ein endliches Ziel, aber es war zugleich in einer Art und Weise bestimmt, daß nur ein Unendliches dieses Ziel erfüllen konnte. Das Ziel gab der Sehnsucht eine Richtung, aber es führte innerhalb des Endlichen zu keinem Abschluß. Der Künstler, der die großen und die kleinen Piante grasse geschaffen hatte, die Amphoren, die Vasen, verkündete, daß er seine Kraft, die Mühe seines Daseins an ein Schaffen gesetzt hatte, das sein endgültiges Bedürfen, seine tiefste gefühlte Notwendigkeit nicht erfüllt hatte. Sein Weg hatte eine Richtung genommen, die ihn zu dem, was er erreichen wollte, nicht hinführte.

Aber der Künstler war nicht verzweifelt.

Indem er die Pflanzen lebensgroß in seinem Material wiedererstehen ließ, trauerte er nicht, klagte er nicht an, daß sein endgültiges Bedürfen in einer Ebene verlief, die er niemals erreichen konnte, er bildete diese andere Ebene ab und daß kein Weg von der Realität zu ihr führte. Der Künstler hatte keine Krise erlebt, weil er seinen absoluten Wert, seine über alle Anschauung hinausgehende Idee erst in seiner Kunst und ihrer Schönheit gefunden hatte, um schließlich einzusehen, daß alles dieses in einem Reich lag, zu dem es an der Hand seiner Kunst keinen Aufstieg gab. Er litt nicht daran, daß dasjenige, wodurch ihm das absolut vollkommene Unendliche offenbar wurde, die äußere Erscheinung der Dinge und ihrer Reize, das Unendliche zugleich verhüllte, ihn zu ihm zu führen versprach und ihn tatsächlich von ihm wegführte. Derjenige, der die Piante grasse, die Amphoren und die anderen Gläser geschaffen hatte, bestand darauf, kein Märtyrer zu sein. Er hatte für sich die erlösende Vollendung des Lebens im Leben selbst gefunden, er hatte das Absolute in der Form des Endlichen gestaltet. Im Alter hatte er bestimmt nicht verlangt, daß die Unsterblichkeit als Bewährungsmöglichkeit seiner irdischen, aber im Irdischen nicht ausgelebten Kräfte notwendig sei.

Trailer Trash

Es war kein Trailer der Marke Liberty, aber es war auch nicht Moonachie, der Ort in New Jersey, in dem Jillian aufgewachsen war.

Der Trailer hatte kommerziellen Zwecken gedient, unter das Fenster neben der linken Eingangstür war in roter Farbe *Caja* gepinselt. Waagrecht montierte Metallpaneele bildeten die Außenhaut, die drei unteren Lagen waren aquamarinblau angestrichen, dann folgten drei weiße Lagen, dann drei graue und schließlich noch einmal drei weiße Lagen. Neben dem Fenster auf der rechten Seite waren auch die höheren Paneele blau angestrichen. Hier war der Trailer bis zur Oberkante gerundet, das war die Seite, mit der er auf dem Truck auflag. Auf der anderen Seite war das Gehäuse nur unten abgerundet, dort waren die Rücklichter befestigt.

Der Trailer lag schief im Gelände, sowohl vorn als auch hinten waren die Metallpaneele verbeult und beschädigt. Über das Dach war eine große Plane gelegt.

Jacob stand schon zehn Minuten in der Sonne, während der jüngere Mexikaner versuchte, zuerst die linke, dann die rechte Tür des Trailers zu öffnen. Er hatte einen Schlüsselbund mit mehreren Schlüsseln mitgebracht, keiner paßte. Wütend schlug er mit der flachen Hand gegen die Türen.

Jacob trug wieder Handschellen. Seine Füße waren nicht gefesselt, aber es wäre keine gute Idee gewesen, davonzulaufen. Im Wagen wartete der ältere Mexikaner mit Madeline. Auch wenn keiner eine Pistole auf Jacob gerichtet hielt, die Flucht war zwecklos.

Sie waren in the middle of nowhere. Um sie herum Berge, die keine sein wollten. Zwar hoch genug, um die Talmulde

vom Rest der Welt abzuschirmen, legten sie jedoch Wert
darauf, keine steilen Gipfel zu haben, und gaben sich so unbedeutend wie möglich. Die Hänge waren mit verdorrtem
Gras bewachsen, das immer wieder von Fels- und Geröll-
halden durchzogen war.

Der Feldweg, der das Tal erschloß, endete vor dem Trailer.
Neben dem Feldweg wuchsen in unregelmäßigen Abständen Büsche, an anderen Stellen des Tals, insbesondere dort,
wo es deutlich schmaler wurde, gab es auch Bäume. Alles,
was grün war, trat in der Talmulde nur in Reihen auf. Jacob
vermutete als Grund dafür entweder Wasseradern oder von
den Bergrücken herabführende Sturzbäche. Vorausgesetzt,
es regnete in der entsprechenden Jahreszeit ausreichend.

In etwa einer Meile Entfernung war ein aus Holz gebautes
Haus mit einem Satteldach zu sehen. Eine Außentreppe
führte zu der Veranda hoch, die auf Höhe des ersten Stocks
über eine Längs- und eine Querseite lief und von einem
Dach beschirmt war. Jacob glaubte auch, einzelne Türen zu
erkennen. Das Ganze sah aus wie ein Motel.

Neben dem Gebäude war ein etwa zehn Fuß breiter und
dreißig Fuß langer Pool aufgestellt, dessen Innenfläche türkis glänzte.

Jacob mußte sich erst daran gewöhnen, in dem grellen
Licht in die Ferne zu blicken. Mehrere Fenster waren ein-
geschlagen, das Dach über der Veranda war eingeknickt,
der weiße Zaun um das Anwesen an zahlreichen Stellen beschädigt. Auf dem ganzen Gelände lagen Zeitungsfetzen
herum. Jacob bezweifelte, daß in dem Pool Wasser war.
Wenn das Haus überhaupt Bewohner hatte, von ihnen
würde keine Hilfe kommen. Sonst hätten die Entführer
Madeline und ihn auch nicht hierhergebracht.

Jacob fühlte sich wie einer der Touristen, die in fremden

Ländern authentische Erfahrungen machen wollten. Die in Bussen auf den Sitzen und in Schiffen auf den Bänken schliefen, die in Holz-, Lehm- und Basthütten übernachteten, die lächelten, wenn die Einheimischen sie beschimpften, dazu zustimmend nickten und sich mit den Sätzen, die sie aus Reiseführern lernten, dafür bedankten. Das waren keine schlechten Menschen, aber sie hatten Angst, solche zu sein. Darum wollten sie bessere Menschen sein.

Er fragte sich, ob dieses plötzliche Einfühlen in Menschen, die sich erniedrigten, schon ein Sich-Ergeben in seine Situation darstellte und ob es möglicherweise schon ein Anzeichen dafür war, was bei Berichten über Entführungsfälle immer wieder als die Kollusion der Entführten mit den Entführern beschrieben wurde.

Dazu kam es nicht.

Der Mexikaner hatte seine Versuche aufgegeben, die Türen zu öffnen. Er rief seinen Kollegen. Der zerrte Madeline aus dem Wagen und führte sie zum Trailer. Dort drückte er sie zu Boden.

Sie lag auf der Seite, die Schulter gegen die Außenwand des Trailers gelehnt, den Kopf zum Schutz gesenkt, die gefesselten Hände im Schoß. Der jüngere Mexikaner löste kurz eine Hand Madelines aus den Handschellen, um ihr die Hände auf den Rücken zu binden. Dann richtete er sie auf, so daß sie sich mit dem Rücken gegen den Trailer lehnen konnte. Dabei spreizte er ihre Beine.

Während sich jetzt der ältere Mexikaner an den Türen des Trailers betätigte, begann der jüngere, mit der rechten Hand an Madelines Beinen entlangzustreichen. Sie schluchzte laut auf, der ältere drehte sich um.

Die beiden riefen sich etwas zu. Auch wenn Jacob nicht verstand, was sie sagten, das waren keine Worte des Einvernehmens. Offensichtlich wollte der Besonnenere den Heißsporn davon abbringen, Madeline zu nahe zu treten. Der strich jetzt mit den Handflächen an ihren Oberarmen entlang. Madeline schüttelte sich weinend und ließ sich zur Seite fallen. Der Mexikaner umfaßte Madelines Kinn und zog sie wieder zu sich hin.

Der ältere kam herbeigelaufen, die beiden lieferten sich ein heftiges Wortgefecht. Der jüngere stampfte mit dem Fuß auf den Boden und zog seine Pistole aus der Tasche, ohne sie jedoch auf jemanden zu richten. Mit der anderen Hand tätschelte er Madeline. Der ältere holte ebenfalls eine Pistole aus seiner Hosentasche hervor.

Der Erfahrenere gewann die Kraftprobe. Unwillig murmelnd, nicht ohne Madeline noch eine Ohrfeige zu geben, ging der andere zum Wagen, knallte die Türen zu und fuhr mit durchdrehenden Reifen davon.

Jacob war nicht vergessen worden. Der ältere Mexikaner trat neben Jacob und gab ihm einen Stoß, daß er strauchelte und umfiel. Er kam neben Madeline zu liegen. Zwar traf er nicht mit dem Kopf, sondern mit der Schulter zuerst auf dem Boden auf, dennoch war er kurz benommen.

Unwirsch blickend, setzte sich der Mexikaner in den Halbschatten des einzigen Busches, den es in der Umgebung des Trailers gab, und beobachtete Jacob und Madeline.

Mit auf den Rücken gebundenen Armen sah Madeline nicht sehr vorteilhaft aus. Ihr Bauch stand ungefähr so weit vor wie ihre Brüste, und ihr Hintern wirkte ziemlich breit. Aber die Mexikaner liebten ja solche Figuren. Der ältere Mexikaner konnte sich allerdings beherrschen.

Hätte er, Jacob, ebenfalls eine Vorliebe für solche Figuren gehabt und die Finger von Pilar gelassen, dann läge er nicht gefesselt vor dem Trailer auf dem Boden. Wenn Chuy den üblichen mexikanischen Geschmack gehabt hätte, dann wären er und Madeline ebenfalls nicht hier. Aber Pilar hatte den flachsten Bauch, den Jacob jemals berührt hatte. Deswegen war er hier.

Auf ihren gemeinsamen Ausflügen zur Grenze hatte Pilar ihn mit ihrer enganliegenden schwarzen Hose und mit ihrem ebenso engen schwarzen Oberteil so gereizt, daß es passieren mußte.

Wenn jemand keinen BH zu tragen brauchte, dann sie. Ihre Brüste waren klein und ungeheuer fest. In einer weiblichen Brust konnte es keinen Muskel geben, dennoch hatte Jacob das Gefühl, er berühre Muskeln, wenn er ihr an den Busen faßte. Sie hatte ihr Oberteil immer hochgeschoben, so daß man den Bauch sah.

Mit gelösten, welligen Haaren wirkte sie elegant und damenhaft, mit zum Zopf zurückgebundenen Haaren viel jünger, fast kindlich. Ihr Gesicht war sehr regelmäßig, nur wenige Frauen konnten es sich wirklich leisten, die Haare zurückzubinden. Obwohl ihr Kopf und ihre Gesichtszüge ausschließlich runde Konturen aufwiesen, war nichts daran im mindesten gefällig. Die Augenpartie und die Backenknochen deuteten auf ihren mexikanischen Ursprung hin.

Sie sprach leise und lächelte fast immer beim Sprechen. Dabei neigte sie den Kopf zur Seite und wiegte ihn vor und zurück. Vor allem aber begleitete ihr Oberkörper alles, was sie sagte. Ihre Schultern hoben und senkten sich im Rhythmus ihrer Rede, verliehen dem, was sie sagte, mehr Bedeutung oder relativierten es.

Alle ihre Bewegungen wirkten ebenso entspannt wie kraftvoll, ebenso eingeübt wie in diesem Augenblick neu erfunden. Keine andere Frau konnte sich so bewegen. Die anderen hatten es irgendwie gelernt, aber nicht richtig. Der Gedanke, daß Pilar irgendeine der Bewegungen, die sie machte, hatte lernen müssen, erschien völlig absurd. Jacob kannte keinen anderen Menschen, bei dem jede Bewegung, auch die allergeringste, nur aus seinem Willen kam.

Wer Pilar beobachtete, hatte die Gewißheit, der Mensch besaß einen archimedischen Punkt. Alles, was Pilar tat und sagte, kam aus diesem Punkt. Der Gedanke, daß dieser Punkt nicht schon immer dagewesen war, erschien absurd.

Mike, der Border Patrol Officer, hatte Jacob und Pilar an der Grenze im Goat Canyon abgesetzt. Der Goat Canyon war der mittlere von drei Canyons zwischen dem Meer und dem Grenzübergang San Ysidro. Von der Grenze hatten sie überhaupt noch nichts gesehen, es war das erste Mal, daß sie ihr nahe kamen. Mike hatte die Meldung eines Kollegen erhalten, dem er zu Hilfe eilen mußte. Es werde nicht lange dauern, ihnen könne nichts passieren. Sie sollten sich aber nicht in die unmittelbare Nähe der Grenze begeben. Seine Kollegen von der Border Patrol hatte er über ihren Besuch informiert.

Pilar und Jacob standen auf dem Grund eines Tals, das durch eine Aufschüttung geteilt wurde. Sie blickten eine Böschung empor, auf der sich oben Leitplanken und Straßenleuchten abzeichneten. Die Grenze verlief am Fuß der Böschung, die Grenzbefestigung bestand aus aufeinandergeschichteten unbehandelten Eisenpaneelen. Mike hatte ihnen erklärt, daß jedes Segment numeriert war, damit bei Vorfällen immer die genaue Position angegeben werden konnte.

In der Talsohle verlief der Grenzzaun über ein betoniertes Portal. Zunächst glaubte Jacob, die Aufschüttung sei untertunnelt und unter dem Grenzzaun fließe bei Regen Wasser von der anderen Seite des Tals durch. Aber das konnte nicht sein, in der Öffnung des Portals war Sonnenlicht sichtbar. Die Aufschüttung dahinter war viel zu hoch, als daß man in einem Tunnel das Licht der anderen Seite hätte sehen können. Jetzt fielen Jacob auch die Wasserrinnen auf, die die Böschung herunterliefen. Offensichtlich wurde das Wasser in einem Graben auf der mexikanischen Seite gesammelt, weil es sonst unweigerlich den Grenzzaun beschädigt hätte, wurde es unter ihm durchgeleitet.

Sowohl Jacob als auch Pilar hatten digitale Kameras dabei. Jacob ging näher zu der Unterführung hin, um Fotos zu machen. Als er mit der Kamera auf einen Schatten in der Unterführung zoomte, erschrak er. Dort hockten zwei Männer am Boden. Sie brauchten nur loszurennen, dann waren sie in den U.S.A. Das würde ihnen allerdings wenig nützen. Der Grenzabschnitt zwischen San Diego und Tijuana war der am besten bewachte überhaupt. Die Männer konnten nicht lange laufen, ohne auf einen Officer in der Border-Patrol-Version des Ford Explorer zu treffen.

Denjenigen, die die Grenze übertreten hatten und erwischt wurden, passierte überhaupt nichts, sofern sie keine Waffen dabeihatten. Sie wurden identifiziert, in einen Van gesetzt und am Grenzübergang San Ysidro wieder zurückgeschickt. Die Wahrscheinlichkeit, an diesem Grenzabschnitt aufgegriffen zu werden, war viel höher als an allen anderen, dafür war der Übertritt mit keinerlei Risiken verbunden. Grenzgänger wurden auch dann zurückgeschickt, wenn sie einen Border Patrol Officer tätlich angriffen. Der Officer mußte schon verletzt worden sein, damit ein Richter einen Haftbefehl erließ.

Im Sektor San Diego war der Anteil der Grenzgänger, die es

allein versuchten, besonders hoch, nur wenige nahmen die Dienste eines Coyoten in Anspruch, so wurden die Schleuser genannt. In der Nacht waren große Abschnitte des Grenzzauns beleuchtet. An den Straßen waren Bewegungsmelder installiert, die allerdings auch von Tieren ausgelöst wurden.

Jacob fuhr fort, das Portal mit dem Grenzzaun zu fotografieren. Den Blick auf den Monitor der Digitalkamera gerichtet, fast ohne die Lippen zu bewegen, flüsterte er Pilar zu, daß Männer in der Unterführung seien.

Pilar erschrak auch nicht mit der unbedeutendsten Faser ihres Wesens. Ungezwungen blickte sie zu der Unterführung hin. Man mußte wirklich sehr genau hinsehen, um die Konturen zweier Männer im Schatten auszumachen.

Jacob sagte, sie sollten sich besser entfernen.

Pilar tat das Gegenteil. Langsam, aber entschlossen ging sie auf die Unterführung zu. Beim Gehen bewegte sie ihre Hüften immer sehr ausgeprägt.

Den Männern in der Unterführung mußte jetzt klar sein, daß man sie gesehen hatte.

Jacob lief Pilar nach und stellte sich ihr in den Weg. Sie sollten vorsichtig sein.

Pilar zog die Augenbrauen hoch und legte den Kopf zur Seite. Sie seien hergekommen, um sich über die Grenze zu informieren, jetzt hätten sie Gelegenheit dazu. Ob er denn glaube, daß die Männer mit ihnen reden würden, wenn ein Border Patrol Officer dabei sei. Jacob hielt ihr entgegen, sie wüßten doch nicht, ob die beiden Männer, die sie sahen, die einzigen seien. Vielleicht sei das nur die Vorhut, und hinter dem Zaun warte eine ganze Gruppe.

Tatsächlich zögerte Pilar einen Augenblick, ging dann jedoch weiter.

Jacob lief ihr erneut nach, baute sich vor ihr auf und faßte sie an beiden Schultern, um sie am Weitergehen zu hindern. Es war kein gutes Gefühl, den Männern in der Unterführung den Rücken zuzuwenden.

Pilar blickte ihn überrascht an. Zugleich spiegelte sich in ihrem Blick jedoch die Gewißheit, mit dieser Störung fertigzuwerden. Sie würde mit allem fertigwerden, was sich ihr entgegenstellte.

Stumm nahm Pilar Jacobs Hände von ihren Schultern.

Diesmal wartete Jacob nicht ab, bis sie weiterging, er sagte laut und deutlich nein und stieß sie in die entgegengesetzte Richtung, weg von der Unterführung, weg von der Grenze. Dabei berührte er sie oberhalb der Brüste. Ansatzlos gab ihm Pilar mit der rechten Hand eine Ohrfeige auf die linke Wange und mit der linken Hand eine auf die rechte, um sich dann wieder ungerührt in Richtung der Unterführung in Bewegung zu setzen.

Darauf faßte Jacob sie um die Taille und warf sie zu Boden. Während sie sich am Boden wälzten, liefen die beiden Männer los. Sie rannten ganz dicht an ihnen vorbei, jedoch nicht zu der Straße im Tal, sondern zu der Straße, die parallel zur Grenze den Berg hochführte. Dort versprachen sie sich offensichtlich bessere Deckung.

Jacob leistete stärkeren Widerstand, der Kampf dauerte länger, als Pilar gedacht hatte. Aber er endete damit, daß Jacob auf dem Rücken lag.

Pilar saß auf ihm und preßte seine Hände in den Staub. Trotzdem konnte Jacob seinen Oberkörper aufrichten. Er küßte sie, und sie küßte ihn wieder, ohne seine Hände loszulassen. Er versuchte weiter, sich zu befreien, aber sie ließ es nicht zu.

Als beiden schließlich die Anstrengung zuviel wurde, ließ

Pilar sich auf die Seite fallen. Jacob wollte etwas sagen, aber Pilar drückte ihm den Zeigefinger auf den Mund. Sie erhob sich, als wäre das kein Kampf, sondern ein Picknick gewesen, und streckte Jacob die Hand hin. Der ergriff sie und ließ sich hochziehen.

Unaufgeregt musterte Pilar die Gegend. Die beiden Männer waren längst verschwunden, Mikes Wagen war nicht in Sicht, auch auf den Hügelkuppen neben der Grenze gab es keine Beobachter. Pilar führte Jacob an der Hand zu der Unterführung.

Mit dem gleichen Gesichtsausdruck, mit dem sie sich über seine Bedenken hinweggesetzt hatte, sich der Unterführung zu nähern, griff sie nach Jacobs Gürtel. Die linke Hand öffnete die Schnalle und die Knöpfe seiner Jeans, die rechte hing unbeteiligt herab. Jacob überlegte, ob Pilar Linkshänderin war, aber sie hatte sich im Wagen etwas auf einem Zettel notiert, dabei hatte sie mit der rechten Hand geschrieben.

Pilar faßte in seine Unterhose und prüfte, ob sein Schwanz hart war. Er war es. Sie ließ sich auf die Knie nieder.

Sie berührte seinen Schwanz mit der Spitze ihrer Zunge, dabei sah sie Jacob in die Augen. Es war ein nüchterner, konzentrierter Blick. Sie war bemüht, alles zu vermeiden, was Jacob als eine Demonstration ihrer Unabhängigkeit, ihrer Überlegenheit auffassen mußte.

Jacob fand, die meisten Frauen wirkten lächerlich, wenn sie einen Schwanz in den Mund nahmen. Nicht viele taten es aus Überzeugung. Manche versuchten, eine Erregung vorzuspielen, von der sie hofften, daß sie sie noch einholen würde. Einige konnten ihre Abneigung nicht camouflieren, das war dann nicht besonders aufbauend. Madeline hatte nichts dagegen, seinen Schwanz zu lecken. Sie widmete sich ihm eifrig. Aber ihre lange spitze Zunge paßte einfach nicht zu ihren runden fülligen Formen. Jacob sah immer weg, wenn sie ihre Zunge förmlich aus ihrem Mund hervorschießen ließ.

Pilar machte das, was sie machte, mit Ruhe, mit Ernsthaftigkeit, mit Grazie. Sie spielte nicht, und sie spielte nichts vor.

Er zog sie in die Höhe, schob ihr Oberteil hoch und öffnete ihre Hose. Sie ließ sie auf den Boden fallen. Dann drängte er sie gegen die Mauer, wo sie kerzengrade stand. Mit Befriedigung stellte Jacob fest, daß sie völlig waagrechte Schultern hatte. Er mochte es nicht, wenn Frauen abfallende Schultern hatten. Jillian, die sonst so sportlich war, hatte zwar keine abfallenden Schultern, aber ihr Muskelaufbau zwischen Hals und Schultern war anders, ihre Silhouette dort nicht so gerade wie die Pilars.

Etwas hielt Jacob davon ab, sie zu küssen, während er im Stehen in sie eindrang. Er lehnte sich zurück, um ihr nicht mißverständlicherweise zu nahe zu kommen. Sie sah ihm wieder in die Augen, ihr Blick signalisierte Dankbarkeit, daß er diesen Abstand hielt. Beide atmeten heftig, aber kontrolliert. Als sie sich im Kampf auf dem Boden gewälzt hatten, da hatten sie gekeucht.

Jacob faßte sie an den Hüften, um ihren Unterkörper fester an sich zu pressen. Sie legte die linke Hand auf seinen Arm und die rechte auf seine Schulter. Jacob überlegte, ob er sie nicht doch küssen sollte, aber er interpretierte ihre Bewegungen richtig. Sie wollte den Abstand beibehalten.

In diesem Augenblick hörten sie das Geräusch eines Fahrzeugs. Auch wenn sie im Schatten waren, jemand, der unmittelbar auf die Unterführung zufuhr, mußte sie sehen. Aber weder Pilar noch Jacob wandte den Kopf zur Seite. Er faßte sie hart um die Taille. Sie öffnete den Mund und schob den Unterkiefer vor. Er preßte seine linke Hand auf ihren Hintern, umfing mit der rechten ihren linken Oberschenkel und hob sie hoch. Etwas wie die Andeutung eines Lächelns wehte über ihr Gesicht. Bereitwillig zog sie die Beine an und stützte sich mit den Armen auf seinen Schultern ab.

Jetzt erst blickten sie beide ins Tal hinaus. Sie sahen ein Fahrzeug der Border Patrol, aber das konnte nicht Mike sein. Der Wagen fuhr nicht auf sie zu, sondern von ihnen weg. Er war die Straße heruntergekommen, die die beiden Männer hochgelaufen waren. Der Wagen zog eine Staubfahne hinter sich her. Der Fahrer konnte sie im Rückspiegel nicht sehen.

In einem entspannten Rhythmus hob Jacob Pilar hoch und preßte sie an sich, um dann wieder locker zu lassen. Dabei hielt er es für geraten, sich aus dem Sichtfeld der Straße zu entfernen und die Deckung des Grabens hinter dem Portal zu suchen.

Als sie sich zwischen leeren Bier- und Sodadosen, verrosteten Kanistern, zerschlissenen Reifen und kaputten Felgen wieder anzogen und ihre Kleidung ordneten, sagte Jacob, er sei noch nie vorher in Mexiko gewesen. Pilar fragte ihn, ob er nicht daran gedacht habe, daß in dem Graben hinter der Brücke Leute warten und ihnen zusehen könnten. Jacob sagte, daran habe er überhaupt nicht gedacht.

Hand in Hand überschritten sie die Grenze in der Unterführung unter dem Grenzzaun. Als sie aus dem Schatten ins Sonnenlicht traten, zog Pilar ihre Hand zurück.

Sie mußten dann lange auf Mike warten, was ihnen die Gelegenheit gab, viele Fotos zu machen. Mike hatte nicht nur seinem Kollegen geholfen, er berichtete, auf dem Rückweg

zu ihnen habe er noch zwei andere Mexikaner aufgegriffen.
Pilar und Jacob sahen sich fragend an und überlegten, ob sie
erwähnen sollten, daß sie die Mexikaner gesehen hatten.
Schließlich erzählte Jacob, sie seien den Berghang neben
der Unterführung hochgestiegen, um einen Blick auf den
mexikanischen Highway zu werfen. Dabei hätten sie beobachtet, wie zwei Mexikaner aus der Unterführung herausgekommen und die parallel zur Grenze verlaufende Straße
auf der anderen Seite hochgelaufen seien.
Mike bedauerte, er könne leider die Tour nicht fortsetzen,
heute sei zuviel los. Jetzt müsse er sie nach San Ysidro
zurückbringen. Sie sollten sich erneut verabreden.
Damit kein Schweigen aufkam, fragte Jacob Mike, wie aus
seiner Sicht eine optimale Grenzbefestigung aussehe.
Jacob hatte Mike erklärt, warum sie hier waren.

Der republikanische Abgeordnete James Sensenbrenner
aus Wisconsin wollte im Repräsentantenhaus eine Geset-
zesinitiative einbringen, nach der auf einer Länge von sie-
benhundert Meilen entlang der sich insgesamt über rund
sechzehnhundert Meilen erstreckenden Grenze zwischen
den U.S.A. und Mexiko eine Mauer errichtet werden sollte.
Außerdem war beabsichtigt, die illegale Einwanderung in
die U.S.A. zu einem schweren Delikt zu erklären, das mit
Gefängnis bestraft werden sollte. Mit der bisher geübten
einfachen Abschiebung würde es dann vorbei sein. Auch
diejenigen, die illegale Einwanderer beschäftigten, sollten
härter bestraft werden. Zwar waren die Demokraten dagegen, aber die republikanische Mehrheit im Repräsentantenhaus befürwortete die Initiative. Auch im Senat zeichnete sich eine Mehrheit dafür ab.
Bei einer Vernissage in Jacobs und Jillians Galerie hatte ein

Journalist der *New York Times* in einer großen Runde erzählt, die Zeitung plane einen Wettbewerb, der Architekten dazu aufrief, Vorschläge für die Grenzbefestigung zu machen. Dabei sei natürlich nicht an funktionale Entwürfe gedacht, die Zeitung wolle keinen Wettbewerb für Gefängnisbauer veranstalten. Jacob hatte nur bemerkt: »A fence with more beauty« und sich dem nächsten potentiellen Kunden zugewandt.

Jacob und Jillian hatten keine Kinder und deshalb keine Verwendung für eine Nanny. Sie brauchten auch keinen Putzservice. Den Objekten näherten sich nur Jillian und Jacob, ansonsten ließ Jacob in der Galerie Schülerinnen putzen. Illegale Immigranten interessierten ihn nicht.

Zu den Besuchern der Vernissage hatte auch Madeline gehört. Sie war eine gute Kundin und kaufte regelmäßig Tiffany-Lampen der mittleren Preisklasse. Madeline gab nicht ihr eigenes, sondern das Geld ihres Mannes aus, er war Gründer eines Hedge fund. Sie war Architektin. Nachdem sie jahrelang vergeblich versucht hatte, unter luxuriösesten Umständen Kinder zu bekommen, war sie wieder in ihren Beruf zurückgekehrt. Sie arbeitete als Angestellte für ein namhaftes New Yorker Architekturbüro, dessen Namen Jacob sich nie merken konnte. Um Konversation zu machen, erzählte er ihr vom Vorhaben der Zeitung. Sofort war sie Feuer und Flamme.

Madeline war Jacobs, nicht Jillians Kundin. Ihren Mann hatte Jacob niemals zu Gesicht bekommen. Sie hatte Andeutungen gemacht, die er als Aufforderung auffassen konnte, sie zum Dinner oder in einen Club auszuführen. Er war darauf nicht eingegangen, auch war sie nicht wirklich entschlossen gewesen. Sie war nicht sein Typ und kaufte auch ohne verschärfte Betreuung.

Jetzt war sie entschlossen. Sie hatte mehr als üblich getrunken. Unaufgefordert erzählte sie Jacob, daß sie in Scheidung lebe. Sie machte keinen Hehl daraus, daß es ihr Mann war, der sich scheiden lassen wollte. Es gebe da jemanden. Sie wolle sich auf ihre Architektenarbeit konzentrieren. Jacob wußte, ihr Mann verfügte über ein dreistelliges Millionenvermögen und die erste Ziffer war wohl keine Eins. Sie machte nicht nur Andeutungen, sie ließ Jacob klar wissen, die Scheidung werde ihren Mann sehr teuer kommen. Da überdachte Jacob seine Einschätzung ihrer physischen Voraussetzungen und fand, er solle flexibler sein.

Jillian kümmerte sich gewohnt professionell um die Gäste. Keiner, der wirklich für eins der Stücke in Frage kam, wurde übersehen. Jacob widmete Madeline den restlichen Abend. Sein Verständnis für die schwierige Lage Madelines wurde instantan belohnt. Nach dem Studium habe sie nicht wirklich Gelegenheit gehabt, sich Praxis anzueignen. Dann habe sie länger ausgesetzt. Jetzt mache sie langweilige Dinge, sie arbeite Details in Entwürfen aus, die von anderen stammten. Sie wolle selber entwerfen. Sie sah ihre Stärke mehr im Künstlerischen. Jacob kommentierte es nie, wenn einer seiner Kunden seine Stärke im Künstlerischen sah. In diesem Fall pflichtete er jedoch bei und lobte die ausgesuchten Stücke, die sie in der Galerie erworben hatte. Aber Madeline hatte tatsächlich eine künstlerische Idee, die Jacob ihr gar nicht zugetraut hätte: Man könne den Grenzzaun doch auch aus Glas bauen.

Jacob und sie sollten zusammen nach San Diego fahren und sich die Grenze ansehen. Sie wollte dann einen Vorschlag für ihr Büro ausarbeiten. Ihre Hoffnung war, damit als Entwerferin akzeptiert zu werden. Sie bedrängte ihn dermaßen, daß ihm gar nichts anderes übrigblieb, als auf der Stelle zuzusagen.

Natürlich hatte Jacob keine Kenntnisse über die Verarbeitung von technischem Glas, er sagte das auch, es störte sie nicht. Er wisse doch alles über Kunstglas. Zusammen würden sie ein Brainstorming vor Ort machen. Madeline war völlig überzeugt, das würde zu plausiblen, attraktiven und praktikablen Vorschlägen führen. Da wurde ihm klar, wie einsam sie war.

Jacob fühlte sich in jeder Beziehung geschmeichelt. Nicht er wußte alles über Glas, sondern Jillian. Aber hier ging es nicht um Glas, sondern um Geld. Der Gedanke schoß ihm durch den Kopf, ob Jillian sich freiwillig scheiden lassen würde, wenn er auf diese unerwartete Weise an das Geld kommen konnte, das sie beide dringend brauchten.

Jacob hatte zugesagt, aber er war keineswegs überzeugt, daß Madeline sich wirklich melden würde. Zu sehr war er daran gewöhnt, daß Kunden erst begeisterte Pläne machten, von denen dann nie wieder die Rede war. Da es Kunden waren, hütete er sich, sie an ihre Pläne zu erinnern. Aber Madeline rief ihn schon am nächsten Morgen an, um die Einzelheiten der Reise zu besprechen. Sie hatte es so eilig, weil der Wettbewerb von der *New York Times* noch nicht offiziell ausgeschrieben war. Sie stellte sich vor, daß sie schon mit einer Lösung in ihr Büro kam, wenn die Leute dort gerade erst aus der Zeitung von dem Wettbewerb erführen. Man würde sich mit ihrem Entwurf beschäftigen müssen.

Von dem, was er über Tijuana gelesen hatte, war Jacob nur im Gedächtnis geblieben, daß man sich dort besser nicht allein bewegte. Er kannte niemanden, der Verbindungen dorthin hatte. Aber Madeline hatte schon eine Lösung für das Problem parat. Sie dachte auch praktischer, als er es ihr zugetraut hatte, das lag wohl an der bevorstehenden Scheidung. In dem Architekturbüro gab es eine Sekretärin, die aus Veracruz kam. Ihr Bruder lebte in Tijuana. Jacob hätte wirklich nicht gedacht, daß er so schnell Tickets nach San Diego bestellen würde. Die Sekretärin war Pilar.

Als Jacob Mike, dem Border Patrol Officer, den Grund ihres Hierseins geschildert hatte, sagte der sofort, die Idee einer durchgehenden Grenzmauer sei ein Irrwitz. Er zitierte Janet Napolitano, die Gouverneurin von Arizona: »You show me a 50-foot wall and I'll show you a 51-foot ladder.«

Etwa zwölf Millionen Mexikaner arbeiteten illegal in den U.S.A. Ohne die billigen illegalen Arbeitskräfte wären ganze Wirtschaftszweige lahmgelegt, vor allem die Landwirtschaft, der Bau, aber auch Hotels und Restaurants. Die Border Patrol verhaftete jährlich insgesamt etwa 1,2 Millionen Grenzgänger, um sie zurückzuschicken. Nach offiziellen Schätzungen der mexikanischen Regierung gelang es im Jahr vierhunderttausend Menschen, die Grenze zu überqueren. Im letzten Jahr waren mehr als dreihundert Illegale beim Grenzübertritt ums Leben gekommen. Mike betonte, keiner davon im Sektor San Diego. In den letzten zwölf Jahren waren etwa dreitausendachthundert Menschen in den Grenzflüssen ertrunken, im Sommer auf dem Marsch durch die Wüste verdurstet oder an Erschöpfung gestorben, im Winter erfroren.

Bekannte von Madeline besaßen ein Haus in La Jolla, das sie nur in den Ferien benutzten. Sie stellten es Madeline zur Verfügung. Es war nicht die Luxusvilla, die Jacob erwartet hatte, sondern Teil eines Developments unterhalb des Museums von La Jolla.

Das einzig Bemerkenswerte an dem Museum war der Hammering Man von Jonathan Borofsky vor dem Museum: die zwei Stockwerke hohe Figur eines Mannes, der in der ausgestreckten linken Hand ein flaches Werkstück hielt und in der rechten einen Hammer, den er zu dem Werkstück führte, hochhob und wieder zu dem Werkstück führte. Ohne Unterlaß. Die Figur glich einem aus schweren Stahlplatten angefertigten Scherenschnitt. Der Hals des Mannes war ziemlich lang, die Umrisse des Kopfes wirkten eher wie die eines Totenschädels. Er hatte schmale Hüften, aber entweder kräftige Waden oder entsprechendes Schuhwerk. Der Mann oder die Figur war numeriert, auf dem linken Fuß waren mit weißer Farbe die Ziffern 3110527 aufgebracht. Jacob merkte sich immer sinnlose Sachen, dafür vergaß er Dinge, an die er sich hätte erinnern müssen. Jillian merkte sich alles und vergaß nichts.

Jacob war beruhigt, als Madeline ihm erklärte, das Reihenhaus gehöre nicht Bekannten ihres Mannes, sondern Bekannten von ihr.

Madeline fühlte sich nicht wohl. Schon im Flugzeug hatte sie über Kopfschmerzen geklagt, ein Migräneanfall sei im Anzug. Sie wohnte nach wie vor mit ihrem Mann zusammen, die Wohnung war so groß, daß sie sich nicht ständig begegneten. En passant hatte sie erwähnt, unmittelbar vor ihrer Abreise habe ein Treffen zwischen den Anwälten ihres Mannes und ihrem Anwalt stattgefunden. Über Inhalt oder Ergebnis der Besprechung hatte sie sich ausgeschwiegen, natürlich konnte Jacob nicht fragen. Er glaubte, sie hätte sich vielleicht doch noch Illusionen über ihre Ehe gemacht, aber die Besprechung hatte ergeben, daß ihr Mann tatsächlich die Scheidung einleiten wollte.

Abends sollten sie Pilar treffen, die für denselben Zeitraum wie Madeline Urlaub genommen hatte. Pilar war aus Tijuana herübergekommen und erwartete sie in einem Restaurant. Sie trug ein nicht zu enges kurzes und schulterfreies rotes Kleid, das von zwei schmalen Trägern gehalten wurde. Jacob blickte ihr immer wieder auf den Bauch. Er konnte nichts sehen, aber er ahnte, da waren nur Muskeln. Von Anfang an war Pilar Herrin der Lage. Ohne daß sie irgend etwas gesagt oder getan hätte, um ihre Autorität herauszustellen. Niemand, der die Szene verfolgt hätte, wäre auf den Gedanken gekommen, daß sie die Sekretärin und Madeline die Architektin war. Pilar behandelte Jacob, den sie gerade erst kennengelernt hatte, mit derselben Vertrautheit oder besser mit derselben Distanz wie Madeline. Gern nahm Jacob die Herausforderung an, diese Distanz im Lauf des Abends abzubauen.

Er hatte das starke Gefühl, daß Pilar Madeline nicht ernst nahm und ihn ebenfalls nicht. Außerdem blickte er ein paarmal zu oft auf ihren nicht vorhandenen Bauch. So, wie sie ihn ansah, bekam sie das deutlich mit. Aber er wußte sich ins richtige Licht zu setzen. Er brachte das Gespräch auf die Tiffany-Lampen, die Madeline in der Galerie gekauft hatte. Geschickt verwob er Madelines eher bescheidene Ambitionen mit den ständig steigenden Preisen für Spitzenstücke. Pilar mußte den Eindruck gewinnen, daß er Objekte, deren Wert weniger als eine halbe Million betrug, gar nicht anfaßte.

Jacob war auf etwas angewiesen, was außerhalb von ihm war, was nicht er selbst war. Alles Wichtige hätte ihn in den Schatten gestellt. Es mußte etwas sein, das schön und teuer war, aber es mußte zugleich unwichtig sein. Wie das Glas. Er wußte, darin bestand sein Talent: Etwas Schönes und

Teures so auf sich abfärben zu lassen, daß die Betrachterinnen dachten, er färbe auf das Etwas ab.

Schließlich hielt Madeline es für geraten, das Gespräch auf den Grund ihres Hierseins zu bringen. Während Pilar Madeline reden ließ, neigte sie den Kopf zur Seite, blickte Jacob in die Augen und sagte: »A suave guy in a tight spot.« Das war ein Kompliment. Das war kein Kompliment. Das war ein Kompliment.

Jacob war sehr zufrieden mit sich. Die Leute waren an die Verbindung von Kunst und Geld gewöhnt. Damit die Sache wirklich sexy wurde, mußte schon sehr viel Geld ins Spiel kommen. Oder eine besondere Art von Kunst. Die Verbindung von Geld und Decorative arts war etwas Neues.

Es brauchte nicht zu interessieren, daß er, Jacob, nur deswegen mit Madeline hier war, weil er alles Geld verspielt hatte, nicht in Las Vegas, sondern mit Glasfenstern. Das Ganze war nicht einmal eine Fehlspekulation gewesen. Sondern ein kompletter Reinfall, der seine Existenz und die von Jillian vernichten konnte.

Jacob war kein Hochstapler und auch nicht wirklich ein Angeber. Übertreiben gehörte zum Geschäft, das taten die anderen auch. Aber als er Pilar gegenübersaß, mußte er feststellen, daß die Differenz zwischen dem Eindruck, den bei Pilar zu erwecken ihm tatsächlich gelang, und der Wirklichkeit ihn zunehmend beflügelte.

Pilar hatte sich nicht nur Gedanken über Madelines und seinen Aufenthalt gemacht, sie hatte ihn perfekt durchgeplant. Widerspruch war weder sinnvoll noch möglich. An den folgenden Tagen würden sie mit einem Border Patrol Officer die U.S.-amerikanische Seite der Grenze besichtigen. Pilar hielt es nicht für notwendig zu erklären, wie sie das organisiert hatte. Danach würden sie ein Hotel in Tijuana beziehen, ihr Bruder und, wenn notwendig, auch andere Vertrauenspersonen würden ihnen die mexikanische Seite der Grenze zeigen.

Pilar sprach fast ausschließlich zu Jacob. Wohl auch, weil es ihr nicht gutging, störte sich Madeline nicht daran.

In der Nacht träumte Jacob von Pilar. Sie lagen beide am Rand eines großen Pools, das konnte kein privater, es mußte der Pool eines Hotels sein. Jacob hatte seine Liege flach gestellt, Pilar ihr Kopfteil angehoben. Sie waren die einzigen Gäste. Jacob trug eine Badehose, Pilar einen roten Bikini, sie hatte ein Tuch um ihre Hüften gewickelt. Beide hatten sie Sonnenbrillen mit sehr dunklen Gläsern auf. Um sie herum war es völlig dunkel. Trotzdem strahlten Pilars Körper und auch das Badetuch, auf dem sie lag, hell. Jacob blickte an sich selbst herab, sein Körper befand sich ebenfalls in einem Licht, das von nirgendwo herkam. Er war viel muskulöser als in Wirklichkeit. Jacob winkelte die Arme an, um seine Muskeln noch mehr zu betonen.

Ein leichter Wind bewegte die Wasseroberfläche im Pool. An verstreuten Stellen blitzten Lichtreflexe auf.

Pilar hielt ein Glas mit einem Cocktail in der rechten Hand. Der Summton eines Telefons ertönte. Mit dem Zeigefinger der linken Hand fuhr Pilar in der Mitte von Jacobs Brust zum Nabel herab. Ihr Finger war kalt und feucht.

Jacob fragte Pilar, ob das ihr oder sein Telefon sei. Sie sagte, es werde aufhören. Sich weiter aufrichtend, fuhr sie mit dem Zeigefinger über seinen Hals zu seinem Mund. Das Oberteil ihres Bikinis sah eigentlich mehr aus wie ein BH, die Körbchen waren unter den Brüsten sichtbar von Bügeln gehalten.

Während sie jetzt zwei Finger über seine Lippen gleiten ließ, wurde der Summton leiser. Mit beiden Fingern strich sie an seinem Hals herab, beugte sich vor und küßte ihn, ohne daß sich ihre Sonnenbrillen berührten.

Als Jacob aufwachte, summte sein Telefon. Madeline saß in dem Doppelbett, die Arme um die angezogenen Knie, den Blick konsequent an Jacob vorbei auf das auf seinem Nachttisch liegende Telefon gerichtet. Er hatte vergessen, es abzuschalten. Ihm schien geraten, sich nicht zu beeilen. Er griff nach dem Telefon, ohne den Anruf anzunehmen. Bevor er es näher an sich herangebracht hatte, verstummte es.

Madeline legte sich zurück, den Arm unter dem Kopf. Jacob sah auf dem Display den Namen einer Kundin. Offensichtlich glaubte Madeline, es sei Jillian, die mit ihm sprechen wollte. Jacob konnte ihr nicht sagen, daß Jillian geschworen hatte, ihn aus Europa nicht anzurufen.

Danach träumte Jacob weiter. Pilar stand am Rand des Pools, der jetzt stärker schimmernden Wasseroberfläche zugewandt. Sie hatte den Kopf zur Seite geneigt und spielte mit ihren Haaren. Es war nach wie vor dunkel, trotzdem glänzten ihre schwarzen Haare und ihre Schultern. Er trat von hinten an sie heran, umfaßte sie und verschränkte seine Arme vor ihrem Körper. Sie lehnte sich zurück, ihr Kopf ruhte an seiner Schulter.

Jacob hörte ein unregelmäßiges Klopfen, als pochte jemand an einer Tür. Er konnte nicht sagen, ob er das Pochen schon die ganze Zeit hörte oder ob es jetzt gerade eingesetzt hatte.

Pilar wollte sich lösen, aber er hielt seine Arme weiter verschränkt. Sie übte sanften Druck aus, damit er sie freigab. Während er seinen Griff lockerte, sagte sie, sie müsse gehen. Er fragte, wohin. Sie gab keine Antwort, sondern verstärkte ihren Druck, so daß er sie loslassen mußte. Er sagte, er gehe mit. Sie sagte, das sei unmöglich. Sie drehte sich um, umfaßte mit der linken Hand seinen Hals und wollte ihn küssen, aber das Pochen war plötzlich unerträglich laut geworden. Beide wandten ihre Köpfe dorthin, wo das Geräusch herkam.

Jacob wachte erneut auf. Madeline saß auf der Bettkante. In der linken Hand hielt sie einen Teelöffel, in der rechten ein Fläschchen mit Medizin. Sie versuchte, die Flüssigkeit auf den Teelöffel tropfen zu lassen, aber es kam nichts heraus. Sie drehte das Fläschchen um, schlug es mehrere Male mit der Unterseite auf dem Nachttisch auf, doch gelang es ihr nicht, dem verklebten Fläschchen Flüssigkeit zu entlocken.

Ohne Jacob anzusehen, sagte sie, sie werde morgen den Ausflug zur Grenze nicht machen können. Sie habe fürchterliche Kopfschmerzen, sie schaudere bei dem Gedanken an die schlechten Straßen und die Erschütterungen in dem Wagen. Er solle mit Pilar zur Grenze fahren.

In seinem nächsten Traum betrat Jacob eine spärlich beleuchtete Hotelhalle. Es war das Hotel, in dem sie am Abend Pilar abgesetzt hatten, bevor sie nach La Jolla zurückgefahren waren. Sie lehnte an der rohen Steinmauer des Durchgangs, der zu den Liften führte. Sie sagte, er sehe müde aus. Er sagte nichts und ging zur Rezeption, die nicht besetzt war. Sie folgte ihm und fragte ihn, ob er etwas erreicht habe. Sie hielt beide Arme nach unten gestreckt, die Arme gingen mit ihren Schritten mit, das war ihre Art des Schlenkerns. Er sagte, er wisse es nicht. Seine Hüfte umfassend, sagte sie, er müsse sich um so vieles kümmern. Wer kümmere sich um ihn. Er sagte, er müsse etwas wiedergutmachen.

Sie brachte ihre Lippen ganz nah an seine, um dann jedoch

den Kopf zurückzuwerfen. Sie werde sich um ihn kümmern. Auf dem Zimmer ließ er sich in ein rotes Sofa fallen. Sie zog ihm die Schuhe aus und setzte sich auf ihn. Gemeinsam entledigten sie sich ihrer Kleider. Er streckte sich auf dem Sofa aus und schloß die Augen. Pilar legte sich auf ihn. Jetzt sah er sich und Pilar von oben. Pilar hatte keine schwarzen Haare mehr, ihre Haare waren dunkelblond. Ihre Schultern waren nicht mehr gerade, als die Haare nach unten fielen, zeichnete sich eine kräftige trapezförmige Muskulatur am Halsansatz ab. Ihr Kopf ruhte nicht auf seiner Schulter, sie hatte ihren rechten Arm dazwischengeschoben. Ihr linker Arm war zwischen ihren Brüsten und seinem Körper. Er hatte die Beine gespreizt, sie hatte die Beine zusammengepreßt. Sie barg nicht nur den Kopf in ihrem Arm, sie hatte auch die Augen geschlossen.

Das war nicht Pilar, sondern Jillian.

Die Unsichtbare I

Cindi war mit dem Preis einverstanden. Jillian hatte die Abbildungen und die genauen Beschreibungen der Objekte an Benford, Robinson und Bova jeweils persönlich und vertraulich gemailt und wartete auf Antwort. Sie vertrieb sich die Zeit, indem sie Museen und Ausstellungen besuchte. Als erstes das Museo delle Cere, das Wachsfigurenmuseum, es war bis elf Uhr abends geöffnet, sie konnte das Hotel im Dunkeln verlassen. Dann das Diözesan-Museum, es hatte am Donnerstag bis zehn Uhr dreißig abends offen, sowie das Planetarium, das am Samstag bis neun Uhr abends geöffnet war. Im Museo del Rasoio, dem Museum des Rasiermessers, wurde man nach Anmeldung abends bis neun Uhr eingelassen.

Immer hatte sich Jillian gegen das helle Tageslicht geschützt. Sie mußte die Sonne meiden. Auf der Wood-Ridge High School war sie von der Leichtathletik befreit gewesen, die im Freien stattfand. Sie trug Hosen, Röcke nur mit blickdichten Strümpfen, im Sommer hatte sie stets ein Jeanshemd dabei, das sie über ihr T-shirt streifen konnte. Um den Hals wickelte sie sich ein Tuch, die langen Haare ließ sie ins Gesicht hängen, band sie die Haare einmal hoch, sorgte sie dafür, daß die vorderen Haare die Stirn bedeckten.

Sie wollte nur nicht auffallen, sie arbeitete daran, sich unsichtbar zu machen. Sie machte keinen Schulsport, spielte nicht in der Theatergruppe oder im Schulorchester, war nicht Mitglied einer Mal- oder Lesegruppe. Dabei war sie hübsch und wirkte gar nicht wie eine Einzelgängerin. Die Jungen wollten sich mit ihr unterhalten, sie zu etwas einladen. Aber die Jungen kamen nicht weit bei ihr.

In allen Fächern hatte sie B's, nie eine schlechtere Note, manchmal auch ein A, aber das war dann ein Versehen, sie wollte keine Note bekommen, die besser als B war.

Am Anfang hatte Jillian sich nie gemeldet, wenn der Lehrer oder die Lehrerin eine Frage an die Klasse gestellt hatte, trotzdem war sie manchmal drangenommen worden. Sie hatte gemerkt, daß es erfolgversprechender war, wenn sie sich verzögert zusammen mit anderen meldete. Während die anderen den Lehrer oder die Lehrerin ansahen und den ganzen Körper bewegten, blickte sie am Lehrer oder an der Lehrerin vorbei, der Körper mit dem erhobenen Arm völlig starr.

In Mathematik war die Gefahr am größten, aufgerufen zu werden, weil sich immer nur wenige meldeten. Mathematik war auch das Fach, in dem es immer wieder vorkam, daß sie bei Tests A's schrieb. Hier fiel es ihr am schwersten zu dosieren, sie befürchtete, wenn sie sich zu früh verrechnete oder eine ganze Aufgabe ausließ, eine schlechtere Note als B zu bekommen.

Im Mathematikunterricht hatte sie es auch zum ersten Mal fertiggebracht, gänzlich unsichtbar zu werden. Es ging um den binomischen Lehrsatz, sie saß weit vorn, zweimal hatte sie sich schon gemeldet und war nicht drangenommen worden, das hatte ihr Selbstbewußtsein gestärkt. Aus den Geräuschen hinter ihr schloß sie, daß mehrere Schüler den Arm gehoben hatten, sie meldete sich zum dritten Mal. Die Frage des Lehrers war eine ziemlich einfache, er ließ seinen Blick weiter über die Klasse schweifen, er wollte lieber andere Schüler ausfragen. Jillian hatte den Ellbogen aufgestützt, sie blickte auf ihre Hand und verfolgte, wie zuerst ihre Hand und dann ihr Arm durchsichtig wurde. Der Lehrer war weiterhin unentschlossen. Eine Zeitlang konnte

Jillian noch die Umrisse ihrer Finger, ihres Handgelenks, ihres Unterarms erkennen, bis auch diese verschwunden waren. Schließlich blickte der Lehrer zu ihr hin, aber er sah durch sie hindurch. Sie war unsichtbar. Er rief die Schülerin auf, die unmittelbar hinter ihr saß. Sie konnte die Frage nicht richtig beantworten, immer wieder mußte ihr der Lehrer auf die Sprünge helfen, während der ganzen Zeit blickte er durch Jillian hindurch, als ob sie gar nicht da wäre.

Einmal allerdings hatte sie sich gemeldet, um drangenommen zu werden. Die Lehrerin, eine Afro-Amerikanerin, nahm Shakespeares *Merchant of Venice* durch. Sie besprach die Szenen, in denen der Prinz von Marokko, der Prinz von Arragon und Bassanio um Portia, die Gegenspielerin Shylocks, freiten. Sie hatten die Wahl zwischen drei Kästchen, einem aus Gold, einem aus Silber und einem aus Blei. Ein Kästchen enthielt das Bild Portias, wer das richtige Kästchen wählte, durfte Portia als Braut nach Hause führen.

This first of gold, who this inscription bears:
» Who chooseth me shall gain what many men desire.«
The second silver, which this promise carries:
» Who chooseth me shall get as much as he deserves.«
This third, dull lead, with warning all as blunt:
» Who chooseth me must give and hazard all he hath.«

Der Prinz von Marokko wählte das goldene Kästchen. Alle Welt begehrte Portia, er konnte sich nicht vorstellen, daß Blei ihr Bild umschließen sollte oder Silber, das nur ein Zehntel soviel wert war wie Gold. Er schloß das goldene

Kästchen auf und fand einen Totenkopf mit einem be-
schriebenen Papier in einer leeren Augenhöhle.

Gilded tombs do worms enfold.
Had you been as wise as bold,
Young in limbs, in judgment old,
Your answer had not been enscrolled.
Fare you well; your suit is cold.

Der Prinz von Arragon ging nicht nach dem Äußeren, deswegen verschmähte er das goldene Kästchen. Er entschied
sich für das silberne. Er war der Überzeugung, daß er seinen Rang, seine Besitztümer und seine Ämter genau so verdient hatte. Das bleierne Kästchen beachtete er gar nicht.
In dem silbernen Kästchen fand er das Bild eines blinzeln-
den Idioten, der ihm ein beschriebenes Papier hinhielt.

There be fools alive, iwis,
Silvered o'er; and so was this.
Take what wife you will to bed,
I will ever be your head.
So be gone; you are sped.

Bassanio dachte an Midas, der durch seine Berührung jeden Gegenstand zu Gold machte und sich dadurch aller le-
bensnotwendigen Dinge begab. Er mißtraute auch dem
Versprechen des Silbers und wählte das ärmliche Blei, das
ihm eher zu drohen schien. Er fand das Bild der schönen
Portia.

You that choose not by the view
Chance as fair and choose as true.
Since this fortune falls to you,
Be content, and seek no new.

Ihre Mitschüler überboten sich darin, in immer neuen Variationen der Lehrerin das zu erzählen, was sie hören wollte: daß es im Leben nicht auf den äußeren Schein ankomme. Selbst die Mädchen, die sich darum bewarben, Cheerleader zu werden, auch die Jungen, die immer wieder ohne Führerschein mit den Autos ihrer Väter ihre Freundinnen abholten.

Jillian streckte den Arm hoch, rückte mit dem Stuhl vor und zurück und trommelte mit der anderen Hand auf die Schreibplatte. Sie wollte sagen: Das Stück will zeigen, daß das Streben nach Gold, also nach Reichtum, den einzelnen nicht glücklich macht. Das mag sein. Aber es bringt die Menschheit voran. Wenn alle nur ihre einfachsten Bedürfnisse befriedigen wollen, gibt es keinen Fortschritt. Nicht in der Wissenschaft, nicht in der Kunst, nirgendwo. Sie wollte den Spieß umdrehen. Alle sahen Portia und Bassanio als die Guten und den Prinzen von Marokko und den von Arragon als die Schlechten, zumindest als die Dummen. Aber die Schurken, das waren Portia und Bassanio, das Ganze war ein Komplott gegen den Prinzen von Marokko und den von Arragon: Die mußten das goldene oder das silberne Kästchen wählen. Wie konnte ein vernünftiger Mensch annehmen, daß sich das Bild der schönen Portia in einem wertlosen Bleikästchen befand? Damit wurde ihre Ehre befleckt, beschmutzt.

Aber die Lehrerin rief Jillian nicht auf, sie beachtete sie

nicht. Jillian führte die rechte Hand ganz nah vor ihr Gesicht, um zu prüfen, ob sie nicht vielleicht tatsächlich unsichtbar war.

Jillian war nach Europa gekommen, um das Geld zu verdienen, das Jacob vernichtet hatte, und um sich von ihm zu trennen. Sie würde, jedenfalls vorerst, die Galerie mit ihm weiterbetreiben. Aber außerhalb der Galerie wollte sie nichts mehr mit ihm zu tun haben. Sie fand, es war an der Zeit, diesen Entschluß zu feiern.

Bei Valentino hatte sie ein Abendkleid gesehen, aus roter Seide, unten weit, oben eng, vorn eckig ausgeschnitten, mit dreiviertellangen Ärmeln. Wenn jemand eine Verwendung für ein Abendkleid hatte, dann sie, weil sie immer nachts unterwegs war. Wenn jemand kein Abendkleid brauchte, dann ebenfalls sie, die gesellschaftlichen Ereignisse, für die das Abendkleid gedacht war, besuchte sie nicht. Dennoch hatte sie das Kleid anprobiert.

»Die Europäer sparen, die Amerikaner geben das Geld aus. Die Europäer kaufen amerikanische Stocks und Bonds, die Kurse steigen, die Zinsen sinken. Die Amerikaner, die Stocks und Bonds besitzen, fühlen sich durch die steigenden Kurse reicher, sie geben mehr Geld aus. Die sinkenden Zinsen fördern die Immobiliennachfrage, die Immobilienpreise steigen. Auch die Amerikaner, die Häuser besitzen, fühlen sich reicher, sie geben ebenfalls mehr Geld aus.«

Wenn Bova die Sammlung hätte kaufen wollen, hätte er das gleich zu Beginn des Gesprächs gesagt. Aber er erwähnte die Sammlung mit keinem Wort. Natürlich hörte sich Jillian seinen Vortrag trotzdem an. Sie wollte ihn ja als Kunden nicht verlieren.

»Die niedrige Spareigung und der hohe Konsum der Amerikaner gleichen die hohe Sparneigung der Europäer und ihren niedrigen Konsum aus. Die Nachfrage nach Dollars durch diejenigen, die in den U.S.A. investieren wollen, läßt den Dollar gegenüber dem Euro steigen. Die Amerikaner importieren mehr und halten die Inflation niedrig, die Europäer exportieren.«

Der Preis ließ Jillian doch zögern. Das Kleid kostete über fünftausend Euro.

»Die Europäer behaupten immer, die niedrige Sparrate in den U.S.A. und das große Budgetdefizit verursachten das Handelsbilanzungleichgewicht. Aber das ist falsch. Die U.S.A. können nichts dafür, wenn in Europa die Steuern und die Löhne zu hoch sind und die Europäer nicht in ihren eigenen Märkten, sondern lieber in Amerika investieren. Sie können auch nichts dafür, daß die europäischen Regierungen nichts tun, um den Konsum anzuregen...«

Das Kleid saß in der Taille perfekt, die Länge stimmte ebenfalls, lediglich das Oberteil mußte enger gemacht werden.

Jillian war unsicher gewesen, weil sich keiner der drei Interessenten gemeldet hatte. Als sie sich in dem Kleid sah, waren alle Gedanken an einen Mißerfolg von ihr abgefallen, und sie war sich plötzlich sicher, einer der drei würde die Sammlung kaufen.

Sie lief an dem Haus am Corso Buenos Aires vorbei, das die Sammlung beherbergte. Es mußte in den zwanziger Jahren erbaut worden sein. Im vierten und fünften Stockwerk war die Fassade an der Ecke konvex zurückgenommen, eine Terrasse im sechsten Stockwerk umschloß einen von zwei Säulen flankierten konkaven Gebäudeteil. In dem Haus auf dem Haus hatte die Tante von Cindi Prescott gewohnt.

Einen Moment lang sah sich Jillian in dem roten Kleid auf die Terrasse des Hauses treten.

»Jonathan, das Management von LVMH«, das war der französische Konzern, dem die Marken Louis Vuitton, Moët & Chandon, Hennessy und andere gehörten, »ist an mich herangetreten. Sie wollen ein Glasmuseum gründen, ich soll sie bei den Ankäufen beraten. Vielleicht hast du davon gelesen.«

Bova konnte nichts davon gelesen haben, denn das Museum war die spontane Erfindung Jillians.

»Ich habe ihnen noch nichts von der Martinuzzi-Sammlung gesagt. Ich wollte deine Entscheidung abwarten. Wenn sie ihre Pläne verwirklichen wollen, das bedeutendste europäische Glasmuseum einzurichten, können sie an der Martinuzzi-Sammlung nicht vorbei.«

Jillian legte Begeisterung in ihre Stimme.

»Das Museum wird dem Markt einen unglaublichen Impuls geben! – Den französischen Gläsern sowieso, aber auch allen anderen.«

Bova hatte ihr auseinandersetzen wollen, warum er die Sammlung nicht kaufen konnte. Aber jetzt interessierte er sich für das geplante Museum. Jillian log, man bereite einen Architektenwettbewerb vor. Es werde dauern, bis das Museum stehe. Die Trägergesellschaft beginne jedoch schon vorher mit den Ankäufen.

Bova wollte sie in den nächsten Tagen noch einmal anrufen.

Am nächsten Tag regnete es. Jillian stand schon am frühen Nachmittag auf und fuhr mit der Metropolitana zur Via Monte Napoleone, um das rote Kleid zu kaufen.

In dem Geschäft wurde sie empfangen, als sei man sicher gewesen, daß sie wiederkommen würde. Sie hatte ihren Satz noch nicht zu Ende gesprochen, als ihr schon eine Verkäuferin das Kleid brachte, sie sanft zum Spiegel dirigierte und ihr von hinten das Kleid vor den Körper hielt.

Kaum hatte sie das Kleid angezogen, eilten alle Verkäuferinnen zu ihr hin, die nicht gerade eine Kundin zu bedienen hatten, um sie in dem Kleid zu begutachten und ihr Komplimente zu machen. Eine sagte, sie sehe aus wie eine Siebzehnjährige, die zum ersten Mal auf einen Ball geht.

Jillian dachte: Das Mädchen im Spiegel lächelt nicht deshalb, weil ihm das Kleid so gut steht. Es lächelt, weil ihm das Leben so gut steht. Das Mädchen im Spiegel war glücklich, weil seine Zukunft vor ihm ausgebreitet war und weil das genau die Zukunft war, die es erstrebte.

Im Hotel angekommen, wartete eine Enttäuschung auf Jillian. Ihr Zimmer war nicht gemacht. Da sie einen anderen Tagesablauf hatte als die übrigen Gäste, ließ sie immer an der Rezeption die Hausdame benachrichtigen, wenn sie das Hotel verließ, damit das Zimmer sofort hergerichtet wurde. Die Rezeptionistin oder die Hausdame hatte die Anweisung nicht weitergegeben. Jillian mußte mit ihrer Einkaufstüte zwanzig Minuten in der Halle warten, bis das Zimmer fertig war.

Als sie endlich das Zimmer betreten konnte, zog sie als erstes das Kleid an. Die schwache Beleuchtung im Gang und der dunkle Spiegel der Badezimmertür ließen ihren Teint sonnengebräunt und ihr Haar fast schwarz erscheinen.

Sie wartete, bis es draußen dunkel war, ehe sie Benford anrief.

»Wie geht es Ihnen, Jillian?«

Wahrheitsgemäß berichtete sie, es gehe ihr sehr gut. Sie erzählte von ihren Museumsbesuchen und tat so, als sei sie auch in Clubs unterwegs. Das sollte keine Lüge sein, sie hatte die feste Absicht, im Anschluß an das Gespräch die Navigli aufzusuchen, den Stadtteil mit den Kanälen, in dem sich unendlich viele Lokale befanden.

»Jillian, wie lange bleiben Sie in Europa?«

Jillian erklärte Benford, sie wisse noch nicht, wie lange sie in Mailand mit der Sammlung zu tun habe.

Während sie telefonierte, ging sie zum Fenster und betrachtete dort ihr Spiegelbild in dem roten Kleid.

Sie habe keine Eile, in die U.S.A. zurückzukehren.

»Jillian, haben Sie sich überlegt, ob Sie bei FreedomWorks mitmachen wollen? – Ich habe schon einmal vorgefühlt, der Termin in New York soll im September stattfinden. Bis dahin sind Sie doch bestimmt zurück!«

In einer E-mail hatte er ihr geschrieben, Social Security habe zwölf Billionen ungedeckte Verbindlichkeiten und im Jahr 2017 würden die Einnahmen die Ausgaben übersteigen. Der Social Security Trust Fund halte nur wertlose Staatspapiere. Wenn nichts geschehe, werde es schon bald massive Steuererhöhungen und einschneidende Kürzungen bei den Zuwendungen geben. Social Security sei ein schlechtes Geschäft für die Jüngeren. Wenn die sich einmal zur Ruhe setzten, würden sie weit weniger aus dem System zurückbekommen, als sie eingezahlt hätten. Man müsse ihnen die Möglichkeit geben, einen Teil der Payroll taxes in eine Form der Altersvorsorge umzuleiten, die nicht von Bürokraten und Politikern kontrolliert werde.

Jillian hatte im Internet gesurft. Es gab keine Social Security crisis. Social Security war ein Regierungsprogramm, das durch eine bestimmte Steuer finanziert wurde. Aber die Verbindung zwischen einem bestimmten Programm und einer bestimmten Steuer war immer eine willkürliche. Hätte Ronald Reagan in den Achtzigern gesagt, wir erhöhen die

Steuern für die arbeitende Bevölkerung und senken sie für die reichen Leute, wäre er nicht weit gekommen. Deswegen hatte eine unabhängige Kommission die Erhöhung der Payroll tax empfohlen, um Social Security zu unterstützen. So waren die Steuererhöhungen in einer anderen Schublade als die Steuersenkungen. Solange die Baby boomer arbeiteten, überstiegen die Einnahmen die Ausgaben, der Trust Fund wurde aufgebaut, damit die Baby boomer ebenfalls zu ihrem Geld kamen, wenn sie nicht mehr arbeiteten. Das Datum, wann dem Trust Fund das Geld ausgehen sollte, wurde ständig hinausgeschoben: Vor zehn Jahren hatte es geheißen, das werde 2029 der Fall sein, nun sollte es 2042 soweit sein.

Es konnte gar keine Social Security crisis geben, denn Social Security war Teil des Bundesbudgets. Social Security kam nur in Schwierigkeiten, wenn der Kongreß beschloß, keine Zinsen mehr auf die Staatsanleihen des Trust Fund zu zahlen. Das würde nicht geschehen.

Diejenigen, die die Payroll tax abschaffen und die Arbeiter und Angestellten dazu zwingen wollten, private Depots aufzubauen, behaupteten, die Privatisierung verbessere die Regierungsfinanzen langfristig, ohne daß irgend jemand dafür ein Opfer bringen müsse. Sie nahmen an, daß die Stocks, die Teil der privaten Depots sein sollten, weit höhere Erträge abwarfen als Bonds. In der Vergangenheit hatten Stocks tatsächlich etwa sieben Prozent Rendite pro Jahr gebracht, mehr als Bonds, genug, um das zusätzliche Risiko zu kompensieren. Aber diese sieben Prozent waren keine Naturkonstante.

Die Rechte war immer gegen Social Security gewesen, sie suchte nach einem Grund, Social Security abzuschaffen. Jetzt, nach 9/11, wo sich alle um die Flagge scharten, sahen die Republikaner eine realistische Chance, ihr Ziel zu erreichen.

Jillian war nahe daran, Benford zu sagen, sie werde bestimmt nicht bei FreedomWorks mitmachen, die Krise von Social Security sei ein einziger Schwindel. Aber sie riß sich zusammen und gab ihm lediglich eine unbestimmte, ausweichende Antwort.

»Was die Martinuzzi-Sammlung angeht, Jillian…«

Sie wollte sagen, es sei nicht dringlich, daß Benford sich entschließe, er könne sich ruhig Zeit lassen, sie sei für jeden Grund dankbar, der ihr Gelegenheit gebe, sich länger in Europa aufzuhalten. Einmal in Fahrt gekommen, hätte sie hinzugefügt, es mache ihr nichts aus, wenn er sich gegen die Sammlung entscheide, zwar habe sie noch niemanden, der die Sammlung kaufen wolle, aber sie sei sicher, es werde sich jemand finden.

Ein Gewitterregen prasselte auf Mailand herab, es war, als ob jemand eimerweise Wasser gegen das Fenster schüttete. In den Wasserströmen brachen sich die nächtliche Beleuchtung sowie einzelne lautlose Blitze. Jillian sah ihr Spiegelbild in dem roten Kleid nicht mehr.

Sie biß sich so stark auf die Unterlippe, daß die blutete. Das Kleid. Es war das Kleid. Sie mußte sofort das Kleid ausziehen.

Sie sagte Benford, sie müsse das Telefon zur Seite legen, um das Hotelfenster zu schließen. Hastig riß sie sich das Kleid vom Körper, knüllte es zusammen, warf es in den Schrank und schlug die Tür zu.

Nur zweimal in ihrem Leben hatte sie ein langes Kleid angehabt, einmal, als sie für die Homecoming queen kandidiert hatte – es war nicht ihre Idee gewesen –, das andere Mal zum Abschlußball der High school. Einladungen zu

Frat formals hatte sie immer abgelehnt. Der Gewitterregen hatte sie vor der größten Dummheit ihres Lebens bewahrt: In dem roten Kleid war sie eine andere. Sie hätte Benford tatsächlich vom Haken gelassen.

Als sie sich nur vorgestellt hatte, das rote Kleid zu tragen, war ihr wenigstens noch das angebliche Glasmuseum von LVMH eingefallen. Wie sie dann tatsächlich ihr Spiegelbild in dem roten Kleid betrachtete, war sie zu überhaupt keinem Gedanken mehr fähig gewesen, der ihr Vorhaben fördern konnte.

Sie legte den Kopf in den Nacken, streckte die Arme aus und sagte mit einem breiten Lächeln – Benford konnte es nicht hören, das Telefon lag auf dem Tisch vor dem Fenster, das Prasseln des Regens an der Fensterscheibe erfüllte den Raum –: »Hi, Honey! – I'm back!«

Das Kleid würde sie in den Müll werfen.

Sie griff nach dem Telefon.

»Tom, Sie sind meine einzige Hoffnung!«

Jacob, in der Sonne

Jacob saß neben der Eingangstür des Trailers auf dem Boden, gegen die aquamarinblauen Metallpaneele gelehnt. Das rechte Auge war zugeschwollen, er konnte nur mit dem linken sehen. Seine Handschellen und seine Fußeisen waren durch zwei schmale Ketten mit einer wie ein Gürtel um die Taille geschnallten breiten Kette verbunden. Über eine weitere Kette war er an die Klinke der Trailertür gefesselt.

Er hatte die ganze Nacht in dieser Position verbracht. Der jüngere Mexikaner hatte ihm eine Decke zugeworfen, sonst hätte er sich eine Lungenentzündung geholt.

Obwohl er erst ein paar Stunden in der Sonne war, kam es ihm vor, als sei er schon einen ganzen Tag ihren glühenden Strahlen ausgesetzt. Er konnte sich nicht schützen. Als die Sonne über den Bergen aufgegangen war, hatte ihm der Mexikaner die Decke wieder weggenommen.

Die Fußeisen erlaubten ein Gehen in kurzen Schritten. Die Konstruktion der Trailertür war alles andere als massiv. Mit geringem Kraftaufwand hätte er die Klinke aus der Tür herausreißen können. Aber das wagte er nicht. Nach dem, was gestern vorgefallen war.

Zuerst hatte Jacob nicht verstanden, was der ältere Mexikaner beabsichtigte, als er ihm unter Madelines interessierten Blicken die Kette um die Hüften band. Wie der Mexikaner die Fußeisen aus der Plastiktüte holte, überfiel Jacob Panik. Der Mexikaner hatte Schwierigkeiten, sie zu öffnen. Jacob nutzte einen Moment der Unachtsamkeit aus und griff nach den Fußeisen, er wollte sie dem Mexikaner ins Gesicht schlagen. Aber dazu kam er gar nicht. Mit einem Fluch trat ihm der Mexikaner so hart gegen das Schienbein, daß er hinfiel. Dann nahm er Jacobs Kopf in beide

Hände und schlug ihn gegen die Trailerwand. Als Folge der Erschütterung ging die Tür auf, und Jacob bekam die Kante der Tür in das rechte Auge.

Jacob konnte sich sein eigenes Verhalten nicht erklären. Es war doch völlig sinnlos, sich zu wehren. Danach leistete er keinen Widerstand mehr. Flach auf dem Boden liegend, hielt er freiwillig seine Füße zusammen, so daß ihm der Mexikaner die Fußeisen leichter anlegen konnte.

Madeline verzog keine Miene, als ihr der Mexikaner die Kette um die Taille band. Sie verbrachte die Nacht im klimatisierten Trailer. Jacob konnte die Air condition hören.

Selbst wenn Jacob den älteren Mexikaner ausgeschaltet hätte, der jüngere lehnte an dem Wagen und sah zu, die Waffe in seiner Lederjacke. Wäre Jacob davongelaufen, hätte sich der jüngere Mexikaner wahrscheinlich nicht einmal die Mühe gemacht, sich vom Platz zu rühren, er hätte ihm einfach in die Beine geschossen.

Abgesehen von einzelnen Raufereien in der High school hatte Jacob sich nie mit einem anderen körperlich auseinandergesetzt. Der Schmerz nach dem Tritt des Mexikaners hatte das Startsignal dazu gegeben, daß Jacob sich auf eine Weise in sich zurückzog, wie er es noch nie erlebt hatte. Systematisch verarbeitete sein Gehirn den Schmerz, er wiederholte sich wie ein Echo. Etwas in Jacob hatte den Schmerz angenommen, aber nur, um ihn weiterzuleiten. Zu einem anderen Teil seiner selbst, der den Schmerz erst blockte. Mit Verzögerung nahm auch dieser Teil den Schmerz an, aber es war nicht mehr der reine, ungefilterte Schmerz. Es waren schon der Schmerz und der Eindruck, den er machte. Auch dieser Teil gab den Schmerz weiter, zu einem Teil seiner selbst, der sich gar nicht mehr für den ursprünglichen Schmerz interessierte, sondern für den Eindruck des Schmerzes und den Eindruck des Eindrucks des Schmerzes. Auf diese Weise wurde der Schmerz zu einem Bestandteil von Jacobs Ich.

Als der Mexikaner seinen Kopf gegen die Trailerwand schlug und er die Trailertür ins Auge bekam, spürte er den Schmerz, und er spürte ihn nicht. Er wußte, er hatte jetzt Schmerzen, und er hatte doch keine. Das Echo der Schmerzen lief parallel zu einer Kaskade von Lichterscheinungen wie auf der Wasseroberfläche des Pools, an dem er im Traum mit Pilar gelegen hatte.

Er nahm sich vor, alles, was ihm von jetzt an zustoßen würde, sofort zu vergessen. Das bißchen Gewalt hatte ein Kleinkind aus Jacob gemacht. Das Kleinkind wußte das Gelernte, fühlte das Erfahrene, aber es wußte nicht, woher das Wissen, woher die Erfahrung kamen. Was das Kleinkind wußte, das wußte es an sich. Fragte man es, woher es dies oder jenes wußte, sagte es, das sei eben so. Selbst wenn man ihm den Gegenstand der Frage gerade erst beigebracht hatte.

Jacobs Kopf glühte in der Sonne. Obwohl er seit der Herfahrt nichts mehr getrunken hatte, floß ihm der Schweiß in Strömen unter den Achseln, zwischen den Beinen und am Genick. Seine Augenlider, seine Backen und seine Ohren brannten. Seine Stirn und auch die Kopfhaut, dort waren die Haare wohl schütterer, als er dachte, schmerzten, als würden sie verbrüht.

Eine Zeitlang hielt er die Hände vor das Gesicht und über den Kopf, aber das wurde auf die Dauer zu anstrengend, weil er ja das Gewicht der Handschellen und der Kette, die die Handschellen mit der Kette um die Hüfte verband, bewältigen mußte.

Schließlich zog er sich das Hemd über den Kopf.

Doch auch das brachte keine Erleichterung, im Gegenteil. Sein Kopf war der wichtigste Wärmeableiter. In der völligen Windstille zog die Wärme nicht mehr ab. Er hatte Angst, einen Hitzschlag zu bekommen, und fächelte sich mit dem unteren Teil des Hemds Luft zu, ein ermüdendes Verfahren mit den Handschellen.

Wie die Sonne höher kletterte, floß der Schweiß nicht mehr. Was keineswegs bedeutete, daß er nicht mehr schwitzte. Die Luft saugte seinen Schweiß so schnell auf, wie er ihn erzeugte.

Er mußte sich sitzend aufrecht halten, die Trailerwand war zu heiß, er konnte sich nicht anlehnen. Die Kette, die ihn an die Klinke fesselte, war zu kurz, als daß er sich hätte hinlegen können. Er versuchte, sich von der Sonne abzuwenden. Dazu mußte er die Kette um die Hüften verschieben, auf diese Weise schränkte er seine Bewegungsfreiheit weiter ein. Es war nicht vorgesehen, daß er der Landschaft den Rücken zukehrte. Diese Position kostete ihn eine ungeheure Mühe.

Er atmete schwerer. Jeder Atemzug trocknete seine Nase, seinen Mund, seine Kehle aus. Mehrfach spuckte er auf den Boden, um den schlechten Geschmack in seinem Mund loszuwerden. Seine Spucke war nur noch zähflüssiger Schleim.

Eher zufällig an sich herabblickend, entdeckte er, daß er geschwollene Finger hatte.

Nicht nur sein Kopf, sein ganzer Körper war jetzt heiß. Er hatte Fieber. Entgegen seiner Gewohnheit wollte er fluchen, aber er merkte, daß er kaum sprechen konnte. Pelzig klebte die Zunge am Gaumen fest.

Die Paneele der Trailerwand bewegten sich, als ob sie elastisch wären. Die Umrisse eines Gesichts zeichneten sich ab. Zunächst blieb offen, ob es das Gesicht eines Mannes oder das einer Frau war. Aber dann schoben sich die Lippen nach vorn, das konnten nur die vollen Lippen einer Frau sein.

Um sich abzustützen, streckte Jacob mehrmals die Hände vor, doch mußte er sie sofort wieder von den glühend heißen Metallflächen zurückziehen. Wenn er die Paneele berührte, verschwand das Gesicht, hielt er Abstand, wurde es wieder sichtbar.

Madeline ging es noch immer nicht besser. Tapfer hatte sie versucht, das Hotelbett zu verlassen, aber sie hatte es nur bis ins Bad geschafft. Ins Bett zurückgekehrt, telefonierte sie lange mit Pilar, um Jacob dann erneut mit ihr zur Grenze zu schicken.

In den Yogurt Canyon führte keine Straße hinunter. Pilar und Jacob waren ausgestiegen und machten Fotos, als Mike von der Zentrale gerufen wurde. Jacob kam gar nicht in den Sinn, sie könnten etwas anderes tun, als gemeinsam dort zu bleiben.

Die Fahrzeuge der Border Patrol waren umgebaute Pickups, wo sonst die Ladefläche war, befand sich eine Zelle. Pilar wandte sich auf spanisch an Mike, alle Border Patrol Officers sprachen Spanisch. Mike schloß die Zelle auf, und Pilar nahm vor dem verdutzten Jacob darin Platz. Sie forderte ihn auf, einzusteigen, aber er weigerte sich. Jacob hatte nicht damit gerechnet, daß Mike sofort losfahren würde.

Jacob lief auf der Straße in Richtung Meer. Auf der Höhe von Monument Mesa war sie sogar geteert, dort konnte er in Friendship Circle rasten, einer Parkanlage mit Sicht auf das Meer, die die frühere First Lady Pat Nixon angeregt hatte. Parallel zum Grenzverlauf waren niedrige Palmen gepflanzt, zwischen Betonbänken und Betontischen mit großen Abfallcontainern wuchsen verstreut Pinien. Hier sollten sich Mexikaner und Amerikaner begegnen. Mittlerweile war das gesamte Gebiet entlang der Grenze Sperrzone, Jacob und Pilar durften es nur mit einer Sondergenehmigung und in Begleitung eines Border Patrol Officer besuchen.

Auf der Höhe von Friendship Circle war die Grenzbefestigung aus Eisenpaneelen taktvollerweise durch einen ebenso hohen Zaun aus Maschendraht ersetzt. Das letzte massive Segment davor trug die Nummer 2255. Daran konnte sich Jacob später noch gut erinnern. Allerdings wollte man den guten Geschmack nicht übertreiben, auf dem Abhang der Mesa zum Meer war die Grenze wieder durch eine massive Befestigung gesichert. Das erste Segment trug die Nummer 2265.

Der Maschendrahtzaun verlief über eine befestigte Fläche mit einem Grenzstein: eine hohe und schlanke Pyramide auf einem rechteckigen Korpus mit der Inschrift

BOUNDARY
OF THE
UNITED STATES

Für den Grenzstein hatte man den Abstand zwischen den Zaunpfosten nicht verändert beziehungsweise die Pfosten so gesetzt, daß der Grenzstein genau in die Mitte einer Zauneinheit paßte. Von den beiden Pfosten rechts und links neben dem denkmalartigen Grenzstein führte oben jeweils ein Eisenstab zu der Spitze der Pyramide. Das Drahtgeflecht des Zauns bestand aus langgezogenen regelmäßigen Sechsecken, es war so nah wie möglich am Grenzstein angebracht. Mit der Anpassung der Drahtbespannung an den Grenzstein hatten sich die Arbeiter große Mühe gegeben. Jacob betrachtete den Zaun aus nächster Nähe und fand neben dem Grenzstein nur intakte Sechsecke. Alle Drähte waren sauber abgeschnitten.

Die massive Grenzbefestigung endete am Strand. Der war durch regelmäßige, sehr eng stehende Gitter gesichert. Die Silhouette sah aus wie eine Treppe mit viel zu niedrigen und viel zu langen Stufen, die aufhörten, wo das Wasser begann. Im Wasser waren nur Eisenstangen gesetzt, entweder waren sie unterschiedlich hoch, oder sie steckten unterschiedlich tief im Boden. Es sah aus wie eine Grenze zwischen zwei Dritte-Welt-Ländern. Die Küstenwache verhinderte, daß Menschen in Booten oder schwimmend in die U.S.A. gelangten.

Jacob wunderte sich, daß er auf dem Aussichtspunkt der Monument Mesa kein Fahrzeug der Border Patrol sah. Ein Eindringling brauchte nur am Maschendrahtzaun hochzukraxeln und auf der anderen Seite herunterzuspringen, schon war er in den U.S.A. Der Küstenbereich war jedoch sehr gut einsehbar, der Eindringling mußte lange rennen, um Deckung zu finden. Lief er parallel zur Grenze, landete er im Yogurt Canyon und hatte dort die Möglichkeit, sich zu verstecken.

Die andere Seite des Platzes um den Grenzstein war ebenfalls menschenleer. Jacob konnte die Straße sehen, die jenseits des Zauns am Meer entlangführte. Dort waren einige Wagen geparkt, aber niemand näherte sich auch nur der Grenze.

Jacob überlegte, ob er sich auf eine der Bänke setzen und

den nicht mehr zugelassenen Touristen spielen sollte. Er konnte seine Mineralwasserflasche austrinken und in den Abfallbehälter werfen.

Er zog es vor, die Straße zurückzulaufen, die er gekommen war. Sie führte an einem Fußball-Stadion auf mexikanischer Seite vorbei, danach bog sie vom Grenzverlauf ab, aber er konnte weithin die Wohnbauten sehen, die unmittelbar hinter der Grenze begannen. Tijuana war bis an die Grenze herangewachsen, die Staatsgrenze war auch die Stadtgrenze. Tijuana hörte dort auf, wo Mexiko aufhörte. Nur im Yogurt Canyon, im Goat Canyon und in Smuggler's Gulch verhinderte die Natur die Ausdehnung Tijuanas. San Diego dagegen hielt großzügigen Abstand von der Grenze. Lediglich im Bereich von San Ysidro wuchs es an sie heran, nur hier berührten sich die beiden Städte.

Erst als Jacob schon ziemlich lange gegangen war, kam Mike zurück. Er hielt direkt vor ihm an, als wolle er ihn wie einen Flüchtling stellen, riß die Tür auf und lief durch eine Wiese mit gelben und weißen Blumen in Richtung der Grenzbefestigung.

Pilar saß nicht auf dem Beifahrersitz. Jacob rief sie an und fragte, wo sie bleibe. Sie sagte, sie sei in Mikes Wagen, in der Zelle. Sie könne nicht aussteigen, die Tür sei verschlossen. Sie habe wissen wollen, wie man sich fühle, wenn man verhaftet sei.

Jacob sagte, er stehe vor Mikes Wagen. Pilar sagte, er solle sie herauslassen. Mike bewahre einen zweiten Schlüssel im Handschuhfach auf.

Jacob fand mehrere Schlüssel im Handschuhfach.

Betont langsam ging er zum Heck des Explorer. Pilar mußte ihn durch die trapezförmigen Fenster an der Seite sehen können.

Er hatte die Hand mit dem Telefon sinken lassen und wartete minutenlang vor den geschlossenen Türen der Zelle. Pilar sprach zu ihm, aber er konnte nicht verstehen, was sie sagte.

Schließlich führte er das Telefon wieder ans Ohr. Er sei für einen Augenblick abgelenkt gewesen. Sie bat ihn, sie zu befreien, und fragte, ob Mike in der Nähe sei. Er blickte sich nach allen Seiten um und konnte nirgendwo eine Spur von Mike entdecken.

Er entriegelte das Schloß und öffnete beide Türen. Sie erhob sich von der Bank, beugte sich vor und griff nach seinem Gürtel. Ihm blieb gar nichts anderes übrig, als mit gebücktem Oberkörper die Zelle zu betreten.

Ihre Hose und ihren Slip hatte sie ausgezogen. Sie löste seinen Gürtel, schob seine Hose und seine Unterhose herunter und zog ihn an seinem Schwanz zu sich hin.

Er ließ sich auf die Knie nieder, mit einem Ruck führte sie ihn in sich ein.

Den Kopf gegen die Scheibe hinter ihr gepreßt, bewegte sie sich heftig.

Er war es nicht gewohnt, auf den Knien zu kauern. Mit der rechten Hand griff er nach ihrem Kinn, sie drehte den Kopf zur Seite. Er steckte ihr mehrere Finger in den Mund. Sie biß hart, aber nicht zu hart zu. Darauf faßte er ihr in das Genick und drückte ihren Kopf nach vorn. Er tat so, als wolle er sie küssen, aber er leckte ihr nur über Kinn und Lippen.

Als er seinen Griff lockerte, zog sie sich nicht zurück. Sie schloß die Augen, schob den Unterkiefer vor und öffnete den Mund weit. Seine Zunge berührte ihre, vor weit aufgerissenen Mündern leckten sich ihre Zungen.

»Shush!«

Jacob gab nur vor, ein Geräusch gehört zu haben.

Er richtete sich auf und stieß an die Decke. Mit der Hand seine Blöße bedeckend, streckte er seinen Kopf aus dem Wagen.

Mike komme, sie müßten sich beeilen.

Pilar spreizte wieder die Beine, aber Jacob blieb in seiner gebückten Haltung stehen. Mit beiden Händen griff er nach ihrem Kopf. Es war eindeutig, was er wollte. Pilar blickte kurz hoch, dann nahm sie seinen Schwanz in den Mund. Sie umschloß ihn mit den Lippen und massierte ihn mit der linken Hand.

Danach zog sie sich mit einer einzigen Bewegung den Slip und die Hose an und richtete sich die Haare.

Jacob beeilte sich demonstrativ nicht.

Noch in der Unterhose, blickte er wieder aus dem Wagen, um Pilar zu sagen, er müsse sich wohl getäuscht haben. Er sehe Mike nicht, auch sonst sei niemand in der Nähe.

Während er sich ankleidete, fragte ihn Pilar, wo sie seien.

Jacob zögerte einen Augenblick, dann antwortete er: »Yogurt Canyon.«

Er war froh, daß sie lachte.

Mit dem Rücken zur Sonne und dem Gesicht zum Trailer zu liegen war zu anstrengend. Jacobs Herz schlug, als ob er rennen würde. Er hatte Krämpfe in den Beinen und den Armen. Er mußte sich wieder umdrehen.

Sein Oberkörper schwankte, kaum gelang es ihm, sich aufrecht zu halten. Mehrmals kam er mit dem Hinterkopf an die glühende Trailerwand.

Die beiden Mexikaner ließen sich nicht blicken. Seit Stunden nicht. In dem Haus mit dem Pool war kein Zeichen von Leben. Es konnte doch nicht sein, daß die Mexikaner sie völlig allein ließen. War Madeline noch im Trailer? Er mußte es unbedingt wissen.

Er konzentrierte sich, und sein rechtes Auge löste sich langsam aus seiner Höhle. Eine Zeitlang hatte er es vor sich, dann schwebte es über den Trailer hinweg auf die andere Seite.

Dort hatte der Trailer keine Tür, sondern nur drei kleine und ein großes Fenster, an allen waren Jalousien angebracht. Es bereitete Jacob eine große Erleichterung, den Trailer von der anderen Seite zu sehen. Sein Herzschlag wurde langsamer, die Krämpfe in Armen und Beinen ließen nach, sogar sein Kopf war weniger heiß.

Die Jalousie an dem großen zweiteiligen Fenster war nicht ganz heruntergezogen. Jacob ließ sein Auge herabsinken und ganz nah an das Fenster heranschweben. Die anderen Fenster waren verhängt, in das Innere des Trailers drang kaum Licht. Es dauerte eine Zeit, bis Jacob etwas erkennen konnte.

Madeline lag auf einer mit einem weißen Laken überzogenen Matratze. Entspannt schlief sie auf dem Rücken, der Kopf war in einem dicken, ebenfalls weiß überzogenen Kissen versunken. Sie trug ein türkisfarbenes Nachthemd mit roten Blumensträußen um den Busen herum.

Als Jacob sah, wie gut die Air condition in dem Trailer funktionierte, wurde ihm plötzlich schlecht. Um sich nicht übergeben zu müssen, versuchte er tief durchzuatmen, aber das gelang ihm nicht. Er atmete flach und schnell. Er wußte, dadurch trocknete er noch mehr aus. Seine Zunge war wie ein Stück Holz in seinem Mund. Sein Herz schlug so laut, daß es das Geräusch der Air condition übertönte.

Es kostete ihn eine riesige Anstrengung, sein Auge zurückzurufen und es wieder in der Augenhöhle zu plazieren.

Nachdem es ihm gelungen war, weinte er wenige zähflüssige Tränen.

Immer war er der Überzeugung gewesen, er habe sein Leben im Griff. Selbst nach der Entführung hatte er geglaubt, ihm könne nicht wirklich etwas passieren. Chuy war sauer auf ihn, er wollte sich rächen. Aber er hatte mehr davon, wenn er möglichst viel Geld mit Madeline und ihm machte. Zwar hatte bis jetzt keiner der Mexikaner auch nur das Wort Geld in den Mund genommen, aber das war die logische Konsequenz. Warum sonst waren er und Madeline hierhergebracht worden.

Wenn Chuy sich unbedingt hätte rächen wollen, dann hätte er Jacob auf der Stelle erschossen. Die Gelegenheit dazu hatte er gehabt.

Um das Lösegeld zu kassieren, mußte er sie am Leben lassen, Madeline und ihn. Aus dem Fernsehen und aus der Zeitung wußte Jacob, es gehörte zur üblichen Kommunikation zwischen den Entführern und denjenigen, die das Lösegeld bezahlen sollten, daß Lebenszeichen der Entführten übermittelt wurden. Bilder der Entführten mit aktuellen Zeitungen, die Entführer mußten auf Fragen Antworten geben, die nur die Entführten kennen konnten.

Es wäre auch nicht klug, wenn Chuy sie nach der Lösegeldzahlung umbrachte. Dann würde eine breite Fahndung nach den Tätern anlaufen. Er mußte wohl keine Angst haben, gefaßt zu werden. Aber die Sache würde ihn bei seinen Geschäften behindern. Eine unnötige Schwierigkeit.

Madelines Verhältnisse waren klar. Über seine, Jacobs, Verhältnisse mußte Chuy sich täuschen. Jacob dachte daran, wie er vor Pilar renommiert hatte. Chuy würde Erkundigungen einholen, und er würde erkennen, daß er mit Jacob kein Geld machen konnte.

Er, Jacob, und Madeline waren nur durch die Trailerwand voneinander getrennt. Drinnen die Air condition, draußen die erbarmungslose Sonne. Drinnen die weiß überzogene Bettstatt, draußen der nackte Erdboden. Draußen die Ketten. Das Laken bedeckte den Körper Madelines. Konnte sie mit Hand- und Fußfesseln so ruhig schlafen?

Nur ein paar Zoll trennten sie voneinander. Aber das war keine Gentleman-Grenze mehr, sondern eine auf Leben und Tod. Jacob würde der Hitzschlag treffen, wenn er in der Sonne blieb.

Chuy sorgte dafür, daß Madeline nichts zustieß. Auf ihn, Jacob, legte er keinen Wert. Chuy nahm in Kauf, daß er verreckte.

Er konnte nachvollziehen, daß Chuy ihm einen qualvollen Tod wünschte.

Chuy

Jacob war in der Sonne bewußtlos geworden. Er wachte auf, es war kühl, und er lag weich.

Eine Hand mit einem nassen Tuch tauchte vor seinem Gesicht auf. Einzelne kalte Tropfen fielen auf seine Brust. Das Gefühl tat unsagbar wohl.

Die Hand, die mit dem kalten Tuch seine Stirn abwischte, hatte sich selbständig gemacht. Knochen und Gefäße standen heraus, das erweckte den Eindruck, die Hand könnte jederzeit wieder an den dazugehörigen Körper andocken. Der dazugehörige Körper war der von Madeline. Sie stand an einem Fenster des Trailers und verfolgte, wie sich ihre Hand um Jacob kümmerte.

Sein gesamter Körper brannte, bebte, pulste, schmerzte.

Als Jacob das zweite Mal das Bewußtsein wiedererlangte, war Madelines Hand zurück an ihrem Arm.

Für Jacobs dehydrierten Körper hatte das Gehirn die Notbremse gezogen. Im Koma wurden alle Lebensprozesse verlangsamt, die älteren Schichten des Gehirns übernahmen das Krisenmanagement und entschieden, welche Organe mit mehr und welche mit weniger Blut zu versorgen waren.

Es gab keine tiefen Kissen und keine weißen Laken, aber doch Matratzen, eine für Madeline und eine für Jacob. Die Kette um seine Hüfte war entfernt, seine Hände und seine Füße waren weiterhin zusammengebunden. Madeline war mit Handschellen gefesselt. Das Nachthemd, das er gesehen hatte, war dasjenige gewesen, das sie in der letzten Nacht in San Diego angehabt hatte.

Er wollte etwas sagen, aber sie führte den Zeigefinger vor

ihre Lippen. Bedeutete das, es hörte jemand zu oder er solle sich schonen?

Madeline erhob sich von ihrer Matratze und stolperte. Der Trailer war vollgestopft mit gestapelten hölzernen Bürostühlen, denen oft ein Bein oder die Lehne fehlte, mit ineinander verkeilten Holztischen und mit Karteikästen, die in dem Teil, in dem sich die Air condition befand, wie Felsbrocken aufgehäuft waren. Auf dem Boden waren abgegriffene verstaubte Aktenordner verstreut, überall lagen vergilbte Formulare herum. Jakob sah mechanische Rechenmaschinen, das Pult eines Lochkartencomputers und mehrere alte Registrierkassen.

Madeline hielt eine große Flasche Mineralwasser in der Hand. Um zu trinken, mußte er sich aufrichten, dazu hatte er keine Kraft. Sie faßte ihn an den Schultern, er versuchte sie dadurch zu unterstützen, daß er die Ellbogen auf die Matratze stemmte. Sie lehnte ihn an die Trailerwand und führte die Flasche zu seinem Mund. Das Wasser war nicht gekühlt, trotzdem kam es Jacob eiskalt vor.

Nachdem er getrunken hatte, legte sie ihn sanft auf seine Matratze zurück und schob ihm den Vorhang, der auf dem Boden gelegen hatte, unter den Kopf.

Sie beugte sich über ihn und sagte, er solle schlafen. Es war unerträglich, die Augen offenzuhalten. Die Drüsen sonderten zuwenig Tränenflüssigkeit ab, das regelmäßige Blinzeln tat weh. Er blickte Madeline in den Ausschnitt und schloß gehorsam die Augen.

Jacob geriet in einem Zustand zwischen Wachen und Nicht-Wachen.

Er lag auf dem Boden, Chuy lief auf ihn zu. Er hob das Maschinengewehr, legte auf Jacob an, ein ohrenbetäubendes Krachen ertönte, und Dunkelheit umfing sie beide.

Es wurde wieder hell, erneut rannte Chuy auf ihn zu.

Einmal hatte sich Jacob eingerollt wie ein Embryo, ein andermal alle seine Glieder verdreht von sich gestreckt. Der Boden war glühend oder eisig, er konnte es nicht auseinanderhalten. Er glühte so sehr wie die Erde, er war so gefroren wie sie.

Am dritten Tag ging es Madeline besser. Sie hatte sich von Jacob bereits überreden lassen, die Grenze zu besichtigen. Jacob war wegen Madeline, nicht wegen Pilar hier. Aber als Madeline sich gerade zum Ausgehen fertiggemacht hatte, erreichte sie ein Anruf ihres Rechtsanwalts. Danach fühlte sie sich doch noch zu schwach, um an die Grenze zu fahren.

Für einen Augenblick bemitleidete Jacob Madeline, ohne auch nur im geringsten an sich selbst zu denken.

Smuggler's Gulch war der steilste und engste der drei Canyons. Die Straße führte in der Talsohle direkt auf die Grenze zu, um dann im rechten Winkel abzubiegen. Diesmal forderte kein Kollege Mikes Hilfe an, er konnte Jacob und Pilar seine volle Aufmerksamkeit widmen. Sie mußten ihn wegschicken. Sie erzählten Mike, sie müßten die Lichtverhältnisse studieren. Wie sich der Sonnenstand auf eine Mauer aus Glas auswirken würde.

An der Stelle, wo die Straße abbog, verlief die Grenze für die Länge einiger Segmente parallel zur Straße, dann bildete sie eine V-förmige Ausbuchtung. Der Abhang der durch Betonwände gesicherten Straße gehörte noch zu den Vereinigten Staaten. Die Spitze des V lag im Schatten der Grenzbefestigung und war von keinem der beiden Bergrücken aus einsehbar. Sobald Mikes Wagen außer Sichtweite war, stiegen Jacob und Pilar gemeinsam die Böschung herunter. In der Spitze des V zog Pilar Jacob das Hemd und die Hose aus, Jacob entkleidete Pilar.

Sie trat das Gras nieder. Auf den Knien zog sie die ausgebreiteten Kleidungsstücke zurecht, damit es keine Lücke gab, durch die Gräser durchstechen konnten.

Jacob ließ sich ebenfalls auf die Knie nieder, umfaßte ihre Brüste, preßte seinen Oberkörper auf ihren Rücken, stumm kämpften sie einen Moment, bevor er von hinten in sie eindrang.

Sie stützte sich mit den Armen ab und spannte ihre Muskeln so an, daß es ihm nicht möglich war, sie niederzudrücken. Erst als er ihr mit den Zeigefingern in die Armbeugen stach, gab sie nach.

Liegend verschränkte sie die Arme unter ihrem Oberkörper. Während sie die Oberschenkel zusammenpreßte, schlug sie mit den Füßen gegen seinen Hintern. Jacob wollte ihre Wange streicheln, unwirsch schob sie seine Hand beiseite und biß in das Kleidungsstück unter ihrem Kopf, es war seine Hose.

Plötzlich stieß sie ihn weg und richtete sich auf. Erst blickte sie sich kniend um, dann erhob sie sich. Jacob dachte, sie habe jemanden gesehen, aber sie bedeckte ihre Blöße nicht und gab ihm auch kein warnendes Zeichen.

Am Rand der Böschung lagen mehrere alte Ölfässer. Sie waren genauso verrostet wie die unbehandelten Eisenpaneele der Grenzbefestigung. Es sah aus, als wären die Fässer aus der Grenzbefestigung herausgewachsen.

Pilar ging zu den Fässern hinüber, ohne den Blick nach rechts oder links zu richten. Dieser Teil des V war von den beiden Bergrücken aus einsehbar. Sie rollte zwei Fässer in die Spitze des V. Unschlüssig stand Jacob aufrecht im Schatten an der Stelle, die nicht einsehbar war. Sie sagte ihm nicht, was sie vorhatte, also konnte er ihr auch nicht helfen.

Ihre Haare waren gescheitelt und hinten zusammengebunden. Sie brauchte kein Makeup, ihre Haut war makellos. Sie benötigte keinen Eyeliner und keine Wimperntusche, ihre Augen und ihre Augenbrauen waren perfekt. Ihre Lippen wirkten, als habe sie den Lippenstift gerade erst aufgetragen.

Sie las Jacobs Hose vom Boden auf und legte sie über die schmutzigen Ölfässer. Dann setzte sie sich darauf.

Er blickte sich ständig um. Sie fragte ihn, ob er Angst habe. Er solle aufhören, nervös zu sein.

Sie legte sich entspannt zurück, streckte die Arme hoch und hielt sich mit den Händen an den Eisenpaneelen der Grenzbefestigung fest. Mit einer fließenden Bewegung hob sie die Beine hoch, winkelte sie ab und nahm sie so weit zurück, daß sie ihre Hände berührten.

Jacob, nicht mehr nervös, baute sich vor ihr auf und sagte lächelnd: »A suave guy in a tight spot.«

Pilar zog nur die rechte Augenbraue hoch.

Er war nicht der erste, der sie in den Arsch fickte. Jacob wußte, wie sich Frauen benahmen, die zum ersten Mal in den Arsch gefickt wurden.

Jetzt wurden sie allerdings gestört. Sie waren um so überraschter, als sie zuvor nichts gehört hatten. Eine Staubwolke wehte über die Betonbefestigungen der Straße hinweg und senkte sich auf sie nieder. Ein Wagen mußte vorbeigefahren sein. Hätte einer der Insassen etwas gesehen, der Wagen wäre wohl nicht so einfach weitergefahren. Vom Fahrersitz aus konnte man sowieso nicht die Böschung hinunterblicken, warum sollte ein Beifahrer die völlig im Schatten liegende Grenzausbuchtung genau fixieren.

Jacob drehte sich wieder um. Pilar verharrte immer noch in der gleichen Position, die Arme und die Beine hochgestreckt, die Füße auf der Höhe ihrer Hände. Ihr Anus war geöffnet, er zog sich zusammen, er öffnete sich wieder. Das war kein Zucken, das waren keine Nervenreflexe. Sie machte das bewußt, während sie ihm in die Augen sah. Es wirkte, als würde der Körperteil atmen. Als würde sie mit diesem Körperteil atmen.

Wie er sich umgewandt hatte, war Jacob auf seinen Fotoapparat getreten. Den hob er jetzt auf und machte mehrere Bilder von Pilar. Sie verzog keine Miene, sie atmete nur.

Am nächsten Tag, Madeline war endgültig von ihrem Migräneanfall genesen, ließen sie sich zu dritt von einem Taxi nach San Ysidro bringen. Pilar hatte ihre Aufnahmen von der Grenze auf Madelines Computer überspielt, Jacob und Pilar waren mit Madeline die Bilder durchgegangen. Madeline hatte darauf verzichtet, die Grenze von der U.S.-Seite selbst in Augenschein zu nehmen. Am Grenzübergang überquerten sie die Grenze zu Fuß und nahmen erneut ein Taxi. Das Hotel am Paseo de los Heroes sah aus, als habe ein Kind mit einem Baukasten gespielt. Ein großer beigefarbener Klotz, darauf mehrere kleine beigefarbene Klötze, an der Seite zwei längliche pinkfarbene Klötze. Im Eingang des Hotels führte eine von zwei Rolltreppen gesäumte Steintreppe in eine riesige kahle Lobby. Die Fenster der Hotelzimmer hatten nur eine Einfach-Verglasung. Pilar bezog ein Zimmer neben ihm und Madeline. In der Hotelgarage wartete ein von Pilar angemieteter Jeep auf sie. Sie waren mit Chuy, dem Bruder Pilars, in der Avenida Revolución verabredet, das war die Touristenstraße. Er rief Pilar an, um mitzuteilen, daß er sich verspäten würde. Der Tag war für die Jahreszeit ungewöhnlich heiß. Pilar schlug vor, das in einer Querstraße gelegene Museo de la Cera zu besuchen, das Wachsfigurenmuseum. Dort war es tatsächlich kühler. Die empfohlene Route begann mit der Darstellung des Lebens der Azteken und der Conquista. Die mexikanische Geschichte, die Weltpolitik und das amerikanische sowie das mexikanische Showbiz des zwanzigsten Jahrhunderts waren anteilsmäßig etwa gleich vertreten. Eine sehr ähnliche Whoopi Goldberg, ein sehr unähnlicher Sylvester Stallone und ein ebenfalls sehr unähnlicher Mel Gibson, ein äußerst überzeugender Ayatollah Khomeini. John F. Kennedy und Bill Clinton konnte er erst nach mehrmaligem Hinschauen identifizieren. Der Parcours endete im Dustern, mit Darstellungen von Dracula und anderen Vampiren und Vampiropfern, von Hexen und mit Freddy Krueger aus *Nightmare on Elm Street* im rotweißen Ringelpulli und mit Hut. In der Horrorabteilung stieß Chuy zu ihnen. Während Freddy Krueger ihnen zuwinkte, stellte Pilar ihren Bruder Madeline und Jacob vor. Er war Polizist. Jacob verfiel auf die alberne Idee, das erste Zusammentreffen in diesem Kreis unter der Schirmherrschaft von Freddy Krueger zu dokumentieren. Erst schoß er selbst einige Fotos von Madeline, Pilar und ihrem Bruder, dann gab er die Kamera ihrem Bruder, damit der Fotos machte. Chuy fragte in die Runde: »Are you ready for Freddy?«, ehe er abdrückte. In diesem Augenblick klingelte Jacobs Telefon, eine Angestellte der Galerie war dran, sie hatte einen Kunden für eine sehr teure historistische Gallé-Vase. Der Empfang war schlecht, in anderen Abteilungen war er nicht besser, Jacob mußte das Museum verlassen, erst auf dem Platz davor konnte er vernünftig sprechen. Die Sache dauerte länger. Schließlich kam Madeline in Begleitung von Pilar und ihrem Bruder aus dem Museum. Pilar und ihr Bruder winkten ihm zu und verschwanden. Madeline stellte sich respektvoll in den Eingang des Museums und wartete, bis Jacob sein Telefongespräch beendet hatte. Dann berichtete sie ihm, sie würden Pilar und ihren Bruder abends in einem Restaurant treffen. Madeline und Jacob kehrten ins Hotel zurück. Jacob erwartete eine SMS von der Galerie. Statt dessen traf eine SMS von Pilar ein. Durch das Telefongespräch abgelenkt, hatte Jacob nicht mehr an die Kamera gedacht. Pilar schrieb, Chuy habe die Kamera eingesteckt und die Bilder aus Smuggler's Gulch gesehen. Chuy war nicht Pilars Bruder, sondern ihr Freund. Er habe gesagt, er werde Jacob umbringen, er hasse die Gringos. Ohne Madeline wäre das alles nicht passiert, er werde sie ebenfalls umbringen. Chuy sei Polizist und Super coyote.

Shotgun Wedding

Jillian hatte die Spätvorstellung des Kinos an der Piazza Cavour besucht und den Film *Dark Water* angesehen, anschließend hatte sie sich mit Carofiglio in dessen Galerie in der Brera verabredet. Er war an ihren besonderen Tag-Nacht-Rhythmus gewöhnt.

In der Via Brera fuhren keine Autos mehr, und es waren auch keine Fußgänger mehr unterwegs. Die spärliche Straßenbeleuchtung wurde nicht durch beleuchtete Schaufenster verstärkt, alle Geschäfte hatten die Metalljalousien heruntergelassen. Jillians kurze hellbraune Lederjacke war von weitem erkennbar. In New York wäre sie um diese Zeit niemals auf die Straße gegangen, im Süden Italiens ebenfalls nicht. In Mailand war sie oft nachts unterwegs, allerdings sonst immer an großen befahrenen Straßen.

Es konnte nicht mehr weit bis zur Galerie Carofiglios sein, als sie ein Motorrad hinter sich hörte. Die Hauswände an der schmalen Straße warfen das laute Knattern des Motors hin und her. Das Motorrad fuhr schnell, dann bremste es plötzlich ab, der Motor tuckerte nur noch leise. Jillian ging auf dem Bürgersteig der Straßenseite, auf der das Parken erlaubt war. Durch die Reihe der in engsten Abständen parkenden Wagen fühlte sie sich geschützt. Sie wollte die Aufmerksamkeit des Motorradfahrers nicht anstacheln und drehte sich nicht um, beschleunigte aber ihren Schritt.

Gleich mußte sie bei Carofiglios Galerie ankommen. Der Motor summte nur noch, der Abstand hatte sich nicht verringert. Jetzt blickte sie sich doch um. Das Motorrad fuhr nicht auf der Straße, sondern auf dem Bürgersteig hinter ihr. Der bullige Fahrer und sein schmächtiger Beifahrer hatten es auf die Umhängetasche abgesehen, die Jillian deutlich sichtbar über der rechten Schulter trug.

In dem Moment, in dem sie sich umblickte, gab der Fahrer Gas. Sie rannte los. Als das Motorrad unmittelbar hinter ihr war, bremste der Fahrer, der Beifahrer sprang ab und griff nach ihrer Tasche.

Mit einer Körperdrehung ließ sie ihn ins Leere laufen. Die beiden Diebe hatten schwarze Sturzhelme mit heruntergeklappten getönten Visieren auf. Die langen Haare des Kleinen kamen überall unter dem Helm hervor, der Bulle hatte seine Haare zu einem Pferdeschwanz zusammengebunden. Jillian schlug dem Kleinen mit dem Ellbogen in den Bauch und trat ihm mit dem Fuß zwischen die Beine. Dann rannte sie wieder los, aber sie fand die Galerie Carofiglios nicht. Entweder war sie doch weiter entfernt, als sie gedacht hatte, oder sie war schon daran vorbeigelaufen.

Der Kleine hatte sich erholt und war wieder auf das Motorrad gesprungen, die beiden stellten sie erneut. Diesmal stieg auch der Bulle ab. Er packte sie am rechten Arm, der Kleine am linken, sie hoben sie hoch, ihre Füße traten ins Leere. Mehrere Male schlugen die beiden ihren Körper gegen die Jalousie des Geschäfts, vor dem sie standen.

Der Kleine riß an der Tasche, der Lederriemen gab nicht nach, sie mußten Jillian auf den Boden stellen, der Bulle mußte ihren Arm loslassen, um ihr die Tasche herunterziehen zu können. Jillian nutzte die Gelegenheit und schlug ihm mit dem Unterarm unterhalb des Sturzhelms auf den Hals. Er ließ von ihr ab, dafür versuchte der andere, ihr die Faust ins Gesicht zu schlagen, sie duckte sich, mit voller Wucht traf er die Metalljalousie.

Hinter mehreren Fenstern ging das Licht an. Der Lärm hatte auch Carofiglio alarmiert, an dessen Galerie sie tatsächlich vorbeigerannt war. Er trat auf die Straße und stürzte sofort auf die Kämpfenden zu.

Der Bulle ließ von Jillian ab und schwang sich wieder auf sein Motorrad, der Kleine versuchte immer noch, ihr die Tasche zu entreißen. Carofiglio packte ihn an den Schultern und zerrte ihn von Jillian weg, beide fielen zu Boden.

Inzwischen hatte der Bulle gewendet und rief dem Kleinen etwas zu. Carofiglio war mit dem Kopf an der Metalljalousie des Geschäfts entlanggeschrammt und benommen. Der Kleine sah es und trat ihm im Liegen mit der eisenbeschlagenen Spitze seines Schuhs in die Seite. Carofiglio krümmte sich, der Fahrer rief den Beifahrer noch einmal, der raffte sich auf, lief zu dem Motorrad, erklomm den Beifahrersitz und umschlang den Fahrer von hinten mit beiden Armen. Das Motorrad beschleunigte stark und fuhr gefährlich schwankend mit hoher Geschwindigkeit auf dem Bürgersteig davon.

Die Galerie war völlig leer. Gerade war eine Ausstellung mit Möbeln von Ettore Sottsass abgebaut worden, die nächste Ausstellung galt Objekten von Alessandro Mendini, die noch nicht angeliefert waren. Jillian folgte Carofiglio in seine über der Galerie gelegene Wohnung. Sie wußte, Carofiglio, oder besser, Buonavolontà hatte das Interior Visiona I aus dem Jahr 1969 von Joe Colombo gekauft. Jillian kannte Abbildungen, hielt jedoch überrascht inne, als sie den lilafarbenen Teppichboden betrat.

Sämtliche Wände der Etage waren herausgerissen, um das Ensemble unterzubringen, das ausschließlich aus Plastikmaterialien bestand. Jillian stand im Central living vor einer Sofalandschaft aus lilafarbenen flachen quadratischen Polstern, auf denen lilafarbene Kissen verstreut lagen.

Weiße und lilafarbene ausziehbare Plastikcontainer bildeten den Sockel. Darüber hing ein gelbes Bücherregal in der
Form eines Schaufelrads mit einem in einen umgedrehten
Iglu eingebauten Fernsehbildschirm. An dem Bücherregal
waren auf Magneten gelagerte, stufenlos in alle Richtungen verstellbare Halogenspots befestigt. Das Bedienungs-
display für den Fernseher war in der Mitte des zentralen
Wohnelements montiert.

Der Raum wurde von der Wölbung der Badezelle domi-
niert, einer an einen Würfel aus weißem Kunststoff angesetzten Halbkugel, ebenfalls aus weißem Kunststoff. Die
Halbkugel umschloß eine Badewanne, zusammen mit der
angrenzenden Schlafkammer bildete das Bad die klimati-
sierte Night cell. Ein hinten geschlossener und vorn offener
Zylinder, den man durch eine elektrische Jalousie abschlie-
ßen konnte, beherbergte das Bett. Es war ebenfalls lilafar-
ben bezogen. In dem Kühlabteil neben dem Bedienungsdis-
play für den Bildschirm über dem Bett stand eine Flasche
Champagner bereit.

Carofiglio warf sein Jackett auf das Sofa. Sein weißes T-shirt
war über dem Rippenbogen zerrissen und mit Blut befleckt. Er hob das T-shirt langsam hoch und kommentierte,
daß ihm das keine Schmerzen bereite, also sei wohl keine
Rippe gebrochen.

Zusammen gingen sie in die Badezelle, dort verwahrte Carofiglio Verbandmaterial. Am Waschbecken, das der Badewanne in der Halbkugel gegenüber lag, zog er sein T-shirt
aus.

Die plötzliche Nähe war Jillian nicht unangenehm.

Carofiglio hatte einen starken Bartwuchs, aber auf seiner
Brust überhaupt keine Haare. Auf dem linken Schulterblatt
sah Jillian eine große Tätowierung. Sie konnte sich keinen

Reim darauf machen, was sie darstellte. Es mochte ein Vogel sein, der den Hals zurückbog, aber es konnte sich auch um ein Wassertier handeln. Sie wußte nicht, ob das runde Element in der Mitte der Körper des Tieres oder ein Flügel war.

Jillian überlegte, wann sie das letzte Mal einem Mann, der nicht ihr Mann war, so nahe gekommen war, ausgenommen natürlich in Trainingssituationen.

Vor dem weißen Kunststoffhintergrund der Badezelle wirkte das Blut aus der Wunde fast schwarz. Während Jillian, vor Carofiglio kniend, seine Wunde mit Alkohol reinigte, blickte sie hoch, um zu prüfen, ob er Schmerzen hatte. Für einen Moment sahen sie sich in die Augen.

Damit Jillian den Verband anbringen konnte, mußte Carofiglio beide Arme heben. Jillian strich das Pflaster auf seiner Haut glatt, als er auf einmal zu taumeln anfing. Er hatte die Augen geschlossen, und seine Arme fielen kraftlos auf ihre Schultern herab. Sein volles Gewicht lastete jedoch nur kurz auf ihr, er fing sich wieder und ließ sie los.

»Ich bringe dich ins Krankenhaus.«

Energisch schüttelte Carofiglio den Kopf.

Mit betont federnden Schritten ging er in die Schlafzelle und holte sich aus dem innen umlaufenden Kleiderschrank ein frisches weißes T-shirt, das er mit einer schnellen Bewegung überzog. Danach setzte er sich sichtlich erschöpft auf den Bettrand.

Als er bemerkte, wie Jillians Blick an der Champagnerflasche in dem Kühlabteil hängenblieb, wollte er aufstehen, aber sie drückte ihn nieder. Sie öffnete den Champagner, Gläser hatte sie in der Ablage darunter gefunden.

Sie hockte sich vor der Schlafzelle im Schneidersitz auf den Boden, er streckte sich auf seinem Bett aus.

»Das Interior Visiona I war während der Kölner Möbel-
messe 1969 auf einem Rheinschiff installiert. Danach ist es
nie wieder aufgetaucht. Joe Colombo hatte es für Bayer
entworfen. Bei einem Empfang lernte Giuseppe einen Vor-
stand von Bayer kennen, der ihm erlaubte, in der Firma
Nachforschungen nach Elementen von Joe Colombo anzu-
stellen. In einer Lagerhalle in Leverkusen haben wir dann
tatsächlich das Ensemble gefunden und es Bayer abgekauft. Ohne die Verantwortlichen zu informieren, worum
es sich handelte, die glaubten, es gehe nur um ein paar
übriggebliebene Kunststoffteile. Die Angelegenheit wurde
in der Firma über den Einkauf abgewickelt. Hätte die De-
sign-Abteilung davon Wind bekommen, wäre garantiert
nichts daraus geworden.«
Ob Jillian die Geschichte kenne, wie Giuseppe zu seinem
Geld gekommen sei.
Jillian ermunterte Carofiglio zu erzählen.
»Giuseppes Frau –«
Jillian unterbrach Carofiglio:
»Giuseppe war verheiratet?«
»Du wirst es nicht glauben. Aber es ist schon lange her. –
Damals arbeitete Giuseppe als Angestellter in einem Antiquitätengeschäft in der Via Brera, nur wenige Häuser weiter. In dem Laden wurden vor allem lombardische Möbel
und Gemälde aus dem Settecento und aus dem Ottocento
angeboten, er gehörte einem Ehepaar, die beiden Alten
kümmerten sich kaum mehr darum. Gegen den Widerstand
der Besitzer hatte Buonavolontà begonnen, mit Gläsern aus
den dreißiger bis fünfziger Jahren zu handeln. Es gab nur
noch ein anderes Geschäft in Mailand, in dem man Mu-
rano-Gläser erhielt, die nicht mehr in Produktion waren.
Die Preise waren niedrig, aber Giuseppe konnte Umsatz

machen. Die Kosten mußten gedeckt werden, die Inhaber des Geschäfts fanden sich mit den Objekten ab.

»Giuseppe hatte in der Bar unter den Arkaden an der Piazza San Babila noch einen Kaffee getrunken. Als er auf die Straße heraustrat, stieß er mit einer jungen Frau zusammen, die nicht nach vorn blickte, sondern einer Freundin zuwinkte, von der sie sich gerade verabschiedet hatte. Die junge Frau rutschte aus und landete im Schneematsch auf dem Bürgersteig. Buonavolontà konnte sich gerade noch auf den Beinen halten. Ihre Einkaufstüten waren um sie verstreut. Giuseppe half der jungen Frau auf und entschuldigte sich, obwohl es nicht seine Schuld gewesen war. Sie sortierten ihre Einkaufstüten, einige Päckchen waren aus den Tüten herausgefallen, sie stopften sie zurück.

»Wenn es ein junger Mann gewesen wäre«, Carofiglio lächelte vielsagend, »hätte Giuseppe ihn natürlich zu einem Kaffee eingeladen.

»So war er froh, daß er sich verabschieden konnte. Er dachte nicht mehr an die junge Frau, bis er zu Hause seine Einkaufstüten leerte. In einer war ein Päckchen, das ihm nicht gehörte. Ein Etui mit einem breiten Goldarmband. Die Steine, mit denen es besetzt war, paßten überhaupt nicht zueinander, aber er sah sofort, es waren wertvolle Steine. Wenn er das Armband behielt, wäre er in der Lage, sich an dem Geschäft zu beteiligen, in dem er arbeitete. Die junge Frau konnte nicht sicher sein, daß er das Päckchen hatte. Er hatte ihr auch keine Karte gegeben.

»Am Nachmittag blätterte er im Laden in der Zeitschrift *Gente* und fand dort ein Bild der jungen Dame, in die er hineingelaufen war. Der Bericht zählte die begehrtesten Erbinnen Mailands auf, Töchter reicher Industrieller, aber auch einige Adlige. Die junge Frau war eine Pirelli-Toch-

ter, und er mußte feststellen, sie gehörte zu den Hübsche-
ren.«

Jillian hatte nichts geerbt.

Jetzt wußte Buonavolontà, was zu tun war: Er würde der
Pirelli-Tochter das Armband persönlich zurückgeben. Eine
Belohnung würde er ablehnen, aber er würde sanft darauf
bestehen, daß sie sein Geschäft besuchte. Vielleicht konnte
er sie als Kundin gewinnen.

Erwartungsgemäß war es nicht einfach, an die junge Frau
heranzukommen. Sie arbeitete in der Werbeabteilung der
Firma und hatte ihr Büro im Pirelli-Wolkenkratzer an der
Piazza Duca D'Aosta. Buonavolontà bat zunächst um ein
Gespräch in einer persönlichen Angelegenheit, das nützte
gar nichts. Erst als er ausrichten ließ, er müsse ihr etwas
Wertvolles zurückgeben, bekam er einen Termin.

Die Pirelli-Erbin empfing ihn in einem großen Bespre-
chungszimmer und in Anwesenheit zweier junger Männer,
die sich nicht an dem Gespräch beteiligten. Zuvor hatte er
sich einer rigorosen Sicherheitskontrolle unterziehen müssen, bei der Sicherheitsbeauftragte das Armband mißtrauisch beäugt hatten.

Die junge Frau begrüßte ihn mit den Worten: »Glauben Sie
wirklich, daß Sie der erste Mann sind, der unter einem
abenteuerlichen Vorwand ein Treffen arrangieren will, um
sich an mich heranzumachen?«

Sie war überzeugt, er habe sie auf der Straße erkannt und
den Zusammenstoß provoziert. Kommentarlos legte Buonavolontà das Etui mit dem Armband auf den Tisch.

Die Erbin betrachtete das Schmuckstück lange und von allen Seiten. Sie prüfte, ob es sich tatsächlich um das Original
handelte oder ob er vielleicht versuchte, ihr eine schnell
hergestellte Fälschung unterzuschieben.

»Und jetzt erwarten Sie eine Belohnung.«

So wollte er sich nicht vorführen lassen. Sein erster Impuls war, sich mit einem knappen Gruß zu verabschieden, aber dazu ging es dem Antiquitätengeschäft nicht gut genug. Entgegen seiner ursprünglichen Absicht erwiderte er, selbstverständlich erwarte er eine Belohnung. Er nannte eine Summe, die etwa einem Zehntel des geschätzten Verkaufspreises des Armbands entsprach.

Ohne Buonavolontà anzublicken, wies die Erbin einen der Aufpasser an, ihr einen Scheck zu bringen.

Der hatte Schwierigkeiten, seine Mission zu erfüllen, er blieb länger weg, als der jungen Frau lieb war. Nervös spielte sie mit dem Etui und mit dem Armband herum. Es anzuziehen schien ihr in der Gegenwart von Buonavolontà eine zu intime Geste. Der konnte sich nicht enthalten zu sagen, falls sie glaube, daß er auch nur einen Augenblick daran gedacht habe, das Armband nicht zurückzugeben, täusche sie sich. Ein so kitschiges Schmuckstück würde er niemals behalten. Er würde sich auch schämen, es zu verkaufen, der Käufer müßte ja annehmen, er habe es vorher gekauft.

»Aha, ein Mann mit Geschmack.«

Ihr Ton war sarkastisch, aber nicht mehr wütend. Bisher hatte sie Buonavolontà gar nicht zur Kenntnis genommen, jetzt musterte sie ihn unverhohlen. Er war es gewohnt, von Männern so betrachtet zu werden.

»Sie arbeiten in einem Pfandhaus?«

»Nein, in einem Antiquitätengeschäft.«

Er nannte ihr die Adresse. In diesem Augenblick kam der Angestellte mit dem Scheck zurück, die Erbin füllte ihn schnell aus.

Buonavolontà verabschiedete sich von der jungen Frau und sagte, sie solle doch einmal im Geschäft vorbeischauen.

Sie sagte scharf: »Ich habe Sie bezahlt, ich werde Sie nicht noch einmal bezahlen.«

Ein paar Tage später kam sie in den Laden. Er zeigte ihr die Möbel und die Bilder. Sie machte schnippische Bemerkungen, war jedoch sichtlich bemüht, ihn nicht mehr zu beleidigen. Mit keinem Wort ging sie auf das Schmuckstück oder die Belohnung ein, die sie ihm gegeben hatte. Der Scheck war in Ordnung, das Geld auf seinem Konto gutgeschrieben.

Nachdem er ihr alle Stücke ausführlich erläutert und mehrere andere Kunden sehr kurz abgefertigt hatte, schlug sie vor, den Laden abzusperren und mit ihr in die Bar nebenan zu gehen. Dort fragte sie ihn nach den Eigentumsverhältnissen des Geschäfts. Sie wolle mehr über Antiquitäten lernen, sie habe schon länger vorgehabt, sich an einem Antiquitätengeschäft zu beteiligen. Eine solche Wendung ihres Gesprächs hatte Buonavolontà nicht erwartet.

Sie hatte bereits mit mehreren Antiquitätenhändlern, die ihr empfohlen worden waren, Kontakt. Aber die versuchten nur, ihr auf einen Schlag das komplette Inventar ihrer Läden anzudrehen. Buonavolontà war ehrlich gewesen, er hatte ihr das Armband zurückgebracht, obwohl er es um ein Vielfaches des Finderlohns hätte verkaufen können. Zum ersten Mal lächelte sie ihn an.

Sie meinte es ernst. Ein paar Tage später studierte er Vertragsentwürfe. Sie ging mit ihm essen, und sie bestand darauf, daß er sie in die Oper begleitete. Zu dieser Zeit hatte er keinen festen Freund, sondern nur lockere Beziehungen. Immer wieder beklagte sie sich, daß sich die Männer nur wegen des Geldes an sie heranmachten. Zugleich schien sie jedoch von ihm Annäherungsversuche zu erwarten.

Buonavolontà glaubte, wenn er etwas mit ihr anfinge, würde sie ihn schnell fallenlassen. Aber gerade die Tatsache, daß er nichts unternahm, um sich ihr zu nähern, schien ihn für sie anziehend zu machen. Er verkehrte nicht in Schwulenbars und hatte viele nichtschwule Freunde. Seine Geschäftspartnerin würde nicht herausfinden, daß er schwul war.

Jillian war das Hocken im Schneidersitz auf dem Boden unbequem geworden. Carofiglio forderte sie auf, sich auf den Bettrand zu setzen, und ging ins Bad. Zu ihrer eigenen Überraschung interessierte sie die Geschichte. Fast ungeduldig wartete sie auf seine Rückkehr.

Weil sie keine Geräusche mehr hörte, ging sie vorsichtig in die Badezelle und fand Carofiglio mit ausgestreckten Beinen auf dem Boden sitzend, den Rücken an die Badewanne gelehnt, den rechten Arm über den Rand der Badewanne nach hinten ausgestreckt. Er blinzelte, sein Kopf schwankte hin und her.

»Ich habe schon die ganze Zeit Kopfweh gehabt. Wahrscheinlich habe ich mir bei dem Kampf eine Gehirnerschütterung zugezogen. Als ich unter den Medikamenten im Bad nach Kopfschmerztabletten gesucht habe, ist mir schwindlig geworden.«

Jillian nahm an, daß er erneut für einen Augenblick ohnmächtig geworden war. Sie bestand darauf, sich seinen Verband anzusehen, die Wunde blutete nicht stärker.

Er bat Jillian, ihm einen Kaffee zu machen. Die Arbeitsplatte in der unmittelbar neben der Badezelle installierten Kitchen box hatte die Form eines Halbkreises, die Bedienungselemente wirkten wie das Armaturenbrett eines kleinen Raumschiffes. Die Kaffeemaschine war eingeschaltet, in einem über der Arbeitsplatte umlaufenden Rolladenschrank fand Jillian Kaffeetassen. Über dem neben dem Waschbecken in die Wand eingebauten Radio las sie auf einer großen Datumsanzeige:

03 30
VENERDI
13 MAG

Carofiglio erzählte weiter. Im Laden erhielt Buonavolontà den Besuch einer Frau, die in ihrem dunkelblauen Kostüm wie in einem Futteral steckte. Ihre Haare waren hellblond, fast weiß gefärbt, sie hatte sich mehreren Schönheitsoperationen unterzogen, ihr Alter war nicht zu bestimmen. Sie stellte sich als die älteste Schwester der Erbin vor. Während sie sich suchend umblickte, sagte sie in herrischem Ton, sie müsse unbedingt ihre Schwester sprechen.
Buonavolontà wußte nicht, was er antworten sollte.
Die Schwester mit dem völlig faltenlosen Gesicht ging zu einer Vitrine, in der Fayencen aus dem Cinquecento ausgestellt waren. Sie fragte nach dem Preis, zielsicher hatte sie sich die teuersten Objekte ausgesucht, die es im Laden überhaupt gab. Beiläufig bemerkte sie, sie habe sich schon länger das Geschäft ansehen wollen, in dem ihre Schwester arbeite. Jetzt begriff Buonavolontà: Seine Wohltäterin ging entweder gar nicht mehr ins Büro oder hatte ihre Anwesenheit dort deutlich reduziert, unter der Vorspiegelung, sie arbeite jetzt in ihrem eigenen Geschäft. Natürlich verriet er sie nicht, er gab an, sie bringe gerade ein Bild zu einer Kundin, die es in ihrer Wohnung probehängen wolle, eine schwierige Kundin, das Ganze könne dauern. Die Schwester war nicht in den Laden gekommen, um zu kontrollieren. Ohne

Verdacht geschöpft zu haben, blickte sie auf ihre Uhr und verabschiedete sich hastig.

Buonavolontà rief seine Geschäftspartnerin an und erklärte ihr ohne Umschweife, was geschehen war. Sie begann zu weinen und versprach, sofort zu kommen.

Als sie den Laden betrat, weinte sie noch oder wieder, warf sich Buonavolontà in die Arme und küßte ihn, dabei stammelte sie, sie werde ihm alles erklären.

Dazu kam es nicht. Er wurde an den Schultern gepackt und von ihr weggerissen. Jemand schlug ihm eine Faust ins Gesicht, er stolperte rückwärts und fiel zu Boden.

Der Angreifer war ein schmächtiger junger Mann in einem dunkelgrauen Anzug, die Haare hingen ihm ins Gesicht, er war unrasiert und augenscheinlich völlig betrunken.

Er rief: »Du Schwein! – Das werde ich dir heimzahlen!«

Die Erbin klammerte sich an seinem rechten Arm fest und verhinderte, daß er den am Boden liegenden Buonavolontà trat, dabei schrie sie: »Laß ihn! – Ich liebe ihn!«

Unter wüsten Flüchen des Angreifers gelang es Buonavolontà, sich zu erheben. Er versuchte, für weitere Auseinandersetzungen einen möglichst großen Abstand zu der Vitrine mit den Fayencen zu halten. Die junge Frau umschlang die Hände des Betrunkenen.

»Carlino, ich habe dir doch gesagt, daß ich allein zurechtkomme.«

Sie wandte sich zu Buonavolontà.

»Bitte entschuldige meinen Cousin.«

Sie machte eine Pause und blickte sehr schuldbewußt.

»Ich hätte ihm nicht alles erzählen sollen.«

»Es ist gut, daß sie mir alles erzählt hat!« brüllte der junge Mann und wollte sich losreißen. »Sie ist schwanger, und jetzt willst du schnell zu deiner Frau zurück!«

»Ich bin nicht verheiratet«, sagte Buonavolontà wahrheits-gemäß.

Beide, Cousin und Cousine, hielten inne.

»Du bist gar nicht verheiratet?«

Buonavolontà blickte seine Geschäftspartnerin an und schüttelte den Kopf.

»Ich habe es nur gesagt, damit du wirklich nicht denkst, ich wollte mich an dich heranmachen.«

Buonavolontà hatte tatsächlich ihr gegenüber behauptet, er sei verheiratet. Um ihr eine Erklärung dafür an die Hand zu geben, warum er nichts von ihr wollte.

Der Cousin schwankte jetzt auch geistig und fragte fast höflich, ob er das Bad aufsuchen könne.

Die Erbin erklärte Buonavolontà, sie und ihr Cousin Car-lino seien zusammen aufgewachsen. Sie habe immer eine besondere Beziehung zu ihm gehabt, er sei eifersüchtig wie ein Ehemann und auf ihre Ehre bedacht wie ein Bruder. Er habe ein Jahr auf einer Schule in der französischen Schweiz verbracht, unter der strengen Aufsicht dort habe er fast nichts getrunken. Gerade in Mailand eingetroffen, sei er in alte Gewohnheiten verfallen.

Als er zurückkam, versuchte sie, ihren Cousin unterzuha-ken und mit ihm den Laden zu verlassen. Aber der weigerte sich.

»Ich werde nicht gehen, bevor die Dinge geklärt sind!«

Der Cousin nahm seine Hand aus der Jackentasche und richtete eine Pistole auf Buonavolontà.

»Du wirst jetzt tun, was ich sage!«

»Carlino, er wird tun, was du sagst!«

Die Cousine versuchte, den Cousin zu beruhigen, sie sprach jedoch selbst mit überschnappender Stimme: »Du brauchst die Pistole nicht!«

Der Betrunkene stieß Buonavolontà die Waffe in die Seite, um ihn zum Ausgang zu dirigieren.

»Wir fahren jetzt alle drei zu Casper.«

Die Erbin mußte sich ans Steuer ihres Maserati setzen, Buonavolontà auf den Beifahrersitz, der Cousin hielt ihm von hinten die Pistole an die Schläfe.

Auf der Fahrt erklärte die Erbin, Casper sei katholischer Geistlicher und Studentenpfarrer, ihr Cousin habe Vertrauen zu ihm. Sie gab die Erläuterungen in einem Ton, als ob sie zu dritt eine Spritztour durch Mailand machten.

Der Studentenpfarrer wohnte in der Nähe von San Babila. Als sie an seiner Tür klingelten, wurde ihnen sofort geöffnet. Casper, ein athletischer Amerikaner mit langen rötlichblonden Haaren und einem rötlichblonden Bart, der keine Soutane, sondern einen dunkelblauen Anzug trug, ignorierte völlig, daß der Cousin die Pistole auf Buonavolontà gerichtet hielt.

Man machte Konversation über den Schweizaufenthalt des Cousins. Um zu überspielen, daß er kurzzeitig vergessen hatte, warum er hier war, fuchtelte er danach wieder besonders furchterregend mit der Pistole vor Buonavolontà herum. Seine Cousine sei schwanger, er trat Buonavolontà gegen das Schienbein, Casper müsse die beiden sofort verheiraten.

Der Cousin blickte den Priester an. Der Priester blickte die Erbin an. Buonavolontà blickte abwechselnd die Erbin und den Priester an. Die junge Frau schlug die Augen nieder.

Nach der Trauung zwang der Cousin seine Cousine und den Priester mit vorgehaltener Pistole, ihm zu folgen. Zu Buonavolontà machte er eine Geste, er solle das Weite suchen, was er ebenfalls durch die Pistole unterstrich.

Buonavolontà schloß den Laden immer um elf Uhr auf. Am nächsten Tag wartete die Erbin schon davor.

Sie beschwor ihn, er solle behaupten, sie habe die ganze Zeit bei ihm gearbeitet. Wer immer ihn auch anspreche. Sie habe es in der Firma nicht mehr ertragen. Zwar küßten ihr die Angestellten die Füße, aber sie werde ständig überwacht. An dem Antiquitätengeschäft hatte sie sich beteiligt, um eine regelmäßige Tätigkeit dort vorspiegeln zu können. Tatsächlich hatte sie die Tage mit ihrem Freund verbracht. Dessen Eltern hatten eine Textilfirma in der Nähe von Macerata. Der Freund hatte den Eltern weisgemacht, er studiere in Mailand Ingenieurwissenschaften. Seit zwei Jahren hatte er jedoch keinen Fuß mehr in ein Universitätsgebäude gesetzt. Die Eltern begannen mißtrauisch zu werden, er sollte seine Zeugnisse vorzeigen, das hatte dazu geführt, daß er völlig im Nachtleben verschwand und grundsätzlich nicht vor dem Morgengrauen nach Hause kam. Dabei hatte er ein anderes Mädchen kennengelernt.

Als die junge Frau das erzählte, begann sie, hemmungslos zu schluchzen. Ein Kunde, der gerade eingetreten war, um sich umzusehen, machte auf der Stelle kehrt und verließ das Geschäft sofort wieder, als sei er für den Tränenausbruch verantwortlich.

Das Mädchen kellnerte in einem der Clubs in den Navigli, bei ihr konnte er sich ausweinen, sie fand alles toll, was er machte. Wohingegen sie, die Erbin, ihren Freund immer drängte, er solle seinen Eltern die Wahrheit sagen, um ein größeres Unglück zu verhindern. Zwar belog sie ebenfalls ihre Eltern, aber sie hatte ja nicht vor, das ewig zu tun. Von ihr wurde auch nicht erwartet, daß sie später die Firma führte.

Die beiden stritten sich immer häufiger, schließlich wollte der Junge die Pirelli-Erbin verlassen. Das war ihr noch nie passiert, sie hatte schon mehrere Freunde gehabt, aber auf den Gedanken, sie zu verlassen, war noch keiner gekommen. Immer war sie diejenige gewesen, die Schluß gemacht hatte. In ihrer Verzweiflung ging sie soweit zu behaupten, sie sei schwanger. Dann war überraschend ihr Cousin aus der Schweiz zurückgekehrt. Der Cousin, schon immer unbeherrscht und jähzornig, wußte nichts von ihrem Freund, aber er merkte sofort, daß etwas nicht in Ordnung war. Er bedrängte sie dermaßen, daß sie ihm schließlich sagte, sie sei vielleicht schwanger. Das *vielleicht* nahm der Cousin gar nicht zur Kenntnis. Man hatte ihm gesagt, sie arbeite in Buonavolontàs Geschäft, und es war für ihn klar, daß Buonavolontà ihr Freund und der Vater des Kinds war.

Buonavolontà wischte ihr die Tränen aus dem Gesicht, und sie beruhigte sich. Casper war ein ordinierter Geistlicher. Die Erbin hatte einen Rechtsanwalt ins Vertrauen gezogen, einen langjährigen Berater ihrer Familie, ihm hatte sie alles gebeichtet und das Versprechen abgenommen, die Familie nicht einzuweihen. Natürlich war eine Heirat, die unter Druck abgeschlossen wurde, nicht gültig. Aber es konnte schwierig für sie werden zu beweisen, daß die Trauung tatsächlich durch Erpressung zustande gekommen war.

Sie umfaßte die Hände Buonavolontàs. Der Rechtsanwalt sei überzeugt, daß sie vor Gericht gewinnen werde. Aber der Skandal...

Buonavolontà unterbrach sie, falls der Anwalt annehme, daß er die Absicht habe, die Angelegenheit publik zu machen, täusche er sich.

Die Erbin ließ seine Hände los, faßte in ihre Tasche und zog ein zusammengefaltetes Papier hervor, die vom Rechtsanwalt aufgesetzte Annullierungsvereinbarung. Buonavolontà unterschrieb sie sofort.

Jillian fragte Carofiglio, ob Buonavolontà nicht vielleicht doch einen Augenblick gezögert hatte, bevor er unterschrieb. Der Gedanke lag nahe, sich die Zustimmung zu der Annullierung abkaufen zu lassen.

Buonavolontà war frisch verliebt, in einen jungen Carabiniere, den er bei einer Verkehrskontrolle kennengelernt hatte. Ein paar Tage zuvor hatte er zum ersten Mal mit dem Carabiniere geschlafen. Als die Erbin begann, von ihrem Besuch bei dem Rechtsanwalt zu berichten, wußte Buonavolontà sofort, worauf sie hinauswollte. Aber von dem Augenblick an, als die Erbin das Wort *matrimonio* in den Mund nahm, so hatte Buonavolontà erzählt, habe er nur noch an den Carabiniere denken können.

Erst nachdem Buonavolontà die Vereinbarung unterschrieben hatte, fiel ihm auf, daß die junge Frau sie noch nicht unterzeichnet hatte. Er reichte ihr den Kugelschreiber, aber sie unterschrieb nicht.

Einige Wochen arbeitete sie tatsächlich im Geschäft. Abends ging Buonavolontà mit ihr aus, an den Wochenenden fuhren sie an den Gardasee. Ihren Freunden stellte die Erbin Buonavolontà vor, aber nicht ihren Eltern. Sie überraschte ihn mehrfach, als er mit dem Carabiniere telefonierte. Aber sie bekam nicht mit, daß es ein Mann war.

Ohne Szenen kehrte sie schließlich zu ihrem Freund zurück. Der hatte inzwischen den Canossa-Gang zu seinen Eltern angetreten, die hatten Gnade walten lassen, allerdings unter der Bedingung, daß er sofort in der elterlichen Firma anfing. Nach nicht allzu kurzer Zeit heirateten die beiden, die Hochzeit füllte Seiten in der einschlägigen Presse. Vor ihrer Hochzeit hatte die Erbin auch die restlichen Anteile des Antiquitätengeschäfts erworben und das ganze Geschäft Buonavolontà überschrieben.

Kein Tageslicht drang in Visiona herein, jedes Element verfügte über eine eigene künstliche Beleuchtung. Ein Passant auf der Via Brera konnte nicht wissen, daß die Läden vor den Fenstern im ersten Stock Tag und Nacht geschlossen blieben.

Jillian hatte auf der Sofalandschaft im Central living übernachtet. Sie hatte tief geschlafen und nicht bemerkt, wie Carofiglio die Wohnung verlassen hatte. Es war kurz nach Mittag, sie versuchte, noch einmal einzuschlafen, aber es gelang ihr nicht. Genausowenig konnte sie sich allerdings entschließen aufzustehen.

Sie stellte den Fernseher an und verfolgte auf dem Bildschirm über der Sofalandschaft die Nachrichten von CNN. Danach zappte sie so lange durch die Programme, bis ihr Blick auf eine handbeschriftete DVD fiel, die neben dem in der Mitte der Wohnlandschaft eingebauten DVD-Player lag.

Tutti gli oggetti che servono in una
casa devono essere integrativi degli
spazi fruibili: pertanto non si dovrebbero
più chiamare arredi, ma
piuttosto »attrezzature«.

Joe Colombo

Jillian legte die DVD ein und drückte *play*.
Auf dem Bildschirm erschien eine blonde Frau in der Kitchen box, aufgenommen durch die Öffnung, in der der

Eßtisch installiert war. Er war für zwei Personen gedeckt, die Kaffee trinken wollten: das Geschirr aus weißem Porzellan, die Ränder der Teller, die Außenseiten der Tassen, der Korpus und der Deckel der Kanne dunkelblau, die Tischsets und die Stoffservietten ebenfalls blau. Die Frau hatte einen eng geschnittenen dunklen Hosenanzug an. Sie bewegte die Lippen, aber auf der selbstgebrannten DVD gab es keinen Ton.

Die junge Frau ging in die Badezelle. Dort zog sie die Schuhe und die Hose aus. Sie trug einen schwarzen Tanga. Vor dem Spiegel malte sie sich die Lippen an, dabei streckte sie das linke Bein nach hinten. Die Kamera zoomte, jetzt konnte man die weißen Nadelstreifen auf der schwarzen Jacke erkennen. Hinter einer randlosen Brille mit rechteckigen Gläsern lächelte sie demjenigen zu, der sie filmte.

Die nächste Einstellung zeigte sie auf der Sofalandschaft im Central living. Die Frau in Jacke und Tanga lehnte sich an die zu einem Haufen aufgeschichteten lilafarbenen Kissen, sie trug wieder Schuhe, schwarze Pumps mit ebenso hohen wie spitzen Absätzen, die vorn geschnürt waren. Die letzte Schnürung lief oberhalb des Knöchels um die Fessel herum. Erst rieb die Frau mit der linken Hand den Tanga außen, dann griff sie in den Tanga.

Nach einiger Zeit kam ein Mann in engen Blue jeans und einem hellblauen weiten Hemd ins Bild, der nur von hinten zu sehen war. Er brachte zwei Drinks und stieß mit der Frau an. Sie hatte weiter eine Hand im Tanga. Die beiden unterhielten sich und lachten.

Die Frau spreizte die Beine, der Mann, dessen Gesicht nicht zu sehen war, ging in die Knie und bewegte seinen Kopf zwischen ihren Oberschenkeln hin und her.

Nach einiger Zeit richtete er sich auf. Die Frau blickte erst fragend nach oben, ehe sie seine Jeans aufknöpfte. Der Mann trug keine Unterhose, sein Schwanz war völlig schlaff, die Frau nahm ihn in die rechte Hand und steckte ihn in den Mund, mit der linken streichelte sie seinen rechten Oberschenkel.

Die Bemühungen waren offensichtlich nicht gleich erfolgreich, dachte Jillian, denn an dieser Stelle folgte ein Schnitt. Danach war der Mann in einen Zustand versetzt, der die Zuwendung der Kamera rechtfertigte. Zunächst bewegte die Frau den Kopf rhythmisch vor und zurück, die linke Hand wieder im Tanga, danach umfaßte der Mann den Kopf der Frau mit beiden Händen und bewegte ihn.

Die Kamera vermied es weiterhin, das Gesicht des Mannes zu zeigen. Man sah, wie er sein Hemd auszog.

Die Kamera zoomte auf eine Tätowierung auf dem linken Schulterblatt.

Jillian fühlte sich plötzlich alt. Sehr alt.

Viel älter, als ein Mensch werden konnte.

Vor langer Zeit war sie ein Mensch aus Fleisch und Blut gewesen.

Jetzt war ihr Körper der einer Puppe.

Irgendwann einmal, sie konnte sich nicht mehr erinnern, hatte ein Dämon ihre Seele in den Körper der Puppe verpflanzt.

Die blonde Frau knöpfte ihre Jacke auf, unter der sie nackt war. Sie setzte sich auf Carofiglio. Der entzog sich ihr, faßte sie an den Beinen und drehte ihren Körper um. Mit dem ausgestreckten linken Arm preßte er ihren Kopf auf die lilafarbenen Kissen und schob sie so weit zum Rand, daß sie sich mit den Händen auf dem Boden abstützen mußte, um nicht herunterzugleiten.

Ohne Vorwarnung richtete sich der Film-Carofiglio auf

und stellte sich vor die Frau hin, dabei mußte er sich weit nach vorn beugen, auf der Sofalandschaft konnte man nicht aufrecht stehen, ohne mit dem Kopf an die Libreria aerea anzustoßen. Er faßte die blonde Frau an den Schultern, drehte sie wieder um und brachte ihr Gesicht vor seinen Schwanz, den er mit der rechten Hand rieb. Carofiglio ejakulierte nicht in ihren Mund, sondern auf ihre Brille. In dem Augenblick, in dem das Sperma auf das rechte Brillenglas spritzte, schloß die Frau beide Augen und kniff die Lider zusammen. Während das Sperma von der Brille über die Nase zum Mund herunterlief, schlug Carofiglio mit seinem Schwanz gegen die Brille. Dann faßte er die Frau am Hinterkopf und schob ihr den Schwanz in den immer noch geöffneten Mund. Die Blonde kniff die Augen zusammen und legte die Stirn in Falten. Trotzdem sah sie jünger aus als vorher.

Jillian hatte mit dem Gedanken gespielt, Carofiglio zu verführen. Dabei war sie überzeugt gewesen, daß er wirklich schwul war. Niemals hatte sie mit einem anderen Mann als Jacob geschlafen. Sie wollte die erste Frau seit langer Zeit sein, mit der Carofiglio schlief, wenn nicht die allererste. Es sollte etwas Besonderes sein, für sie und für ihn. Aber er hatte Sex mit einer Schnalle und ließ sich auch noch dabei filmen. Hatte Buonavolontà den Film gedreht? Auf einmal haßte Jillian Carofiglio.

Sie wünschte sich, sie wäre auf der Kommandobrücke eines altmodischen Raumkreuzers. Die Erde füllte den riesigen Bildschirm aus. Das Raumschiff brach zu einem anderen Sternensystem auf. Es war gerade dabei, Fahrt aufzunehmen, die Erde wurde schnell kleiner. Noch ein paar Minuten, und sie würde nicht mehr zu sehen sein.

»Jillian, hast du *Moby Dick* gelesen?«

Jillian hatte *Moby Dick* gelesen.

»Wußtest du, daß 1850 die Häuser fast ausschließlich mit Lampen beleuchtet wurden, die Walfischöl verbrannten? – Der Walfang war damals das, was heute die Ölindustrie ist. Die Nachfrage stieg ständig. Aber bevor die Wale ausstarben, kamen andere Brennstoffe auf den Markt. Zum Beispiel Kerosin, das aus Kohle gewonnen wird und nicht riecht. 1859, als Edwin Drake in Pennsylvania Öl fand, wurden fünf von sechs Lampen schon nicht mehr mit Walfischöl, sondern mit anderen Brennstoffen betrieben.«

Jillian hatte gut daran getan, sich nicht mit Müllverbrennungsanlagen zu beschäftigen. Douglas Robinson war bereits bei der nächsten Geschäftsidee.

»Es geht nicht um den Kampf des Menschen gegen die Natur und auch nicht um den Kampf des Möchtegern-Rachegotts Captain Ahab gegen einen echten Rachegott, den weißen Wal. Der Mensch bekämpft die Natur nicht, er wandelt sie einfach in Energie um. Die Natur bekämpft den Menschen, wer will schon gern umgewandelt werden. Aber es nützt der Natur nichts, wenn sie sich wehrt, im Gegenteil. Dem Menschen kommt es zupaß, wenn ihm die Natur rachedurstig und blutrünstig Widerstand leistet, das steigert die Energieausbeute. Du hast *Matrix* gesehen?«

Jillian hatte große Lust, das Telefon beiseite zu legen und Robinson ins Leere sprechen zu lassen.

»Betrachtet man den Wirkungsgrad, ist es natürlich technischer Blödsinn, daß Roboter ihre Energie gewinnen, indem sie Menschen anzapfen. Aber woher sollen Roboter sonst Geist nehmen, wenn nicht von Menschen?«

Robinson lachte.

»Jillian, du errätst niemals, wo ich bin. Ich rufe aus São Paulo an! – In Brasilien gibt es dreihundertzwanzig Fabriken, die Äthanol produzieren, in den nächsten fünf Jahren sollen weitere fünfzig errichtet werden. Das Barrel Öl kostet fünfzig Dollar, das Barrel Äthanol fünfundzwanzig Dollar! – Normale Verbrennungsmotoren können ohne Modifikationen mit Benzin betrieben werden, das bis zu zehn Prozent Äthanol enthält. Für höhere Konzentrationen braucht man Flex-fuel-Motoren, die die Kraftstoffeinspritzung automatisch dem Kraftstoffmix anpassen. In Brasilien hat schon die Hälfte aller Autos solche Motoren. Konventionelle Dieselmotoren vertragen bis zu zwanzig Prozent Biodiesel im Kraftstoff. Für Biokraftstoffe muß man das Auto nicht neu erfinden. Jillian, ich werde eine Kette von Fabriken errichten, die Biomasse in Treibstoff umwandeln!«

Robinson entschuldigte sich, es tue ihm leid, er könne die Sammlung nicht nehmen. Er sei zu sehr mit der Planung seiner Fabriken beschäftigt.

Die Kunden kauften auch, um zu sprechen. Um das, was sie bewegte, vor jemandem auszubreiten, der nicht nach Zeiteinheiten bezahlt wurde, wie Rechtsanwälte oder Psychotherapeuten. Natürlich hörte Jillian den Kunden nur so lange zu, wie sie Kunden waren. Das bedeutete nicht, daß sie jedes angebotene Stück kaufen mußten. Hatten die Kunden sehr lange kein Stück mehr gekauft, erwarteten sie nicht, daß Jillian ihnen noch zuhörte. Wenn Kunden nicht mehr sammelten, wenn sie ihre Interessen einem anderen Gebiet zuwandten oder nicht mehr über die entsprechenden finanziellen Möglichkeiten verfügten, merkte Jillian das zuerst daran, daß die Gespräche kurz wurden. Dann behelligten die Kunden sie nicht mehr mit Präsident Bush, mit den allgemeinen Aussichten der amerikanischen Wirtschaft, mit Müllverbrennungsanlagen und Biokraftstoffen. Robinson betonte, er sammle nach wie vor, Jillian solle ihm weiter Angebote machen.

Sie war zu spät dran. Aufgelöst hastete Jillian durch die Gänge der Wood-Ridge High School. Sonst verspätete sie sich nie.

»Alle warten auf dich.«

Van Bronckhorst, der für Jillian zuständige Kreditmanager der Citibank, schloß die Tür des Klassenzimmers hinter ihr.

»Wir schreiben einen Test.«

Die Ankündigung ließ Jillian zusammenbrechen. Sie hatte die Hausaufgaben nicht gemacht und nicht gelernt. Sonst machte Jillian immer die Hausaufgaben und bereitete sich immer vor.

Die Jalousien vor den Fenstern des Klassenzimmers waren zwar heruntergelassen, die Lamellen jedoch waagrecht gestellt, so daß der Raum von den einfallenden grellen Lichtstrahlen wie in Scheiben geschnitten wurde. Jillian mußte die Augen schließen. Sie hörte, wie van Bronckhorst zu ihr kam und die Unterlagen für den Test auf ihre Schreibplatte legte.

Als sie die Augen öffnete, blickte sie zuerst auf die Uhr in der Ecke des Klassenzimmers. Von der für den Test angesetzten Dreiviertelstunde war bereits eine Viertelstunde vergangen. Der Test bestand aus mehreren Fragebogen, die auszufüllen waren. Auf dem Deckblatt des Tests war das Haus in der Spring Street abgebildet.

Das Haus, das Jacob und der Versicherung gehörte. Das Haus, in dem sich die Galerie befand. Das Haus, in dem sie wohnten. Das Haus, das Jacob gehört hatte.

Sie blätterte um zur ersten Frage: *Wie viele Stockwerke hat das Haus?*

Über dem Erdgeschoß hatte das Haus noch vier Stockwerke. Außerdem gab es zwei Kellergeschosse, die früher durch die ebenerdige Fensterfront ausreichend Licht erhalten hatten. Jillian schrieb die Zahl Sechs nieder, sie wollte ja kein A, sondern ein B. Und blätterte zur nächsten Frage weiter.

Welche Grundfläche hat jedes Stockwerk?

Das Eckgebäude aus Gußeisen war 1870 errichtet worden. Der einzige andere Gußeisenbau des Architekten Nicholas Whyte stand in Brasilien. Eigentlich war das Gebäude ein gläserner rechter Winkel, die Fassade der früheste Vorläufer der Vorhangfassade. An der Schmalseite hatte das Gebäude in jedem Stockwerk drei, an der Längsseite zehn Fenster, sie begannen unmittelbar über dem Boden, reichten bis zur Decke und waren einmal vertikal und einmal horizontal geteilt.

Als Jillian die Stockwerksfläche aufschreiben wollte, brach die Spitze des Bleistifts ab. Sie brauchte viel zu lange, ehe sie aus ihrer Mappe die Dose mit dem Spitzer herausbefördert hatte.

Das Erdgeschoß und die Geschosse darüber sollen für jeweils zwei Millionen Dollar verkauft werden. Für das oberste Geschoß werden zweieinhalb Millionen Dollar verlangt. Was muß ein Käufer zahlen, der das ganze Haus erwerben will?

Jillian konnte nicht bei den sechs Stockwerken bleiben, sonst würde sie eine Note schlechter als B bekommen. Sie schrieb $ 10,500,000.— und blickte zur Uhr. Ihr blieben nur noch wenige Minuten.

Was muß ein Käufer bezahlen, der lediglich das Erdgeschoß und das erste Obergeschoß erwerben will?

Sie schrieb *$ 4,000,000.—* und blätterte hastig weiter.

Die nächste Frage lautete: *Wann werden Sie die Summe von $ 4,000,000.— überweisen?*

In diesem Augenblick kündigte ein Glockenton aus dem Lautsprecher neben der Uhr die Pause an und daß die für den Test vorgesehene Zeit vorüber war.

Schweißgebadet wachte Jillian auf und lag lange wach. Das Zimmermädchen, das im Nebenzimmer saubermachte, hatte den Fernseher laut aufgedreht. Als Jillian endlich wieder einschlafen konnte, wurde sie von weiteren Alpträumen heimgesucht.

Jillian lief über einen Friedhof.

Weder auf den großen gut gepflegten noch auf den kleinen verwilderten Grabsteinen konnte sie die Inschriften lesen. Das lag nicht an den Lichtverhältnissen, auch im fahlen Mondschein zeichneten sich die Buchstaben deutlich ab. Sie war in der Lage, jeden Buchstaben geometrisch zu bestimmen, als Kombination von Geraden- und Kurvensegmenten, aber sie wußte nicht, was die Buchstaben bedeuteten.

Zwischen zwei sehr großen Grabmälern war ein frisches Grab vorbereitet. Jillian blickte sich um, konnte aber nirgendwo den Aushub entdecken. In dem Grab befand sich das Unterteil eines aus rohen Brettern zusammengezimmerten Sargs, die Kopfseite schmaler als die Fußseite, der Sarg am breitesten auf der Höhe der Schultern. Auch den Sargdeckel konnte Jillian nirgendwo ausmachen.

An dem Grabmal rechts neben dem neuen Grab lehnte Buonavolontà. Seine kragenlose, hochgeschlossene schwarze Lederjacke glänzte im Mondlicht genauso wie seine weiße Schädeldecke, der einzige Teil seines Kopfes, der nicht von tiefsten Falten durchzogen war.

»Du hast es nicht geschafft.«

»Was ... habe ich nicht geschafft?«

»Die vier Millionen. Die du brauchst, um das Erdgeschoß und das erste Obergeschoß der Spring Street zurückzukaufen.«

Buonavolontà kam zu ihr herüber, mit vor der Brust verschränkten Armen. Die quadratische Gürtelschnalle seiner Jacke zog das Mondlicht an und bündelte es.

»Du hast die vier Millionen nicht zusammengekriegt, weil du Angst vor dem hast, was passieren würde, wenn du sie hast.«

»Das ist nicht wahr!«

In der Nacht wirkten die Wülste über seiner Nase und über seinen Augen noch mächtiger. Das Mondlicht drang nicht bis in die Augenhöhlen vor, sie konnte nicht sehen, wohin er seinen Blick richtete.

Jetzt stand Buonavolontà unmittelbar vor ihr. Mit der linken Hand umfaßte er ihre Kehle und zog sie zu sich hin. Sie versuchte, mit beiden Händen seinen Griff zu lockern, sich ihm zu entziehen, aber ihre Kräfte hatten sie verlassen, oder er war viel stärker als sie.

Er drehte sie so, daß sich das ausgehobene Grab in ihrem Rücken befand.

»Du brauchst keine Angst mehr zu haben!«

Er hob sie hoch, bis ihre Füße den Boden nicht mehr berührten.

»Du mußt dir keine Sorgen mehr machen!«

Er warf sie in den Sarg, über dem sofort der Deckel zuklappte. Er war an der Grabwand angelehnt gewesen, in der Dunkelheit hatte Jillian ihn nicht sehen können.

Jillian stemmte sich gegen den Deckel, aber er ließ sich nicht mehr öffnen.

Kraftvoll schaufelte Buonavolontà das Grab zu. Am Anfang zuckte sie noch jedesmal, wenn Erde auf den Sarg
fiel.

Es dauerte eine Ewigkeit, bis sie das Bewußtsein verlor. Die
Haare waren ihr bis zur Taille gewachsen, die Fingernägel
waren genauso lang wie die Finger.

Der Traum ging unmittelbar in den nächsten über. Am hel-
lichten Tag war die Spring Street völlig verlassen. Keine
Fahrzeuge waren unterwegs, außer Jillian gab es keine anderen Fußgänger. Jillian lief in der Mitte der Straße. Ein
dichter, zäher Nebel hatte sich auf alles herabgesenkt. Sie
konnte gerade noch das oberste Geschoß des Eckhauses erkennen.

Vom Erdgeschoß bis zum dritten Obergeschoß hatten die
Halbsäulen zwischen den Fenstern korinthische Kapitelle,
im obersten Geschoß ionische Kapitelle. Im ersten Stockwerk waren die drei Fenster auf der Schmalseite, drei Fenster auf der Längsseite sowie ein weiteres Fenster auf der
Längsseite von Architraven beschirmt, im dritten Obergeschoß gab es einen Architrav auf der Schmalseite und
zwei auf der Längsseite. Die Feuertreppen vom ersten bis
dritten Obergeschoß führten jeweils über drei Fenster zum
Eckfenster des nächsthöheren Geschosses. Sie waren im
Jahr 1930 an die Fassade angebaut worden, zehn Jahre
nach dem Triangle-Feuer, bei dem hundertvierzig Frauen
elend starben, weil die Fluchttüren verschlossen waren.
Damals wurde auch eine Betonwand um das offene Treppenhaus gezogen, die den größten Teil des Mahagonigelän-
ders zerstörte, an der Innenseite der Fassade wurde eine
Sprinkleranlage installiert.

Donald Judd hatte das Gebäude renoviert und eingerichtet,
dann jedoch in den achtziger Jahren abgestoßen, um sich

auf die Mansana de Chinati in Texas zu konzentrieren. Jacob hatte das Haus zusammen mit einer Versicherung gekauft, es gehörte ihm und der Versicherung je zur Hälfte. Sie bezahlten eine günstige Miete für die Hälfte des Gebäudes, die ihnen nicht gehörte. Jacob besaß das Vorkaufsrecht, sie planten, der Versicherung die andere Hälfte des Hauses abzukaufen. Der Versicherungsmanager, mit dem Jacob den Deal eingefädelt hatte, war ein guter Kunde.

Keine Etage war unterteilt. Im vierten Obergeschoß hatte Donald Judd eine Sockelleiste aus dem gleichen Eichenholz, aus dem auch der Fußboden bestand, anbringen lassen, der Boden wirkte wie eine abgesenkte Fläche. Im dritten Obergeschoß spiegelten die in Material und Anordnung identischen Paneele an der Decke die Bohlen des Fußbodens. Im zweiten Obergeschoß gab es keine Sockelleiste, dort blieb zwischen den Wänden und dem Boden ein Spalt, der den Fußboden als Fläche isolierte.

Jacob hatte auch die von Donald Judd entworfenen Einrichtungsgegenstände übernommen, benutzte jedoch nur das Bett. Die anderen Möbel lagerte er im Keller. Das vierte Obergeschoß enthielt nur zwei Möbel: das Bett und einen Stuhl. Eine quadratische Platte aus Walnußholz lag direkt auf dem Boden, darauf eine ebenfalls quadratische, weiß bezogene Matratze, die überstehende Fläche diente als Ablage für Leselampen, Zeitschriften und einen Radiowecker. Am Kopfende des Betts ein mit einem hellen gestreiften Stoff überzogener Eisenstuhl auf ausladenden Beinen.

Vor der weißen Wand des Treppenhauses stellten Jillian und Jacob immer wieder andere Gläser auf den Boden.

In dem alles einhüllenden Nebel wirkten die Gebäude neben dem Eckhaus noch heruntergekommener und düsterer als sonst.

Der Nebel griff nach Jillian. Sie mußte sich in Sicherheit bringen.

Als sie das Haus betreten wollte, meldete sich ihr Telefon.

»Jillian – irgendwann muß ich es dir sagen.«

Der Empfang war schlecht, sie konnte Jacob nur schwer verstehen.

»Ich bin nicht nach Mexiko gefahren, um den Fehler mit den Glasfenstern wiedergutzumachen.«

»Warum sonst?«

»Deinetwegen.«

»Meinetwegen?«

»Mit dir zusammenzuleben…«

»Was?«

Jillian begann zu weinen.

»Ständig hast du Launen. Dauernd machst du Schwierigkeiten. Aber du bist nur langweilig… Muß ich weiterreden?«

»Nein…«

»Du bist nicht im entferntesten so begabt, wie ich dachte. – Hast du wirklich geglaubt, daß es jemand mit dir aushalten kann?«

»Warum sagst du das?«

Jillians Stimme war tränenerstickt.

»Weil es wahr ist.«

Jacob ging jetzt ungeduldig hin und her, während er sprach, Jillian konnte seine Schritte hören.

»Ich bin dir die Wahrheit schuldig. – Wenn ich zurückkomme, möchte ich dich nicht mehr sehen.«

Als Jillian aufwachte, weinte sie hemmungslos.

Leave

Jacob hatte einen ganzen Tag und eine ganze Nacht geschlafen.

Seine Glieder schmerzten, aber sein Kopf war kühl. Das kam nicht nur von dem nassen Handtuch auf seiner Stirn. Er hatte kein Fieber mehr.

Sein Hals und seine Zunge waren geschwollen. Doch er wußte, er würde sprechen können, wenn er wollte.

Er war reich, denn er war am Leben.

Er sah gut aus. Mit der Zungenspitze spürte er, daß er noch alle Zähne hatte. Das zugeschwollene Auge würde heilen.

Er war ein Abenteurer! Welcher andere Galerist konnte das von sich behaupten. Wenn er kein Abenteurer gewesen wäre, dann wäre er nicht entführt worden.

Die Frauen flogen auf ihn!

Gern würde er jetzt in einem großen Pool schwimmen. Das ging gerade nicht. Menschen, die sich zu lange im Wasser aufhielten, sahen nicht gut aus. Das galt insbesondere für Wasserleichen.

Er blickte an sich herab. Seine Hände waren aufgerissen und in Handschellen, seine Füße geschwollen und in Fußeisen. Die Eisen schnitten in die Haut ein. Er würde es aushalten, keinen Sport zu treiben. Jillian besuchte eine Kickbox-Schule. Pilar würde garantiert viel schlechter damit zurechtkommen als er, wenn sie nicht trainieren konnte. Sie ging jeden Tag ins Gym, auch am Sonntag. Jacob wußte es von Madeline, sie selbst hatte nie darüber gesprochen. Ihre Bewegungen waren so natürlich... Die Nummer in Smuggler's Gulch hatte sie bestimmt vorher trainiert.

Die Aussicht wäre besser gewesen, wenn der Trailer nicht unten im Tal gestanden hätte.

Lästiger als die fehlende Aussicht war, daß der Trailer ständig bettelte, räumt mich auf. Schmeißt das Gerümpel raus, schafft Ordnung hier.

Jacob hörte weg. Schließlich waren seine Hände und Füße gefesselt. Der Trailer sollte doch Madeline in die Pflicht nehmen, die trug nur Handschellen. Sie ging nie ins Gym. Es würde ihr guttun, wenn sie sich nützlich machte.

Andere buchten Hotels am Meer oder mit riesengroßer Wellness-Zone, Frauen gingen in Beauty farms, er machte Urlaub in Mexiko auf dem Land. Er hatte sich aus der Welt ausgeklinkt. Was ihm alles erspart blieb: Entscheidungen, Gläser zu kaufen oder nicht. Verhandlungen mit Kunden, die um jeden Preis den Preis drücken wollten. Ausarbeitungen für Museen, die nichts dafür bezahlten, wenn er oder Jillian stundenlang recherchierten. Vernissagen mit Gästen, die nichts kauften. Reisen zu Kunden, die nichts kauften. Reisen zu Kundinnen, die nichts kauften – aber das war ein anderes Genre. Er mußte nicht ins Theater, ins Konzert oder ins Kino gehen. Nichts lesen, nichts schreiben.

Keine Kontoauszüge.

Die Orte, zu denen er gereist war, waren immer genauso gewesen, wie er sie sich vorgestellt hatte. Jedesmal war eingetreten, was er erwartet hatte. Das war nun anders.

Trotzdem mußte er ein Gähnen unterdrücken. Er durfte sich nicht zu lässig geben, man würde es ihm übelnehmen. Er wollte nicht ewig Urlaub machen. Im wörtlichen Sinn.

Jillian hatte es nicht so gut wie er. Sie konnte keinen Urlaub machen.

Das Wichtigste war die wahre Liebe.

Nichts außer wahrer Liebe zählte wirklich. Wahre Liebe war das einzige. Madeline und er mußten unzertrennlich sein. Für Madeline würde jemand Lösegeld bezahlen, für ihn nicht. Er hoffte zumindest, daß der Ehemann Madelines Lösegeld bezahlen würde.

Die Überlegung, daß das Lösegeld auf die Abfindung bei der Scheidung angerechnet werden konnte, war beruhigend. Der Gedanke, daß sich der Ehemann die komplette Abfindung für seine Ehefrau sparen konnte, wenn er kein Lösegeld bezahlte, war weniger beruhigend. Vielleicht hatte Madeline ja auch etwas eigenes Vermögen. Wenn ihr Mann über ein dreistelliges Millionenvermögen verfügte, gab es doch bestimmt eine Immobilie, die ihr gehörte. Die konnte man beleihen. Für Madeline war Geld da. Madelines Mann mußte sich entscheiden. Seine, Jacobs, Frau brauchte sich nicht zu entscheiden. Keine Bank würde Decorative arts beleihen.

Jacob glaubte, daß Madeline ihm nicht zu sehr übelnahm, was er mit Pilar angestellt hatte. Er hatte es ihr in aller Kürze gebeichtet, nachdem Pilar ihre SMS geschickt hatte. Madeline sah Pilar nicht wirklich als Konkurrenz an, sie war Architektin, die andere Sekretärin. Sie hatte Geld, die andere nichts. Ihr Mann hatte Geld, Chuy war Polizist. Allerdings auch Gangster. Jacob hatte Madeline keine Leidenschaft bis zum Tod vorgespielt, das kam ihm jetzt zugute. Er mußte sich Madeline einfach nur etwas mehr zuwenden. Das war für sie dann schon die wahre Liebe.

Aber erst hatte sie sich ihm zugewandt. Sobald er einmal nicht bewußtlos gewesen war, hatte sie ihm Wasser eingeflößt. Ständig hatte sie seinen Kopf gekühlt und feuchte Tücher um seine Arme und um seine Beine gewickelt.

Neben ihrer Matratze stand ein kaputter Teller mit mehreren Burritos darauf. Er müsse jetzt etwas essen.

Sie setzte sich auf seine Matratze und half ihm, sich aufzurichten. Mit einer verbogenen Gabel zerteilte sie einen Burrito und wollte ihn zu seinem Mund führen, doch er machte eine abwehrende Bewegung.

Er entschuldigte sich in aller Form.

»Es ist meine Schuld.«

Das war es.

»Ich habe dich in Lebensgefahr gebracht.«

Das hatte er.

»Ich bereue es ungeheuer.«

Nur die halbe Wahrheit. Vor allem bereute er, daß er sich in Lebensgefahr gebracht hatte.

»Ich hätte mich niemals mit Pilar einlassen sollen.«

Das stimmte in jeder Hinsicht. Wenn er gewußt hätte, was ihm blühte, hätte er nichts mit Pilar angefangen und ein paar Fotos weniger geschossen.

Er war kurz davor zu sagen, er sei untröstlich. Sein Leben war in größerer Gefahr als dasjenige von Madeline.

Sie hatte sich mit einer betont sachlichen Miene um ihn gekümmert. Dabei hatte sie es vermieden, ihm in die Augen zu blicken. Jetzt entspannten sich ihre Gesichtszüge, und sie sah ihm ins Gesicht.

»Nicht ich habe Pilar verführt. Sie hat mich verführt. Sie wollte dir eins auswischen.«

Sein schlechtes Sprechen kam ihm sehr zupaß. Die Bruchstücke von Sätzen, die er von sich gab, waren viel wirkungsvoller, als eine geschliffene Argumentation es gewesen wäre. Die hätte bei der Zuhörerin ganz entsetzlich gegen sein so offenkundig vorhandenes Interesse ankämpfen müssen, besser vor ihr dazustehen, weil er von ihr abhängig war.

»Chuy hatte die Entführung schon vorher geplant. Die Sache mit Pilar hat womöglich gar keine Rolle gespielt. Chuy hat Pilar nur als Vorwand benutzt …«

Jacob behauptete das lediglich, um sich reinzuwaschen. In

dem Augenblick, in dem er es aussprach, ging ihm auf, wie plausibel es war.

Pilar war ein Lockvogel, sie sollte sein Vertrauen gewinnen und Madeline und ihn in die Falle lotsen. Sie war so willig gewesen ... Aber sie hatte es zu weit getrieben: Für Chuy war das Ganze eine Sache der Ehre geworden.

Die SMS, die Pilar geschickt hatte, sprach nicht gegen das Komplott. Pilar hatte damit gerechnet, daß Chuy ihn und Madeline sowieso erwischen würde. Die warnende SMS sollte nur beweisen, daß sie, Pilar, nicht Teil des Entführungsplans war.

Jacob war sicher, daß er bei Madeline gepunktet hatte. Er wehrte sich nicht mehr dagegen, gefüttert zu werden.

Madeline sagte zwar nichts, aber sie beugte sich weiter vor und brachte ihren Kopf näher an seinen, als notwendig gewesen wäre. Ihr Blick schien zu sagen, wir wollen unser Schicksal gemeinsam meistern.

Die Tür des Trailers ging auf, und mit einem lauten Klacken betrat ein Zwerg den Trailer. Jacob sah ein sonnenverbranntes Gesicht und einen schmächtigen Oberkörper, der in einem kurzärmeligen weißen Hemd steckte, das nicht zugeknöpft war.

Der Zwerg war keiner. Das Klacken kam von den Knieschützern aus Hartgummi, die der Mann unter seinen Beinstummeln befestigt hatte. Er kam aus Kolumbien, wie Jacob später erfahren sollte. Mexiko hatte an den Grenzen mit seinen südamerikanischen Nachbarn das gleiche Problem, das die U.S.A. mit Mexiko hatten. Mexiko mußte sich ebenfalls gegen einen Strom von illegalen Einwanderern wehren, allerdings wollten die Einwanderer nicht in Mexiko bleiben, das Land war für sie nur Durchgangsstation, auch sie wollten in die U.S.A., um dort zu arbeiten. Die Illegalen durchquerten Mexiko vorzugsweise auf Güterzügen. Héctor war zwischen zwei Waggons auf die Gleise gefallen, beide Beine waren ihm über den Knien abgetrennt worden.

Sein Alter war nicht einzuschätzen. Er hatte eine Knollennase und fleischige Backen. Seine Haare waren halblang, seit mindestens zwei Wochen hatte er sich nicht mehr rasiert. Er beachtete Jacob gar nicht, sondern stakste direkt zu Madeline hin.

Er redete immer in derselben hohen Tonlage, machte keine Pausen und betonte alle Wörter gleich. Jacob verstand nichts, auch Madeline schien es nicht viel besser zu gehen. Sie forderte den Kolumbianer auf, zu wiederholen, was er gesagt hatte, er sprach nicht langsamer und nicht betonter als vorher. Madeline war nicht so erschrocken, wie es Jacob für angebracht gehalten hätte. Das konnte nicht die erste einseitige Unterhaltung des Kolumbianers mit ihr sein.

Er zog ein Telefon aus der Tasche, es war das gleiche, das Jacob hatte, und wedelte damit herum.

Madeline erklärte ihm in durchaus flüssigem Spanisch, daß Jacob gerade erst aus seiner Ohnmacht aufgewacht sei. Er sei noch sehr schwach und wisse nichts. Jacob fragte sich, was er wissen sollte. Der Kolumbianer blickte verärgert auf seine Uhr, klackte zum Ausgang und warf die Tür unwirsch hinter sich zu.

»Chuy will Lösegeld für mich. – Drei Millionen. – Er sagte, er wolle es nicht übertreiben.«

Bis zu diesem Punkt war Madeline ruhig geblieben. Jetzt begann sie auf einmal zu schluchzen und hielt sich die Hände vors Gesicht.

»Chuy hat keine Ahnung, daß sich mein Mann scheiden lassen will! – Auch Pilar weiß nichts, niemand im Architekturbüro weiß etwas.«

Die Sorgen, die Jacob sich gemacht hatte, waren nicht ganz unbegründet.

Sie weinte eine Zeitlang, ohne weiterzusprechen. Jacob trocknete ihre Tränen mit einem der nassen Handtücher, die sie über sein Gesicht gebreitet hatte. Wofür sie ihm einen dankbaren Blick zuwarf.

Sie faßte ihn mit den Händen an den Unterarmen.

»Du darfst auf keinen Fall etwas von der Scheidung sagen! – Wenn sie das erfahren, ist es vorbei!«

Gern versprach Jacob zu schweigen.

Seine Stimme war fester, als er beabsichtigt hatte, Madeline fiel es nicht auf.

Als Jacob ohnmächtig gewesen war, hatte sie auf Befehl des Kolumbianers mit Jacobs Telefon in der Kanzlei eines Rechtsanwalts angerufen, der ein langjähriger Berater ihres Mannes war. Ihm hatte sie gesagt, sie sei in Mexiko entführt worden und die Entführer verlangten drei Millionen Lösegeld für sie. Es gehe ihr gut. Sie melde sich wieder, um die Übergabemodalitäten mitzuteilen.

Aus der Tatsache, daß das Telefon Empfang hatte, war zu schließen, daß sie sich entgegen allem Anschein nicht in einem völlig menschenleeren Landstrich befinden konnten.

»Chuy weiß nicht, was er für dich fordern soll. Ihm ist klar, daß du nicht so reich bist wie mein Mann.«

Sicher wußte Chuy von Pilar, daß er mit teuren Dingen handelte.

»Der Kolumbianer will, daß du bei deiner Frau anrufst. Bestimmt wirst du schon vermißt. Du sollst deiner Frau sagen, du bist entführt worden, es geht dir gut und sie soll auf keinen Fall die Polizei einschalten. Über das Weitere will Chuy mit dir sprechen, wenn er das nächste Mal herkommt.«

Jacob wurde nicht vermißt.

Jillian wollte nicht mehr mit ihm sprechen.

Der Galerie hatte Jacob nach dem Anruf im Wachsfigurenmuseum gesagt, bis zu seiner Rückkehr sollten sie Jillian fragen, auch wenn es seine Kunden betreffe. Ein Datum, zu dem er zurück sein würde, hatte er nicht genannt.

Madeline hatte sich wieder in der Gewalt.

»Chuy hat mir erklärt, im Grunde genommen sei es ihm gleich, ob mein Mann oder deine Angehörigen zur Polizei gehen. Das Lösegeld wird in Mexiko übergeben. Der mexikanische Staat läßt es nicht zu, daß das FBI auf mexikanischem Boden operiert.

»Natürlich werden in Mexiko wie in allen Ländern die Verbindungsdaten der Telefonnutzer gespeichert. Die mexikanische Polizei habe genug anderen Ärger. Sie sei nicht scharf darauf, Amtshilfe zu leisten, vor allem dann nicht, wenn das Problem kein größeres sei, als daß wir nicht nach Hause kommen.«

Jacob fand, er war in einer ziemlichen Zwicklage. Wenn er Chuy sagte, daß er und Jillian kein Geld hatten, bestand die Gefahr, daß Chuy kurzen Prozeß mit ihm machte. Sollte sich Madeline für ihn einsetzen, wozu sie nicht wirklich Veranlassung hatte, würde ihm das nicht viel nützen. Wenn er eine Summe aushandelte, die Jillian dann nicht bezahlen konnte oder wollte, würde Chuy verärgert sein und ebenfalls für ein schnelles Ende sorgen.

Jacob und Madeline schwiegen, bis der Kolumbianer wieder in den Trailer klackte. Ohne etwas zu sagen, hielt er Jacob das Telefon hin.

Jacob wählte Jillians eingespeicherte Nummer. Ihr Telefon war eingeschaltet, aber sie nahm das Gespräch nicht an.

Das Geld und die Wahrheit

Jillian war bereit, alles zu opfern. Ihre Unabhängigkeit oder ihre Abhängigkeit, ihre Schuld oder ihre Unschuld, ihre Vergangenheit und ihre Zukunft, ihre Vorlieben und ihre Abneigungen – sogar ihren Ekel, um drei Millionen Dollar zu verdienen. Jacob konnte eine Million organisieren. Sie brauchten vier Millionen, um das Erdgeschoß und das erste Obergeschoß des Hauses zurückzukaufen, das Jacob gehört hatte.

An die Stelle der Einheit ihres Daseins war eine Zahl getreten. Die vier Millionen Dollar besaßen Gültigkeit für sie wie für andere. Diese Gültigkeit verband sie mit den anderen, die sie sonst immer außerhalb von allem und abseits von allen stand. Sie und die anderen Menschen trafen sich in etwas Objektivem. Auf einmal spielten ihre Gefühle, aber auch die der anderen keine Rolle mehr.

Die vier Millionen Dollar waren ein Werkzeug, aber die reinste Form des Werkzeugs, die sich denken ließ. Wie ihre Gedanken die Form der Sprache annehmen mußten, um ihre Ziele zu befördern, mußte Jillians Tun die Form des Geldwerts annehmen, um ihrem Wollen zu dienen. Nichts von dem, was sie erreichen wollte, was sie erreichen mußte, konnte sie unmittelbar erreichen. Das Geld stand in der Mitte zwischen dem Gewollten und seiner Verwirklichung. Immer hatte das Gewollte seinen Ursprung in der Vergangenheit und strebte danach, sie, Jillian, dort zu bannen. Die praktische Notwendigkeit, Geld zu verdienen, befreite den Zweck um den Preis des dazwischengestellten Mittels von seiner Vergangenheit. Manchmal hatte Jillian das Gefühl, auf diese Weise würde ihre Vorstellung von der Zukunft überhaupt erst hervorgebracht, nach der die Zukunft

Ausdehnung und Weite hatte und sich nicht einfach auf die Verneinung eines Ereignisses der Vergangenheit beschränkte.

Die vier Millionen wurden zum Zentrum, in dem die entgegengesetztesten, fremdesten, fernsten Dinge aus Jillians Leben ein Gemeinsames fanden und sich berührten. Die vier Millionen erlaubten ihren Gedanken und damit ihr selbst, sich über alles einzelne ihres Lebens zu erheben, sie verkörperten eine Allmacht, die Jillian die Einzelheiten ihres Lebens jederzeit und an jedem Ort, wenn sie das nur wollte, wieder gewährte. In den vier Millionen, und nicht nur, wenn sie sie besitzen würde, bereits in der Idee, die gewissermaßen ihren Schatten vorauswarf, fanden alle Fremdheiten und Unversöhntheiten ihres Seins ihre Einheit und ihren Ausgleich.

Das, worauf diese Zahl verwies, war absolut formlos. Zwar bedeutete die Zahl den Fluchtpunkt einer ungeheuren, allumfassenden Seelenruhe, als solche war sie jedoch zugleich auch der Feind all dessen, was sonst den Inhalt ihres Lebens bildete. Als Jillian behutsam mit den Fingern über die Oberflächen der Piante grasse gestrichen hatte, da hatte sie eine Ahnung gehabt, wie es wäre, wenn das reine Sein sie ergreifen würde und wenn sie von reiner Energie durchflossen wäre. Bildeten die Aufregung und Anspannung im Kampf um das Geld die Bedingung für die selige Ruhe, die sich dann einstellen würde, wenn man es besaß, oder war die Vorstellung von der seligen Ruhe, von der Jillian ja niemals wissen konnte, ob sie sich verwirklichen ließ, die Bedingung dafür, daß sie das reine Sein ergreifen, die reine Energie fühlen konnte?

Jillian wusch sich gerade das Gesicht, als ihr Telefon summte. Auf dem Display sah sie die Nummer von Benfords Kanzlei. Sie nahm das Gespräch an, eine Sekretärin verband sie.

»Hi Jillian!«

Benford klang gut gelaunt.

»Jillian, ich werde Warren Buffett treffen! – Wir sollen Berkshire Hathaway vertreten. Ich kann das erzählen, denn es steht morgen in allen Zeitungen. General Re – das ist der Rückversicherer, der den Kern von Berkshire Hathaway bildet – hat im Jahr 2000 Verträge mit AIG – American International Group, das ist Amerikas größte Versicherung – abgeschlossen. AIG hat zugegeben, daß sie die Verträge nicht richtig verbucht haben.

»Früher störte es niemanden, wenn der Finanzbereich einer Firma eine Black box war, Hauptsache, die Zahlen stimmten. Aber seit Enron und WorldCom ist das anders. Da war die Buchhaltung zunächst nur etwas unübersichtlich, am Schluß waren Milliarden Dollar weg. Buffett ist der letzte Trust-me CEO …«

An dieser Stelle brach das Gespräch ab.

Jillian versandte ihre Gläser in selbstentworfenen Verpackungen, die eine Firma in New Jersey für sie fertigte. Für die Martinuzzi-Sammlung benötigte sie viele Behälter, der Transport aus den U.S.A. nach Europa wäre zu teuer gekommen, außerdem bezweifelte sie, ob die Firma die Liefertermine einhalten würde. Zwar hatte sie die Sammlung noch nicht verkauft und wußte nicht, wie sie den Ankauf überhaupt finanzieren sollte, aber die Fertigung der Verpackungen erforderte einen ziemlichen Vorlauf. Sie mußte die Behälter in Auftrag geben. Carofiglio hatte ihr eine Firma in einem kleinen Ort an der Autostrada zwischen Mailand und Brescia empfohlen. Jillian nahm die Bahn.

Während sie auf der Fußgängerbrücke ging, die über die Geleise führte, näherte sich in der Ferne ein Zug. Außerdem hörte sie ein Geräusch neben sich, das sie sich nicht erklären konnte: Es machte mehrfach *pling*.

Über den in engen Abständen gesetzten Eisenstangen des Brückengeländers waren ebenso hohe Rahmen mit Maschendraht befestigt, die verhinderten, daß jemand über das Geländer kletterte. Die hellen Zugscheinwerfer beleuchteten die Eisenstangen des Geländers und den Maschendraht darüber. Dort entdeckte Jillian jetzt einen halbkreisförmigen Schnitt, den sie vorher nicht gesehen hatte.

Sie verspürte den Impuls, das Geländer zu erklimmen, den Halbkreis des ausgeschnittenen Maschendrahts nach unten zu drücken und zu springen. Mit einer kräftigen Bewegung würde sie sich vom Geländer abstoßen. Für ein paar Augenblicke würde ihr Körper waagrecht in der Luft liegen. Sie durfte die Beine nicht auseinandernehmen, denn sie trug einen sehr kurzen ausgefransten Jeansrock.

Jillian hatte eine Serie von Verpackungen verschiedener Größe entworfen, in der alle Gläser transportiert werden konnten. Die Behälter aus Wurzelholz besaßen Messingscharniere und Messingschlösser, sie waren mit grünem Samt ausgeschlagen, man schloß sie mit einem Geräusch, das ihre Beschaffenheit aus massivem Holz beglaubigte, sie wirkten wie überdimensionale Schmuckkästchen. Zwei für jedes Glas speziell angefertigte ockerfarbene Kunststoff-Formen umschlossen es so, daß es kein Spiel mehr hatte. Die Holzkästen waren entweder rechteckig oder hatten die Form von Rhomben, die Deckel waren mit einem Streifenrelief verziert.

Die Verpackungen waren zum Markenzeichen ihrer Galerie geworden. Die Kunden hoben die Kästen auf, auch wenn sie keine Verwendung für sie hatten.

Was die Kunden nicht wußten: Wenn man die entsprechenden Kästen in der richtigen Weise aneinanderfügte, ergab sich die überdimensionale Gestalt eines Menschen. Ein sehr großer Kopf auf einem gedrungenen Hals, ein breiter Oberkörper mit stämmigen Beinen, muskulösen Armen und überdimensionalen Händen. Das Reliefmuster auf der Oberseite wies den Weg, wie die Kästen zusammenpaßten. Jillian führte Buch darüber, welchen Kunden sie welche Gläser in welchen Behältern lieferte. Wenn einmal ein Kunde seine Kästen so aufstellen würde, daß daraus ein Mensch wurde, dann konnte sie genau angeben, woraus dieser Mensch gemacht war. Welche Gläser seinen Kopf, seinen Brustkorb, seine Arme, seine Hände und seine Beine bildeten.

Die kleineren Gläser der Sammlung paßten problemlos in die vorhandenen Formen. Aber für die Bestandteile der großen Piante grasse hatte Jillian neue Entwürfe machen müssen, in einer Größe, die es bis jetzt noch nicht gab. Mehrere Nächte hatte sie damit verbracht, Varianten zu zeichnen. Sie hatte überlegt, dem Großmenschen ein Haus zu bauen oder ihm ein Behältnis beizugeben, in dem er seine Sachen verstauen konnte. Schließlich hatte sie ihn doch unbehaust und ohne Werkzeug gelassen und sich statt dessen für vier riesige Kästen entschieden, in die die größten Einzelteile der Piante grasse gerade hineinpaßten und die zusammen den Rumpf seines Körpers bildeten.

Wenn sie von der Fußgängerbrücke gesprungen wäre, dann wäre ihr Körper vom Zug zerquetscht und zerrissen worden. Man hätte die Teile aufsammeln und aneinanderlegen müssen. Die abgetrennte Hand würde immer noch das Telefon umklammern, die aufgeschürften Finger mit den abgerissenen Nägeln würden die Nummern ihrer Kunden wählen. In der Hand mit dem blutigen Stumpf würden die Stimmen ihrer Kunden ertönen.

Die Firma, die Carofiglio empfohlen hatte, stellte Kulissen und Dekorationen für Fernsehsendungen her. Der Juniorchef, er hieß Alessandro, hatte ein großes Tattoo auf der Innenseite des rechten Unterarms: die rechte Hälfte eines Herzens, über die sich ein Band mit der Inschrift *Annalisa* wölbte. Das Tattoo machte nur Sinn, wenn sich seine Freundin auf dem linken Unterarm die linke Hälfte des Herzens mit der Inschrift *Alessandro* hatte tätowieren lassen.

In der Mitte der Fabrikhalle war zum Test ein Shinto-Altar aufgebaut. Während Jillian ihre Konstruktionszeichnungen für die Behälter erläuterte, hielt Alessandro einen Spieß mit mehreren Würstchen über ein Feuer, das in einer runden gußeisernen Feuerstelle in der Mitte der kastenförmigen Aufbauten des Schreins brannte.

Er sagte Jillian zu, innerhalb von drei Tagen ein Angebot abzugeben.

»Jillian, du mußt mir zuhören.«
Jillian hörte ihren Kunden immer zu.
»Ich komme gerade aus dem Beverly Center –«
Jonathan Bova war völlig außer Atem.
»Nein, von Anfang an. – Ich war heute in einem Fernsehstudio, um mir eine Schauspielerin anzusehen, die dort einen Job als Aufnahmeleiterin hat. Sie ist beim Casting für eine wichtige Nebenrolle in unserem nächsten Mehrteiler in der engeren Wahl.
»Ein Freund gab mir den Tip. In dem Studio wurde Lil'

Kim erwartet. Sie ist gerade wegen einer Falschaussage und wegen Justizbehinderung verurteilt worden.

»Die Moderatorin schrie den Nachrichtensprecher an, der Nachrichtensprecher den Kameramann, der Kameramann den Beleuchter, der Mann am Regiepult alle anderen. Einzig die Aufnahmeleiterin behielt die Ruhe und sorgte dafür, daß die Zuschauer zu Hause nichts mitbekamen. Sie hatte eine blonde Retrofrisur und steckte in einem Rollkragenpullover.

»Lil' Kim riß mit vierzehn von zu Hause aus, auf einem Botengang für einen Dealer traf sie Notorious B.I.G. Er wurde ihr Liebhaber. Nachdem er erschossen wurde, übernahm sie seine Gruppe, die Junior M.A.F.I.A. Die Urne mit seiner Asche steht bei ihr zu Hause auf einem Gedenkaltar.

»Im Jahr 2001 produzierten Capone-N-Noreaga den Song *Bang, Bang*, in dem Foxy Brown Lil' Kim disste. Die Gang von Kim traf im Radiosender *Hot 97* auf die Gang von C-N-N. Mehr als zwanzig Schüsse fielen, ein Mitglied der Gang von C-N-N erlitt einen Beinschuß. Im Jahr 2003 sagte Lil' Kim vor einer Grand jury aus, ihr Freund und Bodyguard sei bei der Schießerei nicht dabeigewesen. Unglücklicherweise zeigen die Überwachungsvideos des Radiosenders, wie ihr Freund ihr die Tür öffnet und wie sie neben ihm steht, während er eine Pistole zieht und feuert.

»Martha Stewart hat nach ihrem Gefängnisaufenthalt zwei neue Shows. Lil' Kims neues Album ist schon fertiggestellt, es heißt *The Naked Truth*, darin will sie die Wahrheit über die Schießerei erzählen. Im Gefängnis möchte sie ihre Autobiographie schreiben.

»Ich hatte mitbekommen, wie die Aufnahmeleiterin zur Moderatorin sagte, nach der Sendung gehe sie ins Beverly Center. Ich folgte ihr. Sie durchquerte das Beverly Center,

als besuchte sie zum ersten Mal überhaupt eine Mall, als
wäre sie dort allein und hätte unendlich viel Zeit. Sie musterte jede Auslage aufmerksam. Wenn man sie im Geschäft begrüßte, reagierte sie gar nicht. Ich dachte mir,
wenn die Menschheit ausgelöscht und nur ein Mensch
übrig ist und wenn es das Beverly Center noch gibt, dann
würde sich der letzte Mensch verhalten wie diese Schauspielerin.

»Das Beverly Center schließt wochentags um neun Uhr,
kurz vorher ließ sie sich noch ihre Frisur bei Carlton Hair
richten. Als sie danach auf den Lift wartete, verwickelte ein
Mann sie in ein Gespräch. Er hatte kurze, ganz schwarze
Haare und Koteletten, die fast bis zum Kinn herabreichten,
und einen Oberlippenbart, zu einer grauen Anzughose trug
er ein kurzärmeliges weißes Hemd, aber keine Krawatte
und keine Jacke. Seine Haut war dunkel, aber sein Gesicht
so bleich, daß ich aus der Entfernung nicht erkennen
konnte, ob er ein Schwarzer oder ein Hispanic war.

»Der Kotelettenmann ließ nicht locker. Ich sah, wie sich
eine Frau von hinten näherte, ebenfalls eine Schwarze oder
eine Hispanic, sie war ziemlich dick und hatte eine Perücke
auf. Sie war im Gesicht genauso bleich wie der Mann und
ging ähnlich steif wie er. Inzwischen war der Lift da. Die
Schauspielerin ließ die Gelegenheit verstreichen. Die Lifttüren schlossen sich wieder. Sie drückte erneut auf den
Knopf.

»Die dicke Frau mit der Perücke ging schneller und noch un-
gelenker. Jetzt begriff ich: Die beiden hatten es auf die dia-
mantenbesetzte Uhr abgesehen. Sie war sogar Lil' Kim aufgefallen. Wenn sich die Lifttüren wieder öffneten, würde die
Frau der Schauspielerin die Uhr vom Handgelenk reißen,
und der Mann würde sie in den Lift hineindrängen.

»Zwar hatten alle Geschäfte geschlossen, nur wenige Passanten waren noch unterwegs, trotzdem verstand ich nicht, warum sich die beiden als Kriegsschauplatz die Mall ausgesucht hatten. Es mußte Überwachungskameras geben, das Sicherheitspersonal würde den Diebstahl auf den Bildschirmen beobachten, die beiden bewegten sich so langsam, man würde sie vor dem Verlassen der Mall stellen.

»Ich überlegte viel zu lange. Natürlich wollte ich vermeiden, daß die Schauspielerin merkte, ich war ihr gefolgt. Schließlich blieb mir nichts anderes übrig, als loszulaufen. Die Lifttüren waren offen, die Schauspielerin wollte den Lift betreten, die Frau griff nach ihrer Hand, ich riß den Arm der Frau zurück. Die Frau war sehr schwer, ich brachte sie nicht einmal ins Stolpern. Ohne einen Laut von sich zu geben, faßte sie wieder nach der Uhr mit den Diamanten. Jetzt erst merkte die Schauspielerin, was vorging.

»Einen Augenblick zögerte sie, wahrscheinlich überlegte sie, ob sie nicht besser in eine andere Richtung weglaufen sollte, aber dann flüchtete sie sich in den Lift. Der Mann hatte sich bis jetzt überhaupt nicht beteiligt, erst als die Türen des Lifts schon fast geschlossen waren, streckte er seine Hand dazwischen. Die Türen gingen wieder auf, ich stieß den Mann zu Boden, die Türen gingen erneut zu, der Mann kroch zum Lift hin, erreichte ihn aber erst, nachdem sich die Türen endgültig geschlossen hatten und die Liftkabine auf dem Weg nach unten war.

»Ich sah zu, wie sich der Mann erhob, die Frau hatte ich völlig vergessen. Auf einmal stand sie vor mir. Sie breitete die Arme aus, umschlang mich an den Schultern, preßte mich an sich und biß mir brutal in den Hals.

»Dann gingen die beiden ganz ruhig weg. Mit ihrem steifen Gang. Niemand hat sie aufgehalten, keine Wachmänner, keine Polizei. – Ich stehe vor dem Beverly Center. Was soll ich machen, Jillian?«

Jillian fragte Bova, ob die Wunde stark blute und ob er Schmerzen habe.

Bova betastete sich.

Danach sprach er sehr leise. Sein Hemd sei blutgetränkt. Jillian fragte, ob ihm schwindelig sei. Er verneinte. Dann könne wohl keine Arterie getroffen sein. Jillian riet ihm, sich sofort von einem Taxi zur Ambulanz eines Krankenhauses fahren zu lassen. Er solle den Ärzten unbedingt sagen, wie es zu der Verletzung gekommen sei, damit sie eventuellen Infektionen vorbeugen konnten.

Zurück im Hotel, fand Jillian auf ihrem Notebook eine E-mail von Benford, in der er schrieb, er wolle die Sammlung kaufen. Am Telefon habe er sie nicht mehr erreicht. Sie ließ sich auf das Bett fallen.

Immer hatte Jillian alle menschlichen Beziehungen als Tausch aufgefaßt. Nicht nur die Beziehungen, in denen es darum ging, Objekte zu kaufen oder zu verkaufen. Jede Unterhaltung, jedes Sichanblicken, jedes Gefühl dem anderen gegenüber. Wenn Jacob ihr erklärte, menschliche Beziehungen seien Wechselwirkungen, in denen man gebe, was man selbst nicht habe, hätte sie entgegnen können, man könne nichts geben, was man nicht habe, in der Wechselwirkung gebe man die eigene Energie, die eigene Substanz. Aber auch beim Tausch eines Gegenstands gehe es nicht wirklich um den Gegenstand, sondern um das Gefühl, das man in dem Augenblick habe, wenn man den Gegenstand besitze oder nicht mehr besitze. Denn das sei der Sinn des Tausches: daß man nach dem Tausch das Gefühl habe, über einen größeren Wert zu verfügen als vor dem Tausch.

Das galt nicht nur für den Tausch von Gegenständen, sondern auch für den Austausch von allen denkbaren Gefühlen.

Jillian stritt nicht mit Jacob. Immer hatte er andere Frauen gehabt. Sie wußte nicht, ob er mit den anderen Frauen stritt. Es erschien ihr sinnlos und müßig zu streiten. Irgend etwas zu behaupten und dann eine Begründung zu versuchen – solange es sich nicht um ein Kauf- oder um ein Verkaufsgespräch handelte. Aber da war das Ziel ja nicht, recht zu behalten, sondern zu kaufen oder zu verkaufen.

Wenn Jillian doch einmal etwas behauptete und versuchte, es zu begründen, dann war es unfehlbar erforderlich, auch die Begründung zu begründen. Das konnte nicht ewig so weitergehen. Irgendwann einmal mußte Schluß sein. Aus Erschöpfung, aus Machtwillen, aus Bosheit, aus Gutartigkeit mußte sie von den anderen verlangen, ihre Begründung ohne Begründung zu akzeptieren. Oder es ging doch so weiter, und irgendwann einmal kam sie, wie in einem Kreis, zu der Behauptung zurück, die sie begründen wollte. Die Behauptung ließ sich durch eine lange Kette von Argumenten begründen, aber sie selbst bildete einen Bestandteil dieser Kette. Das war natürlich fehlerhaft, man mußte kein College besucht haben, um das einzusehen. Dennoch schien es Jillian, die Gesamtheit ihres Wissens und ihrer Fähigkeiten, die auch ein Wissen verkörperten, das sie nur nicht benennen konnte, war genau auf diese Weise aufgebaut. Die Kette der Begründungen war so lang, der Kreis so groß, daß sich das Zurückkehren an ihren Ausgangspunkt Jillians Einsehbarkeit und ihrem Bewußtsein entzog. Sie glaubte nicht, daß andere eine soviel größere Fähigkeit zur Übersicht oder ein soviel bewußteres Bewußtsein besaßen. Wenn Jillian gesagt hätte, daß sie den Ankauf der Sammlung mit dem Verkauf finanzieren mußte, dann hätte sie nie den Preis verlangen können, den sie jetzt erzielte, sondern sie hätte sich mit einer kleinen Provision begnügen müssen. Hätte sie die Sammlung tatsächlich exklusiv angeboten, wäre sie das Risiko eingegangen, mit dem Falschen anzufangen. Bis sie an den Richtigen kam, wäre die Gelegenheit vorüber gewesen. Gegenüber Bova hatte sie behauptet, LVMH plane ein Glasmuseum. Natürlich recherchierte Bova im Internet und fand nichts. Sie würde behaupten, man halte den Plan im Anfangsstadium geheim, weil sonst bei allen Auktionen die Preise anziehen und alle Galerien die Preise anheben würden.

Was Jillian sich unter *der* Wahrheit vorstellte, nützte ihr nicht. Ob eine Handlung, die von einer Vorstellung bestimmt wurde, für sie nützliche Folgen hatte, hing nicht davon ab, ob die Vorstellung wahr war. Jede Vorstellung, gleich ob wahr oder nicht, war dann nützlich, wenn sie zu einer Handlung führte, die Jillian ihren Zielen näher brachte.

Benford würde ihr drei Millionen Dollar bezahlen. Nicht mehr, aber auch nicht weniger. Er war ein pünktlicher Zahler. Sie hatte Cindi zugesagt, ihr zwei Millionen Dollar zu bezahlen. Transport und Versicherung kosteten etwa hundertfünfzigtausend Dollar, für die Behälter rechnete Jillian mit hundertfünfundzwanzigtausend Dollar. Bei der Übergabe der Sammlung würde Jillian Cindi lediglich eineinhalb Millionen aushändigen. Sie würde ihr versprechen, die restliche halbe Million möglichst bald nachzuliefern.

Bis jetzt hatte Cindi immer allein mit ihr verhandelt, Jillian glaubte nicht, daß sie zur Übergabe in Begleitung erscheinen würde. Sollte das doch geschehen, würde Jillian unter einem Vorwand die Übergabe verschieben.

Natürlich würde Jillian Cindi die fehlende halbe Million

nicht bezahlen. Cindi hatte nichts in der Hand, um ihren Anspruch zu bekräftigen. Wenn sie vor Gericht ging, mußte sie beweisen, daß die Gläser in ihrem Besitz gewesen waren. Sie mußte nachweisen, daß sie die rechtmäßige Eigentümerin der Sammlung war. Die Gläser würden lange abtransportiert sein, es gab keinen Vertrag, keine Briefe und keine E-mails.

Wenn alles klappte, dann würde Jillian von den vier Millionen Dollar, die für den Rückkauf der beiden Etagen in der Spring Street aufgebracht werden mußten, eineinviertel Millionen gutgemacht haben. Das war *ihre* Wahrheit.

Nie hatte sie sich vorstellen können, Wissenschaftlerin zu werden. Die Lehrer auf der High school logen alle. Mit jeder Erklärung und mit jeder Übungsaufgabe behaupteten sie, daß die Gesetze, die die Welt regierten, mit Notwendigkeit galten. Dabei war die Notwendigkeit doch nur die Form des Verhältnisses zwischen der Welt und den Gesetzen. Jillian konnte sich Welten vorstellen, in denen ganz andere Gesetze galten – darum ging es ja im Mathematikunterricht. So viele Gesetze, die sich nach Welten sehnten, die sie regieren konnten.

Die Wissenschaftler behaupteten, die Dinge verhielten sich so und so. Insbesondere die Naturwissenschaftler waren stolz auf den ständigen Fortschritt ihrer Disziplinen und darauf, Teil dieses Fortschritts zu sein. In der Vergangenheit hatten die Wissenschaftler eine andere Version gepredigt. In der Zukunft würden sie wieder eine neue Version auftischen. War in den Wissenschaften ein Endergebnis vorstellbar, die Erkenntnis, daß sich die Dinge auf eine bestimmte Weise verhielten, und an dieser Erkenntnis würde sich nichts mehr ändern, die Dinge würden sich für alle Zeit weiter auf diese Weise verhalten?

Das wichtigste und zugleich das Standardbuch über Venini war das von Franco Deboni. Seine Zuschreibungen, seine Datierungen, seine Version der Geschichte von Venini war in keinem Punkt auf größeren Widerspruch gestoßen. Alle Galerien arbeiteten mit dem Buch, die darin aufgeführten Stücke waren zu Referenzstücken geworden. Seit dem Werk von Deboni war kein anderes umfassendes Buch über Venini erschienen. Andere Autoren behandelten Spezialgebiete, so waren zum Beispiel zahlreiche Bücher über das Werk von Carlo Scarpa herausgekommen. Alle diese Bücher waren mit dem von Deboni kompatibel.

Die Mehrzahl der Vorstellungen bewahrheitete immer ihren eigenen Zusammenhang und ihre eigene Struktur sowie eine Minderheit von in Frage stehenden Vorstellungen. Es machte ja keinen Sinn, an allem zu zweifeln. In jedem Augenblick gab es eine ungeheure Mehrzahl von Annahmen, die unbezweifelt hingenommen werden mußten, weil der Wahrheitscheck immer nur für einzelne Vorstellungen vorgenommen werden konnte. Die einzelne Vorstellung bestand den Wahrheitscheck, wenn sie mit der in diesem Augenblick vorhandenen, als gesichert vorausgesetzten Mehrheit der Vorstellungen harmonierte. Sie fiel durch, wenn dies nicht der Fall war. Aber beim nächsten Mal war genau diese Vorstellung Teil der vorausgesetzten Mehrzahl, und eine andere, eben noch Bestandteil derselben, würde dann auf dem Prüfstand stehen.

Wenn die Welt morgen aufhörte zu existieren, dann gab es eine letzte Meinung: nämlich das Buch von Deboni. Wenn die Welt weiterexistierte, dann würde sich diese Meinung ändern. Solange es Menschen gab, würden sie immer etwas herausfinden wollen, und vor allem würden sie immer etwas an dem ändern wollen, was andere Menschen vor ihnen herausgefunden hatten. Wenn Benford als der stolze Käufer sich nicht selbst wegen der nicht mehr verschollenen Piante grasse an Deboni wandte, dann würde Jillian das tun.

Jillian erwartete von der Wahrheit nicht mehr, als daß sich ihre eigenen Vorstellungen, als daß sich die Vorstellungen der Menschen gegenseitig bewahrheiteten. Die Wahrheit erfüllte sich in ihrem Leben und im Leben der Menschen. Wahrheiten, die sich nicht gegenseitig bewahrheiteten, brauchten keine Menschen, brauchten weder sie, Jillian, noch die Welt.

Jillian war Galeristin geworden, weil sie den Umgang mit beidem liebte: mit dem Glas und mit dem Geld. Die Preise, die geforderten Preise, die Preise, die die Kunden höchstens bereit waren zu zahlen, die verhandelten Preise drückten die Bezogenheit der Objekte aufeinander aus. Das Geld machte die Sammler, Galeristen und Auktionatoren in einer Hinsicht ehrlich: Es ließ keinen Zweifel daran, daß alle Objekte miteinander zusammenhingen, und es ordnete jedem Objekt einen Platz in diesem Zusammenhang zu. Das Geld verbot es den Glasliebhabern, sich über die Dinge zu erheben und sich über den Zusammenhang der Dinge und die Stellung der Dinge so in die Tasche zu lügen, wie das die Wissenschaftler taten.

Huitzilopochtli

»Der mächtigste Gott der Azteken ist Huitzilopochtli. Er ist der Sonnen- und der Kriegsgott.«

Chuy trug seine schwarze Polizeiuniform. Das Hemd war bis zum obersten Knopf zugeknöpft, die einzige Konzession an die Hitze war eine Wasserflasche am Gürtel. Chuy hatte Jacob wieder die Kette um die Taille gelegt und die Handschellen sowie die Fußeisen daran befestigt. Dabei hatte er die Melodie von *Guantanamera* gepfiffen.

»Huitzilopochtli hält die Mächte der Finsternis in Schach. Jeden Tag beginnt der Kampf zwischen Tag und Nacht aufs neue. Ohne Huitzilopochtli würde die Menschheit in ewiger Finsternis untergehen.«

Interessiert beobachtete Chuy, wie Jacob sich unablässig ins Gesicht faßte. Als Folge des Sonnenbrands hatte sich die Haut an Nase, Stirn und Kinn vollständig abgelöst. Die neue Haut war rot und empfindlich, und sie juckte.

»Die Mutter von Huitzilopochtli ist Coatlicue, die Erdgöttin. Sie hatte bereits vierhundert Söhne und eine Tochter. Sie wurde mit Huitzilopochtli schwanger, nachdem eine kleine Federkugel auf sie herabgefallen war. Diese Schwangerschaft war eine Schande, die Tochter war eifersüchtig, sie stiftete ihre Brüder an, die Mutter und das Ungeborene zu töten. Einer der Brüder warnte Huitzilopochtli jedoch, darauf sprang er aus dem Mutterleib, erwachsen und bewaffnet mit Schild und Feuerschlange, und tötete seine Schwester und seine Brüder. Anschließend warf er den Kopf seiner Schwester in den Himmel. Er wurde zum Mond, so daß die Mutter ihre Tochter jeden Abend am Himmel sehen konnte. Seine Brüder warf er ebenfalls in den Himmel, aus ihnen wurden die Sterne.«

Die Frau, die Chuy mitgebracht hatte, hätte die Erdgöttin sein können. Sie war nicht groß, aber unglaublich massiv gebaut. Sie hatte viel breitere Schultern als Chuy und trug ein schwarzes T-shirt, das wohl aus Polizeibeständen stammte. Ihr Busen war riesig, der Büstenhalter konnte nur eine Spezialanfertigung sein. Beim Gehen machte sie ein Hohlkreuz, das Gewicht des Busens mußte ausgeglichen werden. Die Oberschenkel waren fast breiter als Jacobs Taille, die Arme unglaublich voluminös, die Hände doppelt so groß wie die Chuys. Dabei schien ihr Körper nicht weich. Da war kein Fett, aber da waren auch keine Muskeln. Nichts lag der Besitzerin dieser Arme ferner, als in ein Gym zu gehen und Sport zu treiben.

Das Zentrum ihres Gesichts war die Stelle zwischen den Augen. Von dort nahm alles seinen Ausgang. Die Augenbrauen und die Wülste über den Augen strebten nach oben, ohne Unterbrechung setzten sich die Nasenlinien in den Falten über dem Mund und dem Kinn fort, die Backenknochen standen so heraus, daß sie mit den Linien über dem Mund rechtwinklige Dreiecke bildeten. Ihre schwarzen Haare hatte sie zurückgebunden, der Haaransatz zeichnete keine Kontur. Ihre Haut war so rotbraun wie die Erde um den Trailer und auf den Bergen um den Trailer herum. In ihren Gesichtsfalten glühte ein tiefes dunkles Rot.

»Huitzilopochtli wohnt im Siebten Himmel. Sein Tempel auf der großen Pyramide in Tenochtitlan heißt Blauer Himmel. Bei seiner Einweihung wurden innerhalb von vier Tagen zwanzigtausend Menschen geopfert.«

Chuy hatte sich vor Jacob aufgebaut.

»Die Opfer waren vor allem Kriegsgefangene, aus benachbarten feindlichen Völkern. Vier Priester hielten den Gefangenen an Händen und Füßen, ein fünfter schnitt ihm mit einem scharfen Steinmesser die Brust auf und entnahm ihm das Herz. Zuvor wurde der Gefangene am ganzen Körper mit der Opferfarbe grau angestrichen, außerdem bekam er Drogen. Die Priester waren empfindlich. Sie hörten nicht gern Menschen schreien. Die abgeschnittenen Köpfe der Opfer wurden vor dem Tempel auf einem riesigen Gerüst aufgereiht.

»Huitzilopochtli ist so bedeutend, daß alle Menschen ihre Opferung als eine große Ehre empfinden.«

Chuy blickte Jacob an, als erwartete er von ihm eine Bestätigung.

Jacob hatte überlegt, wie er sich gegenüber Chuy verhalten sollte. Es gab vier Optionen: Überlegenheit, Schmeichelei, Mitleid, Low pro.

Chuy brauchte nur die Pistole aus dem Halfter zu ziehen, sie zu entsichern und abzudrücken, dann gab es Jacob nicht mehr. Chuy hatte nicht nur einen guten Grund, Jacob umzubringen, er hatte den besten überhaupt. Jacob war Chuy völlig ausgeliefert. Dennoch sah Jacob zwei Möglichkeiten, die Machtverhältnisse zu beeinflussen. Er konnte sich so verhalten, als hätte er mit seinem Leben bereits abgeschlossen. Dann führte Chuy lediglich aus, was Jacob ihm vorgab. Unter diesen Umständen konnte es Chuy keine Befriedigung mehr bereiten, ihn zu töten, er konnte es genausogut bleibenlassen. Aber die Strategie war riskant, denn sie setzte voraus, daß Jacobs Leben oder sein Tod einen Stellenwert für Chuy hatte. Wenn das gar nicht der Fall war, dann war Jacob ihm einfach lästig, er würde sich das überflüssige Problem vom Hals schaffen.

Die andere Möglichkeit bestand darin, Chuy Geld anzubieten. Dann war es für den Mexikaner nicht mehr sinnvoll, geplant oder aus einer Laune des Augenblicks heraus den Abzug zu drücken. Chuy in falschen Hoffnungen zu wiegen bedeutete natürlich, ihm einen zweiten nachvollziehbaren Grund zu geben, ihn zu töten.

Wie konnte er Chuy schmeicheln? Jacob fand, daß er ihm schon genug geschmeichelt hatte, indem er mit seiner Freundin gefickt hatte. Ein größeres Kompliment konnte er einem anderen Mann nicht machen. Zugegebenermaßen ein zweischneidiges Kompliment.

Jacob interessierte sich immer maßlos dafür, wie der Kunde das Geld verdiente, das er in der Galerie ließ. Der Kunde hatte jeweils den faszinierendsten Beruf der Welt. Von Chuys Geschäft als Super coyote wußte Jacob nichts. Interessierte er sich zu sehr dafür, würde Chuy das so auffassen, als wolle er ihn aushorchen. Um ihn später ans Messer zu liefern. Das konnte Chuy nicht brauchen.

Gab es irgendeine Möglichkeit, bei ihm Mitleid zu erzeugen? Jacob wußte nicht, wem er das Sonnenbad zu verdanken hatte, das ihn fast das Leben gekostet hätte. Ob es nur die Vergeltung von Chuys Komplizen dafür war, daß er sich gegen das Anlegen der Fußeisen gewehrt hatte, oder ob es eine Erziehungs- beziehungsweise Rachemaßnahme Chuys darstellte. Die Wahrscheinlichkeit war groß, daß er den Zorn Chuys anstachelte, wenn er versuchte, Mitleid zu erregen. Gab Jacob sich als Würstchen, bedeutete das für Chuy auch, daß ein Würstchen seine Freundin auf alle erdenklichen Weisen gefickt hatte. Das war keine Perspektive, in der Jacob gewinnen konnte.

Blieb nur eins: Keep it low pro. Auf keinen Fall die Initiative ergreifen. Sich hinter Madeline verstecken. Auf der Welle des Lösegelds surfen, das ihr Mann für sie zahlte.

»Wieviel ist dein Leben wert?«

Sollte Jacob Chuy in die Augen blicken, oder sollte er besser an ihm vorbeisehen?

Ihm in die Augen zu sehen meinte Schmeichelei oder Überlegenheit, ihn nicht anzublicken bedeutete Low pro oder den Versuch, Mitleid zu erzeugen.

Wenn Jacob ein Objekt kaufte, vermied er es nach Möglichkeit, der erste zu sein, der einen Preis nannte. Es war immer besser, wenn der andere zuerst eine Zahl nannte, dann kannte er dessen Vorstellungen und konnte auf ihnen aufbauen. Offensichtlich dachte Chuy ähnlich.

Während Jacob überlegte, kniete sich die Erdgöttin nieder und hob die Matratzen Jacobs und Madelines hoch, um zu kontrollieren, ob sie darunter etwas versteckt hatten. Dann ließ sie ihren Blick über die Unordnung in dem Trailer schweifen. Sie fragte Chuy etwas in einer Sprache, die kein Spanisch war. Chuy antwortete ihr in derselben Sprache.

Jacob verstand nicht viel, wenn die Mexikaner sich unterhielten. Als er die beiden in einer Sprache reden hörte, die ihm völlig fremd war, fröstelte es ihn.

Die Erdgöttin deutete auf das Mikado aus Stühlen und den Steinbruch aus Karteikästen. Chuy gab ein knappes Kommando. Die Erdgöttin begab sich zum Eingang des Trailers.

Jacob war daran gewöhnt, daß stattliche Frauen mit den Füßen auf den Boden patschten. Obwohl sie schwere schwarze Schuhe trug, die wohl ebenfalls aus Polizeibeständen stammten, ging die Erdgöttin völlig lautlos. Sie öffnete die Tür des Trailers so weit, daß sie nicht mehr zufallen konnte, ergriff mit einer Hand einen Stuhl, der neben dem Eingang lag, und warf ihn hinaus. Ebenfalls mit nur einer Hand faßte sie nach einem Tisch, der auf der Seite lag, und beförderte ihn mit der gleichen ruhigen Bewegung aus dem Trailer wie vorher den Stuhl. Der Gedanke lag nahe, daß sich in dem Gerümpel Werkzeuge oder andere Gegenstände fanden, mit denen sich die Gefangenen von den Ketten befreien oder die sie benutzen konnten, um ihre Aufsichtspersonen zu überwältigen.

Jacob beschloß, Chuy nicht in die Augen zu sehen.

»Ich weiß es nicht. – Ich weiß nicht, was mein Leben wert ist.«

»Die Azteken beten Hunderte von Göttern und Göttinnen an, die über die Kräfte der Natur herrschen und die das Schicksal der Menschen lenken. Die Azteken glauben an das Gleichgewicht.«

Bei dem Wort *Gleichgewicht* atmete Jacob innerlich auf.

»Die Azteken glauben, daß alle Vorgänge, die das Leben möglich machen – wie die Wärme der Sonne oder der Regen –, und das Schicksal der Menschen vom Willen ihrer Götter abhängen. Die meisten Götter sind gut, manche sind böse. Die Azteken erkennen die Macht der Götter an und danken ihnen immer wieder für das, was sie tun. Wenn sich die Menschen nicht mehr um die Götter kümmern, werden die guten Götter nichts mehr für die Menschen tun, und die bösen Götter werden ihre Launen an den Menschen auslassen. Die Menschen zeigen den Göttern, daß sie sie wirklich anerkennen, indem sie ihnen das geben, was am wertvollsten ist, nämlich Leben.«

Diese Linie der Argumentation war für Jacob weniger ermutigend. Er mußte die Möglichkeit einkalkulieren, daß alle Umstände seiner Situation, an die er Hoffnungen knüpfte, sich lediglich der Absicht Chuys verdankten, seine Rache auszukosten.

»Centeotl ist der Maisgott, Chicomecoatl ist die Maisgöttin, die Fruchtbarkeitsgöttin, Chalchiuhtlicue die Göttin der Seen und Flüsse, Chantico die Göttin des Herdfeuers, Ehecatl ist der Gott des Windes, der Schrei der Göttin Cihuacoatl bedeutet Krieg. Die Azteken waren ziemlich damit beschäftigt, ihre vielen Götter günstig zu stimmen. – Du mußt nur mich günstig stimmen.«

Chuy durchmaß den Trailer mit seinem Blick.

»An dieser Stelle ist die Welt aus dem Gleichgewicht. Du kannst sie wieder ins Gleichgewicht bringen. Ich bin Mexikaner. Ich verlange kein Menschenopfer. Aber in meinen Adern fließt aztekisches Blut. Der Azteke in mir will das Menschenopfer. Es ist deine Entscheidung.«

Damit Huitzilopochtli in seinem täglichen Kampf gegen die Mächte der Finsternis bestehen konnte, brauchte er Blut. Das Blut der Opfer gab ihm die Kraft, jeden Tag wieder die Nacht zu besiegen.

»Also, was ist dein Leben wert?«

Chuy zog eine Schachtel Marlboro und ein goldenes Feuerzeug aus einer Brusttasche seines Hemds hervor. Er zündete sich eine Zigarette an, machte drei Züge, ließ sich auf die Fersen nieder und drückte die Zigarette auf Jacobs linker Hand aus.

Die Erdgöttin war mit ihrer Entrümpelungsaktion gut vorangekommen. Die Wände des Trailers waren weiß, seltsamerweise war auch der Boden weiß. In dem Augenblick, in dem die Glut von Chuys Zigarette Jacobs Haut berührte, verschwanden alle Schmutzflecke und Vergilbungen aus dem Weiß. In der Mitte des Trailers, umgeben von dem hellen Weiß, lag ein vielleicht zwölfjähriges Mädchen ausgestreckt am Boden. Es hatte ein kurzes rotes Kleid mit langen Ärmeln und einem weißen Kragen an, dazu weiße Strümpfe und schwarze Lackschuhe. Seine Haare waren brünett, seine Lippen rot. Das Mädchen streckte einen Arm aus und wies mit dem Zeigefinger auf Jacob. Dabei sagte es etwas zu ihm, was er jedoch nicht verstand. Das Mädchen schien sehr schwach zu sein.

Es gab Jacob eine Anweisung, wie er sich gegenüber Chuy verhalten sollte. Erwartungsvoll sah es ihn an. Er konnte nur ratlos zurückblicken.

Darauf drehte das Mädchen den Kopf zur anderen Seite. Es streckte den anderen Arm aus, spreizte die Finger, um sie dann zur Faust zu ballen. Dabei murmelte es etwas. Das Weiß verblaßte, die Umrisse des Mädchens wurden fließend, sein Bild löste sich auf. Die Wände, die Decke und der Boden des Trailers nahmen die Färbung an, die sie vorher gehabt hatten.

Das Mädchen hatte ihm geholfen, ohne daß er verstanden hatte, was es ihm sagen wollte.

Jacob spürte keinen Schmerz.

Überrascht, aber ohne jegliche Schmerzensäußerung, blickte er erst Chuy in die Augen und dann auf seine Hand. Er streckte sie vor sich, wie das Mädchen spreizte er die Finger und ballte sie zur Faust, dabei fielen die Aschereste von Chuys Zigarette zu Boden.

»Eine Million. – Mein Leben ist eine Million wert.«

Wenn Chuy sich für Madeline mit drei Millionen zufriedengab, dann mußte eine Million für Jacob einen in Chuys Augen vernünftigen Preis darstellen. Es mußte möglich sein, daß Jillian für sein Leben eine Million aufbrachte. Wenn sie das wollte.

Flunky

Die wichtigste Maxime im Umgang mit Gläsern war die systematische Verzögerung aller Bewegungen. Jede Bewegung mußte gut überlegt sein: Sie mußte ein klares Ziel haben, das Ziel mußte erreichbar sein, die Risiken bei der Erreichung des Ziels berücksichtigt und minimiert, nach Möglichkeit ausgeschaltet werden. Die Risiken einer schnellen Bewegung waren niemals kalkulierbar. Eine schnelle Bewegung konnte keine überlegte sein. Vor die Wahl gestellt, eine Bewegung zu machen oder sie zu unterlassen, war die erste Option immer die Unterlassung. Keine Bewegung bedeutete kein Risiko.

Die Amphoren, die Vasen, die Schalen und die kleinen Piante grasse würde Jillian allein verpacken, niemand außer ihr würde sie anfassen. Die sichtbaren Teile der großen Piante grasse entsprachen den Konstruktionsskizzen, die Franco Deboni ihr auf ihre Bitte hin geschickt hatte. Natürlich hatte sie ihm ihren Fund verschwiegen, sie hatte angegeben, sie schreibe einen großen Artikel über Venini für eine amerikanische Kunstzeitschrift. Es bestand keine Gewähr, daß die Konstruktionsskizzen auch bezüglich der unsichtbaren Eisengerüste im Inneren der Pflanzen korrekt waren. Wenn man während des Herstellungsprozesses in der Manufaktur die Möglichkeit gesehen hatte, die Statik der Pflanzen zu verbessern oder die Montage der Blätter zu erleichtern, hatte man die Konstruktion der tragenden Gerüste geändert. Dort, wo die Glasteile auf dem Gerüst lagerten, wirkten beachtliche Kräfte. Jillian durfte nicht davon ausgehen, daß die ineinandergesteckten Teile sich so einfach voneinander lösen ließen wie bei den kleineren Glasskulpturen, mit denen sie in der Vergangenheit zu tun gehabt hatte.

Sie konnte die großen Piante grasse nicht allein demontieren und war unentschlossen, ob sie Alessandro oder Cindi um Hilfe angehen sollte. Wenn Cindi ihr half und ein Teil kam zu Schaden, konnte Jillian die Verantwortung abwälzen. Sie hatte vorgehabt, ihre Entscheidung davon abhängig zu machen, wer von den beiden ruhiger war. Beide waren zu ruhig. Alessandro schien völlig eingeschüchtert durch die Höhle, durch deren Beleuchtung und Inhalt. Als er die umgestürzte Kirchenkanzel sah, bekreuzigte er sich mit entsetztem Gesichtsausdruck. Cindi schien sich in Trance zu befinden. Sie erwiderte die Begrüßung Jillians mit einem stummen Kopfnicken in eine völlig andere Richtung und sagte kein Wort. Ihre langärmlige pinkfarbene Wolljacke hatte sie falsch zugeknöpft, links hing die Jacke zu weit herunter, rechts bauschte sie sich an der Schulter.

Jillian begann mit den kleinsten Teilen. Alessandro und sein Mitarbeiter, ein dürrer älterer Mann mit fettigen, ins Gesicht hängenden Haaren, ordneten nach ihrer Anweisung die Behälter der Größe nach entlang dem Eingang der Höhle an, die für die großen Piante grasse am Fuß der Treppe, die kleineren zur Mitte der Höhle hin.

Zuerst mußte der Staub entfernt werden. In der enganliegenden Innenverpackung konnten Staubrückstände beim Transport Mikrokratzer, aber auch großflächigere Beschädigungen der Glasoberflächen verursachen. Jillians bevorzugtes Werkzeug für die Staubentfernung waren Pinsel mit ganz feinen Borsten. Wischen durfte man nur, wenn es nicht anders ging, jedes Wischen führte ebenfalls zu Mikrokratzern. Besonders empfindlich waren Gläser mit irisierenden Oberflächen. Verfuhr man mit diesen Gläsern grob, veränderte sich ihr Charakter. Jillian verwendete nur Tücher aus Naturseide, Papiertücher bewirkten größere

Kratzer als die Staubpartikel, aber auch Ledertücher waren wegen ihrer zu unregelmäßigen Struktur ungeeignet. In einem Elektromarkt hatte Jillian einen batteriebetriebenen Handstaubsauger mit einer Öffnung aus biegsamem Gummi gefunden. So mußte sie keinen Sicherheitsabstand von den Gläsern halten, es machte nichts, wenn sie die Gläser mit dem Staubsauger auch einmal berührte. Das war wichtig, wenn es um Ränder und spitze Winkel ging.

Jillian faßte die kleine Schale aus grüner Pasta vitrea mit beiden Händen unter der Wölbung über dem konischen Fuß an und hob sie vorsichtig hoch. Sie verspürte keinen Widerstand, also klebten die Gläser nicht am Boden. Sie stellte die Schale auf ein Stück Wellpappe, um mit einem der kleineren Pinsel den Staub im Inneren der Schale, an der Außenwand und am Fuß der Schale zu entfernen.

Jillian trug einen Arbeitskittel in Form eines taillierten weißen Kleids mit rotweißkariertem Kragen und ebensolchen Ärmelaufschlägen, die Haare hatte sie sich mit Gummiringen zu Zöpfen gebunden. Das Kleid hörte über den Knien auf und wurde nicht länger, als sie die kleine grüne Schale hochhielt, ins Licht eines großen Kerzenleuchters, um sie auf etwaige Beschädigungen zu prüfen. Jilian war im Morgengrauen vom Hotel zum Corso Buenos Aires gegangen, das Verpacken der Gläser würde bis tief in die Nacht hinein dauern. Weil sie sich bestimmt nicht dem Tageslicht aussetzen würde, hatte sie zu den Sneakers kurze weiße Söckchen angezogen.

Auf ihrem linken Unterarm hatte sie ein Fake tattoo anbringen lassen, das zusammen mit dem Tattoo auf Alessandros rechtem Unterarm ein Herz bilden würde. Sie hatte mehrere Tattoo-Läden aufgesucht und eine Skizze der beiden Herzhälften und ihrer Inschriften präsentiert, die Männer hatten sich alle geweigert, ihr ein unechtes Tattoo zu machen. Aber schließlich hatte sie eine Frau gefunden, die ihr die andere Hälfte des Herzens mit der Beschriftung *Alessandro* auf den Unterarm malte und das Ergebnis mit einer Flüssigkeit konservierte, von der Jillian lieber nicht wissen wollte, was sie enthielt. Die Frau hatte Jillian versichert, das Tattoo werde sogar das Duschen überstehen. Wenn es seinen Zweck erfüllt habe, müsse Jillian einen Leder- oder Stofflappen mit Nagellackentferner tränken und damit den Arm abreiben. Sie achtete darauf, daß der Ärmel des Kleids das Tattoo bedeckte. Erst zu gegebener Zeit wollte sie es enthüllen.

Jillian zeigte auf einen der Behälter, sie hatte jedes einzelne Stück der Sammlung und den dazugehörigen Behälter im Kopf. Alessandro entfernte sich von den Gläsern, jedoch bewegte er sich so vorsichtig, als ginge er mitten durch sie hindurch. Mit dem gewünschten Behälter zurückgekehrt, ließ er sich wie in Zeitlupe vor Jillian auf die Knie nieder und setzte den Behälter äußerst behutsam neben die grüne Schale auf ein zweites, mit dem ersten nicht verbundenes Stück Wellpappe.

Jetzt ging Jillian in die Knie. Sie öffnete und schloß den Behälter mehrmals, das sich dabei ergebende Geräusch fand ihre Gnade. Sie zog den Einsatz heraus, nahm ihn auseinander, überprüfte mit den Fingern alle Oberflächen, die mit dem Glas in Berührung kamen, und steckte den Einsatz wieder zusammen. Im Inneren des Behälters fuhr sie alle Flächen, Ränder und Ecken ab, ob nicht etwa Holzteile, Klebstoffverdickungen oder gar Nägel aus der Samtverkleidung hervorstanden, die Druck auf den Einsatz ausüben und ihn beschädigen konnten.

Mit beiden Händen hob Jillian die Schale über das Unterteil des Einsatzes, dort ließ sie sie wie ein Raumschiff über dem Dock schweben. Sie war bestrebt, die Schale genau zu zentrieren, damit sie möglichst reibungslos in den Einsatz hineingleiten konnte. Zugleich gab sie der Schale Gelegenheit, sich an das Material zu gewöhnen, das sie fixieren sollte. Widerstands- und geräuschlos glitt die Schale schließlich in das Unterteil des Einsatzes hinein.

Sie steckte das Oberteil des Einsatzes auf das Unterteil, hob den komplettierten Einsatz mit beiden Händen hoch, bewegte ihn vorsichtig hin und her, die Schale hatte in dem Einsatz kein Spiel, sie konnte den Einsatz in den Behälter stecken. Der Einsatz hatte in dem Behälter ebenfalls kein Spiel, sie konnte den Deckel schließen. Diesmal war sie jedoch darauf bedacht, kein Geräusch zu verursachen.

Jillian ließ sich nur von Alessandro helfen. Cindi stand am Eingang der Höhle zwischen den Verpackungsbehältern und rührte sich nicht. Sie wirkte nicht wie jemand, der am Ende des Tages die Höhle mit einem Aktenkoffer verlassen würde, in dem sich eineinhalb Millionen Dollar in Cash befanden. Wortlos hatte sie akzeptiert, daß Jillian erst die Gläser komplett verpacken wollte, ehe sie das Geld von der Bank holte. Sie hatte auch nicht widersprochen, als Jillian ihr eröffnet hatte, daß sie ihr zunächst nur eineinhalb Millionen Dollar übergeben konnte und die fehlende halbe Million in der nächsten oder übernächsten Woche bezahlen würde. Sie waren in der schützenden Höhle, aber es wirkte, als würde Cindi auf der Straße stehen und in ihrer falsch geknöpften Jacke frieren.

Jillian trug nie eine Uhr. Sie brauchte keine Uhr, sie wußte immer, wie spät es war. Gleich zu Beginn hatte sie Alessandro gebeten, seine Armbanduhr abzunehmen, damit er nicht beim Tragen das Holz der Behälter beschädigte. Er hatte nicht gewußt, wohin mit der Uhr, Jillian hatte sie kurzerhand in die Tasche ihres Kittels gesteckt. Jetzt wollte er wissen, wie spät es war. Das Verpacken der kleinen Gläser hatte sich zügig gestaltet. Es war neun Uhr, aber sie sagte, es sei zehn Uhr. Er gab sich mit der Auskunft zufrieden, sein Telefon hatte er im Lastwagen gelassen, in der Höhle gab es keinen Empfang. Sein Mitarbeiter trug keine Uhr.

Sie machten weiter mit den Vasen mittlerer Größe. Die Säuberung der schwarzen Velati gestaltete sich schwieriger als vorhergesehen. Der Staub war nicht mit dem Pinsel und auch nicht durch trockenes Wischen zu entfernen, Jillian mußte die mitgebrachte Ammoniaklösung verwenden. Mit der Fläche eines Tuchs entfernte sie die Staubschicht vom Korpus und den Griffen, mit der Spitze des Tuchs fuhr sie unter die Griffe und entlang den Verbindungen der Griffe mit dem Korpus, das dauerte.

Als Jillian alle Velati eingepackt hatte, erkundigte sich Alessandro wieder nach der Zeit. Jillian zog seine Uhr aus der Tasche. Es war zwölf Uhr, ihm den Rücken zuwendend, stellte sie die Uhr auf zwei Uhr. Sie streckte ihm ihre rechte Hand mit der Uhr hin, so daß er sie lesen konnte, dann legte sie die Uhr auf einen der Behälter für die großen Piante grasse.

Jillian sah, wie er nervös wurde. Sie hatte ihn ausdrücklich angewiesen, sich nichts anderes vorzunehmen, sie wollte die Übergabe unbedingt an diesem Tag zu Ende bringen, das war nur möglich, wenn es gelang, alles bis zum letzten Glas zu verpacken. Er befürchtete, sie würden nicht fertig werden.

Sie würden fertig werden. Nichts konnte den Deal mehr gefährden. Auch beim Verpacken der großen Piante grasse würde Jillian keine Fehler begehen, und sie würde dafür sorgen, daß Alessandro trotz seiner Nervosität ebenfalls keine machen würde. Jillian fehlte ein Gegner. Warum gab es keinen Hüter, der die Amphoren, Vasen, Schalen und Piante grasse bewachte und den Jillian überwinden mußte, um mit ihrer Beute an die Oberfläche der Erde zurückzukehren.

Die Zeit war kein äußerer Rahmen für Menschenerlebnisse, für Weltbegebnisse. Das Leben der Menschen, das Sich-Verändern der Dinge, das Werden von Ideen lief nicht in der Zeit ab wie in einem Flußbett. Genausowenig aber war die Zeit etwas, das sich in ihrem, Jillians, Bewußtsein abspielte. Die Dinge, die Menschen, die Ideen waren als solche vollständig frei von Zeit, sie begegneten ihr nur in der Zeit. Sie, Jillian, ihr Dasein zeitigte erst die Zeit. Die Zeit war nicht eingeteilt in Vergangenheit, Gegenwart und Zukunft, und indem die Gegenwart verging, wurde der Vergangenheit etwas hinzugefügt und der Zukunft etwas abgezogen. Sondern jeder Augenblick ihres Lebens hatte einen Horizont von Vergangenheit und Zukunft. Wenn es etwas gab, was Jillian ein Ich, ein Selbst haben ließ, dann war es dieser Horizont.

Für die anderen Menschen bedeutete der Tod ausschließlich ihr eigenes Sterben, das Zuletzt ihres Daseins, das Sein im Zuletzt ihres Daseins. Indem die Menschen alles taten, um ihm zu entrinnen, erkannten sie an, daß sie im Tod am meisten ihr eigenes Ich waren, am meisten sie selbst waren, am meisten überhaupt waren. Der Tod, das Nicht-mehr-Sein-Können in jenem Augenblick war ihr ureigenstes Sein. Eigentlich gab es für die Menschen keinen Tod. Es gab nur ihren Tod, das waren sie selbst.

Die anderen Menschen hatten Angst. Diese Angst war keine Folge ihres Daseins, keine bloße Eigenschaft an ihm, sondern die Angst war für die anderen mit der Erfahrung ihres Daseins identisch. Es kam überhaupt nicht darauf an, wovor sie Angst hatten. Die Menschen hatten Angst, weil sie in der Welt waren. Die Angst war für die anderen die Erfahrung ihres Daseins schlechthin.

Sie, Jillian, hatte keine Angst. War sie überhaupt da?

Für Jillian bedeutete der Tod nicht die äußerste Form ihrer Existenz, das Maximum der Furcht. Der Tod mochte die Pforte zum Nichtsein darstellen. Aber der Tod war keine Theorie über das Wesen des Menschenlebens. No heebiejeebies. Die Zeitlichkeit stellte ein Ordnungsschema dar. Der Tod war ein mächtiger Konkurrent bei der Schaffung von Ordnung. Jillian wollte ihre eigene Ordnung durchsetzen, nicht ein Element der Ordnung eines anderen darstellen.

Alessandro erkundigte sich nicht mehr, wie spät es war. In unregelmäßigen Abständen ging er zu dem Behälter, auf dem seine Armbanduhr lag, und las die Zeit selbst ab. Es war vier Uhr nachmittags, Jillian hatte die Uhr noch zweimal vorgestellt, so daß er glaubte, es sei acht Uhr abends. Sie hatte seine Zeit von derjenigen der Außenwelt abgekoppelt, für ihn verging die Zeit in der Höhle schneller als für die anderen in der Außenwelt.

Alle Vasen, Schalen und Amphoren waren verpackt. Die schwierigste und zeitraubendste Arbeit, die Demontage der vier großen Piante grasse, stand noch bevor. Alessandro mußte annehmen, daß er mindestens bis zum Mittag des nächsten Tags seinen Frondienst in der Höhle abzuleisten hatte.

Zuerst waren die kleinen Piante grasse dran. Die Behälter für sie waren so konstruiert, daß die Objekte darin aufrecht standen. Da nur die Töpfe beziehungsweise die Schalen regelmäßige Oberflächen aufwiesen, konnten die kleinen Piante grasse lediglich mit diesen fixiert werden. Der Raum, den die Innenverpackung um die eigentlichen Pflanzenteile herum ließ, mußte mit Wattebäuschen und Gazestreifen ausgefüllt werden. Jillian hatte Alessandro zugerufen, er solle ihr den Karton mit dem Verpackungsmaterial bringen, er hatte gar nicht reagiert. Sie mußte sich das Material selbst holen. Alessandro stand vor dem Behälter, auf dem seine Armbanduhr lag. Er öffnete den Mund, ohne etwas zu sagen, und streckte ihr beide Hände entgegen. Jillian lief an ihm vorbei wie an einem bettelnden Kind auf der Straße, das sie nicht beachtete. Er drehte sich, blickte ihr nach, am Rand ihres Gesichtsfelds nahm sie wahr, wie er mit beiden Händen eine wegwerfende oder eine Gebärde der Verzweiflung machte.

Jillian arbeitete so konzentriert, daß sie gar nicht mitbekommen hatte, wann Cindi aus ihrer Lethargie erwacht war. Während sie vorher stundenlang still gestanden oder auf dem Boden gehockt hatte, ging sie jetzt ruhelos auf und ab. Ihr Gesichtsausdruck war gespannt, ihre Augen glänzten. Sie blickte durch Alessandro, durch Jillian und durch die großen Piante grasse hindurch auf die Wände und zur Decke der Höhle. Dabei horchte sie und nahm eine Stimme wahr, die die anderen nicht hörten. Sie bewegte ihren Mund und sprach, wiederum nicht hörbar für die anderen. Langsam drehte sie sich um die eigene Achse. Sie wurde von etwas bedroht, das Jillian und Alessandro nicht sehen konnten, das sich immer wieder zurückzog, um plötzlich zuzuschlagen. Cindi ließ die Arme sinken und neigte den Kopf zur Seite, sie horchte wieder, sie bewegte wieder die Lippen. Unter den Blicken von Jillian und Alessandro unternahm sie einen letzten Versuch zu entkommen. Trotzig warf sie den Kopf in den Nacken und machte mit den Armen Bewegungen, als ob sie sich von jemandem losriß und ihn dann wegstieß, um in Richtung des Ausgangs der Höhle zu laufen. Aber sie erreichte das Ende der Behälterreihe nicht. Ihre Schritte wurden kraftlos, sie hielt bei dem Behälter inne, auf dem die manipulierte Armbanduhr lag.

Jetzt wehrte sie sich nicht mehr. Sie riß den Mund und die Augen auf, Jillian konnte sehen, wie ihr Tränen über das Gesicht liefen, dann fiel sie zu Boden. Mit ausgestreckten Armen blieb sie liegen, als ob sie im Wasser auf dem Bauch schwimmen würde.

Jillian eilte zu ihr hin und drehte ihren Körper um. Sie hatte sich nicht verletzt. Jillian wischte ihr den Staub aus dem Gesicht und nahm sie in den Arm. Sie befahl Alessandro, eine Flasche Mineralwasser zu öffnen, und leerte sie über der Stirn Cindis aus. Das kalte Wasser belebte sie, sofort schlug sie die Augen auf.

Ihr Blick war jetzt klar, so klar wie überhaupt noch nicht an diesem Tag. Ohne Mühe erhob sie sich. Während sie sich die nassen Haare aus dem Gesicht strich, erklärte sie, sie habe eine Infektion. Weil sie den heutigen Termin unbedingt wahrnehmen wollte, habe sie in der Nacht eine Extraration Tabletten genommen, das sei zuviel für sie gewesen.

She was a pillhead.

Ihre Hose und ihre Jacke waren schmutzig, ihre Haare naß, Jillian konnte nicht verhindern, daß sie in die Wohnung hochging, um die Kleider zu wechseln. Dabei würde sie natürlich bemerken, daß es noch nicht Abend, sondern erst Nachmittag war.

Jillian begann bei der Pflanze mit den roten Knospen, weil die am einfachsten konstruiert war. Bis auf die Basisteile und die Knospen hatten alle anderen Einzelteile die gleiche Form, in den drei Stämmen der Pflanze lief jeweils in der Mitte eine gebogene Eisenstange, auf der die glockenförmigen Pflanzenteile mit der Öffnung nach oben aufgereiht waren.

Alessandro hielt die Leiter fest, Jillian stieg die Sprossen hoch. Sie prüfte, ob sie sicher stand, denn sie brauchte beide Hände. Die Knospen ließen sich ohne Probleme lockern. Die nicht sichtbaren Teile der Pflanze entsprachen tatsächlich genau den Konstruktionszeichnungen, die angefertigten Innenverpackungen würden passen. Entgegen ihren Erwartungen waren auch die unteren Teile der Pflanze nicht fester miteinander verbunden als die oberen, da die Stämme gebogen waren, kam es nie dazu, daß das volle Gewicht der oberen Teile auf den unteren lastete. Die größte Schwierigkeit bestand darin, auf der Leiter hochzusteigen und die unteren Pflanzenteile entlang der Stange nach oben zu führen. Jillian mußte aufpassen, daß sie auf der Leiter keinen falschen Schritt machte oder gar stolperte. Wenn das geschah, würde ihr das Glasteil entgleiten, und nicht nur dieses, sondern natürlich auch das Glasteil wäre zerstört, auf das es auftreffen würde.

So schnell die Demontage der Pflanze vor sich ging, so lange dauerte die Säuberung der Einzelteile. Die großen Piante grasse wiesen eine viel stärkere und ganz anders geartete Schmutzschicht auf als die kleineren Gläser. Die großen Piante grasse waren früher an einem anderen Ort aufgestellt gewesen, der ihnen keinen Schutz geboten hatte. Die Oberflächen der Glasteile waren grob und unregelmäßig, manchmal fast porös, das erleichterte die Schmutzablagerung und erschwerte die Säuberung. Mit dem Pinsel konnte Jillian überhaupt nichts ausrichten, es genügte auch nicht, leicht zu wischen, sie mußte jedes Teil mit der Ammoniaklösung behandeln. Selbst wenn die Demontage der anderen Pflanzen genauso schnell voranging wie die der ersten, Jillian würde für die Verpackung der großen Piante grasse so lange brauchen wie für alle anderen Teile.

Gegen acht Uhr abends, für Alessandro Mitternacht, war Jillian mit der ersten Pflanze fertig. Sie mußte die Bank benachrichtigen, daß die Abholung beziehungsweise die Übergabe des Geldes heute nicht mehr stattfinden würde. Um zu telefonieren, blieb ihr nichts übrig, als die Höhle und das Gebäude zu verlassen. Alessandro wollte mit ihr kommen, aber sie beschäftigte ihn damit, die Behälter für die drei restlichen Piante grasse anders anzuordnen.

Jillian vereinbarte, daß sie das Geld am nächsten Morgen von der Bank abholen würde. Als sie die Treppe zur Höhle hinunterstieg, kam ihr Alessandro entgegen. Wortlos drückte sie ihm die flache Hand auf die Brust und zwang ihn, kehrtzumachen und mit ihr zurück in die Höhle zu gehen.

Als zweite nahm Jillian sich die Pflanze mit der großen blauen Knospe an der Spitze und der kleinen blauen Knospe in der vierten Blätterreihe von oben vor. Auch ihr Aufbau entsprach der Konstruktionszeichnung, die schmalen Kelche, die den Stamm bildeten, waren wieder entlang einer gebogenen Eisenstange aufgereiht, die Blätter steckten in dafür vorgesehenen Fassungen im Inneren der Kelche.

Nachdem Jillian mit der Demontage fertig war, schlug Alessandro vor, sie sollten es für heute gut sein lassen und morgen weitermachen. Seine Eltern wüßten zwar, wo er sei, trotzdem seien sie beunruhigt, wenn er nicht nach Hause komme und auch nicht Bescheid gebe. Jillian ging überhaupt nicht auf ihn ein.

Es war nicht möglich, die langen, gezackten Blätter der Pflanze allein durch Einsätze zu fixieren. Jillian hatte die Behälter für die großen Pflanzen so unterteilt, daß sich eine Art Kettenmuster ergab. Wenn die einzelnen Blätter jeweils ein U darstellten, wurden immer zwei nebeneinanderliegende von dem gegenüberliegenden zusammengehalten. Sie mußte die Blätter mit Watte und Gaze umwinden und genau prüfen, an welchen Stellen sie noch Spiel hatten, und dort ausgleichen.

Bevor Jillian sich der Pflanze mit der gelben Knospe zuwandte, bat Alessandro erneut darum, die Arbeit abzubrechen. Er hielt den rechten Flügel der Leiter mit der rechten Hand, den linken Flügel mit der linken. Jillian stellte sich neben ihn, zog den Ärmel ihres Kittels hoch und hielt ihren linken Unterarm neben seinen rechten Unterarm. Überrascht, verständnislos, eingeschüchtert, angstvoll blickte er auf Jillians Arm, auf seinen Arm, auf das rote tätowierte Herz mit den Inschriften *Alessandro* und *Annalisa*.

Die ineinandergesteckten Teile des Stamms der Pflanze mit der gelben Knospe waren alle gleich groß, ebenso wie die schaufelförmigen Blätter, eins an jedem Stammteil, wiesen sie eine vergleichsweise glatte Oberfläche auf. Zwar waren sie sehr verschmutzt, ließen sich jedoch trotzdem leicht reinigen. Zum ersten Mal spürte Jillian so etwas wie Müdigkeit. Sie stieg die Leiter nicht mehr ganz so schnell hoch und machte jedesmal eine kurze Pause, wenn sie einen Behälter geschlossen hatte.

Alessandro bewegte sich in immer gleichbleibender Geschwindigkeit und sprach kein Wort mehr. Er hatte sich mit seinem Sklavendasein abgefunden. Jegliches Zeitgefühl war ihm verlorengegangen, es spielte keine Rolle mehr für ihn, ob draußen der nächste Tag angebrochen war oder ob dort schon die nächste Nacht herrschte. Er kam nicht mehr auf den Gedanken, die Höhle zu verlassen, um zu Hause anzurufen und den Grund seines Zuspätkommens zu erklären.

Die letzte Pflanze, die ohne Knospen, bestand nur aus ineinandergesteckten Stammteilen, sie barg die größte Herausforderung. Jillian hatte bereits Schwierigkeiten, die obersten Kelche abzunehmen. Sie mußte Druck ausüben, bevor sie die Teile in die Höhe stemmen konnte. Ihr blieb nichts anderes übrig, als Alessandro zu bitten, sie um die Hüfte zu fassen, damit sie bei der größeren Kraftaufwendung nicht das Gleichgewicht verlor.

Die untersten Teile waren nicht mehr senkrecht übereinander, sondern seitlich zusammengesteckt. Es gelang Jillian nicht, sie voneinander zu lösen. Sie traute sich nicht, noch mehr Kraft anzuwenden, weil sie befürchtete, die gebogenen Kelchteile abzubrechen.

Mittlerweile war es vier Uhr morgens, und Jillian wußte nicht weiter. Die Pflanze mußte demontiert werden, es war völlig ausgeschlossen, ineinandergesteckte Glasteile zu transportieren, auch wenn sie dafür eine besondere Verpackung anfertigen ließ. Die Teile waren zu schwer, die Kräfte zu groß. Man konnte die Verpackung noch so vorsichtig behandeln, das Glas würde an den gebogenen Teilen brechen.

Es geschah nicht zum ersten Mal, daß Jillian nicht schlief und einen Tag übersprang. Aber die Anstrengung und die Konzentration forderten ihren Tribut, Jillian hatte einen Wachtraum.

Der Kelch, der eben noch so hartnäckigen Widerstand geleistet hatte, löste sich wie von selbst. Ohne Schwierigkeiten konnte sie ihn entlang der Stange nach oben führen. Sie hielt ihn in beiden Händen und stieg die Leiter herab, als es passierte: Die Leiter schwankte, Alessandro hielt sie nicht fest, Jillian verlor das Gleichgewicht.

Sie wußte, sie würde fallen. Um sich festzuhalten, hätte sie den Glaskelch in eine Hand nehmen müssen, dazu hatte sie nicht genug Zeit. Ob sie sich verletzte oder nicht, wichtig war, daß das Glas nicht zerstört wurde. Sie riß die Arme hoch. Wenn sie mit dem Körper zuerst auftraf, die Arme hochstreckte und das Glas festhalten konnte, würde dem Glas vielleicht nichts geschehen.

Sie fiel.

Ihr Körper lag waagrecht in der Luft, die Arme mit dem Glas nach vorn gestreckt.

Sie würde das Glas nicht retten können. Die drei Pflanzen mit den Knospen waren von durchgehenden Eisenstangen gehalten worden, das Rückgrat der Pflanze ohne Knospen bestand aus ineinandergesteckten Eisenstangen. Alessandro hatte die oberste Stange zwischen zwei Behälter gestellt. Jillian schwebte über den beiden Behältern, ihre Hände hielten das Glas genau über die Spitze der Stange. Die Eisenstange durchbohrte den Kelch, ohne ihn zu zerbrechen.

Es gab kein Splittergeräusch.

Jillian ließ das Glas los.

Auch danach fiel das Glas nicht etwa mit einem scheppernden Geräusch auf die Behälter. Etwas, vielleicht Jillians Wille, verhinderte, daß das Loch, das die Eisenstange geschlagen hatte, größer wurde. Die zerstörten Glasteile regneten nicht auf den Behälter herunter. Während der Kelch herabglitt, zog eine unsichtbare Kraft die Glassplitter in einem Sog nach oben.

Immer wieder verlor Jillian das Gleichgewicht, immer wieder fiel sie, immer wieder wurde das Glas aufgespießt. Jillian konnte der Zeitschleife ihres Wachtraums erst entkommen, als sie an das Geld dachte, das Benford schon gezahlt hatte und noch zahlen würde.

Die Gläser würden abtransportiert und noch am selben Tag nach New York geflogen werden. In einer Maschine mit einer klimatisierten Ladezone, die Temperaturunterschiede beim Transport in einer gewöhnlichen Maschine hätten die Gläser zerstört. Benford würde sie am nächsten Tag in Empfang nehmen. Eineinhalb Millionen Dollar hatte er schon überwiesen, das war das Geld für Cindi, die anderen eineinhalb Millionen Dollar würde er anweisen, wenn er die Sammlung inspiziert hatte. Eineinhalb Millionen Dollar würde Jillian an die Citibank überweisen.

Die Citibank hatte Jacobs Anteil an der Spring Street übernommen, sie hatte sich bereits mit der Versicherung über den Kauf des anderen Anteils geeinigt. Die Bank würde das Haus aufteilen und die Geschosse separat verkaufen. Mit den eineinhalb Millionen hatte Jillian die Hand auf dem Erdgeschoß und dem ersten Obergeschoß: Van Bronckhorst wäre nicht mehr versucht, die beiden Etagen anderweitig zu verwerten, er würde ihr Zeit lassen, den restlichen Kaufpreis aufzubringen.

Bei Überweisungen schrieb Jillian die Summe immer von rechts beginnend, damit es keinen Irrtum über die Zahl der Nullstellen geben und niemand den Überweisungsträger manipulieren konnte. Jillian stellte sich vor, wie sie das Formular ausfüllte: Null, null, null, null, null, fünf, eins, durch die restlichen Kästchen zog sie einen Strich. Wenn sie etwas unterschrieb, war ihre Unterschrift gewöhnlich kaum leserlich. Diese Überweisung würde sie lesbar unterschreiben. Wobei sie aufpassen mußte, daß sie nicht übertrieb, die

Bank war ja ihre andere Unterschrift gewohnt. Es wäre eine nicht erwünschte Ironie gewesen, wenn die Bank ausgerechnet diese Überweisung zurückgehen ließe.

Als Jillian sich die Haare aus dem Gesicht strich, merkte sie, daß ihre Stirn schweißüberströmt war. Sie hielt sich die Hüfte und hatte sich den rechten Ellbogen aufgeschlagen. Ihre Glieder taten weh, als wäre sie tatsächlich von der Leiter auf den Boden gefallen. Aber der Gedanke an die Überweisung machte sie wieder stark.

»Let's roll!«

Sie stieg auf die Leiter, umfaßte den unteren Teil des Kelchs mit beiden Händen und schloß die Augen. Vorher hatte sie versucht, den Kelch zu lockern, indem sie ihn nach oben gedrückt und gedreht hatte. Jetzt preßte sie ihn mit aller gebotenen Vorsicht nach unten und drehte ihn dabei ebenfalls. Sie überwand einen Widerstand, danach ließ sich der Kelch problemlos hochheben.

Jillian stieg die Leiter herunter, den Glaskelch in beiden Händen, Alessandro hielt die Leiter fest, sie tat keinen Fehltritt.

Den Widerstand der beiden anderen Pflanzenarme konnte sie auf die gleiche Weise überwinden. Sie verpackte die restlichen Glasteile, verschloß alle noch offenen Behälter und präparierte auch die Eisenstangen für den Transport.

Alessandro hatte sich auf einen der großen Behälter gesetzt, Jillian rief ihn, aber er reagierte nicht. Sie ging zu ihm hin und hörte die regelmäßigen Atemzüge eines Schlafenden. Sie setzte sich neben ihn und hielt ihren linken Unterarm neben seinen rechten. Ein sechsarmiger Kerzenleuchter warf sein flackerndes Licht auf das Herz mit den Inschriften *Alessandro* und *Annalisa*. Die Haut auf seinem Unterarm war von einem Flaum grauer Haare überzogen, der zur Innenseite des Herzens, zum Anfang der Beschriftung hin so dicht wurde, daß er das Herz fast überwucherte. In der Beuge des Ellbogens und am Beginn des Handgelenks zogen sich tiefe Querfalten durch die Haut, die Innenfläche der Hand war schwielig und zerklüftet. Jillian hatte die Zeit für ihn so beschleunigt, daß er in der Höhle zum alten Mann geworden war.

Jillian thronte auf dem mit rotem Samt überzogenen Sessel. Ihre Befehle hatte sie erteilt. Auf keinen Fall durften die Behälter übereinandergestapelt werden. Sowohl das Zug-fahrzeug wie der Hänger enthielten Einsätze, die Behälter wurden wie in Regale geschoben, natürlich kamen die größeren, schwereren Behälter auf die untersten Flächen. Sie hatte Alessandro und seinen Mitarbeiter ermahnt, die Behälter gut zu fixieren, damit sie auf der Fahrt nicht ver-rutschten und sich nicht gegenseitig beschädigten.
Niemand hätte Jillian daran hindern können, den Lastwa-gen davonfahren zu lassen, ohne das Geld zu übergeben.
Cindi trug die gleiche Hose und die gleiche Jacke, diesmal richtig geknöpft. Die Kleidungsstücke sahen sauber, aber zerknittert aus, sie waren gewaschen und getrocknet, je-doch ungebügelt. Etwas verspätet wollte Jillian sich erhe-ben, aber Cindi legte ihr die Hand in den Nacken und drückte sie auf den Stuhl zurück.
Sie erkundigte sich, ob es Schwierigkeiten beim Verpacken der Gläser gegeben habe, ob gar etwas zu Bruch gegangen sei, sie ließ sich die Methode des Verpackens erläutern. Jil-lian war zu müde, den Vortrag zu halten, mit dem sie sonst ihre Kunden beeindruckte.
Obwohl es ihr angebracht erschien, Alessandro und seinen Mitarbeiter im Auge zu behalten, damit die beiden nicht

etwa aus Nachlässigkeit einen Behälter fallen ließen oder mit den Behältern zusammenstießen, konnte sich Jillian nicht entschließen aufzustehen. Um an Cindi vorbeischauen zu können, rückte sie auf dem Sessel zur Seite.

Damit hatte Jillian nicht gerechnet, daß Cindi sich neben sie setzte.

Cindi beugte sich vor und nestelte hinten an ihrer Jacke. Alessandros Mitarbeiter ließ sich den Blick in ihren Ausschnitt nicht entgehen. Cindi drückte ihren Hintern an den von Jillian.

Nachdem alle Gläser verpackt waren, hatte Jillian ein Taxi zur Bank genommen, um dort in Begleitung des Sicherheitsdienstes das Geld abzuholen. Mit schlechtem Gewissen zählte sie die Bündel stichprobenartig. Es hätte Stunden gedauert, die Hundertdollarscheine komplett durchzuzählen. Der Sicherheitsdienst chauffierte sie zurück zum Corso Buenos Aires, der Fahrer und ein Begleiter folgten ihr in das Gebäude. Jillian verabschiedete sie im Eingangsraum mit der Treppe.

Sie transportierte das Geld weder in Kelly Bags noch in Birkin Bags. Der Geldkoffer sah aus wie ein gewöhnlicher Aktenkoffer, das schwarze Leder camouflierte eine massive Stahlkassette. In der Bank hatte Jillian bei jedem der beiden Zahlenschlösser eine andere Kombination eingegeben. Gewaltsam konnte man die Kassette nur unter Zuhilfenahme eines Schweißbrenners oder eines Schneidgeräts öffnen, mit dem Schneidgerät beschädigte man den Inhalt der Kassette, mit dem Schweißbrenner zerstörte man ihn sicher. Jillian stellte den Geldkoffer hinter der umgestürzten Kanzel an die Höhlenwand.

Sie fand, sie hatte das Recht, müde zu sein. Um weiterer Konversation vorzubeugen, sagte sie übergangslos, sie habe das Geld mitgebracht, es sei hier unten in der Höhle, sie sollten warten, bis die Männer mit der Arbeit fertig wären, dann könne Cindi das Geld in Empfang nehmen.

Durch deren Körper ging ein Zucken. Ungeduldig sah sie den beiden Männern nach, die gerade einen Behälter hinaustrugen. Kaum waren die beiden außer Sicht, sprang sie energisch von dem Sessel auf, stützte sich auf die Rückenlehne und spähte in alle Ecken.

Das Ausräumen der Höhle zog sich länger hin, als Jillian veranschlagt hatte. Die zuerst abtransportierten großen Behälter waren leichter zu verstauen als die Vielzahl der kleinen, die Alessandro und sein Mitarbeiter jetzt hinaustrugen.

Jillian ruhte sich in dem Sessel aus, Cindi hockte sich davor auf den Boden. Sich mit dem Rücken an den Sessel anlehnend, legte sie den Kopf zwischen Jillians Beine.

Als die Männer wieder einmal die Höhle verlassen hatten, wies Jillian auf die umgestürzte Kanzel. Sie habe den Geldkoffer hinter die Kanzel gestellt.

Von diesem Augenblick an ließ Cindi die Kanzel nicht mehr aus den Augen. Sie sprach nicht mehr mit Jillian, sie beachtete sie gar nicht.

Jillian hatte vorgehabt zu kontrollieren, ob die Behälter auf dem Lastwagen auch richtig fixiert waren. Aber sie konnte Cindi mit dem Geld nicht allein lassen.

Sie stand auf, um Alessandro anzutreiben, und bot Cindi den Thron an.

Mit beiden Händen stützte sich Cindi auf den Seitenlehnen ab und rutschte nach vorn, so daß sie fast auf der Sitzfläche lag. Nur der Kopf berührte noch die Rückenlehne. Nicht einen Augenblick verlor sie die Kanzel aus den Augen. Jillian konnte hören, wie eine Naht ihrer Hose riß.

Jillian verabschiedete sich noch von Alessandro, da beugte sich Cindi schon über die Kanzel. Sie sah den Geldkoffer, aber sie traute sich nicht, ihn an sich zu nehmen. Ihr ganzer Körper ging vor und zurück. Jillian beeilte sich, zu der Kanzel zu kommen.

Cindi wandte sich um und kniete sich neben der Kanzel auf den Boden. Die Beine gespreizt, machte sie eine Geste mit der rechten Hand, Jillian solle den Geldkoffer vor ihr auf den Boden legen.

Mit schmalen Augen beobachtete Cindi, wie Jillian die Kombinationen der Schlösser einstellte und den Koffer aufklappte. Jillian hörte, wie Cindi unterdrückt heftig atmete.

Die Kunst als Erlösung

Damals war Jacob in Bestform gewesen. Jeden Monat war er zweimal nach Honolulu geflogen, immer mit Lalique-Gläsern im Gepäck. Ein Hotelbesitzer stattete die Wohnung seiner Freundin komplett mit französischem Art Déco aus. Sie bestand darauf, die Einrichtung ihrer Wohnung mit Jacob am Pool des Hotels zu besprechen. Hatte der Hausherr Auswärtstermine, wurden die Besprechungen auf einem Hotelzimmer fortgesetzt. Wenn er auf einer anderen Insel zu tun hatte, geschah es, daß sich die Besprechungen mit seiner jungen Freundin bis zum Morgengrauen hinzogen. War der Hausherr im Haus, verbrachte Jacob Stunden im Gym.

Es war ein unkompliziertes Geschäft. Jillian mochte Lalique nicht, sie hatten nie Lalique-Gläser in der Galerie. Jacob bot Stücke aus anderen Galerien an, natürlich mit entsprechendem Aufschlag.

Als Jacob braungebrannt und trainiert im Muscle shirt aus Honolulu zurückkam, bemerkte Jillian, sie würde wetten, für ihn sei es unmöglich, drei Monate keinen Sex zu haben. Er ging nicht darauf ein. Das erwartete sie auch nicht. Seine Frauengeschichten interessierten sie nicht. Sie wollte nichts davon wissen.

Er ahnte nicht, daß dies seine letzte Reise nach Honolulu gewesen war. Die Freundin hatte ihr Budget zu sehr überzogen, dem Hotelbesitzer war der Kragen geplatzt, weitere Anschaffungen hatte er verboten.

Jacob wettete nicht mit Jillian, sondern mit sich selbst. Tatsächlich konnte er sich nicht erinnern, nach seiner Kindheit irgendwann einmal längere Zeit ohne Sex ausgekommen zu sein. Er nahm sich vor, drei Monate keinen Sex zu haben. Würde er die Wette mit sich gewinnen, dann wollte er Jillian etwas schenken.

Es war ihm gelungen, zwei Monate durchzuhalten.

Eine Voraussetzung war, daß er in New York blieb und nicht verreiste. Jillian zeigte sich davon überrascht, wie eifrig er sich an der Vorbereitung der Vernissage für eine Ausstellung von Steuben-Glas beteiligte. Steuben konnte in keiner Weise mit Tiffany mithalten, das drückte sich auch in den Preisen aus, aber sie veranstaltete die Show, um neue Kunden an die Galerie heranzuführen.

Nach der Vernissage wußte Jacob buchstäblich nicht, was er weiter machen sollte. Da kam der Anruf der Witwe eines Professors für Kunstgeschichte an der Columbia University. Die alte Dame sagte, sie gehe ins Altersheim und löse ihren Haushalt auf. Ihr Mann habe eine große Bibliothek mit vielen Kunstbüchern hinterlassen, insbesondere über Glas, die biete sie der Galerie an. Es sei keine Frage des Preises. Ihr sei wichtig, daß die Bücher zusammenblieben. Jillian war gerade im Begriff, nach Japan zu reisen. Sie quittierte Jacobs Absicht, die Bibliothek des verstorbenen Professors zu sichten, nur mit einem zerstreuten Kopfnicken.

Der Professor hatte zuletzt in New Haven, Connecticut, gelebt. Unter der angegebenen Adresse fand Jacob ein bestens erhaltenes großes Holzhaus aus der Arts-and-Crafts-Periode.

Ihm öffnete ein Mädchen, noch ein Kind. Das Haus war ein Museum. Alle Möbel, Teppiche, Lampen und sonstigen Accessoires stammten aus der Zeit. Das Mädchen führte ihn in einen Salon, der bis auf den Teppich in der Mitte völlig leer war. Die Glasfenster genügten als Einrichtung: viermal derselbe See, im Frühling, Sommer, Herbst und Winter.

Die Glasfenster waren aus den Tiffany Studios. Jacob war elektrisiert.

Das Mädchen setzte sich auf die gepolsterte Holzbank vor dem herbstlichen See. Auf der tiefblauen, nur leicht gewellten Oberfläche spiegelte sich ein Abendhimmel. Die hinter einer Kette von dunklen Bergrücken untergehende Sonne färbte den Himmel gelb und die Streifenwolken orange. Der See war eingerahmt von Bäumen mit gelben und roten Blättern, im Hintergrund bildeten Felsen das Seeufer, im Vordergrund wuchsen auf einem Heideboden lilafarbene und blaue Blumen sowie Sträucher mit roten Blüten.

Das Mädchen saß kerzengerade, es preßte die Beine zusammen und hielt die Hände im Schoß verschränkt. Es hatte halblange, hinten gerade abgeschnittene Haare und trug ein rotes Kleid mit langen Ärmeln und einem weißen Kragen, weiße Kniestrümpfe und schwarze Lackschuhe mit Riemchen. Das Mädchen hieß Ailish und war die Enkelin des Professors und seiner Frau. Die Familie war irischstämmig, sie hieß Reilly. Die Großmutter war im Krankenhaus, das Mädchen sagte, es passe auf das Haus auf. Es drückte sich überhaupt nicht wie ein Kind aus. Während Jacob erklärte, was er in seiner Galerie machte, blickte er immer wieder zu den Tiffany-Fenstern hin.

Die Bibliothek war in völligem Durcheinander. An allen Seiten des Raums reichten die Regale vom Boden bis zur Decke, eine überschlägige Berechnung führte zu etwa vierhundertfünfzig laufenden Fuß Büchern. Jacob erklärte dem Mädchen, er müsse sämtliche Bücher aus den Fächern nehmen, um Ordnung zu schaffen. Das werde mehrere Tage dauern.

Das Mädchen erwartete, daß er sofort an die Arbeit gehen würde, was er auch tat. Das Ordnen von Büchern in dem alten Haus war genau die Art von Tätigkeit, die es wahrscheinlich machte, daß er die Wette mit sich selbst gewinnen konnte.

Nach ein paar Minuten kam das Mädchen zurück und brachte ihm auf einem Silbertablett Tee mit Milch und Zucker sowie Kekse.

Jacob hatte ein paar Stunden gearbeitet, als die Klingel ertönte. Das Mädchen öffnete die Tür. Jacob konnte nicht verstehen, was gesprochen wurde. Das Mädchen führte Besucher durch das Haus. Bevor es sich verabschiedete, streckte ein älteres Ehepaar die Köpfe in die Bibliothek, ohne jedoch den Raum zu betreten.

Danach suchte Jacob das Mädchen im Haus. Er fand es in der Küche, die sich im Originalzustand befand. Im Spülstein reinigte es eine andere Teekanne, offensichtlich hatte es den Besuchern ebenfalls Tee angeboten. Er fragte das Mädchen, wer die Besucher gewesen waren und was sie wollten. Das Mädchen betrachtete seine Frage nicht als unziemliche Einmischung, sondern gab eine sachliche Auskunft.

Die Großmutter müsse das Haus verkaufen. Der Großvater habe hohe Schulden hinterlassen. Nächste Woche werde das Haus versteigert. Es kämen viele Leute, um sich das Haus anzusehen. Jacob fragte das Mädchen, wo denn seine Eltern seien. Das Mädchen sagte nur, es lebe bei der Großmutter, und wandte sich ab.

Jacob kehrte nicht zu den Büchern zurück, sondern zu den Glasfenstern. Er kniete sich auf die Bänke davor, betrachtete die Elemente aus nächster Nähe und betastete sie.

Als er sich von dem Herbstfenster wegdrehte, erschrak er. Im Eingang zur Bibliothek stand das Mädchen, das er nicht kommen gehört hatte.

Er fragte das Mädchen, wann und wo die Versteigerung stattfinde. Das Mädchen sagte, das wisse es nicht. Es ging hinaus und ließ ihn stehen, kam jedoch bald wieder, um ihm die Visitenkarte eines Anwalts in New Haven zu überreichen.

Am nächsten Tag fuhr Jacob zuerst zu der Adresse auf der Visitenkarte. Der Rechtsanwalt war noch jung und hatte ziemlich lange Haare, war jedoch sehr gut gekleidet, das mußte ein italienischer Anzug sein. Er hatte die linke Hand immer in der Hosentasche, auch als er Jacob begrüßte. Jacob sagte nicht, daß er Galerist war.

Der Sohn des Professors hatte bei einer Bank einen Kredit von einer Million aufgenommen, das Haus diente als Sicherheit. Zuerst hatte der Sohn die Tilgungszahlungen ausgesetzt, dann war er mit den Zinszahlungen in Rückstand geraten. Der Anwalt wußte nicht, wozu der Sohn den Kredit aufgenommen hatte, noch was die Schwierigkeiten, den Kredit zu bedienen, verursacht hatte. Die Bank hatte den Wert des Hauses auf eine Million Dollar geschätzt, der Anwalt gab sich überzeugt, daß es nicht zur Versteigerung kommen würde. Das Haus sei ein Liebhaberobjekt, das konnte und durfte die Bank bei ihrer Schätzung nicht berücksichtigen. Es werde mit sämtlichen Einrichtungsgegenständen verkauft, und es sei mindestens das Doppelte wert. Er habe zwei Interessenten, die jederzeit bereit seien abzuschließen. Er warte nur noch ab, ob nicht einer der Interessenten vielleicht doch noch sein Angebot erhöhe.

Jacob rechnete. Die vier Tiffany-Fenster waren allein gut und gern soviel wert, wie für das gesamte Haus geboten wurde. Er würde die Fenster nicht in der Galerie verkaufen, sondern zu Christie's oder Sotheby's geben. Vorher würde er dafür sorgen, daß alle, aber auch wirklich alle, die als

Käufer dafür in Frage kamen, davon erfuhren. Das Haus und die Einrichtungsgegenstände bekam er umsonst dazu. Bei der Verabschiedung nahm der Rechtsanwalt seine linke Hand aus der Hosentasche. Jacob sah, daß er eine Holzprothese trug.

Noch auf dem Parkplatz vor der Kanzlei rief Jacob die Bank an. Üblicherweise erledigte Jillian alle finanziellen Dinge. Die Galerie gehörte Jacob und Jillian je zur Hälfte. Jacobs hälftiger Anteil an dem Haus diente auch als Sicherheit für einen Betriebsmittelkredit der Galerie. Jacob ließ sich mit van Bronckhorst verbinden, das war der Banker, mit dem Jillian gewöhnlich zu tun hatte. Er besuchte regelmäßig ihre Vernissagen. Jacob erklärte ihm, er brauche etwa zwei Millionen Dollar für den Kauf eines Arts-and-Crafts-Hauses. Er erwähnte die Glasfenster nicht, sondern stellte auf die Einrichtung des Hauses insgesamt ab. Wenn die bestimmt und katalogisiert sei, werde der Erlös dafür etwa drei Millionen ausmachen. Der Wert des Hauses komme noch dazu.

Die Sache sei eilig. Es war nicht möglich, in der zur Verfügung stehenden Zeit eine genauere Schätzung der Kunstgegenstände vorzunehmen, und natürlich konnte die Bank auch nicht in so kurzer Zeit die Bewertung der Immobilie durchführen. Jacob schlug deshalb vor, den Kredit durch eine weitere Grundschuld auf das Haus in der Spring Street abzusichern, das ja, wie der Banker wußte, seit der Unterzeichnung der letzten Verträge weiter im Wert gestiegen war. Der Banker hörte sich Jacobs Begehren freundlich an. Er wollte sich den Akt umgehend heraussuchen.

Am nächsten Tag fuhr Jacob fort, die Bücher zu ordnen. Dabei schweiften seine Gedanken ständig ab. Es gab zahlreiche Landschaftsfenster aus den Tiffany Studios, aber die

Darstellung ein und derselben Landschaft zu den vier Jahreszeiten war einmalig. Nächtens hatte Jacob in der Galerie sämtliche Bücher durchgesehen, die Glasfenster waren nirgendwo abgebildet. Es gab immer wieder Besitzer, die sich dagegen wehrten, daß ihre Stücke abgebildet oder auch nur erwähnt wurden. Meistens geschah das aus Furcht vor Einbrechern, insbesondere dann, wenn sich die Besitzer keine teuren Versicherungen leisten konnten.

Eins war jedenfalls sicher. Jacob würde die Wette gewinnen, die er mit sich selbst abgeschlossen hatte. Das Haus und dessen Inhalt beschäftigten ihn so sehr, daß für etwas anderes, zum Beispiel Sex, kein Platz war.

Ailish, sie trug immer dasselbe rote Kleid, schien zu wissen, daß er beim Rechtsanwalt gewesen war. Anders als am ersten Tag wich sie nicht mehr von seiner Seite. Sie hatte sich einen Kinderstuhl genommen und in den Durchgang zwischen der Bibliothek und dem Raum mit den Glasfenstern gestellt. Von dort aus verfolgte sie, wie Jacob schwitzend die schweren Bücher aus den Fächern nahm und auf dem Boden in Stapeln ordnete. Auf ihrem Kinderstuhl saß sie genauso stocksteif wie auf der Bank unter dem Herbstfenster.

Jacob hatte Muskelkater, denn die Kunstbücher waren schwer. Er sagte Ailish, er sei müde und würde sich gern etwas ausruhen, dabei deutete er auf die Fensterbänke im Salon neben der Bibliothek.

Sie setzte sich wieder unter das Herbstfenster, er unter das Sommerfenster. Dann erklärte er ihr, daß er überlege, das Haus zu kaufen. Dazu müsse er auch die anderen Räume besichtigen.

Wie im Erdgeschoß gab es auch im Obergeschoß kein modernes Stück. Die Schlafzimmer und das Arbeitszimmer des Professors enthielten zahlreiche vielversprechende Möbel. Außerdem hatte der Professor noch eine Keramiksammlung zusammengetragen.

Unter der Eingangstreppe befand sich eine Tür. Sie führte nicht, wie Jacob gedacht hatte, in einen Besenraum, sondern in den Keller. Die schmale und steile Steintreppe war nicht beleuchtet. Sie gelangten in einen niedrigen Heizungsraum, in dem lediglich eine schwache Glühbirne an der Decke brannte.

Jacob wunderte sich, Arts-and-Crafts-Häuser dieser Größe waren sonst nicht unterkellert. Die Heizungsanlage stammte aus den fünfziger Jahren, die Wände waren sauber verputzt.

Das Mädchen öffnete eine Metalltür zu einem zweiten Raum, der wieder unbeleuchtet war. Es entschuldigte sich, die Birne an der Decke sei durchgebrannt.

Jacobs Augen mußten sich nicht an die Lichtverhältnisse gewöhnen, um zu erkennen, was Ailish ihm zeigen wollte. Die Wände des Raums waren vollgestellt mit Blumen- und Landschaftsfenstern.

Jacob sagte, er brauche unbedingt Licht. Das Mädchen wollte ihm eine Taschenlampe bringen. Jacob ging zu einem Fenster, das eine Tempelruine darstellte. Er konnte sich an eine sehr ähnliche Abbildung in den Büchern erinnern. Im Gegensatz zu der Abbildung zeigte das Fenster, vor dem er stand, im Vordergrund eine Ziegelmauer, auf der ein Pfau stolzierte.

Obwohl der Raum nicht belüftet war und es somit keinen Luftzug geben konnte, fiel die Tür zu. Sie schloß dicht, und Jacob stand völlig im Dunkeln.

Er ging zur Tür zurück, indem er ganz vorsichtig einen Schritt vor den anderen setzte. Natürlich war unbedingt zu vermeiden, daß er aus Versehen in eins der Glasfenster hineinlief.

Schließlich berührte er das kalte Metall der Tür, suchte jedoch vergebens nach einer Klinke. Von innen war die Tür nicht zu öffnen.

Während Jacob auf Ailish wartete, erhielt er den Anruf des Bankers. Van Bronckhorst machte mit. Zwei Millionen waren kein Problem, dabei spielte nicht nur eine Rolle, daß der Wert des Hauses in der Spring Street stark gestiegen war. Van Bronckhorst erwähnte auch die sehr gute Bilanz der Galerie im letzten Jahr. Tatsächlich hatten sie neue Rekorde bei Umsatz und Gewinn aufgestellt.

In dem nur durch das Display seines Telefons aufgehellten Dunkel rief Jacob sofort den Rechtsanwalt an und sagte ihm, er wolle ebenfalls ein Gebot für das Haus abgeben. Zu seiner Überraschung baute der Rechtsanwalt Hindernisse auf. Das Angebot müsse bis Montag nächster Woche vorliegen. Er brauche eine Finanzierungsbestätigung der Bank und eine Vermögensaufstellung von Jacob. Die Vermögensaufstellung war eine Zumutung. Jacob mußte sich beherrschen, daß er sich nicht entsprechend äußerte. Auf seine Frage nach dem Grund dafür antwortete der Rechtsanwalt, die Banken ließen sich bei ihren Finanzierungsbestätigungen meistens eine Hintertür offen. Er müsse seiner Mandantin die Sicherheit geben, daß derjenige, der den Zuschlag erhalte, auch tatsächlich in der Lage sei, den Kaufpreis zu bezahlen. Technisch war die Vermögensaufstellung kein Problem, der Steuerberater mußte sowieso jedes Jahr eine für die Bank anfertigen.

Endlich kehrte Ailish mit einer sehr alten, völlig verrosteten Taschenlampe zurück. Sie entschuldigte sich für ihre lange Abwesenheit, sie hatte mit der Großmutter telefoniert.

Jacob fragte sie, wie es der Großmutter gehe, sie sagte, nicht gut, gab jedoch keine weitere Erläuterung.

Als Jacob am nächsten Tag den Rechtsanwalt anrief, um sich mit ihm zu verabreden, meinte der, das sei nicht nötig. Die beiden anderen Interessenten seien dabei, sich ständig gegenseitig zu überbieten. Einer habe schon dreieinhalb Millionen geboten, der andere werde bestimmt nachziehen. Die Sache werde auf vier Millionen hinauslaufen. Das wolle er Jacob nicht zumuten. Wenn er das Haus haben wolle, müsse er etwas über vier Millionen bieten und bereit sein, schnellstens zu unterschreiben. Voraussetzung seien natürlich die Finanzierungsbestätigung und die Vermögensaufstellung. Jacob fragte, ob es auch absolut sicher sei, daß alle in dem Haus befindlichen Gegenstände in das Eigentum des Käufers übergingen. Der Rechtsanwalt sagte, das sei gesichert, das Inventar des Hauses werde in einer Anlage zum Kaufvertrag vollständig erfaßt.

Unter den Augen von Ailish arbeitete Jacob an diesem Tag bis spät in die Nacht in der Bibliothek. Ailish ließ keine Anzeichen von Müdigkeit erkennen und Jacob auch nicht.

Schließlich fragte er sie, ob sie auch den anderen Interessenten den Keller gezeigt hatte. Sie antwortete, sie zeige allen das ganze Haus.

Am nächsten Tag erkundigte sich Jacob bei van Bronckhorst, ob die Bank auch bereit sei, den Kaufpreis zu finanzieren, wenn er sich verdopple. Er erklärte, das Inventar des Hauses sei viel umfangreicher und viel wertvoller, als er zunächst gedacht habe. Jacob hatte eine gewundene Absage erwartet, erhielt jedoch eine klare Zusage.

Jacob gab kein Angebot ab.

Mitte der Woche standen alle Bücher wieder in den Fächern

der Bibliothek, jetzt allerdings nach strengen Kriterien geordnet.

Am letzten Tag suchte Jacob den Rechtsanwalt auf, in der Erwartung, daß der das Haus bereits verkauft habe. Aber das war nicht der Fall. Der Interessent, der den Zuschlag bei vier Millionen bekommen hatte, mußte den Termin wegen einer dringenden Auslandsreise um ein paar Tage verschieben. Jacob kam am nächsten Tag wieder und unterschrieb alle Papiere. Der Kaufpreis für das Haus samt Inhalt betrug vier Millionen fünfzigtausend Dollar.

Als Jillian aus Japan zurückkehrte, erzählte Jacob ihr nichts. Er ließ lediglich einen Stapel mit Fotos des Hauses und seines Inhalts auf ihrem Schreibtisch liegen. Jillian sprach Jacob an, was er mit Professor Reillys Haus zu tun habe. Er sagte, er habe es gekauft. Sie sagte, das Haus sei nicht echt, Reilly habe es in den fünfziger Jahren gebaut. Dabei sei das Haus keine Replik, es gebe das Haus nicht noch einmal. Das Haus und alle Gegenstände darin seien Variationen von Entwürfen aus der Zeit. Die Fenster seien von alten Mitarbeitern aus den Tiffany Studios gefertigt worden, natürlich auch in den fünfziger Jahren.

Das Haus war bestenfalls eine Million wert, Jacob hatte über vier Millionen dafür gezahlt. Der Kaufpreis war bereits überwiesen. Es gab keine Möglichkeit, den Kauf rückgängig zu machen. Jacob und Jillian waren ruiniert.

»Hast du jemals richtig geliebt?«

Jack Winthrop ging zwei Klassen über Jillian ebenfalls auf die Wood-Ridge High School und spielte Gitarre in einer Band namens Doreen, benannt nach der Sängerin. Die anderen Mitglieder der Band waren Amateure und würden es bleiben, er hatte das Zeug zu einer professionellen Karriere. Zwar hatte er keine guten Noten, aber bei Intelligenz- und Eignungstests, auf die man sich nicht vorbereiten konnte, schnitt er regelmäßig sehr gut ab.

Jillian ging mit Jack Winthrop. Das bedeutete, sie war bei allen Auftritten der Band in der Turnhalle der Schule und in den Clubs der Umgebung dabei. Sie hätte nicht die Freundin eines Football-Spielers oder eines Leichtathleten sein können, dem sie während des Tages auf den Sportplatz hätte folgen müssen. Sie wußte, daß die anderen Mitglieder der Band bei den Proben Gras rauchten, ihre Begleiterinnen ebenfalls. Jack Winthrop nahm keine Drogen. Er wollte nicht, daß sie zu den Proben kam.

Wenn auf der High school ein Junge und ein Mädchen miteinander gingen, küßten sie sich und knutschten, nur wenige Mädchen schliefen mit ihrem Freund. Die Freundinnen der anderen Bandmitglieder schliefen alle mit den Jungen. Jack Winthrop erwartete nicht, daß Jillian mit ihm schlief. Ihre Klassenkameradinnen und Klassenkameraden gingen ebenfalls davon aus, daß sie es nicht tat. Aber sie wären sehr verwundert gewesen, wenn sie gewußt hätten, daß Jillian und Jack Winthrop sich nicht einmal küßten.

Jillian war völlig überrascht gewesen, als Jack Winthrop sich um sie bemühte. Die Mitschüler sahen sie beide als eine Art Traumpaar an. Jillian hörte nicht auf ihre innere

Stimme, sie verließ sich auf das Urteil der anderen. Dabei hatte sie immer das Gefühl, Jack Winthrop überhaupt nicht zu kennen.

Doreen traten in einem Club in Hasbrouck Heights auf. Der Gig bestand aus mehreren Teilen, im ersten spielte die Band Rock. Jillian tanzte mit der Freundin des Schlagzeugers, einer schwarzhaarigen Engländerin, die älter war als er und schon aufs College ging. Die Engländerin bewegte sich exaltiert, sie faßte sich in ihre langen Haare. Von ihr angefeuert, tanzte Jillian im stroboskopischen Licht so wild wie noch nie zuvor. Als sie merkte, daß Jack Winthrop auf der Bühne seinen Blick nicht von ihr abwandte, griff sie sich wie die Engländerin in die Haare.

Die Sängerin war viel zu dick. Die weinrote Bügelfaltenhose spannte über dem Hintern, unter dem schwarzen Tank top quoll der Bauch hervor. Ihre Lippen waren aufgespritzt, ein farbiges Tattoo bedeckte ihren rechten Oberarm. Weil ihre langen brünetten Haare darüberfielen, konnte man nicht erkennen, was das Tattoo darstellte. Im zweiten Teil spielte die Band nur langsame Lieder, niemand tanzte mehr. Die Sängerin umfaßte mit beiden Händen den Mikrofonständer und bewegte sich überhaupt nicht. Sie öffnete den Mund ganz weit, hielt die Augen geschlossen und streckte Hintern und Brüste heraus.

Jillian lag auf dem abgeschabten Sofa neben der Bühne, ein Bein auf dem Sofa, das andere herabhängend, den Ellbogen hinter dem Kopf. Die Sängerin wurde nur vom Keyboard begleitet. Jack Winthrop hatte einen zerschlissenen Ledersessel neben das Sofa gerückt und saß mit gekreuzten Beinen in dem Sessel. Während sie der Sängerin zuhörten, hielt er Jillians Hand.

Jetzt sang die Sängerin mit offenen Augen. Sie blickte zu Jillian und zu Jack Winthrop herüber. Jillian konnte nicht erkennen, wen sie ansah.

Er rückte seinen Sessel näher an die Couch heran, umfaßte mit beiden Händen Jillians Nacken und zog sie an sich. Seine Lippen spielten mit ihren, ihre Lippen mit seinen. Er forderte nichts, sie öffnete den Mund und erlaubte seiner Zunge einzudringen. Er preßte seine Lippen auf ihre, sie erwiderte den Kuß.

Es war, als hätte ihm die Sängerin den Befehl gegeben, Jillian zu küssen. In dem Augenblick, als ihr Lied endgültig verklungen war, ließ er mit einer plötzlichen, ruckhaften Bewegung von Jillian ab.

Als er zur Bühne ging, blickte er sich kurz um. Sein Gesicht war verzerrt, er fletschte die Zähne, seine Augen hatten einen stechenden Blick.

Nach dem Auftritt fragte er Jillian, ob sie ihn nach Hause begleiten würde. Jillian hätte niemals daran gedacht, das zu tun, aber sein Verhalten hatte sie so verunsichert, daß sie einwilligte.

Er wohnte nicht mehr bei seinen Eltern, sondern im Basement eines neu errichteten Bürohauses in Wood-Ridge. Eine schwarze Stahltür führte in einen fensterlosen Raum mit unbehandelten Betonwänden und einem hellen Industrieboden. Es mußte sich um eine Art Hausmeisterapartment handeln. Die einzigen Einrichtungsgegenstände waren ein mit roter Bettwäsche bezogenes Bett, ein alter Kleiderschrank aus Holz, dessen Tür sich nicht mehr schließen ließ, ein Stahlrohr-Schreibtisch mit schwarz gebeiztem Holz, davor ein grün bezogener Fünfziger-Jahre-Stuhl sowie ein Bücherregal aus hellem Holz mit Schulbüchern, Schul- und Notenheften. In dem Raum gab es keine Beleuchtung von oben, nur Bodenlampen neben dem Bett und am Eingang des Bads sowie Tischlampen auf dem Schreibtisch und dem Bücherregal.

Nach dem Konzert hatte sie ein Regenguß überrascht. Jillian war völlig durchnäßt. Er warf sein nasses Hemd in die Ecke und bot Jillian einen Platz auf dem Bett an. Für sich rückte er den Schreibtischstuhl vors Bett.

In dem Kellerraum war es kühl, Jillian zitterte in ihren nassen Sachen und fragte ihn, ob er nicht vielleicht ein einfaches T-shirt habe. Er kramte im Schrank und zog ein ungebügeltes, aber sauberes weißes T-shirt hervor, warf es neben Jillian aufs Bett und drehte sich um. Jillian knöpfte die Jacke auf, zog das Top aus, den BH ließ sie an, obwohl er ebenfalls naß war, und streifte das viel zu große T-shirt über.

Sie blieb auf dem Bett sitzen, er stand mit dem Rücken zu ihr. Schließlich blickte er auf die Uhr und sagte, er bringe sie nach Hause, wenn sie das wünsche, aber es sei schon spät. Sie solle besser hier schlafen. Er bot ihr das Bett an, zog einen Schlafsack aus dem Kleiderschrank und rollte ihn auf dem Teppich aus. Jillian ging zuerst ins Bad. Im Bett wickelte sie sich bis zum Hals in die Decke ein. Er kam aus dem Bad, löschte alle Lichter und stieg, ohne ein einziges Wort zu sagen, in den Schlafsack.

Jillian schlief tief, aber nicht lange. Sie tastete im Bett neben sich, es war leer. Was hatte sie erwartet. Sie trug Unterwäsche, trotzdem klemmte sie sich die Bettdecke vor die Brust, ehe sie sich aufrichtete und die Lampe neben dem Bett anmachte. Auch der Schlafsack war leer. Sie rief ein paarmal nach Jack Winthrop. Er war nicht mehr da.

Sie konnte nicht mehr einschlafen. Trotzdem wartete sie bis zum Morgengrauen, ehe sie das Apartment verließ.

Jillian wußte, daß die Band am Sonntag in der Schule

probte. Sie traf ihn dort allein an, die anderen verspäteten sich. Jillian fragte ihn, wohin er in der Nacht gegangen sei. Ohne sie anzublicken, spielte er weiter und antwortete, er sei einfach nur spazierengegangen.

Jillian war den Tränen nahe.

Sie hatte nicht vorgehabt, mit ihm zu schlafen, also durfte sie nicht enttäuscht sein, daß er nicht mit ihr geschlafen hatte. Aber sie hatte erwartet, daß er versuchen würde, mit ihr zu schlafen. Schonend, aber bestimmt, hätte sie sich geweigert, er hätte sich als Gentleman erwiesen und sie nicht weiter bedrängt. Sie hätte wütend sein müssen, weil er sie in ihrer Eitelkeit gekränkt hatte. Doch sie war nicht zornig, sie war niedergeschlagen und traurig.

Als die anderen Mitglieder der Band eintrafen, verhielt er sich, als sei nichts gewesen. Während der Baßgitarrist sein Instrument stimmte und der Schlagzeuger die Becken und die Hänge-Tom-Toms installierte, scherzte Jack Winthrop mit seiner Freundin und legte den Arm um sie. Alle mußten annehmen, daß – Jillian wollte gar nicht daran denken.

Unter der Woche mußte sie viel lernen, sie schrieb mehrere Tests. Am Freitag spielte die Band in einem Club, in dem sie noch nie aufgetreten war. Jack Winthrop ging selbstverständlich davon aus, daß sie ihn wieder begleiten würde. Am Donnerstag sagte sie ihm während der Pause vor dem Coke-Automaten, sie werde ihn weder diesen Freitag noch sonst begleiten.

Sie sprach stockend und mußte sich beherrschen, um nicht zu weinen. Sie ärgerte sich über sich. Es war ja überhaupt nichts gewesen. Sie hatten sich nur einmal kurz geküßt. Sie hatte ihn nur – begleitet.

Er geriet sofort außer sich. Mit der einen Hand griff er nach der Flasche, die in den Schacht fiel, mit der anderen faßte er

Jillian am Handgelenk und zerrte sie durch den Gang in den leeren Leseraum der Schulbibliothek. Dort schrie er sie mit hochrotem Kopf an. Sie sei mit ihm gegangen, sie könne ihn nicht einfach so stehenlassen. Er beleidigte sie. Sie sei zu klein, ihr Hintern sei zu dick. Er drohte ihr. Wenn sie nicht weiter mit ihm gehe, werde er allen erzählen, daß sie mit ihm geschlafen habe. Den Bandmitgliedern, den Klassenkameraden und Klassenkameradinnen, den Lehrern. Er werde ihre Mutter anrufen.

Die Bandmitglieder nahmen sowieso an, daß sie mit ihm geschlafen hatte, die Klassenkameradinnen und Klassenkameraden wären überrascht gewesen. Den Lehrern war es egal. Jillian bezweifelte, daß er ihre Mutter anrufen würde. Sie konnte beweisen, daß er log, sie war Jungfrau. Trotzdem ließ sie sich einschüchtern. Am Freitag fuhr sie mit der Band mit und begleitete sie noch zu weiteren Auftritten.

Sie hatte begriffen: Jack Winthrop wollte nur mit ihr gehen, um sich mit ihr zu zeigen. Sie war hübsch, ihr Hintern war nicht zu dick. Auch wenn sie es absichtlich vermied, A's zu schreiben, die Mitschüler hielten sie für intelligent. Sie war unnahbar, geheimnisvoll. Er hatte es geschafft, daß sie sein Mädchen war, das förderte seinen Ruhm.

Jillian war von der Leichtathletik befreit, die unter freiem Himmel stattfand, aber sie machte gern Konditionstraining und alle Arten von Übungen, die sie allein ausführen konnte. Sie haßte Mannschaftsspiele, aber der Sportlehrer hatte darauf bestanden, daß sie beim Basketball mitmachte. Eine zwei Köpfe größere, sehr kräftige Schwarze blickte nicht in die Laufrichtung und lief mit voller Geschwindigkeit in Jillian hinein. Jillian hatte eine Beule an der Stirn, ein Knöchel war sofort dick geschwollen. Der Sportlehrer hielt es nicht für nötig, sie nach Hause zu schicken.

Humpelnd traf sie in der Pause Jack Winthrop. Am Ende der Pause war ihr so schwindelig, daß sie sich nicht mehr auf den Beinen halten konnte. Sie bat ihn, er möge sie zu ihrem Klassenzimmer bringen, und hakte sich bei ihm ein. Es war das erste Mal, daß sie ihn von sich aus berührte. Er führte sie zum Klassenzimmer. Auf dem Weg begegneten sie dem Schlagzeuger und dem Bassisten der Band, die sich besorgt erkundigten, was Jillian zugestoßen sei.

Jack Winthrop begleitete sie nicht in das Klassenzimmer. Die anderen sollten ihn nicht mit der verletzten Jillian sehen. Ihr wurde so schwindlig, daß sie sich am Türrahmen festhalten mußte, ehe sie sich an den Stühlen entlang zu ihrem Platz hangeln konnte. Sie ging nicht zum Arzt, verbrachte jedoch drei Tage zu Hause, den angeschwollenen Fuß in einen Eimer mit kaltem Wasser getaucht.

Als sie wieder in die Schule ging, tat Jack Winthrop erneut so, als sei nichts gewesen. Doreen spielten wieder in Hasbrouck Heights, Jillian sagte einfach, daß sie nicht mitkomme. Er versuchte nicht, sie zu überreden.

Jillian hatte sich mit Carofiglio im 10 Corso Como Café Restaurant verabredet, durch einen Fehler war ihre Reservierung nicht berücksichtigt worden, man hatte sie in die 10 Corso Como Café Bar komplimentiert. Sie saßen in einem Glashaus, auf Stühlen mit unbequemen Drahtlehnen, an einem Steintisch, zwischen großen Töpfen voller wuchernder Grünpflanzen, neben einem innen blau ausgemalten, außen mit einem Mosaik verzierten Wasserbecken, in dem rote Blüten schwammen. Das Restaurant, die Bar und das gleichnamige Geschäft hatten dieselbe Besitzerin und waren vom selben Designer entworfen und eingerichtet. Das Geschäft führte Damenkleidung, Parfüm und Geschenkartikel, darunter auch Gläser und Bücher. Die Parfüms wurden auf fahrbaren Stellagen aus Plexiglas mit roten und weißen Kunststoffzwischenböden präsentiert, die anderen Objekte auf runden Glasscheiben, die auf billigen weißen Kunststoffkästen lagerten. Die Parfüms standen in Reih und Glied, hinter jedem Flacon die Verpackung. Es wirkte wie die Parfümsammlung einer Putzfrau. In dem Geschäft gab es eine Show mit Fotografien von Frauen, die Früchte im Mund hatten.

Das Glashaus sowie die entsprechenden Abtrennungen im Gebäude bestanden aus einfachen verglasten Metallkonstruktionen, hinter denen an Drahtnetzen Quadrate aus Milchglas mit einem viereckigen schwarzen Quadrat in der Mitte aufgehängt waren. Ein riesiges schwarzes Metallbild, quadratisch unterteilt und von hinten beleuchtet, beherrschte das Restaurant. In jedem der Quadrate waren zwei Formen ausgeschnitten, die entfernt an Gefäße aus Glas oder Keramik denken ließen. Der Designer gehörte nach Jillians Meinung umgebracht. Restaurant und Bar waren immer gut besucht, das galt auch für das Geschäft mit seiner unsinnigen Produktpalette. Die Besitzerin war eine Schwester der Chefredakteurin der italienischen *Vogue*, in der Restaurant, Bar und Geschäft ständig erwähnt wurden. Jillian hütete sich, die Frage Carofiglios zu beantworten.

Die Liebe, das war für Jillian der Weg zu sich selbst.

Jillian hatte das Gefühl, unzählige Beziehungen zu anderen Menschen einzugehen, die in einer eigentümlichen Selbständigkeit fortdauerten, unabhängig von der Situation, in der sie entstanden waren, nicht mehr angewiesen auf Willenserklärungen oder Willensäußerungen von ihr oder des anderen oder der anderen. Sie sah sich diesen Verbindungen wie Objekten gegenüber, von ihren Formen und Inhalten bald abgestoßen, bald angezogen, augenblicksweise mit ihnen verschmolzen, als wären sie Teil ihres Selbst, aber schon kurz danach in Fremdheit und Unberührbarkeit gegen sie gestellt. Die Einsicht und die Gewißheit, daß sich diese Kontakte nicht einfach ergaben, daß sie, Jillian, sie erzeugte, ihre Festigkeit, ihr Geronnensein, ihre beharrende Existenz, das war gewollt, von ihr gewollt. Sie selbst stellte das alles ihrer Lebendigkeit, ihrer inneren Verantwortung, ihren inneren Spannungen entgegen. Ihr Leben war rastlos, aber endlich. Ihre Beziehungen, einmal eingegangen, unbeweglich, zeitlos. Auf ewige Zeiten würde sie dem Bombardement von Robinsons Geschäftsideen, von Bovas ökonomischen Vorträgen, von Benfords politischen Ansichten ausgesetzt sein.

Die Liebe war niemals nur das, was sie im Augenblick war, sondern ein Mehr, in ihr war ein höheres und besseres Selbst vorgeformt, kein an irgendeiner Stelle fixiertes geistiges oder körperliches Ideal, sondern was herauskam, wenn sich die in ihr ruhenden Spannkräfte entfalteten. Wie ihr Leben und seine Steigerung in ihrem Bewußtsein seine Vergangenheit in einer sehr unmittelbaren Form stets bei sich behielt, wie das Vergangene in seinem ursprünglichen Inhalt und nicht nur als Ursache späterer Entwicklung in ihrem Bewußtsein weiterlebte, so umschloß es auch seine Zukunft. In jedem ihrer Lebensaugenblicke wohnte schon die spätere Form, und zwar mit einer von ihr auch so empfundenen innerlichen Notwendigkeit. Während die anderen nur den Augenblick der Gegenwart besaßen, erstreckte sich ihr Leben in einer unvergleichlichen Art über Vergangenheit und Zukunft. Wenn die anderen wollten, dann war das ein Reflex. Wenn sie machten, was sie für ihre Pflicht hielten, war es ein anderer Reflex. Fühlten sie sich berufen, waren das Illusionen, hofften sie, war es lächerlich. In den letzten zehn Jahren waren die bedeutendsten Gläser durch ihre, Jillians, Hände gegangen. Wenn sie, Jillian, wollte, wenn sie ihrer Pflicht nachkam, wenn sie sich berufen fühlte, wenn sie hoffte, dann war das berechtigt.

Ihr Ich war kein formales Band, das die Entfaltung ihrer Kräfte umschloß, vielmehr wurde es erst durch diese Kräfte im Ganzen entwickelt, wobei dieser Entwicklung immer ein Zweck, eine modellhafte Ausgebildetheit vorangestellt war, zu der ihre Ziele und Mittel im einzelnen als Mittel im Gesamten erschienen. Wenn sie sich ein Ziel setzte, so stand dahinter immer ihr gesamtes Ich, die Totalität ihrer Seele. Sie wollte ein Versprechen erfüllen, das sie sich selbst gegeben hatte.

Liebe, das war nicht diese oder jene Übereinstimmung, diese oder jene Zuneigung, die vielleicht erwidert wurde, dieses oder jenes gegenseitige Aufschaukeln, dieses oder jenes gemeinsame Erreichen. Liebe mochte mit diesen Dingen auftreten, Liebe konnte sogar daran gebunden sein, aber Liebe war niemals identisch mit einer gesteigerten Verbindung zu einem Menschen. Liebe war ein Cluster von Beziehungen zu einem Menschen, das eine Bedingung erfüllen mußte: Das Cluster förderte ihr, Jillians, innerstes Selbst, half ihr, ihr Ich zu definieren, war Diener des Zentrums ihrer Seele.

Sie gestattete sich Abneigungen und Zuneigungen. Dabei hatte sie keine Angst, daß sich diese als Bündel von Entwicklungslinien in recht verschiedener Stärke und nach recht verschiedenen Richtungen hin entfalteten. Aber solche Neigungen konnten niemals etwas mit Liebe zu tun haben. Zuneigungen und Abneigungen führten weg von der geschlossenen Einheit, es waren Linien, die nicht zu Ende gezeichnet werden konnten. Liebe – das war eine Beziehung, die von der geschlossenen Einheit wegführte, sich vielfach entfaltete und wieder zu einer Einheit zurückführte, die nur noch dem Namen nach geschlossen, aber tatsächlich entfaltet war.

»Wünschst du dir Kinder?«

Noch niemand, der Jillian kannte, war auf den Gedanken gekommen, sie könne sich Kinder wünschen.

»Manchmal.«

»Sich manchmal Kinder zu wünschen, reicht nicht.«

»Ich bin zu sehr mit der Galerie beschäftigt und habe einfach keine Zeit für andere Dinge.«

»Ist es das wert?«

Alle Beziehungen, die Jillian einging, waren eifersüchtig auf ihr Leben, wollten ihm Fesseln anlegen. Dagegen konnte sie sich nur wehren, indem sie sich regelrecht dazu zwang, jede einzelne als einen Wert zu empfinden. Gegen ihre Überzeugung setzte sie ihr Leben mit einem Verlaufen, mit einem Verfließen gleich und versuchte, sich einzureden, ihre Verbindungen gehörten einer nicht vergehenden Ordnung an: einer logischen Ordnung, nicht die Sammler sammelten die Objekte, die Objekte sammelten die Sammler. Niemals einer rechtlichen oder moralischen Ordnung. Sie brach jedes Recht, wenn es für sie und ihre Objekte besser war, eine moralische Ordnung gab es für sie nicht. Indem sich ihre Beziehungen als Träger von Werten offenbarten, enthoben sie sich der Möglichkeit, Jillians Leben zu isolieren.

Wenn sie ein Kind hätte – ja, manchmal konnte sie sich vorstellen, eins zu haben –, dann müßte für ihr Kind die charakteristische Fremdheit zwischen ihrem Leben und ihren Beziehungen aufgehoben sein. Sie machte sich vor, der Spalt sei nicht so tief, immer wieder erreichte sie, daß der

Spalt kleiner wurde, manchmal überbrückte sie ihn. Aber im ganzen war es eine Illusion zu meinen, auf diese Weise könne sie zu sich selbst zurückkehren. Ihr Kind sollte eine natürliche ursprüngliche Einheit besitzen. Ihr Kind sollte unfremde Verbindungen eingehen, die ganz natürlich Teil seines Selbst waren.

»Würdest du heiraten, wenn du verliebt wärst?«

Jillian *war* mit Jacob verheiratet. Carofiglio wußte das.

»Ich könnte lieben, ohne zu heiraten.«

Jillian überlegte, wen sie lieben könnte.

Zu ihrer eigenen Überraschung kam sie auf Bova.

Die Gläser konzentriert in dem fensterlosen Raum des Lautner-Hauses. Die Rechnungen für seine Gläser gingen an die Firma, für die er arbeitete. Die Gläser hatten nichts, aber auch gar nichts mit dem Geschäftszweck der Firma zu tun. Bova war der Vorgesetzte derjenigen, die in der Firma die Rechnungen kontrollierten. Jedes neu angeschaffte Glas ein weiterer Betrug an der Firma. Die Vergeltung dafür der Biß im Beverly Center?

Bovas Existenz war von einer letzterreichbaren Vollendung. Aber er war von so starrer Vollkommenheit, daß sie nicht wußte, wie sie aus ihm Energien für ihre Entwicklung ziehen sollte. Er konnte sie noch listiger, noch rücksichtsloser, noch erbarmungsloser machen, als sie war. Aber damit entwickelte er nicht eigentlich sie, sondern nur ihr Verhältnis zur Welt.

Gegen Bova war Carofiglio ein Schattenspiel.

»Man denkt, man hat die Wahl: nicht zu lieben. Ohne schlechtes Gewissen. Man fühlt sich wie Gott. Aber vielleicht ist man gar nicht Gott, und es zerstört einen … Kennen wir wirklich den Preis dafür, daß wir nicht lieben wollen?«

Die Beziehungen, aus denen Jillian ihr Ich, ihr Selbst organisieren sollte, gehörten ihr nicht. Von einem räumlichen und zeitlichen Außerhalb her waren sie an Dinge gebunden, von Gedanken heraufbeschworen, von Menschen konstruiert und wiesen deshalb Formen auf, von denen Jillian niemals wollen konnte, daß sie mit ihrem Ich in eins fielen. Andere Welten wollten die Zentrierung von Jillians Ich zerbrechen, um sie nach ihren Ansprüchen zu formen. Die Welten der anderen griffen nach Jillians Selbst, um es in sich hineinzuziehen. Jede Verbindung sagte ihr: Du empfindest dich selbst als Zentrum, das all sein Wissen und seine Neigungen harmonisch und gemäß einer Logik, die du dir selbst ausgesucht hast, um dich herum ordnet. Aus dem Zentrum heraus fühlst du dich mit jedem peripheren Inhalt solidarisch, wenn du deiner Logik gehorchst. Aber tatsächlich stehst du nur im Schnittpunkt zweier Kreise, von denen jeder dich für sich reklamiert, und es spielt gar keine Rolle, ob das Zentrum des Kreises ein Ding, ein Gedanke oder ein Mensch ist. War es sinnvoll, von einer Innen- und einer Außenseite dieser Beziehungen zu sprechen? Mit ihren Außenseiten hielten die Beziehungen untereinander Kontakt. Die Summe der Innenseiten, das war sie, Jillian? Wie trat sie mit sich selbst in Kontakt?

»Gleich, wen wir bezahlen müssen, ich zahle mit Amex. Das kostet ihn höhere Gebühren als MasterCard oder Visa.«

Jillian strebte die Vollendung ihrer Seele an. Nicht im Guten. Sie wußte, sie konnte diese Vollendung nicht unmittelbar aus sich selbst heraus erreichen. Sie mußte sich in Teilrichtungen zerspalten, die sie unter dem Gesichtspunkt Zweck und Mittel bewertete. Dabei setzte sie sich unsagbaren Fragwürdigkeiten und Zerrissenheiten aus, denn im Strom des Lebens wurde die Reihe der Mittel für den End-

zweck unablässig verlängert und verdichtet. Die Unüber-
sehbarkeit der Zweck- und Mittelreihen führte dazu, daß
immer wieder irgendwelche Mittel in ihrem Bewußtsein zu
Endzwecken wurden. Vieles schien ihr, während sie es erstrebte, und manches sogar noch, wenn sie es erreicht
hatte, als Manifestation ihres Willens, was aber nur Mittel
und bloße Durchgangsstation für den tatsächlichen Zweck
war. Das war nicht zu vermeiden, denn bei der Ausge-
dehntheit und Verwickeltheit ihrer Bestrebungen wäre ihr
der Atem ausgegangen, hätte sie immer nur das Endziel vor
sich, von dem sie nie wußte, wie weit es wirklich entfernt
war.
Die Verbindungen zur Welt taten sich zusammen in einer
objektiven Wirklichkeit, mit einer Logik und einem Form-
willen, mit denen sie ihre Schöpfer nicht aufgeladen hatten.
Liebe entstand nicht aus der Einheit einer Seele und auch
nicht aus der Einheit mehrerer Seelen. Jillian wußte: Wenn
sie lieben würde, dann würde die Liebe ihre Seele erdrük-
ken und ersticken, weil sie weder dazu in der Lage war, die
Liebe so anzunehmen, daß sie sich mit ihr innerlich verbinden konnte, noch es fertigbrachte, sich einfach gegen sie
abzuschotten. Wenn Jillian liebte, dann würden die Mittel
der Liebe die Liebe selbst überwuchern, die Mittel würden
alles tun, um zu Endzwecken zu werden, sie würden die
Würde der Liebe beanspruchen.
Das war der Zwiespalt Jillians: Nur durch Liebe konnte sie
sich vollenden, nur durch Liebe konnte sie ein immer weniger guter Mensch werden. Aber in der Liebe entfernte sie
sich von sich selbst, und die Furcht davor, nicht zu sich
selbst zurückkehren zu können, wog stärker als das Ziel,
kein guter Mensch zu sein. Deswegen lebte Jillian hinter
einer Glaswand.

Kaum hatte sich Jillian von Carofiglio verabschiedet, als sich Bova meldete.

»Mit ihren Exporterlösen haben die Ausländer Bonds, Stocks und Immobilien in den U.S.A. gekauft, bis 2003 Bonds im Wert von 1,8 Billiarden Dollar und Stocks im Wert von 1,5 Billiarden Dollar. Fällt der Dollar...«

Jillian wollte Cheerleader für die Blue Devils werden. Natürlich war das Jack Winthrops Idee. Die Cheerleader übten in der Halle. Im Freien würde sie eine undurchsichtige Strumpfhose anziehen. Während der Spiele konnte sie sich in den Schatten der Zuschauertribüne zurückziehen. Jillian trug die Cheerleader-Uniform der Schule. Auf dem Weg zum Vortanzen fing ihr Mathematiklehrer sie ab.

Mr. Fielding war Engländer. Er förderte Jillian und hegte den zutreffenden Verdacht, daß sie mit Absicht keine A's schrieb. Mehrmals hatte er sie nach dem Unterricht in ein Gespräch verwickelt, er hatte ihr Bücher empfohlen, die sie interessieren und ihr weiterhelfen konnten, und ihr nahegelegt, Mathematik zu studieren. Jillian hatte höflich zugehört und auch die eine oder andere Frage gestellt, die Mr. Fielding zeigen sollte, daß er in seiner Einschätzung ihrer Fähigkeiten nicht falsch lag. Sie wollte nicht Mathematik studieren, aber sie wollte auch Mr. Fielding nicht enttäuschen. Deshalb hatte sie sich aus der Schulbücherei die empfohlenen Bücher besorgt und in ihnen gelesen.

In der Cheerleader squad verschwende sie nur ihre Zeit. Niemals hätte Jillian gedacht, daß Mr. Fielding so aus sich herausgehen würde. Ihre mathematische Begabung sei ein Geschenk, mit dem sie sorgsam umgehen müsse. Jillian erinnerte sich auch an das Wort Verantwortung. Zögernd hatte sie entgegnet, sie wolle einfach nur ein Leben haben. Sie wolle etwas Normales tun.

Niemals würde Jillian den Blick vergessen, mit dem Mr. Fielding ihre Pom-poms gemustert hatte.

Jillian wurde nicht Cheerleader. Die anderen Mädchen tanzten auch nicht besser als sie, aber sie bewarb sich zum ersten Mal, andere versuchten es schon zum wiederholten Mal. Jillian verstand, daß Einsatz belohnt wurde. Sie bewarb sich nicht wieder.

Natürlich registrierte Mr. Fielding, daß sie nicht Mitglied der Cheerleader squad wurde. Sie wußte jedoch nicht, ob er wußte, daß sie abgelehnt worden war, oder ob er vielleicht annahm, daß sie von sich aus verzichtet hatte. Zwar sprach er sie nicht mehr an, aber wenn sie bei Tests zwischen A und B lag, gab er ihr immer die bessere Note. Auf diese Weise schrieb sie doch einige A's.

Jillian hatte Bova nicht zugehört, er mußte seine Frage nach der Martinuzzi-Sammlung zweimal stellen. Kurz angebunden erklärte ihm Jillian, die Sammlung sei verkauft, und gab an, die komplette Summe dafür im vorhinein erhalten zu haben.

Darauf erzählte Bova, wie er bei einem Casting eine italienische Schauspielerin kennengelernt hatte.

»Sie heißt Rita Moroni, ist Venezianerin und sehr attraktiv, aber für uns um die Hüften zu breit. Ich habe ihr erzählt, daß ich Glas sammle. Sie ist schon lange aus Venedig weggezogen, aber sie hat dort noch einen Onkel, der eine unglaubliche Sammlung haben muß. Er kannte die Scarpas und Bianconi. Die Gläser sind nicht publiziert und wurden noch nie ausgestellt.

»Der Onkel braucht Geld, um seinen Palazzo zu renovieren. Sein Sohn ist in Argentinien verschwunden. Der Onkel ist der Pate der Schauspielerin.«

Bova gab Jillian eine italienische E-mail-Adresse, Jillian solle sich auf ihn berufen.

»Wenn die Sammlung zu verkaufen ist, dann kaufe sie. Vielleicht kaufe ich sie dir ab.«

Er schlug kein gemeinsames Geschäft vor!

Er wollte nicht einmal eine Provision!

Jillian war den beiden seltsamen Gestalten dankbar, daß sie die Schauspielerin im Beverly Center überfallen hatten. Vor allem der Frau, die Bova gebissen hatte.

Jillian fragte Bova, ob die Wunde gut heile. Die Ärzte hatten die Wunde versorgt und einen Bluttest gemacht, der eine Woche später wiederholt worden war. Alles sei in Ordnung.

Jillian suchte Alessandro spätabends in seiner Werkstatt auf. Die Behälter kosteten ziemlich genau hunderttausend Euro, Alessandro hatte eine Rechnung über fünfzigtausend Euro geschrieben, Jillian gab ihm einen Scheck über fünfzigtausend Euro und versprach, ihm die anderen fünfzigtausend innerhalb der nächsten zwei Wochen in Cash zu übergeben.

Sie dachte nicht daran, die restlichen fünfzigtausend zu bezahlen. Genau wie Cindi hatte Alessandro nichts in der Hand. Er konnte nicht vor Gericht gehen, um seine Forderung einzuklagen, denn die Vereinbarung mit ihm war nicht legal. Cindi und Alessandro hatten keine Möglichkeit, Jillian zu zwingen, ihren Teil der Abreden einzuhalten. Alessandro starrte die ganze Zeit auf ihren linken Arm, aber es bestand keine Chance, daß der Ärmel ihres Sweatshirts hochrutschte. Wie empfohlen, hatte Jillian das Tattoo mit Nagellackentferner beseitigt. Die Haut auf dem

Unterarm war gerötet und juckte. Die Bündchen an den Ärmeln verhinderten, daß die Luft zirkulierte, Jillian war es in der Jacke viel zu warm. In dem Arm pochte das Blut.

Alessandro bot ihr an, sie in die Stadt zurückzufahren, aber sie ließ sich nicht einmal zum Bahnhof bringen. Dort mußte sie allerdings feststellen, daß sie sich im Fahrplan vertan hatte, der letzte Zug war schon abgefahren. Ihr blieb nichts anderes übrig, als ein Taxi zu rufen.

Sie wartete über eine halbe Stunde, bis das Taxi endlich kam. Mehrere Männer sprachen sie an, sie hielten sie für eine Prostituierte.

Das Taxi war ein Fiat Multipla. Von allen Taxis auf dem Kontinent kam es den englischen Taxis am nächsten, es gewährte dem Fahrgast die größte Beinfreiheit. Jillian wußte nicht, wie lange es das Modell schon gab, aber in keinem Fall so lange, daß der Wagen so aussehen durfte wie derjenige, in den sie einsteigen sollte. Nur der rechte Scheinwerfer brannte, der linke war gänzlich ausgefallen, zuerst hatte Jillian gedacht, ein Motorradfahrer hielte auf sie zu. Das Taxi war nicht einfach schmutzig, der Staub und der Dreck schienen sich mit der Lackierung verbunden zu haben. Sowohl der vordere als auch der hintere Kotflügel auf der Fahrerseite waren verbeult, sogar auf dem Dach konnte Jillian eine Delle erkennen.

Der Fahrer hatte alle vier Fenster geöffnet. Als er sich umwandte, um Jillian die Tür hinter sich zu öffnen, beleuchtete die Straßenlaterne ein Gesicht, das mehr breit als hoch war. Ein riesiger, völlig gerader Mund, zusammengewachsene gerade Augenbrauen, ein Kinn wie eine Schublade, die streichholzlangen dunkelblonden Haare fielen um eine niedrige Stirn, der Kopf wirkte wie abgeschnitten. Die Ohren sahen aus wie die Kerzenlöscher in der Kirche. Der

Fahrer begrüßte sie, und riesige obere Schneidezähne wurden sichtbar, während es hinter der Unterlippe metallisch glänzte. Jillian dachte an Stahlzähne, das konnte doch nicht sein.

Beim Einsteigen mußte sie sich hinter dem Fahrer vorbeizwängen. Sein Spezialsitz machte die gesamte Beinfreiheit des Multipla zunichte. Er hatte so breite Schultern, daß der hinter ihm sitzende Fahrgast nichts von der Straße vor dem Auto sah.

Sie waren ein paar Minuten gefahren, als das auf dem Beifahrersitz liegende Telefon summte. Wie in Zeitlupe führte es der Fahrer zu seinem Ohr. Er selbst sprach nur ein paar abgehackte Sätze. Das Telefon war sehr laut eingestellt, eine männliche Stimme redete auf ihn ein. Nachdem er das Telefonat beendet hatte, griff der Fahrer nach einer Keksdose auf dem Beifahrersitz. Er zog eine kleine weiße Spritze hervor, deren Inhalt er sich umstandslos während des Fahrens durch die Hose hindurch in den linken Oberschenkel verabreichte.

Der Fahrer sprach mit einem starken deutschen Akzent.

Vor ein paar Tagen hatte Jillian auf CNN einen Bericht über die Aufzeichnungen von Eric Harris und Dylan Klebold gesehen. Das waren die beiden Jugendlichen, die an der Columbine High School erst dreizehn Mitschüler und dann sich selbst erschossen hatten. Harris und Klebold waren Fans einer amerikanischen Band mit deutschen Wurzeln, die den Namen KMFDM führte. Das war eine Abkürzung, die Harris und Klebold auf deutsch buchstabieren konnten: *Kein Mitleid für die Mehrheit.*

Harris hatte geschrieben, er habe das Ziel, soviel wie möglich zu zerstören, deshalb dürfe er sich nicht von Gefühlen wie Mitleid oder Gnade ablenken lassen, er werde sich zwingen zu glauben, daß alle Menschen nur Monster aus *Doom* seien. Der Mordplan wurde stets mit dem Kürzel *go NBK,* nach dem Film *Natural Born Killers* von Oliver Stone, umschrieben. Der Reporter zeigte die Liste von Mitschülern, die sterben sollten, er zitierte aus Haßtiraden und Testberichten über selbstgebastelte Napalmbomben. Die beiden hatten jeden Waffenkauf in den Kalender eingetragen und einen minutengenauen Zeitplan für den Morgen der Tat erstellt.

Jillian wurde aus ihren Gedanken gerissen, als sich das Telefon des Fahrers erneut meldete. Wieder redete dieselbe Stimme auf ihn ein, wieder setzte er sich eine Injektion.

Er brachte Jillian nicht auf dem direkten Weg in die Innenstadt zurück, der durch mehrere kleine Dörfer führte, sondern fuhr auf die Autostrada Mailand–Venedig. Für diesen Umweg gab es keine Rechtfertigung, der Weg über die Landstraße war der bei weitem kürzere, die Ampeln in den Dörfern waren ausgeschaltet. Aber Jillian traute sich nicht, etwas zu sagen.

Klebold hatte einen Aufsatz über das Denken und die Motivation von Charles Manson verfaßt, Harris Aufsätze über die Kultur der Nazis und über Waffen in der Schule. Harris hatte geschrieben, der Nationalsozialismus sei die rassistischste Regierungsform überhaupt und daß Waffen nicht in die Schule gehörten, aber er hatte auch geschrieben, Vergasen sei bei weitem die effizienteste Tötungsmethode. Dylan Klebold, seine Eltern hatten ihn nach dem Dichter Dylan Thomas benannt, hatte eine Kurzgeschichte für die Schule verfaßt. Ein Fremder kommt in die Stadt. In einen weiten schwarzen Trenchcoat gehüllt, trägt er einen Gürtel mit automatischen Waffen und Munitionsclips und eine schwarze Tasche. Genauso hatten sich Klebold und Harris ausgerüstet. Vor einer Bar trifft er eine Gruppe College kids, die ihn beleidigen. Er tötet sie der Reihe nach. Der Fremde geht davon. Er hat seine Bestimmung gefunden. Er strahlt Kraft, Zufriedenheit und Göttlichkeit aus.

Einmal hatte Harris geschrieben: *I just love Hobbes and Nietzsche.* Ein Kalendereintrag lautete: *Memorize Erlkönig.*

Am Ende der Autobahn angekommen, nahm der Taxifahrer nicht die Tangenziale Est, sondern fuhr auf der Tangenziale Ovest weiter. Als Jillian am Hotel angekommen war, entsprach die zurückgelegte Strecke dem Doppelten derjenigen über die Landstraße. Jillian zahlte und sagte nichts.

Jillian hatte Carofiglio um zwei Uhr morgens zur Stazione Centrale bestellt. Sie hatte ihm nicht gesagt, daß sie die Martinuzzi-Sammlung längst gekauft und auch schon verkauft hatte. Er könne die Sammlung günstig kaufen, sie selbst sei nicht mehr daran interessiert. Sie hatte vorgegeben, sie wolle mit Cindi, der Besitzerin der Sammlung, in einen Club in der Nähe gehen. Er solle sie begleiten, so könne er Cindi kennenlernen.

Nach jahrelangen Restaurierungsarbeiten war die Fassade des in Marmor und Pietra del Carso errichteten Liberty-Baus der Stazione Centrale nicht mehr von Gerüsten verstellt. Die Pferdewagen an den Ecken des dreigeteilten Hauptportals, die Löwenköpfe auf den Friesen, die Tiger über dem Aufsatz des Hauptportals und die Kapitelle an den ebenfalls jeweils dreigeteilten Fassaden neben dem Hauptportal waren schon wieder verschmutzt. Die Stazione Centrale war größer als die Central Station in New York.

In der Mitte der Piazza Duca d'Aosta setzte ein Taxifahrer einen Fahrgast ab. Er hielt so, daß seine Scheinwerfer einen roten Ferrari Testarossa anstrahlten.

Alle Fenster des Ferrari waren heruntergelassen, am Steuer saß Buonavolontà. Sein kahler Kopf reflektierte das Scheinwerferlicht des anderen Wagens wie ein Spiegel. Jillian konnte erkennen, wie Buonavolontà sprach und mit beiden Händen gestikulierte.

Der Fahrgast des Taxis und Carofiglio stiegen gleichzeitig aus, Buonavolontà und der Taxifahrer fuhren zugleich los. Jillian trat hinter den Lieferwagen zurück, in dessen Schatten sie sich begeben hatte, damit Carofiglio sie nicht sah. In der gebogenen Scheibe des Lieferwagens spiegelte sich ihr Gesicht verzerrt: Sie hatte die gleichen Wülste auf der Stirn wie Buonavolontà. Das schwarze Makeup erzeugte den Effekt von tief in den Höhlen liegenden Augen. Um den Mund waren Furchen. Sie schüttelte den Kopf und strich die in ihr Gesicht hängenden Haare nach hinten. An der Nase, an der Oberlippe und am Kinn waren die Gefäße geweitet. Es wirkte, als sei dort Blut verschmiert.

Sie rief Carofiglio an und bestellte ihn zum Palazzo della Borsa. Sie werde mit Cindi dorthin kommen.

Er rannte fast in das Hauptportal, wo die Taxis warteten.

Minuten nachdem sein Taxi abgefahren war, nahm sie ebenfalls im Hauptportal ein Taxi und ließ sich in die Via delle Orsole fahren.

Vor der Einmündung der Via delle Orsole in die Piazza degli Affari drückte sie sich an eine Hauswand und lugte vorsichtig um die Ecke. Carofiglio ging auf der Treppe vor dem Palazzo della Borsa hin und her. Von der am weitesten links stehenden der vier ionischen Säulen bis zu der am weitesten rechts stehenden und zurück. Jede der Säulen hatte an der Basis ein Relief, das einen arbeitenden nackten Mann zeigte. Alle beugten die Schultern und den Kopf nach vorn, die Säulen begannen auf der Linie der Schultern. Die Arbeiter trugen die Säulen. Carofiglio ging in der gleichen gebückten Haltung.

Immer wieder ließ er seinen Blick über die Piazza degli Affari schweifen, er mußte annehmen, daß Jillian und ihre Begleitung jeden Augenblick dort auftauchten. Die arbeitenden Paare auf den Säulenkapitellen des Palazzo della Borsa sahen genauso spöttisch drein wie sie, Jillian.

Sie ließ Carofiglio so lange auf und ab laufen, bis es ihr langweilig wurde, dann rief sie ihn an und bestellte ihn zur Camera del Lavoro. Cindi verspäte sich, es sei besser, wenn sie sich dort treffen würden.

Jillian hatte Carofiglio ausgesucht, um mit ihm zu schlafen. Unter allen Männern. Weil er sonst niemals mit Frauen schlief. Aber er hatte Sex mit einer Schlampe, und auch noch vor laufender Kamera.

Jillian rächte sich an Carofiglio: Sie hetzte ihn durch das nächtliche Mailand. Mit dem neuen Tag würde er dann erfahren, daß die Sammlung längst verkauft war.

Einen Augenblick erschrak Jillian, denn Carofiglio kam unmittelbar auf sie zu. Aber er würde in die Via delle Orsole nicht links, sondern rechts einbiegen, um auf der stärker befahrenen Via Meravigli ein Taxi anzuhalten. Sie trat zurück, stellte sich in einen Hauseingang, wartete dort zehn Minuten und ging dann langsam ebenfalls zur Via Meravigli. Wie in allen Städten war es in Mailand nicht einfach, nachts ein Taxi zu bekommen, Carofiglio war nicht mehr zu sehen.

Der Sitz der Camera del Lavoro befand sich in einem faschistischen Gebäude am Corso di Porta Vittoria. Die Mittelfront des umgekehrt U-förmigen Gebäudes war Jillian immer wie eine Mischung aus einem Altar und einem Kühlergrill erschienen, vier rechteckige Fenster in den vier

Stockwerken rechts und links, an der Basis des umgekehrten U ein umgekehrt V-förmiger Treppenaufgang, darunter ein großes und zwei kleine Portale, im Aufgang drei Rundbogenfenster, darüber drei rechteckige Fenster, darüber wieder drei Rundbogenfenster, die sich über zwei Stockwerke hinaus erstreckten, unter einem Aufsatz mit drei rechteckigen Fenstern.

Es gab keine Möglichkeit für Jillian, den wartenden Carofiglio so zu beobachten, daß er sie nicht bemerkte. Sie erzählte dem Taxifahrer, sie habe mit ihrem Freund gestritten, um die Ernsthaftigkeit seines Versöhnungswillens zu testen, habe sie ihn zu dieser Nachtstunde vor die Camera del Lavoro bestellt. Sie überlege noch, ob sie ihn wirklich treffen wolle, aber sie wolle in jedem Fall wissen, ob er gekommen sei oder nicht. Sie wies den Taxifahrer an, langsam zu fahren, und duckte sich. Carofiglio ging auf den Treppen hin und her.

Sie ließ den Taxifahrer umkehren und noch einmal an der Camera del Lavoro vorbeifahren. Diesmal hielt Carofiglio ganz oben auf dem Treppenaufgang nach ihr Ausschau.

Aus dem Taxi rief sie Carofiglio an, es sei besser, sich beim Palazzo dell'Arte zu treffen. Sie ließ Carofiglio Zeit für eine Erwiderung oder eine Unmutsäußerung, aber er erklärte sich bereit, sofort dorthin zu kommen. Als ob es das Natürlichste der Welt war, sich in dieser Nacht nun schon am vierten Ort zu verabreden.

Der Palazzo dell'Arte war ein Gebäude ebenfalls aus den dreißiger Jahren und unmittelbar am Castello Sforzesco gelegen. Jillian ließ sich zu dessen Eingang fahren. Sie gab an, sie müsse ihren Freund weiter testen, ob er sich wirklich mit ihr versöhnen wolle, deswegen habe sie ihn jetzt zum Castello Sforzesco bestellt. Eigentlich habe sie beschlossen, mit ihm Schluß zu machen, aber sie wolle doch wissen, ob er komme. Sie war zwar Amerikanerin, sprach aber fließend Italienisch, das unterstrich ihren Charakter. Der Taxifahrer hatte Verständnis.

Es dauerte einige Zeit, bis das Taxi mit Carofiglio eintraf. Der zeigte alle Anzeichen von Ungeduld, das Taxi hielt noch nicht, er stieg schon aus, den Fahrer mußte er vorher bezahlt haben, und nahm den Weg zum Castello Sforzesco im Laufschritt. Jillian blieb in ihrem Taxi sitzen, sie versprach dem Fahrer ein reichliches Trinkgeld. Sie wolle sehen, wie lange ihr Freund auf sie warte.

Carofiglio wagte sehr lange nicht, sich vom vereinbarten Treffpunkt zu entfernen. Es dauerte fast eine halbe Stunde, ehe er völlig ratlos wieder erschien. Er winkte nach Jillians Taxi. Jillian legte sich mit dem Oberkörper quer auf den Rücksitz und befahl dem Fahrer loszufahren.

Sie dirigierte Carofiglio in den McDonald's in der Galleria, das einzige Lokal, das um fünf Uhr früh offen war. Der Himmel war bedeckt, am frühen Morgen würde es nicht zu hell werden.

Der McDonald's war völlig überfüllt. Carofiglio schlug vor zu warten, bis sie einen Platz ergattert hätten, Jillian schickte ihn sofort zur Theke.

Als er zurückkkam, war immer noch kein Sitzplatz frei, er mußte das Tablett auf einen Abfallbehälter stellen. Zum ersten Mal seit Tagen hatte Jillian Hunger. Carofiglio aß nur, um ihr Gesellschaft zu leisten.

Jillian schrieb Carofiglio Cindis Adresse auf und empfahl ihm, sich nicht zu wundern, sie sei etwas sonderbar. Jillian hatte einen Termin mit ihr um sieben Uhr für ihn ausgemacht. Er solle pünktlich sein. Cindi hatte sie gesagt, ein Beauftragter werde ihr den restlichen Teil der Kaufsumme übergeben. Sie würde begreifen, daß sie von Jillian kein Geld mehr sehen würde.

Carofiglio stellte keine Fragen.

Vor dem Haus am Corso Buenos Aires mußte sie länger warten, als sie gedacht hatte. Carofiglio verbrachte fast eine Dreiviertelstunde bei Cindi. Jillian hoffte, sie würde ihm möglichst viele Abbildungen der Sammlung zeigen, die sie verkauft hatte. Sie würde Carofiglio über Jillian ausfragen, aber sie würde nichts hören, was sie nicht auch auf andere Weise in Erfahrung bringen konnte.

Natürlich hatte Jillian Carofiglio nichts davon erzählt, daß sie an diesem Tag nach Venedig abreiste. Ihr Zimmer war geräumt, das Gepäck stand in der Rezeption.

Als Carofiglio auf den Bürgersteig trat, umfaßte er mit beiden Händen die Revers seines Mantels, hielt den Mantel ganz weit weg von sich und holte erkennbar tief Luft. Dabei schüttelte er den Kopf.

Jillian im Hauseingang gegenüber konnte sich weiter vorwagen, um besser zu sehen. Carofiglio ging unter dem Baldachin aus Eisen, der sich um das Eckhaus zog, auf und ab. Er ballte die rechte Faust und schlug sie auf seine linke flache Hand, er wischte sich über das Gesicht.

Schließlich verließ er den Schutz des Baldachins, um auf den Corso Buenos Aires hinauszutreten. Jetzt konnte Jillian es ganz deutlich erkennen: Seine Augen waren rot und glänzten. Er weinte.

Ein Taxi, das mit quietschenden Bremsen anhielt, nahm ihn mit.

Jillian schlenderte zum Hotel zurück.

Sie, Jillian, hatte sich an Carofiglio gerächt.

Venedig sehen

Seit ihrer Zeit auf der High school war Jillian jedes Jahr in Venedig gewesen. Erst mit Jacob, dann allein. Wie immer hatte sie Quartier im Hotel Des Bains auf dem Lido gemacht, wie immer erwartete sie ein Hoteldiener am Bahnsteig, um ihr Gepäck in Empfang zu nehmen.

Im Zug hatte sie die Überweisung der eineinhalb Millionen Dollar für van Bronckhorst fertiggemacht, den ersten Teil des Kaufpreises für die beiden Etagen der Spring Street. Gegen die Tageshelle verteidigte sich Jillian mit einem Sweatshirt, das lange weite Ärmel und eine große Kapuze hatte. Nachdem sie die ausgefüllte Überweisung verstaut hatte, schlief sie.

Vom Bahnsteig begab sie sich in den Wartesaal, wo sie bis zum Sonnenuntergang las. Den Umschlag mit der Überweisung hatte sie dem Hoteldiener mitgegeben, er sollte per Luftpost an die Citibank geschickt werden.

In der Abenddämmerung wirkten jede Calle, jeder Corte, jeder Campo, jeder Kanal, jede Uferbefestigung, jede Brücke wie für sie komponiert und hießen Jillians Blick mit einer beruhigenden Ordnung und Stille willkommen. Kein Szenario, das nicht schon in ihrem Gedächtnisspeicher vorhanden gewesen wäre.

Aber je tiefer Jillian in die Stadt eindrang, desto mehr traten die Nähte zwischen den ineinandergefügten Oberflächen hervor. Jacob zitierte gern den deutschen Literaten Walter Benjamin: Leben heiße, Spuren zu hinterlassen. Die Menschen, die ihr in den engen Gassen, auf den Plätzen, auf den Brücken und auf den Kanalufern begegneten, vermochten es nicht, die Stadt zu berühren. Sie waren nicht dazu imstande, Spuren zu hinterlassen. Venedig kultivierte die Unheimlichkeit, die in der Frage lag, ob es nur diese Menschen, Jillian eingeschlossen, waren, die es nicht fertigbrachten, die Stadt zu berühren, oder ob Venedig prinzipiell unberührbar war.

Was zunächst eine Welt von solider Struktur zu sein schien, stellte sich als Bricolage heraus. Je mehr Perspektiven sich abwechselten, desto deutlicher wurden die handwerklichen Mängel der Verbindungen zwischen den Oberflächen: Schnittspuren, die zu scharfen Grenzen der Gegenstände. Ausgefranste Ränder. Instabilität. Nur Spuren von Leben hätten die Oberflächen verbinden können.

Die Gedämpftheit der einzelnen Szenarien rief grundsätzlich den Eindruck von Verborgenheit oder Abwesenheit hervor. Sie verlangten, in der Hoffnung studiert zu werden, daß der Betrachter Details ausmachen konnte, die ihnen Bedeutung sicherten, während zugleich ihr Bild vor seinen Augen verschwand.

Jillian mußte an eine Skulptur denken, die sie einmal in einem Museum in Los Angeles gesehen hatte: die Kunststoff-Nachbildung eines verunglückten Autos, eines 1991er Pontiac Grand Am. Das Fiberglas war grau gespritzt gewesen. Immer beschworen die Oberflächen das Dahinter, das unbekannte andere. Ein Keil wurde zwischen den sichtbaren Inhalt und seine Bedeutung getrieben. Zugleich wiesen sie auf die Existenz einer Leerstelle in der Erfahrung hin, die das – stabilisierende oder destabilisierende? – Eindringen der Phantasie nicht nur ermöglichte, sondern geradezu erzwang. Auf diese Weise erzeugten sie eine machtvolle Erinnerung daran, daß jede Betrachtung ein Lesen erforderte, weil nur der überhaupt einen Zugang zu ihrer Bedeutung erlangen konnte, der immer auch über das hinaussah, was im Bild war.

Gleich zu Beginn war Jillian von der durch zahlreiche Schilder gekennzeichneten Route abgewichen, die über den Ponte Rialto zur Piazza San Marco führte. Bestrebt, möglichst kleine Gassen zu nehmen, durchquerte sie Santa Croce und San Paolo in ausgreifenden Zickzacklinien.

Die Glassammlung, so stellte sich Jillian vor, wäre in einem Palazzo wie dem untergebracht, den die Damen Bordereau aus Henry James' *Aspern Papers* bewohnten. Ein grau- und rosafarben angestrichenes Gebäude, nicht älter als drei oder vier Jahrhunderte, an einem kleinen Kanal, der auf beiden Seiten von schmalen Fußwegen gesäumt war. Pilaster und Bogen verzierten den steinernen Balkon, der sich über die ganze Länge der Fassade vor dem Piano nobile erstreckte. Neben dem Palazzo umschloß eine hohe Mauer, über und über mit Flickstellen bedeckt, mit ausgewässerten Rissen, abbröckelndem Putz und hervorstehenden Backsteinen, einen verwilderten Garten, aus dem kümmerliche Bäume und kahle Spaliere über den Mauerrand hinausragten.

Jillian stieß nur auf einen Kanal mit Fußwegen auf beiden Seiten, der Kanal war vergleichsweise breit und die Fußwege lärmig begangen. Der Palazzo der Damen Bordereau befand sich in einem Quartier perdu, damit war sicherlich nicht Santa Croce, San Paolo oder San Marco gemeint, sondern Cannaregio, Dorsoduro oder Castello.

Leid und Lust. Freude und Schmerz. Das schienen Jillian Worte, die nicht für sie gemacht waren. Wenn andere Menschen sich freuten oder litten, und wenn sie auch noch die entsprechenden Worte benutzten, dann taten sie in Jillians Augen nichts anderes, als sich selbst zu stilisieren, um den Unterschied zu betonen, den sie in der Welt machten. Das galt auch, wenn jemand Schmerzen hatte. Jillian weigerte sich nicht nur, Schmerzen zu zeigen, sie weigerte sich, Schmerzen zu haben. Jillian war sicher, daß sie, daß ihre Existenz einen Unterschied in der Welt machte, daß die Welt ohne sie anders aussehen würde. Aber es bestand keine Notwendigkeit, dauernd darauf hinzuweisen.

Wenn Jillian ihr Leben insgesamt betrachtete, überwog da die Zufriedenheit oder die Unzufriedenheit? Vor dem Erhalt der Bestätigung, daß Benford den zweiten Teil des Kaufpreises überwiesen hatte, hätte sie ein Mehr an Unzufriedenheit, danach ein Mehr an Zufriedenheit behauptet. Jillian empfand sich in ihren Gefühlen nicht als schwankend, und sie war es nicht. Es lag nicht an ihr, sondern an der Frage: Denn die setzte voraus, daß man Zufriedenheit und Unzufriedenheit wie qualitativ gleiche Größen, jedoch mit entgegengesetzten Vorzeichen unmittelbar gegeneinander aufrechnen konnte. Aber das funktionierte nicht. Kein Ausmaß an Unzufriedenheit, mit was auch immer, wie groß auch immer, konnte angeben, wie groß ein Ausmaß an Zufriedenheit sein mußte, um es aufzuwiegen. Die E-mail der Bank mit der Bestätigung von Benfords Zahlung bewies nicht das Gegenteil. Es war nicht möglich, die Zufriedenheiten und die Unzufriedenheiten aus dem Lebensstrom herauszureißen und sie daneben auf dem Ufer einander gegenüberzustellen. Andere Menschen hatten eine Vorstellung davon, wie Glück und Unglück auf die Menschen verteilt waren, wieviel Unzufriedenheit ein Mensch im Durchschnitt oder ein Durchschnittsmensch hinnehmen mußte, um wieviel Zufriedenheit damit zu erkaufen, und wieviel Zufriedenheit und Unzufriedenheit das typische Menschenleben aufwies. Andere benutzten ihre Vorstellung des Durchschnitts, um sich selbst einzuordnen. Jillian besaß keine Vorstellung eines Durchschnitts, und sie hatte nicht das Bedürfnis, sich in bezug auf andere Menschen einzuordnen. Für Jillian war es das gleiche, ob sie der zufriedenste oder der unzufriedenste Mensch, der glücklichste oder der unglücklichste Mensch der Welt war. Das war genauso wichtig oder unwichtig wie die Frage, ob jemand blaue oder braune Augen hatte.

Die Menschen standen zueinander in Beziehung, waren aufeinander angewiesen, ob sie es wollten oder nicht. Die Zufriedenheit oder die Unzufriedenheit des einen war an die Zufriedenheit oder die Unzufriedenheit des anderen gebunden. Wer sich von dieser Bedingtheit befreien wollte, machte sich unfehlbar eine von zwei sehr gegensätzlichen Illusionen: Entweder meinte er, von den Menschen überhaupt nichts zu begehren, oder er glaubte, nur solche Wünsche zu haben, die ihm die Menschen jederzeit erfüllten, weil es sie nichts kostete.

Es gab niemanden, der über allen Menschen stand, genauso wie es niemanden gab, der unter allen Menschen stand. Deswegen liebte Jillian das Geld: Es war Werkzeug des ewigen, unrettbaren und unhintergehbaren Aufeinander-angewiesen-Seins der Menschen, aber zugleich machte es dieses Aufeinander-angewiesen-Sein völlig durchsichtig. Jillian verstand nicht, wie sich jemand darüber beklagen konnte, daß das Geld alle menschlichen Beziehungen bestimme und sie geldförmig mache. Das Gegenteil war der Fall. Die Beziehungen der Menschen regierten die Welt. Sie bestimmten die geldmäßigen Verflechtungen, sie machten das Geld menschenförmig. Sicher hatte das Geld einmal gleichberechtigt neben den Dingen gestanden. Aber je abstrakter das Geld und seine Erscheinungsformen wurden, je formbarer es sich in seinem Begriff darstellte, desto wirksamer konnte es die Vielfalt der menschlichen Beziehungen fördern, desto besser konnte es deren Vielfalt darstellen.

In dem Gedanken, daß das Geld eine Parallelwelt zu den Menschen und zu den Dingen bildete, fand Jillian etwas immens Tröstliches. Das Geld war eine Sphäre, in der alle Dinge und alle Menschen gedoppelt waren und in der sich alle tatsächlichen und denkbaren Beziehungen zwischen den Menschen und den Dingen als sich ständig verändernde Wertverhältnisse darstellten. Das Geld war die reine Form für die Menschen und die Dinge. Diese reine Form war viel übersichtlicher als die ursprüngliche Welt, und in mehr als einer Hinsicht konnte Jillian sich leichter in dieser Welt bewegen als in der ursprünglichen.

Aquarellzeichnungen verblaßten, Bleistift- und Tuschezeichnungen vergilbten, Ölbilder krakelierten. Holzplastiken zersprangen, Metallplastiken nahmen Patina an, Silber lief an. Nur Edelsteine und Gold blieben, was sie waren. Aber wer konnte mit Edelsteinen und Gold etwas ausdrücken. Die Glasobjekte, sofern sie nicht in Gebrauch waren und Abnutzungsspuren annahmen, sofern sie nicht mutwillig oder versehentlich zerstört wurden, veränderten sich nicht. Genau wie das Geld nutzten sie sich nicht durch den Gebrauch ab, der ihrem Wesen entsprach.

Es war für Jillian unvorstellbar, sich mit anderen Objekten als mit Gläsern zu beschäftigen. Genauso undenkbar war es für sie jedoch, mit den Gläsern in einer Weise umzugehen, bei der das Geld keine wesentliche Rolle spielte. Das Cornington Museum of Glass hatte ihr eine Stelle als Kuratorin angeboten. Sie verwandte sehr viel Zeit auf die Kataloge ihrer Galerie, die Museumskatalogen und anderen wissenschaftlichen Publikationen in nichts nachstanden. Aber lieber wäre sie gestorben, als eine Kuratorenstelle anzunehmen. In dem Moment, in dem ein Museum ein Objekt erwarb, entzog es dieses endgültig und unwiderruflich – das Museum verkaufte niemals etwas aus seinen Beständen – der Sphäre des Vergleichens und Bewertens und damit in Jillians Augen dem Leben. Jillian war keine Sammlerin. Niemals hatte sie den Impuls, bestimmte Stücke möglichst lange zu behalten, sie nicht herzugeben.

Es gefiel Jillian, wie sich in der Summe, die der Kunde für das Glas bezahlte, alle Werte verdichteten, die das Glas verkörperte. Der Entwurf durch den Künstler, die Karriere des Modells in der Manufaktur, die Herstellung des Stücks durch einen bekannten Glasmeister, die Seltenheit des Stücks, der Grad seines Gelingens, die Einmaligkeit des Stücks, wie ähnlich waren die ähnlichsten Stücke, in welchen Sammlungen kam das Modell vor, in welchen Sammlungen kamen welche vergleichbaren Einzelstücke vor. Jedes Glas wirkte auf so vielfältige Weise in Raum und Zeit, allen diesen räumlich und zeitlich auseinanderliegenden Wirkungen entsprachen Werte, alle diese Werte konzentrierten sich im Preis, den der Kunde für das Glas bezahlte.

Das Gesetz von Jillians Leben bestand darin, daß sie das Glas und das Geld liebte und daß niemand, der mit ihr zu tun hatte, das eine ohne das andere haben konnte.

Sie hatte ein schlechtes Gewissen. Nicht weil sie beabsichtigte, die vereinbarten Summen nicht vollständig zu zahlen. Jillian hatte ein schlechtes Gewissen gegenüber dem Glas. Das Ziel, die Spring Street in reduzierter Form zu erhalten, schien ihr bis zu einem gewissen Grad ein Verrat am Glas. Glas und Geld, die beiden Dinge waren in ihrem Leben immer gleichberechtigt gewesen. Jetzt gab es eine Reihenfolge: zuerst das Geld, dann das Glas. Zum ersten Mal in ihrem Leben war sie auf eine fürchterliche Weise abhängig vom Geld.

In der Zwischenzeit hatte Jillian den Canal Grande bei San Tomà erreicht, sie wartete auf das Vaporetto und überlegte, ob sie mit der Linea 82 zu San Samuele auf die andere Seite übersetzen oder ob sie die Linea 1 nehmen und auf dem Canal Grande unter dem Ponte dell'Accademia bis zur Piazza San Marco oder gleich bis zum Hotel Danieli weiterfahren sollte.

Nacheinander glitten ein Vaporetto der Linea 3 und eins der Linea 4 an San Tomà vorbei. Das Boot der Linea 3 kam von der Haltestelle vor dem Bahnhof, dasjenige der Linea 4 von der Haltestelle am Ponte Rialto, beide Boote legten als nächstes bei San Samuele, bei der Accademia und vor San Marco an, dort kehrten sie um und fuhren durch den Canale della Giudecca zurück.

Schließlich legte ein Boot der Linea 82 und dann eins der Linea 1 an, Jillian rührte sich nicht von der Stelle. Sie ließ ihren Blick bis zum Ponte Rialto gleiten. Es bereitete ihr nur geringe Mühe, die Menschen in den Gondeln, in den Vaporetti, in den Motorbooten und auf der Uferpromenade und der Brücke gar nicht mehr zu sehen. Sie stellte sich vor, die Flaschen in den Restaurants, in den Bars, in den Geschäften und Kiosken um den Ponte Rialto hätten keine Etiketten. Die Keksschachteln mit den bunten Abbildungen in den Bars und Geschäften waren nicht beschriftet. Die Bücher in den Wohnungen auf der anderen Seite des Canal Grande hatten keine Schutzumschläge, auf den Buchrücken waren keine Titel eingeprägt oder aufgeklebt. Die roten Telefone in den Plexiglashauben neben dem Ponte Rialto waren nur in Metall gegossene Nachbildungen. Alle Lichtschalter in den Gebäuden zu beiden Seiten des Canal Grande waren Attrappen, die Lichter brannten immer oder nie.

Venedig konnte seine Geschichte nicht aus den Geschichtsbüchern tilgen. Das beabsichtigte die Stadt auch gar nicht. Aber sie war entschlossen, nicht mehr Schauplatz von etwas Bedeutendem zu sein. Die Stadt unternahm alles, damit sich das Bild, das sich der Besucher von ihr machte, nicht mit den Absichten deckte, die er gehabt hatte, als er bewußt oder unbewußt begonnen hatte, sich das Bild zu machen. Diese Differenz führte der Stadt die Energie zu, die sie brauchte, um weiterzuleben. Dafür nahm sie auch in Kauf, daß die Leute ständig nach Indizien vergangener Größe suchten. Keine andere Stadt der Welt ließ den Besucher so tief, so detailliert in die Zukunft blicken: in eine völlig leere, ereignislose Zukunft.

Jillian konnte sich nicht entscheiden, also entschied sie sich, das nächste Vaporetto zu nehmen, das bei San Tomà anlegte. Es war eins der Linea 82, das sie zu San Samuele hinüberbrachte.

Durch die Calle delle Carozze und die Calle Tedeschi gelangte sie in die Calle degli Zotti und, ohne daß sie es im geringsten beabsichtigt hätte, zur Galerie von Marina Barovier.

Um diese Zeit hätte das Geschäft längst geschlossen sein müssen, die massiven Metalljalousien vor der Eingangstür hätten heruntergelassen sein und die Schaufenster im Dunkeln liegen müssen. Aber die Eingangstür stand offen, die vergitterten Schaufenster waren gleißend hell beleuchtet, und aus dem Inneren der Galerie drang das Geräusch lauter Gespräche.

Jetzt konnte sich Jillian erinnern, kurz vor ihrem Abflug nach Europa eine Einladung zu einer Vernissage erhalten zu haben. Sie wußte jedoch nicht mehr, um welche Show es sich handelte.

Ihrer Kollegin wollte Jillian nicht begegnen. Sie mußte vermeiden, andere auf die Sammlung aufmerksam zu machen, auf deren Spur Bova sie gebracht hatte.

Während sie überlegte, wie sie sich dem Geschäft nähern konnte, um etwas zu sehen, ohne gesehen zu werden, bog ein Mann in einem blauen Anzug mit einem schimmernden Metallaktenkoffer in die Gasse mit der Galerie ein. Hastig und ruckhaft gehend, blickte er sich ständig nach allen Seiten und auch nach hinten um. Die Schritte seiner massiven schwarzen Lederschuhe hallten in der Gasse, der Aktenkoffer in seiner Hand war ständig in Bewegung, der Ausschnitt des weißen Hemds mit der roten Krawatte unter der lichtschwachen nächtlichen Beleuchtung der Gasse ein tanzender Lichtpunkt.

Jillian stand im Eingang eines anderen Geschäfts, das nicht durch Außenjalousien, sondern durch Gitter hinter den Schaufenstern im Inneren des Geschäfts gesichert war. Als der Mann Jillian sah, zuckte er zusammen und ging noch schneller. Nicht älter als vierzig Jahre, hatte er zentimeterkurzes rötliches Haar und einen rötlichen Bart. Es war ihm nicht möglich stillzuhalten. Während er die Objekte in den Schaufenstern der Galerie betrachtete, ging sein Arm mit dem Aktenkoffer ständig vor und zurück. Nachdem er länger vor den Schaufenstern verweilt hatte, als man es ihm zugetraut hätte, rannte er fast in die Galerie hinein.

Vorsichtig trat Jillian auf die Gasse hinaus und wollte sich an der Häuserzeile zu der Galerie hinschleichen, aber sie mußte erneut innehalten.

Aus der gleichen Richtung wie vorher der Mann mit dem Aktenkoffer kam jetzt eine Frau auf die Galerie zu. So hastig der Mann ausgeschritten war, so langsam bewegte sich die Frau. Sie ging nicht, sie schlurfte. Nicht nach rechts und nicht nach links blickend, fixierte sie unverwandt die beleuchteten Schaufenster der Galerie. Sie trug ein wohl dunkelblaues langärmliges Kleid, das über den Knien endete, sie hatte kräftige Waden und große Füße. Ihre halblangen blonden Haare wirkten unfrisiert und ungewaschen. Es war Jillian nicht möglich, ihr Alter zu bestimmen. Das Gesicht mit der großen Nase und dem breiten Mund wies tiefe Furchen auf. Ihre Augen glänzten gelb und grün.

Die Frau mußte Jillian gesehen haben, aber sie nahm nicht die geringste Notiz von ihr. Als die Frau an ihr vorbeiging, konnte Jillian an ihrem Hals eine Perlenkette mit sehr großen Perlen erkennen. Wie vorher der Mann ging die Frau zunächst auf die Schaufenster der Galerie zu. Es genügte ihr jedoch, die ausgestellten Stücke von weitem zu erfassen. Weder beschleunigte sie ihren Schritt, noch verlangsamte sie ihn, als sie in die Tür der Galerie trat.

Jillian war stehengeblieben, solange sich die Frau auf der Straße befunden hatte, jetzt würde sie sich nicht mehr abhalten lassen, die Schaufenster in Augenschein zu nehmen, weder durch ankommende Besucher noch durch solche, die die Galerie verließen. Sie hoffte, daß Marina Barovier keine Besucher auf die Straße begleitete. Jillian zog sich die Kapuze ihres Sweatshirts über den Kopf und tief ins Gesicht.

Drei Murrine-Schalen von Carlo Scarpa.

In der Mitte die Serpente in der Grundfarbe Schwarz, flankiert von zwei Schalen in der Grundfarbe Rot auf Ständern.

Das Vetro a murrine war schon den Römern bekannt. Glasstangen in verschiedenen Farben und verschiedener

Transparenz wurden zusammen erhitzt und zu einer einzigen Glasstange verschmolzen. Diese Glasstange wurde quer geteilt, man erhielt eine Reihe von Scheiben mit dem erwünschten Muster. Das Glasobjekt entstand, indem die Scheiben, die Murrine, gemäß dem Entwurf des Künstlers angeordnet und miteinander verschmolzen wurden. Danach wurde das Glas in die vom Künstler vorgesehene Form gebracht.

Die drei Schalen, vor denen Jillian stand, waren extrem seltene Stücke: Von der Serpente gab es weltweit nicht mehr als ein halbes Dutzend Exemplare.

Alle drei Schalen bestanden aus millimeterdünnem undurchsichtigem Glas. Die Schlange in der annähernd rechteckigen schwarzen Schale mit den unregelmäßigen Rändern war lediglich durch eine in die Breite gezogene Spirale von zwei Reihen unregelmäßiger kleiner weißer Murrine dargestellt, drei Ansammlungen von roten Murrine, die wie Farbkleckse wirkten, deuteten den Kopf und dessen Zeichnung an. Vor dem Kopf wurden aus den zwei Reihen Murrine sechs Reihen, der am Außenrand der Schale verlaufende Schwanz der Schlange bestand nur noch aus einer Reihe.

Die linke Schale war bauchig und rund. Während das Ziegelrot der Umfassung von schwarzen Punkten durchsetzt war, durchwirkten rote Punkte im selben Ton den unregelmäßigen gelben Fleck in der Mitte. Die regelmäßigere und flachere rechte Schale erinnerte von fern an eine Blumenblüte. Ein schwarzer Kreis, dessen Durchmesser etwa ein Drittel des Durchmessers der gesamten Schale betrug, enthielt unregelmäßig angeordnete rote Punkte, die schwarzen Punkte in dem Umkreis waren regelmäßig angeordnet, den Eindruck von Strahlen erzeugend. An dieser Schale war auch die Machart am besten zu erkennen: Der Außenbereich bestand aus quadratischen Murrine, die naturgemäß zum Mittelpunkt hin immer kleiner wurden, ein rotes Rechteck enthielt einen schwarzen Punkt. Der Innenbereich bestand aus schwarzen Rechtecken mit drei roten Punkten.

Alle drei Schalen stammten aus dem Jahr 1940. Ein Exemplar der Serpente war auf der Biennale von Venedig 1940 ausgestellt gewesen, Jillian war sicher, daß auch eine der beiden anderen Schalen dort gezeigt worden war, allerdings konnte sie sich nicht erinnern, ob es die mit dem schwarzen oder die mit dem gelben Zentrum gewesen war. Jillian kannte sämtliche erhaltenen Entwurfszeichnungen Carlo Scarpas für seine Gläser.

Die Zeichnungen beschrieben nicht nur die Form der Gläser, sie gaben auch die Machart und die Form der Murrine vor. Das Material sollte dem Gesamteindruck untergeordnet werden, dennoch blieben die Zeichnungen, so empfand es Jillian, gegenüber dem Material seltsam gleichgültig. Das Material hatte eine Sehnsucht nach einem eigenen Gesetz. Das Material wollte sein Leben frei und selbst gestalten, in Würde und Bestimmtheit, fern von der Verallgemeinerung des Formgesetzes des Künstlers. Der Künstler stand nicht an, sein Material zu versklaven oder zu vergewaltigen. Indem er sein Gesetz niemals präzise ausformulierte, indem er nie wirklich zeichnete, sondern immer nur skizzierte, bot er dem Material an, es von einem seinem innerlichen Leben fremden Zwang zu entbinden. Das geschah allerdings nicht, ohne dem Material zugleich anzudrohen, es dem Zufall einer völlig anarchischen und ideenlosen Augenblicksgestaltung zu überantworten.

Jillian konnte den Machtanspruch des Künstlers nachvollziehen, das Material mit all seinem Wollen und Können als bloße Vorstellung in einer anderen Vorstellung zu verorten. Aber mit dem Entwurf hatte der Künstler das Material nur prinzipiell in Besitz genommen, ohne es sich Schritt für Schritt zu eigen zu machen, wie ein starkes kriegführendes Land ein schwaches annektierte, ohne willens oder in der Lage zu sein, das Land neu zu vermessen und die einzelnen Güter neu zu verteilen. Jede Murrine-Schale führte die Freiheit vor, die in der Nachgiebigkeit des Formgesetzes gegen den Sinn und gegen das Wollen des Materials bestand. Diese Freiheit hatte jedoch gleichwohl die Strenge, den Zusammenhalt, die Würde eines gesetzmäßigen Daseins. Die Schalen waren Wunder. Der Betrachter fühlte die Notwendigkeit, nach der der Künstler in seinem Entwurf die Teile zusammengefügt hatte. Obgleich sie in allen ihren Eigenschaften nur oder genau den Gesetzen des Entwurfs des Künstlers folgten, verrieten sie das Innenleben des Materials in einem solchen Maß, daß die vollendete Erfüllung des künstlerischen Entwurfs an das tiefste Wollen des Materials geknüpft schien. Die Murrine-Schalen schienen das Problem gelöst zu haben, wie das Material, wie sein ganzes Sein und Streben ein gesetzmäßiges sein konnte, dem Entwurf des Künstlers gehorchend.

Im Glas allein schien Jillian der Sieg der Seele über den gegebenen Stoff des Daseins errungen. Sie fragte sich, welche Enttäuschungen und Rückschläge jemand erfahren haben mußte, damit sich seine Sehnsucht nach etwas, was kein Mensch war, so ins Ungemessene steigerte.

Jillian konnte gar nicht angeben, wie lange sie schon vor dem Schaufenster mit den Murrine gestanden hatte, als sie im Inneren der Galerie deren Inhaberin ausmachte. Ihr erster Impuls war, sich hastig aus dem Sichtfeld des Schaufensters zu entfernen. Doch sie hatte sich ja die Kapuze tief ins Gesicht gezogen. Sicher war der Blick Marina Baroviers schon mehrmals über sie hinweggeglitten. Jillian hatte auf die Einladung nicht geantwortet, in den letzten Jahren hatte sie keinen Geschäftsverkehr mit der Galeristin aus Venedig gehabt. Die wußte nicht, daß Jillian sich in Italien aufhielt, wie sollte sie in der vermummten Gestalt vor dem Schaufenster ihre Konkurrentin aus New York erkennen.

Marina Barovier hatte sich in unglaublicher Weise verändert. Aus der schlanken, fast dürren, sich immer in Bewegung befindenden und unablässig nervös gestikulierenden Frau war eine massive Statue geworden. Nur das Gesicht war gleich geblieben. Der Haaransatz verlief völlig gerade, parallel zu den nur andeutungsweise geschwungenen Augenbrauen, die dunkelbraunen Haare waren zurückgekämmt und hochgesteckt, die Frisur betonte ihre hohe Stirn und die ovale Form ihres Gesichts. Die beiden Falten zwischen Mund und Nase waren tiefer geworden. Üblicherweise wirkten ovale Gesichter einfältig. Obwohl viel älter als sie, war die Galeristin unreif und unsicher gewesen. Jetzt verströmte sie eine Autorität, die Jillian ihr niemals zugetraut hätte.

Jillian vertiefte sich so in das Gesicht wie vorher in die Gläser. Die Backenknochen waren relativ hoch und machten das Gesicht plastisch. Die Ohren ohne Ohrläppchen schienen nach oben gezogen, eine Verlängerung der Backenknochen, das gab dem Gesicht Dynamik. Das Kinn war spitz und fast dreieckig, die Flächigkeit der großen Stirn und der Partien unter den Augen hatte ein Gegengewicht in der großen geraden Nase. Der Mund hätte der Mund eines Mannes sein können, dafür waren die Augen leicht mandelförmig geschnitten. Die Art, wie die Galeristin sich schminkte, betonte diese Konturen. Jillian glaubte zu erkennen, daß die Augenbrauen mit einem Stift nachgezogen waren. Unter den äußerst dichten braunen Haaren fand sich kein einziges graues, die Klammern konnten das Haar kaum bändigen. Es waren die Gegensätze, die dieses ovale Gesicht von allen anderen ovalen Gesichtern unterschieden.

Jillian wollte sich dem nächsten Schaufenster zuwenden, da hörte sie das Klappern von Absätzen auf dem Pflaster. Aus dem Eingang der Galerie stürmte die Frau mit dem ungepflegten strähnigen Haar. Sie machte jetzt weit ausgreifende Schritte, bei denen sie immer wieder umknickte, was sie jedoch überhaupt nicht zu stören schien. Als sie schon in der Mitte des kleinen Platzes vor der Galerie angekommen war, sah sie sich plötzlich um und erblickte Jillian. Auf der Stelle machte sie kehrt und lief mit staksenden Schritten direkt auf Jillian zu.

Jillian trug Sneakers, sie konnte jederzeit davonlaufen. Das gab ihr die Sicherheit, ruhig abzuwarten. Sie verschränkte die Arme vor der Brust und blickte der Frau ins Gesicht. Ein paar Meter vor Jillian blieb die Frau stehen. Ihre Augen leuchteten nur noch gelblich. Es schien Jillian, als sandten die Augen Lichtstrahlen aus, die ihr von der Kapuze beschirmtes Gesicht ausleuchten sollten. Sie zog die Kapuze herunter, schüttelte den Kopf, damit sich die Haare lösten, und verschränkte erneut die Arme. Jetzt konnte ihr die Frau in die Augen blicken.

Während die Frau Jillian betrachtete, trat sie unruhig von einem Bein auf das andere, ihre Arme schlenkerten. Die Haut in den Furchen ihres Gesichts war rot, Jillian mußte an verheilte Narben denken. Eine große Stelle unter der Perlenkette war so stark dunkelrot gefärbt, daß sich das

Rot in den Perlen widerspiegelte. Als die Frau genug gesehen hatte, wandte sie sich ohne ein Wort oder eine Geste um und verließ den Platz vor dem Geschäft in der vorher eingeschlagenen Richtung.

Jillian blieb vor der Galerie nicht allein. In der Zwischenzeit war der Mann mit dem metallenen Aktenkoffer auf die Gasse getreten. Unsicher und zögernd setzte er einen Schritt vor den anderen. Die Arme hingen an den Seiten herab, beide Hände waren offen, Jillian verstand gar nicht, wie er den Griff des Aktenkoffers festhielt. Er sah nicht nach rechts und nicht nach links.

Jillian wartete darauf, daß der Mann in dem Dunkel verschwand, das die Frau verschluckt hatte. Sie stellte sich vor, die beiden, die zerfurchte Frau, die alle Zeit der Welt gehabt hatte, und der Mann mit dem Aktenkoffer, der für nichts in der Welt Geduld gehabt hatte, wären sich bei einem Glasobjekt begegnet. Gleichzeitig hatten sie das Glas berührt. Vielleicht hatte es auch genügt, daß sie es gleichzeitig angeblickt und daß sich ihre zurückgeworfenen Blicke berührt hatten. Das Glasobjekt hatte die Persönlichkeiten der beiden ausgetauscht.

In dem anderen Schaufenster waren zwei Vasen und eine Deckelvase aus Vetro corroso ausgestellt. Vasen aus Vetro corroso wurden zum ersten Mal auf der Biennale von Venedig 1936 gezeigt, die Glastechnik wurde Carlo Scarpa zugeschrieben. Die Stücke im Schaufenster mußten zusammen mit denjenigen für die Biennale entstanden sein. Die Oberfläche des im Prinzip durchsichtigen Glases war unregelmäßig und wirkte wie korrodiert, so daß es nicht mehr möglich war, durch das Glas hindurchzusehen. Der Effekt wurde erreicht, indem die Glasoberfläche mit in Fluorsäure getränkten Sägespänen behandelt wurde.

Eine hohe Deckelvase aus braungrauem Glas dominierte das Schaufenster. Der unregelmäßige, sich nach unten stark verjüngende Konus auf einem ausladenden Fuß wurde von einem ebenso unregelmäßigen Deckel mit Knopf beschwert. Sowohl über dem Korpus der Vase als auch über dem Deckel waren waagrechte, aus zwei parallelen Wülsten bestehende Ausbuchtungen verteilt, die Jillian an Lippen denken ließen. Wenn die Augen das Glas nicht fixierten, entstand ein Eindruck, als ob auch Federn gemeint sein könnten.

Die große Deckelvase befand sich in der Gesellschaft einer dunkelblauen Vase in perfekter schmaler Konusform mit fast glatter Oberfläche und einer roten Vase in Becherform mit noppenförmigen Aufbringungen. Das Glas der blauen Vase war extrem dünn, das Glas der roten Vase fast fingerdick.

Die Murrine wurden von oben, die Corrosi durch auf der Schaufensterbank angebrachte Spots beleuchtet. Jedes der Corrosi hatte eine Sonne gefangengenommen: Während die Ränder und der Fuß der strikt konischen Vase dunkelblau und fast undurchsichtig waren, leuchtete dem Betrachter in der Mitte eine hellblaue Scheibe mit einem fast weißen Zentrum entgegen. In der Vase mit den Noppen wartete eine rote Sonne auf ihre Rettung, der untere Teil der Vase glimmte dunkelrot, das Rot im oberen Teil war grau und fahl. Die Sonne in der grauen Deckelvase schien sich zu bewegen, es genügte, daß Jillian die Neigung ihres Kopfes ganz leicht veränderte, jedesmal schien die Sonne hinter einem anderen Mund, hinter einer anderen Feder. Niemals würde die Sonne sich befreien können.

Die Oberflächen der Gläser zerfraßen sowohl die Anwesenheit wie die Abwesenheit von Farbe. Die drei Vasen spannten eine Welt auf, in der Unheil und Verbrechen, Verwüstung und Chaos allgegenwärtig waren. Alles, was der Betrachter wahrnahm, war feindselig, nicht beherrschbar, jenseits jeglichen Verstehens.

Die Vasen als Gestaltungen der Verzweiflung, von panischem Schrecken, unendlichem Schmerz, angedrohter und vollzogener Vernichtung, aber auch eines im Tod endlich erreichten Friedens. Versklavte Sonnen beleuchteten das menschliche Zerstörungswerk. Dabei jede Sonne ein pochendes Lebendiges, berstend voll von Versprechungen, ein Gefühl der Dauer, unzerstörbarer Kraft aussendend.

Der Künstler hatte in seinen Vasen nicht ausgeformt, was er über die Welt dachte. Ihm ging es darum, durch das Entwerfen von Objekten die Welt zu verstehen. Jillian legte in Gedanken Listen an.

Rote Vase

Krieg
Triumph der Gewalt
animalische Kraft
unzerstörbarer Lebenswille
Zeugungskraft
männliches Prinzip
Doppelgänger des Künstlers
Totem
Hoffnung
Gut und Böse

Blaue Vase

Kämpferin gegen Lüge und Falschheit
Zeugin der Katastrophe

Enthüllerin der Wahrheit
Friedensbotin
Nächstenliebe
Hoffnung
Freiheit
Bewußtsein

Farblose Vase

Ohnmacht und Hilflosigkeit
Untergang
eine unschuldig leidende Kreatur
ein geschundenes Volk
Zerstörung von Leben
das weibliche Prinzip
Tod, Leiden, Qual
Wehrlosigkeit
Aufbäumen gegen das Schicksal
Wunde

Das Arrangement

Massakerszene
heillose Welt
apokalyptische Vision
Protest
Hilfsappell
moralischer Appell
Aufruf zum Widerstand

Ein Gott wacht über das Unheil der Welt?

Es genügte, mit dem Rand einer Murrine-Schale gegen das Schaufenster zu stoßen oder sie zu hart auf der Steinbank des Fensters aufzusetzen, sofort hatte sie einen Chip. Man konnte die Schalen mit bloßen Händen zerbrechen. Dann zeichneten die Bruchstellen die verschmolzenen Ränder der Murrine nach.

Den Corrosi war mit bloßen Händen nicht beizukommen. Jillian kamen Metallhandschuhe in den Sinn, wie sie die Ritter in Europa zu ihren Rüstungen getragen hatten. Die sie in Erinnerung hatte, bestanden aus gewirkten Drähten, sie waren zu weich. Man konnte einen Handschuh doch so konstruieren, daß den einzelnen Fingergliedern und der Mittelhand jeweils bewegliche Metallhülsen entsprachen, die auf irgendeine Art verbunden waren und die Bewegung der Hand im Handgelenk und der Finger mitmachten. Jenseits des Handgelenks tat man sich sowieso leichter, hier lagen mehrere ineinandergeschobene Metallringe nahe. Wenn man nun den Handschuh an der Handinnenfläche, auf den Handballen und den Innenseiten der Finger, mit spitzen Metallpyramiden versah, rückte es in den Bereich des Möglichen, die Corrosi doch mit den Händen zu zerbrechen.

»Ich möchte dir die Wahrheit sagen, Jillian.«
Gewöhnlich reagierte Jillian auf diese Gesprächseröffnung mit der Ankündigung, die Unwahrheit zu sagen. Aber Bova war im Begriff, ihr ohne Provision eine Sammlung zu vermitteln und sie ihr vielleicht auch noch abzukaufen.
»Jillian, ich liebe dich.«
Sein Anruf erreichte sie, als sie gerade über den Campo Francesco Morosini ging.
Sie nahm nur Gespräche an, wenn sie die Nummer auf dem

Display identifizieren konnte. Wiederholt hatte Jacob versucht, sie zu erreichen, sie wollte auf keinen Fall mit ihm sprechen. Anrufe ohne Kennung beantwortete sie nicht.

»Die Gläser, die ich gekauft hatte, bevor ich zum ersten Mal in deiner Galerie war, habe ich alle verkauft. Seit ich dich kenne, habe ich nur von dir Gläser gekauft. Schon seit Jahren habe ich kein einziges Glas mehr, das nicht von dir stammt.«

Jillian teilte die Kunden in drei Gruppen ein. Die erste Gruppe bestand aus denjenigen, denen es völlig gleich war, mit wem sie es zu tun hatten. Für sie waren nur die Stücke wichtig, es spielte keine Rolle, ob sie sie von ihr, Jillian, von einer anderen Galerie, in einer Auktion oder sonstwie erwarben. Jillian wurde nur dann wichtig, wenn es um einen Zweifelsfall ging. Dann brachte sie ihre überlegene Expertise ein, aber sonst nichts von sich.

Die zweite Gruppe bestand aus solchen Kunden, die sich zwar für das Glas begeisterten, jedoch nicht dazu in der Lage waren, ihrem Wollen eine Richtung zu geben. Die sich nicht für ein Teilgebiet entscheiden konnten, weil ihnen alle Teilgebiete gleich attraktiv vorkamen, die sich auch nie entschließen konnten, ein Stück gelungen oder weniger gelungen zu finden. Oft hatten sie früher von anderen Galeristen unbedeutende, sogar fehlerhafte und vor allem überteuerte Stücke gekauft. Sie vertrauten ihr. Jillian war ihnen Willenslinie, Qualitäts- und Geschmacksurteil, und natürlich war Jillian alles das, ohne daß sich die Kunden dessen bewußt waren.

Für die erste Gruppe bedeutete Jillian nur in einer bestimmten Situation einen Unterschied, für die zweite Gruppe machte sie *den* Unterschied. Bova gehörte wie Benford und Robinson zur dritten Gruppe. Das waren die

Kunden, die Jillian Rätsel aufgaben. Sie konnte nicht sagen, welchen Unterschied sie für sie machte. Diesen Kunden widmete sie die meiste Zeit. Die nur an den Stücken und nicht an der Galeristin interessiert waren, zeigten sich sowieso kurz angebunden. Die Jillian wie Roboter lenkte, waren zwar sehr anhänglich, aber nur potentiell zeitintensiv. Zur Camouflage von deren Roboterdasein gehörte es auch, daß Jillian nicht auf jeden Terminwunsch einging und Termine kurzfristig verschob. Benford würde sie so lange zu einer Veranstaltung von FreedomWorks einladen, bis sie eines Tages tatsächlich kam. Für die Unternehmungen Robinsons würde sie sich bis in alle Ewigkeit interessieren, und sie war darauf vorbereitet gewesen, bis in die gleiche Ewigkeit hinein von Bova die Entwicklung des U.S.-GNP und des Dollarkurses kommentiert zu bekommen. Das alles wäre nicht nötig gewesen, wenn sie gewußt hätte, welchen Unterschied sie machte.

»Als ich das erste Mal in deine Galerie kam – ich war zu einem Treffen mit den Eigentümern in New York, es ging darum, ob wir einen Film mit Hilary Swank machen sollten. Sie hatte den Oscar noch nicht, aber sie lag gut im Rennen. Ihre Gage war zu hoch. Wir haben den Film nicht gemacht –, weißt du noch, was du da anhattest?«

Jillian erinnerte sich an den ersten Besuch Bovas.

»Eine Jeans und ein Top von Dolce & Gabbana. Ich habe es sofort wiedererkannt, ich hatte es in einem Geschäft in L.A. gesehen. Das Top war aus einem mit einem violetten Schlangenmuster bedruckten blauen Stoff, vorn hatte es einen V-Ausschnitt, hinten ließ es den Rücken frei, die Träger waren zwei lange Stoffbänder, die einmal um den Hals geschlungen und vorn verknotet wurden, sie hingen wie die Enden eines Tuchs über dem Ausschnitt.«

Jillian hatte das Teil noch.

»Ich habe mir aus den Studios eine – Schaufensterpuppe besorgt. Genauer gesagt, das Oberteil einer Schaufensterpuppe. Es gab auch braune und schwarze Schaufensterpuppen. Ich habe eine sehr helle genommen. Bei Bergdorf Goodman habe ich das Top gekauft. Dann habe ich es der Schaufensterpuppe angezogen und sie zwischen die Gläser gestellt.«

Bei ihrem Besuch hatte Jillian keine Schaufensterpuppe gesehen.

»Jedesmal, wenn ich mit dir telefoniert habe, bin ich danach in den Raum mit meinen Gläsern gegangen.«

Es wäre Jillian lieber gewesen, wenn Bova die Puppe nicht nur versteckt hätte, sondern wenn es sie nie gegeben hätte.

»Erinnerst du dich noch an das Sommerso für die neunzehnte Biennale?«

Auch das Vetro sommerso war eine Erfindung von Carlo Scarpa. Mehrere Schichten Glas, die sich in Farbe und Konsistenz unterschieden, wurden übereinandergelegt. Das ergab Gläser von großer Dicke mit optischen Effekten, die durch die jeweils andere Brechung des Lichts in den verschiedenen Schichten hervorgerufen wurden. Bova meinte eine schwere dunkelbraune Vase in ovoider Form, die Einschlüsse von Goldfolie sowie eine Schicht von Vetro bulicante enthielt, das war Glas mit ganz feinen Luftblasen. Der hohe durchsichtige Sockel trug als Relief die Inschrift *XIX BIENNALE*.

»Du hast die Vase an eine befreundete Galerie in L.A. geschickt, wo ich sie mehrfach besichtigt habe.«

Weil das Stück ein Unikat war, hatte Jillian es entsprechend teuer angeboten.

»Ich gebe zu, ich habe dich hingehalten. Aber das hatte

seine Gründe. Als schließlich die Voraussetzungen gegeben waren, um das Stück zu kaufen, fuhr ich sofort zu der Galerie. Ich wollte dich von dort aus anrufen und dir Bescheid geben, daß ich die Vase nehme. Doch sie war nicht mehr da. – Danach habe ich jede Nacht von dir geträumt.«

Jillian ging sehr langsam und war erst auf der Calle Larga 22 Marzo angekommen. Vor den geschlossenen Geschäften hatten Vucompra auf Decken ihre Taschenimitate ausgebreitet. Sie sprachen alle vorbeigehenden Frauen an, nur Jillian nicht.

»Jillian, weißt du, wann ich mein erstes Glas gekauft habe?«

Woher sollte sie das wissen.

»Wir drehten einen Mehrteiler, der im viktorianischen England spielte. Die Handlung war völlig unerheblich, es ging um Kostüme und Kulissen. Ich hatte eine Affäre mit einem Mädchen aus Duluth, sie kellnerte in einem Restaurant am Rodeo Drive. Wenn du sagst, du bist Filmproduzent, kannst du alle haben, das ist kein Klischee. Du mußt ihnen allerdings eine Rolle anbieten. Ein Casting reicht nicht.

»Sie hieß Dallas. Der Vater, die Mutter und die Schwester waren Rechtsanwälte. Dallas war aus der Art geschlagen, sie wollte nicht studieren, sondern gegen den Willen ihrer Eltern unbedingt Schauspielerin werden. Ihr Geld verdiente sie sich als Bedienung und als Model. Billige Kaufhäuser engagierten sie als lebende Schaufensterpuppe, sie hatte es trainiert, bis zu einer Stunde stillzustehen, ohne sich zu bewegen. Ich habe ihr eine kleine Rolle in der Fernsehproduktion besorgt.

»Einer der Söhne des Hauses verfaßte unablässig schlechte Liebesgedichte, Dallas spielte die von ihm angeschmachtete Miss Jane. Manchmal sehe ich mir die Produktion noch an und wundere mich, wie gut sie den britischen Akzent imitierte. Sie mußte sich die langen blonden Haare brünett färben lassen und eine viktorianische Hochfrisur tragen. Ihre braunen texanischen Augen wurden zu aristokratischen Rehaugen. Ihre auf einmal nicht mehr texanischen Grübchen betonten die durchaus passenden Pausbacken. Ihr üppiger natürlicher Busen wurde unter den viktorianischen Kleidern ziemlich flach. Als ich sie spielen sah, habe ich mich in sie verliebt. Ich kaufte ihr Tweedkostüme, und sie war Miss Jane, auch wenn wir ausgingen oder Ausflüge machten. – Es gab mir den Rest, daß sie dann auch im Bett Miss Jane war.

»Während der Dreharbeiten lernte sie Alec Baldwin kennen, der nebenan einen Film drehte. Alec Baldwin war nie ein Schauspieler der ersten Garde, aber er ist trotzdem eine Celebrity. Damals war er noch nicht so dick. Als sie sich zum ersten Mal mit ihm verabredete, erzählte sie mir das freudestrahlend. Die zweite Verabredung erwähnte sie beiläufig und die weiteren gar nicht mehr. Man kann in L.A. nicht ausgehen, ohne gesehen zu werden. Freunde berichteten mir, daß sie sie zusammen mit ihm gesehen hätten. Sie hatte immer weniger Zeit für mich.

»Der Dreh neigte sich dem Ende zu. Der junge Mann hatte es nicht fertiggebracht, um Miss Jane zu werben, er war über hilflose Andeutungen nicht hinausgekommen. Seine Verehrung fiel Miss Jane lästig, aber die Oberhäupter der beiden Familien waren eng befreundet. Bei einer großen Gesellschaft, in jeder Folge kam eine große Gesellschaft vor, saß der junge Mann auf einem Diwan und schrieb mitten im Trubel ein Liebesgedicht. Ein Freund, oder besser kein Freund, entriß ihm das Blatt und las die Verse laut vor.

Die Gesellschaft amüsierte sich köstlich. Übrigens war das Gedicht gar nicht so schlecht, der Drehbuchautor erzählte mir später, daß es ein Freund geschrieben hatte, der Professor für englische Literatur in Yale war. Der junge Mann flüchtete gekränkt in einen Nebensalon, Miss Jane folgte ihm, um ihn zur Rede zu stellen.

»Dallas rief mich nicht mehr zurück. Ich hinterließ eine Voicemail, ich beklagte mich über meine Vernachlässigung und brachte zum Ausdruck, daß sie mir etwas bedeutete. Am nächsten Tag ging ich zum Set und setzte mich so hin, daß sie mich sehen mußte, während sie die Szene in dem Nebensalon spielte.

»Miss Jane fragte den jungen Mann, ob das Liebesgedicht über sie sei. Er wich ihr aus, das Gedicht beschreibe, was er fühle. Sie wollte unbedingt wissen, ob sie gemeint war oder nicht. Er faßte sich ein Herz, blickte ihr in die Augen und sagte, daß jede Silbe des Gedichts sie meine. Während der junge Mann das vorbrachte, sah sie zu mir hin und sagte mit empörter Stimme ›Oh God‹, um dann mit der linken Hand ihre Augen zu bedecken. Der junge Mann stotterte vorhersehbar, auch wenn seine Gedichte nicht gut seien, die Gefühle, die sie ausdrückten, seien echt. Schließlich brachte er es sogar fertig auszusprechen, daß er sie liebe. Miss Jane sprang auf und setzte sich mit dem Rücken zu ihm auf das Sofa. Er stammelte weiter, vielleicht schreibe er schlechte Gedichte, aber er sei ein guter Mensch. Miss Jane sagte ins Leere: ›You are nothing to me.‹ Die Familienoberhäupter waren beide bürgerlich, die Mutter des jungen Mannes war ebenfalls bürgerlich, aber die Mutter von Miss Jane war eine verarmte Adlige. Miss Jane stand auf, raffte mit einer gekonnten Geste den Rock, der junge Mann blickte zu ihr hoch, und sie sagte: ›You are beneath me.‹ Aber dabei sah sie nicht den jungen Mann an, sondern mir in die Augen.

»Man hat sie noch ein paarmal mit Alec Baldwin gesehen, danach verschwand sie aus L. A. Auch woanders ist sie als Schauspielerin nicht aufgetaucht. Ich weiß nicht, was aus ihr geworden ist. In der Woche danach habe ich mein erstes Glas gekauft.«

Bova war kein Kunde der dritten Kategorie, wie sie angenommen hatte, er gehörte zur zweiten. Sie, Jillian, konnte ihn beeinflussen, wie sie wollte. Er würde ihr die Sammlung teuer abkaufen, die er ihr selbst billig vermittelte.

Jillian war auf der Piazza San Marco angekommen und blickte auf die Uhr. Es war kurz vor Mitternacht. Sie hatte vergessen, den Hoteldiener nach dem Fahrplan für den Shuttle zum Lido zu fragen. Nach ihrer Erinnerung ging das letzte Boot zum Lido kurz vor Mitternacht.

»Du hast verstanden, wie ich meine Sammlung finanziere. Bevor ich dich kennenlernte, hätte ich alles jederzeit rückgängig machen können. Das Ganze als Unachtsamkeit darstellen, als Mißverständnis, und die Kaufpreise für die Gläser an die Firma zurücküberweisen. Das geht jetzt nicht mehr. Die Summe ist zu hoch.«

Jillian rannte los, das Telefon am Ohr.

Bovas Stimme schien jetzt von überallher zu kommen.

»Ich bin nicht der einzige. Wenn die Dinge herauskommen, ist der Schuldige tot. Nie wieder findet er einen Job. Er wird still beerdigt, in der Zeitung steht nichts. Das wäre nicht gut für die Firma und die Boardmitglieder.«

Bova gehörte doch nicht zur zweiten Kategorie. Er hatte die zweite Kategorie nur vorgespielt.

»Man kann nicht mehr aufhören, man will nicht mehr aufhören. Jeden Tag wacht man mit derselben Frage auf: Ist das heute der Tag, an dem alles aus ist?«

Jillian wollte nicht sagen, was sie jetzt sagte.

»Ein Teil von einem möchte es.«

»Nicht nur, um der Unsicherheit und der Angst ein Ende zu bereiten.«

Jedesmal, wenn Bova sprach, hallte seine Stimme in Jillians Kopf.

Sie keuchte vor Anstrengung: »Nein.«

»Man ist verliebt in den eigenen Tod.«

Es war gleich, was Jillian jetzt noch sagte.

»Ein Teil von einem will unbedingt wissen: Wie ist das? – Wohin bringt mich das?«

Bova war ein Musterfall für die dritte Kategorie.

»Es ist nicht so, daß die anderen doch nicht schlau genug, doch nicht vorsichtig genug sind. Sie haben einen Todeswunsch.«

Jillian war so außer Atem, daß sie kaum mehr sprechen konnte.

»Nicht nur die anderen.«

Bilanz

Jacob erinnerte sich an Berichte von Entführten, denen jeder Zeitsinn abhanden gekommen war, weil man ihnen die Uhr abgenommen und sie in künstlich beleuchteten Räumen gefangengehalten hatte, so daß sich ihr innerer Tag-Nacht-Rhythmus vom äußeren entkoppelt hatte. Chuy hatte sowohl ihm als auch Madeline die Uhr gelassen. Sie sollten Teil der Welt bleiben, um deren Getriebe so zu beeinflussen, daß das verlangte Lösegeld bezahlt wurde.

Dennoch verstrich die Zeit nicht. Sie waren in einer Blase eingeschlossen, er und Madeline, in der sich alles immer wiederholte. Ein deutscher Philosoph hatte aus der ewigen Wiederkehr des Gleichen eine Theorie gemacht, die er auf das ganze Universum anwendete. Jacob fragte sich, wie der Philosoph wohl seine einschlägigen Erfahrungen gemacht hatte. Wer kidnappte schon deutsche Philosophen.

Die Erdgöttin kam morgens, mittags und abends. Morgens brachte sie Wasser, mittags Burritos, abends nahm sie die leeren Wasserflaschen und die Essensreste mit.

Sie begleitete ihn und Madeline, wenn sie ihre Notdurft verrichten mußten. Das geschah unter dem Baum hinter dem Trailer. Mit einem rostigen Spaten mußte Jacob ein Loch ausheben. Seine Handschellen und Fußeisen waren immer mit der Kette um seine Hüften verbunden. Er ließ die Hose herunter, klemmte sie zwischen die Unterschenkel und hockte sich über das Loch. Die Erdgöttin stand neben ihm, er sah auf ihre Schuhe. Die Ketten hätten grundsätzlich eine Säuberung erlaubt, aber es war kein Material vorhanden. Danach schippte Jacob das Loch zu, das er gegraben hatte. Madeline tat sich leichter, sie mußte ebenfalls Handschellen und Fußfesseln tragen, aber die waren nicht miteinander verbunden und ihre Ketten länger.

Am Abend ging die Sonne nicht unter, jemand verdunkelte sie, löschte sie aus. Zuerst bildeten sich einzelne schwarze Flecke am Rand der Sonne, sie wurden schnell größer und vereinigten sich zu einem unregelmäßigen schwarzen Ring. Die Sonne leistete Widerstand, wo sie noch nicht bedeckt war, leuchtete sie um so stärker. Jetzt bildeten sich auch schwarze Flecke innerhalb und außerhalb des Rings. Der Widerstand war vergeblich. Die schwarzen Flecke gewannen das Übergewicht und vereinigten sich. Nur noch von einzelnen Stellen auf der Sonne gelangten Lichtstrahlen zur Erde. Schließlich war die Sonne eine schwarze Scheibe mit unregelmäßigen Umrissen, die an einigen Punkten noch leuchtete und die vor allem einen hellen Rand hatte. Nun dauerte es nicht mehr lange, bis auch die letzten hellen Stellen verschwanden.

Die Nacht war tiefschwarz. Madeline schlief durch, als wäre es das Natürlichste der Welt, in Mexiko in einem Trailer gefangengehalten zu werden. Sie atmete fast unhörbar. Jacob war es völlig unmöglich, länger als ein oder zwei Stunden am Stück zu schlafen. Das Geräusch, das die Ketten machten, wenn Madeline sich im Schlaf umdrehte, zerrte an den Nerven des wach liegenden Jacob.

Einzelne Lichtpunkte und rötliche Strahlung über die Ränder der dunklen Sonnenscheibe hinaus kündigten den Morgen an. Da war ein Auge in der Dunkelheit, mit einer schwarzen Pupille, darin helle Flecke, der Augapfel nicht weißlich, sondern rötlich.

Das Auge begann zu pulsieren. Die Scheibe wurde größer und kleiner, die hellen Flecke in der dunklen Scheibe irrlichterten, schwarze Streifen erstreckten sich in den roten

Hof, als ob die Scheibe zerfaserte. Die rötlichen Strahlen wurden weißlich.

Die Sonne hatte einen Verbündeten. Ein dicker, völlig weißer Strahl schoß durch die Nacht und traf das Zentrum der Scheibe, das er sofort zerstörte. Von dem Zentrum ausgehende regelmäßige weiße Strahlen vernichteten den Rest der Scheibe. Plötzlich war die Scheibe verschwunden. Eine Explosion blendete Jacob. Er schloß die Augen. Als er sie wieder öffnete, waren da nur noch der wolkenlose blaue Himmel und die weiße Sonne.

Jacob war überzeugt, daß sich die Blase ausdehnte, in der er und Madeline lebten. Nicht nur für sie beide, auch für die Menschen in den am nächsten liegenden Häusern oder Siedlungen wiederholte sich alles.

Die Erdgöttin brachte Gläser. Jacob und Madeline zivilisierten sich, indem sie nicht mehr aus der Flasche, sondern aus den Gläsern tranken. Wenn sie einschenkten, sahen sie, wie die Zeit stillstand. Jacob oder Madeline hielten eine Wasserflasche in der Hand, mit einem Strahl ergoß sich das Wasser in das Glas, sie hielten die Flasche in der gleichen Position, der Wasserstand im Glas änderte sich nicht, aus der Flasche floß kein Wasser ab, der Wasserstrahl war in der Zeit eingefroren. Jacob glaubte, daß die Zeit in der Blase immer dann besonders dickflüssig war, bevor sich die Blase weiter ausdehnte.

Eines Tages würde die Trailertür zu einer anderen Tageszeit aufgehen. Dann würde die Zeitblase platzen.

Madeline wartete auf ihre Befreiung. Worauf wartete Jacob?

Madeline telefonierte lange und ausführlich mit ihrem Rechtsanwalt oder besser mit dem Rechtsanwalt ihres

Mannes. Offenbar rechnete Chuy nicht im geringsten damit, daß die Anrufe zu ihrem Ausgangsort zurückverfolgt wurden. Er war bei der Polizei, er kannte die Abläufe, beziehungsweise er war dazu in der Lage, sie zu beeinflussen. Der Anwalt sprach spanisch, Madeline mußte sich mit ihm auf spanisch unterhalten. Der Kolumbianer stellte das Telefon auf maximale Lautstärke ein und wählte die Nummer. Madeline hielt es so, daß Héctor hören konnte, was der Anwalt sagte. Jedesmal fragte der Anwalt Madeline, ob es ihr gutgehe, ob sie gesundheitliche Probleme habe, sie sagte immer, es gehe ihr den Umständen entsprechend, sie habe keine Gesundheitsprobleme, das war die Wahrheit. Sie redete sehr langsam, sehr laut und sehr deutlich.

Einmal kam es zu einem Zwischenfall. Madeline hatte durchaus nichts Verfängliches geäußert, aber Héctor hatte etwas falsch verstanden, jedenfalls riß er ihr das Telefon aus der Hand und schaltete es aus. Es gab eine erregte Diskussion, die jedoch damit endete, daß Héctor sich beruhigte und Madeline erneut anrufen ließ.

Die Kanzlei von Madelines Mann arbeitete mit einer Kanzlei in Mexico City zusammen, die Erfahrung mit Entführungsfällen hatte. Madelines Mann hatte die Polizei nicht eingeschaltet, die mexikanischen Rechtsanwälte rieten ihm unbedingt, das auch weiterhin nicht zu tun. Der Rechtsanwalt gab zu verstehen, wie wichtig es sei, regelmäßig mit Madeline telefonieren zu können.

Bei jedem Gespräch wiederholte der Anwalt, sein Mandant sei bereit, die Lösegeldforderung zu erfüllen, und daß er nicht daran denke, die Polizei einzuschalten.

Ihre Entführung war ein Secuestro high class. Diese Sorte von Entführungen betraf nur Reiche. Es ging um Lösegeldforderungen in Millionenhöhe, die Entführungen konnten

Monate, wenn nicht Jahre dauern. Der Secuestro express, der auf die unteren Schichten zielte, brachte nur einige hundert bis tausend Dollar und dauerte meist nur wenige Stunden. Jacob dachte bei sich, er sei eigentlich eher ein Fall für den Secuestro express.

Sehr vorsichtig und verklausuliert fragte der Anwalt, ob die Entführer etwas mit Drogenhandel zu tun hätten. Héctor ließ die Frage zu. Ohne Diskussion mit ihm erklärte Madeline, ihre Entführer hätten überhaupt nichts mit den Drogenkartellen zu tun. Darüber zeigte sich der Anwalt befriedigt, die Mitglieder der Drogenkartelle und des Dunstkreises seien gewalttätiger als andere Kriminelle und vor allem oft selber süchtig, das mache sie ungeduldig, sprunghaft und in den Verhandlungen unberechenbar. Bei gewöhnlichen Entführungen laufe die Zeit zugunsten des Opfers, bei Entführungen im Zusammenhang mit dem Drogenhandel werde die Überlebenschance der Entführten nicht größer.

Das Lösegeld war bereitgestellt, es sollte in Mexiko übergeben werden. Auch Chuy wußte, daß es zu gefährlich war, einen Boten mit einem Koffer voller Bargeld über die Grenze zu schicken. Zwar wurden U.S.-Bürger oder Mexikaner, die bei San Diego zu Fuß über die Grenze nach Tijuana gingen, nur selten kontrolliert, aber es gab immer wieder Stichproben. Dann war auf der U.S.-amerikanischen Seite ein mobiles Durchleuchtungsgerät aufgebaut, und alle Gepäckstücke der Grenzgänger wurden untersucht. Bei einem Bargeldfund würde man sofort an einen Drogendeal denken. In jedem Fall würden die Behörden alarmiert werden. Gleiches galt für eine unmotivierte Überweisung in Millionenhöhe aus den Vereinigten Staaten auf ein Konto in Mexiko, die ausführende Bank mußte die Überweisung melden.

Die Anwälte waren deshalb damit beschäftigt, eine Investitionsgelegenheit in Tijuana, eine Immobilie oder eine Firma auszuwählen, die als Vorwand für die Millionenüberweisung aus den U.S.A. nach Mexiko dienen konnte. Chuy zeigte über seinen klackenden Komplizen Verständnis für diese Vorgehensweise.

Auch Jacob telefonierte zusammen mit Héctor. Chuy hatte niedergeschrieben, was Jacob Jillian sagen sollte, in fehlerfreiem Englisch. Man verlange für ihn eine Million Dollar Lösegeld, die zunächst in den U.S.A. bereitgestellt werden solle. Die Modalitäten der Übergabe würden später festgelegt werden.

Héctor wählte Jillians Nummer. Als sie nicht antwortete, sagte er zunächst nichts. Jacob schlug vor, Jillian eine Voicemail zu hinterlassen oder eine SMS zu schicken. Héctor wollte keine dokumentierte Bitte um Rückruf.

Wie jedoch immer mehr Zeit verstrich, ohne daß sie Jillian erreichten, wurde Héctor zunehmend ungeduldig und schließlich wütend.

Héctor achtete darauf, Madeline nicht zu nahe zu kommen, wenn sie telefonierten. An Jacob ging er immer ganz nah heran, wenn er versuchte, Jillian zu erreichen. War es wieder nicht gelungen, prasselte ein Hagel von Beschimpfungen, Flüchen und Verwünschungen auf Jacob ein. Héctor trat mit den Schalen unter seinen Beinstümpfen gegen Jacobs Beine, und er schlug ihm mit der flachen Hand ins Gesicht.

Sie waren nicht mehr allein in dem Tal. Bei ihren Gängen zu dem Baum hinter dem Trailer registrierten sie Bewegungen in dem nah gelegenen Haus. Ständig standen jetzt drei oder vier Vans davor, Menschen liefen über das Gelände. Das Haus war offensichtlich eine Sammelstation für illegale

Grenzgänger. Sie wurden aus anderen Teilen Mexikos hier-
hergefahren, hatten ein oder zwei Tage Aufenthalt und
wurden dann zur Grenze gebracht.

Mike, der Border Patrol Officer, hatte erzählt, in jeder mexikanischen Stadt gebe es Anlaufstationen. Die Überque-
rung der Grenze in der Gruppe mit einem Führer kostete
fünfzehnhundert Dollar, die Reise zur Grenze noch einmal
fünfhundert Dollar. Das war mehr Geld, als die Mexikaner
im Landesinneren in einem Jahr verdienten. Die meisten
nahmen bei örtlichen Kredithaien Darlehen auf, als Sicherheit dienten Grundstücke, zu einem Zinssatz von fünfzehn
Prozent. Monatlich. Glücklich konnten sich diejenigen
schätzen, die Angehörige hatten, die schon in den U.S.A.
arbeiteten. Die schickten ihnen dann das Geld. Auf diese
Weise blieben ihnen die Wucherzinsen der Kredithaie beziehungsweise die Zahlungsvereinbarungen mit den Schlep-
pern erspart.

Chuy riskierte nicht in glühender Hitze oder in Eiseskälte
sein Leben. Er war wohl eine Art Logistikspezialist. Er
sorgte dafür, daß die Anlaufstationen für die Grenzgänger
vernetzt waren, und er organisierte die Transporte zu den
Sammelstationen und den Weitertransport zur Grenze. Für
ihre Erkundung der Grenze waren Madeline und Jacob
wirklich an den Richtigen geraten. Jacob neigte immer
mehr zu der Ansicht, daß Chuy die Entführung von langer
Hand vorbereitet hatte.

Was machte Pilar? Sie konnte doch nicht einfach in das
Architekturbüro zurückkehren, als sei nichts gewesen,
während Madeline verschwunden blieb. Jacob ertappte
sich bei dem Gedanken, daß er trotz allem Pilar gern wie-
dergesehen hätte. Den Wunsch mußte er langsam ad acta
legen.

Héctor schlug Jacob nicht wirklich. Jacob begriff, daß es Héctor darauf ankam, ihn zu berühren. Es gab Prothesen, die es auch zweifach Beinamputierten ermöglichten, gut zu laufen. Aber die waren für Héctor viel zu teuer. Er wollte einen neuen Körper. Wenn er Jacob oft genug berührte, würde er vielleicht dessen Körper in Besitz nehmen können. Sein eigener, um die Unterschenkel verkürzter Körper würde wie eine leere ausgeweidete Hülle zurückbleiben. Héctor wollte in Jacobs Körper weiterleben, in einem Körper mit vollständigen Gliedern.

Wie sollte Jacob Héctor beziehungsweise Chuy erklären, warum kein Kontakt mit Jillian zustande kam. Er konnte nicht sagen, daß er mit Jillian in Streit lag. Tatsächlich hatte es ja auch keinen Streit gegeben. Er gab an, auf ihren Europareisen besuche Jillian Museen und Galerien, dabei wolle sie nicht gestört werden. Sie nehme grundsätzlich keine Telefongespräche an. Das entsprach im großen und ganzen der Wahrheit. Es war jedoch noch nie vorgekommen, daß sie überhaupt nicht erreichbar war. Chuy ließ nicht zu, daß Jacob ihr eine E-mail schrieb, er wollte auch nicht anonym mit ihr Verbindung aufnehmen.

Jillian hatte Jacob gesagt, sie wolle sich von ihm trennen. Er hatte es nicht ernst genommen. Obwohl sie das vorher noch nie geäußert hatte. Jetzt dachte er anders: Nicht nur Madelines Mann wollte sich scheiden lassen. In Europa hatte Jillian den Entschluß gefaßt, die Sache durchzuziehen.

Vielleicht hatte Jillian schon mit den Vorbereitungen begonnen, eine eigene Galerie aufzumachen. Womöglich telefonierte sie jeden Tag stundenlang mit einem neuen Telefon, und sie benutzte das alte nicht mehr, damit sie nicht mit ihm, Jacob, sprechen mußte.

Chuy ließ fragen, ob es nicht einen Freund oder eine Anwaltskanzlei gebe, mit der Jacob zusammenarbeite, dann solle Jacob eben dort anrufen. Er antwortete, er habe keine Freunde. Tatsächlich hatte Jacob nur Freundinnen. Aber das Thema sollte er wirklich vermeiden. Um die geschäftlichen Dinge kümmere sich allein seine Frau. Wenn er sich bei der Kanzlei melde, mit der seine Frau zusammenarbeitete, werde die nur die Polizei verständigen.

Schließlich rief er in der Galerie an. Jacob war froh, daß Sheri Moon keine Fragen stellte, wo er war und was er machte. Jillian hatte Sheri Moon eingestellt, nicht er. Sie wahrte stets eine höfliche, aber entschlossene Distanz zu ihm. Sie versprach, Jillian auszurichten, daß sie ihn anrufen solle.

Héctor hatte Madeline einen Kugelschreiber und ein paar Blatt Papier gegeben, weil sie sich Details im Zusammenhang mit der Lösegeldübergabe notieren mußte. Jacob wollte die Gelegenheit nutzen, um einen Abschiedsbrief zu verfassen. Er würde ihn Madeline mitgeben, sie sollte versuchen, den Brief in die Freiheit zu schmuggeln.

Ein Entführungsopfer schrieb an seine Familie.

Seine Familie war – Jillian, niemand sonst.

Der Brief des Entführten mußte damit beginnen, daß er nicht wußte, was passieren würde. Was ihm passieren würde.

Der Entführte mußte damit rechnen, daß der Brief nicht in die Hände des Adressaten kam. Dennoch gab es Hoffnung. Zwar schrieb er diesen Abschiedsbrief, aber es bestand die Aussicht –

In Abschiedsbriefen betonten die Abschiednehmenden immer, wie sehr sie ihre Angehörigen liebten. Er mußte also schreiben:

Jillian, ich möchte dir sagen, daß ich dich liebe.

Er konnte sich nicht erinnern, das jemals gesagt zu haben. Trotzdem klang es nach Pflichtübung.
Um den Anschein einer solchen zu vermeiden, mußte er formulieren:

Jillian, ich möchte dir sagen, wie sehr ich dich liebe.

Das hatte er bestimmt noch weniger gesagt.
Abschiednehmende betonten, mit welchen Glücksgefühlen sie an die Zeit dachten, die sie mit den Angehörigen gemeinsam verbracht hatten. Er mußte schreiben:

Ich möchte sagen –

Hatte er schon geschrieben.

Ich möchte zum Ausdruck bringen –

Sehr gezwungen. Aber etwas Besseres fiel ihm nicht ein.

daß ich an jeden einzelnen Moment, den wir gemeinsam verbracht haben, –

Eine vernünftige Formulierung. Sie klang so, als hätten er und Jillian viele gemeinsame Momente verbracht. Das war nun eher nicht der Fall, aber die Formulierung stimmte trotzdem:

zurückdenke.

zurückdenke reichte. *gern zurückdenke* klang, als ob er an eine Kundin schrieb. *zurückdenke* implizierte, daß er gern zurückdachte. Das war die reine Wahrheit. Im Trailer festgehalten, in Handschellen und Fußfesseln, nicht wissend, ob Chuy sich nicht auf jeden Fall an ihm rächen wollte, dachte er gern an Jillian und weniger gern an Pilar zurück.

Noch nie hatte er von einem Entführungsopfer oder einem Menschen gehört, der gegen seine Absichten dem Tod nahe war und der geschrieben hatte, er habe ein beschissenes Leben gehabt und sei froh, daß das jetzt zu Ende gehe. Alle schrieben immer, sie hätten ein wunderschönes Leben gehabt. Sollte er das auch schreiben?

Worin bestand sein Leben?

Er mußte mit dem Tod bedroht werden, um sich diese Frage zu stellen. Sie war ihm noch nie in den Sinn gekommen.

Sein Leben bestand darin, Glas zu kaufen und zu verkaufen und zu ficken. Die Reihenfolge stimmte nicht, er wollte doch ehrlich sein. Erst kamen die Frauen, dann das Glas.

Auch andere Männer fickten viel. Aber Jacob ging nicht zu Nutten. Und es waren immer attraktive Frauen.

Er überlegte, ob es nicht noch weitere Dinge gab, die für ihn wichtig waren.

Der Sex und das Geld trieben die Welt an, die Kunst verschönerte die Tour.

Für ihn, Jacob, war Sex das Wichtigste. Jillian konnte sich nicht zwischen dem Geld und der Kunst entscheiden, nur dafür, Sex definitiv unwichtig zu finden.

Ihm, Jacob, bedeutete Geld nicht wirklich etwas. Wichtig war, daß die Galerie lief. Als Folge seiner grenzenlosen

Dummheit befand sich die Galerie am Abgrund oder war sogar schon darüber hinaus. Zur Strafe war er hier.

Existierte noch etwas anderes außer Geld, Sex und Kunst? Ihm fiel nichts ein.

Aber dann kam er doch auf etwas. Jacob fragte sich, ob er ein guter Mensch war.

Das Gute hatte etwas mit Vernunft zu tun. Ein guter Mensch war dazu in der Lage, mit Hilfe der Vernunft unvernünftige Neigungen zu beherrschen. Er hatte einmal – genau: dreimal – zuviel gefickt. Vor allem die Falsche. War deswegen diese Neigung unvernünftig. Bisher hatte sie allen genützt. Es gab zahlreiche Deals, die ohne diese Neigung nicht zustande gekommen wären. Dabei hatte er seine Kundinnen nie über den Tisch gezogen. Trotzdem: Die Idee des Guten konnte nicht im Ficken bestehen.

Jacobs Vater hatte mit einem Trödlerladen in Brooklyn angefangen. Durch einen Zufall war er auf das Glas gekommen. Er löste Haushalte auf, gegen Zahlung von bescheidenen Summen kaufte er komplette Wohnungseinrichtungen mit allen zum Haushalt gehörigen Gegenständen an. Die Dinge verkaufte er dann einzeln. Er hoffte immer, daß eines Tages ein wertvolles Bild darunter sein würde, aber das Glück hatte er nie. Dafür erwarb er einmal bei einer Haushaltsauflösung zwei Tiffany-Lampen und mehrere Vasen und Schalen. Natürlich waren die Preise damals nicht im entferntesten mit den heutigen Preisen vergleichbar, dennoch machte er mit den Lampen einen ansehnlichen Gewinn. Das brachte ihn darauf, sich auf Glas zu spezialisieren. Er weitete seine Aktivitäten aus, er annoncierte im ganzen Staat New York und in New Jersey, und es gelang ihm immer wieder, sich interessante Stücke fast umsonst zu sichern. Bis zu seinem Tod hatte er zwar weiter komplette

Nachlässe erworben, aber nur das Glas warf wirklich Gewinn ab. Jacob hatte das Geschäft des Vaters als reine Glasgalerie weitergeführt.

Wenn Jacobs Vater etwas anderes gemacht hätte, was wäre dann wohl aus Jacob geworden? Er wäre sicher nicht auf das Glas verfallen. Ob er überhaupt etwas mit Kunst zu tun gehabt hätte? Er konnte alles verkaufen. Im Trailer, mit Handschellen und in Fußeisen, bei der Abfassung seines Abschiedsbriefs, kam ihm der Gedanke, daß das Geschäft seines Vaters möglicherweise eher ein Nachteil als ein Vorteil für sein Leben gewesen war. Er konnte tun und lassen, was er für wichtig und richtig hielt, er verfügte uneingeschränkt über seine Zeit, es war seine Entscheidung und die niemandes sonst, ob er etwas für sein Geschäft tat oder nicht. Wenn er in einer Firma angefangen hätte, er hätte eine Sales-Karriere gemacht. Natürlich hätte er sich eine Firma mit einer Frau als Vice president ausgesucht.

Bei Jillian war gar nicht vorstellbar, daß sie sich mit etwas anderem befaßte als mit Glas.

Das Glas war ihr freier Entschluß. Das Glas war ihr Weg, ihr Ziel. Das Glas war alles für sie.

Man soll keine gefälschten Objekte verkaufen und dabei so tun, als seien es echte, wenn man selbst keine Objekte kaufen will, von denen man glaubt, sie seien echt, aber sie sind es nicht. Sie verkauften in der Galerie keine Fälschungen. Lediglich in ihrer Anfangszeit hatte sich Jillian ein paarmal getäuscht. Waren die Stücke Fälschungen, hatten sie sie zerstört, handelte es sich um die zweite Zeit, hatten sie die Stücke unter Angabe des wahren Entstehungszeitraums zur Auktion gegeben. Jillian konnte man nichts unterschieben. Ihm, Jacob, gleich ein ganzes falsches Haus samt falschem Inhalt.

Aber wenn jemand einfach nur viel Geld mit seiner Galerie machen wollte, und es war ihm tatsächlich völlig egal, ob er sein Geld mit echten oder gefälschten Objekten verdiente. Wenn es allen egal war, ob die Stücke in ihren Vitrinen echt oder falsch waren? Es kam Jacob so vor, als wäre genau dies auf manchen Gebieten des Antiquitätenhandels der Fall.

Wer nicht ehrlich war, der war bestimmt schlecht. Aber wer ehrlich war, mußte noch nicht automatisch gut sein. Aus Gewohnheit, aus Pflichtgefühl ehrlich zu sein, davon mußte man kein Aufhebens machen. Es kam wohl auf den Geist an, in dem jemand etwas tat. Da hatte er, Jacob, allerdings schlechte Karten. Er verfolgte keine schlechten Absichten, das konnte ihm niemand vorwerfen. Aber auch gute Absichten lagen ihm fern. Er wollte einfach Gläser verkaufen und –. Reihenfolge. In jedem Fall waren seine Absichten sehr eigensüchtig.

Jillian hatte das Ziel gehabt, ihre Glasgalerie zur größten und bedeutendsten der Welt zu machen, sie hatte ihr Ziel erreicht. Seit sie das Ruder übernommen hatte, war die Galerie in einem Ausmaß gewachsen, wie es ohne sie nie gelungen wäre. Jacob hatte ihr die Hälfte der Galerie überschrieben. Sie hatte nie ein Wort gesagt, aber Jacob war überzeugt, wenn er sie nicht beteiligt hätte, sie hätte sich mit einer eigenen Galerie selbständig gemacht und die Kunden mitgenommen. Jillian war nicht weniger eigensüchtig als er. In der Endabrechnung zählten nicht nur die Absichten. Auch aus guten Absichten konnte etwas Böses entstehen, auch aus bösen Absichten konnte sich etwas Gutes ergeben.

War jemand gut, der Mitleid mit anderen hatte? Ohne Zweifel war er dann gut, wenn aus dem Mitleid etwas folgte. Wenn er etwas unternahm, um das Los derjenigen zu verbessern, die sein Mitleid erregten. Mit dem Geld für das billigste Objekt, das sie in der Galerie anboten, konnte man Hunderte von Menschen vor dem Verhungern bewahren. Hätten allerdings die Leute niemals Geld für Glas ausgegeben, wären niemals Glasobjekte produziert worden, nicht nur Jacob und Jillian hätten sich einen anderen Beruf suchen müssen. Aber dann wäre auch etwas verlorengegangen an Möglichkeiten von Schönheit. Jillian konnte das besser formulieren. Sie wußte, was das Glas bedeutete. Jacob war nur sicher, daß es etwas bedeutete.

Gleich, wie man das Gute definierte, es war unmöglich, daß es jemandem gelang, tout court gut zu sein. Wer versuchte, gut zu sein, und es nicht schaffte, der hatte vor allem ein schlechtes Gewissen. Die Leute, die nicht konnten oder die sich nicht trauten, waren natürlich dagegen, daß jemand so viele Frauen hatte wie er. Sie stellten Regeln auf, daß man nicht soviel ficken solle, und sie verurteilten die Leute, die gegen die Regeln verstießen. Die nicht konnten oder sich nicht trauten, hatten das Gute vielleicht nicht erfunden, aber es kam ihnen außerordentlich zupaß. Auf diese Weise waren sie dazu in der Lage, ein schlechtes Gewissen zu erzeugen bei denjenigen, die konnten und sich trauten. Weil die nicht gut waren. Jacob hatte kein schlechtes Gewissen. Jillian hätte einen Grund für ein schlechtes Gewissen gehabt. Notorisch bezahlte sie mündlich vereinbarte Summen nicht. Aber auch sie hatte keine Gewissensbisse. Wenn Jacob und Jillian ein schlechtes Gewissen gehabt hätten, dann wären sie nicht geworden, was sie waren.

Wer wollte, daß es allen beziehungsweise dem Durchschnitt gutging, der brauchte kein Glas und keine Frauenhelden. Aber eine Kunstepoche oder eine fremde Kultur beurteilte man nicht nach den durchschnittlichen, sondern nach den Spitzenleistungen. Wer den Leistungen der Ford-Designer Gerechtigkeit angedeihen lassen wollte, betrachtete auch nicht den Edsel, sondern den Thunderbird.

Es ging ihnen doch gar nicht um sich selbst. Sie trachteten nicht nach Glück, weder Jillian noch er. Jillian war sowieso nicht glücklich. Sie waren keine Künstler. Trotzdem strebten sie nach einer Art Werk. Jillians Werk war die größte Glasgalerie der Welt. Sein Werk war sein Ficken. Niemand, den er kannte, fickte so wie er. Sein Leben war durch sein Ficken bestimmt. Es war nur folgerichtig, daß er sich durch sein Ficken in Lebens- oder besser in Todesgefahr gebracht hatte.

Diejenigen, die ein Gutes außerhalb der Menschen annahmen, taten sich leichter. Sie glaubten an einen Gott, und das Problem war für sie gelöst. Gott war einfach das Gute. Alles, was gut war, kam von ihm.

Jacob war Protestant, aber zum letzten Mal als Heranwachsender in der Kirche gewesen. Andere Menschen, die nicht glaubten, fragten sich zumindest hin und wieder, ob sie nicht vielleicht doch glaubten. Jacob hatte sich diese Frage noch nie gestellt, und er war nicht bereit, sie in dieser Situation zuzulassen. Vielleicht war Gott tatsächlich auch so etwas wie ein Vater. Jacob hatte ihn nie beachtet. Damit hatte er ihn natürlich verärgert. So verzeihend, so mildtätig konnte kein Vater sein, daß er ihm jetzt helfen würde. Ein Vater durfte zornig sein. In seinem Fall war Zorn angebracht. Wenn es einen Gott gab, dann mußte er Jacob jetzt strafen. Etwas anderes konnte er, Jacob, nicht erwarten.

Die italienische Schauspielerin

Jillian hatte ein Zimmer im Ostflügel des Des Bains bezogen, das nicht zum Meer, sondern zum Garten hinausging. Sie brauchte das Meer nicht zu sehen. Ruhe war wichtiger. Einmal hatte sie ein Zimmer nach vorn gehabt, der Lärm der Fahrzeuge auf der Uferstraße und die Geräusche der Spaziergänger waren unerträglich.

Der Anruf der Rezeption riß sie aus dem Schlaf. Die Signora Moroni erwarte sie am Pool.

Der Bagnino führte Jillian zu ihr.

Die italienische Schauspielerin trug ein rotes Badekleid. Ihr Bikini war ebenfalls rot.

Sie war nicht mehr dreißig und noch nicht vierzig Jahre alt. Vielleicht war sie doch schon vierzig Jahre alt.

Die langen dunklen Haare hatte sie zu einem Knoten zurückgebunden, der Bogen des Haaransatzes und die Kinnpartie waren symmetrisch. Die Lippen und die Gesichtshaut setzten sich deutlich voneinander ab, die Oberlippe war voller als die Unterlippe. Sie hatte braune Augen über hohen, aber weichen Backenknochen. Das linke Auge stand höher als das rechte, die linke Augenbraue war länger als die rechte.

Jillian sagte Rita Moroni, daß sie schön war.

Mit beiden Händen strich sie sich über die Hüften. Wenn sie nicht abnehme, bekomme sie keine Rollen mehr angeboten. Ein Windstoß wehte Jillian die Kapuze des Sweatshirts vom Kopf. Die Schauspielerin hatte Bilder von ihr im Internet gesehen. Jillian zögerte einen Moment, die Kapuze wieder hochzuziehen.

Die Moroni streckte sich auf der Liege unter den Pinien aus.

Sie nahm keine Sonnenbäder, das hätte auch ihrer Haut geschadet, ihre Haut war natürlich braun.

Immer war Jillian stolz auf ihre weiße Haut gewesen. Sie blickte an sich herab. Ihre Blue jeans war an den Oberschenkeln eng geschnitten, so sollten ihre Hüften schmaler wirken. Im Vergleich mit der italienischen Schauspielerin kam sie sich blutlos und mager vor.

Sie fragte die Moroni nach ihren Rollen.

Das Gute, das sie verkörperte, habe immer das Böse geweckt. Sie habe ihren Möchtegernmännern geholfen. Der Schriftsteller, dem sie es im Film ermöglicht hatte, Gedichte in einer literarischen Zeitschrift zu veröffentlichen, zu einem Buch hatte er es nicht gebracht, verließ sie und zog mit der Redakteurin zusammen. Der Schauspieler, der eine große Rolle in einem Film bekommen hatte, weil sie mit dem Produzenten geschlafen hatte – im Film –, erschoß sie im Jähzorn.

Es begann zu regnen. Prüfend blickten die Gäste zum Himmel hoch. Der leichte und warme Sommerregen löste keine Hektik um den Pool aus. Nur die standen auf, die sowieso vorgehabt hatten, aufs Zimmer zu gehen. Die blieben, deckten sich mit Handtüchern zu.

Jillian und die Moroni bekamen unter den dichten Pinien nur einzelne Tropfen ab.

Der Bagnino, der an dem Sprungbrett hantiert hatte, war der einzige, der vor dem Regen floh. Jillian und die Moroni blickten ihm nach, wie er in seiner Kabine verschwand. In kindlichem Stolz über ihr wortloses Einverständnis lächelten sie sich an.

Jillian wollte wissen, in welchen Rollen sich die Schauspielerin am ehesten wiederfand.

Die Männer, unter denen sie gelitten hatte, seien ihr genauso nahe gewesen wie die unterwürfigen Frauen, die sie gespielt hatte. In jedem Menschen stecke gleichzeitig das Opfer und der Täter.

Ob es ihr Vergnügen bereite, den Frauen, die sie spiele, beim Leiden zuzusehen.

Leiden sei Teil des Lebens. Was sie dazu sagen solle…

Sie sei wohl von den Regisseuren gequält worden.

Filmfiguren müßten Qualen erleiden. Alexandre Dumas habe allen angehenden Autoren empfohlen, quäle deine Heldin. Jegliche Art von psychischer und physischer Folter sei für einen Film dramaturgisch großartig.

Ob sexuelle Erniedrigungen für sie ein Hobby seien.

Die Worte *sexuelle Erniedrigung* auszusprechen hieß ganz klar, daß sie zum Persönlichen überging.

Die Moroni richtete sich auf und löste die Klammern, mit denen ihr Haar hochgesteckt war. Sie holte eine Bürste aus ihrer Handtasche, bündelte die Haare und bürstete sie glatt.

Ihre Haare waren nicht gleich lang. Hinten reichten sie bis zur Mitte des Rückens, seitlich waren sie so geschnitten, daß sie gerade auf die Schulter auftrafen, dann reichten sie wieder bis zur Mitte der Brust herab, über der Stirn gingen sie nur bis zur Höhe der Augenbrauen.

Der Regen hörte auf, der Himmel blieb grau bewölkt. Jillian war sicher, daß sie das Licht aushalten konnte.

Ihre Eltern seien Kommunisten gewesen, erzählte die Moroni. Ihr Vater war Rechtsanwalt, ihre Mutter Psychotherapeutin, sie durfte tun und lassen, was sie wollte. Die Eltern stellten es ihr frei, in die Schule zu gehen oder nicht. Sie sagten kein Wort, wenn sie rauchte oder sich betrank. Sie hatten nichts dagegen, daß sie schon mit fünfzehn einen Jungen nach Hause brachte, der bei ihr übernachtete. Wer eine solche Kindheit gehabt habe, suche Einschränkungen, strebe danach, Regeln für sich selbst aufzustellen.

Jillian bemerkte, die Kommunisten hätten doch starre Regeln für alle aufgestellt.

Die Moroni sagte, aber nicht in Italien.

Sie hob den rechten Arm und spielte mit dem linken Träger ihres Bikinioberteils.

Ich gebe dir meinen Leib, ich gebe dir mein Blut, sagte sie, ohne zu sprechen, zu Jillian mit ihrer schneeweißen Haut, in ihrem eckigen Körper, durch den kein Blut zu fließen schien.

Das ist mein Blut, trinke es.

Jillian fragte die Moroni, ob sie in ihren Filmen genauso schön ausgesehen habe wie jetzt.

Es sei die Aufgabe des Kameramanns, die Schauspieler so aufzunehmen, daß sie erotisch wirkten, und jede Perspektive zu vermeiden, in der das nicht der Fall sei. Filme schufen viel erotischere Menschen als die aus Fleisch und Blut.

Die Hand der italienischen Schauspielerin näherte sich Jillians Hand.

Ihre Haut schmeckte den Geschmack der anderen Haut.

Keine rettende Offenbarung.

Die Berührung gleichgültig gegen die Form der Körper, gegen die Form der Seelen.

Was stillt die erste Berührung für immer?

Die Hand in die Hand nehmen.

Die Augen der Moroni unscharf.

Jillians grüne Augen bestürzt.

Die Hand in der Hand halten.

Vertrauen?

Warum Jillian bei Nacht lebe.

Die Standardantwort. Sie wollte länger jung bleiben. Es tat

ihrer Haut gut, wenn kein Sonnenstrahl sie traf. In der Nacht konnte sie besser arbeiten. Welcher potente Sammler kam schon am Vormittag in die Galerie. Sie wollte ewig leben.

Sie gab der Moroni nicht die Standardantwort.

Wenn sie sich der Sonne aussetzte, bekam sie juckende Flecke, Quaddeln und Blasen am ganzen Körper. Die Haut blieb wochenlang entzündet. Die Lichtallergie wurde durch ultraviolette Strahlung ausgelöst. Durch sie entstanden in der Haut reaktive Sauerstoffverbindungen. Die gesunde Haut enthielt Schutzmechanismen, die die Radikale neutralisierten, bei ihr versagten die Schutzmechanismen.

Ihre Mutter hatte behauptet, sie habe die Lichtallergie schon immer gehabt. Jillian hatte eine andere Erinnerung.

Die Mutter machte mit der Tochter einen Ausflug nach Manhattan. Noch nie vorher war Jillian in Manhattan gewesen. Lediglich aus der Ferne hatte sie die Silhouette gesehen. Die Mutter streifte mit der Tochter durch die Straßen in der Nähe des Central Park. Später wußte Jillian, daß das die Fifth Avenue und die Madison gewesen waren. Es gab Geschäfte in jeder Größe und für alles. In den großen Kaufhäusern wurden im Erdgeschoß Parfüms verkauft. Sie hatte sich gar nicht vorstellen können, daß es so viele verschiedene Parfümmarken gab.

Die Mutter fragte nichts, rührte nichts an, kaufte nichts. Sie schaute nur.

Ein Geschäft blieb Jillian besonders in Erinnerung, obwohl sie nur im Vorbeigehen einen kurzen Blick hineinwerfen konnte. Ein ganz kleiner, ganz schmaler Laden, die Schaufenster rechts und links von der Eingangstür waren nicht breiter als die Eingangstür selbst. In dem Geschäft gab es nur Vasen, Schalen und Lampen aus Glas. Die Vasen waren aus glänzendem farbigem Glas, sie hatten die Formen von Blütenkelchen. Die Schalen aus mattem Glas zeigten Blumen- und Blättermuster. Das Aufregendste waren die Lampen: Die Lampenschirme bestanden aus farbigem Glas, das Blüten nachbildete. Alle Lampen in dem Geschäft leuchteten hell. Die Schirme waren entweder flach, wie umgedrehte Teller, oder sie hingen tief herab, als wären die Pflanzen heruntergewachsen. Andere Lampen sahen aus wie Blütensträuße, jede Blüte war durch eine Glühbirne erhellt.

Mittlerweile war es früher Nachmittag geworden. Die Mutter zeigte der Tochter den Central Park. Dort kamen sie an einen Platz mit der Bronzestatue eines Mannes in der Mitte. Der Mann trug Strumpfhosen. Auf den runden Bänken um den Platz saßen ältere Leute und junge Mütter mit kleinen Kindern, mehrere hatten Kinderwagen dabei. Als zwei Cops in Uniform den Platz betraten, konnte die Tochter sehen, wie sich die Miene der Mutter entspannte.

Die Mutter befahl der Tochter, sich auf eine der Parkbänke zu setzen und dort zu warten, bis sie wiederkomme. Es werde ein, zwei Stunden dauern. Die Mutter blickte zu dem großen Gebäude am Eingang des Central Park hin. Sie waren daran vorbeigekommen, die Tochter hatte den Schriftzug *The Plaza* gelesen. Am Tag zuvor hatte sie gehört, wie die Mutter am Telefon mehrmals das Wort Plaza wiederholt hatte. Die Mutter sollte in dem Hotel jemanden treffen. Sie blickte auf ihre Uhr und verließ den Platz mit dem Denkmal sehr schnell. Die Tochter hatte keine Uhr, aber sie wußte, wie lange ein, zwei Stunden dauerten.

Jillian sah den anderen Kindern zu. Es dauerte nicht lange, und sie bekam Gesellschaft von einer jungen Frau, die ganz anders gekleidet war als die anderen Frauen. Sie trug einen schmalen grauen Rock, der die Knie bedeckte, dazu eine schmale Jacke aus dem gleichen Stoff, darunter eine einfache weiße Bluse. Sie hatte schwarze Schuhe mit halbhohen Absätzen und Nylonstrümpfe an. Der graue Stoff glänzte in der Nachmittagssonne. Jillian dachte, sie ist angezogen wie ein Mann. Wo Jillian und ihre Mutter wohnten, gab es solche Frauen nicht. Die Frau hatte keine Handtasche dabei, nur mehrere Zeitungen, die sie neben sich auf die Bank legte, ohne darin zu lesen.

Die alten Leute, die Mütter und die Nannies verließen mit den Kindern den Platz, neue alte Leute, neue Nannies und neue Mütter kamen mit neuen Kindern. Nachdem die junge Frau wiederholt zu Jillian hingeblickt hatte, fragte sie, ob sie denn ganz allein hier sei. Jillian sagte ja und daß sie auf ihre Mutter warte. Die junge Frau fragte, wann die zurückkomme, Jillian sagte, in ein bis zwei Stunden. Die junge Frau zog die Augenbrauen hoch, sagte aber nichts. Sie erkundigte sich nach ihrem Namen und fragte, wo sie wohne. Jillian antwortete, das dürfe sie nicht sagen. Sie sagte niemandem, wo sie und ihre Mutter wohnten. Sie fragte zurück, was die junge Frau mache. Die erklärte, sie arbeite in einer Bank. Sonst sei sie um diese Zeit im Büro, heute sei sie ausnahmsweise in den Park gegangen, weil eine Abendsitzung bevorstehe, die bis in die Nacht oder möglicherweise in den Morgen hinein dauern werde. Sie habe die Sitzung gut vorbereitet und wolle sich zuvor noch etwas entspannen.

Die Mutter ging öfter in eine Bank, wenn sie zurückkam, hatte sie jedesmal etwas Geld dabei, und sie bekam Briefe von der Bank. Jillian nutzte die Gelegenheit, um die junge Frau zu fragen, was denn die Leute in einer Bank machten.

Sie beschrieb, die Leute brachten ihr Geld zur Bank, sie liehen es der Bank, dafür erhielten sie zusätzliches Geld, Zinsen, die Bank wiederum lieh das Geld anderen Leuten, die mußten dafür bezahlen, das nannte man ebenfalls Zinsen.

Die Frau hatte kurze blonde Locken, ihre Haut war glatt wie die eines Kinds, aber nicht so weiß wie ihre, sondern leicht gerötet. Jillian dachte, sie sei vielleicht aufgeregt wegen der bevorstehenden Sitzung. Sie hatte volle rote Lippen, Jillian konnte nicht sagen, ob sie einen Lippenstift verwendete oder nicht. Wenn sie redete, lächelte sie immer.

Sie fragte, ob es Jillian nichts ausmache, daß die Mutter sie so lange allein lasse. Jillian gab keine Antwort.

Die junge Frau blickte auf ihre Uhr, sie sah Jillian an, sie blickte erneut auf die Uhr und bot an, ihr ein Spielzeug zu kaufen. Gegenüber dem Plaza gab es ein großes Spielwarengeschäft, sie würden in einer halben Stunde zurück sein. Natürlich hatte ihre Mutter gesagt, sie solle den Platz mit der Statue nicht verlassen. Sie solle nie mit Fremden mitgehen. Damit meinte die Mutter aber Männer. Jillian wollte gar nicht unbedingt ein Spielzeug haben, aber sie ging gern mit der jungen schönen Frau mit. Sie gab der jungen Frau die Hand, zusammen liefen sie durch den Park zu dem Spielwarengeschäft.

Jillian fragte, was genau die junge Frau in der Bank machte. Sie lieh das Geld der Bank an Firmen aus, und sie schilderte, was die verschiedenen Firmen herstellten, mit denen sie zu tun hatte.

Noch nie hatte Jillian so viele Puppen gesehen wie in diesem Spielwarengeschäft – FAO Schwarz –, aber die interessierten sie nicht. Nur aus Höflichkeit blieb sie bei dem einen oder anderen Regal stehen. Sie streckte nicht einmal die Hand aus, um die Puppen zu berühren. Für Spielzeug aus anderen Abteilungen konnte sie sich ebenfalls nicht begeistern. Die junge Frau fragte sie, was sie sich sonst wünsche. Da erzählte ihr Jillian von den Vasen und Lampen, die wie Blumen und Pflanzen aussahen, aus dem Geschäft, an dem sie mit ihrer Mutter vorbeigekommen war. Die junge Frau lachte erst, wurde dann jedoch sofort sehr ernst und sagte, das seien aber keine Spielzeuge.

Die Tochter kam sich vor, als hätte sie etwas Falsches gesagt. Sie war doch ein Kind, und sie hatte ja erzählt, daß sie zum ersten Mal in Manhattan war, daß alles, was sie hier sah, so neu für sie war.

Die junge Frau schlug den Weg zurück zum Central Park ein, machte jedoch nach wenigen Schritten kehrt, ohne etwas zu erklären. Zwar lächelte sie nicht mehr, trotzdem war Jillian sicher, sie würde ihr nichts Böses tun. Die junge Frau lenkte ihre Schritte zu einem Geschäft, das zwei Blocks entfernt war.

In dem Geschäft gab es nur Bücher. Noch nie hatte sie so viele Bücher auf einmal gesehen. An allen Wänden des Geschäfts waren Regale aufgestellt, es gab keine einzige Lücke zwischen den Büchern, alle Regale waren voll. Auf den Tischen in der Mitte des Geschäfts lagen die Bücher in Stapeln. Die meisten Menschen kauften nur ein oder zwei Bücher, ein paar vielleicht drei oder vier, niemand kaufte mehr. Niemals würden alle Bücher in dem Geschäft verkauft werden.

Die junge Frau fragte nach einem bestimmten Buch. Der Verkäufer begriff, daß sie es eilig hatten, schnell kam er mit einem großen farbigen Buch zurück. Die junge Frau warf nur einen kurzen Blick hinein, ging sofort damit zur Kasse, bezahlte es und steckte es in eine Tüte. Hastig verließen sie das Geschäft.

Die Mutter hatte nur ein Dutzend Bücher. Das Buch, das die junge Frau gekauft hatte, war viel größer, so groß wie ein Zeichenblock, und viel schwerer. Auf der Vorderseite war eine prächtige Vase abgebildet, die aus dem Geschäft hätte stammen können, an dem sie mit ihrer Mutter vorbeigelaufen war. Im Gehen erklärte die junge Frau, das Geschäft, das sie ihr beschrieben hatte und das sie kannte, verkaufe Vasen und Lampen einer berühmten amerikanischen Fabrik, die es nicht mehr gebe. Die Vasen und Lampen seien hundert Jahre alt und sehr wertvoll. Wenn man sie heute noch kaufen wollte, kosteten sie sehr viel Geld. Jillian fragte, wieviel. Die junge Frau antwortete ihr, so viel, daß sie es sich gar nicht vorstellen könne. Das Buch zeige ihr die Lampen und Vasen aus dieser Fabrik, und es erzähle die Geschichte der Fabrik. Sie schenke es ihr anstelle eines Spielzeugs.

Sie kamen zu dem Platz mit der Statue, die Mutter war noch nicht zurück. Die junge Frau mußte in ihr Büro. Jillian bedankte sich, wie sie sich noch nie in ihrem Leben für etwas bedankt hatte. Die junge Frau drückte sie kurz an sich und strich ihr zärtlich über das Haar.

Der Mutter erklärte sie sofort ungefragt, daß ihr eine junge Frau das Buch geschenkt habe. Die Mutter wollte das Buch nicht ansehen, weder im Central Park noch im Trailer. Abends blieb Jillian noch lange wach und blätterte immer wieder das Buch durch.

Sie sah die Frau nie wieder. Das Buch über Tiffany stand heute in der Galerie.

Am nächsten Tag wollte sie auf den Spielplatz gehen. Es waren keine Wolken am Himmel, die Sonne stach. Sie erreichte den Spielplatz gar nicht, schon nach kurzer Zeit mußte sie umkehren. Wo die Sonnenstrahlen auf ihre Haut trafen, rötete sich die Haut und juckte. Ihr wurde heiß, und sie fühlte sich schwindlig.

Danach hatte sie tagelang Fieber. Nicht nur an den der Sonne ausgesetzten Stellen, am ganzen Körper war ihre Haut entzündet.

In der Schule hatte sie erklären müssen, warum sie nicht auf den Sportplatz konnte, warum sie im Klassenzimmer nicht am Fenster sitzen durfte und warum sie sich im Unterricht, wenn die Sonne schräg stand, die Kapuze ihres Sweatshirts über den Kopf ziehen mußte. Nach der High school hatte sie mit niemandem mehr über ihre Lichtallergie gesprochen. Nur Jacob wußte davon.

Die italienische Schauspielerin hatte eine Verabredung zum Abendessen. Über die Glassammlung des Onkels hatten sie gar nicht gesprochen. Rita Moroni schrieb eine Adresse auf einen Zettel. Dort sollte Jillian sie am nächsten Abend aufsuchen.

Jillian ging zu Fuß den Lungomare entlang, am Palazzo della Mostra del Cinema und am Hotel Excelsior vorbei nach Malamocco.

Über dem Festland, Venedig und dem Lido bildeten die tiefhängenden weißlichgrauen Wolken eine Formation, die aussah wie die Decke eines Gebäudes. Venedig, der Lido und das Meer dazwischen befanden sich im Inneren eines Bauwerks, das so riesig war, daß man es auch von einem anderen Planeten aus sehen mußte. Es war wohl unvermeidlich gewesen, daß man Venedig umhüllt hatte. Nur im Inneren eines schützenden Gebäudes konnte Venedig überleben.

Wo es aufs Meer hinausging, hörte die Wolkendecke abrupt und in fast völlig gerader Linie auf. Dort war das Gebäude offen. Die untergehende rote Sonne tauchte den Saal und alles, was er enthielt, in ein rotes Licht. Es gab keine Schatten, das rote Licht gelangte überallhin. Erreichten die roten Strahlen einen Gegenstand in dem Gebäude nicht unmittelbar, brachen sie sich an der Decke oder an den Mauern des Gebäudes und gelangten auf einem kalkulierten Umweg zu ihrem Ziel.

Jillian ging schnell und schwitzte, sie hatte ihr Sweatshirt ausgezogen. Zwar waren die Strahlen überall, aber sie waren auch schwach. Sie verließen sich aufeinander, jeder dachte vom anderen, er würde ihr, Jillian, schaden, aber keiner tat ihr tatsächlich etwas.

Nach einer Stunde Fußmarsch hatte Jillian Malamocco erreicht. Dort aß sie in der Trattoria Dallo Scarso. Jillian haßte schmutzige Restaurants. Nur in São Paulo war sie einmal in ein Restaurant geraten, das schmutziger war als der Scarso. Dennoch kehrte sie bei jedem Venedig-Aufenthalt hier ein. Das kleine einstöckige und nicht unterkellerte Haus sah aus wie eine Hütte. Die Sitzplätze draußen wurden von an schiefen Gestellen rankenden Weinreben beschirmt, man saß auf unbequemen Metallstühlen vor Tischen, die so schräg standen, daß immer wieder Gegenstände herunterfielen. Einmal war Jillian in der Küche gewesen, auch das hatte sie nicht davon abhalten können zurückzukehren. Die einfachen Gerichte wurden allesamt frisch zubereitet. Das konnte man nur von wenigen Trattorien und Restaurants in Venedig sagen.

In Malamocco gab es sehr viele Mücken. An den Gittern für die Weinreben hingen mehrere blaue Lampen, die die Insekten anzogen. Wurden in den Lampen mehrere Insekten zugleich verbrannt, klang es wie eine Maschinengewehrsalve.

Jillian trank nie Alkohol, wenn sie allein war. Entgegen ihrer Gewohnheit hatte sie Weißwein zum Essen getrunken, danach fühlte sie sich noch erregter als zuvor. Auf dem Rückweg wollte sie nicht wieder die Hauptstraße im Inneren des Lido nehmen. Um zum Lungomare zu gelangen, mußte sie dunkle Straßen in einem unbewohnten, brachliegenden Gebiet durchqueren. Schon von weitem konnte sie auf einer Wiese neben der Straße den Schein eines Feuers erkennen. Näher kommend, sah sie etwa ein Dutzend Jugendliche, die sich um ein Ölfaß gelagert hatten, in dem ein Feuer brannte. Aus einem Ghettoblaster drang Hip-hop. Jillian sah nur Jungen, sie beschleunigte ihren Schritt. Als sie die Gruppe passierte, konnte sie doch zwei Mädchen identifizieren, sie hatten sehr kurze Haare.

Einer der Jungen winkte ihr zu. Gerade weil die Geste keine eindeutige Aufforderung war, kam Jillian ihr nach. Sie sah Flaschen und Dosen mit Sodas, aber kein Bier. Das waren fünfzehn- oder sechzehnjährige Schüler und Schülerinnen. Sie hatten nichts getrunken und auch keine Drogen genommen, in Italien wurde viel weniger getrunken als in den U.S.A. Die beiden Mädchen begrüßten sie freundlich, erkundigten sich nach ihrem Namen. Als sie erfuhren, daß sie Amerikanerin war, hielten die Jungen Abstand von ihr, aber die Mädchen interessierten sich um so mehr für sie. Sie nahmen an, daß Jillian Studentin sei und hierhergekommen war, um Italienisch zu lernen. Sie trank ein angebotenes Coke, obwohl sie sonst nie Coke trank, und erzählte den Mädchen, daß sie aus New York kam.

Alle Jugendlichen hatten Taschen oder Rucksäcke dabei. Während Jillian sich mit den Mädchen unterhielt, begannen die Jungen johlend, Hefte und Bücher ins Feuer zu werfen. Die Mädchen lachten und erklärten, sie hätten gerade die Scuola media beendet. Die anderen aus ihrer Klasse gingen auf das Liceo, sie dagegen nähmen einen Job an. Nie wieder würden sie in die Schule gehen, deswegen verbrannten sie heute abend alle Schulhefte und Schulbücher. Sie wollten diesen Abschnitt ihres Lebens zusammen beenden. Jillian verstand nicht, ob das eine aggressive Geste oder ob es gerade keine solche Geste war. Waren die Jungen und Mädchen unzufrieden und vielleicht neidisch auf die anderen, die weiterführende Schulen und dann die Universität besuchten? Hatten sie die Schule so sehr gehaßt, daß sie deswegen alle Unterlagen vernichteten? Oder wollten sie tatsächlich nur diesen Abschnitt ihres Lebens endgültig hinter sich lassen, mit Coca-Cola, Fanta, Sprite und Acqua Panna?

Die Haut in Jillians Gesicht, an ihrem Hals, auf der Oberseite ihrer Arme und ihrer Hände juckte leicht. Dort hatten sie die Strahlen der untergehenden Sonne getroffen. Jillian hielt die Arme vor sich, aber im Licht des flackernden Feuers konnte sie nicht erkennen, ob ihre Haut gerötet war oder nicht.

Seltsamerweise brachte die Nähe des Feuers Linderung. Während ihrer Zeit auf der High school hatte sie mehrmals Ausflüge mitgemacht, die an nächtlichen Lagerfeuern endeten, dabei hatte sie immer großen Abstand zum Feuer gehalten. Jetzt brachte sie ihre Arme und das Gesicht so nah wie möglich ans Feuer. Ihr war, als risse ihre Haut und schälte sich, aber das bedeutete kein unangenehmes Gefühl. Ihre Arme und ihr Gesicht waren kühler, obwohl sie so nah am Feuer war.

Als sie sich vom Feuer entfernte, blieb das Gefühl der Linderung.

Es war ein Uhr, die Musik auf der Hotelterrasse hörte um Mitternacht zu spielen auf. Das Des Bains war ein riesiges, langes Gebäude, das sich parallel zum Lungomare erstreckte. Auf der anderen Seite der Straße befand sich der Strand mit den fünf Reihen von venezianischen Badepavillons.

Jillian machte eine Runde durch das Hotel. Von der Eingangshalle mit der Rezeption ging es im linken Flügel zuerst in die Bar und dann in die drei Speisesäle. Während der an die Bar anschließende und der große Speisesaal Stuckdecken hatten und mit riesigen Kristallüstern aus Murano und mit Nachbildungen griechischer Statuen geschmückt waren, war der dritte Speisesaal, der nach hinten hinausging, sehr einfach gehalten. Das war der Speisesaal für die jüdischen Gäste, in dem nur koscheres Essen serviert wurde. Das Personal achtete darauf, daß die Tür zum dritten Speisesaal immer geschlossen war.

Das Des Bains war das Hotel, in dem Luchino Visconti *Morte a Venezia* gedreht hatte. Durch einen riesigen Aufenthaltsraum, in dem die Gäste bei schlechtem Wetter Zeitung lasen, gelangte man in den Ballsaal im rechten Flügel.

Der holzvertäfelte Ballsaal wurde als Versammlungszentrum benutzt. Eine Tagung oder ein Kongreß war vorbereitet, blaue Stuhlreihen füllten den Saal aus, ein Podium war aufgebaut, große Namensschilder auf einem Tisch mit einer roten Decke wiesen das Präsidium oder die Teilnehmer eines Podiumsgesprächs aus.

Auf der Terrasse, die sich über die ganze Länge des linken Flügels erstreckte, saßen nur noch wenige Gäste. Im Des Bains logierten ältere Leute und Familien, die früh zu Bett gingen, um den Tag am Strand, am Pool oder in Venedig auszukosten.

An der Rezeption holte sich Jillian die *New York Times*, die sie sich jeden Tag besorgen ließ, setzte sich auf die Terrasse und bestellte einen Drink.

In ihre Zeitungslektüre vertieft, hatte sie gar nicht bemerkt, daß sich ein großgewachsener Schwarzer genähert hatte. Er trug einen leuchtendroten zweireihigen Anzug, ein schwarzes Hemd und eine glänzende rote Seidenkrawatte im gleichen Ton wie der Anzug. Jillian hatte den ersten Teil der Zeitung schon gelesen und beiseite gelegt. Der Schwarze grüßte sie äußerst höflich und fragte, ob er einen kurzen Blick auf die Titelseite der *New York Times* werfen dürfe, dabei verbeugte er sich sogar. Jillian erlaubte es ihm, forderte ihn aber nicht auf, sich zu setzen. Im Stehen überflog er die Artikel auf der ersten Seite.

Mit Dank legte er die Zeitung zurück. Er erklärte ihr, er komme aus New York, und fragte sie, ob sie auch aus New York sei. Eigentlich wollte Jillian mit niemandem mehr reden, aber er hatte wieder so höflich gefragt, daß sie nicht umhinkam, ihm doch einen Platz anzubieten.

Er wußte nicht einmal von dem Shuttleservice, er ging immer zu Fuß zum Piazzale Santa Maria Elisabetta und nahm von dort ein Vaporetto nach Venedig. Das Hotelboot legte in der Darsena des Hotel Excelsior an und transportierte die Gäste beider Hotels vom Lido nach Venedig und zurück. Ein kleiner Bus verkehrte zwischen dem Des Bains und dem Excelsior, der die Gäste vom Des Bains zu dem Hotelboot brachte und sie dort abholte. Das Des Bains und das Excelsior gehörten zwar zu zwei verschiedenen amerikanischen Ketten, die jedoch in derselben Holding zusammengefaßt waren.

Nachdem Jillian ihren Vortrag darüber beendet hatte, was er in den restlichen drei Tagen seines Aufenthalts unbedingt ansehen müsse, fragte er sie genauso höflich wie vorher, ob sie ihn in die Diskothek begleiten wolle. Jillian sagte ebenfalls höflich, aber bestimmt nein, und gab ihm durch ihren Gesichtsausdruck zu erkennen, daß mit dieser Frage das Gespräch für sie beendet war. Der Schwarze bedankte sich formvollendet für die Ratschläge und bestand darauf, auch Jillians Drink auf seine Hotelrechnung setzen zu dürfen.

Jillian hatte gar nicht hingeblickt, als er gegangen war, sondern sich sofort wieder in ihre Zeitung vertieft. Nach einiger Zeit spürte sie erneut seine Anwesenheit. Sie wußte, er stand neben ihr, obwohl sie ihn weder kommen gesehen noch gehört hatte.

Er trug den gleichen Anzug wie vorhin, nur in Blau. Das Blau war so kräftig, wie das Rot schreiend gewesen war, dazu eine blaue Seidenkrawatte, wieder im gleichen Ton wie der Anzug, und er fragte sie genauso höflich wie vorher, ob sie es sich nicht noch einmal überlegen wolle, er gehe jetzt in die Disco. Dabei strich er mit beiden Händen die Revers des Anzugs hinab, als wollte er ihr sagen, er habe sich nur für sie umgezogen. Jillian lächelte. Trotzdem lehnte sie erneut dankend ab. Ihr Lächeln hatte ihn versöhnt. Mit federnden Schritten lief er über die Terrasse zur Eingangstreppe. Er überlegte wohl, daß er sie morgen wieder ansprechen und es noch einmal versuchen wollte. Wenn er es ein drittes Mal probieren würde – sie war nicht abgeneigt, dann mitzugehen.

Jillian ging nicht in die Diskothek, sondern auf den Friedhof. Sie wollte nicht ihre E-mails abrufen, nicht ihre Voicemail abhören, nicht mit Sheri Moon in der Galerie telefonieren.

Der Friedhof des Lido befand sich im Stadtteil San Niccolò, sie lief eine halbe Stunde. Die für einen italienischen Friedhof großzügige Anlage teilte sich ein in den Antico Cimitero Israelitico, den Cimitero Cattolico und den Nuovo Cimitero Israelitico. In Italien wurden die Toten häufig eingeäschert. Auf den katholischen Friedhöfen überließ man die Särge meist nicht der Erde, sondern schichtete sie in besonderen Begräbnishäusern wie in Regalen übereinander. Jillian konnte sich vorstellen, in Italien zu leben, aber nicht, in Italien auf einem Friedhof zu liegen. Der Gedanke war ihr unerträglich, in den Begräbnishäusern waren die Särge nur durch dünne Zwischenwände und ebenso dünne Decken voneinander getrennt. In jedem Kühlhaus hatte man mehr Platz.

Jillian kam zu einem frisch ausgehobenen Grab. Die Ränder waren mit einem Holzrahmen fixiert, über den schwarzer Stoff gespannt war. Eine Längsseite des Grabes war von hölzernen Klappstühlen gesäumt, an allen vier Ecken des Grabes standen große gläserne Vasen mit roten Rosen. Die Beerdigung fand wohl am nächsten Morgen statt.

Jillian setzte sich auf einen der Klappstühle und wurde von einem Wachtraum überwältigt.

Sechs Männer in schwarzen Anzügen mit weißen Hemden, schwarzen Krawatten und schwarzen Hüten trugen einen Sarg aus dunklem Holz. Während sich die Männer dem Grab näherten, sprang eine Gestalt auf den Sarg und balancierte darauf wie auf einem Surfbrett. Die Gestalt trug Blue jeans und eine schwarze Lederjacke. Einmal war es das Gesicht von Jacob, dann das der italienischen Schauspielerin. Noch bevor die Männer an dem Grab angekommen waren, sprang die Gestalt von dem Sarg herunter, kam auf Jillian zu, warf alle Stühle um, auch den, auf dem Jillian saß, und Jillian stürzte zusammen mit der Gestalt in das offene Grab.

Die Moroni hatte ihr erzählt, sie sei schon öfter im Film gestorben. Wenn es einmal wirklich ans Sterben gehe, werde sie die Szene nicht verpatzen. Während sie aus dem Traum erwachte, erinnerte sich Jillian, die Moroni hatte auch gesagt, sie könne Menschen verstehen, die sich umbringen, um die Angst ein für allemal los zu sein.

Aber Jillian konnte sich nicht entsinnen, welche Angst das gewesen war.

Das Sommerkleid

Jacob haßte Madeline, weil sie ein neues Kleid und Reisepläne hatte.

Die Erdgöttin hatte ihr ein halblanges weißes Sommerkleid mit einem Blumenmuster gebracht, das gut aus den fünfziger Jahren hätte stammen können. Jacob wußte nicht, ob das Kleid ein Wunsch von Madeline gewesen war. Wenn ja, hatte er ihn nicht mitbekommen. Das Kleid war unten sehr weit geschnitten und oben um den Hals gerafft, Madeline hatte es am Tag und in der Nacht an, die durch das ständige Tragen entstehenden zusätzlichen Falten fielen gar nicht auf. Madeline achtete sehr darauf, das Kleid sauberzuhalten.

Wenn sie hier herauskomme, wolle sie unbedingt nach Europa reisen. Sie werde sich ein halbes Jahr Zeit nehmen. Paris – Brüssel – Amsterdam – London – Glasgow – Dublin – Lissabon – Madrid – Barcelona – Monaco – Turin – Venedig – Florenz – Rom – Neapel – Palermo – Dubrovnik – Athen – Budapest – Wien – Prag – München – Berlin – Hamburg – Kopenhagen – Oslo – Stockholm – Helsinki. Beenden wollte sie die Reise in St. Petersburg oder Moskau. Jacob sagte, sie solle in Italien auch Mailand besuchen. Er hatte nur mitbekommen, daß Jillian nach Mailand geflogen war, von der Sammlung, die sie dort gekauft und weiterverkauft hatte, wußte er nichts.

In Paris wollte sich Madeline mit Mathilde Laurent verabreden, der Direktorin der Parfümabteilung von Cartier. Eine Freundin hatte sich ein Parfüm entwerfen lassen. Bei einem ersten Meeting, das mehr einem Verhör durch das FBI glich, verschaffte sich die Direktorin einen Überblick über die Vorlieben und Einstellungen ihrer Klientin. Aus diesen Informationen entwickelte sie eine Parfümidee, die die Persönlichkeit ihrer Klientin oder bestimmte Züge davon unterstrich. Die Idee wurde in bis zu einem Dutzend Meetings entwickelt und verfeinert. Die Direktorin der Parfümabteilung arbeitete Tag und Nacht, ihre Kapazitätsobergrenze waren acht Parfüms pro Jahr. Die Ingredienzien, wie zum Beispiel Jasmin aus Grasse, konnten bis zu fünfzigtausend Dollar das Kilo kosten. Für das individuelle Parfüm war mit etwa hunderttausend Dollar zu rechnen.

Mittlerweile hatten sie die Möglichkeit, sich zu waschen. Neben dem Baum stand immer ein Zinkeimer mit Wasser. Jacob ließ die Hose herunter, das Hemd konnte er nur aufknöpfen. Er tauchte den Kopf in den Eimer und wusch sich mit einem Lappen. Es gab keine Seife.

Wenn Madeline sich die Haare wusch, waren sie danach so fluffig, daß Jacob den Verdacht hegte, die Erdgöttin gebe ihr Haarshampoo. Er wollte sie nicht fragen. Madelines Haare waren von Natur aus blond, wären sie gefärbt gewesen, hätten sie am Ansatz längst dunkel sein müssen.

Überhaupt hielt sich Madeline besser als erwartet. Ohne Makeup hatte sie weniger Falten. Sie hatte zuviel Makeup verwendet, die Falten in ihrem Gesicht waren gar keine gewesen, sondern Brüche und Furchen im Makeup als Folge ihrer Mimik.

Mit ihr konnte Jacob nicht konkurrieren. Sein Auge war nur langsam abgeschwollen, seine Haut litt immer noch unter den Nachwirkungen des Sonnenbrands. Er hatte einen Bart mit vielen grauen Haaren. Der ihn älter aussehen ließ, ihm jedoch auch das Flair des Abenteurers verlieh.

Madelines Lösegeldsumme war mittlerweile auf einer Bank in Tijuana geparkt, Chuy hatte das verifiziert. Madeline und ihre Anwälte warteten darauf, daß Chuy ihnen mitteilen ließ, wie das Lösegeld übergeben werden sollte. Früher hatte Madeline immer nur von *den Mexikanern* gesprochen. Jetzt nannte sie sie *unsere Entführer*.

Das Band, das Madeline mit dem Gebrauch des Wortes *unsere* stiftete, konnte in jedem Augenblick zerreißen. Chuy würde Jacob nicht vor ihren Augen umbringen. Unmittelbar vor ihrer Freilassung würde sie ihn bestimmt noch lebend sehen, alles andere wäre geschäftlich unvernünftig. Aber von dem Moment an, in dem Madeline den Trailer verließ, um in den Wagen zu steigen, der sie in die Freiheit bringen würde, war alles möglich.

Jillian rief nicht zurück. Jacob hatte seine Bemühungen aufgegeben, sie zu erreichen.

Er hoffte inständig, daß Chuy sich mit dem Lösegeld begnügen würde, das er für Madeline kassierte.

Für Madelines Mann war die Summe nicht von Bedeutung. Nach erfolgreichem Austausch würde er sich nicht überanstrengen, den Entführern der Frau, von der er sich scheiden lassen wollte, auf die Spur zu kommen. Hielt Chuy Jacob weiter gefangen, ging er ein erhöhtes Risiko ein. Jacob würde in den U.S.A. als vermißt gemeldet werden, das bedeutete offizielle Untersuchungen. Natürlich würde auch Madeline aktiv werden. Man würde Jacob nicht völlig vergessen. Die Untersuchungen würden im Sand verlaufen, aber sie schufen Chuy Unannehmlichkeiten.

Am einfachsten war es für Chuy, wenn er Jacob ebenfalls freiließ. Jacob würde garantiert nichts gegen Chuy unternehmen, das konnte er ihm schwören. Allerdings glaubte Jacob nicht, daß er Chuy überzeugen konnte.

Wo blieb der Haß auf Chuy? Jacob brachte es nicht fertig, Chuy zu hassen, nicht einmal, nachdem der seine Zigarette auf Jacobs Hand ausgedrückt hatte. Chuys Wut auf ihn stellte auch ein Kompliment dar. Nur wünschte er sich, es in einer entspannteren Situation würdigen zu können.

Jacob zog nicht, wie Jillian sich das vorstellte, eine schnurgerade Spur in der Wüste. Während Madeline las, marschierte er im Trailer auf und ab. Die Fußeisen verhinderten, daß er größere Schritte machte, es gelang ihm gerade, einen Fuß vor den andern zu setzen. Um den Trailer einmal zu durchmessen, benötigte er genau dreißig Schritte. Das Gewicht der Fesseln belastete ihn, in einer Stunde konnte er nicht öfter als vierzigmal hin- und hergehen, das waren zweitausendvierhundert Schritte. Gern hätte er Pushups gemacht, aber seine Hände waren zu eng aneinandergefesselt. Die körperliche Betätigung tat ihm gut. Er mußte an nichts denken, während ihn das Geräusch begleitete, mit dem die Kettenglieder aneinanderschlugen, und er haßte Madeline nicht mehr.

Während Jacob marschierte, zeichnete Madeline Entwürfe für die Glaswand an der Grenze. Die Erdgöttin hatte ihr auch einen großen Zeichenblock gebracht. Madeline experimentierte mit Glaspaneelen in den verschiedensten geometrischen Formen, die in Rahmensysteme aus Edelstahl oder aus Holz eingesetzt oder direkt miteinander verschränkt waren. Das Grundproblem war, daß das Glas schnell verschmutzen würde und die seltenen Regenfälle nicht ausreichten, den Staub wegzuwaschen. Es lag nahe, das Glas durch seine Zusammensetzung oder durch eine entsprechende Bearbeitung weniger durchsichtig zu machen.

Jacob sprach nicht mit Madeline.

Der Gedanke, daß Jacob nicht mit ihr reden wollte, lag außerhalb von Madelines Vorstellungsvermögen. Sie konnten darüber sprechen, was sie bewegte, über ihre Ängste, über ihre Hoffnungen. Sie hatten die Möglichkeit, ihr Leben zu teilen. Aber Jacob wollte nicht sein Leben in der Gefangenschaft mit ihr teilen. Die Freiheit hätte er gern mit ihr geteilt, aber die schien nur ihr sicher, ihm nicht.

Er erklärte ihr, als er schutzlos der Sonne ausgesetzt gewesen sei, habe die Sonne ein Loch in die Erde gebrannt, direkt vor ihm. Er habe in einen unglaublich tiefen Schacht gesehen. Die Strahlen der Sonne hätten die Erde durchbohrt. Auf der anderen Seite der Erdkugel habe ebenfalls jemand in den Schacht geblickt. Er konnte nicht in den Schacht fallen, er sei ja an den Trailer angekettet gewesen. Der Schacht sei immer noch da. Nie verlasse ihn die Angst, in den Schacht zu fallen.

Jacob hatte die Geschichte in dem Augenblick erfunden, in dem er sie Madeline erzählt hatte. Sie wußte nicht, was sie davon halten sollte. Danach mußte er tatsächlich ständig an den Schacht denken.

Stellte sich Madeline vor, in der Gefangenschaft das Eheleben zu führen, das ihr in der Freiheit versagt geblieben war? Sie hätten ohne weiteres miteinander schlafen können. Manche Leute legten sich genau dafür gegenseitig in Ketten. Die Erdgöttin kam immer nur zu den üblichen Zeiten. Die Wahrscheinlichkeit, daß Chuy genau dann auftauchte, wenn sie miteinander beschäftigt waren, schien denkbar gering.

Jacob hatte durchaus Lust, mit Madeline zu schlafen. Trotz der Ketten. Doch der Preis dafür hätte in einer Vertrautheit zwischen ihm und Madeline bestanden, die sich auf alles erstreckt hätte, auf jede Regung ihrer Körper und ihrer Seelen. Diesen Preis wollte Jacob nicht bezahlen. Auch nicht im Angesicht des Todes, gerade nicht im Angesicht des Todes.

Madeline hatte keinen einzigen Migräneanfall mehr, aber sie hatte Launen. Sie sprach nicht mit Jacob und behandelte ihn, als sei er Luft. Oder sie erzählte ihm etwas, ohne sich darum zu kümmern, ob er es hören wollte.

Bevor sie mit Jacob nach San Diego geflogen war, war Madeline zusammen mit ihrem Mann zur Einweihung der neuen Yacht eines Freunds eingeladen gewesen. Das Boot ankerte vor Newport, Rhode Island. Es war etwa hundertzehn Meter lang und hatte ein Vorderdeck mit tausend Quadratmetern. Wenn Madeline Maßangaben machte, benutzte sie immer das metrische System. Auf dem Vorderdeck gab es einen Pool mit Garten und einen Hubschrauberlandeplatz. Das Boot konnte vierundzwanzig Gäste in Luxus-Suiten beherbergen, um die sich vierzig Besatzungsmitglieder kümmerten. Die Gäste hatten die Auswahl zwischen Kino, Spa, Gym und einer Bibliothek. Mit drei Aquarivas durften sie Motorbootrennen veranstalten. Ein Aquariva kostete eine halbe Million Dollar. Sie hatten versucht herauszubekommen, wieviel die Yacht gekostet hatte, der Bootseigner machte sich einen Spaß daraus, seine Freunde bezüglich dieser so wichtigen Frage im dunkeln tappen zu lassen. Den Besatzungsmitgliedern war es strikt verboten, auch nur Andeutungen über den Preis zu machen. Madelines Mann hatte die Sache keine Ruhe gelassen, er hatte vorgegeben, sich für ein ähnliches Boot zu interessieren und sich gleich im Anschluß von einer Werft ein Angebot machen lassen. Ihm war ein Circa-Preis von hundertfünfundzwanzig Millionen Dollar genannt worden.

Jacobs Lieblingsbeispiel für One-upmanship war der Marmorpalast von A.T. Stewart an der Kreuzung der Fifth Avenue mit der Thirty-Fourth Street. 1864 kaufte der Warenhauskönig dort ein Sandsteingebäude und ließ es niederreißen, um einen Palast aus weißem Marmor zu errichten. Jeder einzelne Marmorblock wurde nach einer Zeichnung des Architekten in Italien herausgeschnitten. Der Bau dauerte sieben Jahre. Der weiße Palazzo gab den Anstoß zu einem Kräftemessen der New Yorker Geldaristokratie gegen Ende des neunzehnten und zu Beginn des zwanzigsten Jahrhunderts. Entlang der Fifth Avenue und in Newport entstanden Gebäude in den verschiedensten Stilen. Die Architekten bedienten sich im Mittelalter, bei der Renaissance und bei der Epoche von Louis XIV. bis zu Louis XVI. Eine der Gastgeberinnen in diesem Goldenen Zeitalter, besonders stolz auf ihre mittelalterliche Festung, bemerkte über Blair Castle, die im dreizehnten Jahrhundert erbaute Burg des Duke of Atholl in Kinross in Schottland: Das Gebäude ist nicht korrekt, sie haben jede Menge Fehler gemacht. Mein Schloß in Sandy Point ist viel authentischer.

Am meisten haßte Jacob Madeline, wenn sie versuchte, ihn zu trösten. Denn ihr Mitleid war unübersehbar mit Herablassung gepaart. Ihre Augen sagten dann, sie sei die Stärkere und er der Schwächere. Das Unerträgliche war, es entsprach der Wahrheit. Sie war tatsächlich die Stärkere. Obwohl sich ihr Mann von ihr scheiden ließ, zahlte er das Lösegeld für sie. Seine, Jacobs, Frau wollte nicht einmal mit ihm sprechen.

Jacob gewöhnte sich an sein Unglück. Gewöhnen bedeutete, daß er nicht ständig gegen das rebellierte, was ihm zustieß. Aber diese Seelenruhe war teuer erkauft. Die Handschellen, die Fußeisen, der Trailer und auch der mögliche Tod waren etwas Äußerliches gewesen. Wenn sich seine Seele gewöhnte, dann bedeutete das, diese Dinge waren nicht mehr äußerlich. Er war in Ketten gelegt, und die Ketten wurden Teil seiner Seele. Er war im Trailer gefangen, und die Gefangenschaft gehörte zu seiner Seele. Er sah dem Tod ins Auge, und der Tod war Bestandteil seiner Seele.

Das war kein Traum, sondern Wirklichkeit. Aber es war nicht die gewöhnliche Wirklichkeit. Die gewöhnliche Wirklichkeit war mächtig. Sie fing ihre irrenden Abkömmlinge wieder ein. Als Jacob sich an sein Unglück gewöhnte, ahnte er, die gewöhnliche Wirklichkeit würde, was ihn betraf, nie wieder uneingeschränkt herrschen. Immer würden die Ketten, der Trailer und der Tod zu seiner Wirklichkeit gehören. Vielleicht würde er wie aus einem Traum aufwachen. Aber er wußte, was er träumen würde, wenn er wieder träumen würde.

Wenn er freikam, würde er dann stärker oder schwächer sein, als er es vorher gewesen war? Wer das aushielt, was er jetzt aushielt, den konnte nicht mehr viel schrecken. Aber das Aushalten kostete Kraft. Die ihm vielleicht später fehlen würde. Konnte man die Kraft der Seele trainieren wie alles andere, oder war sie beschränkt, ein festes Quantum? Wenn jedes Leben einen bestimmten Kraftvorrat besaß, dann verbrauchte er einen großen Teil davon in diesen Tagen.

Im Trailer kamen Gefühle völlig anders zustande als außerhalb. In der Welt waren Gefühle Ursache und Folge der Handlungen der Menschen, die sich aufeinander bezogen. Gefühle dienten dazu, die Gefüge von Menschen, Dingen und Ideen zu ordnen und zu strukturieren. Durch ihre Telefonate war Madeline Teil der Welt. Jacob stand in keiner Beziehung mehr zur Welt. Gefühle brachen über ihn herein, wann sie wollten und wie sie wollten. Ohne Vorankündigung, sie brauchten keinen Anlaß.

Neben die Todesangst trat die Angst, verstümmelt zu werden. Jacob hatte davon gehört, daß Entführer ihren Opfern Ohren, Finger oder Zehen abschnitten und sie den Angehörigen sandten. Er malte sich aus, wie seine rechte Hand aussehen würde, wenn Chuy ihm einen Finger nach dem anderen abhacken würde. Er mußte an die Holzhand des Rechtsanwalts in New Haven denken.

Er schämte sich unsagbar für seine Phantasien, die Entführer sollten ihn trösten. Es tat ihm gut, wenn Héctor ihn berührte, auch wenn er ihn trat oder schlug. Jacob wünschte sich, die Erdgöttin möge mit ihm reden, sie solle ihn ebenfalls anfassen. Der schlimmste Wunsch betraf Chuy. Er konnte ihm mit dem sofortigen Tod drohen, aber er sollte seine Hand auf Jacobs Schulter legen.

Je pense, donc je suis. Ich denke, also bin ich. Das stammte von einem französischen Philosophen. Nichts war falscher als dieser Satz. Ein Gedanke gab den Anstoß zu einem anderen, der erzeugte den nächsten und so fort. Die Gedanken brauchten einander und sonst nichts. Wie konnte etwas ihrer Herr werden. Wozu sollte etwas ihrer Herr werden. Da war kein Ich.

Würde er überleben oder nicht? Das war die Anfangs-, aber auch die Endunterscheidung. Jacob beobachtete grob. Niemand zahlte Lösegeld für ihn. Chuy haßte ihn. In diesem Fall war sein Schicksal besiegelt. Jacob beobachtete fein, er registrierte jede Regung Héctors und der Erdgöttin, jede Nuance der Gespräche Madelines mit ihren Anwälten und setzte sie in eine Neubewertung seiner eigenen Lage um. Dann schwang das Pendel, das sein Schicksal bestimmte, unausgesetzt zwischen Überleben und Nicht-Überleben hin und her.

Eine überraschende Nebenwirkung dieser Selbstbeobachtung bestand darin, daß es ihm doch gelang, einen Keil zwischen sich und sein Unglück zu treiben. Je mehr er sich auf seine eigenen Gedanken konzentrierte, desto weniger war er mit seiner Gefangenschaft identisch, desto weniger waren die Ketten, der Trailer und der Tod Teil von ihm.

The Assignation

Ungläubig hatte der Portier Jillian mitgeteilt, die Adresse, welche die italienische Schauspielerin Jillian aufgeschrieben hatte, bezeichne einen Gebäudeteil des Diözesanmuseums Sant'Apollonia, das neben dem Palazzo Ducale gelegen war. Die beiden Gebäude waren durch den Kanal mit dem Ponte dei Sospiri getrennt, die angegebene Adresse war nur mit dem Boot zu erreichen. Jetzt verstand Jillian, warum die Moroni gesagt hatte, sie müsse unbedingt eine Gondel nehmen.

Es erschien Jillian stillos, noch bei Tageslicht mit der Gondel bei der Schauspielerin einzutreffen. Sie besuchte den Palazzo Ducale, um von der Seufzerbrücke aus einen Blick auf das Gebäude zu werfen, in dem sie erwartet wurde.

Jillian hatte Glück: Sämtliche eisernen Fenstervergitterungen der Seufzerbrücke waren abmontiert, die verwitterten Verankerungen hatten saniert werden müssen. Die Mauerränder der Fensterausschnitte waren frisch verschalt, zusammengeklebte Plexiglasscheiben vertraten die, wie Jillian sich erinnerte, weißlackierten Gitter in Rosettenform. Die Moroni stand auf einer schwarzen Marmorplatte, nur wenige Stufen über dem Wasser. Sie hatte die Haare zurückgebunden und trug ein rückenfreies schwarzes Kleid, das kurz über den Knien endete und durchsichtige Träger haben mußte. Sie hielt eine Vase vor sich.

Auch aus der Entfernung konnte Jillian erkennen, daß es eine Vase aus Vetro pezzato war. Die Pezzati waren eine Erfindung von Fulvio Bianconi, sie prägten das Gesicht der Produktion von Venini in den fünfziger Jahren. Man stellte Streifen aus farbigem Glas her, die man erkalten ließ und in quadratische oder rechteckige Stücke schnitt. Diese Stücke wurden wieder erwärmt und zu Vasen in verschiedenen Formen zusammengesetzt. Die Gläser der Variante Parigi bestanden aus rotem, grünem, saphirblauem und Rauchglas, die der Variante Stoccolma aus grünem, hellblauem, dunkelbraunem und Rauchglas.

Venini hatte die Pezzati in den neunziger Jahren wiederaufgelegt. Natürlich gab es ständig Versuche, neue Stücke mit nachgemachten Ätzstempeln oder Ritzsignaturen als alte in den Kunsthandel einzuschleusen. Es bereitete jedoch keine Mühe, die alten und die neuen Exemplare auseinanderzuhalten. Früher hatte die chemische Zusammensetzung der Farbpigmente geschwankt, sie waren verunreinigt gewesen, das hatte immer neue Farbschattierungen ergeben. Die jetzt verwendeten Farbpigmente wurden industriell hergestellt, die neuen Farben waren viel intensiver, und sie blieben immer gleich. Bei den alten Vasen verloren die ursprünglich quadratischen oder rechteckigen Glasstücke weitgehend ihre Form. Die Glasstücke, aus denen die neuen Vasen bestanden, waren viel regelmäßiger. Während die Ränder zwischen den Glasstücken der neuen Exemplare ein gleichmäßiges Netz bildeten, wirkten die Ränder der alten wie unregelmäßig aufgebrachte Schnüre.

Aus der Entfernung und bei den gegebenen Lichtverhältnissen konnte Jillian das Dekor Parigi erkennen, aber natürlich nicht angeben, ob es sich um ein altes oder um ein neues Stück handelte.

Während die Moroni die Vase im Abendlicht prüfte, drehte sie mehrmals den Kopf zur Seite. Sie unterhielt sich mit jemandem, der hinter ihr im Türeingang stehen mußte. Jillians Blick fiel auf die Schuhe der italienischen Schauspielerin. Die Form der schwarzen Pumps war konventionell, vorn spitz zulaufend, der Ausschnitt abgerundet. Aber die leicht gebogenen Absätze aus Aluminium mußten mindestens vier Zoll hoch sein.

Die Kopfbewegungen der Moroni wurden heftiger. Schließlich drehte sie sich um. Das Kleid war nicht einfach rückenfrei, der Ausschnitt ging fast bis zur Pofalte hinunter.

Ansatzlos warf sie das Glas, das sie in den Händen gehalten hatte, ins Wasser.

Das schmale Glas ging nicht sofort unter. Mit dem Boden zuerst aufgekommen und umgekippt, lief es erst langsam mit Wasser voll. Jillian hielt den Atem an. Mit verschränkten Armen blickte die Moroni auf die Stelle im Wasser, wo das Glas schließlich doch verschwand.

Plötzlich tauchte neben ihr eine Gestalt auf. Eine junge Frau, nach den flinken Bewegungen eher ein junges Mädchen, in einem schwarzen Bikini oder in schwarzer Unterwäsche. Es schüttelte den rechten Arm, um noch den Ärmel einer Bluse abzustreifen, nahm zwei Stufen auf einmal und sprang, die Arme vorgestreckt, ins Wasser.

Das Mädchen mußte genau verfolgt haben, wo die Moroni das Glas hingeworfen hatte. Vielleicht sank es auch so langsam, daß es unter der Wasseroberfläche noch sichtbar war. Das Mädchen tauchte unter und sofort wieder mit dem Glas in der Hand auf. Langsam mit dem linken Arm kraulend, das Glas in der rechten Hand, schwamm es zurück.

Es stellte die Vase auf die erste trockene Stufe. Unbewegt sah die Schauspielerin zu, wie sich das Mädchen neben der Vase hochzog. Es hatte eine sehr weiße Haut, schlanke Beine und einen nicht ganz so schlanken Hintern. Seine Haare waren genauso lang wie die der Moroni. Während es in die Knie ging, um mit der rechten Hand die Vase aufzunehmen, warf es mit der linken die nassen Haare nach hinten.

Jillian mußte darauf achten, auf den glitschigen schwarzen Marmorstufen nicht auszurutschen. Sie bewunderte die Moroni dafür, wie unangestrengt sie sich mit ihren hochhackigen Pumps bewegt hatte. Jillian betätigte einen Klingelknopf aus Messing, der so verwittert war, daß er dem Druck ihrer Finger erheblichen Widerstand entgegensetzte. Die Moroni machte die Tür gerade so weit auf, daß sie hinaustreten konnte. Es gelang Jillian nicht, auch nur einen Blick hinter die Tür zu erhaschen.

Der Palazzo des Onkels war am Canal Grande gelegen, gegenüber der Accademia. Mit keinem Wort ging die Moroni darauf ein, warum Jillian sie bei der Adresse gegenüber dem Palazzo Ducale hatte abholen sollen.

Der Onkel der Moroni war ein Barbaro. Die Familie Barbaro war eins der berühmtesten Geschlechter Venedigs, auch wenn sie keinen Dogen aufweisen konnte. Während der Gondoliere sie an der Piazza San Marco vorbeiruderte, erzählte die Moroni die Geschichte der Familie Barbaro. Sie beschrieb das Wappen der Barbaro als einen doppelköpfigen Adler mit einer Krone über den Köpfen und einem scharlachroten Ring auf weißem Grund in der Mitte. Der Stammvater Marco Barbaro führte einen Krieg in Rumänien, in einer Schlacht wurde er am Kopf verletzt und versuchte, die Blutung mit einem weißen Taschentuch zu stillen. Während des Schlachtgetümmels ging das Feldzeichen verloren, er nahm das blutdurchtränkte Taschentuch, spießte es auf eine Lanze und hielt die Lanze hoch. Mit diesem Zeichen war er siegreich. Als Dank an Gott und Erinnerung an die Schlacht wechselte er sein Wappen aus, er ersetzte das ursprüngliche Wappen, das zwei Bänder auf gelben Grund zeigte, durch das mit dem roten Kreis auf weißem Grund. Francesco Barbaro war Cavaliere und Procuratore von San Marco, Difensore di Brescia in den Kriegen gegen die Visconti, Botschafter in Mailand und Mantua und schließlich am Hof des Kaisers Sigismund, der ihm erlaubte, das kaiserliche Wappentier, den doppelköpfigen Adler, in seinem Wappen zu tragen. Zu Beginn des Quattrocento war Francesco Barbaro der erste einer Reihe von Gelehrten und Humanisten der Familie. Er entwarf die Inschrift für das Denkmal des Feldherrn Erasmo da Narni vor der Basilica del Santo in Padua, eine Arbeit von Donatello. Sein Sohn Zaccaria, wie der Vater Cavaliere und Procuratore, heiratete 1479 Chiara Vendramin, die Tochter des Dogen Andrea, sie hatten drei Söhne, Almorò, Daniele und Alvise. Almorò war eine der einflußreichsten Figuren der Politik und Kultur Venedigs, schon mit neununddreißig Jahren wurde er zum Patriarchen von Aquileia ernannt. Francesco, der Sohn von Daniele, wurde später Bailo in Konstantinopel. Das war ein äußerst begehrtes Amt, denn es vereinigte die Funktion des Botschafters beim Sultan mit der des Vorsitzenden der venezianischen Kaufmannsgemeinde. Marc'Antonio, der Sohn Francescos, war ein Diplomat von außerordentlichen Fähigkeiten. Der König von England erlaubte ihm, die Tudor-Rosen in das Wappen aufzunehmen. Als Botschafter in Konstantinopel während der Türkenkriege gelang es ihm entgegen allen Widerständen, Venedig immer mit den neuesten und akkuratesten Nachrichten zu versorgen. Später wurde er in Venedig Savio del Consiglio und Provveditore generale in Terra ferma, außerdem war er eine von drei mit der Neuerrichtung des Ponte Rialto beauftragten Persönlichkeiten. Es gelang ihm nicht, ein Projekt von Palladio durchzusetzen, er war jedoch insofern erfolgreich, als der Ponte Rialto in drei anstatt, wie ursprünglich vorgesehen, in einem Bogen errichtet wurde.

Der Palazzo Barbaro bestand aus zwei verbundenen Palazzi, der eine gotisch, aus dem Quattrocento, der andere barockisierend. Der erste Palazzo wurde um das Jahr 1425 errichtet, die entscheidende Rolle bei der Ausführung spielte der berühmte Steinmetz Giovanni Bon. Zunächst im Besitz der Familie Spiera, wurde der Palazzo schließlich von Zaccaria Barbaro gekauft. 1694 beauftragten die Barbaro Antonio Gaspari, einen der berühmtesten Architekten des späten venezianischen Seicento, das Gebäude neben dem gotischen Palast nach dem modernen Geschmack wieder aufzubauen, vor allem sollte es einen Ballsaal beherbergen. Der gotische Palazzo hatte über dem Piano nobile zwei, der barockisierende drei Stockwerke. Zwischen den gotischen Spitzbogen der Loggien über den Balkonen vor dem Piano nobile waren Marmorscheiben mit, wie die Moroni erklärte, Bildnissen römischer Kaiser angebracht.

Der Zustand der Fassaden überraschte Jillian nicht. An beiden Palazzi war bis über die Höhe der Kellerfenster der Putz abgebröckelt, das Ziegelmauerwerk lugte hervor. Bei dem barockisierenden Palast zog sich eine Spur wie eine Wunde vom Eingang über dem Wasser bis zum Kamin auf dem Dach hin, auf jedem Stockwerk gab es rechts und links Abgänge. Entweder war hier eine hinter der Fassade verlegte Leitung repariert worden, oder die Spur hatte mit dem Kamin zu tun.

Aus der Richtung des Ponte Rialto kam ein Vaporetto auf sie zu. Der Gondoliere beeilte sich nicht sonderlich, den Eingang zu erreichen. Die Moroni hatte sich schon erhoben, Jillian war ebenfalls aufgestanden. Die Bugwelle des Vaporetto erfaßte die Gondel, Jillian und die Moroni verloren das Gleichgewicht. Die Moroni umfaßte Jillian an der Taille und zog sie zu sich hin, damit sie nicht auf den Rand des Boots fiel. Sie landeten auf dem Sitz, über den mehrere Wolldecken gelegt waren.

Die Wellen hatten die Gondel abgetrieben. Sie waren nicht naß geworden, der Gondoliere aber hatte mehr als nur ein paar Spritzer abbekommen und fluchte. Sie blieben auf dem Rücken liegen und blickten in den Nachthimmel. Die Lichtquellen um den Canal Grande strahlten so stark, daß sie nicht erkennen konnten, ob der Himmel bedeckt war oder ob die Sterne leuchteten.

Die Moroni erzählte, als Kind sei sie immer mit ihrer Tante auf den Lido hinausgefahren, um dort am Strand die Sterne zu beobachten. Jillian hatte nirgendwohin fahren müssen, um einen Sternenhimmel zu sehen.

Jillian sagte, es gebe viele Sterne am Himmel, die nicht mehr existierten. In der Zeit, die ihr Licht gebraucht habe, um die Erde zu erreichen, seien sie explodiert und erloschen. Alle sagten, daß man sich unter den Sternen so klein und unbedeutend vorkomme. Sie habe immer das Gefühl gehabt, unter den Sternen groß zu sein.

Jillian hatte einen Gondoliere engagiert, der entweder seinen Beruf noch nicht lange ausübte oder einen schlechten Tag hatte. Als er versuchte, die Gondel vor dem Eingang zu vertäuen, fuhr ein weiteres Vaporetto vorbei und brachte das Boot erneut ins Schaukeln. Der Gondoliere hielt sich an dem Pfosten fest, dabei entglitt ihm das Seil. Während er es aus dem Wasser zog, wurde die Gondel noch einmal abgetrieben.

Die Gondel schwankte. Unversehens lag Jillians Kopf auf der linken Brust der Moroni. Ihre Finger umfaßten den Rand des Kleids am Ausschnitt und zogen ihn an ihren geöffneten Lippen vorbei.

Eine Welle trennte sie.

Eine andere Welle führte sie wieder zusammen.

Mit der einen Hand ergriff Jillian den Unterarm der Moroni, mit der anderen den Oberarm. Sie vergrub ihr Gesicht in der Armbeuge.

Jillian war bereit für jedes Gefühl. Enttäuschung, Ermutigung, phantastisches Scheitern oder bedeutungslosen Irrtum.

Beim Aussteigen meldete Jillians Telefon, daß eine SMS eingetroffen war.

Van Bronckhorsts Sekretärin schrieb, er wolle sie unbedingt sprechen. Es war zehn Uhr abends lokale Zeit, also vier Uhr nachmittags in New York. Jillian hatte die eineinhalb Millionen überwiesen und versichert, sie werde die fehlenden zweieinhalb Millionen innerhalb des nächsten halben Jahres anweisen. Van Bronckhorst hatte sich damit zufriedengegeben und sogar betont, die Angelegenheit eile nicht.

Noch auf dem Steg wählte Jillian die Nummer van Bronckhorsts. Sie hatte die Nummer nicht gespeichert und wußte sie nicht auswendig. Es gab keine Möglichkeit, die Nummer aus der SMS herauszukopieren. Sie hatte das Gefühl, sich geirrt zu haben, löschte die Eingabe und rief noch einmal die SMS auf, um sich die Nummer diesmal korrekt einzuprägen.

Erneut merkte sich Jillian die Nummer nicht richtig.

Die Moroni nahm ihr das Telefon aus der Hand, hielt es kurz hoch, um es abzuschalten, und steckte es dann in Jillians Tasche zurück.

Sie umarmte Jillian und küßte mit geschlossenen Lippen ihre geschlossenen Lippen.

Nach dem ersten Kuß diese Angst.

Niemals würde sich Jillian nackt vor der italienischen Schauspielerin zeigen können, nackt bei ihr sein können. Ihre vorstehenden Hüftknochen, ihre zu kleinen Brüste konnte sie niemandem zumuten.

Die Moroni roch danach, wie ihre metallenen Absätze auf die schwarzen Marmorplatten trafen, wie das farbige Glas ins dunkle Wasser fiel und langsam volllief, wie das unbekannte Mädchen ins Wasser sprang.

Im Ballsaal erzählte die Moroni, wie sie den Onkel daran gehindert hatten, den Palazzo zu verkaufen. Sie, das waren die Sabinerinnen und ihre Räuber auf dem kolossalen Wandgemälde von Sebastiano Ricci, die Portraits der Barbaros und die Putti in den Stuckumrahmungen der Gemälde und in den Deckenverzierungen.

Der Onkel mußte seine Glassammlung verkaufen, um den Palazzo zu erhalten. Er verhandelte mit einem Galeristen aus Rom.

Die Hand der Moroni auf der Innenseite von Jillians Oberschenkel.

Die Moroni rieb in Kreisen. Minutenlang. Arbeitete sich hoch zur Außenseite des Oberschenkels, dann wieder zur Innenseite.

Auf einmal war Jillian über der Moroni. Saß mit gespreizten Beinen auf ihr. Schlang beide Arme um den Hals der Schauspielerin, verschloß deren Mund mit ihrem Mund. Deren rechte Hand an Jillians linkem Arm, wie um die Schlinge daran zu hindern, sich weiter zuzuziehen.

Es geht schon, dachte Jillian.

Es geht schon, dachte die Moroni.

Das plötzliche Verlangen Jillians, es herauszubrüllen, es geht schon!

Diese Hartnäckigkeit des Lebenwollens, trotz alledem.

Die Trauer und die Freude und das Spiel mit dem Blut aus der aufgeplatzten Lippe.

Sie rollten vom Sofa herunter auf den Teppich, und Jillian war unter der Moroni. Sie wollte Luft holen, entkommen. Es gab kein Entrinnen. Das Verlangen und die Kühnheit und die Kraft der anderen. An der Art der Moroni, ihre Handgelenke zu halten, erkannte Jillian, daß sie einander ebenbürtig waren.

Der Zio saß auf dem Bettrand und versuchte, sein Korsett zu schließen. Er war jetzt fünfundachtzig.

Das beigefarbene Korsett mit den dunkelbraunen Streifen über den Nieren hatte einen Klettverschluß. Mit der linken Hand zog der für einen Italiener Großgewachsene den unten liegenden Teil des Korsetts möglichst weit nach rechts über den Bauch und dann mit der rechten den oben liegenden möglichst weit nach links, das ergab ein Geräusch, als ob eine Hütte von einem Erdbeben verformt würde. Als die beiden Teile endlich aufeinanderpaßten, griffen die Streifen des Klettverschlusses mit einem Zischen ineinander, dem Erdbeben folgte ein Brand.

Die Aktion hatte viel Kraft gekostet. Minutenlang blieb der Greis bewegungslos auf dem Bettrand sitzen. Das Korsett verlieh ihm eine Massivität, im Vergleich zu der die herabhängenden dünnen Arme, der runde Rücken mit den weißen Flecken und die über dem Korsett hervorquellenden Brustwarzen lächerlich wirkten.

Jillian betrachtete ihn im Profil. Die Nase wölbte sich so stark, daß der obere Teil weiter herausstand als der untere. Die Stirn war flach wie der Hinterkopf. Es gab kein Kinn, irgendwo unter der Nase zeigte ein hervorstehender Rand die Ober- oder die Unterlippe an, danach wölbte sich das Gesicht zwar in Wülsten, aber insgesamt gleichmäßig zurück. Die Augenbrauen schienen seitlich bis zur Unterkante der Nase herunterzugehen. Da war auch kein Hals, der Zio hatte nur einen Kropf. Die Haare waren noch nicht zum Haarkranz degeneriert, über dem verschrumpelten und schiefhängenden roten Ohr zog sich ein schmaler Streifen über das Schädeldach. Er war noch nicht vollständig ergraut, das wäre vorteilhafter gewesen, die dunkleren Haare wirkten wie Schmutzschlieren.

In diesem Augenblick waren auf dem Gang Schritte zu hören. Die Moroni zuckte zusammen, legte den Zeigefinger auf den Mund und wies Jillian an, sich hinter die geöffnete Schlafzimmertür zu stellen.

Die ankommende Person wechselte weder mit der italienischen Schauspielerin noch mit dem Zio ein Wort. Jillian wunderte sich, warum die Moroni die Tür nicht schloß, damit sie, Jillian, ungesehen verschwinden konnte. Aus dem Zimmer drangen keine Geräusche, aus denen sie hätte schließen können, was dort vor sich ging.

Schließlich winkte die Moroni sie wieder vor die offenstehende Tür. Der alte Mann war jetzt angezogen. Er trug einen dunkelblauen Zweireiher, die schmal geschnittene Hose betonte seine dünnen Beine, sie endete weit über den Absätzen, die Jacke spannte über der Brust. Der hohe Hemdkragen und die breite Krawatte schienen den alten Mann aufrecht zu halten. Auf dem Boden kniete – das mußte das junge Mädchen sein, das Jillian von der Seufzerbrücke aus gesehen hatte.

Der alte Mann trug beigefarbene Schuhe mit dunkelbraunen Absätzen. Das Mädchen kniete vor ihm. Es beugte sich tief hinunter und machte sich am linken Hosenbein zu schaffen. Mehrmals öffnete es den Mund, um dann die Zähne fest aufeinanderzupressen.

Jillian verstand nicht, was das Mädchen da tat. Hilfesuchend blickte sie zu der Moroni hinüber, aber die beachtete sie nicht.

Erst als das Mädchen das Hosenbein des alten Mannes hochkrempelte, begriff Jillian. In dem Hosenbein war Stoff umgeschlagen, aus einer inneren Naht hing ein Faden heraus. Das Mädchen hatte versucht, den Faden abzubeißen. Es spannte den Saum des Hosenbeins mit beiden Händen, es beugte sich noch tiefer hinunter, jetzt konnte es den Faden abbeißen. Das Mädchen krempelte das Hosenbein wieder um und strich die entstandenen Falten sorgfältig glatt.

Die beiden Hände auf dem Schuh des alten Mannes, richtete sich das Mädchen mit dem Oberkörper auf und blickte zu Jillian und der Moroni hin. Es schien nicht im geringsten davon überrascht, daß die beiden sie beobachteten.

Das Mädchen war nicht älter als dreizehn oder vierzehn Jahre. Die glatten, bis weit über die Schulter reichenden brünetten Haare hatte es in der Mitte präzise gescheitelt, aus den Haaren über der Schläfe zwei Zöpfe gedreht und am Hinterkopf zusammengebunden. Schmale schmutzige Blue jeans betonten den Hintern. Das langärmelige T-shirt war marineblau bis über die Brüste, die Ärmel waren ebenfalls marineblau, die Schultern hellblau, es wirkte, als stünde das Mädchen bis zum Oberkörper im Wasser. Das Gesicht war kindlicher, als der Körper nahelegte, das Mädchen hatte volle Lippen, eine breite Nase und rundliche, wie aufgeplusterte Backen.

Jillian hatte antike Gläser, solche aus dem Barock und dem Historismus gesehen, die jedoch nicht besonders wertvoll waren. In keinem der besichtigten Räume gab es einen Gegenstand aus dem zwanzigsten Jahrhundert. Jillian wollte die Sammlung des Zio sehen.

Die Moroni erzählte, die ersten Gläser habe der Zio gekauft, als er noch ganz jung war. Die Gläser paßten nicht in die Prachträume. Damals war modernes Glas unfein gewesen, nur in neureichen Haushalten fand man modernes Glas. Die Sammlung war in den Gesinderäumen untergebracht.

Sie faßte Jillian an der Hand und führte sie ins Treppenhaus.

Jillian fragte die Moroni, warum sie ihr die Sammlung nicht zeige.

Die Moroni gab zurück, Jillian kenne die Sammlung.

Die Stücke von Scarpa in der Galleria Barovier gehörten dem Zio. Sie habe ihm zugeredet, die Gläser zu zeigen, vielleicht werde ein großer Sammler darauf aufmerksam. Marina Barovier habe nicht das Geld, um die Sammlung als Ganzes zu kaufen. Sie habe gedacht, vielleicht biete Marina Barovier die Sammlung einem großen Sammler an, aber sie habe schnell gemerkt, daß Marina Barovier gerade das nicht im Sinn habe, vielmehr spekuliere sie darauf, daß sich niemand für die Sammlung interessiere und sie dann zu einem niedrigen Preis an die Sammlung komme.

Im Venini-Geschäft bei der Basilica di San Marco könne Jillian ebenfalls Stücke aus der Sammlung besichtigen. Niemand habe sich bisher dafür interessiert. Die Kunden, die moderne Venini-Gläser kauften, hätten weder das Geld noch den Verstand für die wertvollen historischen Gläser.

Sie habe Jillian den Zio gezeigt, damit sie ihn beschatten könne, wenn er sich mit dem Galeristen aus Rom treffe. Dort, wo die Bianconi-Gläser ausgestellt seien.

Jillian erkundigte sich, wo das sei. Lachend erklärte die

Moroni, im Des Bains finde ein internationaler Kongreß von Textilfabrikanten statt. Es gehe darum, Chinesen, Taiwanesen, Amerikaner und sogar Franzosen dazu zu bewegen, in Italien Niederlassungen zu gründen. In Prato gebe es schon mehrere chinesische Firmen. Sie sei mit dem Organisator des Kongresses bekannt. Ein Vortrag gebe einen Überblick über das italienische Design des zwanzigsten Jahrhunderts. Neben Gebrauchsgegenständen würden auch Gläser von Bianconi gezeigt, in einer Vitrine aus Panzerglas, die morgen aufgebaut werde. Sie wolle nicht, daß die Sammlung an jemand anderen gehe als an Jillian. Dabei faßte sie Jillian an der Hand. Der Galerist aus Rom treffe in den nächsten Tagen ein. Sie werde Jillian benachrichtigen, sobald sie wisse, wann sich der Zio mit ihm treffe.

Vier Vasen aus Vetro battuto von Carlo Scarpa. Zweimal rotes Glas, einmal farbloses, einmal grünliches Glas. Vetro battuto entstand, indem das Glas auf der gesamten Oberfläche entweder flächig oder in Linien abgeschliffen wurde. So kam es zu unregelmäßigen Waben- und tiefen oder feinen Fadenmustern.
Die Venini-Niederlassung hinter der Basilica di San Marco gehörte zu den wenigen Geschäften in Venedig, die Schaufenster aus Panzerglas hatten, so daß in der Nacht keine Jalousien vorgezogen waren.
Jillian war es gewohnt, die Abfolge der Modelle eines Entwerfers im Zeitablauf sowie die unterschiedlichen Ausprägungen seiner Entwürfe zu beschreiben und zu analysieren. Die Gläser verschiedener Entwerfer waren verschiedene Welten. Es machte keinen Sinn, mit dem Blick, den das Glas eines Künstlers gerichtet hatte, das Glas eines anderen

Künstlers zu betrachten. Noch nie hatte Jillian Gläser von unterschiedlichen Entwerfern miteinander verglichen.

In Mailand hatte sie die größte Martinuzzi-Sammlung gekauft, die es je gegeben hatte. Hier in Venedig stand sie kurz davor, sich die repräsentativste Venini-Sammlung aus den vierziger und fünfziger Jahren zu sichern, die ihr je untergekommen war. In Venedig beobachtete Jillian mit dem Blick von Mailand, und ihr erschloß sich: Es war doch sinnvoll, die Gläser des einen Künstlers mit denen des anderen zu vergleichen!

Kein Glaskünstler hatte jemals einen so makellosen Entwicklungsweg genommen wie Napoleone Martinuzzi. Kein Glaskünstler hatte jemals über eine größere Bandbreite verfügt als Carlo Scarpa. Außer diesen beiden existierte nicht ein weiterer Glaskünstler, der buchstäblich keinen schlechten Entwurf abgeliefert hatte.

Wenn man die Battuti anblickte, wirkten sie massiv wie die Corrosi. Erst wenn man sie anfaßte, merkte man, daß das Glas viel dünner war – natürlich bedingt durch die Schleiftechnik. Im Vergleich zu den Corrosi hatten sie fast kein Gewicht.

Es war unmöglich, ein Glas von Carlo Scarpa zu betrachten, ohne die anderen Entwürfe mitzudenken, es war nicht möglich, ein Glas von Carlo Scarpa für sich zu denken, ohne die Abfolge der Entwürfe, die Entwicklungsreihe vor dem geistigen Auge zu haben. Die Unruhe des Werdens, die Bewegung der Formen und Materialien, die Bestimmtheit oder Unbestimmtheit, das fortwährende Ausbrechen aus dem eben gerade erst gezogenen Formen- und Farbenkreis – genau das wollte die Kunst Martinuzzis vermeiden. Martinuzzis Entwürfe, jedes einzelne Stück, beharrten. Er vollzog den Übergang von einem Entwurf zum anderen mit einem Minimum an Bewegung, als ob jede Bewegung in der Entwicklung der Entwürfe, in jedem Stück, die Entwürfe, die Stücke entstellte, den Entwurf und erst recht das Stück zu etwas Zufälligem und Vereinzeltem zu machen drohte. Die um so größere Kunst bestand darin, sich trotzdem nicht zu wiederholen und auch triviale Variationen zu vermeiden. Dagegen wurde jeder einzelne Entwurf von Carlo Scarpa zum Träger von Bewegtheit. Die Stücke Carlo Scarpas waren nicht mehr wie diejenigen von Martinuzzi auf eine substantielle Sicherheit ihrer Form angewiesen. Sie entsprachen der angenommenen Leidenschaftlichkeit der Seele des Künstlers, die sich im Glas ausdrückte, ohne sich jedoch jemals seiner festen Materialität und seiner selbstgenügsamen Geformtheit wirklich zugehörig zu fühlen. Die verschiedenen Techniken von Carlo Scarpa bestanden genau darin, etwas aus Glas zu machen, was Glas eigentlich nicht war: Vetro corroso, Vetro battuto, Vetro inciso, Vetro sommerso.

Die Seele des Künstlers griff nicht mehr, über ihre eigene Bewegung erschrocken, an ihrer eigenen Bewegung entlang, nur andeutend über das Glas hinaus, die Bewegtheit der Seele des Künstlers, die Ruhelosigkeit eines ins Unendliche zielenden Werdens, das die Entwürfe von Carlo Scarpa verkündeten, war zum Mittel geworden, die Möglichkeiten des Glases zum vollkommensten Ausdruck zu bringen. Auf einmal erschien das Glas von sich aus ganz unfehlbar in jedem Fall als der einzig angemessene Träger dieser Bewegung, dieses unvollendbaren Werdens der Seele. Das Sein war nicht in das Werden hineingerissen, das Sein war mit kühlem Kopf in das Werden eingetaucht, jede neue Form eine unendliche Lösung des Problems der Form. Mit Carlo Scarpa war der Kampf zum Stehen gekommen, das Sein ohne Werden und das Werden hatten ein Gleichgewicht gefunden. Wer die Gläser von Carlo Scarpa betrachtete, kam nicht auf den Gedanken, daß sich die Formen anders abwechseln konnten und daß sich die Abwechslung der Formen etwa ein anderes Material suchen konnte als das Glas. Jeder Entwurf, jedes Stück war auf der Station eines unendlichen Wegs erfaßt, durch die der Künstler ohne Aufenthalt hindurchging. Die Bewegtheit der Seele des Künstlers griff radikal aus den Stücken auf den Beschauer über. Aus der Anregung, sich die vorhergehende und die nachfolgende Form zu denken, wurde eine Aufforderung, der sich der Beschauer einfach nicht entziehen konnte. Der Beschauer wiederholte den Schaffensprozeß in sich, er vollzog die Bewegungen der Seele des Künstlers nach, dessen Fühlen und Vorstellen, dessen Wollen und seine Phantasie.

Auf der Biennale gab es schon lange keine angewandte Kunst mehr. Die Kunst der Biennale bestand aus Fotos, auch wenn es gar keine Fotos waren. Die Kritiker wollten das nicht so sehen, die Künstler schon gar nicht, Jillian ließ ihnen ihren Willen. Die Glaskünstler, die Jillian bevorzugte, bildeten niemals etwas ab. Das Bild des Menschen war ihnen Anathema.

Das Glas bezog sich auf den Menschen, aber es wetteiferte nicht um sein Bild. Der Entwurf eines Glases, das waren die Aufzeichnungen der Empfindungen, Gedanken und Impulse des Glaskünstlers.

Ein Glaskünstler versuchte niemals, seine Erfahrungen in *einem* Werk, in *einer* Werkgruppe zusammenzufassen. Der Glaskünstler verteilte die verschiedenen Aspekte der Gegenstände, mit denen er sich beschäftigte, auf Reihen von Entwürfen, und damit nicht genug, auf die verschiedenen Weisen der Realisation dieser Entwürfe.

Die Künstler auf der Biennale verkörperten rationale, widerspruchsfreie und geschlossene Systeme in ihrer Kunst und wohl auch in ihrem Leben, für die Jillian sich nicht interessierte. Auf allen anderen Feldern hätte Carlo Scarpa ein rationales, konsistentes und geschlossenes System geschaffen, die Logik seiner Entwurfsreihe sprach dafür. Aber das Glas konterkarierte jedes System. Als ob es eine Seele hätte, als ob es ein zweiter Künstler war, der den ersten Künstler ständig auf einen anderen Weg führte, der den ersten Künstler dazu brachte, seinem eigenen Talent zu entgehen. Denn das Material erlaubte es niemals, einen Entwurf des Künstlers so auszuführen, wie der Künstler sich das vorgestellt hatte. Die Künstler der Biennale beherrschten ihre Materialien. Ihre Videobänder und CDs. Nichts setzte ihnen wirklich Widerstand entgegen, sie hatten keine Gegner. Jillian verachtete Virtuosität. Das Glas unterlief jede Virtuosität. Der Glaskünstler hatte mit dem Material einen übermächtigen Gegner, den er nicht überzeugen, nicht überreden, nicht verführen, nicht belügen, nicht betrügen, dem er weder schmeicheln noch drohen konnte, den er nicht formen, den er nur zerstören konnte, nicht ohne sich selbst zu zerstören. Der Glaskünstler, so schien es Jillian, war von allen Künstlern der einzige, dem es gar nicht in den Sinn kam, seine Kunst zu erschaffen, die Welt zu vernichten und seine Kunst an die Stelle der Welt zu setzen. Der Glaskünstler stand einer Welt gegenüber, um die kein Weg herum- und an der keiner vorbeiführte. Wenn er irgend etwas erreichen wollte, dann mußte er in diese Welt eintauchen, in die Seele dieser Welt, in den Künstler, der diese Welt war, in die Welt aus Glas.

El Cártel

Die Eingangstür des Trailers wurde mit solcher Wucht aufgestoßen, daß die Angeln brachen und die Tür zu Boden polterte. Es war windig, eine Staubwolke umwehte die Erdgöttin, als sie in der Türöffnung stand. Die Staubteilchen reflektierten das Licht der Sonne.

»El Tigrillo tiene la culpa!«

Tigrillo bedeutete Ozelot oder kleiner Tiger.

Die Erdgöttin schrie den Satz heraus. Noch nie zuvor hatte sie mit Jacob oder Madeline auch nur ein Wort gewechselt. Sie atmete schwer. Mit plumpen, lauten Schritten ging sie zu Jacob, zog ihn hoch, zerrte ihn zum Ausgang und stieß ihn aus dem Trailer hinaus, so daß er hart auf die Knie fiel. Vor dem Trailer parkte ein völlig verrosteter Suburban. Jacobs erster Gedanke war, daß er nun doch abtransportiert und umgebracht werden sollte. Von einem Augenblick zum anderen raste sein Puls. Doch die Erdgöttin riß Madeline ebenfalls aus dem Trailer heraus. Es war und blieb unlogisch, jetzt Madeline und ihn umzubringen.

Die Erdgöttin öffnete die hinteren Türen des Wagens. Der Laderaum war von oben bis unten mit Aktenordnern vollgestopft. Sie ergriff drei Ordner, lief etwa vierzig, fünfzig Fuß weit und ließ sie dann zu Boden fallen. Sie legte nur die Hälfte des Rückwegs zurück, blieb unvermittelt stehen, verschränkte die Arme und blickte Jacob und Madeline an. Die sich nicht von der Stelle rührten.

Mit wütendem Gesichtsausdruck ging sie zu Jacob und Madeline hin. Sie stieß Jacob zu dem Wagen, nahm erneut drei Ordner, drückte sie in seine gefesselten Hände und deutete auf die Stelle, wo sie die ersten Aktenordner auf den Boden geworfen hatte.

Jetzt hatten sie verstanden. Trotz ihrer Fesseln sollten sie den Van ausräumen. Madeline würde sich leichter tun als Jacob, sie trug nur noch Handschellen.

Sie gehorchten. Jacob hielt es für geraten, sich möglichst viele Aktenordner aufzuladen. Wenn er weniger trug, mußte er den Weg öfter machen.

»Es war das Ende, als sie vor drei Jahren Ramón umgebracht haben.«

Die Erdgöttin redete zu ihnen, während sie ihre Sklavendienste verrichteten. Sie sprach mit lauter, voller Stimme, langsam und deutlich, so daß Jacob fast alles verstehen konnte.

»Er wollte kämpfen. Mann gegen Mann. Aber Zambada hat ihn in Mazatlán in einen Hinterhalt gelockt. Polizisten haben ihn erschossen.

»Ein paar Wochen später ist Benjamín verhaftet worden. Benjamín war der Stratege, Ramón der Enforcer.«

Das Cártel Arellano Félix, geführt von den gleichnamigen Brüdern, kontrollierte den nordwestlichen Teil von Mexiko. Es konkurrierte mit dem Cártel de Sinaola, dessen Führer Ismael Zambada García, ›El Mayo‹ Zambada, und Joaquín ›El Chapo‹ Guzmán waren.

»Ich habe sie gekannt, Ramón und Benjamín. – Wir alle haben sie gekannt. – Eine Zeitlang habe ich in der Adelita Bar gearbeitet. Ramón kam immer sehr spät, einmal war auch Benjamín dabei. Wenn Ramón kam, wußten die Mädchen, daß es kein Ende gab. Alle sind so lange geblieben, wie Ramón es wollte. Ich habe aufgeräumt und geputzt. Ramón hat alle eingeladen, auch mich. Ich durfte Bier trinken. Ramón und seine Leute haben immer Champagner getrunken.

»Ihr Geld blieb in Tijuana. Mit dem Geld wurden Häuser und Fabriken gebaut. Die Menschen haben Arbeit.«

Sie hörten die Stimme der Erdgöttin in immer gleicher Lautstärke. Wenn sie die Akten aus dem Wagen herauszogen und wenn sie sie an dem vorgesehenen Platz fallen ließen, sprach die Erdgöttin lauter, näherten sie sich ihr, redete sie leiser.

»Es war der Wille Gottes. Ramón hätte den Kardinal nicht umbringen sollen. Er wollte El Chapo ausschalten, aber sie haben die Autos verwechselt. El Chapo hatte das gleiche Auto wie der Kardinal. Das war vor zwölf Jahren. Danach haben sich Ramón und Benjamín nicht mehr gezeigt. – Benjamín ist in Puebla verhaftet worden.«

Puebla war etwa hundert Meilen von Mexico City entfernt.

»In der Zeitung stand, daß Benjamín schon seit August vorigen Jahres dort lebte. Mit seiner Frau und seinen Kindern. Was hat er dort gemacht? – Er gehört nach Tijuana. In Tijuana hätte ihn niemand verhaftet.«

Die Erdgöttin legte es darauf an, daß Jacob und Madeline immer ganz nah an ihr vorbeiliefen. Die Erdgöttin wollte sie schwitzen sehen und keuchen hören. Dafür konnten sie die Erdgöttin aus der Nähe betrachten. Die Furchen in ihrem Gesicht und auf ihren Unterarmen und Händen schienen tiefer, und sie leuchteten stärker rötlich. Es war, als glühte die Erdgöttin innen. Ihre Lippen wie auch ihre Nasenspitze waren fast schwarz. Ihre Ohren sahen regelrecht verkohlt aus.

»Jetzt ist El Tigrillo der Jefe, der Jüngste. Aber er ist schwach. Zambada oder Teo Cimental werden die Macht übernehmen.«

Die Erdgöttin ließ sich auf die Fersen nieder. Dabei ging sie nicht etwa schneller in die Knie, um die Bewegung abzubremsen, bevor sie auf den Fersen zum Sitzen kam. Vom Anfang bis zum Ende war ihr Oberkörper in einer völlig gleichmäßigen und gleich schnellen Bewegung begriffen, die ebenso übergangslos aufhörte, wie sie begonnen hatte. Zunächst ebnete sie den Aktenberg ein, dann formte sie aus ihm ein Kreuz.

»In der Zeitung war ein Foto des Hauses, in dem sie Benjamín verhaftet haben. Sie haben geschrieben, es lag in einer Sackgasse, die von einem Sicherheitsdienst überwacht wurde. Der Rasen war frisch gemäht, man sah Blumen und eine kleine Akazie.

»Sie haben auch geschrieben, daß es in dem Haus einen Altar mit dem Foto von Ramón gab.«

Die Erdgöttin richtete sich auf und begab sich zu dem Wagen. Ohne sichtliche Anstrengung trug sie zwei große vollgefüllte Benzinkanister herbei.

Sie befahl Jacob und Madeline, Abstand zu halten, und verteilte den Inhalt der Kanister sorgfältig über die Akten. Dabei wandte sie ihnen den Rücken zu, ohne sich auch nur einmal umzublicken.

Jacob konnte sich nicht an sie heranschleichen, es war ihm unmöglich, sich zu bewegen, ohne daß die Ketten Geräusche machten. Madeline hätte sich ihr leise nähern können.

Erneut ließ sich die Erdgöttin auf die Fersen nieder.

Jacob konnte sehen, wie sie ein Foto aus ihrer Hosentasche zog. Sie hielt es vor sich und betrachtete es lange unbeweglich.

Er wußte, es war riskant, aber er konnte nicht anders, als langsam zu der Erdgöttin hinzugehen. Damit sie nicht annahm, er wolle sie überraschen, bemühte er sich, mit den Ketten möglichst laute Geräusche zu machen. Madeline versuchte, ihn mit einer ängstlichen Gebärde zurückzuhalten, er schüttelte den Kopf.

Hinter der Erdgöttin blieb er stehen, um ihr über die Schulter zu blicken. Er hätte versuchen können, sie mit geballten Fäusten und den Handschellen um die Handgelenke niederzuschlagen. Aber er betrachtete das Foto. Es zeigte einen dunkelhaarigen jungen Mann mit gedrungenem Körperbau, er trug Jeans und ein geblümtes Hemd. Seine Gesichtsfarbe war nicht dunkel.

Die Erdgöttin hatte gehört, wie er sich ihr genähert hatte, aber sie hatte sich nicht umgedreht. Sie wußte, daß er hinter ihr stand, doch sie wandte sich auch jetzt nicht um.

Sie sagte: »Es mi hijo Edgardo.«

Er sei heute morgen erschossen worden.

Mit der einzigen hastigen Bewegung, die Jacob je an ihr sah, steckte sie das Foto zurück in die Hosentasche.

Während sie mit der linken Hand eine Packung Streichhölzer aus der anderen Tasche holte, schlug sie mit der geballten Faust der rechten Hand mehrmals auf ihren Oberschenkel.

Ohne sich aufzurichten, zündete sie ein Streichholz an und warf es in Richtung der Akten.

Schnell schlugen die Flammen hoch in die Luft.

Die Erdgöttin erhob sich nicht. Jacob trat neben sie und blickte abwechselnd zu dem Feuerkreuz und zu ihr hin. Ihr Gesichtsausdruck war völlig unbewegt, aber sie hatte die Oberlippe hochgezogen.

Über den Himmel war ein Netz von kleinen grauen Wolken gespannt. Der Wind hatte sich zwar nicht gelegt, aber er war nicht mehr böig. Er bog die von den Flammen erzeugte schwarze Rauchsäule so ab, daß sie auf die Sonne zeigte. Die Rauchsäule schien das Netz aus Wolken magisch anzuziehen. Die Wolken verdunkelten die Sonne.

Die Erdgöttin bekämpfte den Sonnengott. In ihrem Schmerz verdunkelte die Mutter die Sonne.

Fünftausend Lire für ein Lächeln

Im Treppenhaus der Spring Street hingen Abbildungen von Gläsern, die durch Jillians Hände gegangen waren. Polaroids aus ihrer Anfangszeit in der Galerie, dann Schwarzweiß- und Farbfotos, auch aus Büchern herauskopierte, aus Katalogen herausgeschnittene Seiten, Bilder von Räumen, in denen die Gläser dekoriert waren, Kopien von Entwurfszeichnungen. Sie wählte keineswegs nur spektakuläre Stücke aus, auch unscheinbare oder häufig zu findende Gläser kamen zu Ehren, wenn die Umstände des Kaufs oder Verkaufs sie besonders beschäftigt hatten.

Der Aufgang zum ersten Stock war für französische Gläser reserviert, der zum zweiten Stock für Tiffany, der zum dritten Stock für italienische Gläser. Der vierte Stock war Familienfotos vorbehalten.

Es gab keine Familienfotos.

Die einzigen Fotos, die sie als Kind zeigten, waren auf Schulausflügen entstanden. Dann gab es noch Bilder von ihr in den Yearbooks der Wood-Ridge High School. Wann immer ein Fotograf eine Klassenaufnahme gemacht hatte, war sie in der ersten Reihe plaziert worden.

Ihre Mutter hatte ihr eine Keksdose mit Fotografien gelassen. Die ältesten zeigten ihre Mutter als junges Mädchen nach der High school. Niemals war ihre Mutter allein, jedesmal war sie Teil einer Gruppe, in einem Restaurant, in einer Bar, in einem Club, bei einer Party, bei einem Barbecue.

Jillian hatte Abbildungen von Orten, die sie besucht hatte, eingescannt und Bilder von sich, von ihrer Mutter und von Jacob hineinkopiert. Dabei hatte sie für sich selbst den Zeitpfeil umgekehrt. Die ältesten Bilder zeigten ihre Mutter als junges Mädchen, einen jungen Jacob und sie zu dem Zeitpunkt, als sie diese Bilder angefertigt hatte. Je älter ihre Mutter und Jacob wurden, desto jünger wurde sie. Die zuletzt aufgenommene Mutter zusammen mit einem Jacob aus der gleichen Zeit kümmerten sich um sie, als sie in die Elementary school ging.

Wenn sie sich in Venedig die Fotos vergegenwärtigte, fiel das Licht der Lagune in das fensterlose Treppenhaus. Die Fotos, die sie allein zeigten, blieben unverändert. Aber auf den Fotos mit Jacob und ihrer Mutter tauchte noch jemand auf. Das Gesicht blieb gleich, auch die Gestalt veränderte sich im Lauf der Jahre nicht. Auf den frühen Bildern hatte sie eine jüngere Schwester, auf den späten eine ältere. Mit langen brünetten Haaren und, wo man ihn sah, mit einem etwas zu dicken Hintern.

Das Mädchen, das Jillian im Schlafzimmer des Zio beobachtet und das sie von der Seufzerbrücke aus zusammen mit der italienischen Schauspielerin gesehen hatte, war seine Urenkelin. Sein Sohn war nach einem Streit nach Argentinien ausgewandert und unter der Präsidentschaft von General Viola verschwunden. Der Enkel hatte eine umfangreiche psychiatrische Krankengeschichte, er verbrachte seine Tage in einer Anstalt. Das Mädchen hatte bei der Mutter gelebt, die vor kurzem bei einem Verkehrsunfall ums Leben gekommen war.

Ihre Mutter und Jacob sahen meist in unterschiedliche Richtungen. Die ältere und die jüngere Schwester lächelten den Betrachter an und machten sich zum Zentrum des jeweiligen Bilds, auch wenn sie am Rand standen. Die beiden anderen waren Statisten um dieses Lächeln.

Der Fulvio Bianconi vom Anfang der fünfziger Jahre machte das Glas selbst zum Thema. Jillian interessierte sich nicht für den wirklichen Fulvio Bianconi, der den Wettbewerb *Cinquemila Lire per un sorriso* gewonnen hatte. Der im Alter von fünfzehn Jahren Emaildekorationen auf Vasen aufbrachte und der in Abbazia die Gäste des Grand Hotel Il Quarnaro zeichnete, sein Vater spielte dort Klavier. Der durch die Vermittlung eines Hotelgasts für die Verlage Mondadori, Rizzoli und Garzanti als Illustrator arbeitete. Bis er schließlich Paolo Venini begegnete.

Es war Jillian immer so vorgekommen, als hätte es Bianconi geschafft, nach langem Ringen mit der Glaskunst, nach unausgesetzten Versuchen, dem Glas Leben einzuhauchen, es lebendig zu machen, sich plötzlich mit seiner Seele in das Glas hineinzubegeben, und seine Seele und das Glas wurden eins. Die Stücke Bianconis kehrten das Verhältnis zwischen dem Künstler und seinem Material vollständig um. Seine Gläser lebten aus ihrer eigenen Substanz, zeugten sich selbst. Der Künstler ging in seinem Material auf. Er schien zu verkünden: Das Glas ist mächtiger als ich, es läßt mich tun, was es will.

In den fünfziger Jahren – nur diese Schaffensperiode Bianconis war wichtig – war das Glas souverän geworden.

Die in der Vitrine auf dem Podium ausgestellten Stücke hatten sich von allem Wissen und aller Technik befreit, übertraten alle Grenzen, kehrten zur Natürlichkeit zurück, zur Kindheit der Glasmacherei. Als ob Bianconi, nachdem er eine Vergangenheit, die er nicht gehabt hatte, noch einmal durchgegangen, durchempfunden, durchdacht hatte, alle Alternativen aller Glaskünstler in sich aufgenommen und weiterentwickelt oder verworfen und sich zum Anbeginn der Schöpfung zurückgewagt hätte.

Wenn man ein Stück betrachtete, sollte man denken: Das ist das Glas. Nicht, das ist eine Vase oder eine Schale vom Künstler X. Man sollte keinen Unterschied mehr sehen zwischen dem Glas und –? Der Seele des Künstlers, den Sehnsüchten des Künstlers und denjenigen des Betrachters. Das Lächeln Bianconis, mit dem er den Wettbewerb gewonnen hatte, war längst verschwunden. Aber der Elan seiner Gläser war auch nach einem halben Jahrhundert ungebrochen.

Bianconis Glas war das Gegenteil von keusch. Er war vom Gedanken der Nacktheit besessen. Die Gläser Bianconis aus den fünfziger Jahren waren durchsichtig wie fein gewebte Schleier. In den Stücken umarmte der Künstler den Betrachter. Ging es vielleicht um eine elementarere Verschmelzung als die der Erotik?

A fasce verticali. Eine leicht abgeplattete, sich nach oben erweiternde Vase aus dünnem Glas mit unregelmäßigem Rand, ein grüner Streifen, ein blauer Streifen, ein roter Streifen, Rauchglas, ein grüner Streifen, ein blauer Streifen, ein roter Streifen, Rauchglas. A pezzame. Eine sich nach oben verjüngende Vase aus dickem durchsichtigem Glas, unten ein gleichschenkliges rotes, ein grünes, ein rotes, ein grünes Dreieck, oben drei spitzwinklige blaue Dreiecke, und eine diskusförmige Vase aus dickem durchsichtigem Glas mit dünner Mündung, das Dekor auf der Vorderseite wie ein Propeller: Rauchglas, ein blaues Dreieck, ein rotes Dreieck, Rauchglas, ein blaues Dreieck, ein rotes Dreieck. A doppio incalmo. Eine kleine, sich nach oben erweiternde zylinderförmige Vase, ein roter Ring, ein blauer Ring, ein Ring aus Rauchglas, übereinandergesetzt. A fasce ritorte. Eine große, sich nach oben erweiternde zylinderförmige Vase aus dickem Glas, ein blauer, ein roter, ein grüner, ein

Rauchglasstreifen zogen sich spiralförmig hoch. Pezzato. Eine keilförmige Vase aus dünnem Glas, nicht Variante Parigi, nicht Variante Stoccolma, sondern Variante Istanbul, viereckige Stücke aus violettem, gelbem und Rauchglas.

In früheren Zeiten war Durchsichtigkeit etwas Besonderes gewesen. Jetzt stand das Glas in einem gnadenlosen Wettkampf gegen eine Gegenwart, in der alles vorgab, durchsichtig zu sein.

Welche Strategien hatte das Glas in seinem Überlebenskampf zur Verfügung? Jeder geglückte Entwurf ein gegen den Untergang errungener Punkt. Der Bianconi der fünfziger Jahre gewann Zeit, indem er auf die Konvention zurückgriff, auf die archetypische Form, auf das formale Kürzel. In einem elliptischen Stenogrammstil kombinierte er einfache Geometrien mit für diese Geometrien unüblichem Material.

Im Grunde deformierte Bianconi lieber, als zu formen. Jillian betrachtete die große Vase aus Vetro scozzese, das einzige Stück in der Vitrine, das ihre Kolleginnen und Kollegen als spektakulär bezeichnet hätten. Die Scozzesi waren extrem selten, die ausgestellte Vase mochte gut und gern zweihundertfünfzigtausend Dollar wert sein. Als Ausgangsform diente eine rechteckige Hohlform, die in der Mitte zusammengedrückt war, so daß sie aus zwei Prismen zu bestehen schien. Die diagonalen Streifen in Rot, Blau und Gelb erinnerten an ein Schottenmuster. Die Gestalt der Vase erwuchs mehr aus dem Streben der Vase selbst, nicht aus einer Formentscheidung. Das Material formte sich selber. Dieses Stück verkörperte am besten die Sehnsucht des Künstlers, sich vorbehaltlos den Gesetzen des Glases zu unterwerfen.

Wohin hatte die Befreiung von der Vergangenheit, die Abrechnung mit ihr geführt. Zum modernen Glas. Bianconi war in seiner Zeit nichts erlaubt gewesen. Wenn er die Gesetze übertreten wollte, mußte oder konnte er das nur in einer bestimmten Weise tun. Dem modernen Glas war alles erlaubt, es konnte gegen jede Regel verstoßen.

Die Pezzati wurden in Serie produziert, weil die Manufaktur Venini Umsatz machen mußte. Die anderen Entwürfe gingen nicht in Serie, weil es für sie keinen Markt gab. Aber Serie bedeutete in den fünfziger Jahren etwas anderes als heute. Die wiederaufgelegten Pezzati glichen einander wie ein Ei dem anderen. In den Auflagen der fünfziger Jahre gab es Bewegungen des Materials, der Farben. Mit diesen Bewegungen hatte der entwerfende Künstler nichts mehr zu tun, sie waren durch den Produktionsprozeß bedingt, der sich als Folge des immer größeren Erfolgs beim Publikum kontinuierlich änderte. Jedes einzelne Exemplar war nur ein bestimmter schwebender Moment des Schaffens. Nicht des Künstlers, des Glases. Jillian konnte sich gut vorstellen, wie Bianconi das Fortentstehen seiner Entwürfe verfolgt hatte, die Bewegung seines Gedankens. Bestimmt hatte er die Unikate mit der Serie verglichen. Vielleicht hatte er bei sich gedacht, ein Glas fertigzustellen, heiße auch, die Seele wieder aus ihm herauszuziehen, ihm den Todesstoß zu geben. Trotzdem hatte er verfolgt, wie sich seine Seele in den Pezzati bewegte.

Die Stücke in der Vitrine stellten eine Lektion in reiner Glaskunst dar, erteilt von einem Künstler, der die Essenz des Glases von der Glaskunst trennte, der auf diese Weise die Frage vom Ende der Glaskunst einfach umging und eine Glaskunst schuf, die nicht aufhörte zu sterben.

»Joan, ich sitze unter den Piante grasse.«

Warum nannte Benford sie Joan?

»Der Raum hat nicht viel Tageslicht. Ich habe ein paar Strahler am Boden aufgestellt, die aussehen wie kleine Scheinwerfer. Wenn ich hochblicke«, Benford machte eine Pause, »habe ich einen grünen Himmel über mir. Mit einer Fernsteuerung kann ich die Strahler drehen und den Neigungswinkel einstellen. Die Motoren schnurren wie Katzen. Können Sie es hören, Joan?«

Jillian hatte den Tag über traumlos und ohne Unterbrechung geschlafen, sie war erst aufgewacht, nachdem es schon dunkel war. Dann war sie sofort zum Ballsaal heruntergestiegen. Der Anruf aus New York erreichte sie, als sie in die Bianconi-Stücke vertieft war.

»Ich habe an allen Wänden Regale bauen lassen, die vom Boden bis zur Decke gehen. Es gefällt mir, die Stücke in den Regalen immer wieder anders anzuordnen. Ich arrangiere sie nach der Form, nach den Farben, nach der Größe, nach der Entstehungszeit, nach der Durchsichtigkeit oder Undurchsichtigkeit, nach dem Zufall. Ich stelle die Gläser so, daß das Auge auf diejenigen fällt, die mir die liebsten sind. Oder ich verstecke gerade diese Gläser hinter anderen, die mir nicht soviel bedeuten. Ich will ja gar keine endgültige Lösung finden... Wie geht es Ihnen, Joan?«

Jillian antwortete mit einer Floskel.

»Ich hatte einen Schlaganfall.«

Jillian äußerte einen Laut, der sowohl Überraschung als auch Mitgefühl ausdrücken sollte.

»Ich bin aufgewacht, hier in diesem Raum, und konnte mich an nichts erinnern. Ich lag am Boden, unter Pflanzen aus Glas, um mich herum lauter Vasen und Schalen. Offensichtlich hatte jemand gerade angefangen, die Regale einzuräumen. Mir tat nichts weh, ich hatte keine blauen Flecke und keine Kopfschmerzen, aber ich wußte nicht, wer ich war.

»Mein erster Gedanke war, daß ich vielleicht zuviel getrunken haben könnte. Aber mein Atem roch nicht nach Alkohol, ich fühlte mich nicht verkatert, und ich war irgendwie sicher, daß ich entweder gar nicht oder nur sehr mäßig trinke. Mein zweiter Gedanke war, das sei ein Psychotest. Aber das konnte doch nicht erlaubt sein, daß man jemandem eine Droge verabreicht, damit er das Gedächtnis verliert.

»Der Führerschein wies mich als Thomas Benford aus, auf den Visitenkarten, die ich bei mir trug, stand als Berufsbezeichnung Rechtsanwalt. Die Aussicht aus dem Fenster zeigte mir, daß ich in New York war.

»Ich wußte nicht, was ich tun sollte. Ich fühlte mich müde. Mir fiel nichts anderes ein, als mich in den Sessel unter die Glaspflanzen zu setzen. Nach einiger Zeit betrat eine junge blonde Frau den Raum.«

Jillian hatte die Frau Benfords nie gesehen. Ein gemeinsamer Bekannter hatte einmal erwähnt, sie sei sehr viel jünger als er.

»Die Frau war ohne ihren Mann zu Bett gegangen und hatte sich am Morgen darüber erschrocken, daß er nicht da war. Die Kollegen konnten nur berichten, daß ihr Mann zu einem Business dinner nicht erschienen war und sich nicht entschuldigt hatte. Sie erinnerte sich, daß ihr Mann zwischen Büro und Dinner eine Verabredung mit einem Handwerker in der Wohnung nebenan hatte, die sie gerade herrichteten.

»Die Frau behauptete, meine Ehefrau zu sein. Sie brachte mich ins Krankenhaus, wo man einen Schlaganfall diagnostizierte.«

In diesem Augenblick klopfte es an, ein zweiter Anrufer versuchte, Jillian zu erreichen. Sie nahm das Telefon vom Ohr und sah die Nummer von van Bronckhorsts Büro. Sie bat Benford, einen Augenblick abzuwarten, und nahm das andere Gespräch an.

Van Bronckhorsts Sekretärin hielt es nicht für nötig, Jillian zu grüßen. Es sei dringend. Sie werde ihr eine E-mail mit einer Internetadresse schicken, die sie anklicken solle. Van Bronckhorst habe eine Webcam im Büro, er wolle mit ihr über das Internet sprechen. Um sechs Uhr abends New Yorker Zeit, das war Mitternacht Lokalzeit. Die Sekretärin interessierte sich nicht dafür, ob Jillian ebenfalls Zeit hatte oder nicht.

Als Jillian zu dem Gespräch mit Benford zurückkehren wollte, drückte sie die falsche Taste und beendete das Gespräch. Es dauerte eine Zeitlang, ehe die Verbindung wiederhergestellt war.

Im Krankenhaus hatte Benford sein Gedächtnis wiedererlangt, jedoch konnte er sich nicht an alles und an manches nicht korrekt erinnern. Jillian korrigierte ihn nicht, als er sie weiter Joan nannte.

»Ich wollte nicht ewig arbeiten. Aber so habe ich mir meine Pensionierung nicht vorgestellt. Dabei vermisse ich meine Arbeit gar nicht. Meine Arbeit vermißt mich ebenfalls nicht. Die Kollegen haben meine Mandate gewissermaßen im Flug übernommen. Ich habe mich noch nicht von meinen Mandanten verabschiedet, das soll anläßlich meines offiziellen Ausscheidens geschehen. Bis jetzt hat sich weder einer meiner Mandanten noch einer meiner Nachfolger auch nur mit einer Frage an mich gewandt. Jedesmal, wenn ich mit einem meiner Kollegen telefoniere, leiten sie das Gespräch damit ein, das Wichtigste sei ihnen, mich nicht zu belasten. – Aber ich habe keinen Grund, mich zu beschweren. Es sieht so aus, als ob ich für meinen Anteil mehr bekomme, als ich dachte.«

Während sie telefonierte, ging Jillian vom Ballsaal in den großen Speisesaal. Die Flügeltüren des Kücheneingangs waren unausgesetzt in Bewegung, ständig betraten Kellner und Kellnerinnen die Küche mit leerem Geschirr und verließen sie mit angerichteten Speisen. Die große runde Uhr über dem Kücheneingang hatte keinen Sekundenzeiger. Der Minutenzeiger rückte nicht kontinuierlich, sondern mit einer ruckhaften Bewegung vor. Jedesmal schnellte er zur übernächsten Minute hin, um dann von der nächsten, der richtigen Minute, gepackt und zurückgerissen zu werden. Er wehrte sich dagegen, versuchte erneut, sich loszumachen, aber die richtige Minute obsiegte, er brachte nicht mehr als ein heftiges, aber kurzes Zittern um die richtige Minute herum zustande.

»Ich hatte mir vorgestellt, wenn ich nicht mehr arbeite, würde ich alle Bücher lesen, die ich schon immer hatte lesen wollen. In den fünfziger Jahren habe ich noch zwischen zwei und drei Dutzend Romane im Jahr gelesen. In letzter Zeit nur noch zwei oder drei. Ich bin in den Buchladen neben dem Whitney Museum gegangen und habe mir von jedem Autor das neueste Buch geben lassen. Von Updike, Philip Roth, Cormack McCarthy, DeLillo, das letzte von Pynchon war schon älter. Die Buchhändlerin sagte, ich solle auch die jüngeren Autoren lesen, Franzen, Powers und Lethem, und die ganz jungen, ich erinnere mich nur an Jonathan Safran Foer.

»Aber dann habe ich *Revolutionary Road* von Richard Yates, *Light Years* von James Salter und *Desperate Characters* von Paula Fox wiedergelesen. Ein Mandant hat mir einmal gesagt, das seien die drei besten amerikanischen Romane der zweiten Hälfte des vorigen Jahrhunderts.«

Wenn er sich an etwas nicht erinnern könne, versuche er nicht, die Erinnerung herbeizuzwingen. Oft fielen ihm die Dinge wieder ein, wenn er gar nicht mehr an sie denke.

Jillian fühlte das verspätete Gebot, sich mitfühlend und beharrend nach Benfords Gesundheitszustand zu erkundigen. Wobei sie betonte, das Gespräch gebe ihr keinen Anlaß, daran zu zweifeln, daß er völlig wiederhergestellt sei.

Er sagte, manchmal trauere er dem Zustand nach, in dem er sich an nichts erinnern konnte. Er habe nichts vermißt. Die Unruhe sei nur daher gekommen, daß er nicht gewußt habe, warum er das Gedächtnis verloren hatte.

»Die anderen Bücher habe ich nur angelesen, mit keinem einzigen bin ich weitergekommen, mit denen der älteren genausowenig wie mit denen der jüngeren. Die älteren haben nicht begriffen, wie sehr sich während ihrer Lebensspanne die Welt verändert hat. Wahrscheinlich deshalb, weil sie so oft bescheinigt bekommen, daß sie in ihren Büchern so kunstvoll beschreiben, wie sich die Welt verändert. Die jungen haben soviel Angst. Ich glaube jedenfalls, daß sie Angst haben, denn sie machen sich über alles, wirklich alles lustig. Das tut man nur, wenn man Angst hat.

»Die älteren wie die jüngeren begreifen eins nicht: Alles wirkt darauf hin, daß der Mensch genau die Zwiespalte in sich selbst nicht mehr erlebt, die immer der Motor für Literatur gewesen sind. Darf ich enttäuscht sein, wenn meine Kollegen mir doch noch eine Klausel im Sozietätsvertrag zeigen, nach der mein Anteil geringer ausfällt? – Ich habe seinerzeit selbst einen Beschluß mitgetragen, nach dem die jüngeren Kollegen bei ihrem Ausscheiden weniger bekommen werden als wir älteren. Soll ich verzweifeln, wenn sich

meine Frau einen jungen Liebhaber zulegt? – Jede Fernsehsendung zeigt mir, daß das ihr gutes Recht ist. Nach den
Büchern, die ich früher gelesen habe, müßte ich Angst haben, weil mir der Tod nahe gerückt ist. Aber alle betonen,
wie gut es mir geht. Wenn ich mein Blutverdünnungsmittel
nehme, werde ich bestimmt keinen zweiten Schlaganfall
bekommen!«

Jillian war auf dem Gang stehengeblieben. Sie hatte sich
nicht von der Uhr losreißen können. Der Minutenzeiger
schnellte zur übernächsten Minute hin, aber es gelang der
nächsten Minute nicht mehr, sich seiner zu bemächtigen
und ihn zurückzuzerren. Jetzt zitterte der Zeiger jeweils um
die übernächste Minute herum. Die Kellnerinnen und Kellner legten den Weg von der Küche zum Speisesaal ungeheuer schnell zurück, sie sahen Jillian gar nicht mehr, mehrfach wurde sie angerempelt und geknufft.

Schließlich stellte sie sich genau gegenüber dem Kücheneín-
gang mit dem Rücken an die Wand, dort konnte ihr nichts
passieren. Als sie verfolgte, wie zwei Kellnerinnen einen
Servierwagen schoben, stellte sie erschrocken fest, daß die
beiden gar nicht rannten. Die Zeit um sie, Jillian, herum lief
schneller ab, ihre eigene Zeit verging langsamer.

»Ich sehe lieber meine Gläser an, als Romane zu lesen. Das
Glas hat etwas mit meinem Leben zu tun. Das Glas hat
Substanz. Das Glas gibt mir Substanz. Die Substanz dauert.
Auf diese Weise kann ich besser damit umgehen, daß mein
Leben nicht völlig vorhersagbar ist.

»Es ist nicht wichtig, daß die Gläser, die ich jetzt betrachte,
mir gehören. Natürlich hat es die Sache ungeheuer verein-
facht, daß ich eine so große Sammlung zusammentragen
konnte – aber eigentlich brauche ich die Sammlung nicht
mehr. Heute würde es mir genügen, zwei oder drei Stücke

zu besitzen und alle anderen Objekte in Museen oder in Büchern zu betrachten. Der Besitz ist nicht das Ausschlaggebende.«

Eine Abbildung konnte niemals das Objekt ersetzen. Jede Abbildung war ein anderes Objekt. Die Dinge im Museum anzuschauen – das war eine Quälerei. Abgesehen davon fanden sich in den Museen niemals gute, sondern immer nur die allerschlechtesten Stücke. Die guten Stücke waren seit jeher in Privatbesitz gewesen, und das würde auch so bleiben.

In einem stimmte Jillian zu: Man mußte keine große Sammlung besitzen, es reichten einige wenige Stücke, wenn es die richtigen waren.

Sie, Jillian, war die Ausnahme. Ihr genügte es, wenn sie ein Stück einmal besessen hatte. Dann hatte es sich in ihrem Gedächtnis eingegraben. Sie konnte es, wann immer sie wollte, vor ihrem inneren Auge betrachten.

Benford fügte hinzu, er werde trotzdem weiter Kunde von Jillian bleiben. Dafür sorgten schon seine großzügigen Kollegen. Nach wie vor nannte er sie Joan.

»Jedesmal, wenn ich mich mit einem Stück beschäftige, sagt es mir etwas Neues darüber, wie ich lebe, und darüber, wie ich sterben werde. Das Leben ist unvorhersehbar, der Tod ist unvorhersehbar, das Glas ist der Kamerad dieser Unvorhersehbarkeit. Es begleitet sie. Das Glas spiegelt diese Unvorhersehbarkeit, das Glas spiegelt sich in ihr, das Glas beschreibt diese Unvorhersehbarkeit, sie drückt sich im Glas aus, das Glas versucht, diese Unvorhersehbarkeit zu erklären, diese Unvorhersehbarkeit versucht, sich im Glas zu erklären. – Joan, das Glas hat sehr viel mit Einsamkeit zu tun.«

Jillian wußte, was Benford meinte.

»Aber man ist nicht allein mit dem Glas, Tom.«

Jillian bat Benford, seine Gedanken niederzuschreiben. Sie wolle sie unbedingt einem Katalog beigeben oder auf die Homepage ihrer Galerie einstellen.

Die Sekretärin van Bronckhorsts hatte Jillian eine SMS geschrieben, der Gesprächstermin sei um zwei Stunden verschoben.

Die Souvenirläden und Geschäfte, die anspruchslose Kleidung verkauften, waren noch offen. Auf den Bürgersteigen des Viale Santa Maria Elisabetta, der das Zentrum des Lido bildete, drängten sich die Spaziergänger und Flaneure an den vor Restaurants, Pizzerien und Eisdielen sitzenden Gästen vorbei.

Nie zuvor hatte Jillian die Gravitationskräfte von Menschenmassen so deutlich gespürt wie an diesem Abend. Sie konnte sich nicht dagegen wehren, daß ihre übliche Reserviertheit, ihre beobachtende Distanz aufgezehrt wurde. Keine Grenze trennte die Menschen, keine Grenze trennte sie von den Menschen.

Nur indem sich die Flaneure ständig berührten, konnten sie ihre Wege fortsetzen. Die Schwerkraft zusammen mit dem Charakter des Provisorischen der Wege brachte eine Labilität hervor, mit der sich der Eindruck von Gefahr und Drohung verknüpfte. Dabei waren die Wege derart verschränkt, daß sich immer wieder unbetretbare Zonen ausbildeten.

Im Hotel fuhr Jillian ihr Notebook hoch, wählte das hoteleigene Netz an und stellte die Verbindung zu der Adresse her, die ihr die Sekretärin gegeben hatte.

Van Bronckhorst saß auf seinem Schreibtisch, auf der dem Besucher seines Büros zugewandten Seite, mit der linken

Hand schob er ein Sandwich in den Mund, in der rechten hielt er eine Coke-Flasche.

»Hello Giovanni.«

Van Bronckhorsts Vater war Holländer, seine Mutter Italienerin.

Er blickte in die Kamera und zog zur Begrüßung lediglich die Augenbrauen hoch. Ungerührt fuhr er fort, von seinem Sandwich abzubeißen und mit dicken Backen zu kauen. Jillian hatte keine Webcam.

»How are you?«

Jillian war nicht sicher, ob van Bronckhorst sie überhaupt gehört hatte. Er nahm sein Sandwich aus dem Mund, um es zu betrachten. Dabei kam er wohl zu der Überzeugung, daß es zu lange dauern würde, es aufzuessen. Er bekräftigte diese Erkenntnis, indem er die noch halbvolle Coke-Flasche ganz austrank. Mit einem unterdrückten, aber dennoch hörbaren Rülpser, den er durch ein Hüsteln zu kaschieren versuchte, sagte er »Hi Jillian« und legte das Sandwich, das seine Gebißspuren als Halbkreise zeigte, auf eins der Papiere, die über seinen Schreibtisch verstreut waren.

Er ging auf die Kamera zu.

»Jillian, wir müssen etwas besprechen.«

Van Bronckhorst war nicht groß und konnte nicht sehr viel älter sein als sie selbst. Die anderen Banker, die Jillian kannte, trugen nur graue oder dunkelblaue Anzüge. Van Bronckhorst hatte einen braunen Anzug an. Aus einem rechteckigen Gesicht mit einer spitzen Nase blickten ihr stechende Augen entgegen. Er hatte kurze, aber nicht zu kurz geschnittene dunkelbraune Haare, die keinen Scheitel brauchten, und einen dunkelbraunen Oberlippen- und Kinnbart.

»Wir haben einen Käufer für die Spring Street, Jillian.«

Jillian war nackt, sie hatte sich im Bett aufgerichtet, für einen Augenblick dachte sie, van Bronckhorst könne sie sehen. Hastig zog sie die Bettdecke hoch und klemmte sie unter die Achseln. Van Bronckhorst konnte sie ja gar nicht sehen.

»Das Geld liegt bereit. Der Käufer überweist es uns morgen.«

»Aber wir hatten eine Vereinbarung…«

Jillian brachte kein weiteres Wort heraus.

Einen Moment blickte van Bronckhorst fragend in die Kamera, dann drehte er ihr den Rücken zu, ging zu seinem Schreibtisch zurück, griff nach dem Sandwich und aß es auf. Jillian konnte das Spiel der Nackenmuskeln sehen, das die Kaubewegungen begleitete.

Schließlich wandte er sich wieder um. Mit beiden Händen stützte er sich rückwärts auf seinem Schreibtisch ab.

Jillian hatte sich mittlerweile gefaßt.

»Giovanni, ich habe Ihnen bereits eineinhalb Millionen anbezahlt…«

»Oh, die Anzahlung – die bekommen Sie natürlich zurück.«

Jillian ließ die Bettdecke heruntergleiten, sie verschränkte die Arme vor der Brust.

»Ich hatte doch mit Ihnen ausgemacht, daß wir das Erdgeschoß und den ersten Stock zurückkaufen…«

Van Bronckhorst zog ein großes weißes Taschentuch aus der Tasche und wischte sich damit den Mund ab. Er sprach so leise, daß Jillian ihn kaum hörte.

»Wir haben nichts ausgemacht. Ich habe Ihnen nichts versprochen, Jillian.«

Das stimmte nicht.

»Es gibt keinen schriftlichen Vertrag.«

Das stimmte.

Er wurde abgelenkt. Offensichtlich ging die Tür zu seinem Büro auf, der Eindringling bemerkte, daß van Bronckhorst eine Videokonferenz abhielt, und zog sich zurück. Für einen Augenblick sah Jillian van Bronckhorsts Gesicht im Halbprofil. Nicht nur die Nase war spitz, auch die Nasenlöcher liefen spitz nach vorn zu. Die Nase stand leicht schief, er hatte wohl einmal einen Schlag darauf bekommen. Alles in seinem Gesicht, die Haare mit den schräg abgeschnittenen Koteletten, vorn kürzer als hinten, die zur Nase hin stärker geschwungenen dichten Augenbrauen, der starke Bart um den Mund herum, die schmalen, aber dennoch vorstehenden Lippen, drückte aus: Wenn ein Mensch nicht laut werden mußte, dann war das van Bronckhorst.

»Jillian, ich habe Ihnen nur gesagt, ich werde mich im Rahmen meiner Möglichkeiten dafür einsetzen, daß Sie das Erdgeschoß und den ersten Stock zurückkaufen können.«

Van Bronckhorst verschränkte die Arme vor dem Körper.

»Das habe ich getan. Aber ich habe den kürzeren gezogen.«

Jillian umklammerte ihr Notebook mit dem eingebauten Mikrofon so fest, daß die Hände um die Knöchel herum völlig blutleer wurden.

»Sie haben doch schon eineinhalb Millionen, die anderen zweieinhalb Millionen ...«

Van Bronckhorst unterbrach sie mit einer unwirschen Bewegung.

»Der Käufer ist ein guter Kunde des Private wealth department unserer Bank.«

Jillian fand, sie war auch keine schlechte Kundin der Bank. Sie zahlte für ihre Kredite deutlich mehr als die Prime rate, und die Bank hatte mit ihr nie einen Cent verloren. Aber sie verfügte nicht über ein Millionenvermögen, das die Bank verwalten konnte.

»Sie bekommen die fehlenden zweieinhalb Millionen schnellstmöglich.«

»Ich brauche die zweieinhalb Millionen sofort.«

Er blickte auf seine Armbanduhr.

»Heute abend fahre ich für zwei Wochen in den Urlaub.«

Er führte die Hand vor den Mund und machte die Andeutung eines Gähnens.

»Acapulco. – Bis dahin bleibt die Sache liegen. Wenn ich aus meinem Urlaub zurückkomme und Sie die restlichen zweieinhalb Millionen überwiesen haben, geht die Sache in Ordnung.«

Jetzt lächelte van Bronckhorst. Er hatte kleine, völlig regelmäßige Zähne, die Eckzähne waren genauso groß wie die Schneidezähne. Die beiden Zahnreihen wirkten wie ein Ausschnitt aus den Feldern eines Brettspiels.

»Mehr kann ich nicht für Sie tun, Jillian. Aber das ist doch schon etwas!«

Van Bronckhorst griff zu der auf seinem Schreibtisch liegenden Fernbedienung, und das Bild erlosch, ohne daß er sich verabschiedet hatte. Er war sicher, Jillian würde es nicht schaffen, das Geld in der von ihm gesetzten Frist aufzubringen.

Van Bronckhorst wollte sie reinlegen. Jemand anderes war scharf auf die Spring Street. Bestimmt kassierte er unter der Hand eine Provision, wenn er das Haus verkaufte.

Aber Jillian würde nicht aufgeben. Auch wenn sie jetzt nicht nur eineinhalb, sondern zweieinhalb Millionen Dollar verdienen mußte, denn das Haus in New Haven war nicht von einem Tag auf den anderen zu verkaufen.

Jillian würde wieder mit der italienischen Schauspielerin schlafen. Wenn dem Zio ein Faden aus dem Hosenaufschlag heraushing, würde Jillian ihn auf den Knien abbeißen. Jillian würde auch mit Bova schlafen, wenn er ihr die Sammlung so abkaufen würde, daß van Bronckhorst seine zweieinhalb Millionen bekam.

Sie stellte die Klimaanlage in ihrem Zimmer ab und öffnete die Fenster, um die warme Nachtluft hereinzulassen. So konnte sie nackt bleiben. Vor der Kommode mit dem großen Spiegel begann sie sich zu schminken. Sie puderte sich das Gesicht weiß. Mit einem Tönungsspray färbte sie ihre Haare rot, zog einen exakten Mittelscheitel und kämmte die Haare aus der Stirn und glatt. Die Augenbrauen zog sie mit einem schwarzen Stift nach, dabei glich sie deren natürliche Wölbung aus, die Wimpern betupfte sie mit schwarzer Tusche, auf die Augendeckel brachte sie graues Makeup auf. Die Lippen zog sie mit einem Konturenstift nach, auch deren Form korrigierte sie, an den Mundwinkeln machte sie sie breiter und in der Mitte schmaler, dann trug sie einen dunkelroten Lippenstift auf.

Auch wenn sich das Glas ständig selbst mitteilte, wenn es sich undurchsichtig oder durchsichtig machte, sein Äußeres wie sein Inneres entblößte, wenn es auf seine Struktur hinwies, es brauchte den Künstler, um über ihn als Medium das zu werden, was zu sein es anstrebte. Der menschliche Körper benötigte kein Medium. Er gab sich seine Gestalt von innen her, er wuchs und entwickelte sich, er schrumpfte und verfiel nach einem Plan, der aus seinem Inneren kam. Für beide, für das Glas und für den menschlichen Körper, war die Form die Grenze. Die Form war der Gegenstand selbst und zugleich das Aufhören des Gegenstands. Der Bezirk, in dem das Sein und das Nicht-mehr-

Sein des Gegenstands eins waren. Der menschliche Körper brauchte keinen anderen menschlichen Körper und kein anderes Objekt, um diese Grenze zu ziehen. Deshalb war jede figürliche Darstellung eines menschlichen Körpers oder eines Körperteils in Glas lächerlich. Die Glaskünstler aus der ersten Hälfte des zwanzigsten Jahrhunderts in Italien hatten das gewußt. Die modernen Glaskünstler hatten es vergessen.

Die Grenze war jedoch nicht nur eine räumliche, sondern auch eine zeitliche. Für das Glas lag sie unendlich weit in der Zukunft. Wenn man sie nicht in kosmischen Einheiten, sondern in menschlichen Lebensspannen maß. War das der Preis für die Unsterblichkeit, daß das Glas nicht imstande war, sich selbst die Form zu geben? War die Unsterblichkeit die Belohnung dafür, daß das Glas bewußt darauf verzichtete, sich die Form zu geben?

Auf der High school hatte Jillian gelernt, griechische Halbgöttinnen, die Parzen, spannen den Lebensfaden eines jeden Menschen und schnitten ihn schließlich ab. Dann starb der Mensch, und in der Stadtteilzeitung erschien ein Obituary, bei bedeutenden Menschen auch in einer größeren Zeitung. Wenn sie sterben würde, ihr Obituary würde in der *New York Times* stehen.

Schon als Kind hatte Jillian die Empfindung gehabt, ihr Körper wäre von vornherein und von innen mit dem Tod verbunden. Der Tod wohnte ihrem Leben ein. In jedem einzelnen Moment ihres Lebens war er nicht nur als Möglichkeit, sondern als Wirklichkeit gegenwärtig und feststellbar. Sie starb nicht erst in ihrem letzten Augenblick. Der Tod formte ihr Leben nicht erst in der letzten Stunde, sondern er war Bedingung ihres Lebens, die auf alle seine Inhalte abfärbte. Die Begrenztheit ihres Lebens durch den Tod wirkte auf jeden Augenblick und jeden Inhalt ihres Lebens ein. Ihr Körper, ihr Geist, ihre Persönlichkeit wären völlig andere, wenn sie sich über diese Grenze hinaus erstrecken könnten. Trotzdem hatte sie versucht, ihr Leben unter den Gesichtspunkt der Ewigkeit zu stellen. Nicht etwa als eine sich an ihren letzten irdischen Augenblick anschließende Verlängerung ihres Lebens. Sie bestand darauf, daß sie kein Geschäft gemacht hatte. Sie hatte ihre Seele nicht verkauft. Kein Gott und kein Teufel hatten ihr das ewige Leben in Aussicht gestellt. Sie hatte sich weder Gott noch dem Teufel versprochen. Sie hatte das Geschick ihrer Seele dem Glas anvertraut und gehofft, dadurch würde es ein Ewiges werden, sie würde damit die ihr innewohnende Begrenztheit durchbrechen und ihre Zukunft ins Unendliche fortsetzen. Doch. Sie hatte gedacht, sie hätte den Tod überwunden.

Bis zu dem Gespräch mit van Bronckhorst.

Andere Menschen empfanden ihr Leben den Pendelschlägen ihres eigenen Weltvorstellens und des Schicksals ausgesetzt. Ihr, Jillians, Pendel war immer in Ruhe gewesen. Sie hatte sich nur eine Welt und die immer auf dieselbe Weise vorgestellt. Ihr Schicksal war ein so geradliniges gewesen, daß sie es gar nicht als solches, sondern einfach als den Bau ihres Lebens gesehen hatte. Jetzt schlug das Pendel für sie aus, zum ersten und einzigen Mal, und es beendete gleich ihr Schicksal und ihre Weltvorstellung. Andere strebten ihr Leben lang an, ihr Ich reiner in sich selbst zu sammeln, sich herauszuarbeiten aus all den strömenden oder zähfließenden Zufälligkeiten ihres Lebens. Sie gaben sich unendliche Mühe, unabhängig von diesen ihren eigenen Sinn und ihre eigenen Ideen zu entwickeln. Sie trachteten danach, sich ewig zu vollenden, und träumten davon, daß ihr Ich seine

Lösung von der Zufälligkeit der einzelnen Inhalte ganz vollbringen könnte. Sie, Jillian, hatte es niemals nötig gehabt, sich zu vollenden. Sie war immer schon vollendet gewesen. Das war keine Überheblichkeit im Angesicht des sicheren Todes.

Natürlich hatte sie, als sie zum ersten Mal Jacobs Galerie betrat, kein einziges Glas bestimmen können. Natürlich hatte sie sich die Kategorien erst aneignen müssen. Aber eins hatte sie niemals lernen müssen: Sie hatte stets gewußt, von Anfang an, ob ein Glas ein gutes Glas war oder nicht. Diese Fähigkeit machte den Kern ihrer Persönlichkeit, ihres Selbst, ihres Ichs aus. Dieses Ich war immer unverändert geblieben. Keine stark strömende oder zähfließende Zufälligkeit konnte jemals seine Gestalt verändern oder es gar bewegen.

Die Fähigkeit, zwischen einem guten und einem schlechten Glas zu unterscheiden, war ihre Seele. Wenn etwas nach ihrem körperlichen Tod übrigbleiben würde, dann diese Fähigkeit. Gab es eine Seelenwanderung?

Der Tag brach an, und Jillian saß noch aufrecht im Bett. Müde, aber trotzdem unfähig, Schlaf zu finden, rieb sie sich das Gesicht. Dabei bemerkte sie, daß tiefe Furchen ihr Makeup durchzogen. Die Backen und der obere Teil der Stirn waren glatt, das Makeup hatte sich vor allem zwischen den Augen und über der Nase gesammelt.

Sie blickte in den Spiegel. Die Frau, die sie dort sah, kannte sie nicht. Über der Nase hatte sie Wülste, als hätte sie das ganze Leben lang die Augenbrauen zusammengekniffen, rote Haarsträhnen hingen ihr ins Gesicht, das Weiße in den Augen glänzte gelblich, der Lippenstift hatte auf die Zähne abgefärbt, die blutig schienen.

Im Traum war sie dann in einer Zeitschleife gefangen. Immer wieder fuhr sie ihr Notebook hoch. Immer wieder trank van Bronckhorst erst seine Coca-Cola. Die ersten Male spielte Jillian im Traum die Wirklichkeit nach. Dann wurde sie zunehmend ungeduldig. Zuerst bat sie van Bronckhorst, er solle sich beeilen, sie sei mit einem Kunden verabredet. Als nächstes schnitt sie ihm das Wort mitten in der Rede ab. Schließlich wartete sie gar nicht mehr, bis er zu reden anfing, sondern sagte ihm, während er noch an seinem Sandwich kaute, sie wisse, was er wolle, sie brauchten gar nicht zu diskutieren, er wisse, wie unfair er sei, aber sie werde die zweieinhalb Millionen in den nächsten zwei Wochen überweisen. Was sie auch tat, sie konnte sich nicht aus der Zeitschleife befreien. Auch nicht dadurch, daß sie die Sekretärin anschrie, sie werde die zweieinhalb Millionen zahlen.

In ihrer Verzweiflung spielte Jillian im Traum wieder die Jillian, die sie in Wirklichkeit gewesen war. Allerdings mit einem Unterschied: Am Ende sagte sie van Bronckhorst, es werde ihr nicht möglich sein, die zweieinhalb Millionen in den nächsten zwei Wochen aufzubringen. Van Bronckhorst erwiderte, dann werde er dem Kunden Bescheid geben, daß er die Spring Street haben könne. Danach mußte sie ihr Notebook nicht mehr hochfahren.

Was ist die Seele?

Héctor zerrte Jacob in den Trailer zurück, Madeline folgte freiwillig. Mit Werkzeug aus dem Suburban reparierte Héctor die Tür des Trailers, er nagelte Blechabfälle auf die geplatzten Angeln. Die Tür war kein Hindernis für eine Flucht, aber sie war es nie gewesen. Jacob wäre nicht weit gekommen mit seinen Fußeisen. Madeline dachte nicht an Flucht.

Am Abend brachte Héctor das Essen. Die Erdgöttin tauchte nicht mehr auf. Sie hätte wohl die Akten nicht hier verbrennen und Jacob und Madeline nicht aus dem Trailer herauslassen sollen.

Während Héctor am nächsten Tag das Essen hinstellte, erzählte er unaufgefordert, der Sohn der Erdgöttin sei in Ensenada erschossen worden. Er hatte erst für Ramón Arellano Félix und dann für den kleinen Bruder, El Tigrillo, als Body guard gearbeitet. Er war der einzige Tote der Schießerei. Die Gegner waren die Männer von El Mayo gewesen. Ramón habe keine Seele mehr gehabt.

Er habe Chevrolet Silverados und Tahoes gefahren und Pistolen mit Goldverzierungen getragen. Ein Freund von Héctor hatte für Ramón gearbeitet. Wenn es Ramón langweilig war, sagte er zu seinen Begleitern *Let's go kill someone.*

Jacob verstand nicht, warum Héctor den Satz ins Englische übersetzte. Ramón konnte ihn doch nur auf spanisch geäußert haben. Entweder wollte Héctor sichergehen, daß Jacob und Madeline wirklich verstanden, was er ihnen sagen wollte, oder er versuchte, Ramóns Skrupellosigkeit durch das Englische besonders zum Ausdruck zu bringen. Wollte er damit sagen, trotz allem seien die Gringos brutaler als die Mexikaner?

Ramón und seine Begleiter saßen immer in einem Café am Paseo de los Heroes und beobachteten die vorbeifahrenden Wagen. Ramón fragte, ob irgendwer eine offene Rechnung habe. Erblickte einer seiner Begleiter jemanden, auf den er einen Groll hatte, dann war der Mann ein paar Tage später nicht mehr am Leben.

Die Seele des Menschen erkannte, was gut und was schlecht war. Es war immer gut, anderen Menschen zu helfen, und es war immer schlecht, anderen Menschen zu schaden. So einfach war das. Natürlich gab es oft Situationen, in denen nicht klar war, ob man half oder schadete. Aber das Irren gehörte zum Menschsein.

Die Seele war das, was sich entschied, wenn sich der Mensch entscheiden konnte. Sie bestimmte, wie ein Mensch handelte, wenn er genausogut anders hätte handeln können. Die Seele des Menschen war das, was an andere Menschen dachte. Über ihre Seelen standen alle Menschen in Verbindung. Wer keine Seele mehr hatte, war wirklich aus der Welt gefallen.

Er, Jacob, hatte noch eine Seele. Wenn er keine Seele mehr gehabt hätte, dann hätte er mit Madeline geschlafen und ihr ein Eheleben vorgespielt. Dann hätte er beharrlicher versucht, Jillian zu erreichen. Er hätte Madeline gefügig gemacht und Jillian dazu bewegt, alles zu unternehmen, um die Million für ihn aufzutreiben.

Er hatte seine Seele nicht verloren. Aber er konnte es sich gut vorstellen, wie es war, sie zu verlieren.

Die Unsichtbare II

Der Galerist, der die Sammlung des Zio kaufen wollte, war Buonavolontà.

Die Nachmittagssitzung des Textilindustriellen-Kongresses im Ballsaal des Des Bains hatte eben geendet, Buonavolontà und der Zio saßen in der ersten Reihe vor der Vitrine mit den Gläsern von Bianconi. Jillian hatte eine Mappe mit Informationsunterlagen genommen, die einer der Teilnehmer auf seinem Sitz liegengelassen hatte, und sich hinter die beiden gesetzt. Sie blätterte in der Mappe und tat so, als machte sie Notizen.

Buonavolontà blickte sich um und musterte Jillian. Sie waren sich nur einmal bei einer Ausstellungseröffnung in Florenz begegnet, das war Jahre her. Jillian glaubte nicht, daß er sich an sie erinnerte oder sie nach den Fotos auf der Homepage ihrer Galerie erkannte.

Sie hatte sich auf das Gespräch der beiden konzentriert und nicht darauf geachtet, daß sie die Beine gespreizt hielt. Ihre tiefsitzende Hose war aus einem metallgrauen Stoff, die Knopfleiste mit einem Dutzend schwarzer Knöpfe lag über dem rechten Hüftknochen. Wenn sie jetzt die Beine hastig zusammennahm, stellte das eine Art Schuldeingeständnis dar. Sie erwiderte den Blick Buonavolontàs. In seinen Augen flackerte kein Wiedererkennen auf.

Er griff in eine Außentasche seiner Lederjacke und zog mehrere zusammengefaltete Blätter heraus, die er dem Zio mit einer affektierten Handbewegung reichte.

»Ich habe für alle Stücke Preise eingesetzt.«

Unruhig rückte der Zio auf seinem Stuhl hin und her, während er las.

Buonavolontà lehnte sich zurück, schlug die Beine übereinander und klopfte sich triumphierend mit der rechten Hand auf die Brust.

»Ich runde auf. Eineinhalb Millionen Euro.«

Der Zio hielt den Atem an. Es sah aus, als würde er gleich mit heiterem Gesichtsausdruck ohnmächtig werden.

Buonavolontà stand auf und ging zu der Vitrine auf dem Podium, um mit beiden Händen über deren obere Kante zu streichen. Er kam zurück, stellte sich breitbeinig vor dem Zio auf, winkelte die Arme an und ballte beide Fäuste vor der Brust, als hielte er eine Rede vor einer Versammlung.

»Eine Million fünfhunderttausend Euro. Ich werde die Sammlung zusammen mit einem befreundeten Galeristen aus Mailand kaufen.«

Das konnte nur Carofiglio sein.

»Ich bezahle eine Million, er eine halbe Million. Bei der Übergabe bekommen Sie eine Million. Siebenhundertfünfzigtausend von mir, zweihundertfünfzigtausend von ihm. Die restlichen Fünfhunderttausend fließen innerhalb von drei Monaten. Wir sollten uns beeilen.«

Buonavolontà störte sich nicht daran, daß einige der immer noch im Ballsaal anwesenden Kongreßteilnehmer auf ihn aufmerksam geworden waren und zu ihm hinüberblickten. Jillian blätterte demonstrativ in den Kongreßpapieren.

Die Moroni mußte ihr so schnell wie möglich die Unterlagen beschaffen, auf denen Buonavolontàs Preisliste beruhte.

Buonavolontà stützte sich auf einen Stuhl in der ersten und einen Stuhl in der zweiten Reihe, stemmte den Oberkörper hoch und schwang mit den Beinen durch, dabei Jillian betrachtend. Die ihn jetzt nicht mehr ignorieren konnte, sondern interessiert zu ihm aufblicken mußte, um nicht doch noch Verdacht zu erregen.

Sie hörte mit, wie der Zio Buonavolontà erklärte, sie müßten die Übergabe so organisieren, daß seine Nichte nichts davon mitbekomme. Buonavolontà solle ihn zur Bank begleiten, um ein Schließfach anzumieten, in dem er die Summe deponieren wolle. Seine Nichte dürfe nichts davon erfahren. Wie Buonavolontà wisse, wolle er mit dem Geld den Palazzo Barbaro restaurieren. Das Geld reiche aus, um die absolut notwendigen Reparaturen durchzuführen, so könne der Palazzo die nächsten zwanzig Jahre überstehen. Seine Nichte versuche ebenfalls, die Sammlung zu verkaufen. Sie wolle nur eine große Provision einstreichen. Und sie wolle verhindern, daß er mit dem Geld den Palazzo restauriere.

Jillian lag nackt im Bett und telefonierte mit Bova. Er erzählte die Handlung eines Mehrteilers, den er unbedingt produzieren wollte.
Ein Hostile takeover in der Computerbranche. Die entscheidende Verhandlungsrunde fand in einem gerade fertiggestellten, aber noch nicht eröffneten Hotel statt. Das Hotelgebäude war mit neuartigen Computern ausgerüstet, die alle Funktionen von der Klimaanlage über die Beleuchtung bis zur internen und externen Kommunikation steuerten. Die Computer stammten von der übernehmenden Firma.
Die Verhandlungen hatten gerade begonnen, da kam es in der ganzen Stadt zu einem Stromausfall. Die Notstromaggregate des Hotels sprangen nicht an. Es blieb dunkel, die Klimaanlage funktionierte nicht. In dem Hochhaus gab es keine Fenster, die sich öffnen ließen, sämtliche Eingänge waren durch das Sicherheitssystem blockiert. Alle Verbindungen zur Außenwelt waren abgeschnitten, auch das Mobilfunknetz war zusammengebrochen.

Den Vice president der übernehmenden Firma sollte David Duchovny spielen, den CFO der zu übernehmenden Firma Jennifer Garner.

»Stell dir vor, du bist Jennifer Garner. Ich bin David Duchovny. Wir sind in einem Raum im obersten Geschoß des Hotels, in dem es eine Explosion gegeben hat. Durch das Loch in der Decke kann man den Sternenhimmel sehen.

»Ich liege – nackt auf dem Boden, ich habe mir mein Hemd unter den Kopf geschoben. Du bist schon wieder angezogen und suchst deine Schuhe. Ich frage dich, warum du es so eilig hast.

»Du sagst, dein CEO vermißt dich und er sieht, daß ich nicht da bin. Wenn er die beiden Dinge zusammenbringt, bekommst du Schwierigkeiten. Ich sage, vor fünf Minuten hast du aber nicht an deinen CEO gedacht.«

»Ich sage, das war eine einmalige Vorstellung.«

»Deine Schuhe liegen neben der Eingangstür. – Ich springe auf, ich packe dich an den Schultern...«

»Ich frage dich, was stellst du dir vor? – Sollen wir Arm in Arm zu den anderen hingehen?«

»Ich sage, das ist nicht das, woran ich denke. Und ich versuche, dich zu küssen.«

»Ich sage stop. Ich muß gehen.«

»Ich sage, ich habe es immer gewußt. Das einzige, was besser ist, als eine Firma zu übernehmen, ist...«

»Ich stoße dich weg und schreie, das einzige, was besser ist, als eine Firma zu übernehmen, ist, ihren CFO zu vögeln?«

»Ich sage, es hat dir aber nichts ausgemacht...«

»Ich sage, halt den Mund.«

»Ich ziehe meine Schuhe an und sage, wenn du irgend jemandem davon erzählst, bringe ich dich um.«

Jillian konnte es schaffen.

Die Moroni hatte ein Kuvert mit Fotos von allen Stücken der Sammlung an der Rezeption für sie abgegeben. Die Sammlung war viel mehr wert als die eineinhalb Millionen Euro, die Buonavolontà bot.

Er wollte den Zio betrügen. Vielleicht würde er ihm die Million bezahlen, aber niemals die restliche halbe Million, wenn das Glas einmal in seinem Besitz war. Nach allem, was Jillian von Carofiglio wußte, war es schleierhaft, wie Buonavolontà die dreiviertel Million aufbringen wollte. Carofiglio war niemals in der Lage, auch nur eine Viertel-million zu zahlen. Vielleicht plante Buonavolontà sogar, die Sammlung an sich zu bringen, ohne überhaupt etwas zu bezahlen.

Sie hatte Bova versichert, sie wolle Jacob verlassen. Aber sie könne ihn nicht verlassen, ohne die Sache mit der Spring Street zu regeln. Jacob werde sich mit der Galerie nicht halten. Sie wolle ihm zumindest eine Chance geben. Bova verstand. Sie würde alles tun, wenn er ihr die Sammlung für vier Millionen Dollar abkaufte.

Bova konnte sich darauf verlassen, daß Jillian viel Zeit für ihn hatte.

»Im Hausmeisterapartment hat der Vice president einen batteriebetriebenen Fernseher gefunden. Der lokale Sender ist in Betrieb und informiert über die Bemühungen, die Stromversorgung in der Stadt wiederherzustellen. Im Kühlschrank des Hausmeisters findet sich ein anständiger Biervorrat. Als der Vice president gerade eine Flasche öffnet, geht die Eingangstür von selbst auf und wieder zu. Er glaubt, Schritte zu hören. Die Flasche entwindet sich seinen Fingern und schwebt durch den Raum!«

Jillian hatte vorgeschlagen, der CFO der angegriffenen

Firma solle über die Fähigkeit verfügen, sich unsichtbar zu machen.

»Der Vice president spürt eine Berührung.«

Niemand sollte sie, Jillian, sehen, wenn sie mit Bova schlief.

»Unversehens ist sein Hemd aufgeknöpft. – Shush. – Es ist die Stimme des CFO. Sie greift nach seiner Hand und führt ihn zum Sofa.«

»Auf einmal steht der CEO der angreifenden Firma im Raum. Der Vice president wird auf seinen CEO erst aufmerksam, als der sich sehr laut räuspert. Er muß den Fernseher gehört haben. Der Vice president ist nackt unter einer Karodecke, er stützt sich mit den Händen ab.

»Der CEO fragt den Vice president, was er da tue. Der stockt zunächst und sagt dann, er mache Pushups. Der CEO ist irritiert, er glaubt, das Stöhnen einer Frau zu hören. Er dreht sich um, aber auf dem Bildschirm des Fernsehers ist lediglich die dunkle Silhouette der Stadt vor dem hellen Sternenhimmel zu sehen. Der CEO fragt, warum er die Pushups nackt mache.

»Der Vice president steht auf, wobei er sich die Decke um die Hüften windet, und erklärt, er habe sich kurz ausgeruht und wolle sich jetzt duschen. Die Pushups mache er, um fit zu bleiben.

»Der CEO fragt den Vice president, ob er den CFO der anderen Firma gesehen habe, sie sei verschwunden. Der CEO bemerkt, daß sich die Haare des Vice president bewegen. Der macht unmotiviert erscheinende Übungen, um seine unsichtbare Besucherin abzuschütteln. Wenn er den CFO sehe, werde er Bescheid geben.«

Die Spring Street mit der Galerie – das war eine Erweiterung von Jillians Seele. Sie konnte keine scharfe Grenze ziehen zwischen der Galerie und sich. Einerseits bestimmten die Dinge ihre Seele, andererseits erstreckte sich ihre Seele in die Dinge hinein. Wenn es die Spring Street nicht mehr gab, wenn es die Galerie nicht mehr gab – fiel dann ihr Ich ausdehnungslos in einen Punkt zusammen, weil keine äußeren Objekte mehr existierten, die ihr die Gelegenheit gaben, ihre Kräfte und Fähigkeiten an ihnen zu üben?

Sie fragte Bova, warum er Glas sammle.

»Ich komme mit vielen Leuten zusammen, die wirklich reich sind. Alle haben ein riesiges Ego. Noch nie habe ich jemanden kennengelernt, der darunter leidet, daß er viel Geld hat. Der etwa Minderwertigkeitskomplexe hat, weil er das Geld nicht selbst verdient, sondern geerbt hat.

»Die meisten haben Angst, sie könnten ihr Geld verlieren, aber das steht auf einem anderen Blatt.

»Um Geld als Geld zu beherrschen, aber auch um Geld als Geld zu genießen, muß man wenig Persönlichkeit einsetzen. Von allem, was man besitzen kann, absorbiert Geld den geringsten Anteil an Persönlichkeit.

»Das Ego der Menschen, denen Geld als Geld etwas bedeutet, ist ausgedehnt, aber es ist völlig formlos. Es kann nur eine Form annehmen, wenn es etwas umschließt. Mein Ego wäre genauso formlos, wenn ich nicht das Glas sammeln würde.«

Libertad

Seit dem Tod des Sohnes der Erdgöttin war die Zeitblase geschrumpft, in der Jacob und Madeline steckten.

Héctor ließ Jacob und Madeline weit größere Freiheiten als die Erdgöttin. So erlaubte er es, daß tagsüber die Tür offenblieb. Die Air condition lief weiter, im Trailer wurde es warm, aber nicht unerträglich heiß. Jacob und Madeline konnten sich abwechselnd auf die Eingangsschwelle setzen und die Beine in die Freiheit baumeln lassen. Mit einem Teil ihres Körpers befanden sie sich noch in der Zeitblase, mit einem anderen schon außerhalb.

Die Zeitblase platzte dann ohne Vorankündigung. Jacob machte seinen täglichen Fußmarsch, Madeline zeichnete. Unzufrieden mit den verschiedensten Versionen von Glaswänden, war sie auf ein System von Glasstelen verfallen, das die Grenze markieren sollte. Wie immer berührte Jacob, bevor er wendete, die Wand des Trailers mit den Fingerspitzen beider Hände.

Als er sich umdrehte, stand auf einmal der ältere Mexikaner vor ihm, der ihm die Ketten angelegt hatte. Er trug eine schwarze Hose mit Bügelfalten, elegante schwarze Herrenschuhe und ein hellblaues, frisch gebügeltes Poloshirt. Er hatte seine Brille auf und blickte Jacob an wie ein Arzt den Patienten, den er gerade in das Sprechzimmer hereingerufen und den er schon lange nicht mehr gesehen hat. In seiner Hand die Schlüssel zu den Handschellen und Fußeisen Jacobs.

Der Mexikaner schloß zuerst die Fußeisen auf, dann die Handschellen, schließlich befreite er Jacob von der Kette um seine Taille. Danach machte er eine stumme Handbewegung in Richtung der Tür. Jacob warf Madeline einen fragenden Blick zu, die konnte nur mit den Schultern zucken.

Ohne ein Wort mit Madeline gewechselt zu haben, verließ Jacob den Trailer. Davor wartete der jüngere Mexikaner. Trotz der Hitze hatte er Jacobs schwarze Lederjacke an. Er führte Jacob zu dem Baum. Mit der Pistole wies der Mexikaner auf eine neben dem vollen Wassereimer liegende Plastiktüte. Jacob fand eine Schere, einen Spiegel, eine Dose Rasierschaum und einen Naßrasierer.

Nachdem er sich rasiert hatte, ging Jacob zu dem bereitstehenden Fahrzeug. Es war ein weißes Kompaktauto mit nur zwei Türen, einen noch kleineren Chevrolet konnte es nicht geben. Jacob setzte sich auf die Rückbank, der Mexikaner in seiner Lederjacke quetschte sich neben ihn. Während der Mexikaner mit der Brille losfuhr, bekam Jacob ein gefaltetes Tuch über die Augen gebunden.

Die beiden sprachen nicht mit ihm und nicht miteinander. Wenn sie ihn töten wollten, wäre es bequemer gewesen, das neben dem Trailer zu tun und nur die Leiche durch die Gegend zu fahren. Die Tatsache, daß sie ihn von seinen Fesseln erlöst hatten, sprach dafür, daß sie ihn nicht umbringen wollten. Aber vielleicht wollten sie, daß er genau das dachte, und sie würden es trotzdem tun. Blieb die Frage, warum sie ihn dann lebend transportierten.

Der jüngere Mexikaner hatte sich keine große Mühe gegeben, Jacob konnte an sich selbst herabschauen. Wenn er den Kopf auf die Hutablage hinter sich legte, konnte er sogar aus dem Fenster des Wagens blicken. In der Straße gab es tiefe Löcher, der Chauffeur fuhr schneller, als es die Straße eigentlich zuließ, die Insassen wurden hin- und hergeworfen. Es fiel gar nicht auf, daß Jacob sich so zurücklehnte.

Die Straße führte auf halber Höhe eines Bergrückens aus

dem Tal heraus. In einer der Serpentinen sah Jacob den See. Der Trailer war nicht mehr als zwei oder drei Meilen von dem See entfernt. An den braunen Ufern des Sees gab es nur ein paar Reihen von Bäumen und Büschen, die nicht natürlich gewachsen, sondern augenscheinlich angepflanzt worden waren. Jacob konnte kein Gebäude, nicht einmal eine Hütte erkennen. Trotzdem wäre es ein anderes Gefühl gewesen, wenn er gewußt hätte, daß da ein See war, den man mit einem Spaziergang erreichen konnte.

Sie mußten anhalten, ein anderes Fahrzeug kam ihnen entgegen. Neben der Straße sah Jacob – er wußte nicht, wie er es bezeichnen sollte. Einen auf allen Seiten geschlossenen Würfel, offensichtlich aus Eisenplatten geschweißt, unten etwas breiter als oben, mit einer Kantenlänge von vielleicht dreißig Fuß. Daneben waren Ziegel akkurat zu Pyramiden aufgeschichtet. Mehrere Männer bewegten sich um den Würfel herum, alle trugen sie Ziegel. Über dem Würfel flimmerte die Luft.

In einem Einschnitt des Bergrückens neben der Straße manövrierte ein uralter Schaufelbagger. Jetzt verstand Jacob: Hier wurde Ton abgebaut, aus dem an Ort und Stelle Ziegel gebrannt wurden.

Unmittelbar danach gelangten sie auf eine befahrene Hauptstraße. Jetzt konnte Jacob auch nachvollziehen, warum sie im Trailer immer Telefonempfang gehabt hatten. Das Tal mit dem Trailer lag in Reichweite eines Sendemasts auf einem Berg, der die Versorgung für die Straße gewährleistete.

Plötzlich hörte das Rauschen der Bewegung auf.

Mit Verspätung vollzog Jacob den gedanklichen Schluß, daß sie nicht mehr fuhren. Sie befanden sich in einem Stau. Der Fahrer stellte den Motor des Wagens ab.

Die beiden Mexikaner fluchten ausgiebig, der Aufenthalt schien überhaupt nicht in ihren Plan zu passen, den sie Jacob nach wie vor nicht enthüllt hatten. Die Verwünschungen mündeten in Vorwürfen, die der jüngere dem älteren machte. Jacob verstand, daß sie früher hätten hinausfahren sollen, um ihn abzuholen und um dann – was zu tun?

Der Stillstand der Welt bot eigentlich eine gute Gelegenheit, sich wieder an sie zu gewöhnen. Trotzdem konnte Jacob sich nicht entschließen, die Augen aufzumachen. Er hatte Angst.

Er konnte nicht angeben, wieviel Zeit vergangen war, als er auf einmal ein Geräusch hörte. Es machte *pling*.

Jacob lehnte sich zurück und sah unter der Augenbinde die Hand des jüngeren Mexikaners, die ein großes silbernes Feuerzeug hielt. Die Haube war zur Seite gekippt, die Flamme brannte sehr hoch. Der Mexikaner wollte sich eine Zigarette anzünden. Aus Jacobs Perspektive unter der Augenbinde sah es so aus, als leuchtete der Mexikaner mit der Flamme seines Feuerzeugs eine dunkle Höhle aus.

Vorher war ihm noch nie aufgefallen, daß der Mexikaner grüne Augen hatte.

Seit dem *pling* war Jacob wieder in dieser Welt. Er war auf einem anderen Planeten, in einem anderen Sonnensystem gewesen. Jetzt befand er sich zurück auf der Erde, aber erst mußte er sich durch eine Höhle zur Erdoberfläche durchkämpfen.

In dem Wagen wurde es unerträglich heiß. Jacobs Bewacher zog die Lederjacke aus und fächelte sich mit einer alten Straßenkarte Kühlung zu.

Die Jacke mit der Pistole rutschte vom Sitz auf den Boden. Aber von der schmalen Rückbank des zweitürigen Wagens aus machte es wirklich keinen Sinn anzugreifen. Es war schon mühsam gewesen, an dem vorgeklappten rechten Vordersitz vorbei einzusteigen. Es würde Jacob nicht gelingen, in einem Kampf aus dem Auto herauszukommen.

Da hatte Jacob eine Eingebung. Er richtete sich auf und zog sich mit einer betont langsamen Bewegung das Tuch vom Gesicht herunter. Dann blickte er seinem Bewacher sehr bestimmt in die Augen.

Der machte fahrige Bewegungen, er wollte etwas sagen, blickte sich dann aber zuerst nach allen Seiten um. Der kleine weiße Chevrolet stand zwischen zwei Trucks. Der Fahrer vor ihnen sah ihren Wagen nur im Rückspiegel, aber der hinter ihnen konnte aus seiner Kanzel durch ihr Rückfenster beobachten, was sich im Wagen abspielte. Auch wenn er sich nicht dafür interessierte, einen Kampf, in dessen Verlauf der Wagen vielleicht auch hin- und herschaukelte, würde er bestimmt bemerken.

Jacob hob die Hände hoch, die Handflächen dem Mexikaner zugewandt, und sagte, ihm sei heiß. Mit der Geste wollte er signalisieren, daß er nicht plante, weiteren Widerstand zu leisten. Der Mexikaner schrie ihn an und fummelte auf dem Boden in der Lederjacke.

Auf der Gegenfahrbahn fuhr ganz langsam ein Truck vorbei, vier Mexikaner auf der Ladefläche blickten interessiert in die Landschaft. Jacobs Bewacher unterließ seine Suchbemühungen für einen Moment.

Als der Truck vorbei und ihm auch kein zweiter gefolgt war, zog er die Pistole aus der Lederjacke heraus. Er wickelte die Jacke um die Pistole, dabei ließ er den schwarzen Lauf etwas herausstehen und preßte ihn Jacob in die Seite. Langsam ließ er die Pistole hochwandern und schob dabei Jacobs Hemd hoch. Dabei redete er auf Jacob ein. Er solle nie wieder etwas unternehmen, was ihm nicht ausdrücklich erlaubt worden war.

Das Gefühl des Drucks blieb an jeder Stelle zurück, auf die der Mexikaner die Pistole gepreßt hatte. Es war, als hätte Jacob nicht nur einen, sondern unzählige Pistolenläufe in der Seite. Als der Mexikaner den Lauf über dem Schlüsselbein in seinen Hals bohrte, glaubte er, keine Luft mehr zu bekommen.

Die Reflexion der Sonnenstrahlen im Fenster eines vorbeifahrenden SUV tauchte die Lederjacke mit dem Lauf an Jacobs Hals in grelles Licht. Ertappt ließ der Mexikaner die Pistole sinken. Der andere Mexikaner hatte nicht darauf geachtet, was auf der Rückbank passierte, er startete den Motor und fuhr los.

Jacob war endgültig auf der Erde zurück.

Die Landschaft ähnelte der um den Trailer. Neben der Straße wechselten sich Tierfarmen ab. Es war nicht zu erkennen, ob das Rinder oder Kühe waren, die dort gezüchtet wurden. Ihr Geläuf bestand aus der unbewachsenen Erdkrume, da war kein Gras, auf dem sie weiden konnten. Am Rand der eingezäunten Bereiche spendeten riesige flache Unterstände Schatten, dort mußten sich auch die Tränken befinden. Die Tiere wurden wohl mit Trockenfutter ernährt.

Neben der Straße gab es vereinzelte Hütten, die als Werkstätten genutzt wurden. Die Stromversorgung bestand aus einem einzigen über alte Holzmasten gespannten Kabel. Die Masten standen in großem Abstand voneinander, das Kabel hing tief durch.

Mit der Zeit tauchten auf den kahlen Flächen vor den Bergen Büsche und Bäume auf. Schließlich wechselten sich klar abgegrenzte künstlich bewässerte Felder mit natürlichen Wiesenstücken ab. Am Fuß der Berge versteckten sich Behausungen in den Schatten der Bäume.

Plötzlich liefen neben der Straße so viele Stromleitungen, daß Jacob sie gar nicht mehr zählen konnte. An die Stelle der Farmen traten einfache Hallen für Gewerbe und Industrie.

Schließlich zeichnete sich vor ihnen ein Dorf ab. Es war um eine Kreuzung herum gebaut, schon von fern konnte Jacob eine Tankstelle, mehrere Straßencafés und Läden wahrnehmen. Ein großes verbogenes Straßenschild zeigte eine Abzweigung nach rechts an. Jacob konnte den Ortsnamen nicht lesen, weil die Farbe abgeblättert war, aber er konnte sehen, wohin sie fuhren, wenn sie auf der Straße blieben: nach Tijuana.

Sie waren nicht weit weg gewesen von Tijuana, Madeline und er, nicht weiter als fünfzig Meilen. Auf der Hinfahrt hatten die Mexikaner einen riesigen Umweg gemacht, sie waren durch die Gegend gefahren, um sie beide zu täuschen.

Der Fahrer bog in eine Tankstelle ein. Ein dicker Mexikaner in kurzer blauer Hose betankte seinen Toyota Corolla, ein schwarzer Tankstellenhelfer in Muscle shirt und Adidas-Flip-flops kontrollierte den Motor. Eine Frau mit kurzen blonden Haaren aus einem Ford Pick-up in einem kurzen Jeanskleid stieß vor dem Eingang des Ladens neben der Tankstelle mit einer Frau in pinkfarbener Röhrenhose zusammen, die ihre Tüten mit Sandwiches und Sodas kaum tragen konnte. Der Typ neben der roten Corvette, in Bügelfaltenhose und weißem Hemd, hochgeschlossen, aber ohne Kragen, mit einer Sonnenbrille wie einer Zorro-Maske, war garantiert schwul. Eine Mexikanerin mit langen Haaren sprang aus einem Van heraus, sie hatte eine graue Trainingshose an und ein enges orangefarbenes T-shirt mit einem weißen Streifen über den großen Brüsten. Sie rannte über den Platz und packte einen etwa zehnjährigen Jungen an den Schultern, sie drehte ihn um und ohrfeigte ihn, er hatte sich wohl unerlaubt selbständig gemacht. Es war Jacob, als wäre er noch nie unter Menschen gewesen.

Sein Bewacher hatte die Pistole neben sich gelegt. Während der andere tankte, hielt er Jacob einen Vortrag, halb auf spanisch, halb auf englisch. Jacob mußte ihn immer wieder unterbrechen, weil er etwas nicht verstanden hatte. Es war lebenswichtig, alles zu verstehen, was der Mexikaner sagte.

Die Lösegeldübergabe für Madeline würde in einem Restaurant in Tijuana stattfinden. Jacob sollte das Lösegeld entgegennehmen. Er sollte den Überbringern bestätigen, daß Madeline bei guter Gesundheit war, und nachdrücklich versichern, daß man sie nach Zahlung des Lösegelds freilassen würde.

Wenn er versuche zu fliehen, werde Madeline etwas passieren.

Aus dem Plan war kühl zu schließen: Niemand wußte, daß Jacob entführt worden war. Jillian wußte es nicht, die Galerie wußte es nicht. Madelines Mann und seine Anwälte hatten es nicht gemeldet.

Das war ein genialer Schachzug von Chuy. Wenn Jacob das Lösegeld entgegennahm, lag der Verdacht nahe, daß er an der Entführung beteiligt war.

Bei gutem Ausgang der Entführung würden Madeline und ihr Mann nichts gegen die Entführer unternehmen. Pilar würde bestimmt nicht mehr in New York auftauchen, vielleicht würde sie in die U.S.A. zurückkehren, aber mit einer anderen Identität. Man würde Chuy nicht auf die Spur kommen. In dem unwahrscheinlichen Fall, daß dies doch geschah, konnte er die Schuld auf Jacob abschieben. Er würde behaupten, Jacob sei mit Madeline nur nach San Diego gekommen, um sie auf der anderen Seite der Grenze entführen zu lassen. Das gemeinsame Eingesperrtsein im Trailer sei nur Camouflage gewesen. Schließlich war niemand außer Madeline dabeigewesen, als Jacob fast zuviel Sonne abbekommen hatte. Man würde seine geschäftlichen Verhältnisse unter die Lupe nehmen und hatte mit seiner angespannten finanziellen Lage ein sehr passendes Motiv.

Der Plan hatte nur einen Schönheitsfehler. Allerdings nicht in Chuys Augen, sondern lediglich für Jacob. Er funktionierte am allerbesten, wenn Jacob nach der Lösegeldübergabe spurlos verschwand.

Hello Tijuana. Alle großen Einfallstraßen waren von modernen Fabrikgebäuden gesäumt. Es gab keine Menschen am Straßenrand. Die Menschen erfüllten alle einen Zweck, Menschen ohne Zweck existierten nicht. Entweder steuerten sie die Fahrzeuge, oder sie betrieben die Anlagen in den Fabriken.

Die großzügig angelegten Fabriken waren auf ebenen Geländestreifen erbaut, die ihnen Platz zur Ausdehnung ließen. Die Maschinen besaßen einen Hang zur Natur. Grünflächen umgaben die Fabriken, Blumenrabatten, Sträucher, Bäume und immer wieder Palmen säumten die Gebäude, die Wege, die Grundstücksgrenzen. Die Maschinen brauchten keine Menschen, die ihnen etwas vorschrieben, nirgendwo sah Jacob größere Büros.

Die Menschen bauten ihre Häuser an Abhängen. Kaum

einmal ein Haus, dessen Wände alle in der gleichen Farbe angestrichen waren, niemals ein intaktes Dach. Die Häuser hielten keinen Abstand voneinander. Jedes versuchte, das andere als Stütze zu benutzen, damit es sich selbst weniger anstrengen mußte.

Vielleicht liebten auch die Menschen die Natur. Aber es reichte nur zu einzelnen Sträuchern und Bäumen neben den Häusern. Die Grünpflanzen um die Fabriken wurden gehegt und gepflegt, die Vegetation zwischen den Häusern verdorrte. Selbst die Palmen brachten es fertig, keine Form zu haben.

Nur ein Erdbeben konnte die versklavten Menschen befreien. Die Menschen würden die Häuser schnell wieder aufbauen. Soweit waren die Maschinen noch nicht. Die Vans, Pick-ups und Trucks könnten die in den Straßen klaffenden Spalten nicht allein reparieren. Die Maschinen in den Fabriken wären nicht dazu in der Lage, die eingestürzten Dächer und Wände selbst wegzuräumen, geschweige denn, die Schäden zu beheben oder die Fabriken neu zu errichten.

Das Erdbeben setzte sich in das Tal fort, in dem der Trailer stand. Der Trailer würde wackeln, das wäre alles. Von den Bergen lösten sich Steine und Felsbrocken, sie würden zu Tal rollen, aber weit vor dem Trailer zum Stillstand kommen.

Der Fahrer steuerte den Wagen durch die Einfallstraßen von Tijuana zum Paseo de los Heroes an dem Hotel vorbei, in dem Jacob und Madeline nicht übernachtet hatten, zum Parkplatz der Mall Plaza Rio im nächsten Block.

Die Mall bestand aus einer teilweise überdachten, teilweise offenen Ladenstraße, die von zwei großen achteckigen Gebäuden begrenzt war, sie hatte die Form einer Hantel. Der

Parkplatz war sehr gut besetzt, sie mußten mehrere Runden drehen, um einen Platz unmittelbar vor dem Haupteingang zu bekommen.

Der Fahrer öffnete das Handschuhfach und entnahm eine Plastiktüte, die er nach hinten reichte. Jacobs Bewacher leerte den Inhalt zwischen sich und Jacob auf dem Sitz aus: sein Telefon, sein Portemonnaie, seine Kreditkarten, die aus dem Portemonnaie herausgenommen worden waren, und seinen Reisepaß. Er befahl Jacob, die Kreditkarten und den Paß an sich zu nehmen, das Telefon und das Portemonnaie steckte er wieder in die Tüte zurück. Sie würden jetzt zusammen in die Mall gehen, dort gebe es ein Brillengeschäft. Jacob solle sich eine Sonnenbrille kaufen und sie mit der Kreditkarte bezahlen. Der Mexikaner zog wieder seine Lederjacke an und entsicherte hörbar die Pistole. Wenn Jacob versuchen sollte wegzulaufen, würde er erschossen werden. Vor allem aber werde Madeline etwas passieren.

Erst stieg der Fahrer aus, dann Jacobs Nachbar, danach schlängelte sich Jacob aus dem Auto. Die beiden Männer nahmen ihn in die Mitte.

Der Mexikaner würde ihn nicht vor allen Leuten erschießen. Noch viel weniger würde Madeline etwas geschehen, sie war schließlich die Garantie für die Millionen. Aber die beiden Männer würden ihm mühelos nachkommen und ihn leicht überwältigen, wenn er versuchte davonzulaufen. Jacob verstand nur nicht, warum er ausgerechnet eine Sonnenbrille kaufen sollte.

In dem offenen, galerieartigen Teil der Mall blickte Jacob hoch. Der Himmel über der Stadt war von einem ins Rötliche changierenden Dunstschleier überzogen. Der Rand der Sonnenscheibe verfloß, um sie herum war ein rosafarbener Hof. Von der Sonne gingen große Strahlen wie breite

Bänder weg – oder bildete die Sonne einfach den Schnittpunkt dieser Bänder? Nicht die Sonne, ganz andere Quel-
len beleuchteten den Himmel? Die Sonne über dem Tal mit
dem Trailer war der Herrscher gewesen, alles hatte bei ihr
seinen Anfang genommen. Von der Sonne über der Stadt
ging nichts aus, sie war nur ein Schnittpunkt, ein Gefäß.
Das Brillengeschäft lud nicht zum Kaufen ein. Es bestand
nur aus einem weißgekachelten Gang, die Brillen lagen in
versperrten Vitrinen.
Der ältere Mexikaner wartete vor dem Geschäft, der jüngere begleitete Jacob. Neben der Theke im hinteren Teil des
Geschäfts führte eine Tür ins Lager. Auch Jacobs Begleiter
wußte offensichtlich nicht, ob das Lager noch einen anderen Ausgang hatte, er stellte sich vor die Tür.
Jacob fragte ihn, ob es eine bestimmte Brille sein sollte. Unwirsch schüttelte er den Kopf. Jacob trug grundsätzlich nur
Ray Bans, nie hätte er eine europäische Designerbrille gekauft. Er wußte, daß Ray Ban jetzt im Besitz einer italienischen Holding war, die den Brillenmarkt dominierte. Jacob
ließ sich eine Aviator und eine Wayfarer zeigen, das waren
die beiden klassischen Modelle. Die Aviator war die Brille
in Tropfenform, es gab sie in grauem, braunem oder grünem Glas mit silber- oder goldfarbenem Gestell. Als Heranwachsender hatte Jacob immer eine Aviator gehabt, die
neuen Modelle hatten nicht mehr die Kunststoffverklei-
dung um den Steg zwischen den beiden Gläsern, die den
Schweiß abhalten sollte. Die Wayfarer war das massive
Kunststoffgestell mit der markanten Linie über den Augen.
Das Gestell gab es in Schwarz und in Hornimitat, die Gläser nur in der Farbe Grau.
Der Mexikaner im Geschäft und der vor dem Schaufenster
mußten zusehen, wie Jacob alle Varianten ausprobierte

und sich ausgiebig im Spiegel betrachtete. Der Unwille stand ihnen ins Gesicht geschrieben. Jacob fragte die Verkäuferin, welche von den modernen Modellen die gängigsten seien. Sie gab ihm die Auskunft, im Augenblick seien Panoramabrillen am begehrtesten. Die sahen fast aus wie Skibrillen, sie bestanden aus einem durchgehenden Glas mit einer Aussparung für die Nase. Jacob probierte Panoramabrillen in Rot und Gelb und gab sich dann sehr unentschieden zwischen den alten und den neuen Modellen.

Der jüngere Mexikaner tippte laut hörbar mit dem Fuß auf den Fußboden und blickte vorwurfsvoll auf die Uhr.

Jacob lief noch einmal die Vitrinen ab. Zwischen den moderneren Formen sah er noch eine Aviator mit verspiegelten Gläsern, die setzte er auf, sie paßte wie angegossen, er nahm sie.

Die Verkäuferin fragte ihn, ob er cash oder mit Karte zahle. Er schob ihr seine Visa-Karte und seinen Reisepaß hin. Seine Bewacher verfolgten gespannt, wie die Verkäuferin erst die Rechnung schrieb, dann die Karte in das Lesegerät steckte und die Daten eintippte.

Nach kurzer Zeit ratterte das Gerät und warf das Formular aus, das Jacob unterschrieb. Jacob sah, wie der Mexikaner im Geschäft dem draußen wartenden zunickte.

Die Brille war ein Probelauf gewesen. Die Mexikaner hatten prüfen wollen, ob Jacob noch mit seiner Karte einkaufen konnte oder ob sie gesperrt war. Sie funktionierte. Es blieb dabei, Madelines Mann und seine Anwälte hatten weder Jillian noch die Galerie informiert.

Jacob glaubte zu wissen, was jetzt kam. Die beiden würden mit ihm zu einem Juweliergeschäft fahren, wo er mit seinen Karten Schmuck oder besser Uhren kaufen sollte. Am besten Rolex Cellinis, Yachtmasters und Daytonas. Das war garantiert das Privatgeschäft der beiden. Jacob konnte sich nicht vorstellen, daß Chuy davon wußte. Schließlich war es völlig unsinnig, die Lösegeldübergabe zu gefährden, bei der es um einen soviel höheren Betrag ging. Auch war daraus zu schließen, daß Chuy seine Leute nicht an der Lösegeldsumme beteiligte, sondern sie nur wie Handlanger bezahlte. Jacob hatte für alle Karten ziemlich hohe Limits. Manchmal mußte er bei Objekten schnell zuschlagen. Die Visa-Karte hatte nach seiner Erinnerung ein Limit von fünfzigtausend Dollar. Er konnte keine fünfzigtausend Dollar flüssigmachen, um die Abrechnung zu begleichen, aber das war jetzt nicht sein Hauptproblem.

Die Brille behielt Jacob auf, das Etui ließ er nicht verpacken, sondern steckte es in die Hosentasche. Jetzt war auch der ältere Mexikaner ins Geschäft gekommen, er nahm die Rechnung und den Kartenbeleg an sich.

Jacob konnte sich nicht erinnern, daß es in der Mall ein Juweliergeschäft gab. Er war deshalb nicht überrascht, als ihn die beiden wieder zum Auto zurückführten.

Der Fahrer steuerte kein Ziel in der Innenstadt an, er fuhr in Richtung Flughafen. Das schien Jacob nicht unlogisch, dort war ein Juwelier sicherer. Doch dann bog der Fahrer in ein Industriegebiet ab. Er wußte sehr genau, wohin er fuhr. Ganz bestimmt nicht zu einem Juweliergeschäft. Jacob kam der Gedanke, daß es in Tijuana vielleicht gar keine Geschäfte gab, die wertvolle Uhren führten. Überall wurden Fakes angeboten. Die Mexikaner, die sich eine Rolex leisten konnten, waren auch dazu in der Lage, sich ein Visum für die U.S.A. zu verschaffen. Sie konnten ihre Rolex in San Diego kaufen, wo keine Gefahr bestand, daß ihnen eine Fälschung untergeschoben wurde.

Der Fahrer hielt auf dem Parkplatz eines großen Elektromarkts. Jacobs Bewacher stieg aus, nicht ohne seine Pistole dem Fahrer zu geben. Der war zu faul, sich umzudrehen. Er lehnte sich lediglich zur Seite und drehte den Rückspiegel so, daß er Jacob beobachten konnte.

Auf diese Weise sah er nicht, was Jacob hinter dem Sitz machte. Jacobs Bewacher hatte die Tüte mit seinen Habseligkeiten auf dem Sitz liegengelassen. Die Gelegenheit war zu günstig: Ganz langsam, um ja keine Geräusche zu verursachen, griff Jacob in die Tüte. Der Fahrer behielt Jacob nicht ständig im Auge. Er ließ sich von den Fahrzeugen, die ankamen und abfuhren, und von den Fußgängern auf dem Parkplatz ablenken.

Als zwei Motorräder mit donnernden Motoren auf den Eingang des Elektromarkts zuhielten, griff Jacob entschlossen zu und steckte sein Telefon und sein Portemonnaie in die Hosentasche.

Natürlich konnte er die Tüte nicht einfach leer zurücklassen. Jetzt fuhr ein Lastwagen vorbei, unter unglaublicher Rauchentwicklung. Die Auspuffgase zogen durch den Wagen, der Fahrer schimpfte, wedelte mit den Armen, um die Rauchschwaden zu vertreiben, und hustete. Jacob hustete mit und steckte blitzschnell das leere Brillenetui in die Plastiktüte, um sie danach wieder gebührend zu zerknüllen.

Jacob hatte keine Zeit zu überlegen, ob und wen er in einem unbewachten Moment anrufen könnte und was er sagen würde. Dabei stand in den Sternen, ob das Telefon funktionierte, möglicherweise war der Akku leer.

Der jüngere Mexikaner trat winkend aus dem Eingang des Elektromarkts heraus. Der ältere sollte Jacob zu ihm bringen. Der hatte zwar die Pistole, aber auch Schwierigkeiten, sie zu verbergen. Schließlich fand er im Handschuhfach ein Fensterleder, in das er sie einwickelte.

Die beiden führten Jacob durch ein unübersehbares Angebot von Haushaltsgeräten und unter dem Geflimmer von
ebenso zahlreichen an den Wänden aufgereihten Fernse-
hern in den hinteren Teil des Markts. Es gab keine zwei
Fernseher, auf denen dasselbe Programm lief.

Sie kamen zu einem Bankschalter. Jacob las *Banco Azteca.*

Sie waren in einem Markt des Grupo Elektra. Das war die
mit Abstand größte Einzelhandelskette in Mexiko für
Hausgeräte und Computer. Die Bank gehörte zum selben
Konglomerat, in jedem Markt gab es eine Niederlassung.
Ursprünglich gegründet, um den Kunden Ratenzahlungen
zu ermöglichen, hatte sich die Bank schnell zu einer Retail
bank entwickelt. Eigentümer war ein sehr bekannter mexikanischer Milliardär. Die Zielgruppe des Banco Azteca waren Kunden mit kleinen und kleinsten Einkommen, an denen die anderen Banken nicht interessiert waren. Die Bank
arbeitete mit geringen Margen und hatte mittlerweile Millionen von Kunden. Zu ihnen gehörten auch viele Mexikaner, die illegal in den U.S.A. arbeiteten und Geld nach Mexiko überwiesen.

Mexiko war der größte Silberproduzent der Erde. Der
Inhaber der Einzelhandelskette und der Bank propagierte
die Idee einer mexikanischen Silberwährung, die unabhängig vom Dollar war. Den Libertad gab es in zahlreichen
Größen. Die gängigste Münze war die von einer Unze. Auf
der Münze war kein Nennwert aufgedruckt. Ihr Wert ergab sich aus dem täglich festgestellten Materialwert, dem
Preis für Silber an den entsprechenden Rohstoffbörsen. Die
Münze war in Mexiko gesetzliches Zahlungsmittel. Sie
wurde von Banken, Casas de Cambio und in den Filialen
des Banco Azteca angeboten. In den anderen Banken und
in den Wechselstuben konnte niemand Gold oder Silber

kaufen, ohne sich auszuweisen. In den Filialen des Banco Azteca wurde keiner nach seinem Namen gefragt, wenn er den Libertad kaufte.

Die Kampagne des mexikanischen Milliardärs war auch durch die U.S.-amerikanischen Medien gegangen. Die Silbermünzen stellten eine Form des Sparens dar, die den Besitzer unabhängig von der Politik der Zentralbanken und der offiziellen oder inoffiziellen Inflation machte. Allerdings konnte sich Jacob noch an die große Silberspekulation der Gebrüder Hunt vor über zwanzig Jahren erinnern. Sie hatten den Preis für die Unze Silber auf fünfzig Dollar hochgejubelt. Zwei Jahre später mußte man für die Unze nur noch fünf Dollar bezahlen. Der Markt war zusammengebrochen, weil die Leute ihr Silberbesteck und ihren Silberschmuck verkauft hatten. Soviel Silber konnten selbst die Hunts nicht gebrauchen, geschweige denn bezahlen. Der Bankrott der Hunts bedeutete damals den größten persönlichen Bankrott aller Zeiten. Neben der Silberblase nahmen sich seine Arts-and-Crafts-Glasfenster weniger dramatisch aus, fand Jacob.

Der mexikanische Milliardär argumentierte, mittlerweile seien die Märkte besser geregelt, es sei unmöglich, daß ein einzelner oder eine Gruppe wie damals die Hunts den Markt beherrschen könnte. Die Silbermünzen warfen keine Zinsen ab, aber ihr Wert sollte beständig steigen, weil immer mehr Menschen sie nachfragten. Die mexikanische Wirtschaft als Ganzes sollte davon profitieren. Jacob fragte sich, wem die Silberminen in Mexiko gehörten. Besaß der Eigentümer des Banco Azteca auch Silberminen, tat er ohne Zweifel das Richtige, wenn er in den Filialen seiner Bank Silbermünzen verkaufte.

Alles war vorbereitet. Auf dem Tresen lagen Jacobs Reisepaß und seine Karten. Der Angestellte hinter dem Tresen bedachte Jacob mit keinem Wort und keinem Blick. Er steckte alle sechs Karten Jacobs nacheinander in den Apparat. Jacob unterschrieb fünf Belege mit Summen von neuntausendfünfhundert bis neuntausendneunhundert. Aus irgendeinem Grund fürchteten sie die Zehntausend-Dollar-Grenze. Sie konnten nicht wissen, daß er viel höhere Limits hatte.

Die Amex-Karte war nicht durchgegangen. Nach mehrmaligen vergeblichen Versuchen telefonierte der Bankangestellte, erreichte aber den gewünschten Gesprächspartner nicht. Jacobs Bewacher diskutierten mit ihm. Vermutlich hatte der Bankangestellte eine bestimmte Menge von Silbermünzen vorbereitet, die jetzt nicht vollständig bezahlt werden konnte.

Hinter dem Tresen standen vier niedrige, langgezogene Kartons auf dem Boden. Der Angestellte machte einen der Kartons auf, Jacob sah etwas blinken. Während der Angestellte die Deckel zur Seite bog, fuhr der ältere Bewacher mit der rechten Hand ganz langsam über den Inhalt. Der jüngere drückte Jacob den Lauf seiner Pistole in seiner Lederjacke fester in die Seite.

Ein Libertad kostete ungefähr neun Dollar fünfzig. Eine Summe der Kartenrechnungen von knapp unter sechzigtausend Dollar ergab etwa sechstausend Münzen. Der Mexikaner konnte unmöglich die Münzen exakt abzählen.

Der Bankangestellte öffnete auch die anderen Kartons. Einem entnahm der ältere Mexikaner eine Münze und legte sie vor dem anderen und Jacob auf den Tresen. Die Münze zeigte auf der Vorderseite die Siegesgöttin, einen weiblichen Engel mit nacktem Oberkörper, einem wehenden Tuch um die Hüften und mächtigen Flügeln vor einem bergigen Hintergrund und einem fruchtbaren Tal. Über dem

Engel las Jacob die Beschriftung *1 ONZA PLATA PURA 2005 LEY 999.*

Als wäre Jacob sein Partner und Freund, erklärte ihm der Mexikaner, das sei eine Statue in Mexico City. Tatsächlich stand der abgebildete Engel auf einem Sockel. Die Statue sei aus Gold und wiege acht Tonnen. Er drehte die Münze um und erklärte auch die Rückseite. In der Mitte, das sei das offizielle Staatssiegel von Mexiko, darum herum zehn andere Darstellungen von Adlern, die im Laufe der Jahrhunderte ebenfalls vom Staat als Siegel benutzt worden waren.

Schon vor einiger Zeit hatte eine Gruppe von etwa zwei Dutzend Frauen den Elektromarkt betreten, die sich laut debattierend mit den angebotenen Haushaltsgeräten befaßten. Die Gruppe war näher gerückt und mit ihr der Lärmpegel größer geworden.

Der Bankangestellte hatte den Amex-Repräsentanten erreicht. Offensichtlich verlangte der, daß Jacob selbst zum Telefon kam, was der Angestellte jedoch zu verhindern suchte. Er diskutierte länger und machte sich Notizen. Das waren offenbar die Fragen, die Jacob beantworten mußte. Der Angestellte legte auf und kam zum Tresen.

Inzwischen hatten sich die Frauen zur Bank vorgekämpft. Während die eine Hälfte weiter die Geräte betrachtete, stellten sich die anderen ungeordnet am Tresen an. Der Bankangestellte war allein. Nervös, aber trotzdem höflich vertröstete er die wartenden Frauen, auf Jacob und seine Begleiter weisend. Er stellte Jacob eine Frage, die nicht nur er, sondern auch sein Bewacher in dem Lärm, den die Kundinnen machten, nicht verstand. Er wiederholte seine Frage, ohne Ergebnis. Ihm blieb nichts anderes übrig, als einen Zettel zu Jacob und seinem Bewacher hinzuschieben. Jacob konnte überhaupt nichts entziffern. Aber sein Bewacher verstand jetzt die Fragen. Amex wollte Jacobs Geburtsdatum und die Telefonnummer der Galerie wissen.

In diesem Augenblick quietschten neben Jacob und dem Mexikaner Reifen. Ein Gabelstaplerfahrer hatte eine Palette mit Kartons aus dem Lager in den Verkaufsraum gebracht. Der Fahrer hatte sich flott genähert, um vor den Frauen eindrucksvoll abzubremsen und schwungvoll um die Kurve zu biegen. Der Eingang zum Lager befand sich unmittelbar neben der Bank. Die Eisentür stand noch offen. Jacob sah, daß die Klinke auf der Seite des Verkaufsraums abmontiert war. Der Bankangestellte ging wieder zum Telefon, erreichte den Amex-Repräsentanten sofort und gab die Daten durch, die Jacob angesagt hatte. Damit war die Transaktion jedoch immer noch nicht abgeschlossen. Der Repräsentant hatte eine Rückfrage. Vielleicht stimmte etwas in seiner Datei nicht. Der Angestellte rief Jacobs Bewacher etwas zu, was dieser wieder nicht verstand. Jetzt kamen auch die anderen Frauen an den Schalter. Jacobs einer Bewacher war damit beschäftigt, die Deckel der Kartons mit den Silbermünzen zu schließen, die Frauen sollten den Inhalt nicht sehen. Der andere Bewacher beugte sich ganz weit über den Tresen, um zu verstehen, was der Bankangestellte von ihm wollte. Er hatte gar nicht bemerkt, daß sich Jacob schon mehrere Schritte von ihm entfernt hatte. Die Frauen drängten sich zwischen ihn und Jacob. Ohne irgendeinen Gedanken zu denken, rannte Jacob zu dem Lagereingang hin.

Er blickte sich nicht um, ob ihn jemand verfolgte und wie nah der war. Um die Eisentür hinter sich zuzuschlagen, mußte er kurz abbremsen. Er konnte hören, wie sie hinter ihm ins Schloß fiel.

Golgatha

Eine Gondel hatte Jillian auf den schwarzen Marmortreppen des Palazzo gegenüber dem Palazzo Ducale abgesetzt. Sie hatte sich mit Kraft gegen die marode Eingangstür zum Palazzo gestemmt, die hatte nachgegeben.

Zwei an Kabeln herabhängende Glühbirnen beleuchteten einen feuchten Korridor, von dem es rechts und links in fensterlose Räume abging. Jillian schritt vorsichtig voran, hörte jedoch keine anderen Geräusche als ihre eigenen Schritte. Der Gang mündete in ein unbeleuchtetes Treppenhaus. Erst als sie die Treppe betreten hatte, sah sie die auf der Höhe des ersten Stockwerks eingezogene Holzdecke. Trotzdem stieg sie die Stufen weiter hinauf, bis sie die Holzdecke berühren konnte, die das Treppenhaus versperrte.

Im Korridor entschied sich Jillian für den vom Kanal aus gesehen rechten Raum, der lediglich einen großen Tisch und etwa ein Dutzend in großem Abstand darum herum plazierter Stühle enthielt. Sie fand keinen Lichtschalter, das aus dem Gang hereinfallende Licht mußte genügen. Mehrmals ging sie um den Tisch herum, bis sie verstand, wie und woraus er gemacht war. Die etwa sechs Fuß lange Tischplatte hatte die Form eines geschliffenen Diamanten. Sowohl die Platte wie die beiden flachen rechteckigen Stützen, auf denen sie ruhte, waren aus Kunststoffziegeln zusammengesetzt. Die Platte bestand aus acht Segmenten, das längste war das fünfte von links, die fünf gleich breiten Segmente links und die drei nur halb so breiten Segmente rechts wurden kontinuierlich kürzer. Das breiteste Segment war auch das dickste, in der Mitte bestand es aus sieben Schichten von Kunststoffziegeln, nach außen wurden die Schichten weniger, jeweils nur drei Schichten bildeten die Ränder des

Tisches. Eine menschliche Gestalt mit geschlossenen Beinen und angelegten Armen: Der breiteste Teil des Tisches entsprach den Schultern, die sich stark verjüngende Partie dem Kopf, die sich weniger stark verjüngende Partie dem Rumpf mit den Beinen.

Die schwarzen Kunststoffziegel waren durch eine rote Kunststoffmasse verbunden, die Oberfläche der Tischplatte war glatt geschliffen und rot gestrichen. Erst als Jillian mit der Hand darüberfuhr, entdeckte sie eine Aussparung in der Breite eines Kunststoffziegels, die sich in der Mitte des Tisches über dessen gesamte Länge durchzog. An den Rändern der Tischplatte und an den Tischbeinen war die rote Masse, die die Kunststoffziegel zusammenhielt, vor dem Erkalten heruntergetropft.

Die Stühle schienen mit Sackleinen überzogen. Von der Seite sahen sie aus wie ein großes H, dem ein Balken über dem Querstrich fehlte. Als Jillian einen Stuhl berührte, zuckte sie vor der kalten und harten Kunststoffoberfläche zurück.

In dem Augenblick, in dem sich ihre Blicke mit denen des Mädchens trafen, das in einer Ecke des Raums stand, begann das Mädchen zu schreien. Es schlug mit den Armen um sich, und es trampelte.

Jillian eilte zu dem Mädchen hin und versuchte, es an den Händen zu fassen, aber es stieß sie weg. Sie ergriff das Mädchen am rechten Arm, darauf schlug es sie mit dem linken Arm vor die Brust. Als sie versuchte, es durch Worte zu beruhigen, erhielt sie einen Tritt vor das Schienbein.

Das Mädchen schrie so laut, daß Jillian dachte, man müsse es im Palazzo Ducale auf der anderen Seite des Kanals hören. Mit den Fäusten hämmerte es gegen die Wände.

Trotzdem wagte Jillian erneut einen Versuch. Sie preßte eine Hüfte gegen den Unterleib des Mädchens, damit es sie nicht treten konnte, umfaßte es mit beiden Händen an den Oberarmen und drückte es gegen die Wand. Die andere wehrte sich, aber Jillian war stärker.

Ohne Absicht preßte Jillian den linken Daumen auf den rechten Oberarm des Mädchens. Plötzlich wurde der Widerstand geringer. Jillian drückte den Daumen tiefer in den Oberarm, und das Mädchen leistete keinen Widerstand mehr. Sie kam sich vor wie eine Ärztin, die einer Patientin eine Spritze verabreichte. Das Mädchen wimmerte nur noch. Jillian ließ es vorsichtig los. Schluchzend rutschte es mit dem Oberkörper an der Wand langsam zu Boden.

Mit geschlossenen Augen atmete das Mädchen heftig, aber seine Glieder waren schlaff, als schliefe es oder hätte das Bewußtsein verloren.

Die Moroni hatte sie gewarnt. Die Urenkelin des Zio war ein psychiatrischer Fall.

Auf dem Boden vor der Wand erkannte Jillian jetzt mehrere Objekte. Ein rechter Winkel aus Holzlatten mit den Kunststoffabgüssen zweier Füße, die Zehen des linken Fußes am Boden, die Ferse im Gehen abgehoben, der rechte Fuß mit der Oberseite der Zehen auf dem Boden, als ob derjenige, zu dem dieser Fuß gehörte, auf dem Bauch läge. Daneben eine schwarze Kunststoffplatte mit dem Abguß eines Gesichts und dem Abguß des Vorderteils eines Fußes, der große Zeh im linken Auge. Dann wieder eine aus Holzlatten zusammengesetzte Platte, das gleiche Gesicht, ein Mikrofon in der Stirn und im linken Auge. Noch einmal das Gesicht, auf dessen rechter Hälfte die Ecke eines Fernsehers.

Das Mädchen richtete sich auf.

Jillian stellte sich mit ihrem Vornamen vor und sagte, sie müsse etwas mit dem Urgroßvater besprechen.

Das Mädchen setzte sich an das Kopfende des Tisches.

»Woher kommst du?«

Jillian erklärte ihr, sie sei aus New York. Das Mädchen fragte, ob sie in einem Wolkenkratzer wohne. Jillian verneinte, sie lebe in einem Haus, das nur fünf Stockwerke habe.

»Erzähl mir, wie es ist, wenn in New York die Sonne untergeht.«

Jillian schilderte, daß es in New York häufig regnete und es meistens eine geschlossene Wolkendecke gebe. Bei klarem Wetter, besonders wenn es kurz vorher geregnet oder wenn der Wind den Smog vertrieben hatte, ging die Sonne wie ein roter Gummiball hinter den Häusern unter.

»Ist das Haus rechts von der Sonne auch gelb und das darunter auch grün?«

Jillian wußte nicht, was sie auf die Frage antworten sollte. Sie erkundigte sich, wie das Mädchen hieß.

Das Mädchen beantwortete ihre Frage ebenfalls nicht.

Den linken Ellbogen auf den Tisch gestützt, die Hand in der Höhe, sagte es in einem plötzlich sehr bestimmten Ton: »Du bist gekommen, um Nonno Zaccaria etwas abzukaufen. – Sie wollen Bilder, Kommoden, Schränke. Den ganzen Palazzo. Alle kommen, um etwas zu kaufen.«

Ertappt sah Jillian das Mädchen an.

Als sich ihre Blicke erneut trafen, sprang das Mädchen auf und hockte sich zitternd vor der Wand auf den Boden.

Jillian blieb, wo sie war.

Plötzlich zuckte das Mädchen. Es kniff die Augenlider zusammen, preßte beide Hände auf die Ohren und drehte den Kopf zur Wand, als redete jemand auf es ein und es wollte nicht hören.

Eine Lampe auf dem Gang fing an zu flackern.

Das Mädchen wandte sich wieder um.

Leise fragte es: »Mama? – Papa?«

Dabei blickte es an Jillian vorbei zum Eingang des Raums, in dem niemand war.

»Sie kann wieder ganz gesund werden.«

Mit tieferer Stimme sprach das Mädchen nach, was jemand anderes sagte.

»Wir müssen sehr vorsichtig vorgehen...«

Jillian hörte die Beschreibung einer Krankheit, deren Namen sie nicht verstanden hatte.

»Sie glaubt, Sie sind tot, verunglückt. – Sie lebt in einer Traumwelt. Sie wohnt mit ihrem Urgroßvater in einem alten Palazzo in Venedig. Der Urgroßvater liebt sie, er hat kein Geld, trotzdem leben sie in dem Palazzo wie ein König und eine Prinzessin.«

Das Mädchen versuchte, sich aufzurichten.

»Du bist einsam, nicht wahr? – Der Nonno erlaubt nicht, daß du andere Mädchen oder Jungen einlädst. Der Nonno hat Angst, daß die Leute seinen Palazzo sehen und daß sie dann einbrechen. Weil du nie jemanden einladen darfst, wirst du selbst nie eingeladen...«

Das Mädchen erhob sich, klopfte sich den Staub von der Hose ab und setzte sich erneut an den Tisch. Es stützte den Kopf auf die linke Hand und forderte Jillian auf, Platz zu nehmen.

Die Moroni hatte Jillian geschildert, während seiner Anfälle glaube das Mädchen, in einer psychiatrischen Klinik in Piacenza eingesperrt zu sein.

Die Mutter hatte das Mädchen in die Klinik eingewiesen. Es sollte einsehen, daß es krank war, es sollte den Willen haben, gesund zu werden. Die Eltern besuchten es regelmäßig. In Wirklichkeit war die Mutter tot, den Vater hatte das Mädchen schon seit Jahren nicht mehr gesehen.

433

Der Arzt versuchte, das Mädchen dazu zu bringen, sich gegen seine Scheinwelt zu stemmen. Unter Tränen beschworen die Eltern das Mädchen, den Nonno und den Palazzo zu vergessen. Wenn das Mädchen nicht mehr von Venedig und vom Nonno sprach, würde es der Arzt aus der Klinik entlassen.

Jillian fragte das Mädchen, ob es – in der wirklichen Welt – schon einmal einen Arzt aufgesucht und mit ihm über die Anfälle gesprochen habe. Das Mädchen stand auf, rückte einen Stuhl an den Tisch heran und setzte sich. Es legte den Kopf mit der Stirn auf den Tisch, umfaßte mit der rechten Hand den Nacken und streckte den linken Arm aus.

Vor dem Tod der Mutter sei es nie in Venedig gewesen, und es habe von dem Palazzo gar nichts gewußt, weil die Mutter mit dem Nonno zerstritten war. Aber in den Wochen vor dem tödlichen Unfall der Mutter habe es immer wieder von dem Palazzo geträumt. Es habe sich nichts dabei gedacht, der Mutter davon zu erzählen. Die Mutter habe nicht geglaubt, daß das nur Träume gewesen seien. Sie habe angenommen, daß der Nonno auf irgendeine Weise an ihre Tochter herangetreten war, und sie habe ihr den Umgang mit ihm bei Strafe verboten. Das Mädchen träumte weiter. Aber es sprach nicht mehr über seine Träume.

Stand das Mädchen unter dem Einfluß des Nonno, oder lenkte das Mädchen ihn? Sollte Jillian die Begegnung gegenüber der Moroni und dem Nonno erwähnen oder versuchen, darüber mit dem Mädchen Stillschweigen zu verabreden? Sollte Jillian dem Mädchen ihre Kaufabsicht offenbaren? Brauchte sie die italienische Schauspielerin noch? Sie konnte sich die Provision sparen.

Jillian hatte vorgeben wollen, sie schreibe einen Artikel über den Palazzo des Nonno. Aber dann sagte sie dem

Mädchen die Wahrheit. Daß sie eine Galerie hatte und die Glassammlung des Nonno kaufen wollte.

Das Mädchen fragte sie, wie sie Galeristin geworden sei.

Sie war ein 11th grader. Gewöhnlich wartete sie nach dem Unterrichtsende im Inneren der Schule, bis der Bus vorfuhr. An diesem bedeckten Maitag wagte sie etwas: Sie setzte sich vor die Eingangssäulen.

Ganz langsam fuhr ein alter, völlig heruntergekommener Chevrolet Impala vor. Sie kannte sich mit Automarken nicht aus, aber der Markennahme stand auf dem Kotflügel. Die Motorhaube und das Dach waren verrostet, fast alle Zierleisten entfernt, die Fenster so schmutzig, daß man nicht in das Innere des Wagens blicken konnte. Die Farbe der Lackierung blieb undefinierbar.

Jillian folgte dem Wagen mit den Augen und hatte das Gefühl, daß er in dem Moment anhielt, als der Fahrer sie gesehen hatte.

Der Wagen parkte genau dort, wo der Schulbus hielt, der Fahrer kümmerte sich nicht um die Schüler und Schülerinnen. Jillian sah einen schlanken Mann mit blonden Haaren in einer schwarzen Lederjacke aussteigen. Als er die Straße überquerte, erkannte sie, daß der Mann nicht so jung war, wie es seine Kleidung erwarten ließ. Sie schenkte dem Mann keine Aufmerksamkeit mehr, sondern zog eine Postkarte aus der Tasche.

Seit ihr die Frau aus dem Central Park das Buch geschenkt hatte, sparte sie ihr geringes Taschengeld, um sich weitere Bücher über Tiffany zu kaufen. Natürlich konnte sie sich keine Bücher leisten, die so teuer waren wie das Geschenk der Frau aus dem Central Park. Einem Buch hatte der Prospekt eines Verlags beigelegen, der Postkarten mit Tiffany-

Lampen und Gläsern vertrieb. Jillian hatte den Verlag angeschrieben und sich ebenfalls von ihrem Taschengeld nach und nach alle Postkarten gekauft und schicken lassen, die es gab. Immer trug sie eine Postkarte mit einem Tiffany-Glas oder einer Tiffany-Lampe bei sich. Die Postkarte, die sie jetzt dabeihatte, zeigte die Virginia Creeper Lamp. Der konische Lampenschirm aus Bronze bestand in der Spitze aus einem Netz von verschlungenen Ästen, von dem herzförmige Blätter aus rosa- und lilafarbenem, gelbem und hochrot schillerndem Glas herabhingen, die unteren Äste trugen Beeren aus amethystfarbenem Glas. Der auf fünf Kugeln stehende Bronzefuß deutete Wurzeln und im Stamm ein ebenfalls Beeren tragendes Blattwerk an. Ein Jahr später sollte die Lampe bei einer Auktion von Sotheby's in New York für siebenhundertfünfzigtausend Dollar versteigert werden.

Die Lampe war ein Unikat und früher irrtümlicherweise Maple Leaf Lamp genannt worden. Die Blätter waren in Relieftechnik gegossen, um die natürliche Aderung nachzuempfinden. Sowohl der Vorgang des Gießens dieser Glasteile als auch der des Einsetzens in den Lampenschirm war unendlich kompliziert.

Jillian hatte nicht bemerkt, daß der Fahrer des Impala herübergekommen war und über ihre Schultern auf die Postkarte blickte, die sie in der Hand hielt.

»You will work in my gallery.«

Der Mann stellte sich vor und erzählte, er habe eine Galerie, in der er solche Vasen und Lampen wie die auf der Postkarte verkaufe.

Jillian war sprachlos.

Er beschäftige eine Schülerin aus ihrer Schule als Hilfskraft. Jezabel, so heiße die Schülerin, die momentan bei ihm arbeite, ob Jillian sie kenne, Jillian verneinte, Jezabel sei zu schlecht in der Schule, sie müsse mehr lernen und könne nicht mehr arbeiten. Sie habe ihm gesagt, er solle mit der Kunsterzieherin sprechen – wie heiße sie noch, er habe den Namen vergessen? Jillian nannte Ms. Jovanovich. Genau die habe er aufsuchen wollen, aber das erübrige sich ja nun. Er fragte Jillian nicht, wie sie zu der Postkarte gekommen war. Sie könne schon nächste Woche mit der Arbeit anfangen. Er nannte ihr die Adresse der Galerie, sie war in SoHo. Die Kundenkartei sei upzudaten, die Listen über Käufe und Verkäufe müßten ergänzt werden, eine Menge Gläser sollte fotografiert und archiviert werden. Er hasse die Büroarbeit und sei häufig nicht da. Sie würde den Kunden Auskunft geben, wenn sie sich für ein Stück interessierten.

Er fragte sie, ob sie mit einem Stundenlohn von zehn Dollar einverstanden war. Auch das erschien ihr traumhaft: Die Klassenkameradinnen, die Nachhilfestunden gaben, erhielten fünf Dollar in der Stunde.

Am nächsten Tag fuhr sie nach der Schule mit dem Bus nach Port Authority und mit der Metro nach SoHo. Durch die Schaufenster konnte sie im Inneren des Geschäfts in der Spring Street vier Lampen und fast ein Dutzend Vasen von Tiffany sehen.

Drei der Lampen kannte sie aus ihren Büchern: die Trumpet Vine Lamp, die Eighteen-Light Lily Lamp und die Dragonfly Lamp.

Eine Kaskade von bernsteinfarbenen, zitronengelben, rosafarbenen, korallenfarbenen und smaragdgrünen Weinblüten bildete den zylinderförmigen Lampenschirm der Trumpet Vine Lamp, die smaragdgrünen Blätter waren rosafarben, zitronengrün und olivgrün gestreift und gesprenkelt, das Blattwerk und die Blüten hingen an starken, ihrerseits wieder von Blättern und Blüten überdeckten

Ästen, das Ganze vor einem mitternachtsblauen Hintergrund. Von allen Schirmen, die Jillian kannte, war der Weinblütenschirm der farbigste. Der Fuß der Lily Lamp bestand aus sich überlappenden Lilienblättern und Lotusknospen, die achtzehn Stengel umrahmten, jeder mit einer floralen Öffnung. Darin steckte jeweils ein durchsichtiger bernsteinfarbener Lampenschirm in Lilienform, die Lampenschirme glänzten perlmuttartig.

Aus ihren Büchern wußte Jillian, die Tiffany Studios hatten für diese Lampe auf einer internationalen Ausstellung in Turin 1902 einen Preis gewonnen. Eine andere Variante der Lampe war 1900 in Paris ausgestellt gewesen, die Lampe hatte damals für eine Sensation gesorgt. Vor der Verwendung von Elektrizität konnte man das Licht nur nach oben richten, Kerzen, Ölbehälter oder Gaspatronen ließen keine andere Möglichkeit zu. Mit Elektrizität als Energiequelle konnten die Entwerfer das Licht einer Lichtquelle in jede gewünschte Richtung lenken.

Sieben Libellen mit ausgestreckten Flügeln und den Köpfen nach unten bildeten einen Ring auf dem konischen Lampenschirm der Dragonfly Lamp. Die Körper smaragdgrünes Glas, zitronengrün gesprenkelt, die Augen kirschrote Cabochons, die Flügel ein zartes Bronzegeflecht mit klarem Glas, purpurn, mauve, saphirblau, smaragdgrün, zitronengrün gestreift, perlmuttartig schimmernd, der Hintergrund ein zitronengrünes, olivgrünes, avocadofarbenes, seegrünes, türkis- und bernsteinfarbenes und schokoladenbraunes Pflanzenwerk, dazwischen bernsteinfarbene Cabochons. Drei sich aufrollende Arme um einen Ölbehälter aus perlenartig schimmerndem undurchsichtigem weißem Glas auf vier Füßen, vier von Bronzeranken eingeschlossenen Glasbällen, bildeten den Sockel.

Jacob war im Geschäft gewesen, aber er hatte Jillian nicht bemerkt, sie hatte die Kapuze ihres Sweatshirts tief ins Gesicht gezogen.

Ein paar Wochen später war die Schülerin, die vor ihr in der Galerie gearbeitet hatte, noch einmal vorbeigekommen. Jacob hatte sie entlassen, nachdem er Jillian getroffen hatte. Sie hatte nicht verstanden, warum Jacob plötzlich mit ihrer Arbeit nicht mehr zufrieden gewesen war. Sie ging nicht auf die Wood-Ridge High School, sie kam aus Queens. Jillian sprach nicht mit Jacob darüber.

Auch Jillian war einsam gewesen. Ihre Mutter hatte ihr ebenfalls nicht erlaubt, andere Mädchen oder Jungen einzuladen. Aber nicht, weil sie in einem Palazzo wohnten.

Jillian erzählte dem Mädchen, wo sie herkam. Aus einem Trailer home im Metropolitan Mobile Homes Park in Moonachie in Bergen County, New Jersey, unmittelbar neben dem Teterboro Airport, dem ältesten Flughafen in der Gegend New Yorks.

Ihr Raum im hinteren Teil des Trailers hatte eine Fläche von 111 Quadratfuß. Sie hatte den Grundriß wieder und wieder ausgemessen, als sie in der Schule lernte, wie man geometrische Flächen berechnete. Die Trennwand, von der die Mutter sagte, sie habe ein Vermögen gekostet, paßte sich genau den Innenkonturen des Trailers an. Sie war über unbehandelte Blechwinkel mit dem Boden, den Wänden und der Decke des Trailers verschraubt, die Blechwinkel hatten vom ersten Augenblick an gerostet.

Jillian hatte kein Bett, sie schlief auf einer Matratze am Boden. Die Mutter legte immer eine braune Kunststoffdecke unter das Laken, die Jillian durch das Laken hindurch spürte. Ihre Haut juckte und brannte, wenn sie auf dem Bett lag. Aber sie war stolz darauf, daß die Matratze mit den abgerundeten Ecken, die an einer Längsseite drei Metallgriffe hatte, auch nach Jahren noch weiß und sauber war.

Die einzigen anderen Einrichtungsgegenstände waren zwei Tische und zwei Stühle und, nicht zu vergessen, die Lampe. Jillian hatte keinen eigenen Schrank, ihre Kleidungsstücke lagen im Schrank der Mutter ganz unten. Die quadratischen Tische hatten gespreizte Beine, eloxierte runde Metallrohre, zwei übereinandergesetzte Halbkreisprofile rahmten die Tischplatten aus schwarzem Kunststoff ein, bei einem Tisch waren die Profile vermessingt, beim anderen eloxiert wie die Beine. Der Kunststoff war verfärbt, voller Abdrücke und Risse, ein feuchtes Glas hinterließ sofort einen Ring. Nie setzte Jillian eine Tasse oder ein Glas ohne Unterlage auf einen ihrer Tische, trotzdem konnte sie es nicht vermeiden, daß die Tischplatten durch den Gebrauch förmlich zerfielen. Die Stühle zwei umgekehrte U, darauf eine Sitzschale aus Holz, auf dieser ein schwarzes Kunststoffpolster mit weißen Nähten, die Lehne von zwei J gehalten, dort ebenfalls ein Kunststoffpolster mit weißen Nähten auf einer Holzplatte. Die Metallteile der Stühle waren vernickelt. Während die eloxierten Tischbeine auch nach Jahren wie neu aussahen, riß die Vernickelung der Stuhlbeine und blätterte ab, überall bildete sich Rost. Die Kunststoffkissen auf Sitz und Lehne hatten einmal geglänzt. Sie waren nicht gerissen, sondern gebrochen, in kleinste Teile.

Ihre Schularbeiten erledigte Jillian an dem Tisch mit der eloxierten Einfassung, den sie links vom Eingang plaziert hatte. Um dem Tisch mehr Stabilität zu verleihen, war an jedem Tischbein ein gebogenes Drahtrechteck angebracht, das von unten in die Tischplatte eingeschraubt war. Wenn sie sich an den Tisch setzte, mußte sie sich immer genau in der Mitte halten, damit sie nicht an die Stützen für die Tischbeine stieß. Ihre Bücher und Hefte stapelte sie auf dem Tisch mit der vermessingten Einfassung rechts vom Eingang. Sie hätte lieber an diesem Tisch gearbeitet, aber das Messing paßte nicht zu der gußeisernen Lampe, die aussah wie das Modell einer Straßenleuchte. Sie versuchte immer, den Lampenschirm möglichst nah über das Buch zu bringen, in dem sie las.

Als kleines Kind, so glaubte sie sich zu erinnern, hatte sie draußen gespielt. Im Schatten des Baums neben dem Trailer, der aus einem Reifen für einen Truck herauswuchs. Die Vertiefungen des Profils waren weiß angemalt.

Bei schönem Wetter aß die Mutter vor dem Trailer an einem Tisch, der keiner war. Auf zwei Böcken lag die Platte eines Basketball-Korbs. Das Gestell ohne Korb wirkte wie ein leerer Bilderrahmen.

Jillian erzählte dem Mädchen auch von Samantha. Das war die einzige Freundin, die sie je gehabt hatte.

Samantha wußte, wo Jillian wohnte, und lud sie trotzdem ein.

Ihre Eltern hatten einen Pool. Kunststoffwände, deren Oberfläche Holz imitierte, bildeten ein Zwölfeck, das mit einer hellblauen Folie ausgekleidet war. Über zwei zusammengeschweißte Eisenleitern gelangte man ins Wasser. Bei schönem Wetter sah Jillian manchmal aus dem sicheren Schatten des angrenzenden Buschwerks zu, wie Samantha badete. Sie selbst ging nie in den Pool.

Ihre Freundin Samantha war böse. Schon auf der Elementary school hatte sie einen Freund, der ihr immer bedruckte T-shirts schenkte. Die Aufschriften auf den T-shirts lauteten:

Bad to the Bone!

oder:

*A long-haired hippie was hitchhiking when a
trucker picked him up. Heading down the road,
the hippie says to the trucker, »Bet you thought
I was a girl.«
Replies the trucker, »Don't matter much, was
gonna fuck ya anyway.«*

Wenn Samantha ein neues T-shirt geschenkt bekommen
hatte, trug sie es immer erst so lange falsch herum, bis Jillian sie besuchte. Dann zog sie es richtig herum an, damit
Jillian es sehen konnte, und ließ es sich von ihrer Mutter
wegnehmen. Jillian erinnerte sich auch noch an eine dritte
Aufschrift:

*I stumbled upon a funeral. By the time the
minister, rabbi, priest got through telling
how comfortable and serene the
deceased was, I wanted to be dead too.*

Weil ihre Freundin Samantha böse war, lebte sie nicht im
Haus bei ihren Eltern, sondern in einer Scheune auf einer
Pferdekoppel. Der Vater züchtete Pferde für die Fiaker im
Central Park. Solange sie mit den Eltern im Haus gelebt
hatte, war die Mutter immer krank gewesen, die Geschäfte
des Vaters waren schlechtgegangen. Er hatte getrunken und
war jähzornig gewesen, er hatte seine Frau und Samantha
geschlagen. In der großen weißgestrichenen Scheune mit

dem steilen Satteldach wurde Stroh und Pferdefutter auf-
bewahrt. Wer die Scheune betrat, blickte auf eine Guck-
kastenbühne in der Höhe, ausgeleuchtet von einer sehr
starken Lampe unter dem Dachfirst. Samanthas Kinderzimmer war nur über eine fast dreißig Fuß hohe Leiter zu
erreichen.

Die Leiter lehnte an der Empore, auch am Boden war sie
nicht befestigt, allerdings verhinderten die Fugen zwischen
den Bohlen, daß sie rutschte. Samantha hielt immer die
Leiter für Jillian fest und ließ sie zuerst hochklettern. Samantha hatte keine Angst, die ungesicherte Leiter zu benutzen. Jedesmal wenn sie böse war, versperrte die Mutter den
Eingang der Scheune mit einem Vorhängeschloß.

Am Rand der Empore gab es kein Geländer. Samantha
oder Jillian brauchten nur einen Schritt zuviel zu machen,
und sie wären tot.

Die Empore war ungefähr drei- oder viermal so groß wie
der Trailer, in dem Jillian mit ihrer Mutter lebte. Ihre
Freundin Samantha hatte allen Platz der Welt. Die Wände
der Empore waren bis auf Hüfthöhe mit weißgestrichenen
Holzpaneelen verkleidet, die Farbe blätterte ab. Darüber
war bis zum Beginn des Daches eine Tapete in einem Lilien-
muster angebracht. Das Holzbett mit den weißgestrichenen gedrechselten Bettpfosten stand in der linken Ecke. Die
Bettwäsche Samanthas war mit Spitzen verziert, sie hatte
ihrer Großmutter gehört. Samantha hatte nur einen alten
Holzstuhl und einen Holztisch, an dem sie ihre Schulaufga-
ben erledigte, ihre Bücher und Hefte waren in der rechten
Ecke an der Wand auf dem Boden aufgereiht. Samantha besaß auch einen alten Fernseher, der gefährlich nah am Rand
der Empore stand. Sie sah immer fern. Wenn Jillian sie besuchte, machte sie den Fernseher allerdings aus. Sie wußte,

Jillian war nicht ans Fernsehen gewöhnt. Ihre Mutter wollte keinen Fernseher, in dem Trailer gab es nur ein Radio.

Das einzige Spielzeug Samanthas war ein dunkel gebeiztes Schaukelpferd. Auf dem Nachtkästchen neben dem Bett stand eine farbige Lampe. Ein halbkugelförmiger Schirm war auf drei waagrechte Arme eines zierlichen Bronzegestells montiert, das sich nach unten in vier Füße aufspaltete. Auf zwei Reihen von rechteckigen gelbbraunen Glaskacheln folgte ein Blumenmuster, rote Blumen mit grünen Blättern, darunter vier Reihen konischer Glaskacheln in der gleichen gelbbraunen Farbe wie die oberen. Schon damals hatte Jillian sich gefragt, ob die roten Blätter tatsächlich Blütenblätter waren, sie hatten die gleiche Gestalt wie die darunterliegenden grünen Blätter.

In ihren Büchern hatte Jillian später die Lampe gefunden. Es war die Eighteen Inch Poinsettia on Red, die roten Blätter waren keine Blüten-, sondern Blumenblätter oder vielmehr Deckblätter, ihre Funktion bestand darin, die zarten Knospen zu schützen. Im Gegensatz zu den Deckblättern des Dogwood tree nahmen sie eine andere Farbe an, bewahrten jedoch ihre Gestalt unverändert. Die Blume hieß nach ihrem Züchter.

Stundenlang blieben Jillian und Samantha im gedämpften Schein der Blumenlampe.

Noch bevor Jillian auf die High school kam, zog die Familie Samanthas weg.

In der Woche nach dem Auszug lief Jillian zu der Pferdefarm und erklärte dem neuen Besitzer, ihre Freundin Samantha habe ihr geschrieben und sie gebeten, nach ein paar persönlichen Gegenständen zu suchen, die sie in der Scheune vergessen habe. Der neue Eigentümer führte Jillian in die Scheune, sie kletterte die Leiter hoch und fand die Empore fast genauso, wie sie sie gewohnt war. Alle Möbel waren noch da, Samantha hatte sogar das Schaukelpferd zurückgelassen. Doch die Blumenlampe fehlte.

Es gab ein Versteck hinter der weißen Holzvertäfelung, das Jillian vor den Augen des neuen Besitzers öffnete, ohne jedoch etwas darin zu finden.

Jillian hatte Samantha öfter Geschenke mitgebracht. Einen Halsschmuck, Jillian fiel keine bessere Bezeichnung ein, es war keine richtige Kette, die Mutter hatte über hundert rechteckige Kunststoffplatten an einer Schnur aufgereiht, Stanzabfälle aus einer Fabrik, in der einer der Freunde der Mutter arbeitete. Die weißen und die roten Platten waren die größten, dazwischen hatte die Mutter die kleineren Platten aufgefädelt, die Farben immer in derselben Reihenfolge: Gelb, Blau, Türkis und Hellbraun. Als der Freund, von dem die Rohmaterialien stammten, sie nicht mehr besuchte, hatte die Mutter den Schmuck weggeworfen.

Das Lieblingsgeschenk Samanthas war der kleine Mann. Ihn hatte die Mutter einmal bei einem Garage sale gekauft. Ein Mann mit dürren Beinen in einem engen schwarzen Anzug, um dessen Hals ein schwarzer Schal gewickelt war, streckte beide Handflächen nach oben. Der Kopf der Figur war so groß wie der halbe Oberkörper und sehr sorgfältig bemalt, der kleine Mann hatte abstehende Ohren, aber einen wachen Blick, er trug einen Oberlippenbart und hatte eine in die Stirn gezogene schwarze Mütze auf. Er lachte und hatte Grübchen. Bei ihrem Besuch in der Scheune hatte Jillian mit Befriedigung festgestellt, daß Samantha alle ihre Geschenke mitgenommen hatte.

Jillian hatte ihre Freundin Samantha unvorstellbar beneidet: um den Platz, den sie auf der Empore hatte, und um die Blumenlampe.

Zwar widersetzte sie sich ihrer Mutter niemals, trotzdem war sie, Jillian, viel böser als ihre Freundin Samantha. Wenn Samantha sich in der Nähe des Rands der Empore aufhielt, hatte Jillian immer den Impuls, sie hinabzustoßen. Sie besuchte Samantha an einem Freitagnachmittag. Samstags war schulfrei, bei schlechtem Wetter fiel es nicht auf, daß Samantha nicht da war. Sie versteckte ihre tote Freundin hinter den Strohballen.

Samanthas Mutter stellte das Essen neben die Leiter, Jillian durfte sich bloß nicht am Rand der Empore zeigen. Die Empore hätte ihr gehört. Zweieinhalb Tage und drei Nächte konnte sie hoch oben in der Scheune verbringen, in einem Dunkel, das durch die Beleuchtung der Blumenlampe noch dunkler wurde.

Manchmal glaubte Jillian, daß Samantha nur noch deshalb am Leben war, weil der Fourth of July nie auf einen Freitag oder auf einen Montag fiel. Das wären dann dreieinhalb Tage und vier Nächte gewesen. Jillian wußte nicht, ob sie der Versuchung widerstanden hätte.

Mit so einer Mutter, da konnte man doch nicht das werden, was sie geworden war. Jillian erzählte dem Mädchen, wie oft sie sich vorstelle, ein vertauschtes Kind zu sein. Ihre wirkliche Mutter stammte aus einer uralten New Yorker Familie und hatte ihr den Geschmack vererbt. Natürlich hätte die Mutter nie in dem Krankenhaus entbunden, in dem Jillian zur Welt gekommen war. Auf der Rückfahrt von einer Party ging es plötzlich los, und ihre wirkliche Mutter landete im gleichen Krankenhaus wie ihre angebliche Mutter. Die nicht mit einer Wageneskorte, sondern mit dem Bus vorfuhr.

Aber vielleicht war Geschmack doch nicht angeboren, und man konnte ihn lernen. Vielleicht war sie doch die Tochter ihrer Mutter, und das Ganze kam von ihrem Vater.

Jillian hatte ihren Vater nie kennengelernt. Die Mutter hatte kein Bild von ihm, nie redete sie über ihn. Jillian wußte nur, daß er aus Deutschland kam. Jillian kannte nicht einmal seinen Namen. Er arbeitete als Interimsmanager. Er hatte ein Jahr in New York gelebt und war dann wieder nach Deutschland zurückgekehrt. Ihr Vater wollte sie nicht sehen, warum sollte sie ihren Vater sehen wollen. Die Mutter kam ohne ihn zurecht, und sie auch. Allerdings anders als die Mutter, das schwor sie sich.

Jillian hatte tatsächlich eine Schwester. Sie hieß Fleur. Ihre Stiefschwester war eine berühmte Videokünstlerin, die auch auf der Biennale in Venedig ausstellte. Die Stiefschwester war etwas älter als sie. Wenn ihre Stiefschwester sie treffen wollte, brauchte sie ihr nur zu mailen. Das gleiche galt natürlich für sie, Jillian. Sie hatte kein Bedürfnis, ihrer Stiefschwester zu mailen.

Das Mädchen sprang auf und zeigte mit ausgestrecktem Arm auf die Moroni.

Sie war ganz in Weiß gekleidet. Der enge Rock bedeckte gerade die Knie, das Oberteil bestand aus einem Bustier und einem darübergezogenen rückenfreien Top mit einem Ausschnitt in der Form eines auf einer Spitze stehenden Parallelogramms. Sie hatte ihre Haare gegelt und zurückgekämmt, aber sie war nicht geschminkt.

»Küß mich.«

Die Moroni ging um den Tisch herum zu Jillian, die gar nicht bemerkt hatte, daß sie den Raum betreten hatte.

»Warum …?«

»Du liebst deinen Mann.«

Die Moroni hatte alles gehört.

»Ich weiß nicht mehr, wie es ist, geliebt zu werden. – Es ist schon so lange her. – Ich möchte eine Kostprobe. Du mußt mich glauben machen, ich sei er.«

Das Mädchen lief auf den Gang hinaus.

Jillian beugte sich vor, die Moroni schloß die Augen und legte den Kopf in den Nacken. Jillian küßte sie, die Moroni küßte sie wieder.

Gegen ihren Widerstand löste sich Jillian von ihr und folgte dem Mädchen über den Gang in den gegenüberliegenden Raum. Dort fand sie sich vor einem Regal aus Kunststoff mit neuen Pezzati wieder. Bodenplatte, Seitenwände und Fächer des Regals waren völlig unregelmäßig geformt. Wo die Seitenwände weiter herausstanden, waren auch die Fächer größer, auf der rechten Seite wirkte das Regal wie abgerissen.

Jillian drehte eine der Vasen um. Wie erwartet, fand sie den gefälschten Ätzstempel, der obere Halbkreis *Venini, Murano* in der Mitte, der untere Halbkreis *Italia*.

Gegenüber dem Regal stand *New York*. Genauer: *Tramonto a New York*, noch genauer: ein Versuchsmodell. Nach Jillians Erinnerung bestand das Sofa von Gaetano Pesce aus sieben quaderförmigen Kissenelementen, deren beigegraue Bezüge die Elemente als Häuser stilisierten, und einem roten Halbkreis, der die untergehende Sonne darstellte. Der mittlere Teil war ein Sessel mit der Sonne als Rückenlehne.

Das Modell war aus solidem Kunststoff gefertigt. Zwei gleich hohe Hochhäuser im Gegensatz zu nur einem bei dem Sofa aus der Serienproduktion bildeten die linke Lehne des zentralen Sessels. Auch die stilisierten Fenster waren jeweils anders ausgeformt, in dem gelben Hochhaus neben der Sonne quadratisch, in dem grünen Gebäude in der Mitte rechteckig, das violette Hochhaus daneben hatte nur schmale Schlitze, in dem braunen Hochhaus neben dem violetten waren die Fenster tiefe Quadrate, in dem braunen Hochhaus neben dem gelben flache Rechtecke. Das helle Hochhaus links außen hatte überhaupt keine Fenster, dasjenige davor wieder quadratische, die Fenster des beigefarbenen Hochhauses rechts außen waren so unregelmäßig, daß sie an einen Lehmbau aus dem Jemen erinnerten. Die Sonne war ein Scherz: Sie hatte keine Korona, vielmehr wuchsen aus ihr Stiele heraus, es sah aus, als bestünde der Rand der Sonne aus Stempeln.

Das Mädchen hockte vor dem Sofa, das keins war. Es hatte die Beine angezogen und die Arme auf dem Rücken, als wäre es gefesselt. Jillian half ihm auf und führte es in den anderen Raum zurück.

Die Moroni hatte alle Stühle um den Tisch gestellt, es waren genau zwölf.

»Der Kongreß ist vorbei. Sie haben mich gerufen, A fasce verticali, A pezzame, A doppio incalmo, A fasce ritorte, Scozzese.«

Sie stand am Fußende, die rechte Hand im Nacken, den Ellbogen nach oben gestreckt.

»Sie haben gehört, was der Zio und Buonavolontà besprochen haben. A fasce verticali hat mich gefragt, ob ich es wissen will. Ich habe gesagt, ich will es wissen.«

Die Moroni sah nicht Jillian, sondern das Mädchen an.

»A pezzame hat weitergesprochen. ›Buonavolontà hat dem Zio ein Angebot gemacht. Für uns und für die anderen.‹ Ich konnte die Zahl nicht verstehen, die Polizia stradale fuhr mit eingeschalteter Sirene am Hotel vorbei.

»Da meldete sich A doppio incalmo. ›Ich muß dir etwas sagen.‹ Ich meinte, nur zu. ›Der Zio will nicht, daß du von dem Geschäft mit Buonavolontà weißt.‹ A fasce ritorte sagte mir, ich solle nicht glauben, daß du«, jetzt fixierte sie Jillian, »die Wahrheit über das erzählst, was du gehört hast. – Scozzese sagte, du würdest mich hinhalten und dem Zio selbst ein Angebot machen.«

Die Moroni war überzeugt, daß Jillian sie übergehen wollte. Trotzdem konnte Jillian zufrieden sein. Die Moroni versuchte nicht, den Kaufpreis für die Sammlung in die Höhe zu treiben.

»Der Zio kennt einen Architekten, der schon viele Wohnungen und Palazzi wiederhergerichtet hat. Über einen Palazzo, den er für eine Bank restauriert hat, gibt es ein Buch. Er hat mehrere Varianten vorgeschlagen. Reden wir nur über die billigste: Sie kostet drei Millionen Euro.«

Die Moroni blickte wieder zu dem Mädchen hin.

»Es macht für mich nur Sinn, dem Zio zuzureden, wenn er die Restaurierung des Palazzo bezahlen kann.«

Jillian konnte nicht zufrieden sein. Der Moroni lag nichts an der Renovierung des Palazzo. Sie wollte Jillian dazu bewegen, am Zio vorbei mit ihr ins Geschäft zu kommen. Sie versuchte doch, den Kaufpreis für die Sammlung in die Höhe zu treiben.

Sie, Jillian, konnte den Palazzo nicht retten. Nicht für das Mädchen oder für wen auch immer aus der Familie der Barbaro.

Jacob war einfach aus der Lagerhalle ins Freie gerannt. Wenn es noch andere Verbindungen zwischen dem Verkaufsraum und der Lagerhalle gab, dann waren sie weiter vom Bankschalter entfernt oder geschlossen. Jedenfalls war ihm niemand gefolgt.

Natürlich versuchte er nicht, auf der Straße, auf der sie gekommen waren, zu den großen Verkehrsadern der Stadt zurückzulaufen. Der Elektromarkt befand sich in einer Gewerbezone, an die sich Wohnhäuser anschlossen. Ohne anzuhalten, lief Jacob möglichst tief in das Wohngebiet hinein. Die beiden Mexikaner würden im Wagen die unmittelbare Nachbarschaft des Elektromarkts absuchen. Um ihnen zu entkommen, konnte er nichts Besseres tun, als kein Ziel zu haben.

An einer Kreuzung blieb er vor einer Bar stehen. Während er versuchte, alle Straßen im Auge zu behalten, überprüfte er den Inhalt seiner Taschen. Sein Portemonnaie und sein Telefon waren noch da. Er hatte ein paar hundert Dollar in Cash dabeigehabt, in seinem Portemonnaie fanden sich nur noch vier Zwanzig-Dollar-Scheine. Er war froh um jeden einzelnen Dollar. Einen Augenblick dachte er darüber nach, sein Telefon einzuschalten. Es war nicht wahrscheinlich, daß die mexikanische Polizei unmittelbaren Zugriff auf die Daten im Rechner der Telefongesellschaft hatte, aber auszuschließen war es nicht. Er ließ das Telefon ausgeschaltet.

Wieder mußte er die Grenze erreichen.

Er konnte nicht einfach in ein Hotel gehen und seine Geschichte erzählen. Man würde die Polizei rufen, und Chuy würde ihn freudig in Empfang nehmen. Er durfte auch nicht zu einem Rechtsanwalt gehen, den er nicht kannte und der kassierte, wenn er Chuy verständigte. Sicher gab es in Tijuana ein U.S.-amerikanisches Konsulat, aber das wurde bestimmt von der lokalen Polizei bewacht.

An den Grenzübergängen San Ysidro und Otay bildeten sich üblicherweise lange Schlangen. Er mußte gegenüber dem Taxifahrer so tun, als ob er gehbehindert oder verletzt sei, und sich im Taxi an der Schlange vorbeifahren lassen. Dann mußte er aussteigen, losrennen und versuchen, den Schalter eines Immigration officer zu erreichen.

An den Grenzübergängen wimmelte es nur so von mexikanischer Polizei. Chuy würde seine Leute anweisen, in den Fußgängerschlangen nach ihm Ausschau zu halten und auch die Fahrzeuge zu kontrollieren.

Es gab nur eine Möglichkeit. Jacob mußte laut lachen. Erschrocken blickte er sich um, ob ihn jemand gehört hatte. Aber da war niemand außer ihm. Nur aus der Bar hörte er Stimmen. Er mußte die Grenze illegal überqueren. Dazu brauchte er keinen Coyoten, und es durfte nicht Nacht sein, um keine Mißverständnisse zu provozieren. Er mußte einfach über den Zaun klettern und dafür sorgen, daß die Border Patrol so schnell wie möglich auf ihn aufmerksam wurde. Dann war er gerettet.

Er betrat die Bar, wies den Kellner an, ein Taxi zu bestellen, und trank hastig ein Coke. Als er bezahlt hatte und das Wechselgeld entgegennahm, wurde ihm plötzlich klar, daß er einen Fehler gemacht hatte. Was war, wenn Chuy die Taxirufe im Umkreis des Elektromarkts überwachte? Wenn die Taxifahrer sich melden sollten, falls ihr Gast ein Gringo in seinem Alter war?

Jacob hätte den Kellner fragen sollen, ob er oder ein Freund ihn zur Küste fuhr. Aber das Taxi war schon bestellt.

Als Jacob sich im Spiegel neben dem Bartresen erblickte, erschrak er über sich selbst. Die Haare hingen ihm in die Stirn, der Schweiß lief ihm in Strömen über das Gesicht, das Hemd klebte an seinem Körper. Er machte den Mund auf und zu wie ein erstickender Fisch, sein Adamsapfel hüpfte. Jetzt erst merkte er, daß ihm das Herz bis zum Hals schlug.

Jacob ließ sich zur Küste bringen und unmittelbar neben der Stelle absetzen, wo die Grenzbefestigung aus dem Drahtzaun um den Grenzstein bestand.

Um den Grenzstein herum war auf mexikanischer Seite eine Art Steingarten angelegt. Vielleicht waren aber auch die Büsche, Blumen und Kakteen wild gewachsen und die Steinhaufen keine Verzierungen, sondern dort zufällig abgelagert.

Niemand ging auf dem Fußweg. Es war überhaupt kein Mensch zu sehen, auch nicht am Strand.

Jacob bahnte sich einen Weg zwischen den Büschen hindurch zu dem Grenzstein. Der Zaun teilte den mit Steinplatten befestigten Kreis, in dessen Mitte der pyramidenförmige Grenzstein stand, in zwei Hälften. Auf dem Stein las Jacob:

LIMITE
DE LA
REPUBLICA
MEXICANA

La destrucción
o dislocatión
de esto monumento
es un delito

punible por
México o los
Estados Unidos

Er hatte nicht die Absicht, den Grenzstein zu zerstören. Er wollte nur auf U.S.-amerikanischen Boden gelangen.

Jacob sah nach oben. Um an dem Zaun hochzuklettern, würde er die Schuhe ausziehen müssen. Barfuß zu laufen, war er nicht gewohnt, die Schuhe würde er über den Zaun werfen.

Nach wie vor war kein Mensch in der Nähe. Er schnippte die Schuhe in Richtung Zaun.

Dann mußte er innehalten. Er hatte zu lange in die Sonne geblickt. Ihm kam vor, als leuchteten über dem Zaun mehrere Sonnen. Die Zaundrähte schienen sich zu bewegen, sie pulsierten im gleißenden Licht der vielen Sonnen. Der Drahtzaun mit dem Grenzstein war das Tor zu einer anderen Welt. Es führte auf einen anderen Planeten, in ein anderes Sternensystem.

Jacob hatte das Portemonnaie in der linken und das Telefon in der rechten vorderen Hosentasche. Damit seine beiden Ausrüstungsgegenstände während der Kletteraktion nicht verlorengingen, wollte er das Telefon ebenfalls in die linke Hosentasche stecken. Als er es in der Hand hatte, schaltete er es an.

Wenn Chuy ihn jetzt ortete, machte das nichts.

Der Akku war noch nicht ganz leer, sofort bekam er ein U.S.-amerikanisches Netz.

Nachdem er das Telefon in die Hosentasche gesteckt hatte, summte es. Er zog das Telefon heraus, es war seine Voicemail.

Er nahm das Gespräch an.

Hatte Jillian doch versucht, ihn zu erreichen?

Er hörte das Schluchzen einer Frau, das Geräusch eines Schlages und einen Aufschrei der Frau. Darauf ein Poltern, das Telefon, das sie benutzte, war zu Boden gefallen.

Mit sich überschlagender Stimme schrie Madeline, er solle zurückkommen, die Mexikaner würden sie umbringen.

Nach einem weiteren Schrei, dem nicht das Geräusch eines Schlages vorangegangen war, fiel Madelines Telefon erneut herunter. Jacob hörte ihr Weinen und Wimmern sowie die Stimme des älteren Mexikaners.

Keuchend sagte Madeline, sie würden sie bestimmt umbringen. Er müsse zurückkommen. Sofort. Sie hatte für den Augenblick vergessen, daß sie nicht unmittelbar zu ihm sprach, sondern eine Voicemail hinterließ.

Im Hintergrund ertönte wieder die Stimme des älteren Mexikaners.

Madeline sagte, die Lösegeldübergabe finde abends in einem Lokal statt. Sie nannte den Namen des Lokals, Jacob verstand ihn nicht.

Der ältere Mexikaner nahm das Telefon an sich und sagte laut und deutlich: »Carnitas Urupan, Boulevard Agua Caliente.« Die Nummer verstand Jacob nicht. »A las nueve de la tarde.« Er wiederholte den Namen des Restaurants und der Straße, und er schlug Madeline noch einmal. Mitten in ihrem gellenden Schrei brach die Aufzeichnung ab.

Asunción stand in der Herrentoilette, den rechten Fuß auf dem Waschbecken, und rauchte. Sie schlug die Asche der Zigarette in das Waschbecken ab.

Sie war nicht hübsch, aber für eine Mexikanerin vergleichsweise groß, und sie hatte Taille. Ihre schwarzen Lederstiefel mit Plateauabsätzen gingen bis über die Knie. Das ausgeschnittene kurze blaue Kleid konnte genausogut ein Unterrock sein. Sie trug eine Silberkette, ein Armband und zahlreiche Silberringe.

Was als Silberschmuck auf den Straßen Tijuanas und in den Touristenshops angeboten wurde, waren ausschließlich Fakes. Auch wenn die Verkäufer alle Eide schworen, es sei echtes Silber, und wenn sie ihre Produkte mit Feuerzeugen und ihren Gebissen malträtierten. Sterlingsilber mußte in Mexiko nach dem Gesetz die Punze 0.925 tragen, das war der Silberanteil. Außerdem mußten auf dem Stück das Wort *Mexico*, die Steuernummer des Herstellers und die Initialen des Herkunftsorts stehen. Fehlte nur eine dieser Angaben, war das Stück nicht aus Silber, sondern aus Alpacca, einer Legierung aus Kupfer und Nickel.

Asuncións Augenbrauen waren fast zusammengewachsen. Aber der Schnitt ihrer Augen war europäisch, ihre Nase schmal, sie hatte dünne Lippen und sah nicht exotisch aus. Ihre langen schwarzen Haare wirkten ungewaschen.

Asunción kostete dreißig Dollar. Jacob hatte achtzig Dollar gehabt. Fünfzehn Dollar hatte er für das Taxi zur Küste ausgegeben, zehn Dollar für die Fahrt von der Grenze zur Avenida Revolución und zehn Dollar für Kleinigkeiten, inklusive mehrerer Burritos in einem Restaurant an der Avenida Revolución. Fünfzehn Dollar brauchte er, um mit dem Taxi in das Restaurant am Boulevard Agua Caliente zu fahren. Asunción hatte fünfzig Dollar verlangt, er hatte sie auf dreißig heruntergehandelt. Sie hatte unter der Bedingung zugesagt, daß sie ihn nicht zu sich mitnahm, sondern daß sie in die Toilette eines Restaurants gingen, und es durfte nicht länger als fünf Minuten dauern. Sie hatte darauf bestanden, die Zigarette zu Ende zu rauchen,

die sie sich erst beim Betreten des Restaurants angezündet
hatte.

Eine Prostituierte mußte ein Programm und ein Menü haben. Sie teilte ihre Kunden in Gruppen ein, nach Alter oder
besser Potenz, nach der sozialen Stellung. Gehörten zwei
Kunden zur gleichen Gruppe, behandelte sie sie gleich. Es
war kein Workout, eher eine Choreographie mit Rezita-
tion. Jacob stellte sich vor, daß Huren bei älteren Männern
mehr redeten, um sie verbal zu erregen, bei jüngeren weniger. Wenn Jacob Lust auf ein Ballett oder eine Dichterlesung hatte, ging er in die Oper oder in eine Buchhandlung.
Jacob ging nie ins Ballett, nie zu Lesungen und nie zu Huren.

Würde Jacob in seinem Leben noch jemals die Gelegenheit
haben, eine Ballettvorführung oder eine Dichterlesung zu
besuchen? Würde er noch jemals Sex mit einer anderen
Frau als mit Asunción haben?

Sie fuhr sich über die Haare, die Zigarette zwischen Zeige-
und Mittelfinger, den Daumen weggestreckt.

Eine Hure konnte nicht jedesmal begeistert sein, wenn ein
Kunde sie fickte. Fickte er, Jacob, wirklich immer mit Begeisterung? Wenn er an Madeline dachte – an Madeline
wollte er jetzt eigentlich nicht denken. Er hatte mit Madeline geschlafen, weil sie möglicherweise eine Lösung für
seine finanziellen Probleme war. Aber auch Madeline –
Jacob machte sich nichts vor – war nicht restlos begeistert
bei der Sache gewesen. Sie trieb auf dem Ozean, an die
Planken eines zerschellten Schiffes geklammert, und er
kam zufällig angeschwommen. Wenn das Begeisterung gewesen wäre mit Madeline, dann wäre er wohl nicht so begeistert von Pilar gewesen.

Asunción rauchte ihre Zigarette nicht zu Ende. Jacob den

Rücken zuwendend, die linke Hand hoch an die Kachelwand gelegt, drückte sie die Zigarette sorgfältig im Waschbecken aus.

Das zischende Geräusch, mit dem die Glut auf die Feuch-
tigkeit traf, hielt die Zeit an. Plötzlich glaubte Jacob den
Grund zu verstehen, warum Männer zu Huren gingen. Es
war ein Ritual. Rituale verlängerten die Lebenszeit. Das Ritual würde es noch geben, wenn der einzelne Mensch nicht
mehr da war. Der Mensch versuchte, Teil eines Rituals zu
werden, um zu überleben.

Das blaue Kleid war hochgerutscht. Jacob blickte auf die
Rückseite ihrer Oberschenkel zwischen den sich über die
Knie ziehenden Stiefeln und dem Slip. Ihre Haut war ma-
kellos glatt.

Es mochte mehr Gründe geben, warum Männer zu Huren
gingen. Für Jacob kam nur der Grund in Frage, alle Formen des Rituals auszuprobieren. Plötzlich konnte er sich
vorstellen, öfter zu Huren zu gehen. Aber zu jeder nur einmal. Wenn man immer wußte, es war ein Ritual, und wenn
man das Ritual vorsätzlich als Ritual vollzog, dann lebte
man nicht ewig, aber vielleicht länger.

Sie lehnte sich in die Ecke. Mit der einen Hand griff sie sich
in die Haare, mit der anderen strich sie sich über den Oberschenkel. Dabei blickte sie ihn auffordernd an.

Sie wußte immer, daß es ein Ritual war.

Seit dem Geräusch der erlöschenden Glut wußte Jacob es
ebenfalls. Jede Faser seines Körpers wußte es. Weil sie
beide es wußten, verging die Zeit nicht mehr.

Jacob legte seine Hand auf ihren Bauch und fuhr zu ihrer
Hüfte hin. Sie begriff und drehte sich um. Die Hände in
Schulterhöhe flach auf den Kacheln, wandte sie den Kopf
nach rechts, lehnte ihn an die Kachelwand an und streckte

den Hintern vor. Jacob legte eine Hand auf ihre Schulter und strich mit der anderen ihren Rücken auf und ab. Dann zog er das Kleid hoch und steckte ihr zwei Finger in den Mund.

Sie streckte den Arm aus und hielt sich mit der rechten Hand am Waschbecken fest, dabei ging sie leicht in die Knie und rieb ihren Hintern an seiner Hose.

Mit einer heftigen Bewegung zog er ihren Arm vom Waschbecken weg und drehte sie um. Sie preßte den Rücken an die Kachelwand und griff wieder nach dem Waschbecken, um sich daran festzuhalten. Er massierte ihre Brüste durch das Kleid hindurch, zugleich schob er das Kleid hoch und fuhr in ihren Slip.

Sie trug keinen BH, das Kleid war unter den Brüsten gepolstert. Sie hatte flache, breite, hängende Brüste. Jacob haßte hängende Brüste.

Trotzdem umfuhr er die Brüste mit beiden Händen und küßte die Brustwarzen.

Sie warf den Kopf hin und her und preßte ihre schmalen Lippen zusammen, so daß sie verschwanden.

Bestimmt war sie noch nicht dreißig. Doch sie war tot. Die Seele hatte ihr Fleisch verlassen. Ein armer Haufen schlaffes Fleisch, in ihrem Körper wühlte Verwesung.

Um sich selbst abzulenken, griff er ihr, nicht sehr gefühlvoll, zwischen die Beine.

Sie preßte die Schultern an die Kacheln, wandte den Kopf zur Seite und begann, heftig zu atmen.

Diente das Ritual wirklich dazu, das ewige Leben zu sichern? Bemäntelte es nicht vielmehr den Hautgoût der Verwesung?

Zwei Menschen fickten, oder sie taten so, als ob sie fickten. Da war kein Unterschied auszumachen. Sie gaben vor, etwas zu fühlen, aber sie fühlten nichts. Existierte für sie selber ein Unterschied? Oder fühlten sie vielleicht, und sie spielten einer dem andern und sich selbst vor, sie fühlten nichts? Kein Unterschied, nirgends.

Das hatte nichts damit zu tun, daß Fleisch und Geist etwa nicht zusammenpaßten. Bei Jacob hatten Fleisch und Geist immer sehr gut zusammengepaßt. Sein Geist hatte sein Fleisch vorbehaltlos unterstützt. Es war naheliegend: Im Angesicht des Todes des Fleisches wurde der Geist nachdenklich. Ja, selbst sein, Jacobs, Geist war dazu in der Lage nachzudenken. War diese unverbrüchliche Allianz, diese bedingungslose Loyalität, die sein Geist bisher seinem Fleisch bewiesen hatte, noch zeitgemäß? Sein Geist ein Politiker?

Asunción ging in die Knie, dabei blickte sie ihm in die Augen und wackelte leicht mit den Hüften. Mit der einen Hand hielt sie sich am Waschbecken fest, die andere ließ sie an den Kacheln heruntergleiten. In ihren Plateauschuhen setzte sie sich auf die Fersen, spreizte die Beine und blickte ihm abwechselnd erwartungsvoll ins Gesicht und auf die Hose. Als er nichts tat, öffnete sie mit der einen Hand seinen Gürtel, die andere ruhte auf dem Rand des Waschbeckens, sie zog den Reißverschluß seiner Hose herunter, griff in seine Unterhose und holte seinen Schwanz heraus.

Jacob hatte vorgehabt, nichts, überhaupt nichts zu tun. Aber jetzt sah er sich selbst zu, wie er ihre Haare über die Schultern nach hinten schob und wie er über ihren Hinterkopf strich.

Er mußte an einen Taxifahrer denken, mit dem er sich unterhalten hatte, während er auf Madeline wartete. Drei Mädchen waren vorübergegangen, der Taxifahrer hatte ihnen aus dem Taxi zugerufen: »Vosotros sois los tres angeles de Charlie?!« Dann hatte er sich zu Jacob umgewandt und kommentiert: »Tijuana girls are bitches. They suck you dry.«

Jacobs Geist war tatsächlich ein Politiker. Er beschloß, nicht weiter darüber nachzudenken, warum Gott, die Evolution oder wer auch immer ihn so gemacht hatte, wie er war. Genausowenig darüber, ob sein Körper und damit auch er selbst auf dem Weg in die Unterwelt war.

Als Asunción hochblickte, setzte Jacob ein gezieltes Lächeln auf und stützte sich mit beiden Händen an der Mauer ab. So traten die Muskeln seiner Arme deutlicher hervor.

Asunción war irritiert darüber, daß er sie ansah. Das war sie wohl nicht gewohnt.

Mit einer lässigen Bewegung zog er sie hoch und drehte sie um. Er schob das Kleid über ihre Hüften und strich über ihre Oberschenkel. Sie stützte sich mit beiden Händen auf dem Waschbecken ab, spreizte die Beine und streckte ihm den Hintern entgegen. Über die Schulter beobachtete sie seine Männlichkeit. Als er in sie eindrang, stöhnte sie leise. Für einen Augenblick hielt Jacob inne. Gehörte das Stöhnen in dieser Form zur Inszenierung? – War sein Geist schon wieder dabei, die mit seinem Fleisch eingegangene Allianz zu kündigen?

Jacob stieß so hart, daß Asunción schwankte. Sie stöhnte nicht mehr. Das sollte seinem Geist eine Lehre sein: Wenn es eine Inszenierung gewesen wäre, dann hätte sie jetzt lauter stöhnen müssen. Aber sie atmete nur unregelmäßig.

Mit der linken Hand faßte er ihr in die Haare, mit der rechten schlug er ihr auf die Hüfte. Sie beugte sich so weit vor, daß ihr Kopf auf dem Rand des Waschbeckens zu liegen kam. Ihre Haare hingen in das Waschbecken hinein.

Jacob sah, wie ihre flachen Brüste auf und nieder gingen. Es störte ihn nicht. Sie legte den Kopf auf den linken Arm.

Er hob ihr rechtes Bein hoch, damit er tiefer in sie eindringen konnte.

Sie umfaßte mit beiden Händen das Waschbecken und begrub ihren Kopf zwischen den Armen.

Auf einmal ging ein Zucken durch ihren Körper.

Unvermittelt trat er zurück.

Sie verlor das Gleichgewicht.

Er wollte sehen, was sie tat, wenn er nicht die Initiative übernahm.

In einer Drehbewegung auf den Fersen gelandet, blickte sie zu ihm hoch. Das einfachste und schnellste wäre es gewesen, wenn sie seinen Schwanz in den Mund genommen hätte. Aber sie richtete sich auf, griff nach seinem Schwanz, führte ihn ein und massierte sich.

Jacob faßte das als Kompliment auf. In seiner Lage taten Komplimente gut.

Jacob war immer pünktlich. Warum sollte er zu seiner eigenen Hinrichtung unpünktlich sein.

Eine Mariachi-Band spielte vor dem Restaurant, sie begleitete ein junges Pärchen zu einem schwarzen Porsche Cayenne.

Wenn man sich das Restaurant in Schwarzweiß dachte, befand man sich in einem Film noir. Das Äußere des Hauses wie seine Einrichtung war wohl seit einem halben Jahrhundert unverändert. Die Gäste saßen auf Holzbänken an Holztischen. Sowohl die Bänke als auch die Tische hatten Untergestelle in X-Form und waren grellrot gestrichen. Die Deckenbogen aus unbehandelten Ziegeln waren mit Pa-

pierblumen geschmückt. An den weißlackierten Decken-
balken hingen riesige rote Schleifen.

An dem Tisch gegenüber dem Eingang erwarteten ihn allerdings nicht Robert Mitchum und Jane Greer, sondern Chuy
in Polizeiuniform, der ihm die Arme entgegenstreckte und
langsam, aber laut in die Hände klatschte.

Out of the Past war einer der Lieblingsfilme von Jacob.
Seltsamerweise war der Regisseur ein Franzose. Robert
Mitchum hatte Jane Greer zum ersten Mal in Mexiko getroffen, er hatte sie dort im Auftrag eines Gangsters auf-
gespürt, sie verriet ihn, genauso wie vorher den Gangster.
Robert Mitchum hatte sich aus zweifelhaften Geschäften
zurückgezogen und in einem Ort, in dem grundsätzlich
nichts passierte, eine Tankstelle übernommen und dort eine
Freundin gefunden, die ihm vertraute. Aber dann holte ihn
seine Vergangenheit ein, oder besser, er ließ sich von ihr
einholen. Der Gangster, Kirk Douglas, den er mit Jane
Greer betrogen hatte, bevor sie ihn betrog, wollte, daß er
einen schmutzigen Job erledigte. Er sagte zu, weil er Jane
Greer wiedertreffen würde. Er hätte bei seiner Tankstelle
bleiben sollen. Dann hätte er weiter ein ruhiges Leben gehabt. Jacob hätte über den Zaun steigen sollen. Hätte er
dann ein ruhiges Leben gehabt?

Die Romanvorlage hieß anders als der Film, *Build My Gal-
lows High*. Am Ende des Films kamen beide um, Robert
Mitchum und Jane Greer. War das auch der Schluß von seinem und Madelines Film?

Die Mariachi-Band hatte nur einen Moment lang geglaubt,
daß der Applaus von Chuy ihr galt. Doch Chuy runzelte
die Brauen, und die Band verschwand, deutlich leiser spie-
lend, in den hinteren Teil des Lokals.

»Congratulations!«

Jacob hatte damit gerechnet, auf dem Parkplatz von den beiden Mexikanern oder von anderen Komplizen Chuys in Empfang genommen zu werden. Ein Schlag in die Magengrube war das mindeste, was er erwartet hatte.

Lächelnd streckte Chuy die Hand aus und berührte Jacob am Unterarm. Als wolle er sich versichern, daß Jacob kein Geist war.

Chuy war Gangster, aber er war auch Polizist. Nur weil Chuy Polizist war, lebte Jacob noch. Hätte er die Freundin von Ramón Arellano Félix oder von jemandem aus seiner Entourage gefickt, man hätte ihn geteert und gefedert, geviertelt oder was auch immer. Wenn im neunzehnten Jahrhundert der weiße Mob im Süden Schwarze lynchte, wurden oft der Schwanz und die Eier abgeschnitten und separat an einen Baum genagelt. Wäre Chuy kein Polizist gewesen, dann wäre Jacobs Genitalien ein ähnliches Schicksal beschieden gewesen. Jacob hatte den Impuls, mit dem Zeigefinger auf seinen Unterkörper zu weisen.

Chuy saß allein in dem Restaurant.

»Du willst wissen, wie es in der Hölle ist?«

Seine Komplizen warteten wohl in einem Wagen vor dem Restaurant, und Jacob hatte sie nicht gesehen.

»Es ist ein One-way trip.«

Jacob schaute sich um. Er mußte in die Küche laufen, bestimmt gab es einen Hinterausgang.

Er war nicht gekommen, um wegzulaufen. Warum wollte er jetzt weglaufen?

Jacob sollte sich etwas zu essen bestellen.

»Was ist der Plan? – Das Mädchen«, Chuy sagte *chica*, »befreien?«

Chuy traf Jacob an seinem wunden Punkt. Jacob hatte

nicht nur keinen Plan. Er konnte nicht sagen, warum er gekommen war. Er wußte es nicht.

»Eine gute Tat…«

Die Stimme Chuys war mitfühlend ironisch.

»Du willst mich mit einer guten Tat – zerstören.«

Chuy zögerte lange, ehe er das Wort *zerstören* aussprach. Er hatte es sofort auf der Zunge gehabt, war damit nicht zufrieden gewesen, hatte aber kein besseres gefunden.

Jacob war weder aus Mitleid noch aus einem schlechten Gewissen heraus zurückgekehrt. In seinem Leben hatte er sich immer sehr erfolgreich gegen Mitleid und schlechtes Gewissen gewehrt. Die Notwendigkeit, daß jemand Mitleid und ein schlechtes Gewissen haben mußte, sah er durchaus ein, aber das brauchte ja nicht er zu sein. Zumal er wirklich keine kriminellen Dinge machte. Er verkaufte keine gefälschten Gläser, er machte den Frauen nichts vor. Im Gegensatz zu Jillian zahlte er alle vereinbarten Summen. Er mußte wirklich kein schlechtes Gewissen haben.

Chuy hätte Madeline auch dann nicht umgebracht, wenn er nicht zurückgekommen wäre. Sie war ein Asset. Weil Jacob zurückgekommen war, hatte Chuy dieses Asset wieder uneingeschränkt unter Kontrolle.

»Du willst die Welt besser machen?«

Das hatte noch niemand Jacob unterstellt. Nicht einmal die Frauen in ihren enthusiastischsten Momenten.

Selbst wenn er sich alle Mühe gab, es nicht merken zu lassen: Chuy war verunsichert. Vielleicht merkte er es selbst nicht. Kein vernünftiger Mensch in seiner, Jacobs, Situation wäre zurückgekommen. Kein Mexikaner, wenn überhaupt nur ein Gringo, und einer aus der Kunstwelt. Niemand konnte damit gerechnet haben, daß er zurückkam. Jacob selbst hatte nicht damit gerechnet. Es machte keinen Sinn. Außer den Sinn, den Chuy…

»Glaubst du wirklich, daß du die Welt verbessern kannst?« Jacob lag die Antwort auf der Zunge, er wolle nicht die Welt verbessern, sondern ihm, Chuy, einen Strich durch die Rechnung machen.

Aber das war kindisch.

Er, Jacob, konnte nichts beeinflussen oder gar verhindern, was Chuy vorhatte.

Seine freiwillige Rückkehr stellte eine Art Entschuldigung für die Sache mit Pilar dar. Dabei wußte Jacob natürlich nicht, ob es in Chuys Augen überhaupt eine Entschuldigung dafür geben konnte. Womöglich machte er die Sache nur schlimmer. Ein dermaßen erbärmlicher Dummkopf wie er hatte seine Pilar gefickt. Er mußte zertreten werden wie ein Wurm. War er schon unter dem Absatz Chuys, und ließ der erst seine Sporen rollen, ehe er zutrat?

Jacob sagte, die Welt sei ihm egal.

Chuy hielt inne und blickte von seinem Essen auf.

Das glaube er nicht.

Er sah wirklich nachdenklich aus.

»Sei ehrlich.«

Jacob mußte den Spieß umdrehen und Chuy dazu bringen, ehrlich zu sein. Nicht in dem Sinn, daß er Madeline und ihn bedingungslos freiließ, sondern daß er die Entführung als einen Deal betrachtete, der korrekt abzuwickeln war. Dazu gehörte insbesondere, daß niemand seine Gesundheit einbüßte oder sein Leben verlor.

Jacob hatte immer die bequemste Lösung gewählt. Die bequemste Lösung für sein Leben war Jillian. Ihm hatte nichts Besseres widerfahren können als sie. Jillian hatte die Galerie zu dem gemacht, was sie war. Die bequemste Lösung für sein aktuelles Problem wäre gewesen, die Schuhe über den Zaun zu werfen, den Zaun hochzuklettern und auf der anderen Seite hinunterzuspringen –

Chuy blickte an Jacob vorbei und hob kurz die rechte Hand. Ein hochgewachsener schlanker Mexikaner mit mittellangen Haaren öffnete eine Tür zu einem Nebenraum und zerrte den jüngeren der beiden, die Jacob in die Stadt gebracht hatten, zu Chuy hin.

Schweratmend stützte er sich auf die Bank, auf der Jacob saß. Der andere wartete mit verschränkten Armen hinter ihm. Jacobs Bewacher war übel zugerichtet, sein Gesicht war voller Riß- und Schürfwunden und Beulen. Er wußte, was Chuy von ihm erwartete, und machte den Mund auf. Jemand hatte ihm die Schneidezähne ausgeschlagen. Er senkte den Blick, traute sich aber nicht, den Mund zu schließen.

So lange, bis Chuy eine gelangweilte Geste machte. Der andere packte ihn grob an der Schulter und stieß ihn zum Ausgang hin. Er hinkte.

Chuy blickte den beiden nach und sagte dann zu Jacob: »Oh, du solltest unbedingt weiter versuchen, die Welt zu retten.«

War der jüngere wegen der Silbermünzen bestraft worden, oder weil Jacob entkommen war? Jacob hatte versucht, sich zu retten, nicht die Welt. Was war mit dem älteren?

Chuy klatschte in die Hände, als müßte er Jacob aufwecken.

»Hombre, ich bin immer der Sieger!«

Er lachte jovial und ließ sich noch ein Bier bringen.

»Aber es ist nicht wichtig, ob man gewinnt.«

Jacob hatte verloren, weil er das Haus in New Haven gekauft hatte. Hatte er jemals unbedingt gewinnen wollen? In den Kategorien Gewinnen und Verlieren hatte er bis jetzt nie gedacht.

Chuy zog eine Digitalkamera aus der Tasche.

»Es ist wichtig, daß man weitermacht. Immer weiter.«

Jacob stockte der Herzschlag. Es war die gleiche Kamera wie diejenige, auf der Chuy die Bilder der nackten Pilar in Smuggler's Gulch gesehen hatte.

Chuy schaltete die Kamera ein und legte sie vor Jacob auf den Tisch, mit der Aufforderung, die Bilder anzusehen.

Das erste Bild zeigte den winzigen weißen Chevrolet, mit dem man ihn in die Stadt gebracht hatte. Er stand inmitten einer menschenleeren und unbesiedelten Landschaft, um die rückwärtige Stoßstange war ein Seil gewickelt, an dem in einem Abstand von ein paar Autolängen ein Bündel befestigt war. Chuy wies Jacob an zu zoomen. Interessiert beobachtete er Jacob, während der das Bündel auf dem Monitor zentrierte. Jacob ahnte, was er sehen würde.

Den blutüberströmten, mit Staub überzogenen Körper des älteren Mexikaners.

Chuy forderte ihn auf, auch die anderen Bilder zu betrachten. Es war immer dasselbe Motiv, das Auto mit dem leblosen Körper. Die Straße konnte sehr gut die sein, die in das Tal mit dem Trailer führte.

Der ältere hatte die Idee mit den Silbermünzen gehabt, Chuy hatte nichts davon erfahren sollen.

»Wir machen immer weiter.«

Wen meinte Chuy mit *wir*?

»Wir waren immer hier.«

Sprach er im Pluralis majestatis, meinte er sich und seine Komplizen oder die Organisation, deren Teil er war?

»Auf die eine oder andere Weise.«

Sah er sich als Azteke?

»Die Welt funktioniert nicht, obwohl es uns gibt.«

Jacob war einfach abgehauen, nach ihm die Sintflut. Wie es seinem Naturell entsprach. Aber dann hatte er nicht weitergemacht.

Kann sich der Mensch ändern? Kann aus einem bösen oder gleichgültigen Menschen ein guter werden?

Jacob war zurückgekommen. Chuy hätte gern gewußt, ob das die Laune eines Augenblicks gewesen war oder ob Jacob sich tatsächlich geändert hatte. Jacob war außerstande, ihm die Frage zu beantworten.

Wenn Chuy ihn tötete, würde er niemals eine Antwort auf seine Frage bekommen.

»Die Welt funktioniert, weil es uns gibt.«

Jetzt verstand Jacob: Chuy wußte, daß er böse war. Die Welt funktionierte, weil es das Böse gab.

»Die Sonne geht immer wieder auf. – Mit uns. – Wegen uns.«

Vergangen, vergessen, vorüber

»Joan, ich bin meiner Tochter in die Unterwelt gefolgt. Sie
ist zurück. Aber ich – ich bin dort geblieben.«
Die Vizedirektorin der High school hatte Benford einbe-
stellt. Früher hatte seine Tochter A's und B's geschrieben,
jetzt brachte sie nur C's und D's nach Hause. Die Lehrer
berichteten, sie sei völlig apathisch. Rief ein Lehrer sie auf,
war sie desorientiert, fragte er nach, klagte sie über Kopfschmerzen. Während der Pausen stand sie still im Abseits,
mit niemandem wechselte sie ein Wort. Die Vizedirektorin
äußerte gegenüber Benford die Meinung, daß seine Tochter
Drogen nehme.
Benfords Frau war eine erfolgreiche Patentanwältin in einer anderen Kanzlei. Einmal hatte er Jillian erzählt, die
Partner seiner Firma hätten seiner Frau ein sehr gutes Angebot gemacht, aber sie wollte nicht in derselben Firma arbeiten wie er.
Wenn Benford ins Zimmer seiner Tochter kam, saß sie über
ihren Büchern, über ihren Heften, am Computer. Aber er
konnte nicht sagen, ob sie wirklich lernte.
Seine Tochter ging nie abends aus, aber immer nachmittags
in die Stadt. Benford hatte Zeit, er folgte ihr. Er kaufte sich
einen Mantel, wie er ihn sonst nie trug und den er nicht in
die Garderobe hängte, sondern in seinem Kleiderschrank
aufbewahrte. Jedesmal verlor er ihre Spur in derselben Me-
trostation. Bis er sah, wie in einem Fußgängertunnel eine
Tür zwischen zwei Reklametafeln aufging. Heraus kam
nicht ein Arbeiter, sondern ein langhaariger, völlig abgeris-
sener Jugendlicher. Der schloß die Tür nicht ab, Benford
wartete, bis er um die Ecke gebogen war, und öffnete die
Tür.

Der nur spärlich erhellte äußerst schmale Gang schien kein Ende zu nehmen. Benford schätzte die Strecke auf gut eine halbe Meile, ehe der Gang mit einer wiederum unverschlossenen Tür in einen riesigen Heizungsraum mündete. Ein hochgelegter Steg lief an allen Wänden entlang, auf der anderen Seite führte eine Wendeltreppe nach oben und nach unten.

Benford hatte den Steg abgeschritten, als er plötzlich zwischen zwei Pfeilern eine Bewegung wahrnahm. Während der Raum sonst gut ausgeleuchtet war, lag diese Stelle im Dunkeln. Ein ganzes Feld von Lampen an der Decke war abgeschaltet oder ausgefallen.

Der Raum war erfüllt vom gleichmäßigen Brummen des Brenners und vom Pulsieren der Leitungen.

Näher kommend, sah Benford vor dem rechten Pfeiler eine Gestalt. Er dachte an eine nackte Schaufensterpuppe. Aber dann bewegte sich die Schaufensterpuppe. Sie suchte das Dunkel, doch leuchtete sie dort nur um so heller. Benford lief hin und fand sich seiner Tochter gegenüber. Sie war völlig nackt.

Sein erster Gedanke war, daß sie seit Jahren nicht in der Sonne gewesen war. Es gab keine Ränder einer Bikinihose oder eines Oberteils. Auf den Brüsten und den Oberschenkeln konnte Benford die Blutgefäße sehen. Sie hielt die Hände schützend vor den Schoß, und Benford konnte auch die blauen Blutgefäße in den Fingern erkennen.

Vor einem Rohr mit einem Drehventil hatte jemand Matratzen ausgelegt. Darauf waren Kleidungsstücke verstreut, darum herum Bier- und Coke-Dosen, neben dem Matratzenlager hatten die Benutzer schmutzige Glasteller auf einem Campingkocher gestapelt, verbogene Löffel lagen am Boden.

Die Jugendlichen, die hier Crystal meth nahmen, taten das mit Wissen und Einverständnis des für den Heizungsraum Verantwortlichen, sonst hätten sie das Lager nicht unterhalten können. Benford überlegte sofort, den Betreiber des Gebäudes zu verklagen. Er führte seine Tochter nach Hause, ohne ihr Vorwürfe zu machen.

Am Eingang des mehrstöckigen Hauses, in dem sie wohnten, wartete eine fremde Frau. Sie nahm ebenfalls den Lift und stieg auf demselben Stockwerk aus. Die fremde Frau folgte ihm und seiner Tochter, als sie zur Wohnungstür gingen. Er beschleunigte seine Schritte, sperrte die Tür schnell auf, drückte seine Tochter vor sich hinein und warf die Tür hinter sich zu.

Sofort klingelte es. Durch die Video-Sprechanlage fragte Benford die fremde Frau, wer sie sei.

Die Frau gab zurück, was er denn rede.

Erneut fragte er: »Wer sind Sie?«

Die Frau sagte: »Hör doch auf mit dem Unsinn! – Ich bin deine Frau!«

»Joan, es war meine Frau. Aber ich hätte schwören können, sie noch nie gesehen zu haben. – Wir sprechen nicht darüber. Wir tun so, als wäre nichts gewesen. Es muß mit meinem Schlaganfall zu tun haben.

»Meine Tochter macht jetzt eine Entziehungskur in einer Spezialklinik. In der Schule haben wir gesagt, sie hätte eine Lungenentzündung. Über den Heizungsraum habe ich vertraulich das Drogendezernat unterrichtet. Sie halten dafür meine Tochter aus der Sache heraus.«

Jillian versprach, nichts weiterzusagen. Benford hatte es jemandem erzählen müssen, von dem er wußte, daß er schwieg.

Kaum hatte Jillian das Gespräch mit Benford beendet, rief Bova an. Er hatte die Unterlagen studiert und wollte die Sammlung für vier Millionen Dollar kaufen.

Es bedurfte allerdings in der Folge der gesamten Überzeugungskraft Jillians, ihn zu überreden, den vollständigen Kaufpreis bis zum Ende der nächsten Woche zu überweisen und ihr darüber hinaus ein Darlehen über den Betrag zuzusagen, der noch für den Kauf des Erdgeschosses und des ersten Stocks in der Spring Street fehlte.

Die Menschen, die gut sein wollten, wünschten sich, daß ihre Seele ganz und gar sie selbst wurde und daß es in ihrem Umkreis kein Äußerliches gab, das ihre Seele lockte. Diese Menschen wollten überall sich selbst haben und nichts als ihr reinstes Inneres sein, so stellten sie sich Verlangen und Erfüllung zugleich vor. Die Vermischung der Seele mit Äußerem war ein Umweg, auf dem sie sich selbst verloren. Für diese Menschen war das Seelenheil kein angebbares Gut. Sondern ein Begriff für den Einheits- und Treffpunkt aller ihrer Regungen und Bestrebungen. Er bestand nicht für sich als etwas, worauf sich ihre Sehnsucht richtete, sondern er war der Name für den Ort ihrer Sehnsüchte. Sie betrachteten ihr Seelenheil als etwas schlechthin Innerliches. So daß die Frage, ob es sich in ihrem irdischen Körper oder in einem Jenseits befand, eine ganz äußerliche war.

Ihr, Jillians, Seelenheil war ein Zustand, den sie fühlte, wenn sie ihn hatte und wenn sie ihn nicht hatte. Ihr Seelenheil war eine Form der Erfüllung und nicht eine der Sehnsucht.

Die Menschen, die gut sein wollten, warteten oder arbeiteten darauf hin, daß alles Äußerliche von ihrer Seele abfiel, daß nichts, was nicht von innen kam, mehr Macht über sie hatte. Sie taten so, als ob mit der Abwesenheit des Äußerlichen, mit seiner Wirkungslosigkeit die Seele auch schon ihr Heil gefunden hätte. Sie, Jillian, wollte ihr Seelenheil dadurch gewinnen, daß sie dem Alleräußerlichsten Macht über ihre Seele gab. Ihr Seelenheil entschied sich in der Spring Street. Sie wollte ihre Seele gewinnen, indem sie sie gewann, nicht, indem sie sie verlor.

Eins hatte sie mit den anderen gemeinsam: das Gefühl von Freiheit bei allen Handlungen, die dem Heil ihrer Seele dienten. Aber die anderen dünkten sich nur frei, wenn das Zentrum ihres Wesens dessen Peripherie bestimmte. Sie, Jillian, war wirklich frei. Sie suchte sich Kräfte aus, die außerhalb ihrer selbst lagen, und ließ diese ihre Gedanken und Entschlüsse bestimmen. Die anderen hatten Angst davor, daß ihr Handeln bestimmungslos in der Luft schwebte. Alles mußte für sie vom tiefsten Punkt in ihnen ausgehen. Dieser tiefste Punkt sollte allem, der Umgebung und ihnen selbst, seine Färbung aufprägen. Eine Narretei, aber nützlich, wenn sie bei den anderen vorherrschte.

Sie, Jillian, lebte sich wirklich nach der Idee und dem Gesetz ihres Ichs aus. Sie suchte nicht den tiefsten Punkt in sich, sondern denjenigen, der von ihr am weitesten entfernt war. Ihm gehorchte sie, nach seiner Norm lebte sie. Nur so konnte sie mit dem Dasein überhaupt übereinstimmen. Das Heil ihrer Seele war mit keiner gedanklichen Linie vorgezeichnet, farblos, ihr fremd. Sie war nicht auf dem Weg zu sich selbst, oder sie war es, aber sie würde ihr Selbst finden, im Gegensatz zu allen anderen. Sie ließ sich durch äußere Mächte umgestalten, die Form ihrer Seele war genau so zufällig, wie sie wollte. Sie suchte sich Forderungen an sich, die in ihr wirklich wurden. Niemals würde sie danach verlangen, von dem befreit zu werden, was an ihr nicht sie selbst war.

Cindi und Alessandro lenken die Aufmerksamkeit des gesamten Hotels auf sich. Cindi trug einen extrem knappen Jeansrock, er war hochgerutscht, man sah ihren schwarzen Tanga. Alessandro hüllte sich in eine Decke ein, sein Gesicht war weiß wie eine Wand, ununterbrochen hustete er.

Die Rezeption hatte Jillian Besuch gemeldet, eine Dame und einen Herrn. Überzeugt, es könne sich nur um die Moroni und den Nonno handeln, hatte Jillian nicht nachgefragt.

Wie hatten die beiden sie im Des Bains gefunden? Jillian hatte dem Empfangschef des Hotels in Mailand erzählt, daß sie nach Venedig weiterreisen und im Des Bains logieren werde. Sie mußte gegenüber Alessandro oder Cindi ihr Mailänder Hotel erwähnt haben.

Jillian begrüßte Cindi höflich und erklärte ihr, es tue ihr leid, aber sie könne sich an sie nicht erinnern. Sie fragte, ob sie sich privat kennengelernt oder geschäftlich miteinander zu tun gehabt hätten.

Cindi atmete tief durch, Jillian konnte sehen, wie sich ihr Busen aufgeregt hob und senkte. Sie versuchte, Jillian in die Augen zu schauen und ihrem Blick standzuhalten, was ihr jedoch nicht gelang.

Jillian wandte sich Alessandro zu und erkundigte sich mitfühlend, ob er krank sei. Er erklärte ihr, er habe eine Sommergrippe, in einem Ton und in einer Haltung, wie ein Schüler seiner Lehrerin auseinandersetzte, daß er trotz seiner Krankheit zum Test antrat, in der Hoffnung, die Lehrerin möge ihn nach Hause schicken.

Jillian fragte ihn wie zuvor Cindi, ob sie sich privat oder geschäftlich kennen würden.

Alessandro lachte laut auf.

»Sie weiß nicht, wer wir sind!«

Sein Lachen erstickte in einem nicht enden wollenden Hustenanfall.

»Sollte ich denn wissen, wer Sie sind?«

Sie hätten doch sicher von der Kollision des Vaporetto mit dem Motorboot vor dem Lido gehört. Jillian hatte davon in der Zeitung gelesen. Der Führer des Motorboots, ein sehr junger Mann, hatte seine Freundin geküßt und nicht aufgepaßt. Sie, Jillian, sei auf dem Vaporetto gewesen. Sie habe das Gleichgewicht verloren und sei mit dem Hinterkopf gegen die Lehne einer Sitzbank geschlagen. Demonstrativ befühlte sie sich den Hinterkopf.

Sie habe eine Gehirnerschütterung erlitten. Die Kopfschmerzen seien schnell vergangen. Aber sie könne sich grundsätzlich nicht an Personen erinnern, die sie in den letzten Monaten kennengelernt habe.

Cindi warf ein, Jillian habe sie und Alessandro doch erkannt, sie habe sie schließlich begrüßt. Jillian erklärte, es gehe ihr öfter so, daß Leute auf sie zukämen. Sie wolle nicht unhöflich wirken und verhalte sich so, als ob sie die Leute kenne. Aber das sei nicht der Fall. Was sie und ihr Begleiter von ihr wollten.

Alessandro betete herunter, wer er war, was er gemacht und wieviel Geld er von Jillian zu bekommen hatte.

Cindi stieß ihn mit dem Ellbogen in die Seite und sagte: »Das ist eine Lüge. Sie hat nicht das Gedächtnis verloren. Sie weiß ganz genau, wer wir sind.«

Jillian bat sie höflich, sich ebenfalls vorzustellen.

»Sie sagen, ich schulde Ihnen tatsächlich eine halbe Million Dollar?«

Sie blickte abwechselnd Cindi und Alessandro in die Augen.

»Und Ihnen fünfzigtausend Euro? – Sie sagen, ich habe Ihnen eine Sammlung abgekauft? – Sie haben die Verpackungen gefertigt?«

Kein einziges Dokument belegte die Vereinbarung, die Jillian mit Cindi geschlossen hatte. Es gab keine Unterlagen, aus denen hervorging, daß Jillian mit Cindi überhaupt etwas zu tun gehabt hatte. Jillian hatte es sorgsam vermieden, mit Cindi Mails auszutauschen. Von Alessandro hatte sie eine offizielle Rechnung, die sie auch bezahlt hatte. Der tödliche Satz lautete: »Haben Sie es schriftlich?«

Jillian war stolz darauf, daß sie böse war. Wenn sie täuschte, um daraus einen Vorteil zu ziehen, erschütterte sie das Vertrauen der Getäuschten in die Welt. Diese Wirkung war ihr genauso wichtig wie der Vorteil, den sie sich verschaffte.

Die meisten Menschen wollten aus einem schlechten Grund gut sein. Sie wollten nicht das Beste für die anderen, sondern für sich selbst. Gott war allwissend, er belohnte das richtige Handeln und bestrafte das falsche. Wie Gott wollten die Menschen vorweg wissen, welches das richtige Handeln war und welches das falsche. Ihr Gefühl des Ungenügens mit ihren Handlungen und mit sich selbst entsprang dem Wunsch, Gott zu sein. Aber wenn es nur noch gute Absichten gab, dann waren diese Absichten nicht mehr gut, sie konnten gar nicht anders sein. Das Gute war nur dann echt, wenn es um des guten Willens geschah, das Böse war nur dann echt, wenn es um des bösen Willens geschah. Sie, Jillian, wollte nicht Gott sein. Es war nicht interessant für sie, allwissend zu sein. Wenn sie schon immer alles wußte, konnte sie nichts mehr dazulernen. Nie mehr konnte es ihr passieren, daß sie auf ein Modell oder eine Ausprägung eines Modells traf, das sie noch nie gesehen hatte. Jillian war ein Control freak, aber sie wußte, ihr Leben würde sinnlos werden, wenn die Folgen ihrer Handlungen grundsätzlich und immer in ihrer Macht standen. Eins mußte sie jedoch unbedingt unter Kontrolle haben: ihre böse Absicht.

Es gab nicht zweierlei Vernunft, ihre Vernunft und die eines Gottes. Wenn Vernunft die Welt regierte, herrschte sie auch über Jillians Leben. War die Welt gut, dann war auch Jillians Leben gut. War die Welt böse, dann war auch ihr Leben böse. Es machte keinen Unterschied, ob die Welt gut oder böse war. Vorschriften waren der pathetische Ausdruck eines vergeblichen Strebens. Wer gut sein wollte, ersetzte äußere durch innere Fesseln. Der Sklave glorifizierte seine Ketten. Jillian hatte immer geglaubt, daß die Welt böse war und daß es gut war, daß die Welt böse war. Sie stand im Einklang mit der Welt, sie selbst gehörte zu den Dingen, die in der Welt schiefliefen.

Sie kaufte die Sammlung vom Nonno für eineinhalb Millionen Euro, verkaufte sie für vier Millionen Dollar an Bova und machte zwei Millionen Dollar Gewinn. Die fehlende halbe Million für die Spring Street würde ihr Bova als Darlehen geben.

Sie betrog nicht, wenn sie beim Weiterverkauf der Sammlung zwei Millionen Profit machte. Sie mußte endlich anfangen zu betrügen. Die Sammlung für eine Million Euro zu erwerben. Sie mußte mit der Moroni gemeinsame Sache machen und dafür sorgen, daß sie die Kontrolle über das Geld gewann. Die Moroni würde mit der Million zufrieden sein, wenn Jillian mit dem Nonno abschloß, würde sie leer ausgehen.

Vielleicht hatte das Böse sogar einen Zweck. An dieser, und nur an dieser Stelle konnte sich Jillian mit dem Gedanken an einen Gott anfreunden: Dann war jede Täuschung, die sie beging und aus der sie Nutzen zog, ein Zug im Spiel, der half, den göttlichen Weltplan zu vollenden. Gott war allmächtig. Zuverlässig sorgte er dafür, daß die schwachen Geschöpfe, die er geschaffen hatte und die unverzagt an seine Gutmütigkeit glaubten, von den starken Geschöpfen, die er ebenfalls geschaffen hatte und denen es gleich war, ob er gutwillig war oder nicht, übervorteilt und unterdrückt wurden. Gegen einen solchen Gott mußte sie sich nicht mehr erheben. Welches Bedürfnis hatte dieser Gott? Nur eine Antwort schien denkbar: seine Lust an Grausamkeit zu befriedigen. Diesen Gott konnte Jillian bewundern, in diesen Gott konnte sie sich hineinversetzen. Sie gefiel sich darin, sich als Rachegöttin zu sehen. Wenn sie jemanden täuschte, übervorteilte, dann war das nichts weiter als die Rache für eine Täuschung, eine Übervorteilung, die der andere begangen hatte.

Die Menschen waren unzufrieden, sie wußten nicht, warum, sie suchten nach einem Grund. Das Böse war der Ursprung ihrer Unzufriedenheit, das Gute gab ihnen ein Ziel. Wenn sie darauf hinarbeiteten, so glaubten sie, würden sie nicht mehr unzufrieden sein. Sie, Jillian, war nicht unzufrieden. Deswegen mußte sie nichts Böses getan haben, deswegen mußte sie nicht nach dem Guten streben. Wer unbedingt gut sein wollte, der verdammte das Leben.

Gut und böse – diese Begriffe hatten Leute erfunden, die dem Leben nicht gewachsen waren. Das Problem des Bösen bestand ausschließlich darin, daß das Böse ein Problem sein sollte. Natürlich mußten sich die Menschen Regeln geben, damit sie zusammenleben konnten. Die Regeln schützten sie voreinander. Wer stark genug war, brauchte die Regeln nicht zu befolgen. Weil es nur wenige starke Menschen gab, wurden die Regeln in der Summe eingehalten. Für die Konkurrenten war es besser, wenn sie ehrlich waren. Für sie, Jillian, war es besser, wenn sie unehrlich war. Das war eigentlich für alle besser. Wäre ihre Galerie nicht so groß geworden, hätte es all die Kataloge nicht gegeben, und viele Sammlungen hätten ein anderes, ärmeres Gesicht.

Warum waren die Menschen so unzufrieden? Ein Shrink hatte einmal gesagt, die Absicht, daß der Mensch glücklich sein sollte, sei im Plan der Schöpfung nicht enthalten. Wie kamen die Menschen nur darauf, daß sie glücklich sein sollten? Jillian glaubte, es lag daran, daß sie eine schwere Kindheit gehabt hatten. Eine glückliche Kindheit. Einen Vater und eine Mutter, die zusammenlebten und sich verstanden, Geschwister vielleicht. Ein Haus, einen Garten, einen Hund. Wer so aufwuchs, mußte vom Leben enttäuscht werden. Sie hatte eine viel bessere Vorbereitung aufs Leben bekommen. Ihren Vater hatte sie nie kennengelernt. Die vielen Männer ihrer Mutter hatten die Möglichkeit eines Vaters für sie zerstört. Sie war ihrer Mutter unendlich dankbar dafür, wie sie sie erzogen hatte. Alles im Leben mußte besser sein als ihre Ecke im Trailer home im Metropolitan Mobile Homes Park in Moonachie.

Ihre Mutter hatte ihr einen unglaublichen Startvorteil verschafft. Aber nicht nur die Mutter, auch das Schicksal. Weil sie sich dem Tageslicht nicht aussetzen durfte, konnte sie sich niemals gelöst unter die Menschen begeben. Sie war gezwungen, die Menschheit aus der Distanz zu studieren. Auf diese Weise hatte sie gelernt, wie sie die anderen täuschen konnte, und zwar so, daß es ausschließlich zu ihrem Nutzen war und nicht später doch noch zu ihrem Nachteil.

Warum wollte sie eigentlich Jacob verlassen? Jacob war alle Männer, die ihre Mutter gehabt hatte. Er war der Vater, den sie nicht gehabt hatte. Wofür konnte man ihn verantwortlich machen. Daß die Frauen, die er verließ, niemanden mehr fanden, der sie so gut fickte wie er.

Wofür konnte man sie, Jillian, verantwortlich machen. Wenn sie Leuten, die ihr Objekte verkauften, Geld schuldig blieb, die Leute hatten ja nicht einmal gewußt, was ihre Objekte wert waren. Wenn sie Leistungen, die sie in Anspruch genommen hatte, nicht vollständig bezahlte, ihre Partner hätten sich eben absichern müssen. Sie mußte doch nicht tief sein, um böse zu sein.

Bova meldete sich nicht. Dabei war es höchste Zeit, die Details des Geldtransfers zu besprechen. Von der Sekretärin van Bronckhorsts erhielt sie fast jeden Tag eine Mail, ständig benötigte sie weitere Unterlagen über die Spring Street. Bova hatte Jillian erzählt, die Produktionsfirma bezahle eine Menge Schönheitsoperationen, nicht nur für die Schauspieler, auch für die Angestellten.

Jillian malte sich aus, sie verabredete sich mit ihm in einer leeren Kulisse in den Studios. Er wartete auf sie. Sie schlich sich von hinten an ihn heran, sie hatte eine Spritze mit einem Betäubungsmittel vorbereitet, die sie ihm in den Hals stach. Sofort verlor er das Bewußtsein.

Als er aufwachte, fand er sich gefesselt auf einer Bühne. Jillian hatte seinen Oberkörper an der Rückenlehne eines Stuhls festgebunden, die Arme an den Seitenlehnen, die Beine an den vorderen Stuhlbeinen. Er konnte sich nicht bewegen, lediglich mit dem Stuhl rutschen. Sein Gesicht war gefühllos, Jillian hatte ihn örtlich betäubt.

Sie rollte einen von einem blendendweißen Laken abgedeckten Tisch auf die Bühne. Mit einer schnellen Bewegung zog sie das Tuch herunter. Es war ein Instrumententisch, wie ihn ein Chirurg bei einer Operation verwendete.

Sie nahm ein Messer von dem Instrumententisch und fragte Bova, warum er sich nicht gemeldet habe. Obwohl er doch zugesagt hatte, die venezianische Sammlung zu kaufen und den Kaufpreis schnellstens zu überweisen.

Mit nachdenklicher Stimme sagte sie, er hätte die Sammlung nehmen sollen. Es habe ihm nicht gutgetan, daß er sich nicht bei ihr gemeldet habe. Er sei sehr gealtert, seit sie ihn zum letzten Mal gesehen habe. Die Falten auf seiner Stirn seien sehr viel tiefer geworden. Sie werde ihn jetzt liften.

Im Körper der anderen

Bova meldete sich mit der Nachricht, der Mehrteiler über die Eingeschlossenen im Hochhaus komme doch nicht zustande.

Jillian fürchtete um die finanziellen Möglichkeiten Bovas und war geschockt.

Er konnte sie jedoch schnell beruhigen. Die Produktionsfirma hatte ein Drehbuch über eine Höhlenexpedition von sechs jungen Frauen auf den Tisch bekommen. Bei einem wesentlich geringeren Budget erwartete man die gleichen Einschaltquoten.

Angeführt von einer Sportlehrerin, unternahmen sechs Frauen eine Höhlenexpedition. Sehr bald merkten sie, daß sie sich nicht in der Höhle befanden, die sie bei der Bergwacht angegeben hatten. Ihre Anführerin hatte sie getäuscht. Die andere Höhle sei keine Höhle, sondern ein Themenpark für Touristen. Man hatte den Ausflug unternommen, um eine Rechtsanwältin nach dem Verlust ihres Mannes und ihrer Tochter aufzurichten. Nach einer ebenfalls von der Sportlehrerin organisierten Kanufahrt hatte der Ehemann die Rechtsanwältin abgeholt. Er war wie abwesend, sie versuchte, ihn aufzuheitern, er ließ sich ablenken, das Fahrzeug geriet auf die andere Straßenseite und kollidierte frontal mit einem entgegenkommenden Van. Bei dem Zusammenprall lösten sich auf dem Dach des Vans unzureichend fixierte schmale Kupferrohre, sie durchschlugen die Frontscheibe des Wagens und töteten den Mann und die Tochter. Die Rechtsanwältin trug nur leichte Verletzungen als Folge des Aufpralls davon.

Wange an Wange hörten Jillian und die Moroni auf dem Hotelzimmer im Des Bains Bova zu.

Die Frauen konnten nicht zu dem Eingang zurück, durch den sie das Höhlensystem betreten hatten. Der Stollen, der die erste mit der zweiten Höhle verband, war eingestürzt, nachdem sie ihn passiert hatten. Sie spürten jedoch einen Luftzug, also mußte das Höhlensystem noch einen anderen Ausgang haben.

Nach einem weiteren Stollen standen die Frauen vor einem unvorstellbar tiefen Abgrund. Auf der anderen Seite zeichneten sich die Umrisse eines größeren Gangs ab. Es gab nur eine Lösung: Die beste Kletterin mußte an der Decke der Höhle entlangklettern, einen Haken nach dem anderen in den Fels einschlagen und das Seil befestigen, an dem sich die anderen dann hinüberhangeln konnten.

Die Frauen bewegten sich in dem langen Gang vorwärts, als sie auf einmal Licht wahrnahmen. Eine warf ihre gesamte Ausrüstung zu Boden und rannte, jede Vorsicht beiseite lassend, auf das Licht zu. Sie fiel in einen Schacht und brach sich ein Bein. Das Licht war kein Tageslicht, sondern von einer phosphorhaltigen Gesteinsschicht verursacht. Die anderen zogen die Verletzte hoch, die gebrochenen Knochen standen aus der Wunde heraus. Mit bloßen Händen drückte die Sportlehrerin die Knochen zurück und umwickelte das Bein mit einem Kleidungsstück.

Der Gang erweiterte sich zu einer Höhle. In der Ferne sah die Rechtsanwältin eine Gestalt. Sie war sicher, es war ein nackter Mann.

In der nächsten Höhle kamen die Frauen zu einem See, der voller Knochen war. Darunter auch Menschenknochen. Die Bewohner der Höhle waren Menschen und doch keine Menschen. Sie hatten keine Haare, sie waren nackt, ihre Augen hatten keine Pupillen, sie konnten nichts sehen. Sie bewegten sich auf allen vieren, mit großer Geschicklichkeit und enormer Schnelligkeit.

Rita Moroni wollte mit Jillian verschmelzen. Durch den Mund, durch das Ohr, durch die Haut, durch die Haare, die in Jillians Gesicht hingen.

Die Höhlenbewohner umzingelten die Frauen und griffen sie an.

Sie war Rita. Rita war sie. Nicht sie hatte das Telefon am Ohr, sondern Rita.

Nicht sie schob Rita eine Brust in den Mund, nicht Rita saugte an ihrer Brust. Nicht sie gab Rita bald die eine, bald die andere Brust. Nicht Ritas Herz klopfte zwischen ihren Schenkeln. Nicht Rita zögerte einen Moment.

Sie, Jillian, war im Körper Ritas, Rita war in ihrem, Jillians, Körper. In dem Augenblick, als die Frauen von den Höhlenwesen angegriffen wurden, hatten sie die Körper getauscht.

Im Kampf mit den Höhlenbewohnern fügte die Sportlehrerin einer ihrer Kameradinnen aus Versehen eine tödliche Verletzung zu. Dabei riß die Frau den Anhänger herunter, den die Sportlehrerin um den Hals trug. Die Rechtsanwältin war in Panik davongelaufen, die Sportlehrerin suchte sie.

Zwar konnten die Höhlenbewohner nicht sehen, aber sie nahmen trotzdem Lichtquellen wahr. Im Dunkeln orientierten sie sich an Geräuschen. Die zurückgebliebenen Frauen schalteten ihre Lampen aus und legten sich stumm und reglos auf den Boden, so konnten sie von den Höhlenbewohnern nicht ausgemacht werden.

Inzwischen fand die Rechtsanwältin die sterbende Frau, die sie vor der Sportlehrerin warnte. Die Rechtsanwältin wollte der Sterbenden aufhelfen, dabei geriet ihr der Anhänger in die Hand, den die Sterbende der Sportlehrerin abgerissen hatte. Sie sagte ihr, daß die Sportlehrerin ihn vom Mann der Rechtsanwältin geschenkt bekommen hatte. Auf dem Anhänger stand *Love Each Day*. Der Mann der Rechtsanwältin hatte ein Verhältnis mit der Sportlehrerin gehabt.

Die Sterbende bat die Rechtsanwältin, sie nicht als wehrloses Opfer für die Höhlenbewohner zurückzulassen. Die Rechtsanwältin tötete sie und tauchte in einem Tümpel aus Blut und Wasser unter, um sich zu verstecken.

Sie, Jillian, nein, Rita, nein, Rita als sie, Jillian – Rita in ihrer, Jillians, Gestalt öffnete eins der Fenster und lehnte sich hinaus, um ihren Blick über den nächtlichen Park hinter dem Hotel schweifen zu lassen. Dann durchmaß sie das Hotelzimmer. Sie zog die oberste Schublade der Kommode mit dem Spiegel heraus und betrachtete Jillians akkurat gestapelte Wäsche. Sie ging die Lippenstifte durch, die vor dem Spiegel lagen, manche hielt sie sich an die Lippen, ohne sie jedoch aufzutragen. Sie öffnete den Kleiderschrank und strich mit der Hand über alle Jacken, Kleider und Mäntel. Sie entkorkte die bereitstehende Champagnerflasche und schenkte zwei Gläser ein. Sie trank, ohne abzuwarten, ob Rita, nein, sie, Jillian, nein, sie, Jillian als Rita – sie, Jillian, in der Gestalt Ritas trank oder überhaupt trinken wollte.

Rita in der Gestalt von Jillian ging ins Bad. Mit beiden Händen stützte sie sich auf dem Waschbecken auf und blickte in den Spiegel. Sie drehte den Kopf nach rechts und nach links, um sich auch im Profil zu begutachten. Sie mußte nicht so nah an den Spiegel herangehen, um zu bemerken, daß Jillian ebenfalls ein asymmetrisches Gesicht hatte. Das rechte Auge war größer und lag deutlich niedriger als das linke, noch einmal die rechte Gesichtshälfte, und sie wäre ein ganz junges Mädchen gewesen, zweimal die linke Gesichtshälfte, und sie sah so alt aus, wie sie tatsächlich war. Gewöhnlich konturierte Jillian die Augenbrauen so, daß die linke niedriger und die rechte höher erschien, und sie schminkte das linke Auge stärker schwarz als das rechte, damit die Augen gleich groß wirkten. Rita machte mit ihrem Gesicht einen Kußmund, schnitt eine Schnute, kniff die Augen zusammen und runzelte die Stirn, sie zog die Augenbrauen hoch, damit ihr Gesicht symmetrischer wurde.

Sie preßte die Beine aneinander und machte ein Hohlkreuz, sie demonstrierte, daß Jillian nicht die Taille hatte, die sie sich wünschte. Um Jillians Bauch zu zeigen, atmete sie nicht. Jillian kämmte die langen schwarzen Haare Ritas nach hinten und band sie mit einem Gummiring zu einem Pferdeschwanz zusammen. Sie trug einen grellroten Lippenstift auf, den sie noch nie benutzt hatte. Mit dem roten Lippenstift schienen die Haare Ritas und ihre Augenbrauen dunkler, ihre braunen Augen tiefer. Sie verschränkte die Arme unter den Brüsten, unter den Brüsten Ritas, und hob die Arme leicht an, so daß die Brustwarzen bedeckt waren und die Brüste hochgepreßt wurden.

Aus dem Bad zurück, neigte Rita in ihrer, Jillians, Gestalt, den Kopf zu ihr, Jillian, in Ritas Gestalt, hinunter und berührte mit den Lippen flüchtig ihre linke Brust.

»Du hast Angst.«

Rita in Jillians Gestalt kniete sich vor dem Bett hin.

»Ich hatte auch Angst zu betrügen. Aber dann habe ich akzeptiert, daß ich so bin.«

Sie erzählte, schon seit Jahren ließ sie Gläser nachmachen und verkaufte sie, indem sie behauptete, die Gläser stammten aus der Sammlung ihres Onkels. Dabei wurde sie vom Direktor des Diözesanmuseums unterstützt. Der Monsignore hatte eine Schwäche für italienisches Nachkriegsdesign. Er bestritt seine Anschaffungen aus dem Etat des Museums.

Die Moroni hatte ein Verhältnis mit dem Monsignore. Wie sie, Jillian, ein Verhältnis mit Bova haben würde.

»Ich bin lebendig. Ich fühle mich frei. – Das Gefühl ist weg, wenn die anderen anfangen, mir leid zu tun. Habe ich Mitleid, fühle ich mich so schlecht, wie die sich fühlen, mit denen ich Mitleid habe.«

Rita in Jillians Gestalt richtete sich auf und warf Jillian in Ritas Gestalt auf das Bett. Umschlungen fielen sie vom Bett herunter und stießen gegen die Kommode mit dem Spiegel. Die große, nicht sehr wertvolle Vase auf der Kommode – Seguso aus den vierziger Jahren – kippte um und zersprang auf dem Boden. Über die Splitter wälzten sie sich weiter zu dem Sekretär, sie warfen die Stühle, den Sekretär und den Beistelltisch mit dem Champagnerkühler um, die Eisstücke verteilten sich auf dem Boden.

Es würde ein leichtes für Jillian sein, beim Zio Zweifel über die Zuverlässigkeit seiner Geschäftspartner zu wecken. Der Zio würde einwilligen, mit Jillian abzuschließen, wenn sie ihm den Koffer mit den eineinhalb Millionen Euro präsentierte.

Zwei Beamte der Guardia di Finanza würden den Zio nach der Geldübergabe überraschen und das Geld konfiszieren. Die beiden waren Freunde der Moroni, die sich verkleideten und gefälschte Ausweise besaßen. Jillian würde einen Sicherheitsdienst anheuern, der verhinderte, daß die beiden mit dem Geldkoffer verschwanden. Die Sammlung war übergeben und das Geld weg. Die Moroni bekam von Jillian die Million, die sie sich immer erträumt hatte, Jillian erwarb die Sammlung für einen Preis, von dem sie nur hatte träumen können.

Die Hochzeitsplanerin

Jacob saß auf der Rückbank eines blauen Toyota. Am Steuer der großgewachsene Mexikaner aus dem Restaurant, neben Jacob ein junger dicker Indio in kurzer Hose. Sein Kopf war kahl rasiert, an beiden Ohren trug er riesige Silberohrringe. Er hielt Jacob einen altmodischen Trommelrevolver an den Kopf.

Es war völlig still. Kein Motorengeräusch, kein Geräusch des Abrollens von Reifen, kein Verkehrslärm. Der Toyota stand. Genau wie der Truck vor ihnen, der SUV und der Pick-up auf der entgegenkommenden Spur und das Fahrzeug hinter ihnen. Die Zeit war angehalten, alles und alle außer Jacob waren eingefroren. Nur für Jacob lief die Zeit weiter.

Langsam und vorsichtig, unter der Schußbahn der starr in die Luft ragenden Pistole hinwegtauchend, faßte er nach dem Türgriff. Erwartungsgemäß war die Tür nicht zu öffnen. Jacob blieb nichts anderes übrig, als über die Mittelkonsole auf den Vordersitz zu klettern. Wie eine Statue richtete sein Begleiter auf der Rückbank seine Pistole ins Leere. Die Hände des Fahrers waren unnütz um das Steuerrad verkrampft.

Hinter dem Toyota hatte ein Motorrad zum Überholen angesetzt. Es war eine schwere alte BMW, die allerdings gut gepflegt war. Der Fahrer beugte sich nach vorn, der Beifahrer schlang seine Arme um den Bauch des Fahrers, sein Kopf lag auf dessen Rücken. Die Haare der beiden waren wasserstoffblond gefärbt, im Licht der unverändert funktionierenden Scheinwerfer der Fahrzeuge waren sie fast weiß.

Auf der Ladefläche des Pick-up, der sich neben dem

Toyota auf der Gegenfahrbahn befand, hockten zwölf Mexikaner, jeweils sechs auf beiden Seiten mit dem Rücken nach außen. Ihre Oberkörper waren nackt, jeder hatte auf der Höhe der Schulterblätter und daneben auf den Oberarmen eine waagrechte Linie eintätowiert. Die Männer hatten alle ungefähr gleich große Oberkörper, so daß sich auf ihren Rücken und Oberarmen eine durchgehende Linie ergab.

Die Plane des Lastwagens vor dem Toyota war hochgerollt. Im Inneren sah Jacob große Kartons, die nicht befestigt waren und deshalb während der Fahrt ständig hin und her rutschen mußten. Ein Karton hatte unten einen Riß, Jacob glaubte, ein paar Schuhe zu sehen. Neugierig kletterte er auf die Ladefläche und hob den Karton hoch. Auf einem alten Caféhausstuhl saß bewegungslos ein Mann. Er hatte ein sauberes weißes Hemd und eine Bügelfaltenhose an, die Schuhe waren poliert.

Jacob hob auch die anderen Kartons an, unter ihnen saß ebenfalls jeweils ein Mann auf einem Stuhl. Alle hatten helle saubere Hemden.

Auf der anderen Seite der Straße stand das Tor einer Fabrikhalle offen. Glühbirnen, die über dem Eingangstor und an den Ecken der Halle herunterhingen, beleuchteten die Szenerie. Neben der Halle lagen die Karosserieteile eines uralten Dodge Pick-up auf dem Boden, er hatte noch eine zweigeteilte Windschutzscheibe. Der Kuhfänger auf der vorderen Stoßstange war so hoch wie ein Sportwagen. In der Halle beugte sich ein Mann über das Chassis mit dem Motor und den Rädern des Dodge. Jacob verstand nicht, warum man den Wagen draußen in seine Einzelteile zerlegt hatte, um sie dann in die Halle zu schleppen und sie dort wieder zusammenzusetzen.

In der Mitte der sonst leeren Halle war der Hallenboden ausgeschnitten und ein Schacht ausgehoben, Jacob konnte das Erdreich sehen, aber keine Leitungen oder Rohre.

Im Schacht sah Jacob unter der Betonplatte der Halle eine Ausbuchtung, in der ein Mann lag. Er schlief dort auf einer Matratze. Der Mann paßte genau in die Aushöhlung im Erdreich. Er konnte nur in die Ausbuchtung hinein- und aus ihr hinausgelangen, wenn er seinen Körper waagrecht verschob. Die Ausbuchtung war nicht einmal hoch genug, daß er sich darin auf die andere Seite wälzen konnte.

Im hinteren Teil der Halle richtete ein halbes Dutzend Männer eine große weiße Zwischenwand auf.

An die Halle schloß sich ein zweigeschossiger Bürobau an. Die in Bleirahmen eingesetzten Fenster waren nicht zu öffnen. Im Erdgeschoß standen auf uralten Holzschreibtischen große mechanische Rechenmaschinen. Eine Wendeltreppe mit Metallstufen führte in das Obergeschoß mit den gleichen Schreibtischen. Aber das Obergeschoß war nicht betretbar, von der Fabrikwand lief ein Gespinst aus gespannten Seilen zu den Fenstern hin. Jacob machte kehrt und verließ den Büroanbau.

An den Seilen waren von Planen umhüllte Packen in den verschiedensten Größen befestigt, die vor der Außenwand des Büroanbaus hingen. Es gab nicht den geringsten Hinweis auf den Inhalt der Packen.

Jacob ging auf die Straße zurück. In dem SUV vor dem Pick-up mit den tätowierten Arbeitern sah Jacob zwei sehr alte Männer. Der Beifahrersitz war ausgebaut, ein weißhaariger Mann saß in einem Rollstuhl, der im Wagen nicht weiter befestigt war. Der Mann am Steuer war ebenfalls sehr alt, schmal und in sich zusammengesunken. Jacob konnte sich gar nicht vorstellen, wie er das Auto steuerte.

Er hielt das Lenkrad nicht, sondern er krallte sich mit beiden Händen in das Lenkrad ein, um sich darauf zu stützen. Jacob hatte alle Zeit der Welt.

Die Tätowierung der Arbeiter in dem Pick-up hatte ihn auf eine Idee gebracht. Er entnahm seinem Portemonnaie eine Münze, mit der er eine Linie in alle Fahrzeuge kratzte, an denen er vorbeikam.

Für die Idee wurde er belohnt. Er kam in den Himmel und nicht, wie er befürchtet hatte, in die Hölle. Plötzlich hatte er keinen Boden mehr unter den Füßen, er schwebte. In einem Lichtstrahl wurde er langsam nach oben gezogen. Die Fahrzeuge unter ihm wurden immer kleiner.

Als er so hoch über der Straße war, daß er die Fahrzeuge kaum mehr auseinanderhalten konnte, setzten sie sich langsam in Bewegung. Die Zeit lief wieder weiter. Die beiden Mexikaner würden rätseln, wo er geblieben war. Darauf, daß er gerade in den Himmel kam, würden sie nicht verfallen.

Jacob wachte erst aus seinem Traum auf, als der Wagen die Hauptstraße verließ und in die enge Straße einbog, die zu dem Tal mit dem Trailer führte.

Die beiden Mexikaner wunderten sich, daß Jacob in seiner Lage zu einem so gesunden Schlaf fähig war.

Madeline erwartete ihn ohne Fesseln vor dem Trailer. Sie hatte geduscht und sich die Haare gewaschen. Héctor bewachte sie. Er trug keine sichtbare Waffe, in seiner engen Jeans oder unter seinem T-shirt konnte sich keine Pistole befinden. Es sah aus, als könnte Madeline jederzeit davonlaufen, wenn sie wollte.

Die Lösegeldübergabe hatte stattgefunden, während Chuy in dem Restaurant auf Jacob wartete. Morgen würde man

Madeline nach Tijuana zurückbringen. Sie hatte nicht den geringsten Zweifel. Angesichts der Umstände, die sich ihm darboten, zweifelte auch Jacob nicht daran.

Madeline war in kurze rote Shorts gezwängt, sie hatten einen weißen Rand und einen weißen Streifen an der Seite, das gerippte Unterhemd spannte über dem roten BH.

Jacob hatte Jillians Mutter nur ein einziges Mal gesehen. Ein paar Monate nachdem Jillian in der Galerie angefangen hatte, war er an einem Wochentag um die Mittagszeit nach Moonachie hinausgefahren. Er wollte sehen, wo Jillian lebte. Sie hatte ihm nur erzählt, daß sie bei ihrer Mutter wohnte, es gab keinen Vater und keine Geschwister. Erst Jahre später hatte sie en passant ihre Stiefschwester in Deutschland erwähnt.

Ihre Postadresse war der Metropolitan Mobile Homes Park. Eine dicke mittelalterliche Frau in dem Trailer mit der Aufschrift *Office* wies ihm den Weg, nicht ohne ihn abschätzig zu mustern.

Die Trailertür stand offen. Unmittelbar gegenüber dem Eingang waren eine Herdplatte und eine Spüle in eine weiße Kunststoffplatte eingelassen. Die Unterschränke und die Hängeschränke der Küchenzeile waren aus hellem Holzimitat. Eine schlanke Frau mit üppigen blonden Locken, die das Gesicht umrahmten, saß auf der Kunststoffplatte und streckte das rechte Bein in die Spüle unter dem Wasserhahn. Mit einem pinkfarbenen Bic-Rasierer rasierte sie sich die Haare ab. Sie trug rote Shorts mit weißen Streifen und ein geripptes Unterhemd, darunter keinen roten, sondern einen weißen BH.

Neben dem Spülbecken standen zwischen Putzmitteln eine leere und eine volle Flasche Jim Beam.

Sie bemerkte Jacob erst, als er an die nach außen geklappte Tür klopfte. Ohne ihre Tätigkeit zu unterbrechen, ließ sie ihn eintreten. Das linke Bein, das vor der Spüle herunterbaumelte, war schon rasiert. Sie wusch die Seifenreste vom rechten Unterschenkel ab, um ihn dann erneut mit Rasierschaum aus der Dose zu bedecken.

Jacob stellte sich als Jillians Chef vor, der zufällig in der Gegend zu tun hatte und einfach vorbeischauen wollte.

Sie mußte um die Vierzig gewesen sein, aber sie wollte um jeden Preis aussehen wie zwanzig. Ihre Beine waren schlank, sie hatte keine Cellulite, auch ihre Oberarme waren straff. Ein probates Mittel, das Alter zu verbergen oder von ihm abzulenken, bestand darin, die Augen kräftig schwarz zu schminken. Darauf hatte sie verzichtet. Aber sie hatte ein helles Makeup aufgetragen, dessen Ton genau der Haut auf ihren Oberarmen entsprach. Jacob ließ seinen Blick zu den beiden Jim-Beam-Flaschen schweifen. Vermutlich war ihre ungeschminkte Gesichtshaut nicht so hell.

Sie fragte Jacob, was er in seiner Galerie verkaufe. Bereitwillig erteilte er Auskunft. Er gab ihr zu verstehen, daß er mit sehr teuren Objekten handelte. In dem Trailer hielt er es nicht für angebracht, Summen zu spezifizieren.

Als sie ihr Bein zum zweiten Mal abgewaschen hatte, wandte sie sich Jacob zu, blieb aber neben der Spüle sitzen. Zufrieden betrachtete sie ihre Beine und bewegte sie sacht hin und her. Die Haut trocknete schnell, in dem Trailer war es nicht nur heiß, sondern stickig. Erst als Jacob sich mit einem Taschentuch den Schweiß von der Stirn wischte, fiel ihm auf, daß Jillians Mutter überhaupt nicht schwitzte.

Sie erklärte ihm, sie sei Hochzeitsplanerin. Jacob glaubte, nicht richtig gehört zu haben, und fragte entsprechend nach, aber sie bestätigte es auf völlig unironische Weise.

Sie sei sehr erfolgreich gewesen. Hatte Jillian das nicht erzählt.

Das war das erste und das letzte Mal, daß sie ihre Tochter erwähnte.

Dann sei ihr ein Mißgeschick unterlaufen. Sie habe eine Hochzeit zwischen zwei der reichsten Familien von Phoenix geplant, aber die Sache stand unter keinem guten Stern. Geld spielte keine Rolle. Dreihundertfünfzig Personen waren eingeladen, sie hatte das komplette Scottsdale Camelback Resort für drei Tage gemietet. Am Tag vor der Hochzeit machten die Gäste einen organisierten Ausflug in den Grand Canyon, am Tag nach der Hochzeit stand ein Abstecher über die Grenze nach Mexiko auf dem Programm.

Bei den Dinners waren die Tische im Wechsel mintgrün und gelb gedeckt. Das Camelback Resort hatte extra Tischtücher und Servietten in den entsprechenden Farben angeschafft. Die Platzkarten waren gelb mit mintgrüner Schrift. Die gesamte Dekoration mußte in den Farben Mintgrün und Gelb gehalten werden. Das galt insbesondere für die Kerzen, nicht nur bei den Dinners, sondern auch in der Kirche. Sämtliche Bänder und Schleifen waren entweder gelb oder mintgrün. Die Mutter der Braut trug ein gelbes, die Mutter des Bräutigams ein mintgrünes Kleid. Die Braut hatte durchgesetzt, daß ihr Vater wie auch ihr Schwiegervater keine schwarzen Smokings anzogen, der Kontrast zu den Kleidern der Ehefrauen gefiel ihr nicht. Die beiden Herren mußten sich perlgraue Smokings anfertigen lassen. Auf dem Empfang vor der kirchlichen Trauung wurden in Schälchen Mandeln im Joghurtmantel gereicht. Es war nicht möglich, nur gelbe und mintfarbene Joghurtmandeln zu bestellen, Jillians Mutter mußte eine Mandelmischung in allen Farben ordern. Zwei Tage vor der Hochzeit sortierte sie selbst die Mandeln aus, aber entgegen der Zusage des Herstellers enthielt die Mandelmischung nur ganz wenige mintgrüne und nicht viel mehr gelbe Joghurtmandeln. Zunächst legte Jillians Mutter alle weißen Joghurtmandeln dazu, aber auch auf diese Weise konnte sie die Schälchen nicht füllen. Deshalb entschloß sie sich, auch noch dunkelgrüne Joghurtmandeln hinzuzufügen.

Als die Braut bei dem Empfang die dunkelgrünen Joghurtmandeln in den Schälchen sah, schrie sie auf. Sie zerrte Jillians Mutter in einen Nebenraum und beschimpfte sie. Jillians Mutter setzte ihr auseinander, wie sie die Joghurtmandelmischung zusammengestellt hatte. Die Braut sagte, sie hätte lieber die bunte Mischung servieren sollen, alles sei besser als die zwei Grüns, die überhaupt nicht zueinander paßten. Sie hasse Dunkelgrün.

Jacob war überzeugt, daß sich Jillians Mutter bis jetzt keiner Schönheitsoperation unterzogen hatte. Dennoch blieb der Ausdruck ihres Gesichts immer starr, auch wenn sie sprach. Sie hatte es sich antrainiert, die Gesichtsmuskeln möglichst wenig zu bewegen.

Der tiefere Grund für den Zorn der Braut war ein anderer. Vor dem Empfang hatte sie auf ihrem Zimmer noch einmal mit der Schneiderin das Hochzeitskleid anprobiert. Der Bräutigam wollte ihr etwas mitteilen, die Zimmertür war nicht verschlossen, die Helferinnen im Vorraum verhinderten nicht, daß der Bräutigam – übrigens noch in Jeans und T-shirt – eintrat und die Braut im Hochzeitskleid sah. Das war der größte anzunehmende Unfall. Denn die Braut glaubte daran, daß es unfehlbar Unglück brachte, wenn der Bräutigam die Braut vor der Hochzeit im Hochzeitskleid erblickte.

Über der Familie des Bräutigams lastete ein Fluch. In völlig harmloser Absicht hatte der Bräutigam der Braut erzählt, daß sich in seiner Familie alle scheiden ließen. Natürlich glaubte er nicht an den Fluch, er liebte sie so sehr, daß er sich nie von ihr scheiden lassen würde. Auf die Idee, daß sie sich von ihm scheiden lassen könnte, kam er nicht. Die Braut hatte darauf bestanden, den Stammbaum des Bräutigams durchzugehen. Dem war der Familienfluch eher als ein Scherz geläufig. Verwundert mußte er feststellen, daß es im gesamten Stammbaum tatsächlich keine einzige Witwe und keinen einzigen Witwer gab. Alle Familienmitglieder waren geschieden. Nachdem der Bräutigam sie im Hochzeitskleid vor der Hochzeit gesehen hatte, war die abergläubische Braut sicher, daß ihre Ehe ebenfalls scheitern würde. Ihre Verzweiflung und ihre Wut ließ sie an der Hochzeitsplanerin aus.

Die Gäste seien mehr als zufrieden gewesen. Der Bräutigam und seine Eltern ebenfalls. Aber die Braut habe nicht nur ihren Eltern verboten, sie zu bezahlen, sie habe auch dafür gesorgt, daß sie keine weiteren Aufträge bekam.

Ihre Beine waren schon lange getrocknet, als sie auf den Gedanken kam, Jacob etwas anzubieten. Sie ging jedoch nicht an den Kühlschrank, der sich unmittelbar neben der Spüle befand, sondern verschwand im Inneren des Trailers. Jacob mußte ziemlich lange warten.

Jillian sprach nie über ihre Mutter. Sie hatte lediglich einmal bemerkt, daß ihre Mutter kurz vor ihrer Geburt nach New Jersey gezogen war. Die Mutter hatte den Eindruck erweckt, die Episode mit den Mandeln im Joghurtmantel habe das Ende ihrer Karriere als Hochzeitsplanerin in Phoenix bedeutet. Das hieß, sie war vor etwa siebzehn Jahren nach Moonachie gezogen. Was hatte Jillians Mutter in den letzten siebzehn Jahren gemacht? Jacob hatte eine Idee, wie sie ihr Geld verdiente. Er, der sich sonst niemals scheute, die Dinge beim Namen zu nennen, machte im Fall von Jillians Mutter eine Ausnahme und keinen Versuch, das Vage konkreter zu denken.

Als sie zurückkam, hatte sie sich umgezogen. Die sehr kurzen, sehr engen schwarzen Shorts aus einem samtartigen Stoff und das Tank top aus dem gleichen Stoff, das von einem Träger gehalten wurde, der zwischen den Brüsten ansetzte und sich am Hals in zwei Teile aufspaltete, waren nicht dazu geeignet, Jacobs Gedanken in eine andere Richtung zu lenken.

Sie öffnete die Kühlschranktür und beugte sich nicht hinunter, sondern kniete sich hin, um etwas im untersten Fach zu suchen. Jetzt erst bemerkte Jacob ihre roten Plateauschuhe. Sowohl die riesigen Absätze als auch die dicken Sohlen waren weiß, vorn waren die Schuhe offen, die Fußnägel in der Farbe der Schuhe lackiert.

Sie entnahm dem Kühlschrankfach mehrere Cokes, einen Becher Joghurt und eine Packung Waffeln.

Danach stand sie nicht auf, sondern hockte sich auf den Boden, die Kühlschranktür ließ sie offen. Jacob schloß sie. Sie plazierte die Sachen aus dem Kühlschrank vor sich, griff in die Waffelpackung und aß eine Waffel. Dabei blickte sie zu Jacob hoch wie ein kleines Mädchen auf dem Spielplatz zu einem Erwachsenen.

Jacob blieb nichts anderes übrig, als sich ebenfalls auf den Boden zu setzen. Er aß den Erdbeerjoghurt mit einem Plastiklöffel, während sie ihm von anderen Hochzeiten erzählte, die allerdings nicht so spektakulär waren wie die im Camelback Resort. Jacob erinnerte sich noch daran, daß Rosen aus schwarzer und weißer Schokolade und Mangoeiscreme eine Rolle gespielt hatten. Obwohl Jacob immer wieder versuchte, das Gespräch entsprechend zu lenken, blieben die Jahre in Moonachie und ihre Tochter ausgespart.

Als Jacob später Jillian seinen Besuch bei ihrer Mutter schilderte, sprach sie danach mit ihm nur noch über Geschäftliches. Ihre Mutter hatte ihr nicht erzählt, daß er bei ihr gewesen war.

Einmal brachte Jacob das Thema wieder auf die Mutter. Da bat Jillian ihn in aller Form, ihre Mutter nie mehr zu erwähnen.

An ihrem zweiundzwanzigsten Geburtstag hatten sie geheiratet, und Jacob hatte sie an der Galerie beteiligt. Es gab nur eine standesamtliche Trauung. Kein Verwandter Jillians war dabeigewesen.

Jillian hatte nicht heiraten wollen. Jacob hatte darauf bestanden.

Jacob wurden nicht einmal Handschellen angelegt. Die Tür des Trailers blieb offen. Obwohl es schon so spät war, brachte Héctor Burritos. Der hoch aufgeschossene Mexikaner und der Indio hockten vor dem Trailer auf dem Boden und rauchten. Es war, als gewährte man Madeline und Jacob ein Date unter Aufsicht.

Madeline würde freigelassen werden. Würde man ihn auch freilassen, oder waren die Burritos seine Henkersmahlzeit? Madeline saß auf ihrer Matratze, Jacob auf seiner. Sie zerteilte den Burrito auf dem Teller in ihrem Schoß. Um einen Bissen in den Mund zu nehmen, beugte sie sich weit vor. Das widersprach allen Benimmregeln.

Während sie die Gabel zum Mund führte, wandte sie ihr Gesicht zu Jacob hin. Dabei lächelte sie scheu.

Kaum hatte sie den Bissen im Mund, schlug sie die Augen

nieder und zog die Schultern hoch, als wollte sie sich für etwas entschuldigen.

Während sie kaute, bemühte sie sich um eine möglichst sachliche Miene. Als Jacob sie anblickte, stellte sie den Teller auf einen Oberschenkel, balancierte ihn dort, neigte den Kopf nach vorn und hielt sich die Hand vor den Mund.

Nachdem sie fertig gekaut hatte, ließ sie die flache Hand ganz langsam sinken und sagte zu Jacob, sie werde ihm nie vergessen, daß er zurückgekommen sei.

Was sollte er antworten. Es sei eine Selbstverständlichkeit für ihn gewesen zurückzukommen?

Das war gelogen und lächerlich. Warum hatte er sich aus dem Staub gemacht. Um seinen Kopf zu retten, ohne Rücksicht auf Verluste. Er hatte gewußt, daß er ihr Leben gefährdete, wenn er die Lösegeldübergabe vereitelte.

Jacob dachte an den staubbedeckten blutigen Körper des älteren Mexikaners, der an der Stoßstange des kleinen Chevrolet hing. Der Mexikaner würde wohl noch leben, wenn er, Jacob, nicht davongelaufen wäre.

Madeline zog die Schultern nach vorn und führte die Ellbogen zusammen, während sie den Teller weiter auf dem Oberschenkel balancierte. Die Hand mit der Gabel beschrieb eine unsichere Bewegung.

Nicht auszudenken, was passiert wäre, wenn er nicht zurückgekommen wäre.

Das war Blödsinn. Das wußte Jacob, und das wußte auch sie. Chuy wollte das Lösegeld für sie. Jacob spielte dabei keine Rolle. Es war egal, was er tat oder nicht tat.

Madeline faßte seine Rückkehr als eine Art Liebesbeweis auf.

Sie beugte den Kopf ganz weit herunter.

Aber er sei ja jetzt da.

Sie lächelte. Es fehlte nur, daß sie hinzufügte, und alles sei gut. Das galt für sie. Was würde aus ihm werden?

Die Frage war wohl von seinem Gesicht abzulesen. Sie stellte ihren Teller hin und erhob sich, indem sie die geschlossenen Knie zur Seite drehte. Jacob stellte ebenfalls seinen Teller beiseite. Sie hockte sich vor ihm auf den Boden und umfaßte seine linke Hand mit beiden Händen.

Jacob hatte registriert, daß sie ihm bei der Begrüßung gesagt hatte, *sie werde* morgen nach Tijuana gebracht. Sie hatte nicht gesagt, *sie würden* nach Tijuana gebracht.

Jacob fragte Madeline, wann er freigelassen werde.

Sie legte die Stirn in Falten und fuhr sich mit der linken Hand über die Augen. Sie wisse es nicht.

Für einen Moment verlor sie das Gleichgewicht, mit beiden Händen stützte sich sie nach hinten ab. Dabei blickte sie zum Eingang hin.

Unvermittelt richtete sie sich auf und ballte die Fäuste, als würde sie ein Football- oder ein Basketball-Team anfeuern. Mit fröhlichem Gesicht sagte sie, Chuy habe ihr versprochen, ihn freizulassen.

Das konnte sogar wahr sein. Gleich, was er mit Jacob vorhatte, für einen möglichst reibungslosen Ablauf der Dinge war es besser, wenn Chuy Madeline in der Überzeugung ließ, daß er, Jacob, ebenfalls freikommen würde.

Wenn er Jacob wirklich gehen ließ, war es nicht unvernünftig, etwas damit zu warten. Mit der Drohung, sonst werde Jacob etwas passieren, konnte Chuy wirksam verhindern, daß Madelines Mann sofort eine offizielle Untersuchung in Gang brachte.

Die Tatsache, daß er zurückgekehrt war, sprach dafür, daß auch er, Jacob, nach seiner endgültigen Freilassung nichts gegen seine Entführer unternehmen würde.

Was hätte er getan, wenn er nicht seine Voicemail abgehört hätte. Er wäre über den Zaun geklettert und hätte dem nächsten Border Patrol Officer alles erzählt. Der hätte den Fall aufnehmen müssen, und er wäre beim FBI gelandet.

Madeline kehrte zu ihrer Matratze zurück und aß noch ein paar Bissen von ihrem Burrito, Jacob tat das gleiche. Schließlich stellte sie den Teller betont geräuschvoll zur Seite, bewegte die Knie hin und her, preßte sie zusammen, stützte sich auf ihre gestreckten Arme und sagte ihm, er sei ein Held.

Das konnte sich Jacob zugute halten: Er hatte es fertiggebracht, daß Chuy und Madeline sich von einer Seite zeigten, die niemand an ihnen vermutet hätte. Chuy war auf einmal zum Philosophen geworden. Madeline gab sich wie ein verliebter Teen.

Chuy und Madeline hatten Antworten gefunden, warum er zurückgekehrt war. Jacob wußte es immer noch nicht.

Jeder Gedanke, den er dachte, drehte sich um seine Überlebenschancen. Warum war er zurückgekommen? Er war frei gewesen. Nie mehr hätte er solche Gedanken denken müssen. War er zurückgekehrt, um genau diese Gedanken zu denken? Das machte keinen Sinn.

Jacob sagte nur, er sei kein Held.

Madeline lachte, sie stützte die Ellbogen auf den Knien auf und streckte die Hände nach hinten, mit den Handflächen nach oben.

Doch, er sei ein Held.

Sie erhob sich, streckte den Arm aus und ging zu ihm hin.

Diesmal umfaßte er ihre Hand.

Später, als es dunkel war und die Trailertür geschlossen, schliefen sie miteinander.

Auf der Empore

Jillian im Körper Ritas hatte eine Flasche Mineralwasser bestellt. Es klopfte an der Tür, sie öffnete und schrak zurück.

Vor der Tür hockte in Lauerstellung eins der Höhlenwesen aus Bovas Drehbuch. Ein muskulöser, nackter Mann mit völlig weißer Haut, kahlem Kopf und Gesichtszügen, als wären sie grob aus einer formbaren organischen Masse geknetet. In den weißen Augen waren keine Pupillen auszumachen. Das Höhlenwesen öffnete den Mund, ein Gebiß wie aus Schlangenzähnen kam zum Vorschein, es stieß einen quäkenden Schrei aus und stellte die spitzen Ohren auf. Mit dem Echo seines Schreis vermaß es das Hotelzimmer, ortete Jillian und Rita.

Rita in ihrem, Jillians, Körper faßte sie an der Hand und machte das Licht im Zimmer aus. Sie hielten einander fest, als wollten sie sich gegenseitig davor bewahren, in einen Abgrund zu fallen.

Das Licht ging an. Jillian war wieder in ihrem Körper und die Moroni ebenfalls.

Der Höhlenmann war einer der Nachtportiers. Er trug eine weiße Hose, eine weiße Kellnerjacke und war Albino, sein Gesicht mißgebildet. Der Begleitzettel zu der Bestellung war ihm auf den Boden gefallen. Als Jillian die Tür öffnete, hatte er das Tablett mit der Mineralwasserflasche und den Gläsern abgestellt und sich gebückt, um den Zettel aufzuheben. Er hatte einen Schrei ausgestoßen, weil Jillian im Körper der Moroni völlig nackt gewesen war. Er hatte auch das Licht wieder angeschaltet.

In den Nächten vor dem Showdown im Palazzo Barbaro streifte Jillian von der Abenddämmerung bis zum Morgengrauen durch Venedig. Die Stadt war ein Organismus, der sich von Geschichten nährte. Sie bemächtigte sich aller Geschichten, deren sie habhaft werden konnte, zerlegte sie in ihre Teile, stellte die Teile um und baute sie in ihre eigene Erzählung ein. Rom und Florenz rangen im offenen Kampf mit dem Betrachter, kämpften ihn nieder, überwältigten ihn. Venedig stahl dem Betrachter hinterrücks die körperlichen und geistigen Kräfte, ließ eine unbeschriebene Tafel zurück, die geräuschlos zerbröselte.

Einzig die Palladio-Kirchen beteiligten sich nicht daran, den Betrachter wesenlos zu machen. San Francesco della Vigna, San Giorgio Maggiore und Il Redentore spendeten Jillian Seelenruhe. Palladio war nie ein Kind gewesen, er war als fertiger Mensch auf die Welt gekommen. Niemand konnte lernen, so rein und so klar zu bauen. Hatte er jemals Sex gehabt? Die Abwesenheit von Familie, Entourage. Keine Outriertheit, die schöpferisch machte. Jillian wußte nichts über sein Leben. Aber anders konnte es nicht sein. Einfachheit. Nicht Schwierigkeit als ästhetischen Kompaß benutzen.

Jillian wünschte, die Piazza San Marco wäre überschwemmt, wie schon zweimal, als sie in Venedig gewesen war. Stege hatten über den Platz geführt. Gingen mehrere Menschen auf den Stegen, bogen sie sich durch und berührten die Wasseroberfläche. Ein anderes Mal war das Wasser nur wenig übergetreten, so daß mehrere Pfade über den Platz trocken blieben. Jillian erinnerte sich an einen windstillen Tag, der dünne Wasserfilm wirkte wie ein Spiegel und machte den Palazzo Ducale doppelt so groß und den Campanile doppelt so hoch.

Sie hatte Venedig auch im Winter besucht. Es hatte geschneit, sie konnte ihren Blick nicht von den Gondeln abwenden, die in den kleinen Kanälen vertäut waren. Der Schnee war im Inneren der Boote geschmolzen und lag nur noch auf den Rändern. Jillian mietete eine Gondel und wies den Gondoliere an, den Schnee nicht von den Rändern wegzukehren. Sie bat ihn, eine Rundfahrt durch möglichst windstille Kanäle zu unternehmen, damit der Schnee auf den Rändern des Boots liegen blieb. Es war ihnen gelungen, den weißen Rand des schwarzen Boots zum Ausgangspunkt ihrer Exkursion zurückzubringen.

Jillian hatte sich wieder auf den schwarzen Marmorstufen des Portals gegenüber dem Palazzo Ducale absetzen lassen. Die Verschalung war entfernt, das Treppenhaus völlig neu hergerichtet, es roch nach Farbe. Im ersten und zweiten Stock waren alle Türen verschlossen, im dritten Geschoß stand eine Tür offen. Sie führte in einen hohen Raum mit einer Empore.

Joe Colombo auch in Venedig. Diesmal kein Raumschiff. Die Wohnung war nach einem Entwurf aus den sechziger Jahren eingerichtet. Auf dem Boden aus hellem Marmor, die großen quadratischen Fliesen durch schmale Bänder voneinander abgegrenzt, um eine dreieckige Glasplatte auf zwei Bumerangs eine Sitzgruppe. Die schwarz überzogenen Kunststoffelemente ein Mittelding zwischen Sesseln und Liegen: An das Rückenteil konnte man sich nur anlehnen, indem man die Beine ausstreckte, wollte man sich wirklich setzen, mußte man in der Kuhle seitlich Platz nehmen. An der Wand ein mannshohes beleuchtetes Regal, auf dem diesmal echte Pezzati standen. Der Kamin war von einem Regal aus unbehandelten Hölzern eingerahmt. Im Kamin brannte ein Feuer.

Auf dem Glastisch lag ein aufgeschlagenes Heft von *Vanity Fair* mit einem ganzseitigen Foto der Moroni.

Das Mädchen hockte auf einem der Kunststoffelemente, die Beine angezogen, die Knie zusammengepreßt, die Füße weit auseinander, die rechte Hand umfaßte den linken, die linke den rechten Oberarm.

»Ich möchte gesund werden. Bitte helfen Sie mir! – Ich will nach Hause.«

Das Mädchen hatte zu sprechen angefangen, als Jillian die Tür hinter sich geschlossen hatte.

»Wenn es dir bessergeht, kannst du nach Hause. Du mußt deine – Vorstellungen bekämpfen. – Du klammerst dich an etwas, das es nicht gibt.«

Wenn das Mädchen wiedergab, was der imaginäre Psychiater aus der Klinik in Piacenza sagte, wurde seine Stimme tiefer.

»Aber der Nonno…

»Du lebst nicht im Palazzo – wie heißt er?

»Palazzo Barbaro.

»Nicht alles in Venedig ist gut. Denk an die Nichte deines Urgroßvaters, was macht sie gleich?

»Sie ist Schauspielerin.

»Sie wartet nur darauf, daß dein Urgroßvater krank wird oder stirbt, dann wird sie dich auf die Straße setzen.

»Aber die Amerikanerin…

»Die hast du auch nur erfunden. Glaubst du wirklich, daß sie dir helfen wird? – Warum sollte sie? – Wie heißt sie eigentlich?

»Ich…

»Du weißt nicht einmal, wie sie heißt!

»Sie heißt Jillian.«

Die Empore zog sich über zwei Seiten des Raums hin, man

betrat sie über eine Treppe, die zu einer halbkreisförmigen Ausbuchtung in der Mitte führte. Die Empore hatte kein Geländer. Die hüfthohen schmalen und leicht gebogenen grauen Rohre mit den irisierenden rosafarbenen, perlmuttfarbenen und goldfarbenen Glühbirnen ersetzten nicht das Geländer, der Abstand zwischen ihnen war zu groß.

Auf der Seite über dem Kamin waren in eine Schrankwand mit offenen und geschlossenen quadratischen Elementen unordentlich Bücher und CDs eingeräumt. Auf der anderen Seite gab es drei Türen. Die rechte Tür hatte die Form einer nach oben gestreckten rechten Hand mit der Klinke am kleinen Finger. Die nächste Tür zeichnete die Konturlinie eines stehenden Mannes nach. Die dritte Tür aus Metall oder einem Kunststoff, der Metall imitierte, spielte mit der Perspektive, sie war oben schmaler als unten, es sollte aussehen wie eine Tür am Ende eines langen Gangs.

Jillian ging zu dem Mädchen hin. Es sprang auf und flüchtete sich in die Ecke neben den Kamin.

»Dein Urgroßvater hat dich nicht als seine Tochter angenommen. Die Amerikanerin ist nicht deine Freundin. Das sind nur Tricks!«

Das Mädchen schlug mit den Handflächen gegen die Glasscheibe der Tür, die auf den Balkon führte. Jillian wagte nicht, sich ihr wieder zu nähern, sie hatte Angst, das Mädchen würde die Tür aufreißen und auf den Balkon hinausstürzen.

Jillian begann zu erzählen. Wie sie versucht hatte, Homecoming queen zu werden.

Ihre Mutter hatte ihr ein Kleid für den Homecoming dance nach einem Entwurf aus einer Frauenzeitschrift genäht, die ein Schnittmuster enthielt. Um den karmesinroten Stoff zu besorgen, war sie extra nach Downtown Manhattan gefahren. Das Kleid war schulterfrei, jedoch nicht ausgeschnitten, eine gerade Linie über dem Ansatz der Brüste, zwei schmale rote Träger, nicht bodenlang, ging es nur bis kurz über die Knöchel, damit Jillian leichter tanzen konnte. Jillian hatte auch eine dazu passende Tasche. Die Mutter beklebte eine alte Tasche mit dem roten Stoff, der beim Schneidern des Kleids übriggeblieben war.

Eine weitere Idee Jack Winthrops. Sie wäre im Leben nicht auf den Gedanken gekommen. Aber sie ließ sich überreden. Er behauptete, sie habe eine reelle Chance zu gewinnen. Die Favoritin war ein Mädchen aus der Parallelklasse namens Ramona, eine große Schwarzhaarige, der Vater war Investment banker. Jack Winthrop packte die Sache strategisch an. Nach dem Unterricht gingen sie in die Schulbibliothek und erstellten eine Stärken-Schwächen-Analyse von Ramona und ihr selbst. Jack Winthrop diktierte, Jillian schrieb.

Ramona

Stärken:

cheerleader
yearbook editor
perfekte Zähne
teure Kleidung
schließt schnell Freundschaften
hat Geld, um Stimmen zu kaufen

Schwächen:

keine gute Haut
Probleme mit dem Gewicht
manipuliert
ist oberflächlich
ist nachtragend
falsches Lächeln
kein Sinn für Humor

Jillian war Jack Winthrop dankbar, daß die Liste der Schwächen von Ramona knapp länger war als die ihrer Stärken. Aber das Gefühl der Zuneigung, das sich so plötzlich eingestellt hatte, zerstob ebenso schnell wieder, als es daran ging, Jillians Stärken zu definieren.

Jack Winthrop wollte *freundlich* aufschreiben, aber Jillian widersprach ihm. Sie war vielleicht höflich, aber verschlossen. Sie war nicht freundlich. Als nächstes wollte Jack Winthrop *geübte Debattiererin* aufschreiben, aber auch da mußte Jillian widersprechen. Sie gab überlegte und treffende Antworten, aber nur, wenn sie gefragt wurde. Als Jack Winthrop dann *ehrlich* schrieb, mochte sie nicht mehr widersprechen. Sie bemühte sich, niemanden anzulügen. Aber oft sagte sie Dinge nicht, von denen sie der Meinung war, daß sie sie eigentlich sagen müßte.

Als Jack Winthrop *athletisch* niedergeschrieben hatte, strich sie das Wort durch. Sie war gut in Indoor sports, sie konnte ja nicht auf den Sportplatz. Aber sie war nicht athletisch, auch wenn sie in den Indoor-Sportarten mit den athletischen Mädchen und mit vielen Jungen mithalten konnte. *Lernt viel.* Jillian fragte sich, ob das eine Stärke oder eine Schwäche war. Ihr schien, wenn sie intelligenter wäre, müßte sie nicht soviel lernen. Niemand, der lernte, sagte, daß er lernte.

Warum schrieb er nicht einfach *hübsch*? Sie war nicht groß, aber sie hatte eine gute Figur. Sie hatte ein hübsches Gesicht. Wenn ihre Mutter das Geld gehabt hätte, sie zu einem Friseur zu schicken, wenn sie sich hätte schminken können, wenn sie manchmal etwas anderes hätte anziehen können als Jeans oder Jeansröcke und T-shirts, dann hätte er schreiben müssen *good looks*. Aber er schrieb *nett*, und er schrieb *süß*. Jillian war nicht nett, und Jillian war nicht süß.

Nachdem Jillian bei der Aufzählung ihrer Stärken permanent widersprochen hatte, zögerte Jack Winthrop augenscheinlich, sich mit ihren Schwächen zu befassen. Jillian bestand darauf. Die Liste nahm dann allerdings die kürzestmögliche Form an, sie bestand aus lediglich einem Eintrag: *wenig Freunde*. Jillian hatte es selbst so formuliert, aber sie wußte, das stimmte nicht, es hätte heißen müssen: *keine Freunde*. Jillian kam auf keine anderen Schwächen oder besser auf keine Eigenschaften, die andere für Schwächen hielten. Dabei war es in ihren Augen nicht wirklich eine Schwäche, keine Freunde zu haben. Jack Winthrop fielen wahrscheinlich viele Schwächen ein, aber er traute sich nicht, sie zu nennen.

Jack Winthrop fotografierte Jillian und hängte die Fotos in der Schule auf. Ein Mädchen brachte er dazu, Cookies zu verteilen, um die eine Schleife mit der Aufschrift *Vote Jillian* gebunden war. Jillian verstand nicht, warum das Mädchen das machte, es war ihr unendlich peinlich, sie dankte dem Mädchen überschwenglich, aber vermied sonst den Kontakt. Jillian mußte anerkennen, daß Jack Winthrop sich wirklich sehr bemühte.

Der Host des Homecoming dance war ein Freund von Jack Winthrop. Alle nannten ihn nur Slash. Es hatte nichts mit dem Gitarristen von Guns N' Roses zu tun. Er brachte es anscheinend nicht fertig, sich geradezuhalten. Immer saß er zur einen oder zur anderen Seite geneigt, und er ging auch so. Während die Lehrer und die Schüler in dunklen Anzügen kamen, die Lehrerinnen und die Schülerinnen trugen Abend- oder Cocktailkleider, hatte er Cowboy-Stiefel und eine Fransenjacke an.

Slash präsentierte dem Publikum einen riesigen Umschlag, der das von der Wahlkommission ermittelte Ergebnis enthielt. Der Umschlag war mit Pailletten verziert. Es dauerte eine Ewigkeit, bis Slash das Ergebnis verkündete. Jedesmal wenn er kurz davor war, den Umschlag zu öffnen, hielt er wieder inne und erzählte einen neuen Witz oder stellte eine neue Frage ans Publikum. Er gehörte nicht zur Wahlkommission, er kannte das Ergebnis nicht. Jillian hatte sich ganz vorn in die erste Reihe vor die Bühne gestellt, aber nicht in die Mitte zu den anderen Mädchen, die ebenfalls kandidiert hatten.

Slash runzelte die Stirn, während er das Blatt überflog, das er aus dem Umschlag genommen hatte. In diesem Augenblick war er nicht der Host des Homecoming dance, sondern Slash, der vor einem Test saß. Slash hatte keine guten Noten. Es dauerte, bis er wieder zu seiner sprühenden Laune zurückfand und ein Unentschieden verkündete. Zwei Mädchen hatten genau die gleiche Stimmenzahl auf sich vereinigt, zum ersten Mal in der Geschichte der Schule gab es zwei Homecoming queens.

Jillian hatte nicht damit gerechnet zu gewinnen, aber sie hatte sich Chancen ausgerechnet, Zweite zu werden. Als sie hörte, daß es zwei Gewinnerinnen gab, war sie ganz sicher, daß sie auch gewonnen hatte. Die Lehrer und die Schüler klatschten schon, bevor Slash die Namen der beiden Gewinnerinnen verkündete. Jillian klatschte begeistert mit, sie applaudierte sich selber.

Die Gewinnerinnen waren Ramona und ein anderes Mädchen. Sie war Dritte.

Beim Namen Ramonas klatschte sie noch, als Slash den anderen Namen aussprach, hörte sie auf zu klatschen. Mit beiden Händen umfaßte sie ihre Tasche und drückte sie so fest, daß sich der Stoff löste, den die Mutter aufgeklebt hatte. Niemand sah es. Keiner achtete in dem Jubel über die beiden Gewinnerinnen auf ihren Gesichtsausdruck.

In den Tagen danach gratulierten ihr Mitschüler und Mitschülerinnen zu ihrem dritten Platz, sogar einige Lehrer machten eine Bemerkung. Sie schloß daraus, der dritte Platz war viel mehr, als sie hatte erwarten dürfen.

Das Mädchen hatte Jillian aufmerksam zugehört. Langsam ließ es sich, den Rücken halb an die Glastür, halb an die Wand gelehnt, zu Boden gleiten.

Es fragte Jillian nach ihrem ersten Kuß.

Jillians erster Kuß war Jack Winthrop gewesen. Aber daran wollte sie sich jetzt nicht erinnern und noch viel weniger davon erzählen.

Sie hatte fast zwei Monate in Jacobs Galerie gearbeitet. Er hatte ihr Vorträge über Tiffany-Lampen und Vasen gehalten und ihr erläutert, wie sie die Kunden zu behandeln hatte.

Nach einer Vernissage baute der Catering service das Büfett ab, Jacob räumte mit Jillian in der Galerie auf. Er bezahlte einen Fahrer, der sie nach Hause bringen würde.

Jacob hatte gesagt, nach der Vernissage habe er ein Date. Das Date hatte die Vernissage besucht. Jillian war nicht entgangen, daß er mit der Frau in dem grauen Business-kostüm, Jillian hätte wetten mögen, daß sie darunter kein T-shirt, sondern einen Body trug, während der Vernissage auf die Straße gegangen war. Sie waren schweigend zurück-gekommen, offensichtlich hatten sie gestritten. Kurz dar-auf verließ die Frau, laut Gästeliste war sie Anwältin, die Vernissage, ohne sich von Jacob zu verabschieden.

»Wäre es nicht lustig, wenn wir uns einmal sehen würden, und wir würden uns nicht über Vasen unterhalten? – Mit lustig meine ich natürlich nicht...«, sagte Jillian.

»Du schlägst ein Date vor?« fragte Jacob.

»Nein.«

»Du möchtest kein Date?«

»Ich habe nicht von einem Date gesprochen.«

»Ich wußte, daß das passieren würde.«

»Was passiert denn?«

»Du bist sechzehn Jahre alt. Ich bin dreiundvierzig Jahre alt.«

»Das weiß ich.«

»Du weißt nicht, was du tust.«

»Was tue ich denn?«

»Du weißt nicht, was du willst...«

»Oh doch, ich weiß, was ich will! – Ich will diese Unterhal-tung beenden und ganz schnell nach Hause...«

»Wir wissen beide ganz genau, wenn wir uns nicht über Vasen unterhalten, dann führt eins zum anderen.«

»Hast du dir das nicht so vorgestellt?«

»Das ist kein Märchen. Wenn ich dich küsse, wachst du nicht auf und lebst glücklich bis an dein Lebensende.«

»Nein. Wenn du mich küßt, möchte ich – sterben.«

Während Jillian die High school beendete, reiste Jacob sehr viel. Er hatte eine große Sammlung von Lötz-Gläsern erworben, die Highlights daraus bot er potenten Sammlern persönlich an.

Im letzten Jahrzehnt des neunzehnten Jahrhunderts entwickelte man in der Glasmanufaktur Lötz eine neue Zusammensetzung der Glasmasse. Die Zugabe von Silber beziehungsweise Wismut und Zinn ermöglichte es, am selben Objekt Irisflächen mit unterschiedlich starker Lichtbrechung zu erzielen. Die eingearbeiteten Dekorpartien aus dem neuen silbergelben Glas hoben sich metallisch glänzend von den matten irisierten Hintergrundflächen ab. Lötz praktizierte zwei Grundarten des Umspinnens mit Glasfäden. Beim Dekor Chiné und später beim Dekor Pampas wurden feine farblose Fäden unregelmäßig gekreuzt. Die andere Art des Umspinnens basierte darauf, daß Glasfäden, Glasbänder oder Fadenbündel zunächst spiralförmig um das Werkstück gewunden wurden, um dann mit Haken oder Rippenmodeln verzogen oder gekämmt zu werden. Diese Technik bildete den Ausgangspunkt und das gemeinsame Kennzeichen der Gläser des Dekortyps Phänomen, mit diesem Dekor reagierte Lötz auf das Favrile-Glas von Tiffany.

Das ebenfalls erfolgreiche Papillon-Dekor war technisch wenig anspruchsvoll. Die mit leuchtend irisierenden Tupfen besäte Oberfläche der Gefäße entstand durch das Einwalzen silberhaltiger Krösel in die Glaswandung.

Während Jillian ihre letzten Prüfungen ablegte, flog Jacob nach Los Angeles, San Francisco und Las Vegas. Er buchte seine Reisen selber, aber Jillian sah an den Rechnungen, daß er nicht allein reiste. Die Kosten dieser Reisen standen in keinem Verhältnis zu den Gewinnspannen bei den Lötz-Gläsern.

Obwohl die Sammlung noch keineswegs verkauft war, änderte Jacob plötzlich seine Strategie. Er präsentierte die Gläser in einer großen Ausstellung, für die er viel Reklame machte.

Kaum reiste er nicht mehr, als ständig eine Frau in der Galerie anrief, die ihn sprechen wollte. Er hatte Jillian die Anweisung gegeben, sie nicht durchzustellen. Schließlich fragte die Frau rundheraus, ob sie, Jillian, die neue Geliebte Jacobs sei.

Jillian lag auf der Zunge zu antworten, sie sei die alte Geliebte, aber sie beschied der Anruferin kühl, sie arbeite in der Galerie und habe mit Jacobs Privatleben nichts zu tun.

Nach weiteren Anrufen sagte Jacob zu Jillian, sie müßten miteinander reden.

Es gehe um ihre Zukunft. Je mehr er darüber nachdenke, über sie und ihn – er sei unfair ihr gegenüber, sie verdiene etwas Besseres als ihn.

Früher oder später werde sie sich nach einem normalen Leben sehnen.

Sie sagte, sie habe nie ein normales Leben gehabt und sie werde nie ein normales Leben haben. Er sagte, daß sie die Nacht zum Tag und den Tag zur Nacht mache, sei das einzige, woran er nicht schuld sei. Aber gerade deshalb sollte sie eine normale Beziehung suchen.

Draußen prasselte ein Gewitterregen, Jillian drehte sich um und wollte so, wie sie war, auf die Straße laufen und nie wieder in das Geschäft zurückkehren.

Jacob packte sie am Arm und sagte, er habe es nicht so gemeint. Sie wisse, daß er sie liebe.

Er hatte das Wort noch nie in den Mund genommen.

Es bringe ihn um, das auszusprechen. Sie sagte, dann solle er es eben nicht aussprechen. Wie er dazu komme, ihr zu erzählen, was gut und was schlecht für sie sei, als ob sie nicht selber darüber nachgedacht habe. Er fragte, ob sie das tatsächlich getan habe. Ob sie vernünftig darüber nachgedacht habe. Sie sagte, nein, natürlich nicht. Sie sei doch nur ein dummes verliebtes Schulmädchen, oder? Er sagte, sie solle ihn nicht lieben. Sie sagte, es tue ihr leid, aber sie habe nicht gewußt, daß man sich das aussuche. Er sagte, er könne nicht mit ihr zusammensein. Sie sagte, sie könne es nicht glauben, daß er mit ihr Schluß machen wolle.

Sie lief dann doch aus dem Geschäft, allerdings mit dem Mantel, den er ihr gegeben hatte. Der Gewitterregen schlug mit unverminderter Heftigkeit auf Manhattan ein, sie mußte sich den Mantel über den Kopf ziehen.

Sie erschien nicht mehr zur Arbeit. Jacob rief sie nicht an, sie rief nicht in der Galerie an.

Zwei Wochen später fand der Abschlußball der High school statt. Diesmal war ihr Kleid nicht selbstgeschneidert, sondern geliehen. Die Tochter eines der Freunde ihrer Mutter hatte im letzten oder vorletzten Jahr die High school beendet, das Kleid paßte ihr nicht mehr, sie hatte sehr zugenommen, aber das Kleid nicht weggegeben. Sie hoffte, abzunehmen und das Kleid wieder anziehen zu können. Es war aus pinkfarbener Seide, schulterfrei, um die Taille sehr schmal geschnitten, es hatte sogar eine Schleppe. Jillian ging allein auf den Abschlußball. Jacob hätte sie begleiten sollen. Ihre Klassenkameradinnen hatten fast alle ältere Freunde. Jacob hatte den Takt besessen, nicht zu bemerken, daß diese Freunde nicht einmal halb so alt seien wie er. Zwei Klassenkameraden hatten Jillian gefragt, ob sie sie auf den Abschlußball führen dürften, Jillian hatte abgelehnt. Die beiden kamen mit Mädchen aus den unteren Klassen.

Als die Band *Endless Love* spielte, begann ein Hämmern in ihrem Kopf, das alles andere übertönte. Jillian ging zu dem aufgebauten Büfett und faßte mit beiden Händen in das Eis, auf dem die Schale mit der Fruchtbowle gelagert war. Sie fürchtete, wenn sie die Hände zurückzog, würde ihr Kopf platzen.

Sie mußte loslassen, denn ihre Geschichtslehrerin, die begriffen hatte, daß sie ohne Begleitung auf dem Abschlußball war, verwickelte sie in eine Unterhaltung. Die jedoch ein schnelles Ende nahm. Auf einmal sagte die Geschichtslehrerin nichts mehr. Wie gebannt blickte sie an Jillian vorbei, so daß Jillian sich umdrehen mußte. Die Geschichtslehrerin war die einzige Lehrerin, die Jacob kannte, einmal war sie in der Galerie gewesen.

Jacob trug einen Smoking. Sie hatte ihn noch nie im Smoking gesehen. Er kam auf Jillian zu mit der Körperhaltung eines unsicheren Schülers, der Angst davor hatte, seine Angebetete zum Tanzen aufzufordern.

Das Mädchen ging jetzt im Raum umher. Vornübergebeugt streckte es beide Arme vom Körper weg.

»Du darfst nicht aufgeben! – Du mußt kämpfen! – Du kannst gewinnen!«

Das Mädchen sprach mit der tieferen Stimme.

»Es gibt Menschen, die auf dich bauen!«

»Wer?«

Es erklomm die Treppe zur Empore.

»Das Leben ist oft trostlos. Aber du hast Menschen, die dich lieben!«

Das Mädchen setzte einen Fuß auf den Absatz, der den Rand der Empore säumte.

»Wen?«

Die Moroni schwebte über dem Boden. Auf dem Bild in *Vanity Fair* hatte man gesehen, wie sich das schwarze Kostüm über ihrem Busen gewölbt hatte. Jetzt lag der Stoff völlig flach auf ihrer Brust. Ihr Gesicht war das einer uralten Frau, die Augen tief in schwarzen Höhlen, die Hände nur Haut und Knochen.

Mit einem Lächeln verbeugte sie sich vor Jillian, dabei entblößte sie zwei glänzende Zahnreihen aus Metall.

Jillian konnte sich nicht rühren in ihrem Wachtraum.

Aus ihrer schwarzen Handtasche holte sie ein Operationsmesser hervor, das sie in die Luft hielt. Die Klinge glänzte im Licht der Glühbirnen über dem Rand der Empore.

Sie hielt das Messer zwischen dem Daumen und dem ausgestreckten Zeigefinger, die anderen Finger streckte sie ebenfalls weg. Lächelnd, aber zugleich mit einem unleugbar neugierigen Blick, führte sie das Messer an Jillians Brust. Zuerst schnitt sie die Bluse auf, dann den BH entzwei, ohne die Haut zu verletzen. Sanft schob sie die Kleidungsstücke zur Seite, um das Messer tief in Jillians Brust einzutauchen und das Brustbein zu durchtrennen.

Jillian in die Augen blickend, deutete sie mit dem Operationsmesser auf den offenen Brustkorb.

Jillian blickte an sich selbst herab. Ihr Brustkorb war leer. Kein Herz schlug darin.

Das Mädchen balancierte auf dem Absatz der Empore.

Die Moroni griff erneut nach ihrer Handtasche und nahm einen runden metallenen Behälter heraus, der mit rotem Wachs versiegelt war. Es genügte, daß sie die Spitze des Operationsmessers leicht in das Siegel bohrte, sofort löste es sich in einzelne Krümel und Staub auf, eine feine Wolke zog durch den Raum.

Unter den Augen Jillians öffnete sie den Metallbehälter, indem sie das Oberteil erst leicht drehte und es dann abnahm. In dem Metallbehälter war ein pulsierendes Herz.

Sie legte das Operationsmesser beiseite, faßte das pulsierende Herz ganz vorsichtig mit Daumen und Zeigefinger an, hob es aus dem Behälter und setzte es in Jillians Brustkorb ein.

Ziellos strich Jillian in San Marco umher. Auf jeder Brücke hielt sie inne und beugte sich über das Metallgeländer oder über die Steinbrüstung. In der windstillen Nacht blieb die Wasseroberfläche der Kanäle völlig unbewegt, so daß sich die Fassaden der Häuser präzise widerspiegelten. Jillian dachte, wenn sie sprang, würde sie in den Himmel springen. Wie sie sich dem Ponte Rialto näherte, war einen Augenblick lang die Gasse vor ihr taghell beleuchtet. Auf dem Ponte Rialto wurde Jillian unmittelbar angestrahlt. Erst nachdem sich ihre Augen an das gleißende Licht gewöhnt hatten, konnte sie neben den Scheinwerfern auf der Brücke Techniker in Arbeitsmonturen erkennen. Sie machten Beleuchtungsproben.

Der Gedanke, sich dem Tageslicht auszusetzen. Verbrennungen zu erleiden, die sie zwingen würden, wochenlang in einem völlig abgedunkelten Zimmer zu bleiben, nur imstande, zu telefonieren und den Computer zu bedienen, zu schwach, um Besuch zu empfangen, nicht in der Lage, die Begegnung mit anderen Menschen zu suchen. Vielleicht würde sie sogar sterben an den Verbrennungen.

Wenn Jillian in der Spring Street war, wollte sie woanders sein. Wenn sie woanders war, wollte sie in der Spring Street sein. Zum ersten Mal hatte sie es nicht eilig, nach Amerika zurückzukehren. Sie war dem Pendel *hier* und *woanders* entkommen.

Sie schwankte nicht mehr zwischen einem Überdruß, der sie verrückt zu machen drohte, und einem Zustand unerträglicher Spannung, der auftrat, sobald sie sich eine Leidenschaft erlaubte, um diesem Überdruß zu entrinnen.

Indem sie sich dem Sonnenlicht aussetzte, suchte sie nicht zuerst die Vernichtung. Es ging darum, die Fehler, die sie begangen hatte, die Torheiten, die sie sich hatte zuschulden kommen lassen, durch einen letzten Fehler zu komplettieren, der so riesig war, daß er jede Kritik an ihren anderen Fehlern im Keim ersticken mußte.

Zuerst rötete sich die Haut nur.

Erst Stunden später traten die Verbrennungen auf.

Wenn Jacob hier in Venedig wäre – sie würde ins Hotelzimmer zurückkehren und sich, ohne etwas zu sagen, zu ihm ins Bett legen. Wie ein Kind, das etwas Verbotenes getan hatte und das Verzeihung erlangen wollte, ohne seine Tat gestehen zu müssen.

Nach ein paar Stunden waren ihr Gesicht und ihre Arme feuerrot und mit Blasen übersät. Sie krümmte sich vor Schmerzen. Es würde nicht mehr nötig sein, irgend etwas zu erzählen, irgend etwas zu erklären.

Da war keine Angst vor Schmerzen.

Sie würde dem Nonno den Koffer mit den eineinhalb Millionen Euro übergeben. Zwei Beamte der Guardia di Finanza, die keine waren, beschlagnahmten ihn. Jillian kaufte die Sammlung für eine Million Euro von der Moroni. Sie würde über das Geld verfügen, um das Erdgeschoß und den ersten Stock der Spring Street zurückzukaufen.

Sie würde dem Nonno den Koffer mit den eineinhalb Millionen Euro übergeben, sie brauchte keine falschen Beam-

ten der Guardia di Finanza, Jillian kaufte die Sammlung nicht für eine Million Euro von der Moroni, sie würde nicht über das Geld verfügen, um das Erdgeschoß und den ersten Stock der Spring Street zurückzukaufen –
Kann sich der Mensch ändern?

Auf ihren irrenden Gängen war Jillian zur Piazza San Marco gelangt. Figuren aus antiken Mythen hielten vor einem jetzt nicht mehr schwarzen, sondern dunkelblauen Himmel auf den Brüstungen der Gebäude Wache. In jedem Bogen spähte ein Menschen- oder ein Tierkopf auf die Piazza hinaus. Die Steinfiguren erinnerten Jillian daran, daß sie in ihrem Leben *ein* Ziel nicht erreicht hatte: Die beiden Seiten zu vereinen, in die sie sich aufgespalten hatte. Das Leben und die Dinge, das Leben und die Galerie, das Leben und das Glas. Obwohl das Glas ihr Leben war – wenn sie ein Objekt kaufte, wenn sie ein Objekt verkaufte, wenn sie über ihre Gläser schrieb, selbst wenn sie über sich und ihre Gläser las, hatte sie immer das Gefühl, daß das nicht ihr Leben war. Aber welches war dann ihr Leben?
Wie konnte sie hier und dort zur Deckung bringen, wenn nicht nur dort, sondern auch hier zerfloß, versickerte, sich unkenntlich machte? Wenn sie der Wirklichkeit den Rükken kehrte, wohin sollte sie sich wenden? Die meisten Menschen hatten in der einen oder anderen Weise einen Gott, der augenfällig an die Stelle dessen trat, was ihnen fehlte, wenn er nicht eigens zu diesem Zweck erfunden worden war. Jillian fehlte nichts. Sie brauchte keinen Gott. Das Glas war nicht ihr Gott, sie war die Göttin des Glases. Nicht sie betete das Glas an, das Glas betete sie an. Sonst wäre ihre Galerie nicht die wichtigste der Welt geworden. Die Sehnsucht nach dem vollkommenen Leben. Wenn Glas

ihr Leben war, dann war ihr Leben vollkommen. Welche Augenblicke konnte sie erwecken, denen eine Ewigkeit zukam, die länger war als die des Glases?

Ein Taubenschwarm flog neben Jillian hoch, die Vögel wirbelten Staub auf und ließen Federn. Sie stand vor einem Geschäft, dessen Schaufenster nicht durch Jalousien gesichert waren. Die Tauben flogen so nah an dem Geschäft vorbei, daß die Scheibe zitterte, in der sich Jillian spiegelte.

Wenn sie sich dem Licht aussetzte, würde sie so aussehen, wie sie tatsächlich war. Niemand anderes konnte das. Niemand anderes konnte aussehen, wie er oder sie tatsächlich war.

Jillian blickte zur Spitze des Campanile hoch. Ein Taubenschwarm – sie wußte nicht, ob es dieselben Tauben waren, die gerade vor ihr aufgeflogen waren – umkreiste den Turm in einer Spirale.

Crucifixus Etiam

Das erste, was Jacob wahrnahm, als er aus seiner Bewußt-
losigkeit aufwachte, war das Geräusch eines elektrischen
Schraubers.
Mit ausgestreckten Armen lag er flach auf dem Rücken, in
einem Van ohne Fenster. Er wollte seine Arme anziehen.
Das ging nicht.
Er wandte den Kopf zur Seite. Um sein linkes Handgelenk
war ein dünnes Eisenseil mit Eisenringen an den Enden gewickelt. Er lag auf einer Spanplatte. Schrauben und Mut-
tern fixierten die Eisenringe auf der Platte. Seine Fußge-
lenke waren auf die gleiche Weise immobilisiert. Der Indio
drehte gerade die letzten Schrauben ein.
Drei Tage nach der mutmaßlichen Freilassung Madelines
war der hochgewachsene Mexikaner im Trailer aufgetaucht und hatte seine Pistole gezogen. Das war das letzte,
dessen Jacob sich entsinnen konnte. Der Mexikaner mußte
ihn mit der Pistole bewußtlos geschlagen haben.
Da war noch etwas, an das Jacob sich erinnerte. Als der
Mexikaner die Pistole zog, überfiel Jacob der Gedanke,
Madeline könnte schwanger geworden sein, als sie miteinander geschlafen hatten.
Der Indio rüttelte an allen Befestigungen. Die ihm locker
schienen, zog er nach. Anschließend leerte er eine Wasserflasche über Jacobs Gesicht aus.
Jacobs Schädel tat gleichmäßig weh, er konnte nicht ange-
ben, wo ihn der Mexikaner mit der Pistole getroffen hatte.
Als das Wasser über seinen Kopf lief, spürte er ein Brennen
über dem rechten Ohr.
Der Indio war schon auf dem Weg aus dem Laderaum des
Vans, als ihm ein anderer etwas zurief und eine weitere Fla-

sche Wasser zuwarf. Der Indio machte kehrt, kniete sich neben Jacob hin und steckte ihm die Öffnung der Flasche in den Mund. Jacob bemühte sich, soviel zu trinken wie nur irgend möglich. Er wußte ja nicht, wann er das nächste Mal Wasser bekommen würde. Der Indio zeigte sich geduldig und ließ ihn die gesamte Flasche austrinken.

Während er trank, überfiel ihn die Vorstellung, er hätte monatelang im Koma gelegen und Madeline hätte eben das Kind entbunden, das er gezeugt hatte.

Nachdem der Indio die Türen des Vans zugeworfen hatte, wurde Jacob Opfer einer Panikattacke.

Er schrie ins Dunkle: »Bindet mich los!«

Bis jetzt hatte er immer Haltung bewahrt. Nie hatte er um Gnade gebettelt, es hätte Gelegenheiten gegeben.

»Ich wehre mich nicht!«

Sein Herz schlug bis zum Hals.

»Ich mache alles, was ihr wollt!«

Er versuchte, sich zu beruhigen. Die Tatsache, daß man ihn mit solcher Sorgfalt zur Unbeweglichkeit verdammt hatte, zeigte doch, daß sein Leben jetzt und in den nächsten Stunden nicht in Gefahr war.

»Niemals werde ich irgend jemandem etwas erzählen! – Ich schwöre es!«

Wenn Chuy ihn umbringen wollte, er hätte es längst tun können.

»Chuy!«

Er rief nach Chuy. Er wußte wirklich nicht, was er tat.

»Chuy, es tut mir leid! – Chuy, wenn ich es gewußt hätte!«

Der Van war schlecht gefedert, die Stoßdämpfer funktionierten nicht mehr. Jede Straßenunebenheit bedeutete einen Schlag gegen Jacobs Rückgrat. Von dort breitete sich der Schmerz wie eine Schockwelle aus.

Wenn der Van über eine ebene Straße fuhr, hatte Jacob ein Gefühl, als würde er zugleich aufsteigen und sinken. Er war nicht mehr im Van, er gewann Höhe und fuhr zur selben Zeit in die Tiefe. Das Gefühl irritierte ihn so sehr, daß er den Schmerz vorzog.

Nie zuvor hatte Jacob sich von widerstreitenden Gefühlen aufhalten lassen. Er hatte Ordnung in sein Leben gebracht, indem er sich auf die Seite des Gefühls geschlagen hatte, von dem er glaubte, daß es aus seiner Natur heraus das stärkste war. In der Unfreiheit hatte er auch Gefühle gepflegt, die nicht von vornherein Kandidaten für ein starkes Auftreten gewesen waren. Auf diese Weise hatte er seine Hoffnung auf mehrere Gefühle verteilt. Damit war seine Hoffnung größer und er sicherer gewesen. Hätte er seine Hoffnung mit nur einem Gefühl verbunden, sie wäre vernichtet und er verloren gewesen, wenn dieses eine Gefühl enttäuscht worden wäre.

Das Gefühl, das er jetzt hatte, wollte ihn in Teile zergliedern, die nichts mehr miteinander und mit ihm zu tun haben würden. Da würde etwas unzweifelhaft hochsteigen, und da würde etwas eindeutig niederfallen. Aber das wäre nicht mehr er. Auch wenn er noch atmete, wenn er noch Schmerzen fühlte. Selbst dann, wenn man ihn wieder von der Platte losmachen würde, wenn er immer noch atmete und keine Schmerzen mehr spüren würde. Nicht mehr er. Er nicht mehr.

Immer war er überzeugt gewesen, daß er alle Gefühle, auch die sie sich widersprechenden, hervorgebracht hatte, und niemand anderes. Wer produzierte dieses Gefühl?

Er hatte eine unvorstellbare, unerträgliche Angst vor dem Tod. Aber da war noch eine andere Angst. Davor, daß da etwas weiterleben würde, was nicht mehr er wäre.

Auch Helden konnten Angst haben. Aber jemand, der die Angst hatte, die er jetzt hatte, konnte kein Held sein. Er hatte es von sich gewiesen, ein Held zu sein. Das waren nur Worte gewesen. Jetzt wußte er wirklich, daß er kein Held war.

Jemand, der bei einem Verhör gefoltert wurde, besaß die Möglichkeit, dem Druck nachzugeben und den Verrat zu üben, der von ihm erwartet wurde. Jacob konnte nur auf eine Weise aufgeben: indem er alle Hoffnung fahrenließ. Was für niemanden einen Unterschied machte, für die Entführer nicht und für ihn selbst auch nicht.

Er konnte sich nicht einmal umbringen. Im Trailer hätte er sich jederzeit selbst töten können. Aus Laken und Kleidungsstücken hätte er einen Strick drehen und ihn an den oberen Ecken der Fenster befestigen können. Jetzt gab es nur die Möglichkeit, Essen und Trinken zu verweigern, immer unter der Voraussetzung, daß man ihm noch etwas zu essen und zu trinken geben würde. Vielleicht würde man ihm das Wasser mit Gewalt einflößen. Auf keinen Fall war er der Herr über den Zeitpunkt, an dem sein Leben beendet wäre.

Er konnte seinen Kopf anheben und immer wieder auf die Platte schlagen. Aber dabei würde er nur ohnmächtig werden. Auf den Gedanken, die Zunge durchzubeißen und auf diese Weise zu verbluten, kam er nicht.

Im Trailer hatte er sich so gefühlt, als wäre er allein gewesen.

Falsch. Er wollte sich so fühlen, als wäre er allein.

Wieder falsch. Er wollte, daß Madeline sich so fühlte, als wäre sie allein.

Alles, was er im Trailer gesagt und getan hatte, es hatte sich auf Madeline und nur auf sie bezogen. Auf wen denn sonst.

Héctor redete nur selten und die Erdgöttin bis auf das letzte Mal überhaupt nicht. Immer hatte er etwas ausgedrückt, mit seiner Miene, mit seiner Haltung, mit seinem Nichtsprechen. Mit der Art und Weise, wie sein Blick Madeline gestreift oder gemieden hatte, wie sich ihre Blicke begegnet oder einander ausgewichen waren.

In seinem ganzen Leben war Jacob niemals allein gewesen. Jetzt war er zum ersten Mal wirklich allein.

Wenn er im Trailer *ich* gesagt hatte, dann war damit jedesmal die Einordnung oder die Bestätigung einer Einordnung in die Welt verbunden. Er hatte *ich* gesagt, um sich von Madeline, von Héctor, von der Erdgöttin und von Chuy zu unterscheiden. Die Situation war symmetrisch, sagten die anderen *ich*, verfolgten sie die gleichen Absichten wie er. Die Gefühle und Empfindungen, die er und die anderen geäußert oder nicht geäußert hatten, waren ebenfalls dazu dagewesen, daß sie sich voneinander unterschieden.

Jetzt existierte nichts mehr, wovon er sich unterscheiden konnte. Die Welt bestand aus dem dunklen Laderaum des Vans, in dem er an die Platte gefesselt war. Es gab nur noch seine Eindrücke und seine Gefühle, keine anderen mehr. Aber gerade weil es nur noch seine Eindrücke und Gefühle waren, konnte er sich ihrer nicht mehr sicher sein. Denn die Worte, die es gab, um sie voneinander zu unterscheiden, um sie zu vergleichen, waren ebenfalls nur noch seine. Alle Worte, die er zur Verfügung hatte, bezogen sich ausschließlich auf ihn.

Die beiden wichtigsten Gefühle waren Angst und Hoffnung. Er wußte immer, wann er Angst und wann er Hoffnung hatte. Wirklich? Jedesmal wenn er Angst hatte, sagte er laut zu sich selbst, ich habe Angst, und jedesmal wenn er Hoffnung hatte, sagte er zu sich, ich habe Hoffnung. Man hatte ihm die Uhr nicht weggenommen, das Zifferblatt leuchtete. Wenn er den Kopf hochhob und den linken Arm drehte, sah er die Zeit. Er merkte sich die Zeitpunkte, zu denen er Angst oder Hoffnung hatte. Auf diese Weise konnte er ein Tagebuch im Geist führen. Wann hatte er Angst, wann hatte er Hoffnung. Nichts einfacher, als das anzugeben. Er wußte es immer, sofort, ohne Nachdenken. Angst bedeutete das Gefühl, mit Sicherheit zu sterben, Hoffnung das Gefühl der Möglichkeit des Überlebens. Das waren die Worte für die Worte, die die Gefühle bezeichneten.

Aber er war nicht wirklich dazu fähig, den Gedanken zu denken, daß er mit Sicherheit sterben würde. Es war ihm nicht möglich, an den Tod zu denken, ohne daß er auch die Möglichkeit des Überlebens mitdachte. Die reine Angst gab es nicht. Wenn es die reine Angst gegeben hätte, dann wäre er auf der Stelle gestorben. Er und sein Körper, sie hätten die reine Angst nicht ausgehalten. Die Sicherheit zu sterben war gleichbedeutend mit der Sicherheit, augenblicklich zu sterben. Sein Herz hätte einfach aufgehört zu schlagen. Sofort. Seine Lebensfunktionen wären einfach erloschen. Sofort.

Die reine Hoffnung konnte es sowieso nicht geben. Die Hoffnung beinhaltete ja stets die Möglichkeit, daß das geschah, was sie nicht erhoffte.

Er hatte niemals Angst ohne Hoffnung, er hatte niemals Hoffnung ohne Angst. In seinem Tagebuch tauchten die Sätze *Ich habe Angst* und *Ich habe Hoffnung* immer zusammen auf, nie getrennt. Wie konnte er da Hoffnung und Angst auseinanderhalten?

Aber er wußte doch, was Angst, was Hoffnung war. Er konnte mit dem Finger darauf zeigen. Im Geist, seine Hände waren auf der Platte fixiert. Indem er sich auf ein Gefühl konzentrierte, versuchte er, das andere auszublenden. Dadurch wurde das erste Gefühl klarer, eindeutiger, dadurch konnte er die Beziehung zwischen dem Wort und dem Gefühl stabilisieren.

Das konnte er nicht. Jedesmal wenn er eine Empfindung wieder hatte, mußte er die Beziehung zwischen ihr und dem Wort aufs neue etablieren. Dabei war ihm sein Tagebuch keine Hilfe. Dort war nur verzeichnet, daß er eine auf eine bestimmte Weise benannte Empfindung gehabt hatte. War es tatsächlich dieselbe Empfindung gewesen? Er war ja nicht dazu in der Lage, sie auseinanderzuhalten, seine Empfindungen. Wie konnte er irgendeine Empfindung von irgendeiner anderen unterscheiden, wenn er nicht einmal Angst und Hoffnung auseinanderhalten konnte? Er mußte jedesmal von neuem im Geist auf die Empfindung zeigen. Woher sollte er wissen, daß er sich richtig an die Empfindung erinnerte, von der er in seinem Tagebuch las. Richtig war, was immer ihm als richtig erschien. Das hieß nichts anderes, als daß es kein richtig mehr gab in dem Van, in dem Chuy ihn transportieren ließ.

Chuy hatte erreicht, daß Jacob keine Sprache mehr hatte. Er konnte den Mund öffnen und Laute hervorbringen. Ich habe Angst, ich habe Hoffnung. Aber diese Laute bedeuteten nichts. Chuy wollte ihn demütigen, erniedrigen, in den Staub treten. Das gelang ihm weit gründlicher, als er selbst sich das wohl vorgestellt hatte.

Chuy hatte Jacob demonstriert, daß es ein Fehler gewesen war, mit Pilar zu ficken. Jacob hatte das eingesehen, Chuy wußte, daß er es eingesehen hatte. Aber Chuys Rachedurst war damit noch nicht gestillt. Er hatte Jacob so mit sich allein gelassen, daß er keinen Fehler mehr begehen konnte.

Chuy hatte dafür gesorgt, daß es für Jacob gar nicht mehr denkbar war, einen Fehler zu begehen.

Nie wieder würde er so in die Welt passen wie vorher. Immer würde da ein Unterschied sein zwischen ihm und den anderen, der die Welt ausmachte. Wenn es wieder Sprache für ihn geben würde, es wäre nicht die Sprache, die er früher gesprochen hatte. Jedes Wort würde seine Bedeutung in der Sprache und den Unterschied, den es für Jacob machte, markieren.

Jacob konnte sich sogar vorstellen, sich nach seiner Befreiung umzubringen. Nur wenn er sich selbst tötete, war er sicher, daß er nie wieder so hilf- und so sprachlos sein würde, wie er es jetzt war.

Wetterleuchten

Jillian Armacost starb am 15. Juni 2005 in Venedig.

Der Ort ihres Todes war der Ballsaal des Palazzo Barbaro.

Über der Terra ferma tobte ein Gewitter, das Wolkenfäuste nach Venedig ausstreckte und pulsierende Funken über die Lagune hinausschickte.

In der Stunde ihres Todes hatte Jillian keine Schmerzen. Keine äußere oder innere Wunde pochte, ihr gesamter Körper war gleichmäßig taub. Ihre letzten Herzschläge verhallten im Schweigen der italienischen Schauspielerin und des Nonno. Die Windstöße gegen die Fenster des Ballsaals ersetzten Jillians Atemzüge. Das Greinen des Mädchens mit den regelmäßigen Pausen, in denen es Luft holte, ersetzte Jillians Puls.

Ihre Haut war unversehrt.

Als Kind hatte Jillian immer geglaubt, der Tod sei eine Person. Noch bevor sie in die Schule ging, war sie einmal in Begleitung ihrer Mutter mit dem Bus nach New Haven gefahren. In der hintersten Reihe saß eine alte Frau, die strickte. Es war ein Babyjäckchen. An einer Haltestelle stieg ein junger Polizist ein, der seinen Dienst beendet, aber die Uniform noch nicht ausgezogen hatte. Er blickte sich im Bus um, als suche er jemanden, ehe er zur hintersten Reihe ging. Die alte Frau wäre lieber allein geblieben, als sich der Polizist neben sie setzte, rückte sie mit einem vorwurfsvollen Gesichtsausdruck einen Platz weiter. Der junge Mann murmelte eine Entschuldigung, obwohl er nichts getan hatte. Jillian beobachtete, wie die alte Frau sichtlich nervös wurde. Sie zitterte und ließ ihren Wollknäuel fallen. Der junge Polizist schien nur auf die Gelegenheit gewartet zu haben, der Dame zu helfen, er sprang auf und holte den

Knäuel, der in den Gang gerollt war, und reichte ihn der alten Frau. Sie bedankte sich mit brüchiger Stimme, der junge Polizist murmelte ein paar beruhigende Worte und umfaßte mit beiden Händen die zitternden Hände der Frau. Danach war die Frau tatsächlich beruhigt. Sie strickte noch einige Minuten, legte dann das Strickzeug beiseite und blickte mit ruhigem Gesichtsausdruck aus dem Busfenster. Beim nächsten Halt stieg der Polizist aus.

In New Haven war Endstation, alle Fahrgäste verließen den Bus, nur die alte Frau blieb sitzen. Der Busfahrer hatte Dienstschluß und rief der Frau ungeduldig zu, sie solle doch aussteigen. Aber sie rührte sich nicht. Die anderen Fahrgäste waren längst weitergegangen, Jillian war am Einstieg stehengeblieben, sie wollte wissen, warum die alte Frau sich nicht erhob. Der Fahrer lief durch den Gang und schüttelte die alte Frau, er dachte, sie sei eingeschlafen. Jillian verfolgte, wie der Fahrer erst seine Hand über ihr Gesicht hielt und dann seinen Kopf ganz nah an ihren brachte, um zu hören, ob sie atmete. Minutenlang verharrte er so, ehe er sich kopfschüttelnd aufrichtete und beim Verlassen des Busses der Mutter und Jillian zurief, sie ist tot, sie ist tot.

Seit dieser Zeit war Jillian überzeugt, daß die Menschen starben, weil der Tod sie holte. Der Polizist war kein Polizist gewesen. Der Tod verkleidete sich, er näherte sich seinen Opfern in einer Gestalt, die ihnen Vertrauen einflößen sollte. Die alte Frau hatte es geahnt. Sie hatte nicht gewollt, daß der Polizist sich neben sie setzte.

Als ein Mädchen aus ihrem Kindergarten starb – Jillian wußte nicht, an welcher Krankheit –, fragte sie die Kindergärtnerin, wie der Tod verkleidet gewesen war, der das Mädchen geholt hatte. Die Kindergärtnerin verstand nicht.

Jillian erklärte ihre Theorie. Die Kindergärtnerin entgegnete ernst, überall auf der Welt stürben Menschen, da hätte der Tod viel zu tun, wenn er jeden einzelnen erst aufsuchen müßte.

Fortan behielt Jillian ihre Theorie für sich. Das Argument der Kindergärtnerin überzeugte sie nicht. Der Tod war nicht von dieser Erde, also konnte er vielleicht auch an mehreren Orten gleichzeitig sein. Oder es gab mehrere Tode, das lief aufs selbe hinaus.

Oft fragte sich Jillian, ob jemand, der auf sie zukam, nicht vielleicht der Tod war. Der Kinderarzt, der sie impfte. Der Polizist, der mitten in der Nacht bei ihrer Mutter klingelte und sie fragte, ob ihr in den Stunden zuvor etwas Ungewöhnliches aufgefallen sei, zwei Gassen weiter war ein Mann umgebracht worden. Der neue Mathematiklehrer an der High school, der sie immer berührte, wenn er mit ihr sprach, am Arm, an der Schulter. Sie hatte auch an den Tod gedacht, als Jack Winthrop sie zum ersten Mal an der Hand faßte. Als Jacob sie zum ersten Mal küßte. Sie hatte es ihm vorher sogar gesagt.

Der letzte Mensch, der sie vor ihrem Tod in Venedig berührt hatte, war das Mädchen gewesen. War das Mädchen schon immer der Tod gewesen? Oder hatte der Tod die Gestalt des Mädchens angenommen, war es der Tod gewesen, der auf dem Absatz der Empore balanciert war?

Buonavolontà hatte sein Büro im Ballsaal unter dem Raub der Sabinerinnen eröffnet. Mit einer Kaffeetasse in der Hand blätterte er in einem Katalog, der auf seinem Schoß lag. Sein Notebook hatte er auf dem Stuhl vor sich plaziert, andere Kataloge waren über das Sofa verstreut.

Auch im Sitzen zog er den Reißverschluß seiner Lederjacke

nicht herunter, nicht einmal den Gürtel um die Taille lokkerte er. Die Brille mit den großen runden Gläsern in dem Gestell aus durchsichtigem rötlichem Kunststoff wirkte wie eine Karnevalsverkleidung auf dem mächtigen, unter der Beleuchtung des Ballsaals überall glänzenden Schädel. Die Augen lagen zu tief in den schwarzen Höhlen, als daß es da irgendeine Beziehung zwischen ihnen und der auf der Nasenspitze sitzenden Brille geben konnte.

Aus den Gemächern des Nonno trug Carofiglio die Vasen in den Ballsaal. Buonavolontà ließ sich jedes Glas einzeln reichen. Die linke Hand hielt er unter den Boden der Vase, die rechte legte er um den Korpus, dabei spreizte er die Finger ab. Nachdem er eine Zeitlang die Beschaffenheit des Materials gefühlt hatte, hob er das Glas hoch und drehte es, um den Eindruck im Durchlicht zu beurteilen.

Das Korsett engte den Nonno zu sehr ein. Die Moroni knöpfte seine Jacke auf, zog das Hemd aus der Hose heraus und lockerte das Korsett unter dem Hemd. Sowohl Carofiglio, der gerade eine Vase auf den Boden setzen wollte, als auch Buonavolontà hielten inne. Sie verstanden nicht, was die Moroni da machte. Buonavolontà rückte seine Brille auf der Nase hin und her und vertippte sich auf seinem Notebook.

Als die Moroni ihren Dienst verrichtet hatte, ergriff der Nonno mit beiden Händen die Revers seiner Jacke, hielt sie von seiner Brust weg und machte eine angesichts seiner sonstigen Steifheit für alle Beteiligten völlig überraschende schlängelnde Bewegung, um seinen Oberkörper dem jetzt lockerer sitzenden Korsett anzupassen.

»Okay.«

Jillian stand in der Tür des Ballsaals. Die Hände hinter dem Rücken um den Griff des Aktenkoffers verschränkt, wippte sie mit dem Spielbein. Sie hatte die Haare streng zurückgebunden. Alle Knöpfe ihrer dünnen, wie ein Hemd geschnittenen schwarzen Lederjacke waren zugeknöpft. Als Carofiglio sie sah, war er so verwirrt, daß sie befürchtete, er würde das Vetro corroso fallen lassen, das er in Händen hielt. Buonavolontà wußte jetzt, wer sie war.

Die Moroni hob beide Arme, um das, was sie sagen wollte, mit einer kraftvollen Bewegung zu unterstreichen. Sie plusterte die Backen auf und öffnete den Mund. Aber sie blieb stumm, der linke Arm fiel kraftlos herunter, mit dem rechten beschrieb sie einen sinnlosen Kreis. Sie hatte einen weitgeschnittenen Morgenmantel mit riesigen Ärmeln an, die bis zur Hüfte herunterhingen. Der Samtstoff mit dem byzantinischen Muster schimmerte auf den Bergen der Faltenwürfe, während er in den Tälern das Licht verschluckte.

Sie hatten ausgemacht, daß Jillian warten sollte, bis Buonavolontà die gesamte Sammlung begutachtet hatte und der Nonno mit ihm handelseinig war. Dann sollte Jillian den Nonno in einem anderen Raum treffen und ihn davon überzeugen, daß sie die bessere Partnerin für das Geschäft war. Wenn Jillian unter vier Augen mit dem Nonno Buonavolontà und Carofiglio anschwärzte, hatten diese keine Möglichkeit, sich zu verteidigen. Jetzt gab ihnen Jillian die Gelegenheit, sich zu wehren.

Mit einem Gesichtsausdruck, als ob sie sie verwünschte, stellte die Moroni Jillian dem Nonno vor.

Buonavolontà stand auf.

»Ich spüre eine mächtige Kraftquelle!«

Theatralisch streckte er die rechte Hand vor, den Daumen, den Zeigefinger und den kleinen Finger abgespreizt, die beiden mittleren Finger angewinkelt, und blickte in die Höhe, zur Decke des Ballsaals.

»Es wird eine große Veränderung geben!«

Er legte seine Hände zusammen, als betete er. Aber er streckte alle Finger so weit nach außen, daß sich nur die Handballen berührten.

In diesem Augenblick gingen sämtliche Lichter aus.

Der Blackout war kein Zufall. Jillian und die Moroni hatten ihn verabredet, allerdings nicht an dieser Stelle. Die Moroni hatte befürchtet, daß der Nonno sich möglicherweise nicht zwischen den beiden Angeboten entscheiden könnte und den Verkauf der Sammlung auf die lange Bank schieben würde. Der Stromausfall sollte ihn daran erinnern, daß die notwendigen Arbeiten im Palazzo, zu denen auch eine Erneuerung der elektrischen Anlagen gehörte, unbedingt vorgenommen werden mußten. Die Moroni hatte eine der Marokkanerinnen, die im Palazzo saubermachten, vor dem uralten zentralen Verteilerkasten aus Holz postiert, auf ein Signal hin sollte sie den Hauptschalter umlegen. Jillian wußte nicht, was das Signal war und ob die Moroni das Signal aus Versehen gegeben hatte oder ob die Marokkanerin etwas, was gar nicht das Signal gewesen war, fälschlich dafür gehalten hatte.

»Sonne, erlösche! – Walte, Finsternis!«

Die Anwesenden konnten Buonavolontà nur hören.

Vorausschauend hatte die Moroni dafür gesorgt, daß in den nur zur Zierde aufgestellten Kerzenleuchtern frische Kerzen steckten. Im Salone Rosso wartete eine andere Marokkanerin mit einer Taschenlampe, die sofort damit begann, die Kerzen anzuzünden. Bald war der Ballsaal erleuchtet wie die Felsenhöhle unter dem Eckhaus am Corso Buenos Aires in Mailand.

Buonavolontà reckte beide Arme in die Luft.

»Es gibt keine neuen Gläser mehr.«

Seine lächerliche Brille hatte er abgenommen. Er blickte in die Runde.

»Jedes Glas, das man herstellen kann, ist schon hergestellt.«

Er wies auf die mittlerweile drei Reihen von Vasen und Schalen auf dem Teppich.

»Es gibt keine Entdeckungen mehr. Jede Vase ist schon abgebildet, oder es gibt ein Parallelstück, das abgebildet ist. – Man muß nichts mehr über die Glaskunst wissen. Nichts über die Objekte, nichts über den Entwurf, nichts über die Technik. Man muß nur wissen, wo man nachschlägt...«

Jillian dachte, camp.

Mit dem Aktenkoffer voller Geld ging sie in die Mitte des Ballsaals.

»Es gibt noch Sammlungen, die nicht abgebildet sind.«

Ihr Auftritt war nicht weniger theatralisch als der des römischen Galeristen.

»Aber das ist das falsche Thema, Buonavolontà.«

Der wandte sich zum Nonno hin.

»Die größte Glasgaleristin der Welt!«

Triumphierend klatschte er in die Hände.

»Sie weiß nicht, daß das Venini-Geschäft in San Marco schon vor Jahren eine Ausstellung mit diesen Gläsern gemacht hat!«

Das wußte Jillian tatsächlich nicht, und die Moroni ebenfalls nicht. Es gab keinen Grund, warum sie es Jillian hätte verschweigen sollen.

Buonavolontà ging auf Jillian zu und streckte ihr beschwörend seine Hände entgegen.

Die Geste machte sie wütend. Er tat so, als liefe sie davon und als hielte er sie durch Magie zurück. Sie dachte ja gar nicht daran davonzulaufen.

»Neue Bücher, neue Kataloge!«

Wieder klatschte er in die Hände. Mit ausgestreckten Fingern, die Daumen nach oben, führte er nur die Handballen zusammen.

»Es gibt etwas, das ist viel wichtiger als neue Bücher, neue Kataloge! – Alte Bücher, alte Kataloge!«

Gebieterisch zeigte er auf das Sofa.

Der eingeschüchterte Carofiglio griff nach einem der dort liegenden Kataloge. Offensichtlich nach dem falschen, denn Buonavolontà stampfte mit dem rechten Fuß auf.

Nach einigem Suchen wurde schließlich der richtige gefunden. Buonavolontà hielt die flache Hand hoch, was Carofiglio dazu veranlassen sollte, den Katalog in die Höhe zu halten. Die Titelseite des Katalogs zeigte ein Schwarzweißfoto, auf dem Jillian die drei Murrine-Schalen von Carlo Scarpa erkennen konnte, die Marina Barovier ausgestellt hatte.

»Der Katalog ist aus dem Jahr 1968!«

Buonavolontà streckte den rechten Arm aus und hielt die Hand so, als ob seine Finger etwas umfassen und es zusammendrücken würden. Jillians Kehle.

Sie trat einen Schritt zurück und stieß den Aktenkoffer mit einer graziösen Bewegung des rechten Fußes an, so daß er mit einem leisen *plop* umfiel.

Im Licht der flackernden Kerzen glich Buonavolontàs Gesicht einer verschrumpelten Kartoffel, in die jemand mit einem Messer Augen, Nase und Mund eingeschnitzt hatte. Das Messer war blutig gewesen, die Augenhöhlen, die Nase und der Mund glänzten rötlich.

Jillian ließ sich auf die Knie nieder und beugte dabei den Kopf und die Schultern wie zu einer Demutsgeste. Buonavolontà bedachte sie mit einem befriedigten Blick.

Jedes der Nummernschlösser des Aktenkoffers hatte vier Räder, die Zahlen waren eingraviert, Jillian brauchte sie nicht zu sehen, sie konnte sie fühlen. Der Nonno war näher getreten, um den Inhalt des Koffers zu begutachten. Carofiglio hatte sich hinter Buonavolontà gestellt, um zu sehen, was dieser sehen würde. Die Moroni blieb am Fenster. Sie wußte, was in dem Koffer war.

Jillian öffnete den Koffer, hob ihn hoch, hielt ihn Buonavolontà hin und forderte ihn auf, nach irgendeinem der Geldbündel zu greifen, um es auf seine Echtheit zu prüfen.

Bova hatte zwei Millionen Dollar überwiesen. Der Koffer enthielt eineinhalb Millionen Euro in Fünfhunderterscheinen. Sie hatte keine Schwierigkeiten gehabt, nach Vorankündigung das Geld abzuheben.

Jillian mußte Buonavolontà nicht die Kehle zudrücken und die Luft abschnüren, sie brauchte keine magischen Kräfte vorzugeben, die sie nicht besaß, um ihn zu bannen. Vor dem geöffneten Koffer mit den Geldscheinen warf er den Kopf in den Nacken und schnappte nach Luft.

Wortlos nahm er eins der Bündel heraus, bog es und ließ die Scheine an seinem Daumen entlangschnellen.

Jillian forderte ihn und Carofiglio auf, Scheine aus den Bündeln herauszuziehen. Beide gehorchten. Wie hypnotisiert strichen sie mit den Fingern unablässig über die Geldscheine, hielten sie in unterschiedlichen Winkeln an verschiedene Kerzen. Mehrmals fragte Jillian, ob die Scheine echt seien. Buonavolontà und Carofiglio nickten jedesmal wieder. Sie hatten vergessen, daß sie vor ein paar Sekunden dieselbe Frage gehört und gleichfalls genickt hatten.

Carofiglio wollte der Moroni einen Schein geben, damit sie ihn ebenfalls prüfte, er streckte ihn ihr hin, sie hielt die Arme an den Körper gepreßt und musterte Carofiglio und den Schein mit dem verächtlichsten Gesichtsausdruck, den sie aufbringen konnte.

Während Jillian die Scheine zurück in das Geldbündel und das Geldbündel wieder in den Aktenkoffer steckte, ging eine Tür auf, und ein kalter Luftzug strich durch den Ballsaal, der mehrere Kerzen löschte.

Es war, als wehte der Wind Buonavolontà weg. Ohne weiteren Kommentar klappte er sein Notebook zu und wies Carofiglio an, die Kataloge und Bücher auf dem Sofa einzupacken. Dabei vermied er sorgfältig, irgendeinem der Anwesenden sein Gesicht zu zeigen.

Ein Fensterflügel war ebenfalls aufgegangen. Jillian hatte gar nicht bemerkt, daß der Nonno seine Jacke ausgezogen hatte. Der Wind ließ das blaue Hemd des Nonno flattern, im Schein des Wetterleuchtens changierte es weißlich. Es kam Jillian vor, als wäre der Nonno, der die ganze Zeit nicht ein Wort geäußert hatte, kein Mensch, sondern eine Dimension mit einem Koordinatensystem, in dem alles seine definierte Position hatte, der Ballsaal, die Gläser, die Moroni, das Mädchen, sie, Jillian, aber auch Buonavolontà und Carofiglio. Mit der Präsenz des Aktenkoffers brach diese Dimension zusammen, das Koordinatensystem existierte nicht mehr. Das Gesicht des Nonno war völlig leer. Der Aktenkoffer mit dem Geld hatte das zerstört, was der Nonno gewesen war. Es gab keinen Halt, keinen Orientierungspunkt mehr, nicht für Jillian und nicht für die anderen. Jillian nannte die Summe und forderte den Nonno auf, die Banknoten zu zählen. Mehr mußte sie nicht sagen. Buonavolontà und Carofiglio hatten ja durch ihr Verhalten deutlich zu verstehen gegeben, daß sie nicht in der Lage waren zu zahlen.

Die Moroni flüsterte dem Nonno etwas ins Ohr. Sein Gesichtsausdruck blieb so leer wie zuvor. Die Fensterflügel klapperten im Wind. Statt des Nonno ging die Moroni zu dem Koffer hin. Sie ließ sich auf die Knie nieder und klappte den Deckel des Aktenkoffers hoch. Der Wind wehte von der anderen Seite gegen den Deckel. Mit einer herrischen Bewegung fixierte sie den Deckel in den Gelenken, so daß er nicht mehr zufallen konnte.

Niemand hatte auf das Mädchen geachtet, das in der Tür zum Salone Rosso das Geschehen verfolgte. Als die Moroni mit dem Zählen begann, stellte sich das Mädchen breitbeinig hin, hielt sich mit beiden Händen am Türrahmen fest und begann zu schreien. In einer gleichbleibenden Tonlage, die nur abbrach, wenn das Mädchen atmete.

Das Mädchen trug sehr alte und sehr verschmutzte Adidas-Schuhe.

Es dauerte, eineinhalb Millionen Euro in Fünfhunderterscheinen zu zählen.

Als die Moroni die Hälfte der Summe durchgezählt hatte, schrie das Mädchen mit verminderter Lautstärke. Wenn die Moroni mit dem Zählen fertig wäre, dann würde das Mädchen nicht mehr schreien. Natürlich kannte das Mädchen die Summe nicht, die die Moroni von Jillian erhalten sollte. Natürlich wußte es nicht, daß vor dem Palazzo Barbaro die falsche Guardia di Finanza auf ihren Einsatzbefehl wartete, beobachtet von dem Sicherheitsdienst, den Jillian engagiert hatte. Dennoch begriff das Mädchen alles, was es begreifen mußte.

Jillian wußte, sie würde es nicht ertragen, wenn das Mädchen aufhörte zu schreien.

Nie wieder würde es einen Laut von sich geben, nie wieder eine Geste machen, nie wieder seinen Blick auf irgend etwas oder irgend jemanden richten.

Saß sie, Jillian, einem Aberglauben auf? Ihre Zukunft, ihr Seelenheil in der Vermeidung des geplanten Betrugs sehen zu wollen. Die Gegensatzpaare ihrer Gefühle: Hoffnung und Zerknirschung, Demut und Überheblichkeit, Leidenschaft und Beruhigtheit, sie spannten einen ungeheuren Raum auf. Der beabsichtigte und dann nicht begangene Betrug als innerer Ort, an dem sich alle ihre Gefühle treffen sollten, auch wenn sie die Achsen des vieldimensionalen Raums ihrer Seele bildeten. Vertrauen und Verzweiflung, Askese und Genuß, Begeisterung und Reue, damit diese Gefühle sich treffen sollten, mußte sie sie doch weit über ihren venezianischen Alltag hinaus verlängern. War es nicht eine Narrheit zu glauben, sie könnten sich jetzt, hier schneiden?

Die Not hatte den Betrug geschaffen. Welche Not? Die äußere Not, die Vertreibung aus der Spring Street? Sie war doch fest entschlossen, Jacob zu verlassen. Die innere Not? Das Mädchen hatte eine Rückzugsmöglichkeit, die sie, Jillian, nicht hatte. Es war in Venedig und in der Klinik in Piacenza. Es hatte ihr das Zimmer beschrieben. Die einzigen Einrichtungsgegenstände waren ein weißlackiertes Nachtkästchen und ein weißlackierter Schrank, beide aus Blech, mit Kleidung, die das Mädchen nicht brauchte. Denn es trug immer dieselbe weite weiße Hose und dasselbe weite weiße Hemd mit dreiviertellangen Ärmeln. Manchmal wurde das Mädchen an den Armen und Beinen auf dem Bett festgeschnallt. Jillians Lebensziel war es gewesen, aus dem Trailer herauszukommen. Sie konnte nicht mehr in den Trailer zurück.

Die Not der Vertreibung aus der Spring Street hatte Jillians Seele in eine bestimmte Form gebracht, die über ihr Ureigenstes, über ihre Persönlichkeit hinausführte. Plötzlich hatte sie das Gefühl, einem Unendlichen gegenüberzustehen. Aber dieses Unendliche war zuviel für sie, sie ertrug es nicht, kaum hielt sie den Gedanken aus. Deswegen unternahm sie einen Versuch, der das Ziel hatte, daß sich die Achsen ihres Charakters, die doch so weit voneinander wegwiesen, noch im Endlichen schnitten.

Wenn die Moroni die Gelegenheit haben würde, das ganze Geld in dem Aktenkoffer zu zählen, wäre das Mädchen nicht mehr hier. Es würde sie aus ausdruckslosen leeren Augen ansehen. Nur noch die leere Körperhülle des Mädchens wäre im Ballsaal. Sein Geist wäre bis zum Ende der Hülle in der Klinik in Piacenza eingesperrt.

Jillian zog ihr Telefon heraus und ging zum Fenster. Sie gab den Männern vom Sicherheitsdienst den Befehl, die angeblichen Beamten der Guardia di Finanza zu stellen. Deren Ausweise zu kontrollieren, ihnen auf den Kopf zuzusagen, daß sie gefälscht waren, sie mit der Drohung, die Polizei zu rufen, zu verscheuchen.

Die Moroni sah, daß Jillian telefonierte, sie zählte jetzt langsamer.

Mit dem Telefon in der Hand sagte Jillian zum Nonno, ein Kunde habe ihr soeben eine unglaubliche Summe für die Sammlung geboten. Viel mehr, als sie sich selbst vorgestellt habe. Sie wisse, der eigentliche Zweck des Verkaufs der Sammlung sei, den Palazzo zu renovieren. Sie zahle für die Sammlung das Doppelte der Summe, die sie eigentlich hatte zahlen wollen.

Das Geld solle unbedingt der Instandsetzung des Palazzo zugute kommen. Die anderen eineinhalb Millionen würden nicht in Cash übergeben, sondern es werde ein Konto auf den Namen des Mädchens eingerichtet, das von zwei Treuhändern verwaltet werde, die nicht der Nonno oder die Moroni seien. Das Bargeld aus dem Koffer werde ebenfalls auf das Konto eingezahlt. Die Treuhänder dürften das Geld auf dem Konto nur für die Renovierung des Palazzo ausgeben. Sie, Jillian, werde ihrerseits die Treuhänder überwachen.

Der Palazzo sei dem Mädchen zu überschreiben.

Noch während Jillian sprach, ging das Schreien des Mädchens in ein leises Weinen über.

Jillian tippte die Worte *I'm dead by now* und sandte die SMS an van Bronckhorst.

¡NO VAYA UD!

Jacob war nicht mehr gefesselt. Er streckte den Arm aus und berührte die Karosserie des Vans. Das Blech war so heiß, daß er sich fast verbrannte. Die Hitze und der Schmerz durchfluteten seinen Körper, aber sie blieben nicht in dessen Innerem, sondern strebten zur Peripherie hin. Unter seiner Haut formte Jacob einen Panzer aus Hitze und Schmerz, der ihn schützen würde.

Der Van stand inmitten einer Wüste auf einem planierten Sandplatz, der von Hütten und nicht fertiggebauten Häusern umgeben war. In der Ferne waren in allen Himmelsrichtungen kahle, nicht sehr steile Berge sichtbar. Nirgendwo sonst eine menschliche Ansiedlung.

Die Menschen, die sich darauf vorbereiteten, die Grenze illegal zu überqueren, saßen in Pick-ups und Vans oder standen daneben in deren Schatten. Nur ein großer brauner, unglaublich verdreckter Hund mit hängenden Ohren nahm Notiz von Jacobs Ankunft. Gelangweilt oder erschöpft, das war nicht auseinanderzuhalten, kam er auf Jacob zu, um dann kurz vor ihm uninteressiert abzubiegen.

Während der Platz selbst wie gekehrt aussah, sammelten sich in den Büschen um ihn herum Blechdosen, Glas- und Plastikflaschen, Lebensmittelverpackungen und -abfälle, Kanister, Fahrzeugteile, Ziegel, Kacheln, Drahtmatten. Mehrere verbeulte Wagen mit aufgeklappter Motorhaube und ohne Räder dienten als Ersatzteillager.

Von der Fahrzeit ausgehend, konnten sie sich schon lange nicht mehr an der Grenze zu Kalifornien befinden. Warum hätte der großgewachsene Mexikaner Umwege fahren und Jacob über seinen wahren Aufenthaltsort täuschen sollen. Das mußte die Grenze zu Arizona sein.

Unverwundbar in der Sonne, auf diesem Umschlagplatz von Arbeitskörpern, verstand Jacob alles. Die Mexikaner, sein Heimatland, Chuy und Pilar, Madeline, warum er hier war. Jacob war nie einsam unter seinen Kunden und zwischen seinen Objekten. Chuy war einsam unter seinen Helfern und unter den Menschen, die seine Objekte waren. Für Jacob war Wirklichkeit grundsätzlich etwas, das er sich zunutze machen konnte. An dem Haus in New Haven hatte ihn lediglich interessiert, wie er es verwerten konnte. Dabei hatte er übersehen, was das Haus war, ein Fake. Chuy hatte noch einen Begriff von Wirklichkeit. Er wußte, die gegensätzlichsten Kräfte und Gewalten zerrten am Menschen und stießen ihn in die Abgründe und Schlünde der Erde wie des Himmels. Erde und Himmel waren nicht immer getrennt gewesen. Die Mexikaner träumten von einem Zustand, in dem sie nicht zwischen Himmel und Erde hin- und hergerissen wurden, sondern in dem Himmel und Erde eins waren. Seit er im Van im Dunkeln an die Platte gefesselt gewesen war, wußte auch Jacob, was es hieß, zwischen Erde und Himmel hin- und hergezerrt zu werden.

Die Mexikaner waren immer einsam. Menschen wie er und Madeline waren niemals einsam. Wie sollten sie aus dem Zentrum der Schöpfung gerissen sein, wie sollten sie zwischen feindliche Kräfte gespannt sein, wenn die Schöpfung und alle Kräfte ihre waren. Die Welt, in der er und Madeline lebten, war ja nach ihrem Bild geschaffen. Die Konstruktionsprinzipien dieser Welt wurden unablässig ausgebreitet und verbessert. In den Schulen, auf den Universitäten, in jeder Zeitung, in jedem Magazin und in jeder Fernsehsendung, bei jedem Geschäftsabschluß und in der Kirche. Wie konnte man einsam sein in einer Welt, die man doch selbst geschaffen hatte.

Die Mexikaner glaubten an Gott, Jesus Christus und die Jungfrau Maria, an ihre alten Götter, an alte Mythen und neue Legenden aus dem Cártel Arellano Félix. Sie prahlten oder übertrieben grotesk, weil sie aus einem schäbigen ein großartiges Leben machen wollten. Weil sie traurig waren, kannten sie wahre Freude. Die hatte Jacob noch nicht erlebt. Oder vielleicht doch. Er dachte an Pilar.

Jacob und Madeline waren die Götter von Chuys Objekten. Wie wollten diejenigen, die Chuy über die Grenze schleuste – der Secuestro war ein Nebengeschäft –, denn werden, wenn nicht wie er und Madeline? Die Männer wollten so viele und so attraktive Frauen ficken wie er, Jacob. Natürlich wollten die Männer große Häuser haben und schnelle Autos fahren, das wollte er nicht, aber man konnte sich ja darauf einigen, daß man einfach soviel Geld hatte, wie man brauchte. Das war bei Jacob mehr oder weniger immer der Fall gewesen. Die Frauen wollten, auch wenn sie älter waren, noch so attraktiv aussehen wie Madeline, solche Liebhaber haben wie ihn, Jacob, und sie wollten reich sein. Hier war keine weitere Diskussion möglich.

Er und Madeline waren ungläubig. Dafür waren sie unendlich leichtgläubig. Siehe das Haus in New Haven, siehe Madeline, die überzeugt gewesen war, daß Jacob ihr helfen konnte.

Sie waren so offen, er und Madeline, gegenüber Menschen, gegenüber Gedanken. Er war bereit, jede Frau zu ficken, wenn sie attraktiv genug war. Madeline glaubte tatsächlich, daß eine Glaswand eine Möglichkeit für die Grenze sein könnte.

Die Sünde und der Tod, das waren für Jacob nur Worte gewesen, aus der Kirche und aus Büchern, die er nicht las.

Der Tod betraf nur die anderen, nicht ihn, und wenn, dann war er sehr weit weg. Er war kein junger Mann mehr, aber wer so fickte wie er, für den stellte der Tod kein Thema dar. Irgendwann mußte der Tod beginnen. Der einzig vorstellbare Anfang für Jacob war, daß das Ficken Schwierigkeiten, Mühe oder gar Unlust bereitete. Wenn es soweit war, hatte Jacob immer gedacht, würde er sich mit dem Thema befassen. Keinesfalls vorher. Aber jetzt hatte er den Tod getroffen. In der Sonnenglut vor dem Trailer. In der hilflosen Dunkelheit im Van. Immer wieder in der Frage, was Chuy mit ihm vorhatte.

Er war auch der Sünde begegnet. Anders, als Chuy sich das vorstellte. Pilar hatte genau das gewollt, was er auch gewollt hatte, sie hatte sich einen guten Fick versprochen, und sie hatte ihn bekommen. War das Sünde? Er war ehrlich gewesen, als er Pilar gefickt hatte. Chuy fickte nicht so gut wie er, Jacob. Das war sein Problem, und nichts anderes. Nicht Pilar war seine Sünde gewesen, sondern Madeline. Nie wäre Jacob auf den Gedanken gekommen, mit Madeline etwas anzufangen, wenn er nicht die allerdings völlig vage Vorstellung gehabt hätte, daß das auf irgendeine Weise zu Geld führen könnte. Dabei war Madeline attraktiver, als er zunächst gedacht hatte. Sie war auch ein besserer Mensch, als er erwartet hatte. Was für seine jetzigen Betrachtungen nicht hilfreich war.

Nie hatte er mit einer Frau gefickt, die er völlig unattraktiv fand. Aber er hatte mit Frauen gefickt, mit denen er sonst nichts angefangen hätte, wenn er ihnen nicht Glas verkauft hätte. Buchstäblich niemals war es ihm passiert, daß er eine Frau gefickt hatte, der er ein Glas verkaufen wollte, und sie hatte es dann nicht genommen. Darauf hatte er sich immer sehr viel zugute gehalten.

Chuy war doppelt einsam, weil er sah, daß die Mexikaner so werden wollten wie Jacob und Madeline. Ausgerechnet so.

Da tauchte ein orangerot lackierter Chevrolet Cheyenne auf. Er fuhr so schnell, daß die Staubwolke, die er hinter sich aufwirbelte, alles verhüllte.

Für einen Augenblick dachte Jacob, er sei bedingungslos gerettet.

Es war ein Fahrzeug des Grupo Beta. Das war die Second order police, die in den Grenzregionen die staatliche Aufsicht verkörperte. Ihre Mitglieder waren nicht bewaffnet. Sie schützten die illegalen Grenzgänger gegen Übergriffe der eigenen Polizei. Die bloße Anwesenheit des Grupo Beta sorgte dafür, daß der Menschen- und Drogenhandel in geordneten Bahnen ablief.

Die Leute vom Grupo Beta patrouillierten grundsätzlich zu zweit. In dem orangefarbenen Fahrzeug saß nur ein Mann, und er trug keine Uniform. Er hielt direkt neben Jacob.

Als sich die Staubwolke gelegt hatte, sah Jacob aus wie der Mexikaner, der an die Stoßstange gebunden gewesen war. Allerdings war da – noch – kein Blut.

Jacob ließ seinen Blick über den Sammelplatz in der Wüste schweifen. Es gab keinen anderen Ort, den er so durchdrungen hatte wie diesen. Es gab keine andere Zeit, zu der er alles verstanden hatte, die Welt, die Menschen, seine Stellung in der Welt.

Er würde auch weiterhin versuchen zu verstehen. Das hatte er früher niemals getan. Schon der Gedanke war ihm lächerlich gewesen. Was mußte er denken, was mußte er verstehen, nachdenken war unmännlich. Er handelte.

In einem Büro des Grupo Beta warteten sie auf Chuy. Das ebenerdige Gebäude stand unvermittelt und frisch gestrichen in der Landschaft neben der Straße. Das Orangerot war dasselbe wie das der Cheyennes, der Sockel des Gebäudes war in Dunkelblau gehalten, auch die Cheyennes hatten einen blauen Streifen an der Seite. Die Beschriftung *MIGRACION GRUPOS BETA* auf den Wagen und die Beschriftung des Gebäudes *GRUPO BETA DE PROTECCION A MIGRANTES* waren ebenfalls in Blau gehalten.

Drei andere Cheyennes und zwei ATVs waren in einem Wellblechunterstand aufgereiht, aber nirgendwo war ein Mensch in einer Uniform des Grupo Beta zu sehen.

¡NO VAYA UD!
¡NO HAY SUFICIENTE AGUA!
¡NO VALE LA PENA!

Die Karte neben dem Eingang des Büros zeigte nur die Topographie der Landschaft in den U.S.A. jenseits der Grenze, Mexiko diesseits der Grenze war eine weiße Fläche. Drei konzentrische Halbkreise waren beschriftet mit *Un Día Caminando, Dos Días Caminando, Tres Días Caminando*. Die roten Punkte waren die Toten. Die meisten Toten gab es im westlichen Abschnitt zwischen *Dos Días Caminando* und *Tres Días Caminando*. Blaue Fahnen bezeichneten Wasserstationen, gelbe Sterne mit schwarzem Rand Signalstationen. Wer sich dort meldete, wurde binnen Minuten gerettet.

INFORMACIÓN PARA MIGRANTES

PASAR LA FRONTERA CAMINANDO POR EL DE-SIERTO ES PELIGROSO Y PUEDE TERMINAR EN LA MUERTE.

SI DECIDES PASAR LA FRONTERA A PIE, PREPÁRATE BIEN.

- *Ve con gente que conoce y en la que confías.*
- *No cruces el desierto entre mayo y agosto ya que las temperaturas son muy altas.*
- *Trae bastante agua y comida.*
- *Conoce bien la ruta y la distancia antes de comenzar.*
- *Busca los tanques de agua en el desierto señalados con banderas azules.*
- *Puede hacer mucho calor en el día y frío en el noche.*
- *Use ropa adecuada y botas o zapatos tenis.*
- *Lleva tus documentos importantes: tu identificación y los números de teléfono de tus parientes o amigos con quien puedes comunicarte en caso de emergencia.*

Er würde einen Preis bezahlen müssen für seine Freilassung. Die wahrscheinlichste Lösung schien Jacob die: Er würde die Grenze überqueren müssen wie ein Indocumentado. Chuy wollte ihm zeigen, was es hieß, ein Mexikaner zu sein, der nicht privilegiert war und der in die U.S.A. gelangen wollte.

Teilte Chuy Jacob einem Trupp zu, der von einem Coyoten geführt wurde, oder schickte er ihn allein los. Die Gruppe würde ihn dazu zwingen, sich von den Signalstationen fernzuhalten. Er wäre erst in Sicherheit, wenn die Gruppe in Sicherheit war, wenn sie genügend weit in die U.S.A. eingedrungen und nicht aufgegriffen worden war. Welche Ausrüstung würde Chuy ihm gewähren. Navigationsgeräte konnten geortet werden, deswegen führten weder die Coyoten noch ihre Klienten jemals Navigationsgeräte mit sich. Würde er Jacob eine Karte mitgeben und einen Kompaß. Jacob hatte sich noch nie nach einem Kompaß orientiert. Wie detailliert würde die Karte sein. Wieviel Wasser und welche Nahrung würde ihm dann zur Verfügung stehen. Würde Chuy ihn am Morgen oder am Abend losschicken.

MIGRANT DEATHS, WATER STATIONS,
AND RESCUE BEACONS FY 2000 – 2004

Eine andere, größere Karte neben dem Schreibtisch zeigte die gesamte Südgrenze Arizonas. Die roten Punkte waren wieder die Toten, die weißen Fahnen symbolisierten die Wasserstationen, die gelben Sterne die Signalstationen.

Some dots represent more than one death.

Between October 1, 1999, and September 30, 2004, more than 650 migrants died while attempting to cross the deserts of Southern Arizona.

Man konnte nicht nur an der Grenze sterben, sondern auch um Tucson herum. Kurz vor Phoenix konnte man immer noch sterben. Nur wer Phoenix erreicht hatte, war in Sicherheit.

Der Mexikaner, der Jacob von Tijuana zu dem Sammelplatz gebracht hatte, und derjenige, der sie beide zu dem Büro geleitet hatte, telefonierten gleichzeitig. Jacob glaubte zu verstehen, daß sie Chuy zu erreichen versuchten.

Der Mexikaner mit dem Cheyenne hatte pechschwarzes zurückgekämmtes Haar und ebenso pechschwarze dichte Augenbrauen. Seine Gesichtshaut war auffällig bleich. Mehrere Muttermale zeichneten sich ab, die jedoch fast so hell waren wie die restliche Gesichtshaut. Seine Lippen schienen dunkelrot, fast schwarz. Er sah nicht aus wie jemand, der niemals in die Sonne ging, sondern wie jemand, dem die Sonne nichts anhaben konnte.

Jacob hatte schon einmal sehr viel Sonne ausgehalten. Es hing alles von der Ausrüstung ab. Wenn Chuy ihm eine Chance gab, würde er sie nutzen.

> *NADIE*
> *LES DIJO QUE*
> *TENDRÍAN HAMBRE.*
> *SED. FRÍO Y MIEDO ...*

Plakate, Zäune und Mauern konnten die Illegalen nicht vom Grenzübertritt abhalten. Er, Jacob, hatte ebenfalls keine Wahl. Er wußte, daß er Hunger und Durst haben würde. Frieren würde er nicht. Angst hatte er schon die ganze Zeit.

Una fotografía...
es lo único que
le dejas a tu familia.

No te conviertas en un
RECUERDO

Chuy hatte Jacob gelehrt: Die Azteken und die alten Mexikaner hatten einen anderen Begriff von Leben und Tod als
er oder Madeline. Für sie beide bedeutete Leben und Tod
den Gegensatz überhaupt, kein mächtigerer war vorstellbar. Entweder man lebte, oder man lebte nicht, entweder
man war tot, oder man war nicht tot. Es gab ihn, Jacob,
und Madeline, oder es gab sie nicht. Zwischen Sein und
Nichtsein war keine Brücke gespannt. Wenn die Azteken
Leben und Tod als Gegensatz sahen, dann höchstens als be-
dingten. Der Tod war das verlängerte Leben, das Leben der
verlängerte Tod. Es gab kein Ende, nur Einschnitte. Leben
und Tod waren Abschnitte in einem unendlichen Kreislauf.
Leben, Sterben, Wiederauferstehen, das war das Leben des
Universums. Das Ziel des Lebens bestand darin, in den Tod
einzumünden, der Tod ergänzte und vervollständigte das
Leben. Die Aufgabe des Todes war es, das Leben zu för-
dern. Das Leben nährte sich vom Tod. Die Menschen luden
Schuld auf sich, durch ihr Opfer trugen sie die Schuld ab.
Die Schuld, das Opfer ermöglichten erst das Getriebe der
Welt. Sonst würde die Welt stillstehen. Nur über das Opfer
konnten die Menschen die Welt mitgestalten. Weil sie sich
opferten, trug das Antlitz der Welt nicht nur die Züge der
Götter, sondern auch die der Menschen.
Die Schuld und das Opfer waren nicht – Jacob zögerte, den

Satz in Gedanken auszuformulieren – persönlich. Ohne die Erfahrungen im Trailer und des Transports hierher wäre Jacob nie imstande gewesen, diesen Gedanken zu denken. Natürlich hatte er in der Gefangenschaft das Ziel gehabt, freizukommen, und im Van dasjenige, möglichst bald aus seiner Lage erlöst zu werden. Aber das hatte nichts mit ihm als Person zu tun. Jeder andere in seiner Lage hätte die gleichen Ziele gehabt. Im Trailer und im Van hatte er keine persönliche Bestimmung mehr gehabt. Genausowenig wie der einzelne Azteke. Die gefallenen und die geopferten Krieger wurden zunächst Begleiter Huitzilopochtlis, des Sonnengottes, nach einer Zeit gingen sie in das Reich der Schatten ein, um schließlich mit der Erde, mit der Luft, mit dem Feuer, mit den Substanzen des Universums zu verschmelzen. Jacob glaubte, sein Leben sei sein Leben, der Tod gehöre ihm und er könne in Maßen über sein Leben und über seinen Tod bestimmen. Er glaubte, daß er verantwortlich war für das, was er tat, für sein Leben und auch für seinen Tod. Für die Azteken war der Gedanke, über das Leben und den Tod zu bestimmen, undenkbar. Die Azteken waren nicht verantwortlich für ihre Taten, nicht für ihr Leben, nicht für ihren Tod.

Die Azteken trennten nicht zwischen Raum und Zeit. Von jedem Punkt in der Raumzeit gingen Kräfte aus, die das Leben der Menschen determinierten. An einem bestimmten Tag, an einem bestimmten Ort geboren zu sein bedeutete, einem bestimmten unveränderlichen Schicksal unterworfen zu sein. Bei der Geburt legten die Kräfte des Universums das Leben und den Tod jedes Menschen fest, jede Einzelheit.

Jacob glaubte, daß er frei war, zu tun und zu lassen, was er wollte. Wenn er nicht gerade im Trailer eingesperrt oder im

Van auf dem Boden fixiert war. Seit er diese Erfahrungen machte, fragte er sich, ob das, was er tat, richtig war oder nicht. Für die Azteken stellten solche Gedanken Zeitverschwendung dar. Sie waren einem Schicksal unterworfen, das sie nicht beeinflussen konnten. Nur die Götter hatten einen Willen. Wenn die Menschen glaubten, einen Willen zu haben, dann war das Täuschung oder Selbsttäuschung. Allein die Götter hatten die Wahl, die Menschen niemals. Freiheit sowie Gut und Böse kannten die Azteken nur von den Göttern. Sie erforschten nicht ihren eigenen, sondern den Willen der Götter. Der sich niemals eindeutig zu erkennen gab, deswegen stand bei ihnen die Wahrsagekunst so hoch im Kurs.

Weil ihr Schicksal vorherbestimmt war, konnten die Azteken nicht wirklich sündigen. Nur die Götter konnten sündigen, und sie hatten gesündigt. Darauf waren die Mexikaner regelrecht stolz: Nirgendwo sonst gab es Götter, die sich an den Menschen mehr versündigt hatten als ihre Götter. Kein anderes Volk war jemals von seinen Göttern so schmählich im Stich gelassen worden.

Das Aztekenreich war nicht zusammengebrochen, weil die Azteken Schlachten verloren hatten oder weil sie von ihren Verbündeten und Vasallen verlassen worden waren. Das Reich war gefallen, weil innere Zweifel es schwankend gemacht hatten. Die Spanier hatten schon gesiegt, bevor Moctezuma Cortés in die Hauptstadt Tenochtitlán einlud und ihn mit Geschenken überhäufte. Bevor die Azteken Schlachten schlugen, die nur Selbstmordkommandos waren. In dem Moment, in dem die Azteken von ihren Göttern verlassen worden waren, stand der Sieg der Spanier fest. Welches andere Volk konnte Götter vorweisen, die Hochverrat begangen hatten?

Für Jacob war die Zeit ein Pfeil mit einem lediglich provisorischen Anfang und einem ebensolchen Ende. Niemand wußte, ob es einmal einen Punkt gegeben hatte, von dem der Pfeil seinen Ausgang genommen hatte, oder ob die Linie schon immer dagewesen war. Man wußte, wohin der Pfeil zeigte, aber man wußte nicht, ob er auf einen Punkt zeigte oder einfach nur eine Richtung angab.

Die Azteken kannten keine Zeit, sondern Zeiten. Das Aztekenreich hatte seine Zeit gehabt. Mit den Spaniern verging diese Zeit, eine neue Zeit mit neuen Göttern begann. Die Menschenopfer blieben immer die gleichen. Ohne Menschenopfer ging es nicht.

Jetzt waren er und Madeline die Götter, der Gringo und die Gringa. Aber sie taten sich schwerer als die letzten neuen Götter, die Spanier. Für die Azteken hatte der einzige Lebensinhalt darin bestanden, die Fortdauer der Schöpfung zu sichern. Mit den neuen Göttern entdeckten die Mexikaner sich selbst. Sie lernten nicht nur, das Universum voranzubringen, sondern auch, sich selbst weiterzubringen.

Wo Götter miteinander konkurrierten, konnte der Mensch auf den Gedanken kommen, bei diesem Wettbewerb mitzumachen. Genau das tat Chuy.

Jacob war in die Karte mit den Radien der Tagesmärsche vertieft, als er hinter sich Klagelaute einer Frau hörte. Er drehte sich um.

Kurze blondgefärbte Haare mit Strähnen umrahmten das Gesicht einer alten Frau. Die Haut um die Augen war dunkel, im ersten Augenblick glaubte Jacob, die Frau habe sich geschminkt. Doch in ihrem Gesicht war keine Spur von Makeup oder Lippenstift. Es gab kein Stück Haut in ihrem Gesicht, das nicht von Falten durchzogen gewesen wäre. Die Falten hatten kein System, sie paßten nicht zueinander.

Auf der Stirn zeichneten sich zahlreiche Querfalten ab. Die senkrechten Falten über der Nase neigten sich nach einer Seite wie die Masten zweier Boote, die starkem Wind ausgesetzt waren. Die Falten um die Augen zeigten alle nach unten. Die Alte hatte keine Tränensäcke, sondern Tränentäler. Als Jacob sie musterte, biß sie sich auf die Lippen. Sie sahen aus wie zusammengepreßtes Papier.

Die tiefsten Falten waren diejenigen zwischen Nase und Mund. In einer sah Jacob ein großes erhabenes Muttermal, es paßte genau in die Falte.

Unter dem Kinn hing die Haut ausgedörrt in Lappen herunter.

Das weite Kleid der Alten mußte selbstgeschneidert sein. In einen grauweißen Stoff – das Muster schien zusammengesetzt aus den konzentrischen Jahresringen kleiner Bäume und quadratischen Ausschnitten aus den Jahresringen sehr großer Bäume – war über der Brust wie ein Latz ein weißer Leinenstoff eingesetzt. Derselbe Stoff schloß auch die Ärmel ab und bildete den Rocksaum. Die Frau war barfuß.

Der Mexikaner, der sie zum Büro des Grupo Beta gebracht hatte, hatte sich auf den Drehstuhl hinter den Schreibtisch gesetzt. Der andere lehnte an dem Schreibtisch, unsicher, ob er sich darauf setzen sollte. Jacob stand unmittelbar neben der Eingangstür. Er hätte die Gelegenheit nutzen können, um zu entfliehen. Wenn er die Tür hinter sich zugeworfen hätte, wäre ihm ein gewisser Vorsprung sicher gewesen. Aber wohin hätte er laufen sollen, in der Wüste.

Aus irgendeinem Grund schien die Situation für die Frau peinlich. Hilfesuchend blickte sie sich nach den beiden Mexikanern um. Jacob war erstaunt, in deren Gesichtern den Anflug eines Lächelns wahrzunehmen. Seit er in Gefangenschaft geraten war, hatte er nicht auch nur die Spur eines

Lächelns bei einem seiner Bewacher gesehen. Der einzige Mensch, der ihn in dieser Zeit außer Madeline angelächelt hatte, war Asunción gewesen. Sie hatte sich bei ihm untergehakt, als sie zusammen das Lokal verlassen hatten. Auch das hatte Jacob als ein Kompliment aufgefaßt.

Jacob wußte nicht, was tun, und beging den Fehler, der Alten ins Gesicht zu sehen. Das hatte zur Folge, daß sie angsterfüllt die Augen aufriß. Die Täler unter den Augen wurden noch tiefer, die Falten um Nase und Mund ebenfalls. Den Kopf hilflos zur Seite wendend, machte sie mehrere Schritte rückwärts. Als sie in Reichweite des Mexikaners kam, der vor dem Schreibtisch stand, stieß er sie mit einer groben Bewegung, die sie ins Stolpern brachte, wieder zurück. Jacob bemerkte, daß der Mexikaner sie nur mit den Fingerspitzen anrührte. Danach stützte er sich mit der Hand auf dem Schreibtisch ab, dabei bewegte er die Fingerspitzen leicht hin und her, als wollte er sie möglichst unbemerkt von der Berührung säubern.

Noch nie hatte sich Jacob Gedanken über das Alter einer Frau in dieser Altersklasse gemacht. Sie war möglicherweise nicht Anfang, sondern Ende Siebzig. Wenn sie nicht sogar schon achtzig war. Nervös trat sie von einem Fuß auf den anderen.

Jetzt, als Jacob vor der Frau stand, kam ihm in den Sinn, daß er sich nie überlegt hatte, wie alt die Erdgöttin wohl war. Jedes Alter von dreißig bis sechzig schien möglich. Die Falten der Erdgöttin waren keine des Alters, des Verfalls gewesen. Sie hatte ein besonderes Fleisch gehabt. Die Falten teilten körperliche Stärke ein. Bei der Frau vor ihm schrieben sie das Wort Schwäche auf jeden Teil des Körpers, der den Blicken zugänglich war.

Wenn sie tot wäre, ihr Körper würde keinen Deut anders

aussehen. Die Haut konnte nicht trockener werden, es konnten nicht noch mehr Hautlappen herunterhängen. Auch im Tod würde ihr Gesicht keinen anderen Ausdruck annehmen. Der Körper der Erdgöttin dagegen – eigentlich konnte Jacob sich gar nicht vorstellen, daß sie jemals starb – würde niemals vertrocknen, dazu war ihr Fleisch zu kräftig. Sie konnte überhaupt nur sterben, wenn sie mit dem Sonnengott in Streit geriet. Allein der Sonnengott konnte der Erdgöttin ein Ende bereiten. Er richtete seine Strahlen gebündelt auf die Stelle zwischen den Augen, auf das Zentrum ihres Gesichts, dorthin, wo ihre Persönlichkeit konzentriert war. Ihr Inneres würde zu glühen anfangen wie das Innere der Erde. Die Furchen wären wie Vulkane, aus denen eine heiße zähe Masse hervorquoll. Entlang der Furchen würde es Lichtdome, Licht, reines Licht geben, die Erdgöttin konnte nur zerstrahlen.

Auf einmal wurde das Gesicht der Frau grau. Jacob erschrak. Also sah sie doch anders aus, wenn sie tot war. Aber auch die Gesichter der beiden Mexikaner waren grau, trotzdem wirkten sie sehr lebendig.

Mit Verzögerung begriff Jacob. Draußen hatte sich der Himmel überzogen. Eine dicke graue Wolkendecke lag über dem Büro in der Wüste. Das war eigentlich ein Ding der Unmöglichkeit, zu dieser Jahreszeit regnete es nicht, und es gab auch keine Gewitter.

Jacob hatte das Gefühl, die Wolken drangen durch die Tür- und Fensterritzen in den Raum ein. Amorphe schwarze Strukturen umspielten ihn und die Frau vor ihm.

Die schwarze Substanz war ein Geschenk der Erdgöttin für ihn. Er hatte in gutem Willen an sie gedacht, sie revanchierte sich. Die Erdgöttin wollte ihm bei dem helfen, was ihm bevorstand. Von der Alten hielt die schwarze Substanz

Abstand, ihm kam sie ganz nahe. Er mußte den Mund aufmachen und etwas sagen. Dann würde die schwarze Substanz Teil von ihm werden, dann würde sie ihn stärken.

Wenn er das Geschenk der Erdgöttin annahm, würde er hundertprozentig überleben. Er würde jede Aufgabe meistern, die Chuy ihm stellte. Die schwarze Substanz schützte ihn vielleicht sogar, wenn Chuy doch vorhatte, ihn umzubringen.

Auf einmal wurde der Raum von einem Klopfen und einem Prasseln erfüllt. Es regnete. Auf das Blechdach des Büros, gegen die Fenster.

Jacob hatte immer noch kein Wort gesagt. Es erschien ihm unfair, wenn er die Hilfe der Erdgöttin annahm. Er hatte diese Hilfe nicht verdient. Er hatte die Erdgöttin verachtet. Das war die Wahrheit. Er hatte in ihr das gesehen, was er jetzt in der Frau vor sich sah, das war ungerecht gewesen gegenüber der Erdgöttin. Die Erdgöttin war nicht der Tod, sie war das Leben. Die Frau vor ihm war der Tod. So sah der Tod aus. Kein lebendes Wesen der Welt konnte diese Falten erzeugen.

Es würde einen unendlichen Vorteil für ihn bedeuten, wenn er die Hilfe der Erdgöttin annahm. Er mußte nur den Mund aufmachen und etwas sagen. Aber er hielt den Mund geschlossen und sagte nichts.

Der Himmel wurde so schnell wieder hell, wie er sich verdunkelt hatte. Man konnte zusehen, wie die Fensterscheiben trockneten. Die schwarze Substanz hatte sich dorthin zurückgezogen, wo sie hergekommen war.

Es war, als wäre der Himmel nie wolkenüberzogen gewesen, als hätte es nie geregnet, als hätte die Erdgöttin nie versucht, ihm ein Geschenk zu machen.

Chuy betrat den Raum ohne jeden Aplomb.

Er musterte die Alte, dabei zog er die Brauen hoch. Jacob warf er nur einen kurzen Blick zu, seine Helfer nahm er gar nicht zur Kenntnis. Chuys Augen waren röter, als Jacob in Erinnerung hatte.

Er ging zu dem Schreibtisch. Der Mexikaner vor dem Schreibtisch bewegte sich sofort zur Tür hin, der auf dem Stuhl dahinter stand eilig auf. Er wußte nicht, wohin er sich wenden sollte. Schließlich stellte er sich zu Jacob, um ihn unnötigerweise zu bewachen.

Chuy setzte sich auf den Schreibtisch.

»Du wirst glücklich sein.«

Er schlug die Beine übereinander.

»Du wirst deinen Frieden haben.«

Er hielt die Hände im Schoß verschränkt. Seine Haltung erschien Jacob die eines nachdenklichen jungen Mädchens.

»Deinen Lieben wird es gutgehen.«

Jacob mußte nicht nur der Erdgöttin, sondern auch Chuy Abbitte leisten. Die Falten, die seine Gesichtszüge bestimmten, waren Kraftlinien. Sie unterstrichen seine Persönlichkeit, definierten sein Wesen. Sie gehörten zu ihm. Kein Verfall.

»Alles wird anders sein. Die Zeit wird keine Bedeutung mehr für dich haben. – Aber du wirst immer noch du sein.«

Er ließ seinen Blick zu der alten Frau hin schweifen. Ein spöttisches Grinsen zog über sein Gesicht.

»Man wird dich lieben.«

Er machte jetzt einen leicht geistesabwesenden Eindruck.

»Du wirst in den Himmel kommen, wenn du tot bist.«

Von einem Augenblick auf den anderen gar nicht mehr geistesabwesend, schlug er mit der flachen Hand auf den

Schreibtisch. So stark, daß ein am Rand liegender Aktenordner herunterfiel.

»Aber ich will nicht, daß du in den Himmel kommst! – Ich will, daß du in der Hölle schmorst!«

Er saß jetzt breitbeinig auf dem Schreibtisch und streckte die Hände vor. Als erwarte er einen körperlichen Angriff Jacobs, als sehne er ihn herbei, um Jacob zu zerschmettern.

»Die Hölle ist hier! – Auf Erden!«

Er brüllte jetzt. Nur Jacob war davon beeindruckt. Seine Helfer kannten ganz offensichtlich seine Stimmungsumschwünge.

»Sieh dich um!«

Er ließ seinen Blick über die Karten und Plakate an den Wänden des Büros schweifen, um ihn dann auf die Alte zu heften.

»Alles, was du empfindest. – Alles, was du anfaßt…«

Er griff nach einem spitzen Brieföffner aus Messing, hielt seine linke Hand hoch und stach mit dem Brieföffner tief in die Mitte seiner Handfläche. Dabei verzog er keine Miene. Jacob hatte gar nicht mitbekommen, daß der Mexikaner, der ihn transportiert hatte, seine Pistole gezogen hatte. Mit dem kalten Lauf an seiner Schläfe verfolgte Jacob, wie der andere Mexikaner zu der Alten hingin, ihr grob an den weißen Teil des Kleids vor ihrer Brust faßte und das Kleid herunterreißen wollte.

Chuy sagte nur: »No aquí«, nicht hier.

Mit Schwung erhob er sich von dem Schreibtisch, dabei stützte er sich mit beiden Handflächen ab. Er nahm keine Notiz von der Blutlache, die er auf dem Schreibtisch zurückließ, und es kümmerte ihn auch nicht, daß das Blut weiter von seiner Hand heruntertropfte.

Die Alte stand nackt im Eingang des größten Hauses auf dem Sammelplatz. Das ebenerdige Gebäude war aus Ziegeln gemauert und unverputzt, mehrere miteinander verschraubte rostige Bleche bildeten das Dach. Der Eingang ohne Tür und die Fensteröffnungen ohne Fenster wirkten wie schwarze Löcher. Die Frau befand sich unmittelbar an der Schattengrenze, ihr Körper war hell erleuchtet, aber von Dunkelheit umgeben. Etwa zwei bis drei Dutzend Menschen standen in einem Halbkreis um den Eingang des Hauses herum. Es waren nur Männer.

Der Mexikaner mit der bleichen Gesichtsfarbe rief der Alten etwas zu, aber sie rührte sich nicht. Darauf ging er zu ihr hin und hob drohend die Hand.

Die Frau drehte sich zur Seite, faßte mit beiden Händen an das Mauerwerk, ging in die Knie und richtete sich wieder auf.

Der Mexikaner rief ihr erneut etwas zu, sie streckte das rechte Bein weg, während sie weiter mit dem Körper auf und nieder ging. Ihre Brüste hingen wie leere Tüten herunter, ihr Bauch war eine einzige riesige Hautfalte. Sie hatte den Mund ganz weit offen und die Augen geschlossen.

Jacob hörte, wie Chuy hinter ihm sehr sachlich etwas zu dem hoch aufgeschossenen Mexikaner sagte, der neben ihm stand. Darauf folgte ein Klicken, Jacob fühlte wieder den kalten Lauf der Pistole an seiner Schläfe.

Jetzt streckte die Alte das linke Bein weg. Sowohl das Bein, auf dem sie stand, als auch das andere zitterte stark. Die Frau würde sich nicht lange auf einem Bein halten.

Der hoch aufgeschossene Mexikaner stieß Jacob nach vorn. Als sie bei der Alten angelangt waren, schnitt der bleiche Mexikaner mit einem Messer Jacobs Gürtel und seinen Hosenbund durch, so daß Jacobs Hose zu Boden fiel.

Jacobs Augen waren nicht seine Augen.

Seine Hände waren nicht seine Hände.

Sein Körper war nicht sein Körper.

Er stand auf einer riesigen Fläche, die sich überall ins All bis zu dessen Grenzen erstreckte.

Die Welt war ihm zu weit und zu eng zugleich.

Der Planet war keiner, es gab nur einen Schacht irgendwo in der Unendlichkeit, dessen Wände ihn zerdrückten.

Er erinnerte sich an Madelines blauen BH und ihren züchtigen blauen Slip, den sie angehabt hatte, als er zum ersten Mal mit ihr in San Diego geschlafen hatte. Ihre Unterwäsche war mit Stickereien und Rüschen verziert. Er sah Pilar, wie sie vor Mikes Explorer stand, nachdem er in Smuggler's Gulch wieder zu ihnen gestoßen war. Mike blickte ungeduldig auf seine Uhr und ließ den Motor an. Es war, als könnte Mike jetzt losfahren, und sie würde einfach einen Arm vorstrecken und den Wagen aufhalten, dessen Räder durchdrehten. Er sah Pilar auch, wie sie nackt im Dunkeln neben dem Pool hockte, nur auf Kopf und Schultern fiel Licht. Ihre Haare waren gelöst. Schnell und stoßweise atmend, zuckte sie mit dem Kopf hin und her. Nichts mehr von den kraftvollen fließenden Bewegungen, die Jacob so sehr bewunderte. Jacob dachte an Jillians Mutter. Nachdem er sich von ihr verabschiedet hatte, blickte er sich noch einmal um. Sie hatte sich vor dem Trailer auf eine rote Liege gelegt. Er konnte ihr Gesicht nicht sehen, sie las in einem Magazin. Ein Bein war auf der Liege ausgestreckt, das andere angewinkelt am Boden. Die roten Schuhe mit den weißen Absätzen hatte sie nicht ausgezogen.

An der Schmalseite des Trailers waren weißgestrichene Holzkisten angebracht, in denen rosafarbene und gelbe Tulpen aus Kunststoff aufgereiht waren. Zwischen je zwei

V-förmig auseinandergehenden grünen Blättern befand sich die Mitte der niedrigen Blüte auf der Höhe der Blätterspitzen.

Jacob hatte Angst, er würde versagen.

Er wünschte sich, daß Chuy ihn selbst erschoß. Killed by a flunky – der Gedanke, Chuys Komplizen könnten sein Leben beenden, war unerträglich.

Wenn er sterben mußte, dann sollte Jillian bei ihm sein und seinen Kopf halten.

Sie würde ihn fragen, ob sie jetzt lügen solle. Er würde ja sagen.

Jillian würde keine Gelegenheit bekommen zu lügen, wenn er hier starb.

Die andere Seite des Himmels

Die Sammlung des Nonno war auf verschiedene Vitrinen verteilt, die er wohl bei Geschäftsauflösungen erstanden hatte und die überhaupt nicht zueinander paßten. Er hatte die Vitrinen nicht an die Wände gestellt, sondern in der Mitte eines Raums eine Reihe gebildet, so daß er immer alle Gläser von allen Seiten betrachten konnte.

In ihrem Leben hatte Jillian ausnahmslos die von ihr selbst entworfenen Behälter verwendet. Nach ihrem Tod taten es auch Standardverpackungen. Ein Mitarbeiter der Spedition ging ihr zur Hand, er brachte ihr die Kisten und das Innenverpackungsmaterial.

Das Mädchen hockte in einer Ecke des Raums. Es lehnte den Kopf an die Wand und blickte in die Ferne. Manchmal kullerten Tränen über seine Wangen. Je mehr sich die Vitrinen leerten, desto unruhiger wurde das Mädchen. Es krallte die Finger in sein großes weißes Sweatshirt und wippte mit den Füßen.

Als beim Ausräumen der letzten Vitrine eine Scheibe aus den Metallschienen herausglitt und auf dem Boden in unzählige Teile zersprang, schrie das Mädchen laut auf.

Jillian stellte die Schale, die sie in der Hand hielt, wieder in die Vitrine zurück, ging zu dem Mädchen hin und versuchte, ihm gut zuzureden. Sie erklärte, daß es auf keinen Fall nach Piacenza zurückmüsse, der Palazzo werde mit dem Erlös aus dem Verkauf der Sammlung hergerichtet. Es könne in dem Palazzo wohnen bleiben. Auch über den Tod des Nonno hinaus. Das Mädchen blickte Jillian nicht an.

Jillian streckte die Hand aus und strich dem Mädchen über die Haare. Es quittierte die Zuwendung mit einer grimmigen Miene. Dann richtete es sich mit dem Oberkörper auf, nahm die Schultern zurück und zwang sich dazu, Jillian in die Augen zu blicken, wobei der unwillige Gesichtsausdruck ganz langsam einem unsicher fragenden wich. Unter Aufbietung aller Kräfte brachte das Mädchen ein Lächeln zustande.

Es formte die Lippen zur Aussprache der Wörter *Thank you*. Eine Ewigkeit schien zu vergehen, bis die Worte aus dem Mund gekrochen waren.

Ihr Tod machte die Welt so mühelos lesbar. Früher hatte Jillian sich selbst zu allen Zahlen dazuzählen oder sich davon abziehen müssen, erst dann hatte sie die Welt entziffern können. Etwas war reichlich vorhanden gewesen, für sie, etwas war knapp gewesen, für sie. Jetzt bot sich alles so unkompliziert, so übersichtlich dar, denn sie spielte keine Rolle mehr. Die Zahlen zeigten an, was für die anderen knapp oder reichlich vorhanden war, das sah sie auf einen Blick. Es interessierte sie nicht. Sie interessierte nicht mehr. Sie war tot. Sie brauchte keinen zweiten Blick auf die Zahlen zu werfen.

Aber ihr Tod war nicht gedeckt. Es sah so aus, als würde er sinnlos bleiben. Als würde das Mädchen in Piacenza weiterleben und nicht in Venedig. Jillians Absicht allein konnte keine Deckung darstellen.

Jillian hatte die letzte Vase eingepackt, ihr Helfer damit begonnen, die Kisten zu dem Frachtboot zu bringen, das vor dem Palazzo vertäut war. Der Helfer konnte nur jeweils eine oder zwei Kisten tragen, der Weg nach draußen führte über Treppen und durch schmale Gänge, es dauerte jeweils eine Viertelstunde, bis er wiederkam.

Plötzlich stand das Mädchen auf. Die Arme an den Körper gepreßt, ging es mit staksenden Schritten zu der größten Kiste, hob sie ruckartig hoch und trug sie aus dem Raum.

Zurückgekehrt, stellte sich das Mädchen vor der verbliebenen größten Kiste auf. Jillian blieb nichts anderes übrig, als sich ebenfalls am Abtransport zu beteiligen.

Das Mädchen brauchte nur zehn Minuten für eine Tour. Jillian wollte den Weg nicht zusammen mit dem Mädchen machen und wartete, bis nach ihrem Gefühl fünf Minuten vergangen waren, ehe sie sich einer mittelgroßen Kiste widmete. Als Jillian dem Mädchen im Treppenhaus begegnete, nahm es sie überhaupt nicht zur Kenntnis. Wie versteinert blickte es geradeaus.

Der Wahnsinn des Mädchens konkurrierte mit ihrem Tod, und er gewann. Er war eigener. Jillian starb einen Tod, den viele starben. Sie mußte nur eine beliebige Zeitung aufschlagen. Im *Wall Street Journal* hatte sie gelesen, beide Firmen Robinsons, sowohl diejenige, die die Müllverbrennungsanlagen betrieb, als auch die, welche sich mit biologischen Treibstoffen beschäftigte, hatten Insolvenz angemeldet. Von seinem Vermögen war nichts übrig, die Möglichkeit eines persönlichen Bankrotts wurde angedeutet.

Alle äußeren Umstände hatten sich gegen den Wahnsinn des Mädchens verschworen, trotzdem bahnte er sich seinen Weg. Um ihr, Jillians, Totenbett herum herrschte ein geschäftiges Kommen und Gehen, wie der überbordende Schriftverkehr und die zahlreichen Dokumente zum und über den Kauf und den Weiterverkauf der Sammlung bezeugten. Der Wahnsinn des Mädchens war unbezüglicher. Niemand brachte es fertig, mit dem Mädchen in Verbindung zu treten. Ihr, Jillians, Tod war einholbar. Sie hatte ihn eingeholt, indem sie ihn verwaltete. Der Wahnsinn des Mädchens war uneinholbar. Jeder Versuch, ihn zu verstehen, genauso wie jede Bemühung, ihn zu bekämpfen, hatte ihn immer so weit vor sich, daß keine Einwirkung möglich war.

Nur in einem war Jillian dem Mädchen voraus: Sein Wahnsinn war keine Möglichkeit, nie eine gewesen. Jillians Tod war die reine Möglichkeit, solange sie von sich selbst überzeugt war, von ihren Zielen und davon, daß sie sie erreichen konnte. Die Wirklichkeit des eingetretenen Todes betraf ja ihr Leben nicht mehr.

In einer Zeit, in der sich niemand mehr unterstand, wirklich an Gott zu glauben, trat ein Tod von der Art, wie Jillian ihn starb, an die Stelle von Gottes Wort. Nicht mehr Gott zog die Grenze zwischen dem Diesseits und dem Jenseits, jeder einzelne tat das für sich und nahm kurzerhand die Grenze für das, wovon er sich abgrenzte. Nicht nur der ihre, kein Tod war mehr gedeckt. Nicht nur ihrer, auch die Tode der anderen waren skandalös armselig. Weil kein Tod mehr etwas bedeutete, war jeder Tod ausrechenbar, berechenbar, verrechenbar, ergaben die Tode zusammen eine Währung. Jeder Tod konnte zum Gegenstand der Begierde werden. Auch der Tod eines Menschen, der aus allen Menschen bestand und der sich nach dem Reichtum eines Gottes sehnte, der ihm, allen Menschen, eine Grenze sein sollte. Um sich dieser Grenze zu nähern, mußte man jedoch nicht weniger als alles wissen, was Menschen jemals gewußt hatten.

Die vielen unerheblichen Tode befriedeten die Menschen. Sie führten keine Kriege mehr, um etwas zu erobern. Die vielen Tode machten die Menschen reich. Niemand mußte mehr etwas opfern, niemand mehr mußte sich selbst opfern. Allerdings wurde unter der Ägide des Todes die Zeit knapp. Weil der Tod nichts mehr bedeutete, mußte man sich gefälligst damit beeilen.

Das Verpacken der Gläser und das Beladen des Lastboots dauerte die ganze Nacht. Am Morgen leuchtete die Sonne das Zimmer mit den leeren Vitrinen aus. Das Mädchen hatte sich die Haare zurückgebunden, vor den Scherben der zersprungenen Scheibe stehend, streckte es beide Hände mit den Handflächen nach oben vor sich. Jillian glaubte, es vergewissere sich, daß es tatsächlich beim Abtransport der Kisten mitgeholfen hatte. Die Sonne zeichnete die Konturen des Kopfes mit einem Lichtband nach, das um die Haare und um die Ohren dunkelrot, am Nacken weißlich war.

Mit zurückgebundenen Haaren wirkte das Gesicht des Mädchens schmaler. Linien zeichneten sich ab, die vorher nicht dagewesen waren, unter den Augen, um die Mundwinkel. Das Mädchen wirkte älter. Jetzt begriff Jillian: Mit den zurückgebundenen Haaren bemühte sich das Mädchen, so auszusehen wie sie.

Jillian hatte gedacht, das Mädchen würde in Piacenza bleiben. Sie hatte sich geirrt. Das Mädchen hatte nur seinen Abschiedsbesuch gemacht.

So, wie das Mädchen sie jetzt ansah, war es mit jeder Faser seines Wesens entschlossen, nie wieder nach Piacenza zurückzukehren.

Jillian hoffte, sie irrte sich nicht.

Bova überwies den zweiten Teil des Kaufpreises sofort, nachdem ihm die Kunstspedition bestätigt hatte, daß die Glassammlung übergeben worden war. Die Summen beeindruckten den Bankdirektor in genügendem Maß, um Jillian bei ihrem Vorhaben in jeder Hinsicht behilflich zu sein. Er empfahl ihr einen Rechtsanwalt und einen Wirtschaftsprüfer, die mit ihr zusammen darüber wachen würden, daß der Erlös der Glassammlung auch tatsächlich dem Zweck zugute kam, für den Jillian ihn vorgesehen hatte.

Der Nonno bestand darauf, die Vertragsentwürfe vorher einzusehen. Offensichtlich konsultierte auch er einen Rechtsanwalt, nach dessen Anweisung er auf einer uralten Schreibmaschine einen Brief verfaßte, in dem er um zahlreiche Änderungen bat. Die jedoch durchgängig nicht substantiell waren, sondern lediglich dazu dienten, sein Gesicht zu wahren, niemand sollte sagen, er habe die Verträge so unterschrieben, wie sie ihm vorgelegt wurden.

Nach ihrem Tod vermied Jillian es möglichst, aus dem Haus zu gehen. Zur Vertragsunterzeichnung im Hotel brachte der Nonno die Moroni mit, obwohl die für die Verträge keine Rolle spielte.

Wenn Tote staunen könnten, dann hätte Jillian jetzt gestaunt. Der Nonno hatte sich einen neuen Anzug gekauft, er trug ein knallrotes Hemd und eine breite Seidenkrawatte in der gleichen Farbe. Das rote Kleid der italienischen Schauspielerin war mit dem Hemd und der Krawatte des Nonno abgestimmt. Jillian hätte es nicht für möglich gehalten, daß ein Designer, der nicht gerade für das Moulin Rouge oder die Folies Bergère arbeitete, ein Kleid mit einem solchen Dekolleté entwarf. Das Kleid brachte das Kunststück fertig, ihre Brüste in vollem Umfang und Ausmaß zu präsentieren, ohne jedoch die Brustwarzen zu enthüllen. Der Ausschnitt reichte bis zum Nabel, die Brüste wurden lediglich von zwei Dreiecken gehalten, im Grunde hatte Jillian keine Vorstellung, wie.

Jillian hatte darauf bestanden, daß die Verträge notariell beglaubigt wurden. Das Mädchen hatte sie nicht dabeihaben wollen.

Die Verträge waren vorgelesen, der Rechtsanwalt schraubte einen vergoldeten Füller auf und reichte ihn dem Nonno, aber dieser wollte sich noch eine Minute Bedenkzeit nehmen. Die Moroni erhob sich, bat erst die Anwesenden zu warten, bis sie wieder da sei, um sich dann zu Jillian hinunterzubeugen und ihr ins Ohr zu flüstern, sie solle mitkommen.

Jillian war erleichtert, für einen Augenblick hatte sie geglaubt, die Moroni würde die Pause nutzen, um ihren Onkel beiseite zu nehmen. Jillian sah keinen Grund, der Aufforderung nicht Folge zu leisten.

Jegliche Unterhaltung im Hotel verstummte, wenn die Beteiligten des Dekolletés der Moroni ansichtig wurden. Jillian folgte ihr wie ein Roadie einem Rockstar.

Seit sie gestorben war, trug Jillian nur noch bequeme Kleidung. Zur Vertragsunterzeichnung war sie in einer weiten Blue jeans, Tennisschuhen und einem langärmligen weißen Sweatshirt mit einem durchgehenden Reißverschluß erschienen. Es hatte eine unnütze, weil viel zu kleine Kapuze. Die weißen Bänder, mit denen sie die Kapuze hätte zusammenschnüren können, wenn es ihr gelungen wäre, sie über den Kopf zu ziehen, wehten im Luftzug der Hotelhalle um ihre Oberarme.

Im Waschraum ging die Moroni ganz nah an den Spiegel heran, um sich die Lippen nachzuziehen. Jillian blieb in der Eingangstür stehen. Sie fand, ihr weißes Sweatshirt mit den Kapuzenbändern sah wie eine Zwangsjacke aus.

Die Moroni sprach zu Jillians Spiegelbild. Das habe Jillian gut eingefädelt. Sie sei so cool. Sie bewundere Jillian. Früher sei sie auch so cool gewesen. Wenn sie es fertiggebracht hätte, cool zu bleiben, dann wäre es ihr gelungen, sich der Sammlung ihres Onkels zu bemächtigen, dann wären die Millionen jetzt ihre.

Jillian fragte sie, was sie denn mit den Millionen machen würde, wenn sie sie hätte.

Sie antwortete, sie habe keine großen Ansprüche. Ein kleines, gut eingerichtetes Apartment in Bel Air, ein europäisches Auto, Ferien in Italien, das genüge ihr. Sie müßte nicht mehr die Rollen in den billigen Filmen annehmen, von denen sie jetzt lebte. Sie wäre nicht mehr von Männern abhängig.

Sie drehte sich um und preßte die Lippen aufeinander, um den Lippenstift zu verteilen. Aber sie sei nicht mehr cool. Sie sei – dabei blickte sie an sich selbst hinunter. Sie, die sonst keine amerikanischen Wendungen gebrauchte, verwendete den Ausdruck *pompous slut*.

Jillian dachte an Bova. Sie selbst verkaufte sich teurer. Viel teurer.

Mit einem überlauten Geräusch steckte die Moroni die Kappe auf den Lippenstift und fragte Jillian, was sie mit dem Geld anfangen werde. Jillian sagte, es sei nicht mehr ihr Geld, es gehöre dem Nonno, der sich gerade unwiderruflich verpflichte, den Palazzo Barbaro auf seine Urenkelin zu übertragen und das Geld ausschließlich für die Instandsetzung des Palazzo zu verwenden.

Die Moroni wies auf die Sicherheitsklausel hin, die Jillian erlaubte, die Bedingungen des Deals einseitig abzuändern, solange der Palazzo noch nicht dem Mädchen überschrieben war und die Reparaturarbeiten noch nicht begonnen hatten. Jillian hatte diese Bedingung auf Anraten des Rechtsanwalts aufnehmen lassen. Die Grundbuchverhältnisse waren nicht über jeden Zweifel erhaben, die letzten Eintragungen schon vor Jahrzehnten vorgenommen worden, es war schon vorgekommen, daß ein Kompetenzgerangel zwischen verschiedenen Behörden notwendige Restaurierungsarbeiten verzögert oder verhindert hatte. Die Klausel sollte vermeiden, daß das Geld für einen

Zweck bereitgestellt wurde, der nicht erfüllbar war. Wenn es Anzeichen gab, daß der Palazzo nicht auf das Mädchen übertragen werden konnte, oder wenn sich den geplanten Restaurierungsarbeiten ernsthafte Hindernisse in den Weg stellten, dann durfte Jillian die Kaufvereinbarung rückgängig machen und durch eine andere ersetzen, nach der sie dem Nonno nur eine Million Euro für seine Sammlung zahlte.

Die Moroni war überzeugt, daß Jillian alles nur inszeniert hatte, um die Sammlung des Nonno zum denkbar günstigsten Preis in ihren Besitz zu bringen. Sie hatte allerdings recht, wenn sie sagte, es sei ein leichtes, die Überschreibung des Palazzo auf das Mädchen zu hintertreiben. Jillian mußte lediglich jemanden mit einem Umschlag, der etwas Bargeld enthielt, zum richtigen Beamten schicken. Noch leichter war es, die Restaurierungsarbeiten zu sabotieren. Jillian brauchte nur den verschiedenen Behörden verschiedene Angaben über die Art und das Ziel der Restaurierung zu machen, das genügte, damit sie sich gegenseitig matt setzten. Jillian sagte, sie habe nicht die Absicht, die Überschreibung oder die Restaurierungsarbeiten zu verhindern. Die Moroni hielt es nicht für nötig, Jillian zu sagen, daß sie ihr nicht glaubte. Lächelnd ging sie auf Jillian zu. Jillian hätte den Kuß vermeiden können.

Es gab ein unangenehm schmatzendes Geräusch, als sich ihre Münder trennten.

Mitten in der Hotelhalle, alle Blicke waren auf ihr Dekolleté gerichtet, hielt die Moroni inne und wandte sich um.

Jillian verschränkte die Arme. Der Roadie nahm den Befehl des Stars entgegen.

Eine Viertelmillion, nicht mehr, nur eine Viertelmillion.

Ohne sie, die Moroni, wäre der Deal nicht zustande gekommen. Sie habe Jillian und ihren Onkel erst zusammengebracht.

Eine Viertelmillion, nur eine Viertelmillion.

Jillian blieb so lange schweigend stehen, bis die Moroni weiterging.

Der Nonno hatte mit seiner Unterschrift gewartet. Erneut reichte ihm der Notar den Füller, aber jetzt bat Jillian um Aufschub. Sie erklärte, sie habe noch eine Änderung. Sie wolle die Sicherheitsklausel streichen. Der Rechtsanwalt wollte etwas sagen, aber Jillian brachte ihn mit einer Handbewegung zum Schweigen.

Der Notar änderte die entsprechende Urkunde auf seinem Laptop selbst ab, seine Sekretärin druckte sie aus. Der Notar las die geänderte Passage noch einmal vor und erläuterte, die Streichung der Sicherheitsklausel sei zum alleinigen Vorteil des Nonno beziehungsweise des Mädchens. Der Rechtsanwalt schüttelte den Kopf, Jillian beachtete ihn nicht.

Erst unterschrieb der Nonno, dann Jillian. Die Moroni blickte Jillian an, als hätte jemand von hinten auf Jillian geschossen, diese tödlich verletzt und sie selbst wäre mit ihrem Blut bespritzt.

Nachdem Jillian das letzte Dokument unterzeichnet hatte, sprang der Nonno wie elektrisiert auf und umarmte alle. Den Notar drückte er an sich, als sei er ein alter Freund, den er nach Jahren zum ersten Mal wiedersah. Aber er übernahm sich. Plötzlich wurden seine Augen glasig, er ließ sich auf die Knie nieder, eine auf Grund lebenslanger Kirchenbesuche eingeübte Bewegung, um dann langsam und ohne sich zu verletzen umzufallen.

Die Moroni kniete sich neben dem Nonno hin, umarmte ihn und streichelte ihn im Gesicht. Dabei rief sie mit tränenerstickter Stimme: »Zio! – Zio! – Zio!«

Keiner der anwesenden Männer unternahm etwas. Lediglich die Sekretärin des Notars verließ den Raum.

Schließlich hob die Moroni den Kopf des Nonno an.

Er atmete heftig, das waren keine letzten Atemzüge, da war sich Jillian sicher.

In ihrem konvulsivischen Schluchzen entglitt der Moroni der Kopf des Nonno, was sie dazu veranlaßte, laut »No! – No! – No!« zu schreien.

Sie rüttelte an den Schultern des Nonno, dabei störte es sie nicht, daß sein Kopf wie ein Puppenkopf hin- und herschlug. Dazu rief sie: »Oh Dio! – Dio! – No!«

Plötzlich wurde ihr Gesichtsausdruck zornig, und sie schrie: »Allmächtiger Gott, ich rufe dich an! – Laß ihn nicht sterben!«

Sie hielt inne, sie wartete auf eine Antwort.

Die Antwort schien nicht günstig zu sein.

Noch lauter schrie sie: »Warum muß er sterben?«

Sie lauschte wieder, um zu flehen: »Es muß doch einen Weg geben!«

Jetzt wartete sie nicht mehr auf eine Antwort. Die Anwesenden konnten hören, wie sie murmelte: »Es ist vollbracht.«

Wie Jillian vermutet hatte, war durchaus nichts vollbracht. Zwei Sanitäter in weißen Overalls stürzten in den Raum, der eine trug eine große rote Tasche, der andere eine grüne Sauerstoffflasche. Der mit der Tasche scheuchte die Umstehenden und die italienische Schauspielerin vom Nonno weg. Er horchte ihn ab, schon bei den ersten Tönen entspannte sich sein Gesichtsausdruck. Gar nicht mehr hektisch, zeigte er auf die Sauerstoffflasche, sein Kollege hielt dem Nonno die Maske über Mund und Nase und drehte das Ventil auf.

Schon nach wenigen Atemzügen schlug der Nonno die Augen auf. Sofort entledigte er sich der Maske.

Mit entschlossener Miene richtete er sich auf. Er strich sich die Haare aus dem Gesicht und entschuldigte sich förmlich: Die Anstrengung, die Aufregung, alles sei ein bißchen viel für ihn gewesen.

Die Sanitäter wollten ihn zur Beobachtung in ein Krankenhaus bringen. Der Nonno machte eine grandiose Geste der Ablehnung. In den nächsten Tagen werde er seinen Hausarzt aufsuchen.

Er erhob sich aus eigener Kraft, die Sanitäter stützten ihn nicht. Auch die Moroni eilte nicht herbei. Einen Augenblick schwankte er und hielt sich an einer Stuhllehne fest, danach gelang es ihm jedoch, frei zu stehen.

Bova hatte nicht nur das Geld überwiesen, er hatte Jillian auch ein Paket mit mehreren Tuben Salbe geschickt. Sie hatte ihm von ihrer Krankheit erzählt. Es handelte sich um ein neu entwickeltes Präparat, das die Haut besonders wirkungsvoll vor Sonneneinstrahlung schützte. Er war im Internet darauf gestoßen und hatte Kopien von Artikeln beigefügt, die die Schutzwirkung der Salbe belegen sollten.

Sie hätte zurückfliegen können, aber sie blieb im Des Bains. Dem Mädchen aus dem Booking office, das sie gefragt hatte, wie lange sie das Zimmer noch in Anspruch nehme, hatte sie geantwortet, sie wisse es nicht.

Sie verweilte nicht deshalb in Europa, weil sie etwas hinausschieben oder vermeiden wollte. Wie es sich für eine Leiche gehörte, blieb sie einfach, wo sie war.

Sie beschloß, ein Experiment zu wagen: Sie wollte einen ganzen Tag, von Sonnenaufgang bis Sonnenuntergang, im Freien erleben.

Über mehrere Tage hinweg ging sie eher ins Bett und stand früher auf, um ihren Tag-Nacht-Rhythmus anzupassen, denn sie wollte am Tag der Tage nicht müde sein.

Noch nie hatte sie wissenschaftlichen Untersuchungen oder gar den Beipackzetteln von Mitteln vertraut, die sich als Schutz gegen das Tageslicht empfahlen. Jetzt, da sie nicht mehr war, verschwendete sie nicht einen einzigen Gedanken darauf, ob Bovas Präparat auch halten würde, was es versprach.

Sie wählte den Tag nach der Wettervorhersage aus, die Sonne sollte scheinen. Am Abend davor ging sie schon um zehn Uhr ins Bett. Naturgemäß konnte sie nicht einschlafen. Sie hatte das Gefühl, die ganze Nacht wach zu liegen. Aber als um fünf Uhr früh das Weckgeräusch des Telefons ertönte, war sie trotzdem schlaftrunken.

Sorgfältig cremte sie ihren ganzen Körper ein. Immer hatte sie sich geweigert, die üblichen Sunblocker zu verwenden, die die Haut mit einer zähen weißen Schicht überzogen, sie wollte kein Clown sein. Bovas Salbe hatte den Effekt einer Bräunungscreme. Auf einmal besaß Jillian die Haut einer Italienerin, die Wochen am Meer zugebracht hatte. Sie zog helle Sportshorts und ein weißes T-shirt an. Um sechs Uhr morgens saß sie auf der Treppe neben dem Hoteleingang und beobachtete den Sonnenaufgang über der Lagune.

Die im Hotel Arbeitenden benutzten nicht den Personaleingang, sondern gingen durch die Empfangshalle. Jillian war erstaunt, wie viele Zimmermädchen, Kellner und Verwaltungsangestellte sie kannte und daß alle sie grüßten.

Sie frühstückte auf der Terrasse und ging dann zum Strand hinunter, um in der Morgenfrische einen langen Spaziergang zu unternehmen, der sie am Excelsior vorbei bis nach Malamocco führte.

An einem Kiosk kaufte sie sich eine große weiße Schirm-
mütze, die sie tief ins Gesicht zog. Sie lief unmittelbar am
Wasser entlang, achtete jedoch darauf, daß ihre Füße nicht
naß wurden, sie wollte die zugesicherte Wasserbeständig-
keit des Präparats nicht auf die Probe stellen. Zwei Reser-
vetuben hatte sie sich in die Taschen ihrer Shorts gesteckt.
Jillian kannte Strände nur von Fotos und aus Filmen. Noch
nie hatte sie so viele nackte Menschen gesehen. Natürlich
waren die Badegäste nicht nackt, die Männer trugen Bade-
hosen, die Frauen fast ausnahmslos Zweiteiler, selbst alte
Frauen. Männliche Nacktheit interessierte Jillian nicht.
Männliche Nacktheit bedeutete nichts, wenn doch, dann
etwas, was ihr nichts bedeutete. Natur, körperliche Überlegenheit. Konnte ein Mensch nackt denken? Weibliche
Nacktheit rührte an Gehalte von Schönheit und Verwund-
barkeit. Sex hatte für Jillian ausschließlich mit dem weiblichen Körper zu tun.
Manchen Frauen fühlte Jillian sich nah, weil sie ihr körperlich ähnelten. Andere Frauen schienen ihr noch näher, weil
sie glaubte, mit ihnen Charakterzüge gemeinsam zu haben.
Zu wieder anderen Frauen fühlte sie sich hingezogen, weil
sie sie unabhängig von ihrem Charakter attraktiv fand. Es
gab Frauen, die ihr bedrohlich, und solche, die ihr tröstlich
erschienen. Wenn Jillian die Frauen ansah, hatte sie das Gefühl, sie zu mißbrauchen. Sie fragte sich, ob es korrekt war,
überhaupt Menschen anzublicken.
Je mehr weibliche Körper sie sah, auf die männlichen achtete sie gar nicht mehr, desto stärker wurde in ihr der
Wunsch nach einer generischen Frau. Die Frauen sollten
alle gleich groß sein und alle die gleichen nicht zu großen
und nicht zu kleinen Brüste haben. Gab es doch verschiedene Größen, sollten die Dimensionen der Körperteile in

einer bestimmten Relation zur jeweiligen Größe stehen, eine große schlanke Frau mit üppigen Brüsten wirkte genauso lächerlich wie eine kleine stämmige mit flachen Brüsten. Es mußte so etwas wie Standards geben für Schönheit. Man brauchte doch eine Frau nur anzusehen und konnte sofort sagen, ob sie schön war oder nicht.

Am Morgen im Bad war sie stolz gewesen auf ihre sonnengebräunt aussehende Haut. Hier am Strand des Lido war sie Durchschnitt. Es gab keine Frau, die nicht sonnengebräunt gewesen wäre. Nur einzelne Männer hatten eine völlig weiße Haut, das waren Familienväter, die arbeiteten und sich einen Tag freigenommen hatten, um ihre Familie am Meer zu besuchen.

Die generische Frau, die sie sich vorstellte, oszillierte. Je nachdem, auf welche tatsächlich vorhandenen Exemplare ihr Blick fiel, von üppiger Weiblichkeit bis zu Androgynität. Jillian vermutete, à la longue bei einem Frauenbild zu landen, dessen Geschlechtsmerkmale weniger ausgeprägt waren. Wahrscheinlich war die generische Frau leer und flach, unbeschriebenes Material, ein monochromes Bild.

In den Strandbädern des Des Bains und des Excelsior hatte Jillian das Gefühl, daß alle Posen einnahmen, von denen sie glaubten, daß sie attraktiv waren. Es gab die Pose des Entspannt-im-Liegestuhl-Liegens, Variation Schatten, Variation Sonne, die Pose des Auf-dem-Boden-Liegens, Variation Bauch, Variation Rücken, Variation Ein-angezogenes-Knie, die Pose des interesselosen Plauderns, im Liegestuhl mit übereinandergeschlagenen Beinen, auf dem Boden im Schneidersitz, im Stehen mit Gesten. Da war auch die seltene Pose des Lesens, in einer Zeitung, in einem Magazin, in einem Buch. Eine Frau, die las, war immer in mindestens einer Hinsicht dezidiert unelegant: Sie spreizte im Liegestuhl die Beine, sie lag auf dem Boden auf der Seite, was die Zurschaustellung eines Bauchs bedeutete, sie trug eine unvorteilhafte Kopfbedeckung, um ihre Augen gegen die Sonne zu schützen.

Am Strand gab es keinen Müßiggang, kein Vergnügen. Die Menschen folgten strengen Regeln. Alle verhielten sich viel kontrollierter, als Jillian sich das überhaupt hatte vorstellen können. Keiner, dem nicht bewußt gewesen wäre, daß er ständig von allen Seiten beobachtet wurde. Jeder, der ein Sonnenbad nahm, wollte eine Skulptur darstellen. Die Beach-Volleyball-Spieler, die Fußballspieler, die Badminton-Spieler wollten bewegliche Skulpturen bilden, Reinheit, Schönheit, Disziplin, Rationalismus verkörpern. Begriffen die Menschen nicht, daß die Regeln auch dazu da waren, gebrochen zu werden?

Je weiter Jillian sich vom Des Bains und vom Excelsior entfernte, desto weniger bemühten sich die Frauen, die Form zu wahren. Die Schönheit existierte nicht ewig. Jetzt wurden die Regeln gebrochen. Die Frauen begannen, müde und häßlich auszusehen: Die der Sonne ausgesetzten Körperteile waren mit einem Feuchtigkeitsfilm überzogen, der Schweiß tropfte oder floß in Bächen. Die Augen waren rot, die Beine und Arme angeschwollen, überall gab es Körperfalten.

Es wurde leichter für sie, Männer anzusehen als Frauen. Sie respektierte die Männer für ihre Produktivität. Aber sie hatte kein Mitgefühl für die Männer, sie konnte sie nicht als Individuen sehen.

Weil Jillian in der Sonne ebenfalls schwitzte, rieb sie sich wiederholt ein. Zwar konnte sie nicht ausmachen, ob sich unter der Salbe die Haut rötete, jedoch verspürte sie keinerlei Gefühl des Juckens oder gar des Verbrennens.

Nach ihrem Strandausflug ging Jillian an den Pool. Wegen der großen Hitze wählte sie eine Liege im Schatten unter den Bäumen an der Schmalseite des Pools.

Von van Bronckhorst hatte sie nichts mehr gehört. Er hatte die Spring Street verkauft und hielt es nicht einmal für nötig, ihr darüber Bescheid zu geben. Aber er würde sich melden, wenn der Zeitpunkt feststand, zu dem die Spring Street geräumt werden mußte.

Vom Concierge hatte sie sich einen Bildband besorgen lassen, der die Stilmerkmale und die Geschichte der berühmtesten Palazzi Venedigs beschrieb.

Beim Durchblättern kehrte sie immer wieder zu einer Abbildung zurück, die das Dormitorium der Abbazia di San Giorgio Maggiore zeigte. Unter einem Kreuzgewölbe gingen von einem langen Gang rechts und links in immer gleichem Abstand dunkle Holztüren ab, die Architrave der Marmoreinfassungen waren fortlaufend römisch numeriert. Der Boden war mit rötlichen Marmorplatten ausgelegt, die Wände bis zum Beginn des Gewölbes mit einem beigefarbenen Anstrich versehen. Die hochgelegenen Außenfenster, zwischen den Türen war das Gewölbe jeweils unterbrochen, hätten den Gang nur spärlich beleuchtet. Am Ende des Gangs fiel durch drei rechteckige, oben abgerundete Außenfenster sowie durch ein kreisrundes Fenster darüber gleißendes Licht ein, es warf eine helle Linie auf den polierten Marmorboden, die auf den Betrachter zeigte.

Jillian hatte verschiedene Berichte über Nah-Tod-Erfahrungen gelesen. Die Sterbenden hatten den Tod als eine Passage erlebt, die sie durch einen langen dunklen Gang mit einem hellen Licht am Ende führte. Jillians Tod hatte sich angekündigt, dennoch war er ein plötzlicher gewesen.

Ihr war keine Zeit geblieben, durch einen Gang zu laufen. Wenn sie noch einmal ausgehen würde, dann würde sie die Abbazia besuchen. Sie hoffte, daß das Dormitorium zugänglich war, so daß sie den Weg durch den dunklen Tunnel ins Licht nachholen konnte, um ihren Tod zu komplettieren.

Der Tod hatte die Welt regiert. Bis die Menschen das Geld erfanden. Nie hatte der Tod einen Nebenbuhler gehabt, immer war er unangefochten gewesen. Das Geld wollte die Menschen beherrschen. Der Tod und das Geld waren sofort Feinde gewesen. Das Geld hatte den Tod nicht vom Thron gestoßen, aber er hatte die Kontrolle über eine seiner wichtigsten Provinzen, über den Menschen, verloren. Der Tod bemühte sich, gerecht zu sein. Er wog Verdienste und Anstrengungen des einzelnen sowie die Bedeutung des einzelnen für das Ganze ab. Hin und wieder versuchte er sogar, einfühlsam zu sein, wie im Fall der alten Frau, die Jillian als Kind im Bus beobachtet hatte. Aber auch da, wo er nicht weich wurde, gewährte er dem einzelnen das einzelne. Jeder Mensch, jedes Ding, jeder Gedanke starb einen anderen Tod. Die Tode waren nicht vertauschbar, nichts und niemand konnte einen Tod gegen den anderen eintauschen oder Tode sammeln.

Das Geld dagegen prahlte mit seiner Ungerechtigkeit. Damit, daß es von vornherein nie auch nur versuchte, den Menschen, den Dingen oder den Gedanken der Menschen gerecht zu werden. Alles, was nicht in die Bestimmung des Geldwerts eines Dings, eines Menschen, eines Gedankens einging, war nicht. Das Geld tauschte den Tod gegen das Leben und das Leben gegen den Tod.

Das Geld beanspruchte auch für sich, die Wissenschaften erfunden zu haben: Wenn jeder einzelne seinen eigenen Tod starb, konnte ja nicht einmal der Gedanke eines Gesetzes oder einer Theorie auftauchen. Dann war die Welt, wenn sie nicht sie selbst war, nie mehr als eine Beschreibung von individuellen Ereignissen. So konnte das nichts werden mit dem Rad, mit der Dampfmaschine, mit der Mondrakete.

Warum war der einzelne der einzelne? Nie wäre der Tod darauf verfallen, daß jemand anderes es wagen würde, eine andere Antwort darauf zu geben als ihn. Die Menschen, die Dinge, die Gedanken unterschieden sich durch ihn, den Tod. Das Geld redete den Menschen ein, sie sollten nicht an den Tod denken, sie sollten ihn vergessen. Das Geld sagte den Menschen, sie unterschieden sich durch etwas anderes, durch das, was ihnen gehörte, und das, was ihnen nicht gehörte, und dadurch, was das wert war. Nie hätte es der Tod für möglich gehalten, daß die Menschen darauf hereinfielen. Es war eine fürchterliche persönliche Enttäuschung für ihn.

Immer hatten die Menschen ihn respektiert. Wie alle Mächtigen hatte der Tod daraus geschlossen, daß die Menschen ihn auch liebten. Das Geld konnte den Tod nicht ungeschehen machen. Die Menschen respektierten ihn immer noch, aber unter Anleitung des Geldes taten sie alles, um ihn zu verdrängen. Das Geld prahlte, es sei unsterblich. Er, der Tod, war doch auch unsterblich, garantiert viel unsterblicher als das Geld! Aber die Menschen wollten sich vom Geld betrügen lassen.

Der Tod hatte sich angepaßt. Er hätte nicht gedacht, daß er das einmal nötig haben würde. Allerdings war es ihm nicht schwergefallen, denn jetzt haßte er die Menschen. Worin bestand das Erfolgsgeheimnis des Geldes? Es setzte die Dinge gleich und unterschied die Menschen dadurch, wie sie über die Dinge verfügten. Der Tod bemühte sich nicht mehr, gerecht oder gar einfühlsam zu sein gegenüber den

Menschen, die ihn so verraten hatten. Der Tod gewährte den Menschen nicht mehr die Gnade eines eigenen individuellen Todes. Die Menschen starben ja weiter. Daß ihnen das überhaupt noch auffiel! Der Tod setzte die Menschen im Tod gleich, das war seine Rache. Noch merkten es die Menschen nicht. Aber eines Tages würden sie es merken. Jillian war es schon aufgegangen: Ihr Tod unterschied sich in nichts von dem von Douglas Robinson. Sie würde es nicht verbreiten, sie schrieb Artikel über das Glas, nicht über den Tod. Irgendwann würden die anderen Menschen erkennen, daß der Tod das gleiche mit ihnen machte wie das Geld mit den Dingen. Damit sich was unterschied, wie vorher die Menschen? Die Gedanken der Menschen. Der Tod hatte die Menschen aus sich selbst heraus kultiviert. Das Geld hatte die Menschen auf dem Humus der Dinge gezüchtet, jedenfalls die Menschen, die es jetzt gab. Solange der Tod die Menschen beherrscht hatte, brauchten sie keine Dinge. Jetzt waren die Menschen der Humus für die Gedanken. Die Gedanken waren das Wichtige. Zum Beispiel solche Gedanken, wie Jillian sie jetzt dachte. Die Gedanken würden übrigbleiben, nicht die Menschen. Die Menschen würden für die Gedanken das sein, was jetzt die Dinge für die Menschen waren. Die Gedanken würden mit den Menschen handeln. Das befriedigte die Rachegefühle des Todes besonders. Für bestimmte besondere oder auch für besonders typische Menschen würde es Liebhaber geben. Einzelne Gedanken würden das mit Menschen machen, was Jillian jetzt in ihrer Galerie mit dem Glas machte. In Museen würden herausragende und typische Exemplare von Menschen ausgestellt werden. Andere Gedanken würden die Menschen nur als Gedanken aufbewahren.
Wenn das Geld begreifen würde, daß es vom Tod überholt

worden war, würde es zu spät sein. Es würde zetern, der Tod habe es nur imitiert. Immer seien sie Feinde gewesen, aber früher habe der Tod ehrlich gekämpft. Das sei kein ehrlicher Kampf mehr. Der Tod habe sich einfach in eine Währung verwandelt. Ein Plagiat! Dabei sei der Tod doch so stolz darauf gewesen, daß nichts in der von ihm beherrschten Welt ein Plagiat sein konnte. Der Tod würde nicht dagegen argumentieren. Er würde einfach nur mit den Achseln zucken.

Jillian konnte ihren Vorsatz, von Sonnenaufgang bis Sonnenuntergang wach zu bleiben, nicht einlösen. Nach einer späten Mittagsmahlzeit im Pool-Restaurant überwältigte sie der Schlaf.

Sie träumte, der Tod und das Geld buhlten um das Mädchen. Das Geld als Manager eines Real estate fund, der den Palazzo Barbaro billig kaufen wollte, der Tod als Bauunternehmer, der die notwendigen Restaurierungsarbeiten zu einem günstigen Preis durchführen wollte, dann die unbedingte Notwendigkeit weiterer Arbeiten entdecken würde, für die kein Geld mehr vorhanden wäre, um ein Angebot für die Durchführung weiterer Arbeiten gegen günstiges Anteilseigentum am Palazzo Barbaro zu machen.

Der Tod und das Geld hatten die Gestalt von Männern Mitte Vierzig angenommen, die blaue Anzüge trugen. Sie warteten im Salone Rosso auf den Nonno und stritten wie immer, wenn sie aufeinandertrafen. Der Tod sagte, er stehe für Keuschheit und Monogamie. Natürlich nehme sich ein Mann, wenn er ein Mann sei, eine andere Frau, wenn er eine haben wolle, und eine Frau einen anderen Mann, wenn sie einen haben wolle, aber darüber spreche man nicht. Das Geld warf ein, unter Monogamie und Keuschheit habe es sich etwas anderes vorgestellt.

Die Diskussion wurde durch das Eintreffen des Nonno unterbrochen. Das Geld und der Tod hatten sich auf einen Waffenstillstand geeinigt, um das Vertrauen des Nonno und des Mädchens zu gewinnen. Während der Tod und das Geld ihre Vorschläge machten, wies der Nonno immer wieder auf das Mädchen und betonte, sie treffe die Entscheidung. Darauf entschlossen sich beide, sich noch während der Verhandlung zu verjüngen, und nahmen die Gestalt und das Aussehen von Männern Anfang Dreißig an. Der Tod ließ sich einen Drei-Tage-Bart stehen. Weder der Tod noch das Geld trauten sich, den blauen Anzug gegen ein anderes Kleidungsstück einzutauschen, das wäre aufgefallen. Die Unterredung nahm den von beiden erwünschten Verlauf, der Nonno sagte dem Bauunternehmer zu, ihm den Auftrag zu geben, gegenüber dem Manager des Real estate fund betonte er, zwar habe er keinerlei Absicht, den Palazzo Barbaro zu verkaufen, trotzdem bitte er ihn, ein schriftliches Angebot vorzulegen. Bevor er sich an den Manager oder den Bauunternehmer wandte, blickte er jedesmal das Mädchen an. In dessen Gesicht regte sich nichts.

Danach machte der Nonno mit dem Bauunternehmer, dem Tod, und dem Manager, dem Geld, in Begleitung des Mädchens eine Tour durch den Palazzo Barbaro. Die meiste Zeit unterhielt er sich mit dem sehr gesprächigen Geld, das gab dem Tod Gelegenheit, mit dem Mädchen zu flirten. Bevor sich alle voneinander verabschiedeten, gelang es dem Tod, sich für eine Nachtstunde mit dem Mädchen zu verabreden.

In der Gondel erzählte der Tod dem Geld davon. Um anzugeben. Der Tod wußte noch gar nicht, was er mit dem Mädchen anstellen sollte. Das Geld wußte genau, was es mit dem Mädchen machen wollte. Es erinnerte den Tod, daß er für Keuschheit und Monogamie stehe, und überredete ihn, an seiner Stelle das Rendez-vous mit dem Mädchen wahrzunehmen.

Unbehelligt gelangte das Geld in die Bibliothek, wo das Mädchen auf den Tod wartete. Um den Nonno nicht mißtrauisch zu machen, empfing es das Geld, das es für den Tod hielt, im Dunkeln. Das Geld umarmte das Mädchen und küßte es, das Mädchen küßte leidenschaftlich zurück. Sie verbrachten die ganze Nacht auf dem Sofa im Ballsaal.

Das Geld war, was ihm schon länger nicht passiert war, eingeschlafen. Als es aufwachte, stand das Mädchen vor dem Sofa, die Blue jeans vor den Schoß, das T-shirt vor die Brüste gepreßt. Die Morgensonne erhellte den Ballsaal. Im Blick des Mädchens lag ein unnennbares Grauen, welches das Geld auf einen Schlag hellwach machte.

Flehend streckte es beide Arme nach dem Mädchen aus. Das Mädchen trat mehrere Schritte zurück. Dabei entblößte es kurz seine Brüste, vor Scham darüber wurde es feuerrot im Gesicht.

Das Geld richtete sich auf und stützte sich mit beiden Armen auf das Sofa, es wagte nicht, eine sitzende Position einzunehmen. Es starrte das Mädchen unsicher an. Das Mädchen brachte es nicht fertig, seinen Blick von ihm abzuwenden.

Im Tiefschlaf hatte das Geld die Gestalt angenommen, in der es gewöhnlich unter die Menschen ging: die Figur und das Antlitz eines völlig nichtssagenden Mannes, dem man jedes Alter zwischen vierzig und sechzig zuschreiben konnte. Auch wenn man dem Mann Stunden gegenübergesessen hatte, man vergaß ihn sofort.

Das Geld las im Blick des Mädchens nicht, was es tausendmal lieber gelesen hätte: die Anklage *Lügner, Betrüger*.

Es las nur Angst. Die Angst vor dem absoluten Nichts.
Das Geld verließ den Palazzo Barbaro, als sei ein endgültiges Urteil über es gesprochen.

Der Schlaf hatte Jillian so gestärkt, daß sie nach Sonnenuntergang im Pool noch drei Dutzend Bahnen schwamm. Das Abendessen nahm sie auf der Hotelterrasse ein, sie hatte sich einen Tisch unmittelbar am Geländer reservieren lassen, von dem sie die beste Aussicht in den Garten hatte.
Auf dem Zimmer duschte sie sehr lange. Ihre Gesichtshaut, die Haut auf Armen und Beinen brannte nicht, juckte nicht. Sie konnte in die Sonne gehen, die Salbe schützte sie vor den Auswirkungen des Sonnenlichts. Ihre Haut war lediglich von der Bemühung gerötet, die Salbe zu entfernen.
Sie warf die angebrochene Tube und alle anderen Tuben in den Abfallkorb. Sie würde die Salbe nie wieder benutzen.

A Higher Echelon

So viele Gäste hatten sie überhaupt noch nie bei einer Vernissage gehabt. Je teurer Tiffany wurde, desto mehr zog es. Das Großaufgebot an Lampen war Jacobs Idee gewesen. Jillian wäre ja auch dazu bereit gewesen, ihre beste Freundin dreißig Fuß in die Tiefe zu stoßen, um sich eine Tiffany-Lampe unter den Nagel zu reißen. Wer weiß, ob sie sie lange hätte behalten können. Aber solche Wünsche hatte sie ja nicht mehr.

Die neue Einrichtung war ebenfalls Jacobs Idee gewesen. Er gab sich wirklich große Mühe... Im Erdgeschoß waren die Regale und die Vitrinen verschwunden. Die Gläser wurden auf kniehohen quadratischen Tischen aus hellem Ahorn präsentiert. Alles, was der Galerist zum Arbeiten brauchte, war an der Rückwand auf dem Boden aneinandergereiht: die Bücher, die Kataloge, die Zeitschriften, die Rechnungen und Lieferscheine, sofern es Rechnungen und Lieferscheine gab, und natürlich die Kontoauszüge. An der Straßenfront lagerte man besser nichts auf dem Boden, die Fenster schlossen nicht gut. Dazu hatte Jacob Stühle gestellt, die aussahen wie ein Z mit Lehne, ebenfalls aus Ahorn. Sie waren auch als Beistelltische verwendbar. Für die Vernissage hatte er auf einigen der Stühle Lampen plaziert.

Es herrschte ein unablässiges Kommen und Gehen, ständig stand die Tür offen. Draußen war es windig, lose Blätter flogen durch den Raum. Praktischerweise sammelten sie sich unter den Tischen. Ein Gast hatte einen Bücherstapel umgestoßen. Es sah aus, als wäre es das Ende der Zeit. Früher wäre Jillian ein solcher Anblick absolut unerträglich gewesen.

Jillian hatte alle Lampen angemacht. Die Twelve-Light Lily

Floor Lamp und die Eighteen-Light Lily Lamp waren trotz der vielen Birnen nicht sehr lichtstark, aber gerade deswegen sehr romantisch. Die Red Poppy Floor Lamp mit den Mohnblumen auf zartgrünem Blattwerk war romantisch und lichtstark. Die Lampe kostete eine halbe Million, aber sie war gar nicht das teuerste Stück, das war die Peacock/Scarab Lamp. Ein eichelförmiger Lampenkopf aus zitronengelbem Glas auf einem Glassockel, der Pfauenfedern imitierte, die bronzene Balustrade zwischen den beiden Lampenteilen mit drei übereinanderhängenden Reihen von Skarabäen dekoriert. Die Lampe war die Kleinigkeit von fünfundvierzig Zoll hoch, sie kostete achthunderttausend. Genausogut gefiel Jillian die Spider Lamp, ein von einer Spinne gehaltenes regelmäßiges Spinnennetz mit Glaskacheln ausschließlich aus beigefarbenem Glas, der Fuß ein Pilz, sie kostete nur fünfzigtausend.

Es gab Dragonfly Lamps, Arrowroot Lamps, Wisteria Lamps, eine Hydrangea Floor Lamp und mehrere Landscape Lamps. Die zweitteuerste Lampe war übrigens eine Fish Bowl Lamp, ein sphärischer Lampenkopf auf einem Bronzesockel, der eine hochschwappende Welle darstellte, in der mehrere Karpfen schwammen, der Glaskopf zeigte eine Unterwasserszene mit Vegetation und ebenfalls Karpfen. Da war auch noch die Flowering Water Lily Lamp, Lotusblüten und Lotusblätter auf tiefblauem Wasser, ein in Bronze eingefaßter grüner Glasfuß, der von drei Krabben aus Bronze getragen wurde, sie kostete vierhunderttausend.

Sie hatten die Sammlung in Kommission. Der Sammler war ein pensionierter Stock broker, näher an den Achtzig als an den Siebzig, in seiner Glanzzeit verdiente er nicht soviel wie seine Nachfolger heute, aber er hatte schon als junger

Mann angefangen, Tiffany-Gläser zu sammeln. Er zeigte ihnen Rechnungen von Lillian Nassau und Beatrice Weiss. Von seiner Sammlung trennte er sich, weil er sich in Miami in eine Gated community einkaufen, sein New Yorker Apartment jedoch nicht aufgeben wollte. Er hatte keine Frau und keine Kinder. Eigentlich hatte er vorgehabt, seine Sammlung zu Christie's zu geben. Um sich über die Marktpreise zu informieren, hatte er die Galerie aufgesucht. Jacob hatte ihn in ein Gespräch verwickelt und überzeugt. Sie verkauften die Gläser für ihn ohne Rechnung gegen Cash. Es gab keinen Katalog, sondern lediglich eine Einladungskarte, auf der die Peacock/Scarab Lamp abgebildet war. Die Stücke, die sie nicht plazierten, konnte der Sammler immer noch zu Christie's oder zu Sotheby's bringen, sie waren ja offiziell nicht auf dem Markt gewesen.

Jillian begrüßte die Sammler und ihre Begleiterinnen, die Sammlerinnen und ihre Begleiter. Wie es ihnen gehe, ihr selbst ging es phantastisch.

Von allen Sammlern wußte sie auswendig, wann sie welches Glas gekauft hatten. Für jede Vernissage googelte sie alle Eingeladenen. Es gab immer eine schmeichelhafte Anspielung zu machen, die sie dann auch machte. Niemals vergaß sie, eine genaue Erinnerung in die Konversation einzustreuen, die die Besucher beeindruckte. Zuvörderst führte sie die Sammler zu den Lampen hin, die sie interessieren könnten. Natürlich befanden sich die Preise der teuren Lampen für die meisten außerhalb ihrer Möglichkeiten. Das hinderte sie nicht, ihnen auch die teuersten Lampen eingehend zu erläutern. Sie würden ihr beim nächsten Glas dankbar sein, das sie von ihr kauften und das nicht so teuer war.

Ihr Retter, dem sie ihre Wiederauferstehung verdankte, interessierte sich für die seltsamste Lampe von allen. Nie zuvor hatte Jillian eine vergleichbare Lampe im Original gesehen. Sie bestand aus drei Teilen, einem domartigen Lampenschirm aus durchsichtigen dreieckigen Glaskacheln in einem maurischen Muster, einer fünfarmigen Bronzebalustrade und einer mit undurchsichtigen Glaskacheln verzierten Kalebasse auf einem Bronzering mit fünf Tierfüßen als Stützen. Die Lampe sollte vierhunderttausend kosten. Natürlich erwartete ihr Retter von ihr, daß er die Lampe ohne Aufschlag bekam. Das war sie ihm schuldig. Und noch mehr. Sie mußte dem Eigentümer dreihunderttausend bezahlen, sie würde versuchen, ihn auf zweihundertfünfundsiebzigtausend herunterzuhandeln und noch fünfundzwanzigtausend dazulegen, so daß ihr Retter die Lampe für eine viertel Million bekam.

Er wollte die Lampe unbedingt neben seinem Bett auf dem Boden aufstellen. Sie empfahl ihm erstens, die Lampe etwas vom Bett wegzurücken, und zweitens, sie gut zu versichern. Er schwor, er werde immer erst das Licht anmachen, ehe er das Bett verlasse. Auch wenn er nicht nüchtern war.

Ihr Retter hieß Don Jacobs, no joke, und er war bei ihr, no kidding, zu Hause. Noch nicht einmal dreißig, war er sehr kräftig, allerdings drohte sein Bauch zu seinem stärksten Muskel zu werden. Er hatte ein Gesicht, wie es Jillian früher nicht zweimal angesehen hätte, rechteckig wie eine Schuhschachtel, die blonden Haare über den Ohren waren ganz kurz geschnitten, die Deckhaare standen in die Höhe. Vielleicht war sein Schädel ja oben rund, aber die Frisur erstickte jeden Gedanken daran im Ansatz. Es gab an diesem Abend noch andere Männer, die keinen Anzug anhatten, aber keinen anderen, der eine Baseballjacke trug. Sie kannte dieses Outfit gut. Wenn er nach Hause kam, zog er immer sofort seinen Business-Anzug aus. Am Abend der Vernissage hätte er etwas damit warten können.

Jillian und Jacob betrieben ihre Galerie im Erdgeschoß, das erste Geschoß diente als Lager, Jillian schlief im zweiten Obergeschoß. Ihr Retter bewohnte das dritte und vierte Geschoß. Wenn er seine Räume betreten oder sie verlassen wollte, mußte er das Erdgeschoß durchqueren, vom Treppenhaus aus konnte er den ersten und zweiten Stock einsehen.

Eines Abends hatte der Hoteldirektor des Des Bains Jillian auf der Terrasse angesprochen. Der Manager einer New Yorker Bank versuche, sie zu erreichen, aber sie beantworte seine E-mails nicht und rufe auch nicht zurück. Es sei sehr wichtig. Sie sah sich ihre E-mails nicht mehr an und hörte ihre Voicemail nicht mehr ab. Anrufern im Hotel ließ sie mitteilen, sie sei abgereist. Der Manager wollte ihre nächste Destination wissen. Der Direktor erteilte grundsätzlich keine Auskünfte über Hotelgäste. Aber er hatte unverbindlich die Nummer aufgenommen, die Jillian anrufen sollte. Es war die Nummer von van Bronckhorsts Sekretariat.

Jillian konnte sich vorstellen, worum es ging: Van Bronckhorst wollte ihr die Deadline zur Räumung der Spring Street mitteilen.

Am nächsten Tag rief sie die Sekretärin van Bronckhorsts an. Sie wollte ihm ausrichten lassen, er solle sich an Jacob wenden, sie habe mit der Sache nichts mehr zu tun. Aber es meldete sich eine andere Frauenstimme, sie stellte sich als Sekretärin eines anderen Managers vor, Jillian verstand den Namen nicht. Die Sekretärin bat äußerst höflich um eine Videokonferenz.

Es war die gleiche Adresse wie bei der letzten Videokonferenz. Als Jillian sich zugeschaltet hatte, sah sie auch van Bronckhorsts Büro. Entweder hatte die Sekretärin einen Fehler gemacht, oder sie hatte etwas mißverstanden.

Sie wartete ein paar Minuten, bis ein Mann in den Blickwinkel der Kamera trat, der nicht van Bronckhorst war. Ohne in die Webcam zu schauen, setzte sich der sehr kräftig gebaute Banker hinter seinen Schreibtisch. Aus seiner Anzugtasche holte er ein Sturmfeuerzeug hervor, das er entzündete und brennend vor sich auf den Schreibtisch stellte. Er blickte in die Kamera und rief: »Herrscher über alle Schicksale, erhöre mich!«

Er nannte den Namen einer Gottheit, den Jillian nicht verstand, und sah sich suchend auf seinem Schreibtisch um. Sein Blick fiel auf eine Teekanne. Er zog sie zu sich heran, nahm den Deckel ab, tunkte den Finger hinein und strich sich über Stirn und Backen. Dann sah er zur Decke hoch.

»Nimm mein Opfer an! – Höre mein Gebet!«

Während er kurz in die Kamera blickte, schob er einen Aktenordner, der am Rand des Schreibtischs gelegen hatte, neben das brennende Feuerzeug.

»Hier liegt Jillian Armacost! – Erwecke sie wieder zum Leben!«

Dabei schlug er mit der flachen Hand auf das Mikrofon, so daß es für Jillian klang, als donnerte es, und er verzerrte das Gesicht, als litte er Schmerzen. Um in ein brüllendes Gelächter auszubrechen und, sich auf die Schenkel klatschend, Jillian zu begrüßen.

Bevor Jillian eine Frage stellen konnte, war er wieder aus dem Bild verschwunden. Er kam mit einer Flasche Jack Daniels zurück und goß den Whiskey in eine Teetasse. Es war vier Uhr morgens in Venedig, also zehn Uhr abends in New

York. Er nahm einen kräftigen Schluck, zog die Schuhe aus, legte die Füße auf den Schreibtisch und fing an zu erklären. Nach seinem Urlaub hatte van Bronckhorst vor seinem Büro ein Empfangskomitee angetroffen, das ihn sofort zu seinem Vorgesetzten brachte. Er war fristlos gefeuert und durfte nicht einmal sein Büro ausräumen. Alle seine Akten waren beschlagnahmt. Man war dahintergekommen, daß er gegen die Richtlinien der Abteilung Darlehensnehmer der Bank unter Druck setzte, damit die Bank die beliehenen Immobilien verwerten konnte. Er hatte ein blühendes Geschäft daraus gemacht, diese Immobilien gegen hohe Provisionen unter Wert weiterzuverkaufen. Seinen eigenen Kunden hatte er unter der Hand Listen mit von der Bank beliehenen Objekten zugänglich gemacht, die hatten sich dann die Objekte ausgesucht, die sie haben wollten, darunter war auch die Spring Street gewesen.

Der Muskelprotz war der Nachfolger van Bronckhorsts, er stellte sich als Don Jacobs vor. Kleiner Scherz, das mit der Geisterbeschwörung, aber den habe er machen müssen nach ihrer SMS an van Bronckhorst. Die Leute drohten öfter damit, sich umzubringen, wenn sie keinen Zahlungsaufschub erhielten. Das kenne er. Aber es sei ihm noch nie passiert, daß er eine SMS kriege, in der der andere schreibe, ich bin tot! Wieder lachte der Nachfolger van Bronckhorsts dröhnend.

Er habe das vollste Verständnis dafür, daß Jillian nichts sage. Er setzte einen grinsend-mitfühlenden Gesichtsausdruck auf. Sie habe ja bis eben noch im Sarg gelegen und müsse schon ein wenig eingetrocknet gewesen sein. Aber jetzt sei wieder alles in Ordnung. In einem Sarg aufzuwachen, da bekomme man natürlich erst einmal Platzangst. Sie müsse den Sargdeckel hochstemmen, das Grab sei frisch aufgeschüttet, die Erde noch nicht festgestampft, es werde schon gehen!

Er prostete Jillian zu.

Damit sie sich auch schön anstrenge, aus dem Grab herauszukommen, werde er ihr jetzt erklären, wie es in Zukunft laufe. Die Bank habe einen ziemlichen Imageschaden erlitten, die Sache sei durch alle Fernsehkanäle und Zeitungen gegangen. Jillian hatte nur noch sporadisch Zeitung gelesen und den Fernseher nicht mehr angestellt. Man verhalte sich gegenüber den Betroffenen äußerst kulant, und bei ihr sei es ja noch nicht zu spät. Sie könne das Erdgeschoß, das erste und das zweite Geschoß erwerben. Eineinhalb Millionen habe sie schon angezahlt. Für den restlichen Betrag bot er ihr einen langfristigen Kredit zu einem äußerst günstigen Zinssatz an. Ihre Galerie gehe gut, er habe auch mit Kunden gesprochen, er nannte Benfords Namen. Die Bank behalte das dritte und vierte Geschoß und räume ihr ein Vorkaufsrecht darauf ein. Es bestehe keine Absicht, die beiden Geschosse anderweitig zu verwerten. Er, Don Jacobs, werde sie für sich anmieten.

Wiederauferstehen war stressig.

Der Sarg ging nur schwer auf.

Jillian mußte Hunderte von E-mails und zig Voicemails bearbeiten. Ordentlich, wie sie – gewesen – war, machte sie sich zu den Mails Notizen auf Zetteln, die sie über das Bett und auf dem Boden verteilte.

Als sie das Zimmer nicht mehr verlassen konnte, ohne auf Zettel zu treten, ging sie zu einem Fenster und öffnete es. Der Luftzug wehte die Zettel durch das Zimmer.

Jetzt war der Weg ins Freie nicht mehr blockiert. Aber ein Wirbel aus Zetteln folgte ihr. Sie lief vor den Zetteln davon, in den anderen Flügel des Hotels.

Ein Kellner vom Etagenservice fand sie am nächsten Morgen vor dem Fenster am Ende des Gangs, kauernd und in die dicken Vorhänge eingewickelt. Sie sagte, sie habe einen Anfall gehabt und könne sich nicht mehr an ihre Zimmernummer erinnern. Der Kellner fragte sie nach ihrem Namen, den wußte sie noch.

Er spurtete zur Rezeption und kam mit der Hausdame zurück, die beiden führten sie zu ihrem Zimmer. Natürlich glaubten sie, Jillian habe getrunken oder Drogen genommen.

Ein Zimmermädchen war damit beschäftigt, die Zettel auf dem Gang aufzulesen. Jillian sagte nicht, daß es ihre Zettel waren. Sie war erleichtert darüber, daß es in ihrem Zimmer keine Zettel mehr gab.

Die Hausdame brachte sie ins Bett und wollte unbedingt einen Arzt rufen, was Jillian ablehnte.

Am Abend nahm sie den Shuttlebus zur Darsena des Excelsior, fuhr mit dem Hotelboot nach Venedig und mietete eine Gondel, um den Canal Grande hochzufahren. Vor dem Palazzo Barbaro wies Jillian den Gondoliere an, das Boot auf dieser Höhe zu halten, ohne anzulegen.

Jillian erhob sich und beobachtete stehend in der Gondel den Palazzo Barbaro vor dem Nachthimmel. Nur in der Bibliothek brannte Licht, alle anderen Fenster waren dunkel.

Jillian wartete so lange, bis im Ballsaal die Lichter angingen und das Mädchen auf die Loggia hinaustrat.

Das Mädchen auf dem Balkon sah Jillian an, Jillian in der Gondel sah das Mädchen an.

Die Gondel schwankte, Jillian mußte die Arme ausbreiten, um das Gleichgewicht zu halten.

Unter den Augen des Mädchens wählte sie die Nummer von Don Jacobs, sie erreichte seine Sekretärin und ließ ihm ausrichten, daß sie den angebotenen Kredit in Anspruch nehme. Sie werde ihn aus den Erträgen der Galerie tilgen.

Als Cindi in die Galerie gekommen war, hatte Jillian sie wiedererkannt. Jillian bezahlte ihr die halbe Million, Cindi war damit einverstanden, daß sie sie in fünf Raten zu hunderttausend abstotterte. Alessandro hatte sich nicht mehr gemeldet. Selber schuld. Von sich aus würde Jillian nichts unternehmen. Er konnte sich auch etwas anstrengen.

Jacob war, zumindest bis jetzt, treu. Allerdings nicht ihr, Jillian. Nach einer schnellen Scheidung hatte Madeline eine Wohnung mit Blick auf den Central Park bezogen, in dem Gebäude neben dem Hotel Pierre. Jacob lebte mit ihr zusammen. Madeline war nicht in das Architekturbüro zurückgekehrt. Jillian wußte nicht, wie sie ihre Tage füllte.

Madelines Chauffeur brachte Jacob in die Galerie und holte ihn nach Dienstschluß ab. Madeline ließ sich nie in der Galerie sehen.

Don Jacobs war in die Spring Street eingezogen. Zusammen mit Jacob hatte er das Haus in seinen ursprünglichen Zustand zurückversetzt. Jetzt schlief Jillians Retter in dem Bett im vierten Stock. Wenn er aufwachte, blickte er auf eine Arbeit von Dan Flavin, eine Reihe von mannshohen Rahmen mit roten und weißen Leuchtstoffröhren, die die Fensterfront wiederholte. Vor dem Treppenhaus hing ein Gemälde von Lucas Samaras, neben dem Bett war ein Haufen verbeultes Blech an die Wand genagelt. Verzeihung, eine Stahlskulptur von John Chamberlain angebracht. Der dritte Stock diente ihm als Eßsaal, ein von Donald Judd entworfener Tisch, wie Jillian und Jacob sie im Erdgeschoß als Arbeitstische nutzten, dazu die Stühle in Z-Form von

Rietveld. Gemälde von Frank Stella und kleinere Arbeiten von Dan Flavin. Es war rührend, wie der Banker die Kunst anbetete.

Die maurische Lampe paßte nicht zu der Stahlskulptur. Da war kein Weg. Sie mußte ihren Retter davon abbringen. Die einzige Lampe, die sie sich im Schlafzimmer vorstellen konnte, war ihre Lieblingslampe, die Spider Lamp, die kostete fast gar nichts, sie würde sie ihm schenken. Aber er wollte unbedingt eine teure Lampe haben. Noch etwas fiel Jillian ein, aber wieder nichts Teures: die Linenfold Lamp. Sie hatte ein Exemplar in einem Katalog von Sotheby's gesehen, die Versteigerung hatte noch nicht stattgefunden. Die Linenfold Lamp sah aus wie eine Stofflampe, der Schirm bestand aus zwölf rechteckigen Glasteilen, die wie gerafftes Leinen gestaltet waren, die Farben waren fast psychedelisch, Grün, Blau, ein bißchen Orange und Gelb. Die Lampe kostete ungefähr soviel wie die Spider Lamp. Sie würde ihrem Retter die Spider Lamp für den dritten Stock und die Linenfold Lamp für den vierten Stock schenken. Vielleicht würde er dann von seinem Plan Abstand nehmen, eine teure Lampe zu kaufen.

In jüngster Zeit hatte Bova ständig in New York zu tun. Er kam zu jeder Vernissage und übernachtete dann bei Jillian. Bova diskutierte gern. Bevorzugt in ungelegenen Momenten. Jillian brachte es nie fertig, ihn abzuwürgen. Schließlich war er ebenfalls ein Retter.

»Du triffst jemanden, du gehst eine Beziehung ein…«

»Aber sie hält nicht lange.«

»Glaubst du, das ist bei allen so, oder nur bei dir?«

»Ich kenne es nicht anders. Mein Vater hat nicht einmal abgewartet, bis ich auf der Welt war! – Bei manchen funktioniert es. Ich suche mir immer Beziehungen aus, die garantiert nicht funktionieren.«

»Machst du das absichtlich?«

»Ich weiß nicht.«

»Hast du vor etwas Angst?«

»Ich habe vor nichts Angst.«

Nie im Leben hatte sie vorgehabt, Bova zu verraten, was sie mit dem Geld gemacht hatte, das sie mit der Sammlung aus Venedig verdient hatte. Aber irgendwie hatte er es ihr entlockt. Sie hatte ihm alles berichtet, von dem Mädchen, von der italienischen Schauspielerin, vom Nonno, von Carofiglio und Buonavolontà.

Sie war ein bißchen verliebt in Bova gewesen. Als sie aus Europa zurückgekehrt war, hatten sie ganze Tage und Nächte geredet.

Sie hatte Bova auch Unsinn erzählt.

Abends entspanne sie sich in einem Café oder in einer Bar, indem sie abwechselnd Whiskey und Kaffee trinke. Darauf werde sie immer angesprochen. Männer lasse sie grundsätzlich abblitzen. Gefalle ihr eine Frau, schleppe sie sie ab.

Nur einmal in ihrem Leben hatte sie Whiskey und Kaffee durcheinandergetrunken, in der Hotelbar des Claridge's in London. Sie war zur Grosvernor Fine Arts Fair eingeflogen, der Jet lag nagte an ihr, nach einem Whiskey war sie so müde geworden, daß sie fast auf der Stelle eingeschlafen wäre. Das konnte sie sich nicht leisten, sie hatte noch einen Telefontermin mit einem wichtigen Kunden aus Cleveland. Die Frau, die sie ansprach, war ebenfalls Amerikanerin. Sie waren auf deren Zimmer gegangen.

»Du fühlst dich überlegen.«

Das hatte sie nun davon. Sie hatte nicht als Dykey hausfrau dastehen wollen. Jetzt war sie in Bovas Augen Bombshell.

»Die letzte Frau, mit der ich zusammen war – ich habe sie behandelt wie... Aber zugleich habe ich alles für sie gemacht. Eigentlich habe ich gar keinen eigenen Willen gehabt. Ich habe das gewollt, was sie wollte...«

Nie würde er auf den Gedanken kommen, daß sie – Jacob meinte.

»Du kannst das nicht verstehen. – Du brauchst das nicht zu verstehen.«

Sie saßen in einer A–Z Cellular Compartment Unit, die als Meditationsraum gestaltet war.

Living inside of an A–Z Cellular Compartment Unit is like living in a Luxury home that fits inside of your studio apartment.

Have you ever wondered what it would be like if you could transform one room into ten? You could have a reading room, a laundry room, an exercise room... every need or desire could be given its own space and its own time. This is the ambition of the A–Z Cellular Compartment Units, a structure composed of a series of interconnected box-like chambers that can be set up in any configuration that you desire. The exterior of these units looks like a cross between a modern apartment building and an elegant cabinet system. They can be easily modified, added on to, or even subdivided into smaller components – depending on the whim of the occupant.

Im ersten Stock hatte Jacob sechs A–Z Cellular Compartment Units von Andrea Zittel aufgestellt. Er kaufte Kunst mit Madelines Geld. Die 96 Zoll langen und 48 Zoll brei-

ten und hohen Container bestanden aus einem geschweiß-
ten Rahmen, in den Glas- und Birkensperrholzplatten ein-
gehängt waren. An den Längsseiten waren die Container
vierfach, an den Schmalseiten zweifach unterteilt. Eine
Eingangseinheit, eine Kücheneinheit, ein Eß- und ein Meditationsraum bildeten das Erdgeschoß, ein Schlaf- und ein
Arbeitsraum das Obergeschoß. Der Arbeitsraum hatte
Fenster an den Schmalseiten, der Schlafraum an einer Breitseite, der Eßraum an den Schmalseiten und der Meditationsraum an einer Breitseite.

Die Räume waren japanisch eingerichtet. Im Schlafraum
gab es kein Bett, nur eine Matratze am Boden und eine Ablage an der Kopfseite. Eine schwarze Platte nahm die
Hälfte des Arbeitsraums ein, man hockte auf einem Kissen.
Der einzige Einrichtungsgegenstand im Eßraum war eine
Tatamimatte. Schwarze Felder für die Personen, rote Felder
für das Geschirr. Im Meditationsraum saß man auf zwei
einfachen Sperrholzbänken vor einem quadratischen Sperr-
holztisch. Wenn man die Bänke zusammenstellte, waren sie
genauso groß wie die Tischplatte.

Die Oberfläche des Arbeitscontainers war mit einer Schicht
Kieselsteine bestreut. Das Ganze hieß *Rock garden*.

Bova gefiel das Container-System.

»Du glaubst, die anderen sind es nicht wert. Du glaubst, du
bist besser als sie.«

»Sex, das ist für dich eine unnahbare Tochter aus gutem
Hause oder eine autistische Aufnahmeleiterin! – Geld interessiert dich nur, wenn es nicht dein Geld ist! – Würdest
du von deinem eigenen Geld Vasen kaufen?«

Es war nichts Neues für Jillian, daß Gedanken mit Gefühlen zusammenstießen. Aber bevor es zu einer Kollision
kam, waren die Gedanken und Gefühle immer wie vollbe-

setzte Hochgeschwindigkeitszüge meilenweit aufeinander zugefahren. Jetzt krachte es einfach so. Die Gefühle und die Gedanken nahmen keinen Anlauf mehr.

»Du brauchst immer den Gedanken, daß du nicht an das herankommst, was du willst! – Wenn doch, daß du dafür bestraft wirst!«

Sie war wütend auf Bova, weil sie nicht mehr in ihn verliebt war.

»Du sagst, du liebst mich! – Würdest du mich auch lieben, wenn du nicht wüßtest, daß ich Männer eigentlich gar nicht will?«

Als sie einmal über Einsamkeit geredet hatten, hatte Bova gesagt, die Einsamkeit beginne dort, wo man selbst anfange und nicht mehr Teil seiner Mutter sei. Die anderen waren Teil ihrer Mutter gewesen, sie wollten diesen Zustand wiederherstellen. Mit jemand anderem, das nannten sie dann Liebe. Sie war nie Teil ihrer Mutter gewesen, sie war schon immer einsam gewesen. Wo die anderen sich verzehrten, zu lieben und geliebt zu werden, hatte sie alles daran gesetzt, zu hassen und gehaßt zu werden.

Ihre Unschuld hatte sie mit Jack Winthrop verloren. Jacob hatte nur geglaubt, er schlafe mit einer Jungfrau. Die Unschuld konnte sie nicht wiederhaben, die hatte ihr dieser Idiot Jack Winthrop genommen. Auch wenn er gar nicht daran gedacht hatte, mit ihr zu schlafen, und sie nicht daran gedacht hatte, mit ihm zu schlafen. Dabei war doch die Unschuld das einzige, was sie hatte.

Als sie in Bova verliebt gewesen war, hatte sie wirklich geglaubt, ihr ganzes Leben bis dahin sei ein Fehler gewesen. Jetzt, da sie nicht mehr in ihn verliebt war, schien ihr, Bova sei ein Fehler.

Am Anfang hatte sich Jacob immer pünktlich mit dem

Ende der Öffnungszeiten der Galerie verabschiedet. Wie sie die Vernissage der Show mit den Tiffany-Lampen vorbereitet hatten, hatte er Madelines Chauffeur immer länger warten lassen. Heute abend hatte er ihn sogar weggeschickt.

Mit Jacob hatte Jillian nie diskutiert. Seine Frauengeschichten hatte sie ausgeblendet, nie hatten sie darüber gesprochen. Sonst waren sie immer einer Meinung gewesen. Bis auf die Szene, als sie vor dem Abschlußball der High school in den Regen hinauslief, hatten Jillian und Jacob niemals miteinander gestritten.

Bova hatte die Beine ausgestreckt und die Kupferschale und die schwarze Keramikschale, die für einen Bonsaibaum vorgesehen war, vom Tisch gestoßen. Jillian sah zu, wie er den Tisch zurechtrückte und die Schalen darauf exakt so anordnete, wie sie vorher gestanden hatten. Es wäre übertrieben gewesen zu behaupten, daß man auf den Bänken im Meditationsraum bequem saß.

Irgendwie hatte die Gegenwartskunst in Jillians zweitem Leben die Regie übernommen. Sie fragte sich, ob das nicht auch an ihr lag. War sie irgendwie falsch gepolt zurückgekommen?

Sie überlegte, wie es wäre, der Gegenwartskunst etwas entgegenzusetzen, was nicht Tiffany oder historisches Venini war. Mußte sie sich doch noch für modernes Glas interessieren?

Die Indianerlampe! Warum war ihr die nicht eingefallen. Das war die einzige Lampe, die in den vierten Stock paßte, zu dem Bett, zu dem Blechhaufen. Der konische Lampenschirm hatte die Form eines umgedrehten Korbs, die immer gleich breiten, aber unterschiedlich langen rechteckigen karmesinroten, dunkel- und hellockerfarbenen Glaskacheln bildeten ein Muster, das wohl Indianerzelte andeuten sollte. Der viereckige Sockel war mit indianischen Totems, der quadratische Fuß mit geometrischen Mustern verziert.

Die American Indian Lamp für den vierten, die Linenfold Lamp für den dritten Stock. Die Indianerlampe war doppelt so teuer wie die Spinnenlampe, auch das würde Jillian nicht davon abhalten, sie Don Jacobs zu schenken. Sie mußte Jacob Bescheid sagen, damit er die Lampe nicht verkaufte, Lampen in der Preisklasse waren an diesem Abend Mitnahmeobjekte.

»Wenn ich sage, ein Glas ist echt, dann ist es auch echt. Aber das sage ich nur, wenn es wirklich echt ist.«

Würde sie hier lügen, hätte sie ihre Autorität nicht.

»Ich schaffe keine Sammler aus dem Nichts –«

»Doch. Du bringst Leute dazu zu sammeln.«

»Ich mache die Preise. Bei wichtigen Stücken sorge ich dafür, daß die Preise nicht fallen. Es ist nichts verloren, wenn ein Stück in einer Auktion zurückgeht. Aber es darf nicht zu billig verkauft werden. Vorher kaufe ich es.«

»Übertreibungen mache ich nicht mit. Wenn ein Stück in einer Auktion zu teuer zugeschlagen wurde, weil zwei Sammler sich nicht beherrschen konnten, biete ich das Parallelstück nicht genauso teuer an. – Ich habe die Macht. Aber ich bin nicht besser als die anderen. Ich verdiene es nicht, geliebt zu werden.«

Der Gedanke wäre ihr früher nicht gekommen.

»Die anderen haben nicht das durchgemacht, was ich durchgemacht habe. Sie wissen nichts, ihre Meinungen zählen nicht für mich. Ich bin besser als die anderen. Wenn jemand mich liebt, bedeutet das nichts. – Das macht keinen Sinn.«

»Doch, es macht Sinn: Du fühlst dich einsam. Aber du bist nicht die einzige. Alle sind einsam.«

»Früher« – fast hätte sie gesagt: »In meinem ersten Leben« –
»war ich ein egoistisches Arschloch.«

Bova widersprach nicht.

»Das bin ich nicht mehr. Aber jetzt – jetzt habe ich das Gefühl, ich bin gar nichts mehr.«

Plötzlich ertönten Stimmen. Eine Gruppe von Vernissagebesuchern hatte sich in den ersten Stock verirrt. Jillian und Bova drehten gleichzeitig den Kopf zum Fenster der Meditationseinheit.

»Leben und Tod. Liebe und Haß. Alles ist aus der Mode gekommen.«

Bova erhob sich langsam. Den Blick nach oben gerichtet, um zu prüfen, wieviel Abstand zwischen seinem Kopf und der Decke des Containers bliebe, wenn er sich vollständig aufrichten würde.

»Überschwang, Seligkeit, Verzweiflung, Hoffnungslosigkeit sind nicht cool.«

Er ging zum Fenster hin, konnte jedoch niemanden sehen.

»Jillian, ich muß im Winter nach Nara.«

Er drehte sich um.

»Wir trinken dort heißen grünen Tee mit Milch. – Ich muß auch nach Taipei. Dort gibt es den berühmten Taipei 101 Skyscraper. Taipei liegt in einer extrem erdbebengefährdeten Zone. Der Wolkenkratzer sieht aus, als würde er beim leichtesten Beben in sich zusammenfallen. Er hat ein Dämpfungssystem, das die Erdstöße absorbiert. Aus einem vernichtenden Stoß wird ein leichtes Zittern. – Die Wüste in Namibia nach einem Platzregen… Warst du schon einmal in Afrika? –

»Jillian, kommst du mit mir?«

Jillian gab keine Antwort.